Une alliance troublante

L'île de la peur

Rencontre à Cancún

DENISE N. WHEATLEY

Une alliance troublante

Traduction française de
CHRISTIANE COZZOLINO

BLACK ROSE

HARLEQUIN

Collection : BLACK ROSE

Titre original :
COLD CASE TRUE CRIME

HARPERCOLLINS FRANCE
83-85, boulevard Vincent-Auriol, 75646 PARIS CEDEX 13
Service Lectrices — Tél. : 01 45 82 47 47 - www.harlequin.fr
ISBN 978-2-2804-7594-5 — ISSN 1950-2753

Composé et édité par HarperCollins France.
Imprimé en septembre 2022 par CPI Black Print (Barcelone)
en utilisant 100% d'électricité renouvelable.
Dépôt légal : octobre 2022.

MIXTE
Papier issu de sources responsables
FSC® C159065

Pour limiter l'empreinte environnementale de ses livres, HarperCollins France s'engage à n'utiliser que du papier fabriqué à partir de bois provenant de forêts gérées durablement et de manière responsable.

1

Samantha Vincent sursauta lorsque la porte du *coffee shop* claqua derrière elle. En cherchant des yeux sa voiture dans la rue sombre et déserte, elle regretta de s'être garée aussi loin.

Durant les quelques heures qu'elle avait passées Chez Hannah, la température avait chuté de plusieurs degrés. Le fond de l'air était glacial. Avant de se mettre en route, elle resserra autour de son cou son écharpe à motif pied-de-poule pour se protéger du vent qui sifflait sinistrement à ses oreilles.

Elle avait travaillé presque toute la journée sur son blog consacré aux affaires non résolues, *En quête de vérité*, et elle n'avait pas vu le temps filer. Tout était fermé, à présent, et la plupart des habitants de la petite ville de Gattenburg, dans l'Illinois, étaient rentrés chez eux.

Une violente bourrasque souleva ses cheveux châtain doré, coupés au carré, et écarta brusquement les pans de son caban en drap de laine noir. Samantha frissonna, transie jusqu'à la moelle. Le froid n'était cependant pas la seule cause de son malaise.

Elle avait reçu un mail de son amie Ava Jennings, qu'elle connaissait depuis le lycée et chez qui Samantha avait souvent séjourné lorsqu'elles étaient adolescentes. Ava la suppliait d'enquêter sur la mort suspecte de son frère Jacob, la police ayant jeté l'éponge et classé l'affaire sans suite faute de preuves.

La rue était chichement éclairée par des réverbères peu efficaces, en partie masqués par des branches d'arbres. Baissant les yeux sur son ombre qui se découpait lugubrement sur le trottoir, Samantha pressa le pas, de plus en plus mal à l'aise. Dans des moments comme celui-là, elle devenait paranoïaque et repensait à toutes les affaires non résolues qu'elle s'efforçait d'élucider, et à ces malheureuses victimes qui, quelques secondes avant de passer de vie à trépas, s'étaient trouvées exactement dans la même situation qu'elle : seules et vulnérables.

Chassant de son esprit ces sinistres pensées, Samantha se mit à marcher encore plus vite en dépit du fait que ses boots à talons hauts lui faisaient horriblement mal au pied. Elle avait hâte d'arriver à sa voiture, à l'intérieur de laquelle elle pourrait souffler.

Juste au moment où son cabriolet fut enfin en vue, au bout de la rue, un crissement de pneus sur l'asphalte lui perça les tympans.

Elle se figea, tétanisée. Derrière elle, le rugissement menaçant d'un moteur de voiture se fit entendre.

S'arrachant à sa transe hypnotique, Samantha opéra une brusque volte-face qui faillit lui faire perdre l'équilibre. Du véhicule qui roulait dans sa direction, elle ne vit d'abord que les phares aveuglants. D'instinct, elle recula d'un pas sur le trottoir, les yeux toujours rivés sur ce qui se révéla être une grosse berline noire. D'une main tremblante, elle extirpa de sa poche un mini Taser. Elle envisagea fugacement de piquer un sprint jusqu'à sa voiture, mais elle craignait de tourner le dos à la berline, au volant de laquelle se trouvait probablement quelqu'un qui ne lui voulait pas que du bien.

Collin Wentworth.

*C'était le nom qu'*Ava avait mentionné plusieurs fois dans son mail, dans lequel elle détaillait les circonstances du meurtre de son frère.

Amis d'enfance, Collin et Jacob s'étaient éloignés l'un de l'autre à l'adolescence lorsque Collin avait commencé à mal tourner. La rupture fut définitivement consommée le soir où Collin entraîna Jacob dans une virée dans une voiture volée, ce qui avait valu à Jacob de passer six mois dans un centre de détention pour mineurs tandis que Collin s'en était tiré avec une simple sentence de probation. Jacob avait compris qu'il était temps pour lui de couper les ponts. Mais ils étaient restés en bons termes, et Collin avait même embauché Jacob dans son entreprise, Westman's Automotive Factory. Jacob travaillait sur une chaîne d'assemblage de moteurs de voitures.

Le jour où son corps fut découvert, Jacob s'était entretenu avec Collin au sujet de trois de ses collègues récemment disparus dont il se demandait bien ce qu'ils étaient devenus. D'après le rapport de police, Jacob avait été vu sortant de l'usine avec Collin, avec qui il avait eu une discussion animée. Après avoir échangé quelques mots, les deux hommes s'étaient séparés. Collin avait reconnu avoir eu cette discussion avec Jacob, juste avant que celui-ci disparaisse à son tour, mais il avait refusé de dire de quoi il avait été question. Ava pensait que Collin était la dernière personne à avoir vu Jacob vivant.

Collin était narcissique et coléreux, surtout quand il avait bu. Entre les bagarres, les actes de vandalisme, l'ivresse sur la voie publique et les excès de vitesse, sa réputation n'était plus à faire. Mais Collin étant le fils du chef de la police de Gattenburg, Walter Wentworth, il écopait en général d'un simple avertissement et d'une petite tape sur les doigts.

Ava était persuadée que Collin détenait des informations susceptibles de conduire à une piste dans l'enquête sur le meurtre de son frère.

Tut, tut !

Samantha sursauta en entendant les coups de klaxon. La berline était maintenant presque à sa hauteur. Elle se demanda avec inquiétude si Collin avait lu le dernier article de son blog, dans lequel elle mettait l'accent sur le fait que, s'il s'était montré plus coopératif avec la police, il aurait pu faire progresser l'enquête.

Les nouvelles se propageaient vite à Gattenburg, d'autant plus que Collin semblait avoir des yeux et des oreilles partout.

Samantha fourragea fébrilement dans son sac, à la recherche de sa clé électronique. Lorsque, enfin, elle mit la main dessus, elle s'empressa de l'actionner. Jamais elle n'avait été aussi heureuse de voir clignoter les feux arrière de son cabriolet.

Sans plus réfléchir, elle s'élança vers sa voiture, plus vite que si elle avait le diable à ses trousses. Elle avait la main sur la poignée de la portière lorsqu'un grand coup de frein la fit se retourner malgré elle. La berline noire s'était arrêtée au bord du trottoir, juste à côté d'elle. Elle se tint prête à brandir son Taser, surveillant du coin de l'œil la vitre teintée du côté passager, vitre que le conducteur était en train de baisser.

— Je savais que c'était vous…, dit une voix grave.

Terrorisée à l'idée de se trouver nez à nez avec Collin dans cette rue sombre et déserte, elle se pencha, plus morte que vive, vers le conducteur de la voiture.

Lorsque son regard croisa celui de Gregory Harris, un sémillant inspecteur de police nouvellement arrivé à Gattenburg, Samantha poussa un grand soupir de soulagement.

— Inspecteur Harris ! Bonsoir. J'ai cru… euh, je… En fait, je vous ai pris pour quelqu'un d'autre.

Il se mit à rire, amusé par sa méprise.

— Ah bon ? J'espère que vous n'êtes pas trop déçue.

— Non, pas du tout, assura Samantha en glissant discrètement son Taser dans sa poche.

Un délicieux frisson lui parcourut l'échine. Le bel inspecteur lui faisait cet effet chaque fois qu'elle le croisait, et ce depuis leur première rencontre, un mois plus tôt, au *coffee shop*, Chez Hannah.

Il arrivait de Chicago, où il avait travaillé plus de dix ans dans la police. S'il était parti, c'était, prétendait-il, parce qu'il aspirait à une vie moins trépidante, à plus de tranquillité. Mais l'amertume qu'on lisait dans ses yeux marron foncé, lorsqu'il parlait de son départ, laissait entrevoir une tout autre réalité.

— Je parie que vous venez de sortir du *coffee shop* et que vous avez passé une bonne partie de la journée à travailler sur votre blog.

— Gagné ! D'habitude, j'arrête plus tôt, mais là, j'ai préféré continuer sur ma lancée.

— C'est tout à votre honneur. Je vous admire de consacrer autant de temps à toutes ces affaires non résolues. L'article que vous avez écrit la semaine dernière au sujet de cet étudiant kidnappé dans son université est vraiment remarquable.

— Merci. Je suis contente qu'il vous ait plu, dit Samantha, troublée par le regard pénétrant de l'inspecteur Harris.

— De quoi est-il question dans votre dernier article ? demanda-t-il, les yeux toujours rivés sur elle.

Elle hésita. Son expression enjouée disparut et son front se plissa.

— De la mort d'un copain de lycée.

Elle s'éclaircit la voix avant d'en dire plus :

— Il s'appelait Jacob Jennings. Vous avez peut-être entendu parler de ce qui lui était arrivé. Il est mort dans des circonstances étranges, il y a quelques mois. Son corps a été découvert à deux pâtés de maison de l'usine Westman's Automotive Factory.

L'inspecteur passa la main sur son bouc, taillé très court.

— Non, cela ne me dit rien.

Samantha ne put cacher sa déception.

— Comment pourrait-il en être autrement ? soupira-t-elle d'un ton amer. L'enquête a été bâclée et l'affaire classée sans suite au bout de quarante-huit heures. La police de Gattenburg s'est désintéressée de l'affaire. C'est pourquoi j'ai entrepris, sur les instances de la sœur de Jacob, de reprendre depuis le début. Grâce à *En quête de vérité*, je vais pouvoir tenir mes lecteurs informés de mes avancées. Si j'arrive à mobiliser l'opinion publique en faveur d'une réouverture du dossier, la police se sentira obligée de faire quelque chose.

Elle se tut, dans l'attente de la réaction de l'inspecteur, qui avait l'air bien embêté.

— Qu'en pensez-vous ? finit-elle par demander. J'aimerais avoir votre avis. Vous êtes nouveau au poste de police. Cette enquête, vous pourriez l'aborder d'un œil neuf. Sans compter que vous avez accès au dossier et à des éléments cruciaux qui sont restés confidentiels. Si nous coopérons, je parie que nous finirons par…

L'inspecteur Harris leva une main autoritaire.

— Je vous arrête tout de suite, Samantha. Laissez-moi vous dire tout d'abord que je suis vraiment désolé d'apprendre que vous avez perdu un ami. Ensuite, comme vous le savez, je suis nouveau ici, aussi dois-je faire profil bas. Je ne le connais pas depuis longtemps mais à en juger par sa réputation et ses résultats, le commissaire Wentworth semble très compétent. Je n'arrive pas à croire qu'il n'ait pas enquêté sérieusement sur la mort de Jacob et fait le maximum pour essayer d'en comprendre les circonstances.

Malgré le froid et le vent auxquels elle était exposée, plantée là sur le trottoir, Samantha commençait à bouillir intérieurement. Desserrant son écharpe, elle prit une grande inspiration pour tenter de se calmer.

— Inspecteur Harris, cette affaire est beaucoup moins simple qu'elle ne le paraît. Pour ne rien vous cacher, le bruit court que certains de vos collègues ne seraient pas tout à fait intègres, si vous voyez ce que je veux dire.

Un silence gênant se fit. Croisant les bras sur sa poitrine, Samantha se mit à taper nerveusement du pied droit sur le trottoir. Elle avait conscience de pousser l'inspecteur dans ses derniers retranchements, mais il était son seul espoir de faire rouvrir l'enquête. Elle comptait sur lui pour l'aider à résoudre le meurtre de Jacob.

— Écoutez, dit-il au bout d'une très longue minute. Si j'ai quitté la police de Chicago, c'est parce que je ne voulais pas marcher dans ses combines. Si j'avais la moindre raison de penser que la police de Gattenburg était également corrompue, croyez bien que je serais le premier à la dénoncer.

Samantha se retint de balancer son poing sur le capot de la berline.

— Comment pouvez-vous en être aussi sûr ? s'indigna-t-elle. Vous n'êtes ici que depuis un mois.

— Je vous le concède, dit Gregory en soupirant. Mais ce n'est pas une raison pour vous énerver comme ça.

Il fourragea dans ses épais cheveux bruns.

— Samantha, je comprends que vous et votre amie soyez tristes, mais sachez que la police fait toujours de son mieux. Je suis nouveau, c'est vrai, mais je suis en contact avec la police de Gattenburg depuis plusieurs années. Je ne pense pas qu'au sein de ce commissariat on ait jamais cherché à étouffer une affaire. Sur ce, je suggère que nous en restions là avant que cette conversation ne finisse par…

— Comme vous voudrez, le coupa sèchement Samantha en reculant d'un pas. Sans vouloir vous offenser, inspecteur Harris, je vous trouve bien naïf. J'espère, au moins, que vous continuerez de lire mon blog. Il vous ouvrira peut-être les yeux. En tout cas, je l'espère. Sur *ce*, bonne soirée !

Samantha pivota sur ses talons et monta dans sa voiture. Elle démarra sans un regard pour l'inspecteur.

Gregory eut un pincement au cœur en voyant Samantha s'en aller. Il avait été si content de la rencontrer. Pendant qu'il discutait avec elle, il avait eu toutes les peines du monde à lui cacher le trouble qu'il ressentait en sa présence. Après le fiasco qu'avait été leur échange, il était cependant vite redescendu de son petit nuage.

Au bout de la rue, il tomba sur elle, arrêtée à un feu rouge, juste devant lui. Sans hésiter, il aligna sa voiture à côté de la sienne et descendit sa vitre.

Lorsqu'elle jeta un coup d'œil dans sa direction, il s'aperçut qu'elle pleurait. De grosses larmes roulaient sur ses joues.

— Sam ! Que se passe-t-il ? demanda-t-il.

Elle regardait droit devant elle, ignorant les gestes qu'il faisait pour attirer son attention. Lorsque le feu passa au vert, elle démarra sur les chapeaux de roues.

Pied au plancher, Gregory la suivit jusque chez elle, sans réfléchir. Quand, en sortant de son cabriolet, elle reconnut sa voiture, garée devant chez elle, elle fonça vers lui, l'air furibond.

— Je vais encore en prendre pour mon grade, marmonna-t-il en ouvrant sa portière et en descendant de son véhicule.

— On peut savoir ce que vous faites là ? demanda-t-elle d'un ton cassant. Ne me dites pas que vous m'avez suivie ?

— Euh, si. Je voulais m'excuser, en fait. Je regrette de vous avoir froissée.

Il essayait de ne pas se laisser distraire par ses beaux cheveux bouclés chahutés par le vent. Brûlant d'envie de tendre la main vers son front pour repousser une mèche qui barrait son joli minois, il fourra résolument les mains dans ses poches.

— Perdre un ami dans de telles circonstances n'est jamais facile, continua-t-il. Je ne voulais pas vous rembarrer, vous savez. C'est juste que je me sens solidaire de mes collègues ; alors quand on les attaque, j'ai tendance à prendre leur défense. Mais j'aurais dû vous montrer plus d'égards, je le reconnais.

Elle le scruta longuement.

— Soit, concéda-t-elle, magnanime. J'accepte vos excuses.

Gregory se détendit, soulagé de la sentir à nouveau en confiance.

Elle secoua la tête et leva les yeux au ciel en soupirant.

— Tout cela paraît un peu surréaliste. Je n'ai pas l'habitude d'enquêter sur des affaires qui me touchent d'aussi près. Le fait que celle-ci n'ait pas été résolue me turlupine beaucoup et me fait regretter de ne pas avoir marché sur les traces de mon père. J'aurais dû entrer dans la police. Je l'aurais fait si, pour lui, ça ne s'était pas aussi mal terminé.

— Comment cela ?

— Mon père a été tué dans l'exercice de ses fonctions, à Chicago. J'ai perdu la vocation après ça.

Se rapprochant de la jeune femme, Gregory lui posa une main sur le bras.

— Je suis vraiment désolé. J'ignorais que votre père était mort en service.

— C'est comme ça que ma mère et moi nous sommes retrouvées ici, à Gattenburg. Nous avons eu envie de tourner la page et de déménager dans une ville plus sûre. Mais quand on voit ce qui se passe ici, je me demande si on a fait le bon choix. Quoi qu'il en soit, j'ai décidé d'agir. Je ne peux pas rester les bras croisés. Pas cette fois. Je n'ai rien fait pour essayer de trouver le meurtrier de mon père mais je suis résolue à ne pas laisser celui de Jacob s'en tirer.

— Quoi ? Le meurtrier de votre père n'a jamais été arrêté ?

— Non, répondit Samantha en séchant du bout des doigts ses yeux larmoyants. Le coupable était un gros trafiquant de drogue qui offrait des pots-de-vin à tout-va, notamment à un certain nombre de fonctionnaires municipaux, corrompus jusqu'à la moelle. Ils ont choisi d'empocher l'argent et de laisser courir le meurtrier de mon père.

— Vous m'en voyez sincèrement désolé, Samantha. Mais en ce qui concerne Jacob, je me dois de vous recommander la plus grande prudence.

— Pourquoi ?

Gregory hésita, choisissant ses mots avec soin.

— Eh bien, disons que le commissaire Wentworth a une façon bien à lui de faire appliquer la loi à Gattenburg. Il fait parfois preuve… d'un certain laxisme. Alors, quand vous me dites que l'enquête sur la mort de Jacob a été plus ou moins bâclée, je…

— *Plus ou moins* ? s'indigna Samantha.

— Je me demande, continua Gregory, imperturbable, si cela n'aurait pas à voir avec le fait que Collin soit le fils du commissaire. Je ne sais pas si Collin est impliqué ; c'est juste une supposition, mais ce qui est sûr, c'est que le commissaire Wentworth est perçu ici comme un pilier de la communauté. Du point de vue de sa hiérarchie, il est au-dessus de tout soupçon, sachez-le. Si je vous mets en garde, Samantha, c'est parce que, malgré tout le respect que je lui dois, je reconnais que, parfois, Wentworth est un vrai salaud.

Samantha recula d'un pas.

— Je n'ai pas peur de lui ! déclara-t-elle avec feu. Il contrôle peut-être cette ville et semble faire de vous tous à peu près tout ce qu'il veut, mais sur moi, il n'a aucun pouvoir.

— Je n'ai pas dit que vous devriez avoir peur de lui, tempéra Gregory, navré de la voir à nouveau s'emporter. Je vous conseille juste de faire attention.

Samantha lui signifiant d'un geste de la main qu'elle n'avait que faire de ses conseils, il essaya de la raisonner :

— Le commissaire Wentworth est très puissant. Et quand il s'agit de son fils, il ne rigole pas, apparemment. Si vous laissez entendre que Collin pourrait être impliqué dans des activités illicites, le commissaire risque de tout faire pour que le meurtre de Jacob ne soit jamais résolu.

— Peu importe *qui* est impliqué dans la mort de Jacob, déclara Samantha. Tout ce qui compte, c'est qu'il y ait une enquête. Une enquête digne de ce nom. Et pour cela, il faut que le commissaire Wentworth commence par mettre fin au népotisme et par faire son travail. Son devoir est d'arrêter le meurtrier, même s'il s'agit de son propre fils. Cela me paraît être une évidence mais si vous ne partagez pas mon avis, je préfère le savoir tout de suite, et nous en resterons là. Je pense que nous nous sommes tout dit.

Sur ce, elle tourna les talons et se dirigea vers la porte de sa maison d'un pas de grenadier.

— Samantha, attendez ! Je suis d'accord avec vous. C'est juste que…

En proie à de douloureux remords, Gregory ne termina pas sa phrase.

Dès que la jeune femme fut chez elle, il monta dans sa voiture et fila. Impatient de lire son blog, il se demandait ce qu'elle avait écrit jusque-là sur la mort de Jacob.

2

Et voici, chères lectrices, comment l'utilisation d'un code couleur vous aidera à mieux gérer vos rendez-vous.

Son article tapé, Samantha le sauvegarda dans le fichier intitulé *La femme moderne*. Levant les yeux, elle balaya du regard la salle de restaurant.

Les banquettes de Skaï rouge du Danica's Deli étaient pour la plupart vides. Assis au comptoir, quelques clients finissaient de manger en papotant avec les serveurs.

Samantha avait encore la tête bourdonnante après les révélations fracassantes que lui avait faites Ava, avec qui elle avait déjeuné ce midi. Elle brûlait d'impatience de partager avec ses abonnés tout ce qu'elle venait d'apprendre au sujet de la mort de Jacob.

Mais son blog attendrait. Elle devait d'abord rédiger son article, *Trucs et astuces de la vie courante*, pour le magazine féminin qui l'employait. Comme tout le monde, Samantha avait besoin de gagner sa vie et cette rubrique mensuelle l'y aidait bien.

Juste au moment où elle commençait un mail à l'intention de Regina, son éditrice, son téléphone vibra.

— Quand on parle du loup, marmonna-t-elle en voyant que Regina venait de lui envoyer un texto.

Samantha s'empressa de lui envoyer son article par e-mail, puis elle prit connaissance du texto.

Salut Sam ! Pense à m'envoyer ta rubrique avant 15 heures. Je compte sur toi. J'aimerais terminer la mise en page ce soir, de manière que nous puissions mettre sous presse en fin de semaine.

Un grand merci ! Regina

— J'ai une longueur d'avance sur toi, ma chère Reggie, marmonna Samantha en répondant au texto.

Bonjour Regina. Jette un coup d'œil à ta messagerie. Je viens de t'envoyer la rubrique par mail. J'ai hâte de savoir ce que tu en penses. Merci d'avance.

Elle était si concentrée que, lorsqu'une grande main carrée se posa sur son épaule, elle fit un bond d'un mètre de haut. Agrippant le bord de la table, elle se retourna d'un coup, le cœur battant à tout rompre.

En voyant l'inspecteur Harris, elle poussa un soupir de soulagement.

— Pardon ! dit-il en gloussant. Je ne voulais pas vous faire peur.

— Raté !

Elle lui en voulait encore d'avoir refusé de coopérer avec elle dans l'enquête sur la mort de Jacob, mais comment résister à un sourire aussi ravageur ?

— Qu'est-ce que c'est que ces manières d'arriver par-derrière et de me toucher sans crier gare ?

— Je vous prie de m'excuser. La prochaine fois, je vous promets d'arriver par-devant avant de vous toucher.

Décontenancée, Samantha dévisagea le bel inspecteur, qu'elle n'aurait pas imaginé aussi dragueur.

— Quelles sont les nouvelles ? demanda-t-il en jetant un coup d'œil à l'écran de son ordinateur. Vous travaillez à votre blog ?

— Non, pas pour l'instant. Je viens d'écrire un article pour *La femme moderne*. Maintenant que c'est fait, je vais pouvoir me consacrer à *En quête de vérité*.

Lorsque le regard de l'inspecteur Harris se focalisa sur ses lèvres, elle sentit sa température corporelle grimper en flèche. Attrapant son verre sur la table, elle but deux grandes gorgées de thé glacé.

— Hier soir, quand je suis rentré, j'ai regardé votre blog. Après la discussion un peu… animée que nous avons eue, j'ai eu envie de me pencher sur cette mort suspecte. Mais j'ai été déçu de constater que vous aviez peu d'éléments.

— En effet. Je n'avais pas beaucoup d'infos, mais j'ai déjeuné avec Ava, la sœur de Jacob, et elle m'a appris plein de choses.

Samantha s'interrompit, ménageant son effet. L'inspecteur était pendu à ses lèvres.

— Vous me semblez bien curieux, remarqua-t-elle. J'avais cru comprendre que la mort de Jacob ne vous intéressait pas plus que ça.

L'inspecteur Harris se détourna, visiblement mal à l'aise. Il changea de position et haussa les épaules.

— Je n'ai jamais dit qu'elle ne m'intéressait pas. Mais je reconnais que, là, vous avez réussi à capter mon attention.

Samantha se demanda s'il parlait de son blog, d'elle, ou des deux. Quoi qu'il en soit, elle se sentit flattée d'être à l'origine de ce revirement. Et troublée par ce que les paroles du bel inspecteur semblaient sous-entendre.

— Tiens donc ! J'ai capté votre attention, dites-vous ?

— Absolument. Plus que vous ne le pensez. Cela va sans doute vous étonner mais j'aimerais explorer la zone dans laquelle le corps de Jacob a été découvert.

Elle fit des yeux comme des soucoupes.

— Je n'en reviens pas, dit-elle en se calant au fond de son siège. Cela tombe on ne peut mieux car, figurez-vous qu'après mon entretien avec Ava tout à l'heure, j'ai décidé de me rendre dès que possible sur le lieu du crime. J'ai pensé qu'il serait judicieux de publier quelques photos de la scène dans *En quête de vérité*. On ne sait jamais. Ces clichés pourraient inciter un témoin à se manifester.

L'inspecteur consulta sa montre. Un léger sourire se dessina sur ses lèvres pleines.

Coupant court au fantasme qui traversait l'esprit de Samantha, il suggéra :

— Et si nous y allions maintenant ? À moins, bien sûr, que vous ne soyez trop occupée et n'ayez pas le temps…

— Non, c'est bon. Allons-y. Je pourrai prendre des photos que je publierai dès ce soir. Et puis, ça me donnera l'occasion de vous rapporter ce que j'ai appris aujourd'hui de la bouche même d'Ava. Si cela vous intéresse, naturellement.

— Bien sûr que ça m'intéresse ! assura l'inspecteur en remontant son holster d'épaule, caché sous son blouson d'aviateur en cuir noir. J'ai très envie d'en savoir plus. Vous êtes venue en voiture ?

— Oui. Vous aussi, je suppose ?

— En effet. Je propose que vous laissiez votre voiture ici et que nous prenions la mienne. Ça vous va ?

Samantha déglutit. La perspective de s'asseoir à côté de lui la mettait déjà dans tous ses états.

Bon, allez, on arrête de jouer les collégiennes énamourées et on se ressaisit ! s'intima-t-elle intérieurement.

— Ça me va, confirma-t-elle d'un ton neutre qui ne laissait en rien soupçonner l'euphorie qu'elle ressentait.

Mais lorsqu'elle ferma son ordinateur et rangea ses affaires dans son cabas en toile, elle remarqua que ses mains tremblaient. Par chance, l'inspecteur ne se rendit compte de rien, occupé qu'il était à taper un texto sur son téléphone.

Discrètement, Samantha inspira et expira à fond deux ou trois fois, puis elle finit son verre de thé glacé et se leva, son sac à l'épaule.

— On y va ? suggéra-t-elle. Nous faisons équipe, à présent.

— Pas si vite, dit l'inspecteur Harris en riant. Ne vous montez pas la tête. Ce n'est pas parce que je vais avec vous sur la scène de crime que je suis prêt à me lancer dans cette enquête.

— Nous verrons, répliqua-t-elle.

Sur ce, elle pivota sur ses talons et se dirigea vers la porte d'une démarche étudiée.

Gregory déglutit, troublé par la silhouette magnétique de la jeune femme. Il ne pouvait détacher les yeux de ses formes gracieuses, que soulignaient son blouson ultra-court et son jean moulant. Ce charmant spectacle suscita en lui une réaction intempestive.

— Vous venez ? lança Samantha par-dessus son épaule.

S'arrachant à sa rêverie, il s'empressa de lui emboîter le pas.

— J'arrive.

Ressaisis-toi, mon vieux !

Très cérémonieusement, Gregory lui tint la porte, puis il passa à sa droite pour lui laisser le bon côté du trottoir.

— Un vrai gentleman, s'extasia-t-elle. Merci pour toutes ces attentions.

Il lui lança un regard perplexe. Était-elle sincère ? Ou cherchait-elle juste à le flatter pour l'inciter à s'investir dans l'enquête ? Dans un cas comme dans l'autre, il était aux anges.

— Ma voiture est là, dit-il en lui montrant une Chevrolet noire avec des vitres teintées.

— Waouh ! J'ai l'impression d'aller patrouiller avec vous.

— Oh là, doucement ! tempéra-t-il, amusé de la voir tout excitée.

Il déclencha l'ouverture automatique des portes puis s'approcha de Samantha, qui avait déjà une main sur la poignée de la portière, côté passager.

— Laissez-moi faire, dit-il en posant sa main sur la sienne.

Samantha leva les yeux vers lui, interloquée. Ils étaient si près l'un de l'autre qu'il arrivait à sentir le bonbon à la cannelle qu'elle avait dans la bouche.

— Merci, dit-elle dans un souffle en reculant d'un pas.

Gregory ouvrit la portière et la regarda s'asseoir dans la voiture, une fois de plus incapable de détacher son regard de la jeune femme. Comme si elle avait perçu son trouble, elle se tourna vers lui pour dire quelque chose, puis se ravisa et fixa le pare-brise.

Il aurait pu se poser des questions, n'eût été la lueur qu'il avait détectée dans ses yeux noisette. Son expérience dans les forces de l'ordre lui avait appris à déchiffrer cet éclat particulier dans le regard de ses interlocuteurs, qui lui étaient reconnaissants de les avoir écoutés et pris au sérieux.

Il fit rapidement le tour du véhicule pour aller s'asseoir au volant, s'assurant avant de monter dans la voiture que le rapport qu'il avait photocopié au commissariat se trouvait toujours dans sa poche.

Il n'avait pas dit à Samantha qu'il avait ressorti le dossier de Jacob et qu'il s'était penché dessus. Il ne savait pas encore jusqu'où il était prêt à se mouiller pour l'aider. Tout dépendrait de la manière dont les choses se passeraient aujourd'hui.

— Il me semble que l'endroit où a été trouvé le corps de Jacob n'est pas très loin d'ici. Je me trompe ? demanda-t-il.

— Non, c'est exact. D'après mon application de navigation, il se situe à moins de cinq kilomètres.

— Parfait. Westman's Automotive Factory est sur Everhart Avenue, et le corps de Jacob a été découvert dans une ruelle perpendiculaire à Kenwood Street.

— Absolument, confirma Samantha. Et Kenwood n'est qu'à deux pâtés de maisons de Westman's, où Jacob travaillait, comme vous le savez.

Gregory remarqua un très net changement d'attitude chez sa passagère. Assise bien droite sur son siège, l'air sévère, elle tapait un texto sur son smartphone.

Son humeur badine de tout à l'heure semblait s'être envolée. Plus question de plaisanter. Cet air sérieux et autoritaire l'aurait facilement fait passer pour un membre des forces de l'ordre. Peut-être avait-elle pris cela de son père, qui avait été policier, d'après ce qu'elle lui avait dit.

Gregory jeta un coup d'œil discret à sa main gauche, soigneusement manucurée. Elle portait un anneau en argent à l'auriculaire, mais elle n'avait pas l'ombre d'une alliance à l'annulaire.

Qu'est-ce qui te prend ? se demanda-t-il, déconcerté par cet accès de curiosité malsaine qui lui ressemblait si peu. Il ne remarquait jamais ce genre de détail, le statut marital d'une femme étant généralement le cadet de ses soucis.

Arrête de gamberger...

— Si je me souviens bien de ce qu'Ava m'a dit, on devrait trouver la ruelle en question au niveau des numéros 800 sur Kenwood.

— Oui. Entre le 815 et le 817, précisa Gregory. J'ai lu que le corps avait été découvert entre deux grandes bennes à ordures. Les photos de la scène de crime me laissent penser que le corps a été poussé là. En aucun cas, Jacob n'a pu se fourrer de son plein gré entre ces deux bennes, surtout s'il était sous l'emprise de stupéfiants, comme l'indique le rapport de police. Sans compter que…

Il s'interrompit lorsqu'il s'aperçut que Samantha avait porté les deux mains à sa poitrine et le dévisageait.

— Les photos de la scène de crime, dites-vous ? Et le rapport de police ? J'ai l'impression que vous avez jeté un coup d'œil au dossier, finalement. Qu'est-ce qui vous a fait changer d'avis ?

L'intérêt que porte à cette affaire une jolie femme, vive et intrépide, en quête de vérité, ne pouvait me laisser indifférent, faillit-il répondre de but en blanc, avant de se raviser et de se creuser les méninges pour trouver une réponse plus appropriée.

S'arrêtant à un feu rouge, il se tourna vers elle.

— Pour tout vous dire, après la discussion un peu enflammée que nous avons eue devant chez vous hier soir, j'ai eu envie d'en savoir un peu plus. Vous voir prête à remuer ciel et terre pour que l'enquête sur la mort de votre ami soit rouverte m'a poussé à me pencher sur l'affaire.

— Je vous en sais gré.

Les bras croisés sur sa poitrine, luttant visiblement contre l'émotion, elle se mit à contempler les maisons de style Tudor qui s'alignaient de part et d'autre de la rue, avec leurs façades proprettes et leurs pelouses impeccables.

— Je parie qu'il ne vous a pas fallu longtemps pour comprendre que l'enquête a été complètement bâclée. Une vraie blague. J'adorerais voir le rapport de police. Celui qui l'a rédigé n'a pas dû se fouler. Je suis sûre qu'il fait moins d'une page.

Machinalement, Gregory s'assura encore une fois que le rapport était toujours dans sa poche. Même s'il acceptait de collaborer avec Samantha, il était hors de question de la laisser accéder à ce rapport et aux détails de l'enquête, qui devaient rester confidentiels. Là-dessus, il serait inflexible.

— Parlez-moi de votre conversation avec Ava, suggéra-t-il en tournant dans Everhart Avenue.

Laide et sinistre, la rue dans laquelle se trouvait Westman's Automotive Factory contrastait avec les quartiers résidentiels qu'ils venaient de traverser.

— Vous avez dit qu'au cours de cette conversation vous aviez appris pas mal de choses sur la mort de Jacob. Pourriez-vous être plus précise ?

— Nous avons discuté du rapport du légiste qui a conclu que le décès était dû à une overdose accidentelle. C'est n'importe quoi et cela prouve que, dès le départ, les dés ont été pipés.

— Comment cela ? Pourquoi est-ce n'importe quoi ?

Lorsqu'ils passèrent devant Westman's, qui occupait une bonne moitié du pâté de maisons, Samantha se tassa sur son siège. Les larmes aux yeux, elle scruta les murs de ciment gris de l'usine, qui datait des années soixante et n'avait guère été entretenue. Les rares fenêtres disparaissaient sous une épaisse couche de crasse. Des pièces automobiles rouillées traînaient le long du mur d'enceinte décrépi. La façade, qui menaçait ruine, était envahie par les mauvaises herbes.

— Quelle horreur ! dit la jeune femme. Cette usine à l'abandon fait froid dans le dos.

Elle secoua la tête et détourna les yeux de ce spectacle affligeant.

— Jacob n'a pas pu faire une overdose, déclara-t-elle. Il n'a jamais touché à la drogue de sa vie. Dieu sait pourtant qu'il aimait faire la fête. Il tenait l'alcool mieux que personne dans cette ville. Mais la drogue, ça n'a jamais été son truc.

Gregory hocha pensivement la tête tout en prenant à gauche dans Kenwood Street.

— C'est intéressant, dit-il. Je me suis un peu renseigné sur Westman's et j'ai vu que l'entreprise avait mis en place un programme de réinsertion des anciens toxicomanes.

— Oui. Ava m'en a parlé. C'était un projet qui tenait beaucoup à cœur à Jacob. Il s'est battu pour que la direction de l'usine accepte d'embaucher d'anciens drogués.

Gregory s'arrêta dans la ruelle où le corps de Jacob avait été découvert.

— D'après ce que j'ai lu, dit-il, la période d'essai tenait du parcours du combattant. Les candidats avaient une semaine pour convaincre leur employeur de leur désir de s'en sortir. Pour être embauchés, ils devaient ensuite accepter de se soumettre à des tests aléatoires de dépistage de drogue pendant une durée de trois mois.

Samantha ricana.

— Tu parles ! dit-elle tandis qu'il roulait au pas en direction de deux bennes métalliques posées l'une à côté de l'autre et rongées par la rouille. Sur le papier, ça a l'air très bien mais la réalité est bien différente.

— Pourtant, à Gattenburg, on a beaucoup apprécié le programme de réinsertion proposé par Westman's. Le mois dernier, le maire a même décerné une récompense à l'entreprise pour cette généreuse initiative qui fait honneur à toute la communauté.

Samantha s'avança sur son siège et désigna les bennes, juste devant eux.

— Ce sont les seules bennes de la ruelle, apparemment. J'en conclus que nous sommes sur la scène de crime.

Tendant le cou pour voir la ruelle jusqu'au bout, Gregory acquiesça et se gara sur le côté.

— Allons jeter un coup d'œil, suggéra-t-il.

Réprimant un frisson d'appréhension, Samantha sortit de la voiture et prit plusieurs photos des bacs à ordures, sous divers angles.

— Attendez, dit-elle en fronçant les sourcils. C'est dans cet espace très étroit que le corps a été découvert ?

— D'après les photos de la scène de crime, il semblerait que ce soit là, en effet.

Pendant qu'elle examinait les murs de ciment de part et d'autre des bennes, Gregory se surprit une fois de plus à admirer ses longues jambes fines.

— Coincées entre ces murs, ces bennes sont presque à touche-touche, déclara-t-elle, un poing sur la hanche. Je suis d'accord avec vous : Jacob n'a pas pu se fourrer là tout seul. Surtout s'il avait pris des stupéfiants, comme la police voudrait nous le faire croire.

Au moment où Samantha se mettait à faire quelques gros plans de l'espace entre les deux bennes, un rugissement de moteur se fit entendre au bout de la ruelle. Tout comme Gregory, elle tourna brusquement la tête pour voir d'où venait ce vacarme.

— C'est qui, ce chauffard ? marmonna l'inspecteur.

Le véhicule disparut dans un crissement de pneus avant qu'il ait pu vraiment le voir.

— Je l'ai eu, déclara Samantha en fixant l'écran de son téléphone.

— Vous avez eu quoi ?

— Le véhicule. Je l'ai pris en photo. À première vue, c'est une estafette blanche avec un marquage bleu et orange sur le côté.

— Tiens, tiens ! Cela fait penser à un véhicule commercial, non ?

Samantha acquiesça d'un hochement de tête convaincu en lui tendant son téléphone.

— Les photos sont un peu floues, malheureusement. Mais il me semble bien repérer dans l'inscription la lettre *R* peinte en orange et la lettre *Y* peinte en bleu. Je vous laisse deviner quelle entreprise locale utilise des estafettes blanches estampillées en bleu et orange et dont le nom comporte ces deux lettres.

Gregory prit l'appareil et fit défiler les photos.

— Westman's Automotive Factory, continua Samantha, sans lui laisser le temps de répondre. Vous arrivez à voir ? Juste là, dit-elle en tapotant l'écran du bout de l'index. Regardez bien.

— Oui, je vois, répondit Gregory d'un ton posé, histoire de calmer un peu le jeu car, à en juger par sa voix, Samantha était tout excitée.

Écartant les bras, elle shoota dans deux ou trois cailloux.

— Ouf, je n'ai pas la berlue ! dit-elle.

— Non, je vous rassure tout de suite. Regardez, quand on agrandit la photo la moins floue, on voit plus distinctement les deux dernières lettres du nom de l'entreprise. Pourriez-vous me transférer ces photos ?

— Oui, bien sûr, dit Samantha en reprenant le téléphone. Dans mes contacts, j'ai votre numéro au poste de police mais pas votre numéro personnel.

— Ah bon ? Je pensais vous l'avoir donné, le soir où nous nous sommes rencontrés à la levée de fonds organisée par le centre communautaire.

— Non. Vous ne m'avez rien donné du tout.

Il tendit la main.

— Laissez-moi réparer cette erreur. Tant que j'y suis, je vais aussi vous donner mon adresse mail.

Samantha lui passa le téléphone en haussant les sourcils.

— On ne sait jamais, s'empressa d'ajouter Gregory. Vous pourriez avoir besoin de m'envoyer quelque chose.

— C'est cela, oui, marmonna-t-elle.

Elle n'était pas dupe. Il était évident que l'inspecteur commençait à s'intéresser à l'affaire en dépit de ses réticences initiales.

— Je vous remercie, dit-elle, mais je crains que votre numéro de téléphone et votre adresse mail ne soient pas suffisants. À la tournure que prend l'affaire, ajouta-t-elle en lui montrant l'entrée de la ruelle, là où l'estafette de Westman était apparue, c'est de *vous* dont je vais avoir besoin.

Gregory s'arrêta tout net de saisir ses coordonnées dans le téléphone et leva les yeux vers elle. *Besoin de lui* ? Comme enquêteur, supposait-il. Rien dans son regard un peu lointain ne semblait indiquer qu'elle pensait à autre chose.

— Cela paraît louche, cette estafette qui traîne à proximité de la scène de crime, vous ne trouvez pas ? D'autant plus que, dès qu'il nous a vus, le conducteur est parti à toute vitesse.

— Je n'en sais rien, répondit-il pour ne pas lui faire peur. L'usine étant tout près, c'était peut-être là que se rendait l'estafette.

— À d'autres ! Jamais vous ne me ferez croire ça. L'estafette ne se rendait pas à l'usine ; j'en mettrais ma main à couper. Et d'ailleurs, ne dit-on pas que l'assassin revient toujours sur le lieu du crime ?

Gregory termina d'enregistrer ses coordonnées dans le téléphone de la jeune femme, puis il le lui rendit.

— Oui, c'est ce qu'on dit, mais ce n'est pas une raison pour en tirer des conclusions hâtives qui ne reposent sur rien.

— Je vous trouve bien tatillon, répliqua-t-elle avec une moue de désapprobation. Mais laissons cela pour l'instant. Je vous envoie les photos. J'ai hâte de les montrer à Ava et de lui raconter ce qui vient de se passer.

— Si je peux me permettre de vous donner un conseil, il vaudrait mieux que vous parliez le moins possible de l'affaire. Et j'aimerais que vous me laissiez en dehors de tout ça. Vous comprenez, je suis nouveau ici. Si je commence à enfreindre le code de déontologie de la police…

— D'accord, concéda Samantha du bout des lèvres en haussant les épaules.

Elle était contrariée ; il le comprit à sa moue boudeuse.

— Essayez de vous mettre à ma place, Samantha. Je risque gros en enquêtant de ma propre initiative sur cette affaire. Un minimum de discrétion s'impose. J'espère que vous le comprenez.

— Message reçu, inspecteur. Je ne dirai rien. Promis.

Gregory se retourna vers l'entrée de la ruelle.

— Maintenant que nous avons vu la scène de crime et que vous avez pris toutes les photos que vous vouliez, nous n'avons plus rien à faire ici et ferions mieux de filer.

— Bonne idée. On ne sait jamais que l'estafette revienne. Merci de m'avoir conduite jusqu'ici. Entre les révélations que m'a faites Ava tout à l'heure et les photos que je viens de prendre, je vais avoir de quoi alimenter mon blog.

— Tout le plaisir était pour moi, Samantha.

Pendant le trajet de retour, elle commença à retoucher les photos.

Plongé dans ses pensées, Gregory était en train de se demander s'il ne devrait pas cesser de la voir et laisser tomber l'enquête lorsque le téléphone de sa passagère se mit à vibrer.

Elle fixa l'écran pendant quelques secondes avant de pousser un cri de joie.

— Qu'est-ce qui vous arrive ? demanda-t-il.

— Je viens de recevoir un texto d'Ava. Elle a réussi à m'obtenir un rendez-vous avec une certaine Kenzie Stevenson qui travaille chez Westman's. Kenzie étant une bonne copine de Jacob, Ava pense qu'elle a sûrement eu vent des trafics douteux qui ont lieu à l'usine.

— C'est super. Mais j'ai du mal à croire qu'une salariée de l'usine, actuellement en poste, accepte de vous parler.

— En fait, elle a posé ses conditions. Son témoignage doit rester anonyme. Elle a une peur bleue de Collin. Et comme Ava et moi, elle est persuadée qu'il est impliqué dans le meurtre de Jacob. Nous pensons en outre que son père, le commissaire Wentworth, a fait en sorte d'étouffer l'affaire.

Malgré le petit courant d'air frais qui entrait par sa vitre partiellement baissée, Gregory sentit son front se couvrir de sueur.

— Pas de panique, dit Samantha en glissant son téléphone

dans son sac. Je sais que vous travaillez sous les ordres du commissaire ; je ne vous demande donc pas d'être d'accord avec moi.

— Mon opinion sur cette affaire n'a rien à voir avec le fait que Wentworth soit mon chef. Je suis plutôt quelqu'un de réglo, soit, mais cela ne m'empêche pas d'avoir mon libre arbitre. C'est votre décapotable qui est garée juste là, sur la droite ?

— Oui. Bon, alors, écoutez : Je dois rencontrer Kenzie demain soir après sa sortie de l'usine. Nous devons nous retrouver au Barron's Bar and Grill à 19 heures. Je suppose que vous ne connaissez pas. Il est en dehors de la ville, non loin de Peoria.

Gregory se gara juste derrière la voiture de Samantha.

— Barron's…, ça me dit quelque chose. Ah, oui, je vois très bien où il se trouve. Mais c'est à Pétaouchnok ! Pourquoi allez-vous aussi loin ?

— Parce que Kenzie ne veut pas risquer de tomber sur un de ses collègues de l'usine. Il y a pas mal de gens dans cette ville qui savent que j'enquête sur la mort de Jacob. Pour le dire sans détours, elle préfère qu'on ne nous voie pas ensemble.

— Oui, je comprends.

Lorsque Gregory vit que Samantha avait une main sur la poignée de la portière et s'apprêtait à sortir, il fut tenté de la retenir sous un prétexte quelconque. Il n'avait pas envie qu'elle parte.

— Encore merci de m'avoir emmenée sur la scène de crime, dit-elle. Cela va beaucoup m'aider à progresser dans mon enquête.

— Il n'y a pas de quoi. Merci de m'avoir accompagné. Je suis impatient de vous lire. Je vais guetter l'apparition d'un nouvel article dans votre blog.

— Avez-vous demandé à être notifié des nouvelles parutions ? le taquina Samantha.

— Euh, non, répondit-il en riant. Mais je le ferai sans faute dès que possible.

— Parfait.

Elle ouvrit la portière, puis se tourna brusquement vers lui.

— Mais j'y pense. Pourquoi ne viendriez-vous pas au Barron's demain soir ? J'aimerais beaucoup que vous entendiez ce que Kenzie a à dire. Votre point de vue sur tout ça est très important.

Gregory fixa le pare-brise quelques instants, les doigts crispés sur le volant. Il brûlait d'envie de revoir Samantha mais pas dans le cadre de l'enquête.

— Je suis désolé, mais je crois que… ça ne va pas être possible. J'ai… euh…

— Pas de problème. Vous ne voulez pas aller plus loin, c'est votre droit. Mais si jamais vous changez d'avis, n'hésitez pas à venir. Vous avez mon numéro de téléphone maintenant.

Il acquiesça d'un hochement de tête et faillit dire quelque chose mais se ravisa juste à temps.

— Bon, eh bien, je vous laisse. Nous aurons sûrement l'occasion de nous recroiser. Merci encore pour la balade.

Gregory fit la grimace lorsqu'elle claqua la portière. Il la regarda monter dans sa voiture, totalement immobile, comme rivé à son siège, alors qu'il brûlait de la rejoindre et de la prendre dans ses bras. De lui dire combien il était désolé de ne pas pouvoir s'impliquer davantage dans cette enquête.

Il envisagea un bref instant de se rendre au Barron's juste pour s'assurer qu'il ne lui arriverait rien. Le rendez-vous avec Kenzie pouvait très bien être un guet-apens.

Mais il renonça très vite à cette idée et se retint de lui courir après. C'était mieux comme ça. Kenzie était sûrement quelqu'un de bien, à qui l'on pouvait faire confiance. Et puis, il n'allait pas commettre une deuxième fois l'erreur qu'il avait faite à Chicago. L'affaire à laquelle il s'était consacré là-bas corps et âme avait failli lui coûter son boulot et s'était soldée par une grosse déception sentimentale. Ce fiasco, tant sur le plan professionnel que personnel, ne l'incitait pas à retenter l'expérience.

Comme disait toujours sa mère, *l'enfer est pavé de bonnes*

intentions. Ce n'était pas juste une expression, comme il l'avait longtemps pensé.

Il évitait de revenir sur cette terrible mésaventure. La blessure n'était pas encore totalement refermée. Un jour, peut-être, raconterait-il à Samantha ce qui s'était passé. Pour qu'elle comprenne pourquoi il préférait garder ses distances.

3

Discrètement, Samantha jeta un énième coup d'œil à l'écran de son téléphone. Pas de texto. Pas d'appel manqué. Elle poussa un soupir et but une gorgée de merlot.

Le Barron's Bar and Grill n'était pas bondé, pour une fois. Des groupes d'étudiants portant les couleurs de leurs confréries se pressaient autour du bar ou de la table de billard. Des joueurs disputaient une partie pendant que des ouvriers du bâtiment chahuteurs attendaient leur tour en éclusant des bières.

Il y avait une bonne heure que Kenzie et elle étaient arrivées. Lorsque Kenzie sortit pour prendre un appel, Samantha en profita pour parcourir ses notes des yeux, abasourdie par les anecdotes que lui avait racontées Kenzie sur ce qui se passait chez Westman's.

En entendant son téléphone vibrer, elle sursauta violemment. Contre toute attente, ce n'était qu'un e-mail de sa rédactrice en chef.

Soupirant de plus belle, elle ouvrit sans enthousiasme le message qui l'informait sans doute que son dernier article pour *La femme moderne* allait être publié. Elle y donnait des conseils aux lectrices pour mieux gérer leurs plannings.

Elle avait été terriblement déçue que l'inspecteur Harris décline son invitation de venir la rejoindre au Barron's. Elle avait vraiment espéré qu'il l'aiderait à enquêter sur le meurtre de Jacob. Elle devait maintenant se rendre à l'évidence : Ava et elle se battraient seules pour obtenir justice.

Exhalant un soupir résigné, elle prit connaissance du mail de Regina.

Bonjour Sam ! Bravo pour ton dernier article. J'ai cependant deux ou trois suggestions que je te prie de bien vouloir prendre en compte. Pourrais-tu distinguer le planning de la femme active de celui de la mère au foyer ?

J'aimerais en outre que tu encourages les lectrices à accrocher chez elles un grand planning qui servirait à toute la famille.

Je compte sur toi pour revoir ton article dans les meilleurs délais.

Merci d'avance. Reg

Comme si je n'avais que ça à faire ! grommela Samantha avant de répondre de mauvaise grâce au mail de sa rédactrice en chef.

Sachant que les articles qu'elle écrivait pour le magazine constituaient sa principale source de revenus, elle ne pouvait pas envoyer promener Regina. Mais obnubilée comme elle l'était par son enquête sur le meurtre de Jacob, surtout depuis que Kenzie lui avait fait des révélations fracassantes, Samantha avait l'impression de perdre son temps quand elle ne travaillait pas sur l'affaire.

Merci pour tes remarques, Regina. Je récris l'article tout à l'heure. Tu l'auras demain sans faute. Bonne soirée. Samantha.

Elle envoya son mail puis regarda dehors, inquiète de ne pas voir revenir Kenzie. Toujours au téléphone, celle-ci faisait les cent pas sur le parking du bar. À la manière dont sa crinière frisée volait dans tous les sens, Samantha devina qu'elle était énervée. Elle faisait de grands gestes désordonnés et fronçait les sourcils.

Samantha ferma son ordinateur et le rangea dans son sac. Avec Kenzie, c'était de toute évidence fini pour aujourd'hui.

Au moment où elle repoussait sa chaise pour se lever, elle remarqua une Chevy noire à vitres teintées en train de se garer sur le parking du Barron's.

Elle se figea et son cœur se mit à battre la chamade. Le rythme de sa respiration s'accéléra, gonflant sa poitrine sur laquelle son chemisier de soie se tendit dangereusement.

Je n'y crois pas, songea-t-elle.

Mais lorsque l'inspecteur Harris descendit de la voiture et s'avança vers l'entrée du bar, elle dut se rendre à l'évidence.

Dès qu'il eut franchi le seuil, elle leva une main et lui fit signe, attirant aussitôt son attention. Le sourire qu'il lui décocha fit courir en elle un long frisson d'excitation.

On se calme, ma grande, s'enjoignit mentalement Samantha en inspirant à fond et en redressant les épaules. Il ne manquerait plus que le bel inspecteur se rende compte qu'elle en pinçait pour lui.

À en juger par son sourire radieux, il était lui-même très content de la voir.

— Je parie que vous ne m'attendiez pas, dit-il en la prenant affectueusement par la taille.

— J'avoue que pour une surprise, c'en est une.

Elle l'étreignit quelques instants, humant dans son cou les fragrances boisées de son eau de toilette. Puis d'un même mouvement, ils s'écartèrent l'un de l'autre.

— Avant que vous m'expliquiez ce que ma venue a de si étonnant, je vais me chercher une bière, dit-il. Mais où est Kenzie ? demanda-t-il en désignant la chaise vide. J'espère qu'elle n'est pas partie.

— Non, elle est juste sortie pour prendre un appel téléphonique.

— Ah, très bien. Je vois que votre verre est vide. C'était quoi ?

— Du merlot.

— Je vous en apporte un autre. Je reviens tout de suite.

Plus détendu que la veille, Gregory était encore plus charmant le soir qu'en pleine journée. Elle le regarda s'approcher du bar et héler le barman, fascinée par sa belle assurance. Lorsqu'il retira son blouson de motard, sous lequel il portait un T-shirt blanc très près du corps, sa musculature flatteuse la troubla.

— Me revoilà ! s'exclama Kenzie en heurtant malencontreusement la table avec ses fesses.

Samantha, qui ne l'avait pas vu revenir, frôla l'infarctus.

— Désolée mais je ne vais pas pouvoir rester, continua Kenzie. Mon petit ami m'a fait une scène parce que je n'étais pas à la maison quand il est rentré du travail. Je ne sais pas combien de fois je lui ai dit que je ne rentrais pas directement ce soir, mais il a dû oublier. *Il est tellement possessif*, ajouta-t-elle à mi-voix, comme si elle se parlait à elle-même.

— Pas de problème. Je vous remercie d'avoir accepté de me rencontrer. Si vous devez partir, allez-y, je vous en prie.

Kenzie récupéra son sac à dos et le jeta sur son épaule.

— Il vaut mieux que j'y aille. Je n'ai pas envie de subir les remontrances d'Alex.

— Une seconde, Kenzie. Avant que vous ne filiez, laissez-moi vous présenter l'inspecteur Harris qui, comme je vous l'ai dit, est nouveau à Gattenburg.

— Il est venu finalement ?

— Oui. Il est là.

Kenzie scruta Samantha d'un air suspicieux.

— Dites donc, vous, vous n'auriez pas un faible pour lui, par hasard ?

Le retour de Gregory, une chope de bière dans une main et un verre de vin dans l'autre, permit à Samantha d'éluder la question.

— Enchanté, dit-il. Je suis l'inspecteur Gregory Harris. Je suppose que vous êtes Kenzie.

— Oui, c'est ça.

Le changement d'attitude de Kenzie, soudain mal à l'aise et intimidée, n'échappa pas à Samantha.

Un peu plus tôt, Kenzie lui avait confié qu'elle n'avait pas très envie de parler à un flic, surtout à un flic travaillant sous les ordres du chef Wentworth. Samantha l'avait assurée que l'inspecteur Harris était sympa et intègre mais elle n'avait pas vraiment réussi à la convaincre.

— Merci d'être venue, Kenzie, et d'avoir accepté de nous parler de Jacob. Je vous présente mes sincères condoléances. Je sais que Jacob et vous étiez amis.

— Merci, marmonna Kenzie. Mais, euh, il faut que je parte, maintenant. Je suis sûre que Samantha va vous rapporter notre conversation dans ses moindres détails. Je vous laisse.

— J'espère que je ne vous chasse pas, dit Gregory. Je ne mords pas, vous savez.

Kenzie émit un petit rire gêné.

— Je n'en doute pas une seconde. Mais je ne peux pas rester plus longtemps. Encore merci, Samantha, d'être venue jusqu'ici. J'espère que ce que je vous ai dit fera progresser l'enquête.

Samantha lui fit la bise.

— Je l'espère aussi. Merci pour votre aide. Je vous tiendrai informée des progrès de l'enquête.

— Je vais continuer de lire votre blog. Je suis totalement accro. Je vous admire beaucoup et je suis fière d'avoir rencontré ce soir une journaliste aussi renommée que vous.

— Moi aussi, je suis fier de la connaître, déclara l'inspecteur Harris en décochant un clin d'œil à Samantha.

— Ce n'est pas bientôt fini, les flatteries ? protesta Samantha. Si vous continuez, je vais prendre la grosse tête.

— Cela m'étonnerait, répliqua Kenzie. Vous êtes bien trop modeste pour vous monter le bourrichon. Je file mais n'hésitez pas à m'appeler si vous avez d'autres questions. Ravie d'avoir fait votre connaissance, inspecteur.

— Je le suis aussi, dit Gregory. Rentrez bien.

En la voyant se précipiter vers la sortie, il ne put s'empêcher de rire.

— Elle est drôlement pressée, on dirait. Est-ce que c'est moi qui l'ai fait fuir ? Qu'est-ce que j'ai dit de si terrible ?

— En fait, ce qui l'effraie surtout, c'est que vous travailliez pour le père de Collin. Comme vous le savez, Collin est son patron. Elle a peur de ce qui pourrait lui arriver si jamais Collin apprenait qu'elle nous avait parlé.

— J'espère que vous n'allez pas filer, vous aussi. Si vous avez un petit quart d'heure à m'accorder, j'aimerais que vous me racontiez ce qu'elle vous a dit.

Samantha se rassit docilement à sa place. Elle avait les jambes flageolantes et des papillons dans le ventre. Il y avait des lustres qu'elle n'avait pas ressenti une telle attirance pour un homme. Même s'ils étaient théoriquement là pour discuter de l'affaire, elle avait envie de profiter à fond de ce tête-à-tête avec le bel inspecteur.

— J'ai tout mon temps, assura-t-elle.

— Tant mieux, dit-il en s'asseyant en face d'elle. Alors je vous écoute.

Samantha commença par boire une gorgée de vin, scrutant sans vergogne Gregory tandis qu'il portait sa chope de bière à ses lèvres. Elle se trémoussa sur sa chaise puis se racla la gorge.

On se calme, Sam.

Détournant les yeux, elle fixa son verre dont elle se mit à faire tournoyer le pied entre ses doigts.

— Avant d'en venir à ce que m'a dit Kenzie, j'ai une question à vous poser. Qu'est-ce qui vous a fait changer d'avis ? Vous sembliez si déterminé à ne pas vous impliquer dans cette enquête.

Concentré sur sa bière, l'inspecteur Harris ne répondit pas tout de suite.

— Hier, sur la scène de crime, vous avez su toucher la corde sensible, admit-il finalement. J'ai compris que si vous teniez tant à savoir ce qui est arrivé à Jacob, c'était avant tout par amitié pour Ava. Vous mettez un point d'honneur à faire en sorte que justice soit rendue à son frère.

— Voilà qui est intéressant, dit Samantha en essayant de ne pas se laisser distraire par la tension de ses triceps lorsqu'il mima un applaudissement.

— Je ferai ce que je peux pour vous aider mais je ne vous promets rien, continua-t-il. Il vaut mieux que vous le sachiez. J'appartiens à la police de Gattenburg et dois donc me montrer loyal envers elle. Après réflexion, il m'a semblé cependant qu'en venant vous retrouver ici pour discuter avec Kenzie je ne faisais rien de mal.

— OK, je comprends mieux. Mais pour être tout à fait franche avec vous, j'ai l'impression que ce n'est pas seulement par loyauté envers la police de Gattenburg que vous ne voulez pas vous investir dans cette affaire. Vous avez dit que vous étiez quelqu'un de réglo, et que vous aviez le plus grand respect pour vos supérieurs. J'ai bien compris que vous ne vouliez pas faire de vagues mais je sens que c'est pour une autre raison que vous freinez des quatre fers. Est-ce que je me trompe ?

— Non, répondit-il après une brève hésitation. Vous avez parfaitement raison. Pour faire court, disons que, quand j'étais dans la police de Chicago, j'ai été échaudé. Je me suis un peu trop investi dans une affaire et je me suis laissé déborder.

L'inspecteur s'était mis à jeter des coups d'œil inquiets autour de lui. Il semblait revivre mentalement cette mauvaise expérience.

— Je suis désolée pour vous, Gregory. Mais vous en êtes sorti indemne, apparemment.

— C'est vite dit, marmonna-t-il avant d'affronter enfin son regard. Croyez-moi, Samantha, j'ai vécu un véritable enfer. C'était juste avant que je vienne à Gattenburg. En fait, c'est ce qui m'a poussé à venir ici.

— Ah oui ? Vous avez carrément dû déménager ?

Il finit sa bière puis se passa une serviette en papier sur les lèvres.

— Oui, c'était la seule chose à faire. Mais oublions tout ça et revenons à Kenzie. Qu'avez-vous appris de nouveau ?

Samantha le sentit soudain plus froid, plus distant. Elle se demanda si le problème qu'il avait eu à Chicago n'était pas lié à une femme. Elle brûlait de lui poser la question mais son air renfrogné l'en dissuada.

— Il faut tout d'abord que vous sachiez qu'Ava m'avait donné les noms de plusieurs des employés de l'usine, susceptibles, d'après elle, de me renseigner sur ce qui se passe chez Westman's. Je les ai tous appelés mais seule Kenzie a accepté de me parler, dit Samantha.

— Je ne sais pas trop quoi en penser. Ils ont peut-être peur de perdre leur boulot, tout simplement.

— Ou ils cachent quelque chose, répliqua Samantha. Quoi qu'il en soit, Kenzie m'a confié que Jacob et elle travaillaient côte à côte sur la chaîne de montage. C'est comme ça qu'ils sont devenus amis. Mais ce n'est pas tout. Figurez-vous que Kenzie est l'ex-petite amie de Collin.

L'inspecteur Harris ne cacha pas sa stupeur.

— Ça alors ! Voilà qui change tout.

— En effet.

Il se carra sur sa chaise et redressa les épaules, comme s'il avait oublié ce qui lui était arrivé à Chicago et reprenait soudain du poil de la bête.

— Que diriez-vous d'une autre bière avant d'aller plus loin ? demanda Samantha.

— Non, merci. Pour moi, c'est bon. Je suis impatient d'entendre la suite.

— Super ! Kenzie et moi avons discuté ensuite du programme de réinsertion des anciens toxicomanes. D'après ce qu'elle m'a dit, la plupart des offres d'emploi sont destinées à des types qui ont été condamnés pour trafic de drogue, en particulier à ceux qui viennent de sortir de prison. Mais il se trouve que trois de ces anciens toxicomanes qui ont été embauchés à l'usine ont disparu peu de temps après avoir terminé leur période d'essai.

Le détective Harris en resta bouche bée. Se penchant au-dessus de la table, il plissa les yeux.

— Ils ont *disparu*, dites-vous ? Comment cela ?

— Ils se sont en quelque sorte volatilisés. Personne ne sait ce qu'ils sont devenus. En plus, cela remonte à *plusieurs mois*.

— Il y a forcément eu une enquête. Kenzie sait ce qu'il en est ressorti ?

— Non, elle a prétendu ne pas être au courant. Les types en question revenaient de loin, apparemment. Leur addiction les avait coupés de tout. Familles et amis leur avaient tourné le dos. Ils comptaient sur le programme de réinsertion pour retrouver une vie normale. Sauf qu'au moment où ils auraient pu se réinsérer, ils ont disparu. Sans laisser de traces.

Gregory sortit d'une des poches de son blouson un petit calepin et un stylo. Samantha fut très agréablement surprise de le voir prendre des notes.

— Vous faites ça à l'ancienne, fit-elle remarquer, amusée. De nos jours, on utilise plutôt le téléphone portable. Il y a des applications dédiées. Mais peu importe. À chacun sa méthode. Ne changez rien, surtout.

— Je n'en ai pas l'intention, répliqua-t-il. Pour en revenir à Kenzie, vous a-t-elle dit comment ont réagi les autres salariés de l'usine quand ils ont appris que trois gars avaient disparu ?

— Oui, et aussi bizarre que cela puisse paraître, ils n'ont eu aucune réaction. D'après Kenzie, si personne n'a moufté, c'est à cause des antécédents des trois types. Tout le monde a supposé qu'ils avaient été rattrapés par leurs vieux démons et qu'ils ne voulaient plus venir bosser.

— Quelle histoire ! Cela donne froid dans le dos.

— Oui, un peu. Il y a quand même quelqu'un qui s'est inquiété pour ces trois hommes et qui a essayé de savoir ce qui leur était arrivé. Je vous laisse deviner qui.

— Jacob ?

— Bingo !

— Ça alors ! fit l'inspecteur Harris en griffonnant dans son calepin.

En dépit des circonstances tragiques qui les avaient rapprochés, elle et lui, Samantha se réjouissait de voir leur collaboration prendre tournure, finalement. Il avait peut-être été échaudé par une expérience désastreuse à Chicago, mais ici, à Gattenburg, il était bel et bien en train de renaître de ses cendres.

— Là où ça devient vraiment louche, continua-t-elle, c'est que, juste avant d'être retrouvé mort, Jacob avait décidé d'aller parler à Collin des trois disparus. Deux d'entre eux travaillaient dans la même équipe que lui. Il les connaissait bien et les encourageait à reprendre leur vie en main.

— J'ai vraiment l'impression que ce Jacob était un chic type.

— Je vous le confirme. C'était quelqu'un de bien. Kenzie a bien essayé de le dissuader d'aller voir Collin, mais Jacob n'a rien voulu savoir. Il était persuadé que Collin arriverait à convaincre son père d'ouvrir une enquête sur ces mystérieuses disparitions.

— Mais ça ne s'est pas passé comme il l'avait espéré, j'imagine ?

— En effet. La dernière fois que Kenzie l'a vu vivant, c'est le jour où il avait rendez-vous avec Collin.

— Nom d'un chien ! Kenzie vous a-t-elle donné les noms des trois disparus ?

— Non, répondit Samantha en prenant son téléphone. Je les lui demande par SMS.

— Dès que nous les aurons, j'interrogerai le fichier des personnes disparues. Je pourrai aussi questionner mes collègues, au cas où l'un d'eux saurait quelque chose.

Samantha était aux anges. Pour cacher sa joie, elle prit son verre et le porta à ses lèvres. En dépit de ses résolutions les plus farouches, l'inspecteur Harris était en train de se prendre au jeu.

Consultant sa montre, elle s'aperçut qu'il était déjà plus de 21 heures. Elle serait volontiers restée toute la soirée avec le bel inspecteur, mais elle devait rentrer pour revoir son article pour le magazine et pour actualiser son blog et partager avec ses abonnés toutes ces révélations explosives.

L'inspecteur Harris lui donna une petite tape sur la main.

— Vous êtes déjà en train de réfléchir à ce que vous allez écrire dans votre blog, je parie.

— Vous êtes médium, maintenant ? demanda-t-elle en riant.

Elle glissa son téléphone dans son sac.

— Pas besoin, rétorqua-t-il. Votre air pensif vous a trahie.

Son regard scrutateur la fit rougir jusqu'aux oreilles. Elle vida son verre d'un trait.

— Rien ne vous échappe, fit-elle remarquer. Je réfléchissais à mon blog, en effet.

— Il n'y a aucun mal à ça. Je ne vais pas vous mentir : cette affaire a piqué ma curiosité. Surtout depuis que vous m'avez parlé de ces mystérieuses disparitions parmi les employés de l'usine. N'oubliez pas de me communiquer les noms des trois hommes quand vous les aurez reçus.

— Aucun risque que j'oublie, assura-t-elle, ravie de le voir aussi enthousiaste.

— J'ai quelque chose à vous demander.

— Je vous écoute. Que puis-je faire pour vous ? demanda Samantha, intriguée.

— J'aimerais beaucoup que vous arrêtiez de m'appeler inspecteur Harris. Faites-moi plaisir, appelez-moi Gregory.

Elle le fixa longuement, consciente qu'un nouveau rapprochement venait d'avoir lieu entre eux. Elle n'allait pas s'en plaindre. Bien au contraire.

— Très bien. Comme vous voulez, *Gregory*.

— Parfait. Une dernière chose : puis-je vous raccompagner à votre voiture ?

— Oui, bien sûr. Allons-y.

Il se leva et enfila son blouson de cuir. Samantha détourna vite les yeux pour ne pas être surprise en train de baver sur sa superbe musculature. Lorsqu'ils s'acheminèrent vers la sortie et traversèrent le parking, elle résista à l'envie qu'elle avait de glisser sa main dans la sienne.

Juste au moment où ils arrivaient devant son cabriolet, son téléphone vibra.

— Ah, chouette ! s'exclama-t-elle en prenant connaissance du texto. J'ai les noms des trois salariés qui se sont évaporés dans la nature. Je vous les transfère tout de suite.

— Super ! Je m'en occupe dès que je rentre. Et une fois que vous les aurez publiés dans votre blog, j'aurai une bonne raison de lancer les recherches.

— Je ne vous remercierai jamais assez pour votre aide, Gregory. Je ne sais pas ce que je ferais sans vous.

— Je suis content de pouvoir vous donner un coup de main.

Ils se regardèrent pendant quelques instants sans rien dire, puis Samantha rompit le silence :

— J'y vais.

— Oui, moi aussi. Je vous tiens au courant dès que j'ai trouvé quelque chose sur nos trois disparus.

— OK. On fait comme ça.

— Je vous appelle très vite. Rentrez bien, Samantha.

Il attendit qu'elle monte dans sa voiture et démarre. Jetant un coup d'œil dans son rétroviseur, Samantha lui fit un petit signe de la main avant de sortir du parking et de s'élancer dans la nuit.

4

Tirée de son sommeil par un bruit de verre brisé, Samantha ouvrit les yeux, cligna plusieurs fois des paupières et scruta la pénombre de sa chambre, le cœur battant.

Puis elle releva la tête et tendit l'oreille. Mais tout était parfaitement silencieux.

J'ai peut-être rêvé, songea-t-elle en reposant sa tête sur l'oreiller. Elle jeta un coup d'œil à son réveil. Il était presque 3 heures.

Allez, rendors-toi. Ce n'est rien. Relax !

Elle prit une grande inspiration, expira très lentement et ferma les yeux. Mais juste au moment où elle allait se rendormir, le bruit de verre brisé se fit à nouveau entendre.

Réprimant un cri de frayeur, elle se dressa sur son séant en remontant sa couette jusque sous son menton. La peur la tétanisait. Lorsque le silence retomba, elle prit son smartphone sur sa table de chevet et se glissa hors de son lit.

La porte de sa chambre était entrouverte. Elle hésita. Devait-elle aller voir ce qui se passait ? Ou valait-il mieux qu'elle se cache et appelle la police ?

Boum !

Samantha hurla lorsqu'elle entendit les lampes du salon se fracasser sur le sol. Sans plus réfléchir, elle fonça s'enfermer dans la salle de bains et composa le 9-1-1.

— Police Secours, que puis-je faire pour vous ?

— Je m'appelle Samantha Vincent et je vous appelle parce que quelqu'un essaie d'entrer chez moi par effraction.

— Quelle est votre adresse, madame ?

— 3551 East Evergreen Street. Faites vite, je vous en supplie.

— Je donne l'alerte immédiatement. Vous trouvez-vous toujours à l'intérieur de la maison ?

Accroupie derrière la porte, Samantha étreignait ses genoux entre ses bras serrés pour les empêcher de trembler.

— Oui, je me suis réfugiée dans la salle de bains, répondit-elle d'une voix tremblante.

— C'est noté, mademoiselle Vincent. Ne bougez pas pour l'instant. Je vais rester en ligne avec vous jusqu'à l'arrivée des officiers de police. Ils sont en route. Je vous préviendrai quand ils seront chez vous pour que vous leur ouvriez la porte.

— D'accord. Je vous remercie.

Samantha colla son oreille au battant de la porte.

— Je n'entends plus rien, murmura-t-elle.

— Tant mieux. Mais restez cachée, et en attendant les secours, racontez-moi ce qui s'est passé.

— J'ai été réveillée par un bruit de verre brisé. Je pense que les vitres des fenêtres de ma salle de séjour ont volé en éclats. Mais je ne sais pas si quelqu'un est entré dans la maison. Tout ce que je peux dire, c'est qu'il y a eu de la casse.

Terrorisée, elle tremblait comme une feuille. Elle songea à appeler Gregory mais il fallait qu'elle reste en ligne avec la répartitrice d'appels.

— J'en prends note, mademoiselle Vincent. La voiture de police va arriver devant chez vous d'une minute à l'autre. Elle n'est plus très loin. Savez-vous s'il y a eu intrusion ? Avez-vous vu quelqu'un ?

— Non, je n'ai vu personne.

— Est-ce que vous pensez que quelqu'un est entré, à un moment ou à un autre ?

À l'idée qu'il puisse y avoir un intrus chez elle, Samantha émit un gros sanglot.

— Je n'en sais rien. Je ne suis pas sortie de ma chambre.

Lorsque la sonnette de la porte d'entrée retentit, elle recula d'un bond.

— La police est juste devant chez vous, annonça aussitôt la répartitrice. Il faudrait que vous alliez lui ouvrir la porte. Vous sentez-vous capable de sortir de la salle de bains ?

— Oui, ça va aller, assura Samantha en enfilant un long déshabillé de soie vert émeraude assorti à la chemise de nuit qu'elle portait.

— Très bien. Je reste en ligne, ne vous inquiétez pas.

— D'accord. Merci.

Samantha déverrouilla la porte et l'entrebâilla doucement.

Personne en vue. La voie était libre.

Elle sortit furtivement de la salle de bains. Lorsqu'elle se retrouva dans sa chambre, elle enfila ses mules bordées de fourrure synthétique.

— Je me dirige vers la salle de séjour, dit-elle.

— OK. Je préviens mes collègues. Attention au verre brisé, regardez où vous mettez les pieds.

La voix de la répartitrice à l'autre bout du fil la rassurait.

Lorsqu'elle pressa l'interrupteur du couloir et découvrit l'état dans lequel se trouvait son salon, elle faillit craquer.

— Oh non ! s'exclama-t-elle en prenant appui contre le mur.

Il y avait des éclats de verre partout. Presque toutes les vitres étaient tombées, fracassées par des briques, apparemment. Comme elle le craignait, ses deux lampes de table en cristal étaient cassées ainsi que son vase en verre soufflé bleu indigo. Ses tables basses, de part et d'autre du canapé, étaient couvertes de débris.

— Mademoiselle Vincent, vous êtes toujours là ?

— Oui, excusez-moi. C'est encore pire que ce que je pensais. Le sol de mon séjour est jonché d'éclats de verre, de briques et de bouteilles. Un vrai désastre.

Si, jusque-là, elle avait réussi à retenir ses larmes ; devant ce spectacle navrant, elle se mit à pleurer. Nul besoin d'être grand clerc pour deviner qui avait fait cela. C'était signé.

Mais si Collin Wentworth pensait l'intimider, il se trompait !

La veille au soir, elle avait écrit un nouvel article dans son blog pour informer ses lecteurs de ses dernières découvertes.

En ville, tout le monde savait qu'elle enquêtait sur le meurtre de Jacob. Plusieurs fois, on l'avait arrêtée dans la rue pour lui poser des questions ou lui soumettre des hypothèses plus ou moins farfelues. Beaucoup de gens pensaient que Collin n'était pas étranger à ce qui était arrivé à Jacob.

Samantha sursauta lorsque la sonnette de l'entrée retentit à nouveau.

— La police attend que vous lui ouvriez, lui rappela la répartitrice au téléphone. Êtes-vous en mesure d'aller jusqu'à la porte ?

— Oui, je devrais pouvoir me frayer un chemin entre les bouts de verre.

Elle commença à slalomer prudemment vers l'entrée mais, très vite, elle en eut assez de faire les pointes pour éviter de marcher sur du verre.

— Oh et puis zut ! grommela-t-elle en comblant en trois enjambées la distance qui la séparait de la porte.

Les semelles en caoutchouc de ses mules étaient suffisamment épaisses pour lui éviter de s'enfoncer un éclat de verre dans le pied.

Lorsqu'elle ouvrit, elle se retrouva nez à nez avec deux policiers à l'air rébarbatif.

— Merci d'être restée en ligne, dit-elle à la répartitrice. Je viens d'ouvrir aux policiers. Je suis maintenant hors de danger.

— Bon courage, mademoiselle Vincent. J'espère que tout va s'arranger.

Samantha coupa la communication et ouvrit sa porte toute grande.

— Je vous en prie, entrez, messieurs, dit-elle en faisant un pas de côté.

Un policier petit et trapu avec des cheveux gras entra nonchalamment sans la saluer. Son collègue, qui était une grande perche au visage long, lui emboîta le pas, un gobelet de café dans la main. Il toucha son képi du bout des doigts.

— Bonsoir. Ou plutôt bonjour, vu l'heure qu'il est.

— Waouh ! s'exclama le petit gros. Qu'est-ce qui s'est passé ici ?

— J'ai été réveillée par un bruit de verre brisé. Je me suis enfermée dans la salle de bains et j'ai appelé le 9-1-1. Je n'ai rien vu, mais regardez dans quel état est ma salle de séjour.

— Ouais, il y a pas mal de dégâts, dit le policier d'un ton las.

Il s'approcha mollement du canapé et se baissa pour voir de plus près les lampes brisées.

— Comment vous appelez-vous ? lui demanda Samantha qui avait envie de savoir à qui elle avait affaire.

— Je suis l'agent Baxter. Et voici l'agent Miller, grommela-t-il.

Samantha nota les deux noms dans le bloc-notes de son téléphone.

— Très bien. Vous me demandez ce qui s'est passé, agent Baxter, mais je constate que ni vous ni votre collègue ne prenez la peine de noter ma déposition.

— Je vous prie de nous excuser, mademoiselle Vincent, dit l'agent Miller en extirpant un calepin de sa poche, mais je ne m'attendais pas à un tel saccage. Pouvez-vous nous dire ce qui s'est passé ?

Il fit consciencieusement le tour de la pièce tandis que l'agent Baxter restait planté comme un piquet et jetait des regards désapprobateurs à son collègue. Samantha dut se retenir de lui faire une réflexion désobligeante.

— J'ai entendu un bruit de verre brisé, répéta-t-elle. Prise de panique, je me suis réfugiée dans la salle de bains pour appeler Police Secours. J'en suis sortie quand vous êtes arrivés et c'est là que j'ai vu les dégâts.

— Savez-vous qui a pu faire ça ? demanda l'agent Miller.

— Eh bien, je tiens un blog consacré à des affaires criminelles non élucidées, *En quête de vérité*, et je m'intéresse en ce moment à l'enquête sur le meurtre de Jacob Jennings.

— Le *meurtre* ? railla l'agent Baxter. Jacob n'a pas été assassiné. Tout le monde sait qu'il a fait une overdose et que…

— La ferme, Baxter ! intervint Miller. Je vous écoute, mademoiselle Vincent. Continuez, je vous prie.

— Merci, dit Samantha en resserrant la ceinture de son déshabillé et en croisant les bras sur sa poitrine. Il se trouve que je viens juste de publier dans mon blog un article qui risque de susciter la controverse. Dans cet article, je prends à partie le directeur général de Westman's Automotive Factory, Collin Wentworth, que vous devez connaître, au moins de nom.

— Évidemment que nous le connaissons ! vociféra l'agent Baxter. Collin est le fils du commissaire Wentworth. Qu'est-ce que vous lui reprochez ? Il n'est pour rien dans la mort de Jacob.

En voyant le policier gonfler la poitrine et porter la main à son holster dans une attitude clairement menaçante, Samantha comprit qu'il savait que Collin était impliqué dans la mort de Jacob.

Contrairement à l'agent Miller, avec qui elle se sentait en confiance, il était de plus en plus évident que l'agent Baxter lui était hostile.

— Il est possible que cet article ait mis quelqu'un en rogne, continua-t-elle en veillant à ne pas porter d'accusations trop directes. Il faut peut-être que je prenne ça comme un avertissement. En caillassant mes fenêtres, la personne que j'ai froissée me fait savoir que je ferais mieux de laisser tomber l'enquête.

L'agent Baxter se baissa pour ramasser une des briques qui avaient atterri sur le parquet. Samantha constata avec surprise qu'il ne portait pas de gants en latex. Ses empreintes se trouvaient à présent sur la brique, mêlées à celles du coupable. Elle s'attendait à ce que l'agent Miller lui reproche d'avoir pollué la scène de crime mais, concentré sur son calepin, il ne s'était rendu compte de rien.

— Sachez, ma petite dame, commença Baxter, que lancer des accusations à tort et à travers n'est pas très malin. Tenir un blog, c'est bien gentil, mais cela ne donne pas le droit d'écrire n'importe quoi. Votre nom, c'est Samantha, hein ?

— Oui, répondit-elle sèchement.

— Vous devriez y réfléchir à deux fois avant d'accuser des gens qui n'ont rien à se reprocher, conseilla-t-il. Le médecin légiste a établi que la mort de Jacob était due à une overdose accidentelle.

— Vous parlez du médecin légiste qui copine avec le commissaire Wentworth et toutes les autres sommités de la ville ?

— Je ne me laisserai pas entraîner sur ce terrain, sachez-le. Bon, c'est vrai qu'on raconte que Jacob a *peut-être* été assassiné. Mais ce n'est pas avec votre blog à la noix que vous allez réussir à faire toute la lumière sur cette affaire. Votre opinion n'a aucune valeur. Rien ne vous autorise à remettre en question les conclusions de l'enquête, ou même à vous exprimer sur ce sujet.

Samantha ouvrit la bouche pour répondre mais l'agent Baxter poursuivit sa tirade sans reprendre son souffle :

— Et avant d'accuser Collin d'avoir caillassé vos fenêtres, sachez que le vandale pourrait être à peu près n'importe qui. Il ne se passe pas une semaine sans que nous recevions au poste des plaintes contre des étudiants qui s'amusent à tout casser après une soirée trop arrosée.

— Ils ont été identifiés ? Vous les avez arrêtés ? demanda Samantha d'un ton agressif.

Dégoûtée, elle sentait confusément qu'elle n'aurait pas gain de cause, quoi qu'elle dise. L'agent Baxter prenait de toute évidence fait et cause pour Collin.

— Non, pas encore, admit-il avec désinvolture. Mais ça ne devrait pas tarder.

Jetant sur le canapé la brique qu'il avait ramassée, il se tourna vers son collègue.

— Tu as tout ce qu'il te faut ?

Samantha lança un regard à l'agent Miller, qui lui semblait être un flic plus consciencieux et plus compréhensif. Mais lorsqu'elle le vit détourner les yeux et opiner du bonnet, elle comprit qu'elle n'avait rien à attendre de lui non plus.

— Oui, ça devrait être bon, répondit-il en refermant son

calepin. Mademoiselle Vincent, je suis désolée de ce qui vous est arrivé. Je ne manquerai pas de…

— OK, ne te fatigue pas, l'interrompit l'agent Baxter en le poussant sans ménagement vers la porte. Allez, on y va !

— Quoi ? Vous partez déjà ? dit Samantha, éberluée de les voir sur le départ. Vous n'examinez pas la scène de crime mieux que ça ? Vous ne prenez pas de photos ?

— Non, puisque nous avons tout ce qu'il nous faut, répondit l'agent Baxter.

Son collègue ouvrit la bouche et allait dire quelque chose mais Baxter reprit vite la parole :

— Nous allons enregistrer votre déposition. Si nous avons d'autres questions, nous vous recontacterons.

Sur ces mots, les policiers dévalèrent les marches du perron et se dirigèrent vers leur voiture de patrouille.

Samantha claqua la porte derrière eux. Elle était folle de rage. Devant ses vitres en miettes, elle faillit à nouveau fondre en larmes. Surmontant cet accès de faiblesse passager, elle descendit au sous-sol pour aller chercher des feuilles de contre-plaqué.

Sur le chemin, elle appela l'inspecteur Harris sans trop se préoccuper de l'heure qu'il était. Elle avait besoin de parler. Le mépris que lui avait témoigné l'agent Baxter lui restait en travers de la gorge. Elle n'avait pas digéré non plus le manque de professionnalisme des deux flics. Mais surtout, elle n'avait pas envie de rester seule après l'attaque ultra-violente dont sa maison avait fait l'objet.

À sa grande surprise, l'inspecteur répondit à la première sonnerie. Il semblait parfaitement réveillé.

— Inspecteur Har…, euh, pardon, Gregory ?

— Oui, salut. C'est drôle que vous m'appeliez à cette heure indue ; j'étais justement en train de penser à vous.

— Ah bon ? Et que vous disiez-vous à mon sujet ? demanda Samantha, intriguée, la curiosité l'emportant en elle sur la colère.

— Je viens de finir de lire le dernier article de votre blog. C'est du lourd, Sam. Vous vous en prenez méchamment à

Collin et démontrez qu'aucune de vos allégations n'est gratuite. En fait, vous détenez pas mal de preuves contre lui. Votre conclusion est très percutante, je trouve. « À vous de jouer ! lut-il. Je compte sur vous pour vous mobiliser et sortir du silence. Joignons nos efforts pour faire émerger la vérité et aider Jacob Jennings et sa famille à obtenir justice. »

— Je suis contente de savoir que vous avez apprécié, Gregory. Ce n'est malheureusement pas le cas de tout le monde. Mon article a mis en rogne un de nos concitoyens.

— Comment cela ? Un de vos lecteurs a manifesté son désaccord ?

— Il a fait plus que ça. Ma maison a été vandalisée.

— *Quoi ?* cria l'inspecteur, si fort que Samantha dut éloigner le téléphone de son oreille.

— Le vandale en question a balancé des briques et des bouteilles dans les fenêtres du rez-de-chaussée. Toutes les vitres du séjour ont volé en éclats, ainsi que deux lampes et un vase. Il y a des débris de verre partout. C'est vraiment le bazar.

Elle entendait de drôles de bruits à l'autre bout de la ligne, comme si l'inspecteur s'activait tout en l'écoutant.

— Je suis en train de m'habiller, dit-il d'une voix essoufflée. J'arrive tout de suite. Avez-vous appelé la police ?

— Oui. Deux flics sont passés mais ils ne se sont pas attardés. J'ai vraiment eu l'impression de les déranger. L'un d'eux s'est montré particulièrement désagréable.

— Ah bon ? Que s'est-il passé ?

— Ils ont commencé à me poser des questions mais ça s'est arrêté là. C'est tout juste s'ils ont daigné jeter un coup d'œil au séjour. Le flic désagréable était visiblement pressé de s'en aller. Quand ils m'ont demandé si j'avais une idée de qui avait pu faire ça, je leur ai parlé de Collin, évidemment. Là-dessus, le flic mal embouché a littéralement poussé son collègue vers la porte et ils sont partis. Mais avant, j'ai eu droit à un petit sermon. D'après le flic alpha, Collin n'a rien à voir avec la mort de Jacob et je ferais mieux d'arrêter d'écrire n'importe quoi dans mon blog.

— Comment peut-il savoir que ce n'est pas Collin qui a fait ça s'il ne s'est même pas donné la peine d'examiner la scène de crime ?

— C'est exactement ce que je me suis dit. Il a essayé de me convaincre que les responsables étaient probablement des lycéens pris de boisson mais j'ai vraiment eu l'impression qu'il cherchait juste à dédouaner Collin. Je ne suis pas dupe. Pour moi, il est évident qu'il y a une relation de cause à effet entre la publication de mon dernier article et cet incident.

— Je suis d'accord avec vous. Avez-vous pu avoir les noms des deux agents de police qui sont venus chez vous ?

— Oui, j'ai pris leurs noms.

— Parfait. Je veillerai à ce qu'on leur demande des comptes. En attendant, je tiens à m'assurer que tout est rentré dans l'ordre. Je suis désolé de ce qui est arrivé. Vous auriez dû m'appeler plus tôt.

Réconfortée par ces paroles, Samantha sentit sa colère fondre comme neige au soleil.

— Je ne voulais pas vous réveiller.

— Il y a deux choses que je veux que vous sachiez. La première, c'est que je dors très peu. Et la seconde, c'est que peu importe l'heure qu'il est : en cas de besoin, vous pouvez m'appeler. De jour comme de nuit.

— Merci, Gregory. C'est noté.

— Avez-vous de quoi réparer provisoirement vos fenêtres ? Si ce n'est pas le cas, je peux m'arrêter sur le chemin pour acheter du contre-plaqué.

Et m'épouser, ça vous dirait ? songea Samantha, éperdue de reconnaissance.

Une fois au sous-sol, elle ouvrit les placards et vit qu'il lui restait plusieurs panneaux de contre-plaqué suite aux travaux qu'elle avait fait faire l'année précédente.

— J'ai tout ce qu'il faut, répondit-elle. Je vous remercie pour tout ce que vous faites pour moi, Gregory. C'est vraiment…

— Ne me remerciez pas, dit-il sans la laisser finir. Je le fais avec plaisir. En essayant d'obtenir justice pour le meurtre de votre ami, vous rendez un fier service à la communauté de Gattenburg. J'admire beaucoup votre courage et votre détermination. Vous méritez largement le coup de main que je vais vous donner.

— Venant de vous, ce coup de main est le bienvenu, sachez-le. Êtes-vous déjà parti ou encore chez vous ?

— Je suis en route. Je serai chez vous dans moins de dix minutes.

— Super. Je branche la cafetière.

— Excellente idée. Mais ne touchez à rien, surtout. La scène de crime doit rester intacte. Il faudra que vous appeliez votre assurance et aussi que vous portiez plainte.

— Oui, c'est vrai. Merci de m'y avoir fait penser. Je ne toucherai à rien ; c'est promis.

— À tout de suite.

Lorsqu'elle remonta du sous-sol et se dirigea vers la cuisine, Samantha avait le cœur un peu moins lourd. Elle se sentait moins vulnérable. Tant que Gregory était là, tant qu'elle savait pouvoir compter sur lui, jamais rien ni personne ne réussirait à lui faire peur.

5

Gregory se gara devant chez Samantha. Après avoir attrapé sa besace de cuir brun, il sauta à bas de son véhicule et courut vers la porte d'entrée. Au passage, il jeta un coup d'œil à la pelouse et à l'allée dans l'espoir d'y trouver des traces de pas, et il évalua les dommages causés aux fenêtres du rez-de-chaussée.

Waouh ! murmura-t-il, impressionné par l'étendue des dégâts.

À la vue des trous béants laissés par les carreaux cassés, il sentit son cœur se serrer. Celui qui avait fait ça était manifestement très en colère.

À en juger par la violence de l'attaque, il ne pouvait en aucun cas s'agir d'un simple acte de malveillance.

C'était de toute évidence un avertissement. Et pour Gregory, le message était non seulement parfaitement clair, mais il était signé, aussi.

Juste au moment où il s'apprêtait à sonner, Samantha ouvrit la porte en grand. Contre toute attente, elle n'avait l'air ni épuisée d'avoir été tirée du lit en pleine nuit ni épouvantée par ce qui était arrivé. Elle s'était passé de l'eau sur le visage et avait enfilé un pantalon de yoga gris et un haut assorti. Elle avait même rassemblé ses cheveux en un chignon informel d'où s'échappaient quelques mèches.

— Salut, dit-il en lui décochant son plus beau sourire.

Un simple bonjour aurait sans aucun doute été plus approprié, compte tenu des circonstances. Mais la voir lui procurait une telle joie qu'il lui eût été impossible de rester impassible.

— Salut, dit-elle à son tour en s'écartant pour le laisser passer. J'ai bien compris que vous ne vouliez plus de remerciements mais c'est plus fort que moi. Merci d'être venu, Gregory. Vous n'imaginez pas à quel point cela me touche.

— C'est peu de chose, je vous assure. Je suis content de vous voir et de pouvoir vous rendre service.

Il s'avança dans le séjour et regarda autour de lui en secouant la tête.

— Quel désastre !

—Oui, mais les dégâts matériels sont une chose et ma sécurité en est une autre. Et elle est autrement plus importante.

— Tout à fait d'accord, dit Gregory en s'approchant du canapé. J'espère que vous n'avez pas touché aux briques et aux bouteilles qui ont été balancées à travers les fenêtres ?

— Moi, non. Mais l'agent Baxter a ramassé une brique par terre et l'a jetée sur le canapé. Je précise qu'il ne portait pas de gants.

— Quoi ? Mais qu'est-ce qui lui a pris ?

— Je n'en sais rien. Je suppose qu'il voulait juste montrer qui était le chef.

— Oui, ça doit être ça. C'est bien son genre, d'après ce que j'ai pu observer au poste. Disons que cela ne m'étonne pas de lui.

Il gagna les fenêtres en se frayant un passage entre les débris de verre que Samantha avait essayé de rassembler en tas.

— Avec qui Baxter est-il venu ?

— Avec l'agent Miller. C'est lui qui a pris ma déposition. Il s'est montré correct mais il n'avait pas son mot à dire. L'agent Baxter l'écrasait complètement.

— Miller n'est pas un mauvais bougre, en effet. Mais il n'y a pas longtemps qu'il est dans la police. Je pense qu'il se laisse facilement intimider par des collègues qui ont plus de bouteille. Quant à Baxter, il n'est déjà pas en odeur de sainteté depuis qu'il s'est mis à distribuer à tort et à travers des contraventions pour stationnement gênant. Cet excès de zèle lui a valu quelques remontrances.

— J'espère qu'il se fera bien remonter les bretelles quand on saura comment il m'a traitée. Il faut aussi qu'on leur dise, à tous les deux, qu'ils se sont montrés en dessous de tout en ce qui concerne le relevé des indices.

L'inspecteur Harris extirpa de son sac une paire de gants en latex et plusieurs sachets à éléments de preuve.

— Là-dessus, vous n'avez aucun souci à vous faire. Ils ne vont pas s'en tirer comme ça, croyez-moi, assura-t-il. Et puisqu'ils n'ont pas été capables de faire leur boulot correctement, je me charge de relever les indices. Les briques et les bouteilles vont être envoyées au laboratoire pour recherche de traces ADN.

— Heureusement que vous êtes là ! Si je n'avais pas autant transpiré, je vous aurais serré dans mes bras.

Gregory, qui s'apprêtait à ramasser une bouteille, se figea en imaginant la scène.

Concentre-toi sur ce que tu as à faire, bon sang ! s'intima-t-il intérieurement. À regret, il détourna le regard de la silhouette de pin-up de la jeune femme, de ses adorables rondeurs mises en valeur par sa tenue en stretch moulant.

— Votre café, vous le voulez comment ? demanda-t-elle.

— Noir.

— J'en étais sûre. On n'imagine pas quelqu'un de votre trempe le boire autrement.

— Ne vous fiez pas aux apparences. J'ai peut-être l'air d'un dur, mais sous la carapace je suis doux comme un agneau. Et vous, comment le buvez-vous ?

— Avec un nuage de lait d'avoine et une pincée de sucre brun.

— Comme moi quand j'étais petit ! Je n'y avais droit que le samedi matin. Mais à la maison, nous n'étions pas aussi délicats que vous. Nous utilisions du lait de vache et du sucre blanc.

Samantha se mit à rire.

— Je ne suis pas *délicate*. Loin de là. Mais j'essaie de prendre soin de ma santé. Et de ma ligne !

Gregory posa sur sa silhouette parfaite un regard un peu plus appuyé qu'il ne l'aurait voulu.

— Oui, je vois ça.

Elle se détourna et, s'emparant de son balai et de sa pelle, s'attaqua aux débris de verre.

Et cela vous réussit plutôt bien, ajouta Gregory en son for intérieur avant de lui tourner le dos pour ramasser une brique.

— Quand j'aurai fini de collecter les indices, je m'occuperai de colmater les fenêtres, dit-il comme pour se rappeler à lui-même qu'il n'était pas là pour reluquer Samantha et devait se rendre utile.

Elle lui décocha un sourire.

— C'est très gentil à vous, dit-elle, pas rancunière pour deux sous. Je vais chercher le café. Je reviens tout de suite.

— Vous voulez un coup de main ?

— Non. Il est prêt. J'en ai pour une minute.

Il ne put s'empêcher d'admirer le balancement gracieux de ses hanches lorsqu'elle se dirigea vers la cuisine, ouverte sur le séjour.

— Les policiers qui sont venus n'ayant pas jugé utile de prendre des photos des dégâts, dit-elle en posant deux tasses sur le plan de travail, j'en ai pris plein avant de commencer à nettoyer.

— Vous avez bien fait. Je vais en prendre aussi mais ce serait super que vous m'envoyiez les vôtres par mail. Au fait, je ne vous ai pas dit : j'ai saisi dans notre base de données les noms des salariés de l'usine qui ont disparu. Ils m'ont donné un peu de fil à retordre parce qu'ils n'étaient pas orthographiés correctement. Mais j'ai fini par tomber sur les rapports de police les concernant.

— Leurs noms étaient mal orthographiés ? Comme par hasard. Je parie que les rapports sont complètement bidon.

— Oui, hélas. Tout d'abord, on ne mentionne pas à quel moment ces hommes ont disparu. Aucune date n'apparaît dans ces rapports en dehors de celle du jour où ils ont été rédigés. Et bizarrement, les rapports ont tous été rédigés le même jour.

Samantha revint avec les cafés. Elle tendit à Gregory la tasse de café noir.

— Or nous savons l'un et l'autre que ces disparitions ne se sont pas produites le même jour, dit-elle. Je suppose qu'il s'est passé pas mal de temps avant que quelqu'un de chez Westman se décide à signaler les faits. Ces hommes se sont mystérieusement volatilisés et, comme personne ne s'en est inquiété, il n'y avait pas de presse.

— C'est probablement ce qui s'est passé. Ces pauvres types n'avaient de toute évidence ni famille ni amis. Je trouve ça triste.

— Moi aussi. Mais ce n'est pas étonnant, quand on y pense. À cause de leur addiction, les toxicomanes finissent souvent par se retrouver seuls.

— C'est vrai, concéda Gregory avant de boire une gorgée de café. Mais ce n'est pas une raison pour ne pas chercher à savoir ce qui leur est arrivé. Ils n'ont pas disparu sans raison. On ne peut pas les abandonner, faire comme s'ils n'avaient jamais existé. Des affaires non résolues, j'en ai eu vu beaucoup tout au long de ma carrière, et je sais combien il est douloureux pour les familles de ne pas savoir ce que sont devenus leurs proches quand ils n'en ont plus de nouvelles. C'est sans doute pourquoi je me suis laissé convaincre de participer à cette enquête. Dieu sait pourtant que j'étais réticent ! Vous avez su toucher la corde sensible.

— Il a bien fallu, déclara Samantha en gloussant. Vous ne vouliez rien entendre. Blague à part, je suppose que vous y avez déjà pensé, mais c'est sûrement Jacob qui a déclaré à la police la disparition de ses collègues. C'est peut-être pour cela qu'il a été assassiné.

— J'y ai pensé, en effet. Et cela pourrait bien être le mobile du meurtre.

Gregory but une autre gorgée de café.

— Mmm, ce café est un vrai délice.

— Merci. Je suis contente qu'il vous plaise. Je l'achète en grains chez Hannah. Elle le torréfie elle-même et mélange robusta et arabica. C'est ce qui donne au café son petit goût de noisette et ses arômes fruités.

— C'est bon à savoir. J'en prendrai, la prochaine fois que j'irai Chez Hannah. Le café semble n'avoir aucun secret pour vous. Vous êtes une véritable experte.

Samantha posa sa tasse sur la table et se remit à balayer les débris de verre.

— Non, pas vraiment. Mais j'ai le palais fin. Je fais tout de suite la différence entre ce qui est bon et ce qui ne l'est pas.

Ce disant, elle se retourna et planta son regard dans celui de Gregory, qui eut soudain l'impression que le temps s'arrêtait.

Elle rompit le charme brutalement.

— Pour en revenir à ces étranges disparitions, dit-elle en se détournant, je pense que Kenzie pourrait peut-être nous dire qui les a signalées à la police.

— Oui, peut-être. Parce que si ce n'est pas Jacob, c'est probablement elle. Le plus simple serait de lui poser la question. Vous sentez-vous capable de le faire ?

— Oui, sans problème. Notre rendez-vous au Barron's s'est très bien passé ; il me semble qu'elle me fait confiance. Je vais la recontacter. Si seulement cela pouvait nous permettre d'identifier le meurtrier de Jacob…

Gregory plaça la dernière bouteille dans un sac de mise sous scellés avant de s'autoriser à jeter un coup d'œil à Samantha. Il la trouvait très belle mais ce qui l'attirait le plus, chez elle, c'était sa vivacité d'esprit et sa passion pour la justice, deux traits de sa personnalité qui la lui rendaient plus chère de minute en minute.

Reprends-toi, mon vieux, songea-t-il. *Ce qui s'est passé à Chicago ne t'a donc pas servi de leçon ?*

— Dans ces rapports de police, avez-vous trouvé quelque chose d'intéressant ? demanda Samantha.

— Non, rien. Bla-bla-bla. L'accent a été mis sur le fait qu'il s'agissait d'anciens drogués.

— Comme de bien entendu.

Son travail de collecte des éléments de preuve terminé,

Gregory se dirigea vers les feuilles de contre-plaqué posées contre le mur.

— Puis-je vous demander un marteau et des clous ?

— Je vais vous chercher ça tout de suite. Je les ai remontés du sous-sol et laissés à la cuisine.

— Merci.

Malgré ses résolutions, il ne put s'empêcher de la suivre des yeux tandis qu'elle filait à la cuisine.

— Ce que j'ai…, euh, remarqué aussi, bredouilla-t-il en essayant de reprendre le contrôle de ses pensées, c'est que ces hommes ne figurent dans absolument aucune base de données de personnes disparues à l'échelon national. J'en ai consulté plusieurs, y compris celles qui sont en libre accès. Sans résultat. Leurs familles ou leurs amis auraient pu les inscrire eux-mêmes dans ces bases de données ouvertes à tous.

— Personne n'a rien fait. Ni leurs proches ni la police de Gattenburg.

S'approchant de la fenêtre, Samantha tendit un clou à Gregory, qui s'était emparé d'un panneau de contre-plaqué. Lorsqu'il récupéra le clou, ses doigts entrèrent brièvement en contact avec ceux de la jeune femme. Sous l'effet de la décharge électrique qui remonta le long de son bras, il sursauta violemment.

— Ça va ? demanda Samantha qui le fixait avec des yeux ronds.

— Oui, impeccable, mentit-il, alors qu'il venait presque de sauter au plafond.

Lorsqu'elle lui tendit le marteau, il prit soin de l'attraper par le haut du manche pour ne surtout pas la toucher à nouveau.

Il se retourna et posa le contre-plaqué sur la fenêtre. Derrière lui, effleurant son dos, Samantha leva les bras pour maintenir la feuille en place pendant qu'il la clouait.

Troublé jusqu'au vertige, Gregory se sentit devenir tout mou et faillit lâcher son marteau.

— Allez-y, je la tiens. Vous pouvez la clouer, dit-elle si près de son oreille qu'il sentit la caresse de son souffle sur son lobe.

Il ferma les paupières, furieux contre lui-même de réagir de manière intempestive à ces contacts fortuits.

— Ces… euh, disparitions s'étant produites il y a plusieurs mois, dit-il en clouant le contre-plaqué sur la fenêtre, le FBI aurait dû être mis sur le coup. Mais d'après les rapports de police, personne n'a fait appel au FBI. J'ai donc pris la liberté de saisir les noms des trois hommes dans la banque de données nationale des personnes disparues. Je les ai également communiqués aux organismes de justice pénale qui gèrent les centres fédéraux d'information. Avec un peu de chance, cela devrait déboucher sur quelque chose.

— Vous êtes formidable, dit Samantha. Merci infiniment.

— Il n'y a pas de quoi. C'est mon boulot.

— Le fait que ces noms n'aient pas circulé est bien la preuve qu'on a essayé de passer sous silence ces disparitions. Il faut se rendre à l'évidence. La police de Gattenburg ferme les yeux sur ce qui se passe chez Westman. Cela inclut les actes de vandalisme perpétrés contre ma maison. Il y a manifestement quelqu'un de malveillant chez Westman et ce quelqu'un est Collin. Le problème, c'est que, quoi qu'il fasse, il est couvert par son magouilleur de père et par l'ensemble de la police locale.

Gregory s'assura que le panneau de contre-plaqué était bien fixé avant de passer à la fenêtre suivante.

— Collin n'a pas grand-chose à craindre de la police, je veux bien le croire. Et je reconnais que ces disparitions ainsi que la mort de Jacob, survenue juste après son rendez-vous avec Collin, sont plus que suspectes.

— Il faut creuser tout ça. Je devrais peut-être jeter un coup d'œil à mon blog, au cas où quelqu'un se serait manifesté et aurait de nouveaux éléments susceptibles de faire progresser l'enquête. Je parie que mon dernier article dans lequel je mets nommément en cause Collin a suscité de nombreuses réactions.

— Oui, sans aucun doute. Les citoyens de Gattenburg hésitent peut-être à dénoncer publiquement Collin, mais sous le couvert de l'anonymat, les langues se délient. D'après ce qu'on m'a dit, Collin n'est pas en odeur de sainteté par ici, mais personne n'ose le contrer ou s'en plaindre. J'en profite d'ailleurs pour vous rappeler de faire très attention à vous, Samantha. Je ne voudrais pas qu'un incident tel que celui de cette nuit se reproduise.

— Il est hors de question que je me laisse intimider par ces méthodes de voyou ! Ce petit incident m'incite au contraire à pousser encore plus loin mes investigations.

— Il ne s'agit pas d'un *petit* incident, Samantha. Ne sous-estimez pas ce qui s'est passé ici cette nuit. La violence avec laquelle on s'en est pris à votre maison donne à réfléchir, tout de même. Imaginez que vous ayez été assise dans votre salon quand les briques et les bouteilles ont été balancées à travers les fenêtres. Vous auriez pu être grièvement blessée. Cela aurait pu très mal se terminer.

— Oui, mais à cette heure-là, je ne suis pas assise dans mon salon. Je suis couchée, répliqua-t-elle d'un ton sec. Collin a juste voulu me faire peur. Il voudrait que je laisse tomber et vous le savez très bien. Mais il perd son temps. J'irai jusqu'au bout. Quoi qu'il en coûte.

Gregory comprit qu'il venait de toucher un point sensible. Au lieu de répondre, il prit sa tasse et but une gorgée de café.

— Vous en voulez un peu plus ? demanda-t-elle d'une voix radoucie.

— Non merci. Je vais me contenter d'une tasse. Et voilà le travail, dit-il en examinant les panneaux de contre-plaqué fixés sur les fenêtres. Cela devrait faire l'affaire jusqu'à ce qu'on vienne vous remplacer vos carreaux.

— Je m'en occupe dès demain matin. Encore merci pour le coup de main.

Il balaya la pièce du regard et hocha la tête.

— Vous avez fait le plus gros, dit-il. N'oubliez pas de m'envoyer les photos que vous avez prises des dégâts. Je les ajouterai aux miennes dans le rapport de police qui comprendra en outre un compte rendu détaillé des faits.

— Ce rapport de police, vous allez devoir le rédiger de A à

Z parce que je suis prête à parier que l'agent Baxter va obliger son collègue à détruire les quelques notes qu'il avait prises.

— Ne vous inquiétez pas pour ça. Baxter et Miller vont avoir affaire à moi.

À ces mots, Samantha parut se détendre un peu. Il fut tenté de la prendre dans ses bras mais réprima très vite cette envie.

— Il faut que je rentre, dit-il. Je dois être au poste de bonne heure.

— Ah, zut ! À cause de moi, vous n'aurez pratiquement pas dormi de la nuit.

— Ce n'est pas grave. J'ai l'habitude. Le sommeil et moi, ça fait deux.

— Vous avez besoin de vacances, on dirait.

— De *quoi* ? demanda Gregory avant que tous deux éclatent de rire.

Il empoigna les sacs-poubelles pleins de débris de verre.

— Je prends les sacs. Y a-t-il autre chose que je puisse faire avant de partir ?

— Non. Mais moi, j'aimerais faire quelque chose pour vous. Histoire de vous remercier d'avoir…

— Non, ce n'est pas la peine, coupa Gregory en secouant vigoureusement la tête. Vous ne m'êtes redevable de rien. Je n'ai fait que mon travail, et…

Il s'interrompit lorsque Samantha leva une main. En la voyant s'avancer nonchalamment vers lui, il se sentit de nouveau très attiré par elle. Son cœur se mit à battre la chamade.

— Rien ne vous obligeait à venir au beau milieu de la nuit vous assurer que j'allais bien. Vous n'étiez pas tenu non plus de clouer des planches sur mes fenêtres. Je vous sais gré aussi d'avoir récolté les éléments de preuve que ces deux abrutis d'agents ont préféré ignorer, et d'avoir proposé de compléter le rapport de police. Sans parler du fait que vous avez accepté d'enquêter sur la mort de Jacob, alors qu'au départ vous étiez très réticent et que…

— D'accord, d'accord, concéda Gregory en écartant les

bras. J'accepte que vous fassiez quelque chose pour moi, puisque vous tenez tant à me remercier. À quoi pensiez-vous ?

— Je pensais vous inviter à dîner. Ou encore mieux, vous préparer à dîner. Qu'en dites-vous ?

Gregory en resta un instant sans voix.

— Euh, je suis très honoré. Il y a longtemps que je n'ai pas savouré un repas cuisiné maison. Je ne pourrais même pas vous dire à quand remonte la dernière fois.

— Je vous en promets un pour ce week-end. Samedi, ça vous irait ?

— Oui, très bien.

— Super. Avez-vous des allergies ?

— Non, aucune.

— Alors c'est parfait. J'ai vraiment hâte d'être à samedi, dit Samantha en le raccompagnant à la porte.

— Moi aussi. Cela m'embête un peu de vous laisser, après ce qui s'est passé. Vous êtes sûre que ça va aller ?

— Oui, certaine. Je refuse de me laisser chasser de chez moi par Collin.

— Si jamais vous changez d'avis, sachez que je vous accueillerai avec plaisir sous mon toit.

Visiblement surprise par son offre, Samantha le regarda avec des yeux ronds.

— C'est vraiment très gentil à vous, mais ça va aller, je vous assure.

— Je vous laisse alors. Vous êtes bien sûre de vouloir rester ?

— Sûre et certaine. Rentrez chez vous maintenant. Allez vite vous reposer une heure ou deux avant de partir au travail.

— OK. Vous savez où me joindre si vous changez d'avis.

Samantha ouvrit la porte.

— Encore merci, Gregory.

— Je vous en prie.

Elle se pencha vers lui et l'étreignit avec ferveur avant de l'embrasser sur la joue. Touché par ce témoignage d'affection, Gregory avait de moins en moins envie de s'en aller.

— Et si vous me passiez un coup de fil à votre réveil ? suggéra-t-il. Juste pour me donner des nouvelles.

— Promis, je vous appelle.

— Dormez bien.

Il sortit à regret, conscient que s'il avait envie de rester, ce n'était pas seulement pour la protéger.

Tu es salement en train de déraper, mon vieux, songea-t-il après avoir jeté les sacs-poubelles dans un container à ordures.

Avant de monter dans sa voiture, il se retourna vers Samantha qui, toujours sur le seuil, le regardait partir. Et il se demanda s'il n'était pas déjà trop tard pour reprendre le cours tranquille de son existence.

6

Samantha entra dans le *coffee shop* et s'approcha du comptoir.

— Bonjour, Sam ! lança Hannah d'une voix forte pour couvrir le sifflement du percolateur. Qu'est-ce que je te sers ?

— Bonjour. Je vais prendre un cappuccino, s'il te plaît.

— Je te prépare ça tout de suite.

Samantha fixait les étagères derrière la caisse sur lesquelles s'alignaient des paquets de café en grains.

— Je vais prendre aussi deux paquets de ton mélange maison en grains peu torréfiés.

— OK.

Samantha avait le sourire aux lèvres lorsqu'elle ouvrit son sac pour en sortir son porte-monnaie. L'inspecteur Harris serait agréablement surpris de voir qu'elle avait pensé à lui quand il viendrait dîner chez elle.

Rayonnante, Hannah lui tendit son cappuccino.

— Voilà pour toi, dit-elle en posant sur le comptoir les deux paquets de café en grains.

— Merci beaucoup. Je te dois combien ?

— Rien du tout.

— Comment ça, *rien du tout* ?

— Rien, je te dis, insista Hannah, une lueur de malice dans les yeux.

Samantha la scruta longuement.

— Qu'est-ce qui me vaut un tel traitement ? demanda-t-elle.

— Je voulais juste témoigner ma gratitude à ma bloggeuse préférée, répondit Hannah, rouge comme un coquelicot. Je suis une fidèle lectrice d'*En quête de vérité* et j'admire beaucoup ce que tu fais. Notamment pour relancer l'enquête sur la mort de Jacob. Je le connaissais bien, tu sais. C'était l'un de mes meilleurs clients. Il n'a pas pu faire une overdose. Jacob ne touchait pas à la drogue. Ce n'était vraiment pas son truc.

— Je le sais bien. C'est pourquoi je fais le maximum pour découvrir de nouvelles pistes qui conduiront peut-être à une réouverture du dossier. Mais tu te doutes bien que ce ne sera pas facile. Il va falloir batailler dur parce qu'ici, tu sais, la justice…

Hannah extirpa un torchon de sous le comptoir qu'elle se mit à astiquer énergiquement.

— Parlons-en, de la justice ! siffla-t-elle avec aigreur. Mais les gens ne sont pas dupes. Tout le monde sait que Collin est impliqué dans la mort de Jacob. Ce qu'on ignore, ce sont les raisons pour lesquelles il l'aurait tué. En tout cas, ajouta-t-elle en baissant la voix, tu n'imagines pas le nombre de personnes ici qui lisent ton blog avec intérêt.

— C'est vrai ?

— Oui, je t'assure. Mais personne ne s'en vante, évidemment. Comme tu le sais, la famille Wentworth a le bras long par ici.

— Je ne le sais que trop bien, répliqua Samantha en soupirant.

— Ne lâche rien, surtout. Nous sommes tous derrière toi, même si notre soutien reste discret.

— Merci pour tes encouragements, Hannah. Ce que tu viens de me dire me fait vraiment chaud au cœur. Merci aussi pour le café.

— Je t'en prie ; ce n'est rien du tout. J'espère que ton nouvel ami va te donner un coup de main pour l'enquête. C'est quoi, déjà, son nom, à ce charmant inspecteur ? Howard ? Henderson ?

— *Harris,* rectifia Samantha en gloussant. Et arrête un peu de faire ton cinéma. Je sais que tu connais l'inspecteur Harris. Il passe souvent prendre un café.

— Il vient aussi dans l'espoir de tomber sur toi.

— Comment cela ? demanda Samantha juste au moment où quelqu'un, derrière elle, l'appelait par son prénom.

Elle se tourna vers la porte et vit arriver Ava.

— Salut, toi ! Comment va ?

— Bien, et toi ? Je ne pensais pas te trouver là.

— Moi non plus. Mais ça tombe bien. Tu es pressée ou on peut bavarder quelques minutes ?

— J'ai un petit quart d'heure devant moi avant d'aller au travail, répondit Ava en passant dans ses cheveux courts une main parfaitement manucurée.

— Super ! Je vais m'asseoir à une des tables du fond.

— Je te rejoins dans une minute. Dès que j'ai commandé mon…

— Café allongé avec un nuage de mousse de lait d'amande ? demanda Hannah avec un petit sourire.

— Exactement. Merci, Hannah.

— Je m'en occupe tout de suite. Allez-vous asseoir. Je l'apporterai à votre table.

— Vous êtes un ange, Hannah.

Samantha guida son amie vers le fond de la salle à la décoration vintage. Elles choisirent une table près de la fenêtre.

— Je suis contente de te voir, dit Ava. Je voulais t'appeler mais, à l'agence, on a eu un boulot de dingue. En plus de ça, mon mari, qui est têtu comme une mule, s'est fait mal au dos la semaine dernière en voulant installer sans aucune aide notre nouveau réfrigérateur.

— Ah, mince ! Pourquoi faut-il toujours que les hommes présument de leurs forces ?

— Dieu seul le sait. Si tu as un jour la réponse à cette question, fais-moi signe, dit Ava. Enfin bref, pour couronner le tout, les enfants m'épuisent avec leurs entraînements de foot, cours de danse et leçons particulières. Je n'ai pratiquement plus une minute à moi !

— Oui, j'imagine, marmonna Samantha, en proie aux affres de la jalousie.

Elle rêvait de fonder une famille. Sa vie était épanouissante, elle n'avait pas à se plaindre, mais rien ne remplacerait le mari et les enfants qu'elle espérait avoir un jour.

— La seule chose que j'ai pu faire, continua Ava, c'est de lire ton dernier article. Et j'avoue que, là, Sam, tu m'as épatée. Ta contribution dans l'enquête sur la mort de Jacob est remarquable. Je ne regrette pas de t'avoir sollicitée. J'ai reçu énormément de messages et de coups de téléphone de gens qui se réjouissent de ce que tu fais pour élucider le meurtre de mon frère.

— Cela fait plaisir à entendre. Je suis contente de pouvoir me rendre utile. Hannah était justement en train de me dire que tout le monde ici aimerait que l'enquête soit rouverte. Mais, bien entendu, personne n'ose le faire savoir publiquement.

— Cela va sans dire.

Samantha but une grande gorgée de cappuccino en regardant par la fenêtre les passants qui marchaient dans la rue, l'air insouciant.

— Je ne t'ai pas raconté ce qui m'était arrivé, dit-elle à mi-voix.

Elle fut interrompue par l'arrivée d'Hannah.

— Voilà votre café, dit la patronne du *coffee shop* en posant la tasse devant Ava.

— Merci, Hannah.

Dès que celle-ci se fut éloignée, Ava demanda :

— Rien de grave, j'espère ?

— La nuit dernière, ma maison a été vandalisée.

— *Quoi* ? s'écria-t-elle.

Gênée, elle jeta un coup d'œil autour d'elle et s'excusa auprès d'un couple assis à la table voisine qui la fixait d'un air réprobateur.

— Raconte, dit-elle en se penchant vers Samantha.

— Quelqu'un a fracassé les fenêtres de ma salle de séjour. Il y avait des débris de verre partout. Mes lampes et mon vase ont volé en éclats. On ne pouvait quasiment plus mettre un pied par terre sans risquer de se blesser.

— Ma pauvre, je te plains.

— Tu te doutes bien que ce n'est pas arrivé par hasard. J'ai dû mettre quelqu'un en colère. Je suis sur le point de découvrir la vérité et ça ne plaît pas à tout le monde, apparemment, et du coup, on essaie de me faire taire. Mais c'est peine perdue.

— Attends, Sam. Ta quête de la vérité est une chose, mais tu ne vas pas y laisser ta peau. Nous avons manifestement affaire à un meurtrier. Pour échapper à la justice, il semble être prêt à tout. Or j'ai déjà perdu Jacob, dit Ava, les yeux pleins de larmes. Je ne veux pas te perdre toi aussi.

— Non, bien sûr. Je comprends.

— Tu te souviens du groupe pop qu'on avait créé, tous les trois ? On passait des soirées entières à répéter. On était inséparables, à l'époque. C'était le bon temps.

— Tu parles si je m'en souviens ! dit Samantha en riant. Nous étions nuls mais ça ne nous empêchait pas de croire dur comme fer que nous allions enregistrer un disque et faire carrière dans le show-biz.

— Nous ne doutions de rien, malgré notre nullité.

— Eh, parle pour toi ! Je ne m'en sortais pas si mal que ça. Mais le meilleur de nous trois, c'était Jacob. Il pouvait tout faire : chanter, danser et jouer la comédie. Je pensais qu'il irait tenter sa chance à Hollywood.

— Moi aussi, dit Ava. Mais il est resté et regarde où ça l'a mené.

Ava prit sa petite cuillère et se mit à remuer lentement son café.

— Ne penses-tu pas qu'il vaudrait mieux que tu laisses tomber l'enquête, Sam ? Du moins pour l'instant.

— Je ne laisse rien tomber du tout. Jacob doit obtenir justice. Mon blog peut m'aider à faire inculper son meurtrier, alors comme je l'ai dit à l'inspecteur Harris, je vais aller jusqu'au bout.

— L'inspecteur Harris ? dit Ava en fronçant les sourcils. Le flic qui travaille sous les ordres du commissaire Wentworth ?

— Absolument. En fait, il m'a beaucoup aidée.

Ava roula les yeux et prit sa tête dans ses mains.

— Mais enfin, Sam, qu'est-ce qui t'a pris de l'entraîner là-dedans ?

— Où est le problème ? S'il est prêt à nous aider, je ne vois pas pourquoi je refuserais. Réfléchis deux secondes. C'est un sacré atout d'avoir quelqu'un de l'intérieur qui accepte de collaborer.

— Comment sais-tu qu'il est vraiment de notre côté ? On a tout lieu de penser qu'il soutient ses collègues policiers plutôt qu'une quasi-inconnue qui accuse de meurtre le fils de son chef !

Se carrant sur sa chaise, Samantha se mit à pianoter sur la table.

— Tu te trompes, Ava. L'inspecteur Harris est très serviable. Je veux bien reconnaître qu'au début il était un peu réticent. Mais il s'est rendu compte que nous avions de bonnes raisons de rouvrir l'enquête. Et c'est en toute légitimité qu'il m'apporte son concours.

— Tiens donc ! railla Ava. Et en quoi consiste ce concours ?

— Eh bien, tout d'abord, nous sommes allés ensemble sur la scène de crime. Il a convenu que Jacob n'était probablement pas défoncé et qu'il n'a pas pu s'effondrer entre ces deux bennes à ordures sans qu'on le pousse. L'inspecteur Harris est aussi venu chez moi à 3 heures du matin pour clouer des planches sur mes fenêtres après l'attaque et pour récupérer des éléments de preuve dans mon salon, ce que n'avaient pas fait les deux flics qui l'avaient précédé. Il m'a promis de prendre l'affaire en main et de retrouver le coupable.

— Je vois, dit Ava d'un ton plein de sous-entendus. C'est… vraiment très gentil de sa part.

— Oui, je trouve aussi.

— Écoute, Sam, si tu penses que l'inspecteur Harris est de notre côté et qu'il peut nous aider à faire toute la lumière sur la mort de Jacob, je n'ai rien contre sa participation à l'enquête. Et je m'excuse de l'avoir mal jugé. Il a effectivement l'air d'être un type bien.

— Pas de problème, Ava. Je comprends que tu sois

méfiante. Mais fais-moi confiance, on peut compter sur lui. Sans la moindre réserve.

— Tant mieux. Nous avons besoin de rallier un maximum de personnes à notre cause, dit Ava avant d'attraper son attaché-case et de se lever. Ce n'est pas tout ça, mais il faut que j'aille au bureau. J'ai un rendez-vous important avec un client, et je veux m'assurer que mon assistante a tout préparé.

— OK. Merci pour cette conversation au débotté. Je ne manquerai pas de te tenir au courant des prochains développements.

— Oui, d'accord. Au fait, as-tu des nouvelles de Kenzie ? J'ai essayé de la joindre pour lui demander comment s'était passée votre entrevue, mais elle ne m'a jamais rappelée.

Samantha prit son téléphone et chercha le dernier échange de SMS qu'elle avait eu avec Kenzie.

— Ah, tiens, c'est bizarre, dit-elle. Je lui ai envoyé un message l'autre jour pour lui demander des renseignements sur les employés de Westman qui ont disparu. L'inspecteur Harris et moi essayons de savoir qui a signalé leur disparition à la police. Nous pensons que ça ne peut être que Jacob ou elle. Mais elle ne m'a jamais répondu.

— À suivre, dit Ava en haussant les épaules. Elle est peut-être accaparée par son petit ami, qui est affreusement possessif. Je suis sûre que nous aurons bientôt de ses nouvelles.

— Je l'espère. Parce qu'il est capital pour la suite que nous sachions qui a prévenu la police.

— Oui, je comprends. Merci encore pour tout ce que tu fais, Samantha.

— Je t'en prie. À très vite, Ava. Je t'appelle dès qu'il y a du nouveau.

Après le départ de son amie, Samantha sortit son ordinateur portable de son sac. Juste au moment où elle l'ouvrait, elle vit une estafette blanche standard passer lentement devant le *coffee shop*.

Le véhicule s'arrêta juste devant. Le conducteur, qui portait une casquette de base-ball et des lunettes noires, fit vrombir le moteur. Samantha se figea, en proie à un mauvais pressentiment.

— Qu'est-ce que c'est que ce boucan ? cria Hannah, exaspérée.

Elle sortit de derrière son comptoir et fonça vers la porte d'un pas de grenadier pour interpeller le conducteur de l'estafette.

— Non, mais ça va pas ! Arrêtez de faire vrombir le moteur. Vous dérangez mes clients !

Lorsqu'elle se retourna pour rentrer, l'homme brandit un pistolet qu'il pointa sur Samantha tandis qu'un sourire machiavélique s'épanouissait sur son visage squelettique.

Samantha se leva précipitamment et s'accroupit derrière la table, terrorisée.

— Baisse-toi ! cria-t-elle à Hannah, qui la regardait bouche bée.

Quand Hannah se retourna vers la porte, le conducteur de l'estafette lui fit un doigt d'honneur. Son arme avait disparu.

— Mets-le-toi où je pense ! Je vais te signaler à la police, pauvre taré ! cria Hannah, hors d'elle.

L'homme fit à nouveau vrombir son moteur puis partit à toute vitesse.

Hannah se précipita vers Samantha.

— Ça va ? demanda-t-elle en l'aidant à se relever. Ce crétin est venu délivrer un message, on dirait.

— Un message qui m'était adressé, marmonna Samantha.

— Dois-je appeler la police ?

— Non, surtout pas. La police ne fera rien, crois-moi. Je vais prévenir l'inspecteur Harris.

— Oui, tu as raison. Je suis contente qu'il soit ton ami et veille sur toi.

Le souffle court, Samantha posa sa main sur sa poitrine.

— Moi aussi, dit-elle en prenant son téléphone.

Elle eut du mal à taper le numéro de Gregory tant ses doigts tremblaient. Elle tomba tout de suite sur la messagerie vocale. Elle raccrocha et lui envoya un texto.

Pouvez-vous venir me rejoindre ? Je suis chez Hannah ;

une espèce de cinglé conduisant une estafette blanche a menacé de me tirer dessus.

En attendant qu'il réponde, elle rassembla ses affaires. Son téléphone vibra avant même qu'elle eût terminé.

Je suis désolé, Sam, mais je suis toute la journée en formation à South Beloit. Pouvez-vous rester au *coffee-shop* jusqu'à ce que j'arrive ? En attendant, je peux envoyer une voiture de patrouille pour surveiller les lieux.

— Zut de zut ! grommela Samantha avant de se tourner vers Hannah. Gregory est à South Beloit toute la journée. Il veut que je reste ici jusqu'à son retour.

— Je pense que c'est effectivement la meilleure chose à faire. Tu peux rester autant que tu veux.

— Vraiment ? Je ne voudrais pas m'imposer.

— Qu'est-ce que tu racontes ? Je prends ta sécurité à cœur, figure-toi. Un meurtrier en liberté vit dans cette ville et nous comptons tous sur toi pour le faire arrêter.

Une bouffée de colère envahit Samantha.

— Il le sera. Je te le promets.

— Bravo, ma grande, dit Hannah en lui tapant dans la main. Suis-moi. Dans mon bureau, tu seras tranquille. Je vais t'apporter un sandwich et du café.

— Toutes ces émotions m'ont coupé l'appétit, mais tout à l'heure, quand je me serai remise, j'aurai peut-être un petit creux. Merci pour tout, Hannah.

— Je t'en prie.

Samantha passa derrière le comptoir et suivit Hannah qui ouvrit une porte donnant sur un couloir.

— Le détective Harris a dit qu'il enverrait une voiture de patrouille, au cas où le conducteur de l'estafette s'aviserait de revenir.

— Ah, super. Remercie-le de ma part.

Hannah fit entrer Samantha dans la petite pièce qui lui servait de bureau. Il y régnait un joyeux désordre.

— Je n'ai pas mieux à t'offrir, hélas, s'excusa-t-elle en

poussant une pile de papiers sur un coin du bureau. Mais le wifi fonctionne bien, le fauteuil est confortable et personne ne viendra te chercher ici.

— C'est parfait. Si « le wifi fonctionne bien », que pourrais-je demander de plus ?

Samantha décocha un clin d'œil malicieux à son amie, histoire de détendre l'atmosphère. Elle s'en voulait un peu de lui faire subir les représailles consécutives à son enquête sur le meurtre de Jacob.

— Je te laisse, Sam, dit Hannah avec un sourire. Je reviens très vite avec le café et le sandwich. Si tu as besoin de quoi que ce soit, envoie-moi un texto. De toute façon, je repasserai régulièrement voir si tout va bien.

— Tu es un ange, Hannah. Merci mille fois.

Samantha verrouilla la porte derrière elle puis s'assit au bureau.

Au diable Collin ! songea-t-elle en sortant son ordinateur de son sac.

Elle ouvrit son blog et vit que son dernier article, dans lequel elle parlait des salariés de chez Westman qui avaient disparu et des actes de vandalisme perpétrés chez elle, avait suscité de très nombreuses réactions. Il y avait plus de deux cents commentaires.

Incroyable…, murmura-t-elle.

Elle allait regarder les commentaires lorsqu'elle vit en bas de l'écran clignoter une icône lui indiquant qu'elle avait reçu un message. Elle cliqua sur la notification.

LAISSEZ TOMBER AVANT QU'IL NE SOIT TROP TARD OU VOUS SEREZ LA PROCHAINE ! IL N'Y AURA PAS D'AUTRE AVERTISSEMENT.

Le cœur battant, elle s'écarta brusquement du bureau. Elle relut le message plusieurs fois, jusqu'à ce que les larmes lui brouillent la vue.

Pense à Jacob, se dit-elle, toute tremblante. *Pense à Ava et à toute la famille Jennings. Pense aux hommes qui ont disparu de chez Westman. Et ne lâche rien.*

Il ne lui en fallait pas plus pour se remotiver. Rapprochant son fauteuil du bureau, elle entreprit de rédiger un nouvel article car elle voulait informer ses abonnés des derniers développements de l'enquête et leur faire part des menaces qu'elle venait de recevoir.

7

Samantha sursauta lorsqu'on frappa à la porte.

Cela faisait des heures qu'elle était enfermée dans le bureau d'Hannah. Après avoir surmonté le choc causé par le pistolet que le cinglé à l'estafette avait pointé sur elle et par les menaces qu'elle avait reçues sur son blog, Samantha s'était aussitôt remise au travail, comme galvanisée par ce qui lui était arrivé. Se servant de son blog comme d'un exutoire, elle rédigea deux nouveaux articles en un temps record, et enregistra même une vidéo pour répondre aux questions des lecteurs à propos du meurtre de Jacob.

— J'arrive ! cria-t-elle en se levant pour aller ouvrir.

C'était Hannah. Les sourcils froncés et les mains croisées devant elle, la patronne du *coffee shop* semblait préoccupée.

— Coucou, dit-elle doucement. Je venais juste m'assurer que tout allait bien. Tu n'as besoin de rien ?

— Tout va aussi bien que possible. J'essaie de ne pas craquer mais ce n'est pas facile, je l'avoue. Du coup, je me suis réfugiée dans le travail. C'est fou la quantité de dossiers que j'ai abattus en seulement quelques heures. Il faudrait peut-être que je vienne plus souvent bosser ici. Tu me le louerais combien, ton bureau ?

— Ne dis donc pas de bêtises ! Franchement, tu te verrais passer tes journées dans ce placard à balais ? D'autant plus que tu as chez toi un bureau magnifique. À ta place, je n'en bougerais pas.

Samantha ferma son ordinateur et le rangea dans son sac.

— Ton café et toutes les bonnes choses que je trouve ici me manqueraient trop, répondit-elle. Sans compter que, lorsque je suis chez moi, la solitude me pèse un peu, parfois. Le contact humain me manque. J'aime bien venir au *coffee shop* pour bavarder avec toi et échanger quelques mots avec les clients. Sauf aujourd'hui, évidemment, où j'aurais mieux fait de rester chez moi.

— Oui, je m'en doute, dit Hannah. Écoute, Sam, il est 6 heures passées et mon mari m'attend à la maison. Je dois rentrer lui préparer à manger. À part pour se faire cuire des œufs au plat ou des pâtes, il est soi-disant incapable de se servir de la cuisinière.

Samantha jeta un coup d'œil à sa montre.

— Il est plus de 6 heures ? Je n'ai pas vu le temps passer.

Elle glissa son sac sur son épaule et sortit du bureau derrière Hannah.

— Voilà ce que c'est que de se passionner pour ce qu'on fait, dit celle-ci. Au fait, il faut que tu saches que la voiture de patrouille que devait envoyer l'inspecteur Harris n'est jamais venue. Je ne sais pas ce que tu en penses, continua-t-elle en fixant Samantha par-dessus ses lunettes à monture percée. Mais pour moi, c'est très clair.

— Tu veux dire que la police de Gattenburg couvre Collin à la demande de son chef, papa Wentworth ?

— Exactement, répondit Hannah, la mine sombre. Cela m'embête de devoir te mettre dehors, ajouta-t-elle après quelques secondes d'hésitation, mais que dirais-tu de venir dîner chez moi ?

— C'est très gentil, mais non, pas ce soir. Tu m'as assez vue pour aujourd'hui. Je ne voudrais pas abuser de ta gentillesse. Et puis, mon congélateur est plein de petits plats délicieux qui attendent d'être mangés.

— Tu n'abuses de rien du tout, voyons ! Mais comme tu veux. Si tu préfères rentrer, je n'insiste pas.

Lorsque Samantha se retrouva dehors, elle sentit la peur s'emparer d'elle.

La nuit était en train de tomber. Elle regarda au bout de la rue et imagina l'estafette blanche surgissant brusquement et lui fonçant dessus.

Un peu de cran, que diable ! songea-t-elle en resserrant résolument la ceinture de son manteau.

Elle se retourna pour dire bonsoir à Hannah, qui était toujours sur le seuil du *coffee shop.* L'inquiétude se lisait sur son visage.

— Je ne suis pas tranquille de te laisser rentrer seule, dit Hannah sans détour. Surtout après ce qui s'est passé ce matin.

Bien qu'elle n'en menât pas large, Samantha se voulut rassurante.

— Ne t'en fais pas pour moi. Je ne risque rien.

Elle prit Hannah par la main et lui fit franchir le seuil. Puis elle s'empara des clés et ferma elle-même la porte.

— Je ne m'inquiéterais pas autant si je savais l'inspecteur Harris dans les parages. Tu as des nouvelles ? Je pensais qu'à cette heure-ci il serait de retour.

— Je lui ai envoyé un texto il y a environ une heure, mais il ne m'a pas répondu…

Son téléphone vibra juste au moment où elle prononçait ces mots. Elle venait de recevoir un texto de Gregory.

— Il suffit de parler de lui pour qu'il se manifeste, dit-elle.

— Ah, tant mieux. Que dit-il ?

Samantha s'empressa d'ouvrir le message.

— Hello, Sam, lut-elle à voix haute, désolé de vous répondre aussi tard mais je sors à l'instant de la formation, qui a duré plus longtemps que prévu. Je devrais être de retour à Gattenburg dans une grosse heure. Voulez-vous que je vous rejoigne au *coffee shop* ?

— Réponds-lui oui ! s'exclama Hannah en lui prenant les clés des mains pour rouvrir la porte. Dis à l'inspecteur Harris de passer te prendre ici. Je vais prévenir mon mari que j'aurai du retard. S'il a faim, il n'aura qu'à manger des chips.

— Il n'en est pas question. Tu es sur le pont depuis 6 heures du matin. Je refuse de te retenir plus longtemps.

Hannah ouvrit la porte.

— Ne t'inquiète pas pour ça. Le dîner attendra, et mon mari aussi. Ta sécurité est ma priorité. Allez, entre. L'inspecteur Harris ne devrait pas tarder.

— Je ne suis pas d'accord, Hannah. Le type à l'estafette, c'était ce matin. Il n'y a plus rien à craindre. Alors rentre dîner tranquillement avec ton mari. Je vais demander à l'inspecteur Harris de me rejoindre chez moi.

— Tu es sûre que ça va aller ?

— Mais oui.

Hannah referma la porte en secouant la tête.

— Ne t'inquiète pas pour moi, dit Samantha en lui prenant la main. Bonne soirée et encore merci.

— Bonne soirée à toi aussi.

Samantha monta dans sa voiture et écrivit un texto à Gregory.

Pouvez-vous passer chez moi plutôt qu'au *coffee shop,* car il vient de fermer. Merci d'avance.

Son message envoyé, elle mit le contact et jeta un coup d'œil inquiet dans le rétroviseur.

Il faisait complètement nuit, à présent. La rue était déserte et lugubre. Elle attendit qu'Hannah soit dans sa voiture pour démarrer. Elle ne se sentait pas rassurée du tout et, consciente de sa vulnérabilité, regrettait déjà de ne pas être restée au *coffee shop.* Pourquoi n'avait-elle pas écouté Hannah ?

Respire à fond. Tout va bien.

Elle prit une grande inspiration par le nez et expira lentement par la bouche. Elle faillit appeler Gregory ou Ava. Leur voix au téléphone aurait suffi à la calmer. Mais n'étant plus très loin de chez elle, elle décida de n'appeler personne. Il n'aurait plus manqué qu'elle passe pour une trouillarde.

Lorsqu'elle s'engagea dans sa rue, elle ralentit et s'assura que tout était normal. Les véhicules stationnés le long du trottoir lui semblèrent inoffensifs. Il n'y avait pas d'estafette blanche en vue.

Ouf ! murmura-t-elle en carrant les épaules et en se redressant sur son siège.

Crispés sur le volant, ses doigts avaient blanchi aux jointures. Elle ouvrit les mains l'une après l'autre pour les détendre.

Après avoir tourné dans son allée, elle vit que la porte de son garage avait été enfoncée et taguée à la peinture rouge.

Bon sang !

Elle pila net et se mit au point mort. Puis elle sortit de sa voiture, tout à la fois folle de rage et terrorisée. Elle s'approcha lentement du garage, ses pieds semblant peser des tonnes. Elle plissa les yeux pour déchiffrer l'inscription bombée sur la porte blanche.

ARRÊTEZ OU VOUS ALLEZ LE REGRETTER !

Oh non ! gémit-elle en manquant perdre l'équilibre.

La peur lui étreignait la poitrine. Elle scruta le bas de la rue mais ne vit personne.

Soudain, un bruissement dans les fourrés sur le côté de la maison attira son attention. Elle pivota sur ses talons.

— Qui est là ? cria-t-elle d'une voix qu'elle aurait voulu plus assurée.

Un bruit de pas précipités se fit entendre. Elle se figea, tétanisée. Les pas s'éloignaient.

La colère l'emportant sur la peur, elle se lança à la poursuite du fuyard. Elle eut la présence d'esprit d'allumer la torche de son téléphone, ce qui lui permit d'apercevoir une silhouette massive vêtue tout en noir qui détalait comme un lapin dans son jardin. L'homme sauta par-dessus la clôture et se retrouva dans la ruelle derrière la maison. Elle lui courut après, regrettant de ne pas porter des baskets plutôt que des boots car cet enfoiré risquait encore une fois de lui échapper. Si au moins elle pouvait voir son visage…

Elle traversa le jardin coudes au corps, ouvrit le portail à toute vitesse et s'élança dans la ruelle. La colère lui donnait des ailes. Elle n'avait qu'une encablure de retard sur l'homme qu'elle poursuivait mais celui-ci s'engouffra à l'arrière d'une berline noire qui l'attendait au bout de la ruelle. Il n'avait pas refermé la portière que la voiture démarrait dans un crissement de pneus en laissant dans son sillage un nuage de fumée noire.

Nom d'un chien…

Samantha fit demi-tour et repartit au galop vers l'avant de la maison. Elle sauta dans son cabriolet. Ses mains tremblaient tellement qu'elle n'arrivait pas à insérer la clé de contact.

— Allez, bon sang ! cria-t-elle, exaspérée.

Elle finit par y arriver, passa la marche arrière et écrasa la pédale d'accélérateur. La voiture décolla littéralement. Samantha faillit se cogner la tête contre la vitre lorsqu'elle heurta le bord du trottoir mais elle ne ralentit pas pour autant et descendit la rue pied au plancher.

Où est-il passé ? grommela-t-elle en s'engageant dans la ruelle qui longeait l'arrière de sa maison.

Elle était déserte. Lorsque Samantha arriva au bout, elle freina brutalement, folle de rage.

Merde ! cria-t-elle en frappant du plat de la main sur le volant.

Elle en aurait pleuré de frustration. La colère qu'elle avait ressentie en voyant la porte de son garage vandalisée se volatilisa d'un seul coup, laissant la place à une peur panique.

Il faisait nuit noire et il n'y avait pas âme qui vive. Personne ne lui viendrait en aide si l'abruti qui avait tagué la porte de son garage décidait de s'en prendre à elle.

Consciente de sa grande vulnérabilité, elle renonça à poursuivre la berline noire et sortit rapidement de la ruelle.

Le cœur battant, elle toucha l'écran tactile de son ordinateur de bord et utilisa la commande vocale pour appeler Hannah. Elle tomba immédiatement sur la messagerie. Une boule se forma dans sa gorge.

— Hannah, c'est moi, Sam, dit-elle d'une voix étranglée. Je suis en route pour chez toi. On a défoncé ma porte de garage et on a bombé dessus un avertissement menaçant. À tout de suite.

Elle mit fin à l'appel et utilisa à nouveau la commande

vocale pour téléphoner à l'inspecteur Harris. Il était également sur messagerie. En proie à la panique, Samantha avait l'impression de suffoquer.

— Gregory, c'est Samantha. Ma maison a de nouveau été vandalisée. Le garage, cette fois. Je vais chez Hannah. Rejoignez-moi chez elle. Je vous envoie son adresse par texto. Appelez-moi dès que vous aurez ce message.

Elle raccrocha et se concentra sur sa conduite, pressée d'arriver à bon port.

8

— La soirée ne se déroule pas exactement comme prévu, dit Samantha, confortablement assise sur le canapé de cuir brun de Gregory, ses jambes ramenées sous elle. J'étais censée vous préparer à dîner et, au final, je me retrouve chez vous et c'est vous qui cuisinez.

— On n'est jamais à l'abri d'un imprévu, fit remarquer doctement Gregory, qui était aux fourneaux, occupé à faire cuire deux pavés de saumon.

Il remit le couvercle sur la poêle et se retourna vers Samantha. Le clair de lune qui entrait par la baie vitrée du spacieux séjour la nimbait de ses rayons argentés. Bien qu'encore sous le choc elle était d'une beauté sidérante.

— Vous n'avez pas besoin d'aide ? Il n'y a vraiment rien que je puisse faire ? demanda-t-elle, prête à se lever du canapé.

— Non, ne bougez pas. Je m'occupe de tout, dit-il en sortant du réfrigérateur une belle romaine qu'il jeta dans une passoire.

Depuis qu'il savait dans quel état elle avait retrouvé la porte de son garage, Gregory était taraudé par un sentiment de culpabilité. Il s'en voulait de ne pas avoir été avec elle à ce moment-là, même s'il n'avait pas vraiment eu le choix.

— Au fait, dit-elle en prenant sur le dossier du canapé un plaid en lainage gris qu'elle drapa autour de ses épaules, comment avez-vous fait pour arriver chez Hannah aussi vite ? Je vous ai envoyé son adresse par texto et moins de vingt minutes plus tard, vous y étiez.

— J'ai peut-être dépassé la limite de vitesse autorisée. Dès que j'ai entendu votre message vocal, j'ai foncé.

— Ah oui ? Vous avez commis une infraction pour moi ? C'est me faire trop d'honneur.

— Vous le méritez, répliqua Gregory du tac au tac.

Le sourire modeste de Samantha fit tambouriner son cœur dans sa poitrine.

— J'admire votre courage et votre ténacité, continua-t-il. Compte tenu de tout ce qui vous est arrivé depuis que vous avez commencé à enquêter sur la mort de Jacob, vous tenez vraiment bien le coup.

Samantha s'extirpa du canapé et s'approcha du comptoir de la cuisine.

— Merci pour le compliment. Mais je n'ai pas le choix, vous savez. J'ai une mission à accomplir.

Gregory sentit sa bouche s'assécher lorsqu'elle grimpa sur un tabouret et croisa les jambes. Il se retourna et entreprit de laver la salade dans l'évier.

— Que diriez-vous d'un verre de vin ? dit-il. J'ai du pinot noir et du chardonnay.

— Je prendrais bien un verre de pinot noir.

Lorsqu'il eut égoutté la salade, il s'occupa du vin. Il ouvrit la bouteille, sortit deux verres, les remplit à moitié et en tendit un à Samantha. Il porta le sien à ses lèvres et but une grande gorgée avant de s'éclaircir la voix :

— J'étais en train de penser à quelque chose. Il vaut mieux que vous n'habitiez plus chez vous jusqu'à ce que je puisse envoyer un policier pour garder la maison et assurer votre sécurité.

— Quel policier ? railla Samantha. La voiture de patrouille qui devait surveiller le *coffee shop* d'Hannah n'est jamais venue.

— Quoi ? Elle n'est pas venue ?

— Non, je vous assure. Alors pourquoi voulez-vous qu'un policier se déplace pour moi ? Au poste, je suis de toute évidence l'ennemie publique numéro un.

Gregory alla remuer son risotto aux cèpes, puis il sortit deux assiettes du placard.

— Vous n'y êtes pas du tout, Sam.

— Tiens donc ! Et qu'est-ce qui vous le fait penser, après la manière dont j'ai été traitée ?

— Sachez tout d'abord que, lorsque j'ai déposé une plainte pour incompétence à l'encontre des agents Baxter et Miller, le commissaire Wenthworth a promis de régler ce problème personnellement. Il a fait un rapport sur ces deux crétins.

Samantha se remit debout si brusquement qu'elle faillit dégringoler du tabouret.

— Attendez. Le maire de Gattenburg aurait-il nommé un nouveau commissaire ? Parce que je n'arrive pas à croire que c'est du père de Collin dont il est question. *Walter* Wentworth.

— C'est pourtant bien de lui dont il s'agit. Le commissaire Wentworth fait le nécessaire pour vous.

— Alors là, vous me clouez le bec.

— Il faudra bien évidemment faire un autre rapport pour les déprédations commises sur votre porte de garage. Demain matin, j'irai prendre des photos.

— Merci. Merci mille fois, Gregory. Je ne vous remercierai jamais assez.

La gratitude de la jeune femme lui fit chaud au cœur.

— Dans la mesure où il est sincère, un simple merci suffit, déclara-t-il. Et comme je vous l'ai déjà dit, je suis content de vous rendre service.

Il versa la romaine dans un grand saladier, y ajouta du concombre en rondelles, des lamelles de poivron vert et des tomates cerises. Il versa sur le tout une vinaigrette à l'huile d'olive et au vinaigre balsamique puis dressa les assiettes.

— On passe à table ?

— Oui, volontiers.

Samantha prit les verres de vin et le suivit à la salle à manger.

— Mmm, ça a l'air délicieux. Vous avez mis la barre très haut ; je ne suis pas sûre de faire aussi bien quand viendra mon tour de vous inviter.

— Ah, allons, ce n'est pas un concours ! Je m'estimerai déjà très heureux de manger avec vous, alors peu importe ce que vous me servirez. Je me contenterai d'une simple pizza surgelée.

— La modestie n'est pas une qualité que je m'attendais à trouver chez un inspecteur de police, dit Samantha en riant.

— Il faut croire que je ne suis pas comme les autres.

Ils mangèrent en silence, en se jetant des regards furtifs. Au bout d'un moment, Samantha prit l'initiative de renouer le dialogue.

— Tout est vraiment délicieux, dit-elle.

— Merci. C'est à ma grand-mère que je dois mes talents culinaires, confia Gregory.

Il marqua une pause, tritura son risotto et but une gorgée de vin avant de continuer :

— Je ne voudrais pas gâcher l'ambiance, mais pour en revenir à ce qui s'est passé chez vous, avez-vous vu l'auteur des déprédations ?

— Non, hélas ! Tout ce que je peux dire, c'est qu'il est plutôt petit, autour d'un mètre soixante-dix. Et costaud. Habillé tout en noir, il portait une sorte de tenue anti-émeute.

— Petit et costaud. Collin ne correspond pas du tout à cette description.

Samantha se renfonça dans sa chaise et tapota les coins de sa bouche avec sa serviette.

— Je sais. Collin mesure plus d'un mètre quatre-vingt-cinq. Et il est élancé. Ce type doit donc être l'un de ses sous-fifres. Tout comme l'espèce de squelette ambulant qui s'est arrêté devant le *coffee shop* et a pointé un pistolet sur moi.

— Qu'est-ce que vous dites ?

De stupéfaction, Gregory en lâcha sa fourchette, qui tomba avec fracas dans son assiette.

— Le conducteur de l'estafette a pointé un *pistolet* sur vous ?

Samantha frappa du plat de la main sur la table.

— Comment ai-je pu oublier de vous le dire ? Mais avec tout ce qui s'est passé aujourd'hui, je suis un peu dépassée.

Parce qu'avant que je découvre que ma porte de garage avait été vandalisée, il y avait eu le message de menaces reçu sur mon blog.

— Un message de menaces ? De ça non plus vous ne m'avez pas parlé. Que disait ce message ?

— Je cite : « Laissez tomber avant qu'il ne soit trop tard ou vous serez la prochaine. Il n'y aura pas d'autre avertissement. »

Gregory prit son verre et but une grande gorgée de vin.

— Il faut vraiment que je fasse surveiller votre maison. Cela devient urgent.

Il espérait que Samantha n'avait pas perçu la tension dans sa voix. Il était inquiet. L'intensification des menaces et des actes de vandalisme à l'encontre de la jeune femme était extrêmement préoccupante.

Samantha planta sa fourchette dans une tomate cerise puis fixa Gregory.

— Vous savez quoi ? J'en ai assez de m'attaquer à Collin virtuellement. Les représailles dont je suis victime prouvent que cela ne suffit pas. Il faut passer à l'offensive.

— C'est-à-dire ? Quelles actions envisagez-vous ?

Il contemplait son assiette, bien décidé à se concentrer sur la conversation et à résister au désir grandissant qu'il avait de l'embrasser.

Comme elle ne répondait pas, il leva les yeux et vit s'épanouir sur ses lèvres un sourire malveillant.

— Ouh là ! Ce petit sourire ne me dit rien qui vaille. Qu'avez-vous en tête, Sam ?

Elle reposa sa fourchette et se redressa sur sa chaise.

— Sachant que vous êtes du genre à rester dans les clous, j'hésite un peu à vous mettre dans la confidence. Mais avant de vous récrier et de monter sur vos grands chevaux, écoutez-moi jusqu'au bout. D'accord ?

— Je me demande bien ce que vous allez me sortir.

— Ne soyez pas aussi timoré. Montrez-vous un peu plus… aventureux.

Gregory finit son verre puis se resservit.

— Je suis prêt, déclara-t-il. Allez-y, crachez le morceau.

Elle prit une grande inspiration et dit très vite :

— Je propose que nous nous introduisions chez Collin.

Gregory avala sa gorgée de vin de travers, manquant de s'étrangler.

— Je ne suis pas sûr d'avoir bien entendu. Pouvez-vous répéter ?

— Je propose que nous nous introduisions chez Collin.

Il renversa la tête en arrière et partit d'un éclat de rire tonitruant.

— Je vous rappelle que je suis inspecteur de police. Comment avez-vous pu imaginer une seule seconde que j'accepterais ce genre de plan ?

— Si j'ai pensé que vous seriez peut-être partant, c'est parce que vous m'aidez à prouver que Collin a tué Jacob.

— Et en quoi le fait d'entrer par effraction chez le meurtrier présumé prouverait-il quoi que ce soit ?

— On pourrait tomber sur une preuve irréfutable de sa culpabilité. Des vêtements couverts de sang ou des chaussures planquées au fond d'un placard. Ou un ordinateur contenant des indices. Ou même l'arme du crime.

Gregory mit sa main devant sa bouche pour dissimuler son sourire.

— Arrêtez de vous moquer de moi ! protesta-t-elle. Je suis très sérieuse, figurez-vous. Si Collin et ses acolytes osent s'en prendre à ma maison et me menacer, j'estime avoir le droit de leur rendre la pareille. La police n'en a visiblement rien à faire de moi. Je vais donc devoir prendre les choses en main.

— Écoutez, Samantha. Dans une série policière, vous verriez peut-être ce genre de choses mais dans la vie réelle, on ne peut pas entrer chez les gens par effraction. Sans compter qu'il est très peu probable que vous trouviez les preuves que vous cherchez. Je vous rappelle que le décès de Jacob remonte à plusieurs mois. Alors même si Collin a été en possession d'objets prouvant sa culpabilité, m'est avis qu'il s'en est débarrassé depuis belle lurette.

— On ne sait jamais. Collin n'est pas si futé que ça. Nous pourrions trouver chez lui quelque chose de compromettant.

Voyant que Gregory ne répondait pas, elle écarta les bras et les laissa retomber en signe de découragement.

— Si je comprends bien, je vais devoir m'y coller seule.

— Ce n'est pas ce que j'ai dit. Il s'agit simplement de ne pas faire n'importe quoi. Maintenant que Wentworth est dans la boucle, nous devrions pouvoir nous débrouiller autrement pour entrer chez Collin. Parce que pour tout vous dire, je ne suis toujours pas certain que le commissaire soit de mèche avec Collin.

— Eh bien moi, je suis certaine qu'il l'est, rétorqua Samantha d'un ton péremptoire. Si ça se trouve, il joue les gentils pour que vous – et moi – cessions de le soupçonner d'être corrompu. Cela ne vous a pas traversé l'esprit ?

Ignorant la question, Gregory mangea un bout de saumon. Puis il agita sa fourchette dans l'air.

— Au lieu d'aller fouiller chez Collin, pourquoi ne recontactez-vous pas Kenzie pour savoir ce qui se passe chez Westman's ? La plupart des salariés de l'usine ont dû lire votre blog. Elle a peut-être de nouvelles pistes.

— J'ai essayé de la joindre plusieurs fois après notre premier rendez-vous. Mais elle ne m'a jamais rappelée. Ava n'en a pas de nouvelles non plus.

— Ah bon ? Pensez-vous qu'elle se soit dégonflée parce que je suis venu vous rejoindre au Barron's ? Peut-être a-t-elle décidé de ne plus coopérer.

Il espérait que le silence de Kenzie n'était pas dû à une autre raison, beaucoup plus sinistre.

— Oui, c'est possible, répondit Samantha en haussant les épaules. Je vais essayer de l'appeler une dernière fois.

— OK. Promettez-moi de renoncer à vous introduire chez Collin. C'est une idée farfelue que vous devez absolument vous enlever de la tête.

Samantha fit une petite moue.

— On verra…

Lorsqu'elle leva nonchalamment ses bras au-dessus de sa tête pour s'étirer, Gregory ne put s'empêcher de la fixer, fasciné par la ligne gracile de son cou et la rondeur de ses seins.

— Je suis épuisée, confia-t-elle. Cette journée a été pour le moins éprouvante.

Gregory se leva et ramassa les assiettes.

— Que diriez-vous d'un bon café ? J'ai envie d'essayer celui que vous m'avez si gentiment rapporté du *coffee shop*.

— Je veux bien. Merci.

Il rapporta les assiettes dans la cuisine tandis qu'elle le suivait avec les verres et la bouteille de vin, qu'ils avaient bue jusqu'à la dernière goutte.

— Je n'ai malheureusement ni lait d'avoine ni sucre brun, s'excusa Gregory. Mais j'ai du lait de soja et de la stévia. Cela vous ira ?

— Vous vous souvenez de ce que je mets dans mon café ? Alors, là, vous m'épatez ! Oui, bien sûr, le lait de soja et la stévia feront très bien l'affaire.

Samantha s'approcha de lui par-derrière et posa les verres sur le plan de travail. Il frissonna en sentant ses seins lui effleurer le dos. Ce contact le déconcentra. Lorsqu'il reprit ses esprits, il s'aperçut que la verseuse qu'il était en train de remplir d'eau débordait dans l'évier. Confus, il s'empressa de vider le surplus. Puis il remplit le réservoir de la cafetière et la mit en route.

— Et si vous me racontiez pourquoi vous avez quitté Chicago ? dit tout à trac Samantha. La vraie raison de votre départ, je veux dire.

— Juste ciel ! s'exclama-t-il, pris de court par la question. Où êtes-vous allée chercher qu'il y avait une raison particulière ?

— Je l'ai tout de suite senti, dès que je vous ai rencontré. Mais je ne voulais pas être indiscrète. Maintenant, c'est différent.

— Parce que j'ai baissé ma garde, c'est ça ? dit-il en riant.

— Exactement.

Gregory temporisa en tournant le dos à Samantha pour prendre deux tasses sur l'étagère. Il avait rarement parlé des raisons qui l'avaient poussé à quitter la police de Chicago et il ne s'attendait pas à ce qu'il en soit question ce soir.

— Où rangez-vous les pastilles de détergent ? demanda Samantha en chargeant le lave-vaisselle.

À la douceur de son ton, il comprit qu'elle s'était rendu compte que sa question l'avait déstabilisé.

Lorsqu'il prit les pastilles sous l'évier et les lui tendit, il décela dans ses yeux une lueur de compassion et se sentit tout de suite plus à l'aise.

— Alors, Sherlock, par où dois-je commencer ?

— Par le début, répliqua-t-elle du tac au tac.

Il contempla la cafetière qui crachotait son nectar brun, inquiet malgré tout de ce qu'elle allait penser de lui une fois qu'elle saurait.

— Cela ne vous ennuie pas de sortir le lait de soja du réfrigérateur ? demanda-t-il, histoire de gagner encore un peu de temps.

— Non, pas du tout.

Il prit la boîte de stévia dans le placard quelques secondes avant que la cafetière ne se mette à biper pour indiquer que le café était prêt.

— Et si nous allions nous asseoir sur le canapé ? suggéra-t-il, quelques instants plus tard, en tendant sa tasse à Samantha. Nous y serions plus à l'aise pour causer.

— Très bonne idée, dit-elle, l'air guilleret.

Elle le précéda dans la salle de séjour, si bien qu'il dut une fois de plus lutter pour regarder droit devant lui et ne pas reluquer son charmant fessier.

Ils s'assirent et Samantha se mit à souffler consciencieusement sur son café pour le refroidir.

— Il est très bon, déclara-t-elle après l'avoir goûté. Aussi bon que celui que je fais. Je ne vois aucune différence.

— Le lait de soja et la stévia valent donc le lait d'avoine et le sucre brun ?

— Absolument.

— Tant mieux.

— Et si nous arrêtions de tourner autour du pot et parlions maintenant de la raison pour laquelle vous avez quitté Chicago ?

Gregory baissa les yeux sur ses mains prises d'une agitation soudaine.

— Je vais tout vous expliquer mais il faut que vous me promettiez de garder pour vous ce que je vais vous raconter. D'accord ?

— D'accord. Je ne trahirai jamais votre confiance. Soyez-en certain.

Ces paroles rassurèrent Gregory et le confortèrent dans l'impression qu'il avait qu'un lien était en train de se nouer entre Samantha et lui. Il se tourna vers elle.

— Parler de tout ça va faire resurgir en moi des souvenirs douloureux alors ne m'en veuillez pas si je suis un peu morose.

Elle posa sa main sur la sienne.

— Non, mais attendez. Si vous n'avez pas envie d'en parler, laissez tomber. Je ne voudrais surtout pas qu'à cause de moi, vous…

— Ne vous inquiétez pas, coupa-t-il. En parler me fera le plus grand bien. C'est sans doute le meilleur moyen de tourner définitivement la page.

— Comme vous voulez, murmura Samantha en accentuant la pression de sa main sur la sienne.

— Alors, voilà, commença-t-il. Je travaillais sur une affaire impliquant un couple en instance de divorce. Juste après le début de la procédure, l'épouse avait découvert que son mari avait payé un tueur à gages pour la liquider.

— *Quoi ?* C'est épouvantable.

— Oui. Elle était effondrée. Nous avons mis le mari en garde à vue et j'ai été chargé de protéger l'épouse jusqu'à ce qu'on ait identifié le tueur à gages. Le mari jurait ses grands dieux qu'il était innocent mais son épouse nous avait fourni des enregistrements de conversations téléphoniques qui le compromettaient sérieusement.

— Vous voulez dire qu'elle avait entendu son mari engager un homme de main pour se débarrasser d'elle ?

— C'est ça. Elle avait senti qu'il tramait quelque chose, alors elle avait mis un mouchard dans son téléphone portable. C'est grâce à ces enregistrements que nous avons eu la preuve qu'elle disait vrai. Et qu'il mentait.

— Quelle histoire ! Et vous avez fini par arrêter le tueur à gages ?

— Oui, je vais y revenir mais, avant cela, il faut que je vous dise autre chose. Pendant l'enquête, l'épouse et moi avons passé beaucoup de temps ensemble puisque j'étais chargé de la protéger. Tant et si bien qu'une véritable amitié est née de cette cohabitation.

— Oh non ! Ne me dites pas que vous avez couché avec elle.

— Non, non… vous n'y êtes pas du tout. Nous étions amis, rien de plus. C'est du moins ce que je croyais. Bref, pour faire court, j'ai découvert au cours de l'enquête que le mari était un bookmaker et que lui et son associé avaient tenu illégalement une officine de paris sportifs et qu'ils avaient fait fortune. Quand l'associé et l'épouse sont devenus amants, ils ont monté un coup contre le mari, qui n'a jamais voulu tuer sa femme.

— Ah bon ? Mais si le mari était innocent, d'où sortaient les enregistrements téléphoniques ?

— Ils ont été fabriqués de toutes pièces par un professionnel, à partir de mots réellement prononcés par le mari.

— Juste ciel ! s'exclama Samantha. C'est machiavélique. On se croirait dans un film !

Gregory s'interrompit pour boire une gorgée de café. L'évocation de cette triste affaire se révélait encore plus pénible qu'il ne l'avait pensé.

— Si je comprends bien, dit Samantha, l'épouse avait une liaison avec l'associé de son mari, mari duquel elle était en train de divorcer et qu'elle a accusé d'avoir essayé de la faire assassiner. C'est bien ça ?

— Oui, tout à fait. En feignant d'être mon amie, elle s'est servie de moi. Elle pensait qu'en me mettant dans sa poche elle émousserait mon flair d'enquêteur et brouillerait mon jugement, mais c'était bien mal me connaître. Il était hors de question que je renonce à soumettre ces enregistrements téléphoniques à un expert de la police scientifique.

Samantha lui jeta un regard sagace.

— Elle aurait dû deviner dès qu'elle vous a vu que vous n'étiez pas du genre à laisser filer.

— Pensez-vous ! Heureusement que j'ai réussi à faire tout avouer à l'associé quand il a su que nous avions découvert le pot aux roses. Elle, en revanche, a continué de nier.

— Évidemment. Comment aurait-il pu en être autrement avec ce genre de femme ? Quelle histoire sordide !

— Oui, mais vous n'avez pas encore entendu le pire.

— Vous me faites marcher, là ? J'ai du mal à croire que ça puisse être encore pire.

— Attendez la suite et vous verrez que je n'exagère pas. Quand j'ai fait part de mes découvertes au commissaire, il a pris les choses à la légère et m'a dit de laisser tomber. Puis il m'a retiré l'affaire purement et simplement.

— Pourquoi a-t-il fait une chose pareille ?

— Parce que lui et plusieurs autres policiers avaient reçu des pots-de-vin de l'associé. Ils fréquentaient l'officine de paris sportifs et acceptaient des bakchichs. L'associé étant en outre en cheville avec la pègre, le commissaire pensait que si l'affaire allait plus loin, nous risquions de déclencher de sanglantes représailles. Alors il a fermé les yeux sur toute l'histoire. C'est pourquoi vous n'en avez jamais entendu parler dans les médias.

— C'est tellement incroyable que j'en arrive presque à me demander si vous n'avez pas tout inventé.

— Il arrive que la réalité dépasse la fiction, dit Gregory en se levant du canapé pour se dégourdir les jambes. Maintenant, en tout cas, vous savez pourquoi j'ai quitté Chicago.

— Et que sont devenus les trois protagonistes de cette sombre affaire ? demanda Samantha.

— Le mari a été relâché dès qu'il fut établi que les enregistrements téléphoniques étaient bidon. On ne lui a pas donné d'explications mais il n'a pas cherché à en avoir.

Il était libre et c'était tout ce qui comptait. Je suppose qu'il s'est dit qu'il réglerait ses comptes en temps et en heure. Son associé a écopé de six mois de liberté conditionnelle, autrement dit quasiment rien. Quant à l'épouse, elle s'en est tiré blanche comme neige.

— Elle a donc pu soutirer un maximum d'argent à son mari quand ils ont divorcé.

— Ils n'ont pas divorcé. Quand elle a su que l'associé avait tout avoué, elle l'a laissé tomber et elle s'est réconciliée avec son mari.

Samantha se leva à son tour et se mit à arpenter la salle de séjour.

— Vous n'allez pas me faire croire que ce mari bafoué s'est remis avec sa femme, dit-elle en secouant la tête.

— Je vous assure que c'est ce qui s'est passé. Et figurez-vous qu'en plus de ça le mari et l'associé gèrent toujours leur officine de paris sportifs !

— Bon sang ! Je comprends qu'après ça vous ayez eu envie de quitter Chicago. Je comprends aussi pourquoi vous n'étiez pas chaud pour enquêter avec moi sur la mort de Jacob. Mais je vous promets que mes intentions sont pures, et que…

— Samantha, je vous en prie. Vous n'avez pas à vous justifier. Je sais que vous ne voulez rien d'autre qu'obtenir pour Jacob et sa famille que justice soit enfin rendue. C'est vrai qu'après avoir été échaudé par ce qui m'était arrivé à Chicago, j'ai mis un peu de temps à me décider, mais quand j'ai compris à qui j'avais affaire, j'ai su que je devais vous aider.

Elle posa une main sur son épaule.

— Je suis contente que vous soyez là, à Gattenburg. Cette ville a besoin de vous. Et moi aussi !

— Merci, murmura-t-il.

Gregory fit un pas vers elle. Ils se fixèrent longuement, comme dans l'attente de ce que l'autre allait faire.

Au moment où il se pencha vers elle, Samantha baissa la tête et se tourna vers le canapé.

— Je suis morte de fatigue, dit-elle en attrapant le plaid

et en le repliant soigneusement. Je crois que je vais aller me coucher. Je vous remercie de m'offrir l'hospitalité.

Masquant tant bien que mal son dépit, Gregory essaya de faire bonne figure.

— C'est bien normal. La chambre d'amis et sa salle de bains sont prêtes à vous accueillir. Si vous avez besoin de quoi que ce soit, n'hésitez pas à me le dire.

— Comptez sur moi. Bonne nuit.

Comment pourrait-il passer une bonne nuit, songea-t-il, déçu de la voir s'en aller, sachant qu'elle dormait dans la chambre contiguë à la sienne ?

9

Samantha sortit son smartphone de son sac et vérifia pour la énième fois le journal d'appel. Quelle ne fut pas sa surprise de constater que Kenzie avait cherché à la joindre.

Merde ! grommela-t-elle en s'apercevant que l'appareil était en mode silencieux.

Lorsqu'une voiture klaxonna derrière elle, elle sursauta. Le feu était passé au vert. Samantha jeta un coup d'œil dans son rétroviseur. Le conducteur impatient était un homme âgé à l'air méprisant. Il la pointa du doigt. Elle s'empressa de démarrer et alla se garer un peu plus loin pour rappeler Kenzie.

Kenzie répondit à la première sonnerie.

— Allô ? dit-elle d'une toute petite voix.

— Salut, c'est Samantha. Désolée d'avoir manqué votre appel. Où étiez-vous passée ? Ava et moi nous sommes fait un sang d'encre. Pourquoi n'avez-vous plus donné de nouvelles ?

— Euh, écoutez…, Samantha, je ne vais plus pouvoir discuter avec vous de la mort de Jacob.

— Ah bon ? s'étonna Samantha, extrêmement déçue. Puis-je vous demander pourquoi ?

— Je n'ai pas le temps de vous expliquer, répondit Kenzie tout bas. Alex est dans la pièce d'à-côté. Mais j'ai entendu dire que Collin fait du trafic de drogue et que Jacob y aurait été mêlé d'une manière ou d'une autre.

— Oh ! mince ! s'exclama Samantha. Qu'est-ce qui vous fait dire ça ?

— Je n'ai aucune preuve concrète mais c'est le bruit qui

court chez Westman's. Et avec la mort de Jacob et la disparition des trois autres gars, cela devient trop dangereux pour moi. Je voulais vraiment vous aider, Ava et vous, mais… ça ne va pas être possible, malheureusement. Ne me rappelez pas. Je ne peux plus vous parler.

— Attendez, Kenzie. Vous pourriez peut-être juste…

Mais Samantha n'eut pas le temps de finir sa phrase. Kenzie venait de lui raccrocher au nez.

Interloquée, elle fixa le téléphone d'un air perplexe. Puis la colère la prit et elle redémarra en trombe.

Qu'est-ce que tu fabriques ? marmonna-t-elle en s'adressant à elle-même.

Mais lorsqu'elle tourna dans Everhart Avenue et roula en direction de Westman's Automotive Factory, Samantha avait une idée très précise de ce qu'elle s'apprêtait à faire. Toute la question était de savoir si elle réussirait ou non à mener à bien son projet.

Gregory va en faire une maladie, songea-t-elle en ralentissant.

Elle s'arrêta à proximité du parking de l'usine et scruta les rangées de voitures qui y étaient garées. Dans l'emplacement réservé au P-DG, elle repéra le gros 4×4 gris métallisé de Collin. Avec ses énormes roues et ses flammes rouges sur les portières, il se voyait de loin.

Collin est à son bureau, marmonna Samantha. Ça tombe bien.

Elle enfonça la pédale d'accélérateur et descendit la rue. En repensant à la conversation qu'elle avait eue avec Gregory un peu plus tôt, elle avait mauvaise conscience.

Juste avant de partir au travail, il lui avait fait promettre d'aller directement au *coffee shop* et d'y rester jusqu'à ce qu'il ait envoyé une voiture de patrouille chez elle pour surveiller sa maison.

Je ne vais pas chez moi, c'est déjà ça, songea-t-elle pour faire taire ses scrupules.

En allant chez Collin, cependant, elle s'exposait à un danger encore plus grand. Mais puisque Kenzie ne voulait plus coopérer dans l'enquête sur le meurtre de Jacob, Samantha devait trouver un autre moyen d'arriver à ses fins.

Son cœur s'emballa lorsqu'elle tourna à gauche dans Canyon Avenue et prit la direction de Birchway Hills.

— Rien ne t'oblige à y aller, dit-elle à voix haute.

Mais dès qu'elle eut prononcé ces mots, elle sut qu'elle irait au bout de son plan.

Dormir chez Gregory n'avait pas été une très bonne idée. Troublée par leur dîner en tête à tête, les confidences qu'il lui avait faites sur ce qui s'était passé à Chicago, et l'attirance qu'elle ressentait pour lui, elle n'avait pratiquement pas fermé l'œil de la nuit. Ce qui ne l'empêchait pas, ce matin, d'être remontée à bloc.

Depuis qu'elle enquêtait sur cette affaire, elle était toujours restée dans les clous. Elle avait espéré que les articles publiés dans son blog délieraient les langues. Mais elle n'avait récolté que des menaces. Et si jusqu'ici elle avait tenu le coup, le fait d'être chassée de chez elle était la goutte d'eau qui fait déborder le vase. Il était hors de question qu'elle attende sans rien faire que Collin frappe à nouveau. Elle allait se lancer dans la bataille et combattre le mal par le mal.

Elle prit à droite dans Sixteenth Street. Lorsqu'elle vit se profiler au bout de la rue le pâté de maison dans lequel habitait Collin, son sang se mit à courir plus vite dans ses veines.

Abaissant sa vitre, elle inspira à fond pour se calmer. Même si quelques doutes subsistaient dans son esprit sur le bien-fondé de sa démarche, elle savait qu'à ce stade elle ne rebrousserait pas chemin.

Après avoir tourné complètement à gauche dans Birchway Avenue, elle ralentit. Son souffle s'accéléra lorsque la maison de Collin fut en vue.

Elle se sentit soudain beaucoup moins sûre d'elle. Elle freina et regarda nerveusement autour d'elle pour s'assurer qu'elle ne risquait pas d'être vue.

Mais il n'y avait personne dans la rue.

On se calme et on y va, s'enjoignit-elle.

Mais le courage lui manqua et elle redémarra. Elle passa devant chez Collin et quitta Birchway Hills comme si elle avait le diable à ses trousses.

À un stop, elle pila net. Le souvenir de ses fenêtres fracassées lui revint à l'esprit. Elle revit les briques et les bouteilles qui avaient atterri sur le parquet de sa salle de séjour, ainsi que ses lampes et son grand vase en verre soufflé brisés en mille morceaux.

Elle repensa aux menaces reçues sur son blog, au conducteur de l'estafette qui l'avait mise en joue, et à sa porte de garage enfoncée et taguée. Et elle songea au meurtre de Jacob qu'on essayait de faire passer pour une mort accidentelle, et aux employés de chez Westman's qui avaient disparu sans laisser de trace.

Il n'en fallut pas plus pour qu'elle fasse aussitôt demi-tour.

Désolée, Gregory, mais il faut que j'y aille, marmonna-t-elle en repartant chez Collin.

Elle se gara à une vingtaine de mètres de la maison de briques de deux étages, et descendit tranquillement de sa voiture. Elle avait les jambes flageolantes et les mains moites.

L'air de rien, elle s'approcha de la maison et considéra la porte d'entrée en bois massif et les fenêtres en façade en se demandant comment elle allait bien pouvoir entrer.

Il semblerait que je n'aie pas pensé à tout...

En cette saison, il était extrêmement peu probable que les fenêtres soient ouvertes. Et il y avait peu de chance que la porte ne soit pas fermée à clé. Sans compter qu'il n'était même pas venu à l'esprit de Samantha que Collin avait peut-être fait installer une alarme.

Ma pauvre Sam, dans quoi t'es-tu embarquée ?

Faisant taire ses scrupules, Samantha contourna le devant de la maison en admirant au passage la pelouse tondue avec soin bordée de conifères miniatures. Elle chercha des yeux des caméras de surveillance au-dessus de la porte et des fenêtres mais elle n'en vit aucune.

Elle emprunta l'allée bétonnée qui conduisait au jardin de

derrière. Un haut portail en bois en interdisait l'accès. À tout hasard, elle abaissa la poignée en fer forgé et découvrit que le portail n'était pas fermé à clé.

Samantha ne s'attendait pas à tomber sur de magnifiques bergénias et des cornouillers d'un rouge éclatant. Jamais elle n'aurait imaginé que ce balourd de Collin pût avoir la main verte et la passion du jardinage. Mais les arbustes et les plantes qui poussaient dans son jardin, tout comme les nichoirs suspendus ici et là, montraient clairement qu'elle s'était trompée sur son compte.

Elle sortit de sa poche ses gants en peau et les enfila. Après s'être assurée qu'il n'y avait personne dans le jardin des voisins, elle s'approcha des grandes fenêtres à guillotine.

Elle essaya de les remonter, au cas très improbable où l'une d'elles serait restée ouverte.

Et merde ! grommela-t-elle après les avoir toutes essayées.

Comme elle se dirigeait vers l'autre côté de la maison, elle passa devant une porte-fenêtre en verre. Les volets étaient ouverts. Ni une ni deux, Samantha s'approcha et, le nez collé à la vitre, regarda à l'intérieur.

La vue de la cuisine ultra-contemporaine d'un blanc étincelant la laissa bouche bée. Autour de la table en verre, les chaises en cuir blanc étaient du plus bel effet. Collin semblait décidément attacher beaucoup d'importance à la décoration. Persuadée qu'un homme tel que lui ne pouvait pas avoir aussi bon goût, Samantha pensa que c'était là l'œuvre d'une femme. Sans doute sa mère ou sa compagne…

N'empêche que c'est un sociopathe, se dit-elle en se remémorant le personnage joué par Christian Bale dans *American Psycho*.

Elle marqua un temps d'arrêt et se demanda une fois de plus si elle ne ferait pas mieux de laisser tomber. Gregory avait cherché à la dissuader de ce projet rocambolesque, qu'il jugeait beaucoup trop dangereux. Il n'avait peut-être pas tort…

Elle en était là de ses réflexions quand elle se rendit compte que la lanière du bas de la manche de son manteau s'était accrochée à la poignée de la porte-fenêtre. Lorsqu'elle tira pour se dégager, la poignée tourna et la porte s'ouvrit.

C'est un signe, songea-t-elle, le moment de surprise passé. *Je suis sûrement sur la piste de quelque chose...*

Elle hésitait malgré tout à sauter le pas.

Allez, vas-y ! Tu as plus à y gagner qu'à y perdre, se dit-elle avant de se décider à entrer.

Elle referma la porte et regarda autour d'elle.

Par où commencer ? se demanda-t-elle en desserrant la ceinture de son manteau car elle était de plus en plus nerveuse et commençait à avoir chaud.

Tu fais un petit tour en vitesse et tu ressors.

Elle avança avec précaution sur le parquet de bouleau massif. Dans le prolongement de la cuisine et de la salle à manger se trouvait la pièce de vie. Un canapé en alcantara écru entourait une table basse en fer forgé. Tout était d'une propreté immaculée. Rien ne traînait nulle part. Pas le moindre verre, pas le moindre vêtement. Samantha se serait crue dans une maison-témoin.

Elle se dirigea vers l'escalier et gravit les marches deux par deux. À l'étage, il y avait deux chambres. À en juger par la décoration impersonnelle et le lit parfaitement fait, la première était manifestement une chambre d'ami.

Samantha jeta néanmoins un coup d'œil sous le lit puis dans les tiroirs de la commode et la penderie. Rien.

Elle commença à se demander si elle avait bien fait d'entrer dans la maison et de prendre de tels risques.

Dans la suite parentale, elle constata que le lit n'était pas fait et en conclut que Collin n'était pas aussi obsédé par l'ordre qu'elle l'avait tout d'abord pensé en découvrant le rez-de-chaussée.

Elle regarda autour d'elle, cherchant un ordinateur, du matériel servant à fabriquer de la drogue ou n'importe quoi d'autre de compromettant. Elle ouvrit les placards et les tiroirs, elle fouilla dans les papiers entassés sur la table de chevet, mais en dehors de quelques vêtements, chaussures, factures et autres articles de la vie courante, elle ne trouva rien.

Comme elle se baissait pour jeter un coup d'œil sous le lit, son téléphone sonna. Surprise, elle faillit tomber à la renverse.

Elle s'empressa de répondre mais lorsqu'elle comprit qu'elle avait affaire à un télévendeur, elle raccrocha en pestant, furieuse d'avoir été dérangée pour rien.

Sous le lit, il n'y avait rien non plus, même pas un mouton. De dépit, elle frappa du plat de la main sur le parquet.

Collin doit avoir une autre résidence, marmonna-t-elle. *Il ne peut pas en être autrement. À moins que…*

Et si elle était allée trop vite ?

Par acquit de conscience, elle recommença à fouiller partout mais, cette fois, elle ouvrit les boîtes à chaussures et le panier de linge sale dont elle inspecta le contenu en retenant sa respiration. Toujours rien.

Attenante à la chambre, la salle de bains se révéla tout aussi décevante.

La mort dans l'âme, Samantha redescendit, prête à repartir bredouille, lorsqu'une porte au fond de la salle de séjour attira son attention. Résolue à fouiller la maison de fond en comble, elle s'empressa d'aller voir de près, s'attendant à y trouver un cellier ou un placard à balais.

Mais derrière la porte, elle découvrit un escalier en bois très raide qui menait au sous-sol, plongé dans l'obscurité. Intriguée, elle tâta le mur à la recherche de l'interrupteur. Lorsqu'elle eut allumé, elle descendit.

En bas, elle se retrouva dans une espèce de salle de jeu au milieu de laquelle trônait un billard. Un immense écran de télévision était accroché au mur, entre deux maillots de sport aux couleurs des Chicago Bears. Il avait aussi un green de golf avec du gazon synthétique au sol. Des sièges à bascule dédiés aux jeux vidéo occupaient l'autre côté. Un gigantesque canapé en cuir marron et un coffre en bois faisant office de table basse constituaient le coin salon.

Comme le reste de la maison, le sous-sol était propre et

bien rangé. Samantha s'approcha du bar, qui se trouvait tout au fond. Des bouteilles d'alcool et des verres s'alignaient sur les étagères. En passant derrière le bar, elle vit qu'il y avait un évier et un mini-réfrigérateur.

Un espace buanderie se trouvait juste à côté, un peu en retrait, mais elle n'y découvrit rien d'intéressant.

C'est une blague ! grommela-t-elle, exaspérée.

Elle regagna le centre du sous-sol d'un pas énergique.

J'ai sûrement raté quelque chose, mais quoi ?

À cette pensée, son regard fut attiré par le coffre en bois, qu'elle décida d'aller examiner de plus près.

Il se fermait sur l'avant par un loquet en cuivre. Sauf que sous le loquet, il y avait un trou de serrure, ce qui laissait penser que le coffre était fermé à clé.

À tout hasard, elle tira sur le loquet et essaya de soulever le couvercle. Lorsqu'il céda, Samantha faillit pousser un cri de joie.

Penchée sur le coffre, elle commença à fouiller dedans. Sous le tapis posé sur le dessus, elle découvrit une pipe à eau en verre, un inhalateur et une boîte à cigares, qu'elle s'empressa d'ouvrir. La boîte contenait plusieurs sachets de marijuana et d'herbe ainsi que des liquides pour cigarettes électroniques et des tubes de comprimés délivrés sur ordonnance.

Comme elle s'apprêtait à remettre la boîte dans le coffre, elle remarqua tout au fond un grand carnet dont la couverture était en lambeaux. Elle s'en empara et le feuilleta. Les pages étaient couvertes de chiffres et de pourcentages. Y figuraient aussi quelques adresses et tout un tas de formules bizarres.

Samantha leva le nez, affolée, lorsqu'elle entendit le rugissement d'un moteur, suivi d'un crissement de pneus. C'était le 4×4 de Collin. Elle l'aurait reconnu entre mille, juste à l'oreille.

Elle se figea, tétanisée par la peur et l'esprit en déroute, ne sachant si elle devait s'enfuir ou se cacher. Mais très vite, elle se ressaisit et rabattit le couvercle du coffre. Puis elle plia le carnet en deux et le fourra dans la poche de son manteau avant de se précipiter vers l'escalier.

Avec un peu de chance, elle allait réussir à sortir sans se faire repérer. Elle allait filer par-derrière. Ni vu ni connu.

Au milieu de l'escalier, son pied gauche resta coincé sous une marche. Elle tomba en avant et s'écorcha le bas de la jambe.

Se pinçant les lèvres très fort, elle retint le cri de douleur qu'elle était sur le point de pousser.

Relève-toi vite ! ordonna dans sa tête une petite voix amie.

Samantha s'agrippa à la rampe et gravit les quelques marches qui la séparaient du haut de l'escalier. Entrouvrant légèrement la porte, elle vit Collin traverser le jardin et comprit qu'elle ne pourrait pas sortir par là. Il était au téléphone et semblait énervé, à en juger par les gestes qu'il faisait avec ses bras.

Et si elle passait par la porte de devant ? Aurait-elle le temps de courir jusque-là avant qu'il entre dans la maison ? Que se passerait-il si elle se faisait pincer ?

Elle referma la porte sans bruit et redescendit dare-dare au sous-sol, estimant l'entreprise trop périlleuse. Ses jambes flageolantes faillirent la lâcher lorsqu'elle arriva en bas.

Tout va bien se passer. Respire un bon coup et calme-toi ! songea-t-elle en frottant le bas de sa jambe droite, là où elle s'était égratignée.

En voyant son jean imbibé de sang, elle se rendit compte qu'elle s'était salement amochée. Pas étonnant que la blessure lui fasse un mal de chien ! se dit-elle, consternée.

Luttant contre ses larmes, elle clopina jusqu'à l'espace buanderie et se cacha derrière le lave-linge.

— Mec, tu me fais marcher, là ! s'exclama Collin, juste au-dessus de sa tête.

Levant les yeux vers le plafond, elle vit une bouche d'aération donnant dans la cuisine.

— Je suis dans la baraque, continua Collin. Je sais bien, mec. Je suis vraiment dégoûté de devoir cacher ma beuh. Non, ce n'est pas ma nana, le problème, c'est la femme de ménage !

Samantha retenait son souffle, attentive à chaque mot que Collin prononçait.

— C'est ma tante, mec, qui vient faire le ménage et

s'occuper de la maison. Elle rapporte tout à mes parents, tu comprends. Je ne sais pas comment me débarrasser d'elle. Je ne peux quand même pas renvoyer la sœur de ma mère !

Collin faisait les cent pas au-dessus de sa tête. Terrifiée, Samantha se recroquevilla dans sa cachette en priant pour qu'il fiche le camp.

— Ouais, j'ai pris à manger. Il me reste plus qu'à aller chercher la came et après, je reviens à l'usine. Et avant que tu poses la question, *oui*, j'ai pensé à ta petite gâterie !

Samantha pensa à la marijuana cachée dans le coffre.

— Mais non ! beugla Collin. Tu sais bien que ma came est irréprochable. L'herbe que je planque dans mon sous-sol est plus ordinaire mais c'est celle que je réserve aux clients occasionnels qui fument à leurs moments perdus. Aux joueurs, parieurs et autres. La qualité supérieure, je la garde en haut, avec le neuf millimètres.

Samantha ouvrit de grands yeux horrifiés lorsque Collin mentionna le pistolet. Mais elle fut soulagée d'apprendre qu'il n'avait pas besoin de descendre au sous-sol.

Allez, prends ton herbe et tire-toi ! Je voudrais bien sortir de ce trou, grommela-t-elle en séchant du revers de sa manche la sueur qui perlait à son front.

Sentant que son jean collait à sa jambe, elle voulut voir si sa plaie saignait encore. Juste au moment où elle se penchait, son téléphone sonna. Elle se releva en vitesse et le sortit de sa poche arrière mais elle tremblait tellement que le téléphone lui échappa des mains et tomba par terre.

Jurant entre ses dents, elle le ramassa et coupa le son. Pourquoi diable ne l'avait-elle pas fait plus tôt ? se rabroua-t-elle.

— Attends une seconde, mec, dit Collin au-dessus de sa tête. J'ai entendu un drôle de bruit au sous-sol.

Le temps qu'elle mette son téléphone en mode silencieux, l'appel avait abouti sur la messagerie vocale.

— Ben ouais. Je vais aller jeter un coup d'œil. Mais d'abord, je vais chercher mon flingue !

Terrifiée, Samantha s'accroupit derrière le lave-linge, ses

bras enserrant ses genoux, tandis qu'au-dessus d'elle les pas de Collin résonnaient dans l'escalier montant à l'étage.

Réfléchis ! Creuse-toi les méninges !

Elle hésita à tenter de s'enfuir pendant que Collin était monté chercher son neuf millimètres. Mais elle craignait de ne pas avoir assez de temps et de se faire prendre.

— Il faudrait être fou pour pénétrer chez moi, déclara Collin d'une voix tonitruante. Mais si quelqu'un est entré, je te jure, mec, que ça va lui coûter cher. Très, très cher.

La porte du sous-sol grinça. Samantha se rencogna dans sa cachette. Le contact froid du dos métallique du lave-linge transperçait son jean et lui glaçait les jambes.

— Sors de là, montre-toi, se mit à chantonner Collin en descendant d'un pas lourd.

Lorsqu'elle entendit le déclic du chien de son pistolet, Samantha déglutit, persuadée que sa dernière heure était arrivée.

— Tu entends ça ? brailla Collin. C'est mon Glock que je viens de charger. Tu vas bientôt m'entendre presser la détente et tirer une balle dans la tête de l'enfoiré qui s'est planqué dans mon sous-sol.

Des larmes roulaient sur les joues de Samantha. Elle ferma les yeux et cessa de respirer pour ne pas se faire repérer. Collin n'hésiterait pas à la tuer, elle le savait. Elle figurait à la première place de sa liste de personnes à abattre.

— Non, mec, ne raccroche pas. Pas besoin. J'ai l'habitude. Je veux que tu m'entendes dégommer l'inconscient qui a osé entrer chez moi.

Collin approchait. À sa voix de plus en plus forte, Samantha comprit qu'il n'était plus très loin. Il allait la trouver. Et la tuer.

Tandis qu'elle cherchait frénétiquement du regard quelque chose dans la buanderie qui puisse lui servir à se défendre, la sonnette de la porte d'entrée retentit.

— Et merde ! lâcha Collin en s'immobilisant. J'ai de la visite, mec. Je me demande bien de qui.

On sonna à nouveau, avec insistance.

Collin finit par faire demi-tour.

— J'arrive ! cria-t-il en s'élançant dans l'escalier.

Lorsque Samantha l'entendit marcher au-dessus de sa tête, elle souffla et remercia le ciel pour le répit qui lui était accordé.

— Oh ! super ! beugla-t-il, sa voix passant par la bouche d'aération. C'est une livraison. On m'apporte mes écrans de télévision et ma table de poker.

Samantha l'entendit ouvrir la porte d'entrée. Une fois de plus, elle fut tentée de foncer et de s'enfuir par la sortie de derrière. Mais Collin la verrait, c'était à peu près sûr.

— Ouais, rentrez tout à l'intérieur, dit Collin. Dans la salle de séjour, ça ira très bien. Je n'ai pas le temps de m'en occuper maintenant ; je suis en train de faire la chasse aux nuisibles dans mon sous-sol. Mes gars descendront tout ça un peu plus tard.

Samantha bondit sur ses pieds mais ses jambes, engourdies, faillirent se dérober sous elle. Fourmis ou pas, il fallait qu'elle bouge et trouve un moyen de quitter les lieux.

La tête entre les mains pour mieux se concentrer, elle se mit à arpenter la buanderie. Et c'est alors qu'elle remarqua, tout au fond, une porte en accordéon blanche qui se confondait avec le mur. Elle l'ouvrit et découvrit derrière une petite alcôve partiellement aménagée et chichement éclairée par une fenêtre cintrée à carreaux dépolis.

À la vue de cette fenêtre, elle sentit l'espoir renaître en elle. Elle se faufila à l'intérieur de l'alcôve et referma soigneusement la porte derrière elle. Puis elle grimpa sur le banc placé sous la fenêtre, qui se trouvait assez haut.

Allez, bon sang, ouvre-toi ! grommela-t-elle en s'acharnant sur la poignée de la fenêtre qui semblait bloquée.

Elle essaya de la tourner dans un sens, puis dans l'autre. Sans résultat.

— Ouais, merci, les gars, cria Collin. Bonne fin de journée !

En entendant la porte claquer, Samantha se mit à tirer de toutes ses forces sur la poignée de cette maudite fenêtre. Mais rien à faire.

— Non, mec. Reste en ligne, je te dis. Il faut que tu entendes ça. Je vais redescendre au sous-sol et exterminer la sale bête qui a envahi mon espace !

Au moment où Collin commençait à descendre, Samantha, mue par l'énergie du désespoir, tenta une dernière fois de tourner la poignée récalcitrante.

Et à sa grande surprise, la fenêtre s'ouvrit enfin, manquant la projeter en arrière. Elle en aurait pleuré de soulagement.

Agrippant à deux mains le rebord de la fenêtre, Samantha essaya d'escalader le mur, mais à la force des bras, cela n'avait rien d'évident. Lorsque sa jambe blessée frotta contre le mur, elle serra les dents pour ne pas hurler de douleur.

— Allez, montre-toi, espèce de froussard ! vociféra Collin. Mon Glock et moi avons deux mots à te dire.

Il n'en fallut pas plus à Samantha pour mobiliser toute son énergie et se hisser jusqu'à la fenêtre. En deux temps trois mouvements, elle se retrouva dehors. Dès que ses pieds touchèrent le sol, elle courut aussi vite qu'elle le put vers l'avant de la maison.

Le camion de livraison s'apprêtait à partir. Samantha décida de profiter de sa présence pour regagner sa voiture sans être vue. Elle sortit dans la rue et passa derrière le véhicule.

Dans un moment de panique, elle crut, avoir perdu ses clés de voiture dans sa fuite, mais elle finit par les retrouver au fond de la poche de son manteau.

En haletant, elle fonça vers son cabriolet, ouvrit la portière et se laissa tomber sur le siège. À cause de sa blessure, elle eut du mal à soulever sa jambe gauche pour la rentrer dans la voiture. Une fois assise au volant, elle batailla pour insérer la clé de contact. Elle tremblait comme une feuille.

Démarre, bon sang ! Démarre !

Dans sa précipitation, elle trouva le moyen de se coincer le pied sous la pédale de frein et lâcha une bordée d'injures.

Lorsque, enfin, elle recouvra un minimum de sang-froid, elle démarra en trombe et fila sans demander son reste.

Au bout de la rue, elle risqua un coup d'œil dans le rétroviseur et vit Collin sortir de la maison comme une furie et chercher des yeux son intrus, sa tête tournicotant dans tous les sens. Il avait encore son Glock à la main.

Je l'ai échappé belle, sanglota-t-elle, à bout de nerfs.

Elle avait failli se faire tuer. Il s'en était vraiment fallu de peu.

Samantha prit son téléphone et appela Gregory. Mais elle tomba sur le répondeur.

— Gregory, c'est moi, Sam, bredouilla-t-elle. Kenzie m'a dit au téléphone qu'elle pensait que Collin faisait du trafic de drogue. Alors j'ai…

Elle n'osa pas lui avouer qu'elle s'était introduite chez Collin.

— Il faut que je vous parle. C'est urgent. Non, en fait, il faut que je vous voie. Je vous attends chez moi. Rappelez-moi dès que vous avez ce message.

10

— Non, mais franchement, Samantha, qu'est-ce qui vous a pris de vous introduire chez Collin ? Hier soir, quand vous avez eu cette idée abracadabrante, j'ai cru que vous plaisantiez. Êtes-vous devenue folle ?

— Je vous répète que la porte s'est ouverte toute seule. Alors je suis entrée. Quelqu'un aurait pu être en danger, expliqua Samantha avec une mauvaise foi évidente. Et puis, ce que m'avait dit Kenzie au téléphone avait excité ma curiosité. Sans compter que c'est Collin qui a lancé les hostilités en vandalisant ma maison. À deux reprises, je vous rappelle. La démarche était justifiée, mais je reconnais que j'ai pris des risques inconsidérés.

Gregory cessa de marcher de long en large et se planta devant elle. Il la dévisagea en haussant les sourcils.

— Attendez, vous considérez que, parce que la porte s'est ouverte, vous n'êtes pas entrée par effraction ? C'est bien ça ?

— Absolument, répliqua Samantha en croisant les bras sur sa poitrine et en se laissant tomber sur le canapé.

Gregory devina que, sous son air bravache, elle était encore sous le choc, après avoir échappé de peu à une mort certaine.

— Bon, alors je vais vous poser une question, dit-il. Collin vous a-t-il invitée chez lui ?

— Non.

— Était-il chez lui quand vous êtes arrivée ?

— Non.

— Étiez-vous autorisée à entrer chez lui ? Ou avez-vous juste poussé la porte et…

— J'ai poussé la porte. Comme je vous l'ai dit, quelqu'un aurait pu être blessé et avoir besoin de …

— Vous auriez appelé les secours mais ne seriez pas entrée dans la maison, fit remarquer Gregory, implacable.

— Oui, bon, d'accord, concéda Samantha. *Mea culpa*. Je n'aurais pas dû entrer chez Collin. Mais ce qui est fait est fait. Et le résultat, c'est que j'ai mis la main sur un document choc.

Elle attrapa le carnet qu'elle avait trouvé dans le coffre en bois.

— Je l'ai trouvé par hasard et j'avais l'intention de le remettre à sa place, mais les choses ont mal tourné, expliqua-t-elle d'un ton patelin.

Gregory, qui n'était pas dupe, lui jeta un regard sceptique. Elle l'invita à venir s'asseoir à côté d'elle en tapotant le canapé du bout des doigts.

— Allez, venez ! insista-t-elle. Asseyez-vous pour que nous discutions de ce que nous allons faire de ces nouvelles infos que j'ai…

— Un instant, coupa Gregory. Que voulez-vous que je fasse de ces *nouvelles infos* de toute évidence volées chez Collin ? Que j'aille voir Wentworth et que je lui dise que son fils fait du trafic de drogue, et que si je le sais, c'est parce que Samantha Vincent s'est introduite chez lui illégalement et lui a dérobé son livre de comptes ? Enfin, Samantha, réfléchissez !

— Qui vous parle d'aller voir Wentworth ? demanda-t-elle d'un ton détaché.

— Je ne sais pas. En présence de nouveaux éléments dans une enquête, c'est ce qu'on fait d'habitude. En référer à son chef. Mais la manière dont vous vous êtes procuré ce document est complètement illégale, et…

— Gregory, par pitié, asseyez-vous. Vous ne savez pas tout. Collin ne fait pas seulement du trafic de drogue. C'est pire que ça.

Il fronça les sourcils, tripota son bouc et finit par s'asseoir.

— Dans quoi suis-je allé me fourrer ? se lamenta-t-il.

Samantha arrêta de feuilleter le carnet et se tourna vers lui.

— Écoutez. Je sais que ce que j'ai fait est… limite. Pour rien au monde je ne voudrais vous attirer des ennuis, mais les hommes auxquels nous avons affaire sont des crapules. Il faut *absolument* les arrêter et les mettre derrière les barreaux.

— Je suis d'accord, mais ce…

— Laissez-moi finir, Gregory, dit-elle en posant une main sur son avant-bras.

Au contact de cette main, qui l'électrisa et suscita en lui un émoi incontrôlable, il se tut, la chique coupée.

— Comme vous le savez, continua Samantha, j'ai essayé d'employer les moyens légaux pour faire avancer l'enquête. Mais compte tenu de ce que j'ai découvert, je ne peux plus rester dans les clous. Je vais avoir besoin de votre aide. Il faut que je sache si je peux compter sur vous. En toutes circonstances. Vous êtes partant ou pas ?

Il fixait ses chaussures, incapable de la regarder dans les yeux, de peur que ce qu'il lirait dans son regard ne l'influence et ne le trouble davantage. Après avoir réfléchi longuement, il hocha la tête.

— Je suis partant, déclara-t-il.

À ces mots, Samantha, soulagée, exhala un soupir et laissa retomber ses épaules.

— Tant mieux, dit-ellc sobrement.

Elle se rapprocha de lui et ouvrit le carnet de Collin. Lorsque leurs cuisses se touchèrent, Gregory fit tout son possible pour s'intéresser au contenu du carnet, mais il avait la tête ailleurs.

— Comme je vous le disais, poursuivit Samantha, ce livre de comptes est la preuve que Collin est à la tête d'un important trafic de drogue. Je m'étonne qu'il ait tout consigné par écrit. Les recettes comme les dépenses, tout est là, noir sur blanc.

— C'est surprenant, en effet. Aujourd'hui, on s'attendrait plutôt à ce qu'il collecte ces données dans un dossier confidentiel qu'il aurait créé sur son ordinateur. Je trouve bizarre qu'il ait laissé traîner chez lui un document aussi compromettant.

Samantha se remit à feuilleter le carnet pour se donner une contenance.

— Ça a été un coup de chance que je tombe dessus, dit-elle, l'air de rien.

— Vous avez eu une sacrée chance, oui. Et qu'avez-vous trouvé, dans ce livre de comptes ? demanda Gregory qui essayait tant bien que mal de ne pas se laisser distraire par la senteur exquise de son parfum floral.

— Il y a beaucoup d'abréviations et la plupart des notes sont codées mais, en vous attendant, j'ai fait des recherches sur Internet et réussi à en décrypter un certain nombre.

Gregory examina les colonnes de chiffres, les suites de mots sans queue ni tête, et les adresses.

— D'accord. Je connais en partie cette terminologie, mais ce qui m'intéresse surtout, c'est ce qui est ressorti de l'examen de ce livre de comptes.

— Eh bien, pour commencer, je pense que Collin a inscrit les infos les plus importantes sur les dernières pages, répondit Samantha en retournant le carnet. Tenez, là, il a écrit *Spécialités du chef* mais il s'agit en fait de recettes de drogue.

— Oui, je m'en doute. Je sais que les trafiquants de drogue qui fabriquent leurs produits se comparent souvent à des chefs cuisiniers.

— C'est exactement ça. Il mentionne ensuite une certaine *Diane,* comme s'il s'agissait de la personne qui officie en cuisine. Mais c'est sans doute le code utilisé pour parler de la diamorphine, qui est l'ingrédient principal de l'héroïne.

— Ouah ! Oui, c'est sûrement ça. Bien vu !

Gregory lança un regard à Samantha, qui souriait, fière d'elle. Captivé par ses lèvres charnues, il fut tenté de l'embrasser.

— Merci, dit-elle. Mais attendez la suite. Un peu plus loin, on lit *Mets fantaisie.* Je pense que là, Collin fait référence à la méth et au fentanyl.

Il ouvrit de grands yeux.

— Ah, oui, ça doit être ça.

— Et cet *Osso bucco*, que cache-t-il à votre avis ? demanda-t-elle en pointant du doigt une autre annotation.

— Laissez-moi réfléchir. Je dirais l'oxycodone.

— Gagné ! Vous voyez, on est sur la même longueur d'onde, vous et moi. Nous formons une équipe du tonnerre !

— Un duo de choc, renchérit Gregory, tout feu tout flamme.

Samantha, qui avait compris qu'il ne parlait pas que de leur complémentarité professionnelle, lui jeta un regard perplexe.

— Quant aux autres ingrédients listés là, dit-elle en reportant son attention sur le carnet, comme la farine, la fécule, le lait en poudre et le sucre, vous en devinez l'usage, j'imagine ?

— Fastoche. Ce sont des additifs qui donnent du volume aux produits et permettent à Collin de réaliser de plus gros bénéfices.

— Exactement. Et ce n'est pas tout, dit Samantha en revenant plusieurs pages en arrière. Là, regardez, je pense que ce sont les adresses de ses clients et probablement des trafiquants qu'il approvisionne. Et les dates qu'on voit là sont celles des transactions. Les chiffres qui suivent sont selon toute vraisemblance les montants des dépenses et des recettes.

— Vous avez fait du bon boulot, déclara Gregory, admiratif. Je n'approuve pas la manière dont vous vous êtes procuré ce livre de comptes, mais je reconnais que vous avez su en tirer parti. Il ne nous reste plus maintenant qu'à chercher comment je pourrais présenter tout ça au commissaire Wentworth. Il va être effondré quand il saura que Collin est impliqué là-dedans.

Samantha referma le carnet et posa sa main sur la cuisse de Gregory.

— À ce propos, justement…

Sans réfléchir, il mit sa main sur la sienne et la regarda dans les yeux.

— Euh, oui, je vous écoute, bredouilla-t-il d'une voix rauque.

Samantha perçut son trouble et fut un instant décontenancée. Elle se racla la gorge et expliqua :

— En feuilletant le carnet, je suis tombée sur une liste

de points de retrait des marchandises. Et devinez quel nom figurait tout en haut de la liste ?

— Je ne sais pas. Dites-moi.

— Celui du commissaire !

Sous le choc, Gregory se figea. Une bombe ne lui aurait pas fait plus d'effet. Il était anéanti.

— Je n'en reviens pas, confia-t-il. Vous voulez dire qu'il cautionnerait tout ça ?

— Cela m'en a tout l'air, répondit Samantha.

— J'ai l'impression de revivre ce que j'ai vécu à Chicago. Si je suis venu à Gattenburg, c'était pour fuir la corruption et la prévarication. Et tout ça pour finalement ne pas trouver mieux ici !

Effondré, Gregory avait posé ses coudes sur ses genoux et se tenait la tête entre les mains.

— Je suis vraiment dégoûté.

Samantha se mit à lui caresser le dos pour le réconforter.

— Je suis désolée, Gregory. J'aurais préféré ne pas avoir à vous le dire. Mais au moins, maintenant, vous savez à qui vous avez affaire. Et peut-être comprendrez-vous mieux pourquoi j'ai dû utiliser… des moyens aussi peu… orthodoxes. La corruption à laquelle nous sommes confrontés ici n'a rien d'anecdotique. Elle sévit à tous les niveaux.

— Oui, je comprends. Et je vous suis reconnaissant de m'avoir ouvert les yeux.

Ils se regardèrent sans rien dire pendant près d'une minute, jusqu'à ce qu'en vibrant le téléphone de Gregory ne vienne rompre le charme. Il le sortit de sa poche en soupirant et jeta un coup d'œil à l'écran.

— Merde ! s'exclama-t-il en se levant précipitamment du canapé.

— Que se passe-t-il ?

— Je viens de recevoir un texto d'un de mes collègues. Les corps des trois salariés disparus ont été découverts à Galena, dans les bois de Tapley.

— Argh ! De quoi sont-ils morts ?

— D'une overdose, apparemment. On ne sait pas ce qu'ils ont pris pour l'instant, mais ce qui est sûr, c'est qu'il s'agit d'une drogue particulièrement nocive.

— C'est une terrible nouvelle, dit Samantha en se levant à son tour. Vous vous souvenez que je tenais beaucoup à savoir ce qui se passait réellement dans cette fichue usine ?

— Oui, je m'en souviens.

— Eh bien, je crois que je le sais. Et je pense que c'est directement lié à la mort de ces trois malheureux.

— Je vous écoute.

Samantha prit une grande inspiration tandis qu'ils se rasseyaient l'un à côté de l'autre sur le canapé.

— Je pense que les activités licites de Westman's Automotive Factory servent de couverture à un laboratoire clandestin. Collin y fabrique des drogues de synthèse qu'il teste ensuite sur ceux de ses employés qui étaient d'anciens drogués. Mais je ne sais pas depuis combien de temps il opère, et je me demande jusqu'à quel point Jacob était au courant.

— Jacob menaçait peut-être de le dénoncer. À moins qu'il n'ait été de mèche avec Collin et qu'il se soit fait tuer à la suite d'une transaction qui a mal tourné.

— Non, cette dernière hypothèse me semble improbable. On sait que Jacob était allé parler à Collin des trois salariés de l'usine qui avaient disparu. S'ils avaient été de mèche, Jacob n'aurait jamais cherché à savoir ce qu'étaient devenus ces types.

En écoutant Samantha, Gregory se rendit compte qu'il était moins intéressé par ce qui sortait de sa bouche, que par sa bouche elle-même.

Concentre-toi, mon vieux, se rabroua-t-il sévèrement.

Il prit le livre de comptes et se mit à le feuilleter dans l'espoir d'y trouver des annotations décrivant la manière exacte dont Collin s'y prenait pour fabriquer ses produits.

— Vous savez quoi ? continua Samantha en se levant d'un bond du canapé.

Aïe ! gémit-elle en se penchant en avant pour frotter sa jambe blessée.

— Ça va ? demanda Gregory. Avez-vous besoin d'un pansement supplémentaire ?

— Non, pas la peine. Il faut juste que je fasse attention et que j'évite de sauter comme un cabri. Pour en revenir à Collin, je pense qu'il utilisait ces pauvres types comme cobayes. Il est probable qu'il testait sur eux ses produits avant de les mettre sur le marché.

Gregory acquiesça d'un hochement de tête.

— Je le verrais bien faire ce genre de choses, en effet. Et comme il n'est pas très futé, il devait se tromper dans les pesées et fabriquer n'importe quoi.

— Il faut que je parle à Kenzie. Et que j'arrive à la convaincre qu'elle peut se confier à moi sans crainte.

— Oui, ce serait bien que vous puissiez vous entretenir à nouveau avec elle. Je parie qu'elle sait beaucoup plus de choses que ce qu'elle a bien voulu dire. Si nous arrivions à obtenir d'elle des preuves concrètes, je pourrais sans aucun doute bâtir un dossier solide contre Collin et le commissaire Wentworth et le présenter au procureur.

— L'autre raison pour laquelle ce serait bien, dit Samantha d'une voix un peu hésitante, c'est que Kenzie trouverait un moyen de me faire entrer dans l'usine un soir, après le départ des salariés, de manière que je voie ce qui se trame derrière ces murs de béton pleins de secrets. Parce que je continue de penser que si Collin a un laboratoire clandestin quelque part, c'est…

— *Samantha*, il est hors de question que vous vous introduisiez dans l'usine. Sous aucun prétexte, vous m'entendez. Non seulement c'est illégal, mais c'est aussi extrêmement risqué. Avez-vous déjà oublié ce qui vous est arrivé aujourd'hui chez Collin ? Il aurait pu vous tuer !

— Oui, mais je suis là.

— Vous avez eu beaucoup de chance. Parce que s'il vous avait tuée, il aurait plaidé la légitime défense, étant donné que vous êtes entrée chez lui illégalement. Sans compter que s'il vous arrivait quelque chose, je ne sais pas ce que je deviendrais. Alors que ce soit bien clair : à partir de maintenant, on fait les choses comme il faut. En utilisant les moyens *légaux*. Compris ?

Gregory s'attendait à devoir batailler pour imposer son point de vue mais, à sa grande surprise, Samantha s'abstint de tout commentaire narquois.

— Oui, murmura-t-elle en le regardant droit dans les yeux.

Elle le dévisagea, comme si elle s'apprêtait à ajouter quelque chose. Il retint son souffle, le cœur battant. Mais elle garda le silence.

— Parfait, dit-il d'un ton faussement enjoué.

Samantha acquiesça d'un hochement de tête.

— Demain matin à la première heure, j'appelle Kenzie, dit-elle. J'espère qu'elle répondra.

Levant les bras au-dessus de sa tête, elle s'étira lascivement.

— Je suis morte de fatigue.

En voyant son pull remonter jusqu'au nombril, Gregory faillit avoir une attaque. Lorsqu'elle renversa la tête en arrière et fourragea sensuellement dans sa chevelure bouclée, il baissa les yeux et se massa vigoureusement les tempes.

— Pendant que vous essaierez de joindre Kenzie, je me plongerai dans les archives du poste de police, dit-il en essayant de se focaliser sur l'enquête en cours plutôt que sur ses pulsions libidinales. Je vais voir si je trouve trace de saisies de drogue qui auraient eu lieu récemment. Si c'est le cas, j'éplucherai les comptes rendus des interrogatoires des dealers et des toxicomanes car il pourrait y avoir là-dedans des infos liées à notre affaire.

— C'est une très bonne idée. Mais d'ici là, dit Samantha en tournant la tête vers la cuisine, je pense qu'après toutes ces émotions nous avons bien mérité de nous faire un petit plaisir.

— Comme quoi ? demanda Gregory, amusé.

— Voyons voir, dit la jeune femme en faisant mine de réfléchir. Que diriez-vous d'une tasse de ce merveilleux café aux arômes de noisette torréfié par Hannah, accompagné d'un de ses délicieux roulés à la cannelle ?

— J'en ai déjà l'eau à la bouche.

— Alors suivez-moi. On va s'occuper de ça.

Ils se levèrent et Gregory lui emboîta le pas.

— Si je viens avec vous, ce n'est pas pour vous regarder, dit-il. Je veux vous aider.

Elle se retourna vers lui et lui décocha un clin d'œil.

— Si vous y tenez.

Lorsqu'ils furent dans la cuisine, il prit deux tasses sur l'étagère qu'il posa sur le plan de travail. Pendant que Samantha préparait le café, il repensa à toutes les péripéties que lui avaient réservées ces dernières vingt-quatre heures. Entre l'intrusion périlleuse de Samantha chez Collin et la découverte du trafic auquel se livrait celui-ci et dans lequel le commissaire Wentworth avait partie prenante, Gregory venait de vivre sa pire journée depuis qu'il était à Gattenburg.

Mais il était content que Samantha et lui se soient mis d'accord sur la manière de procéder dans l'enquête qu'ils menaient conjointement.

Conjointement.

Si on lui avait dit qu'il ferait de nouveau confiance à une femme, après sa mésaventure de Chicago, il ne l'aurait jamais cru. Et le voilà pourtant lancé dans une enquête de grande envergure avec Samantha à ses côtés.

11

Samantha était tellement énervée qu'elle en avait des fourmillements dans tout le corps.

Elle n'avait pas arrêté d'appeler Kenzie, de lui laisser des messages et de lui envoyer des SMS lui disant qu'elle avait absolument besoin de lui parler. Mais Kenzie n'avait toujours pas donné signe de vie.

Or Samantha voulait absolument l'informer des dernières avancées dans l'enquête sur la mort de Jacob car elle pensait que cela pourrait décider Kenzie à lui confier ce qu'elle savait.

Lasse d'attendre un coup de téléphone qui ne venait pas, Samantha avait fini par se rendre à l'usine. Assise dans sa voiture, elle attendait que Kenzie sorte déjeuner pour l'aborder.

S'étant garée assez loin pour ne pas se faire repérer, elle tendait le cou, les yeux rivés sur la porte de service qui donnait directement sur le parking de l'usine.

Kenzie sortait généralement entre 11 heures et midi et allait déjeuner chez Victor, qui proposait un buffet à volonté. Samantha avait prévu de la suivre jusqu'au restaurant et là, de lui demander si elle voulait bien lui accorder quelques instants.

En l'attendant à sa sortie de l'usine, Samantha sentait qu'elle poussait le bouchon un peu loin et risquait de se faire rembarrer. Mais cela valait le coup d'essayer. Elle était prête à tout pour arriver à ses fins. Gregory et elle étaient sur le point d'élucider le meurtre de Jacob, et de faire inculper Collin et le commissaire Westworth. Il ne leur manquait pas grand-chose pour boucler l'enquête. Si seulement elle arrivait à convaincre Kenzie de parler…

Jetant un coup d'œil dans son rétroviseur extérieur, Samantha vit une estafette blanche rouler dans sa direction. Traumatisée par l'incident qui s'était produit chez Hannah, elle commença à paniquer. Son cœur se mit à tambouriner dans sa poitrine et ses tempes à bourdonner. Plus morte que vive, elle se tassa sur son siège et se détourna de la fenêtre de manière à passer inaperçue.

Lorsque l'estafette la dépassa, elle souffla. Un peu honteuse d'avoir dramatisé, elle se redressa et vit que la porte de service de l'usine était ouverte. Son téléphone vibra mais elle ignora l'appel et garda les yeux rivés sur la sortie.

Un groupe d'hommes apparut. Samantha eut beau guetter, Kenzie demeurait invisible.

Argh ! grommela-t-elle, dépitée. *Vas-tu te décider à sortir ?*

Il était midi passé. Cela faisait plus d'une heure qu'elle poireautait, assise dans sa voiture. Elle commençait à en avoir assez.

Elle sursauta lorsque son téléphone vibra à nouveau. Cette fois, Samantha le sortit de son sac. Ava lui avait envoyé un texto.

Elles ne s'étaient pas revues depuis qu'elles s'étaient croisées chez Hannah. Samantha n'avait pas l'intention de lui dire qu'elle s'était introduite chez Collin et qu'elle lui avait subtilisé son livre de comptes. Ni Ava ni Kenzie n'avaient besoin de le savoir. Elle passerait sous silence la manière dont elle avait découvert que Collin se livrait au trafic de drogue.

Impatiente de lire le texto d'Ava, elle composa son code de sécurité et balaya l'écran vers la droite pour le débloquer.

Annonce-moi une bonne nouvelle s'il te plaît… dit-elle tout haut.

Est-ce qu'on peut se voir ? Je dois te parler. C'est urgent ! Je viens d'apprendre par un ami de Jacob qui travaille chez Westman's que Kenzie a disparu ! Je suis très inquiète pour elle, surtout depuis que je sais que les hommes dont on n'avait plus de nouvelles ont été retrouvés morts.

Quoi ? dit Samantha d'une voix blanche en relisant le texto plusieurs fois de suite. Non, ce n'est pas possible. Pas Kenzie !

Les larmes aux yeux, elle rappela Ava. Ses mains tremblaient tellement qu'elle eut du mal à composer le numéro. Elle attendit en se mordant les lèvres qu'Ava décroche, mais la boîte vocale se déclencha.

Elle s'apprêtait à laisser un message lorsqu'un signal sonore l'avertit de l'arrivée d'un nouveau texto.

C'était à nouveau Ava.

Impossible de te répondre. Je suis en réunion. Mais on peut se retrouver chez Hannah dans une demi-heure, si ça te va. OK ?

Samantha répondit immédiatement :

Oui, d'accord. J'en suis malade de savoir que Kenzie a disparu. Je suis devant chez Westman's et je l'attendais, justement, pour essayer de la faire parler de ce qui passe dans cette usine. Si ça ne t'embête pas, j'aimerais que l'inspecteur Harris nous rejoigne au *coffee shop*. Il faut le mettre au courant pour Kenzie.

Elle envoya le texto puis jeta un coup d'œil au parking de l'usine. L'énorme 4×4 de Collin était garé tout de travers et occupait deux places. Elle l'observa d'un œil torve et s'imagina en train de fracasser les vitres et les phares du rutilant véhicule à coups de batte de base-ball.

Juste au moment où son téléphone vibrait à nouveau, Collin sortit de l'usine d'une démarche nonchalante. Samantha reporta immédiatement sur lui le dégoût que lui inspirait sa voiture m'as-tu-vu. Elle le vit se retourner vers les hommes qui étaient sortis derrière lui et leur taper dans la main en riant aux éclats.

Toute la bande grimpa dans son 4×4 et Collin mit la musique à fond, fit rugir le moteur et sortit du parking sur les chapeaux de roues.

— Sale brute ! cria Samantha, folle de rage face à tant d'arrogance.

Baissant les yeux sur son téléphone, elle vit qu'Ava lui avait répondu que Gregory était le bienvenu. Elle renvoya un texto.

OK, merci. J'arrive. À tout de suite.

Son message parti, elle mit le contact et fila à son tour sans chercher à rattraper Collin, dont le puissant 4×4 avait déjà disparu au bout de la rue.

Les yeux dans le vague, Samantha se sentait un peu sonnée. Assise à une des tables du fond, entre Gregory et Ava, elle ne pouvait s'empêcher de sursauter chaque fois que la sonnette de la porte tintait et qu'un client entrait.

Le *coffee shop* était presque plein. Gregory avait proposé qu'ils se retrouvent ailleurs car il voulait éviter de tomber sur un de ses collègues policiers ou qu'un des salariés de chez Westman's les voie. Mais Ava, très prise par son travail, n'avait pas beaucoup de temps et préférait aller au plus près.

Hannah les avait installés à une table éloignée de la vitrine, après avoir assuré à Gregory que les ouvriers de l'usine ne fréquentaient pas le *coffee shop,* qu'ils jugeaient trop bourge, et que, comme elle n'arrivait pas à leur fournir tous les beignets qu'ils consommaient, les flics ne venaient pas non plus.

Infichue de se réchauffer, Samantha avait gardé son manteau et son écharpe. Hannah avait pourtant monté le chauffage et allumé un feu de bois dans la cheminée. Elle lui avait aussi servi un grand cappuccino bien chaud.

Mais Samantha savait que cette sensation de froid n'avait rien à voir avec la température ambiante. Ce qui lui glaçait le sang, c'était la disparition de Kenzie.

— Cet ami de Jacob à qui vous avez parlé vous a-t-il dit QUAND il avait vu Kenzie pour la dernière fois ? demanda Gregory à Ava.

— Oui, bien sûr, répondit Ava, qui semblait terrifiée, à en juger par son regard incapable de se fixer et par sa mine boudeuse. Cela fait plus d'une semaine qu'il ne l'a pas vue.

Comme ils travaillent sur la même chaîne de montage, il a tout de suite remarqué son absence.

Gregory hocha lentement la tête et but une gorgée de son double expresso.

— A-t-il interrogé ses collègues ? Vérifié qu'elle n'était pas malade ou en vacances ?

— Hélas non. Les salariés de l'usine ne sont pas idiots. Ils se rendent bien compte de ce qui se passe. Et ils ont peur de Collin. Ils savent tous de quoi il est capable. Ils savent aussi que le commissaire est prêt à couvrir son fils, quoi qu'il fasse. Si bien que personne ne veut risquer de s'attirer les foudres de l'un ou de l'autre.

Samantha avait l'impression d'être une cocotte-minute en surpression. Elle allait imploser d'une seconde à l'autre.

— On ne peut pas rester sans rien faire ! déclara-t-elle. Comment s'appelle ton contact, à l'usine ?

— Taylor. Hudson Taylor, répondit Ava.

Gregory tira un calepin et un stylo de la poche intérieure de son blouson et nota le nom du type.

— Hudson t'a-t-il dit si la famille de Kenzie a signalé sa disparition ? demanda Samantha.

Ava fit la grimace.

— C'est là que ça devient vraiment glauque. Hudson est un pote d'Alex, le petit ami de Kenzie. S'il faut en croire Alex, Kenzie lui aurait envoyé un mail dans lequel elle dit qu'elle n'en peut plus et qu'elle veut quitter Gattenburg et commencer une nouvelle vie ailleurs.

— Oh non ! s'exclama Samantha en levant les yeux au ciel. J'espère qu'Alex n'est pas tombé dans le panneau. A-t-il vraiment cru que c'était Kenzie qui lui avait envoyé ce mail ?

— Il n'avait aucune raison d'en douter. Kenzie n'avait jamais soufflé mot de ses problèmes avec Collin ou parlé des trois salariés retrouvés morts. Tout ce que sait Alex, c'est que Collin est son ex-petit ami. Ce qui fait qu'il le hait. Du coup, Kenzie fait tout son possible pour ne jamais prononcer son nom.

Gregory notait consciencieusement tout ce que disait Ava puis il leva les yeux vers elle, le front soucieux.

— Alex est quelqu'un de très possessif, d'après ce que j'ai entendu dire. Je me trompe ?

— Non, répondit Ava. Alex n'est pas un cadeau.

— Bon, dit l'inspecteur d'un ton bourru. La première chose à faire, c'est de vérifier si la disparition de Kenzie a été signalée à la police. Je m'en charge dès que je rentre au poste.

— Je suis pratiquement sûre qu'elle ne l'a pas été, dit Ava. Kenzie ne voit plus sa famille. Elle a eu des problèmes de drogue, à une époque. Sa relation houleuse avec Alex a fini de l'éloigner de ses proches, qui ont préféré couper les ponts plutôt que de continuer à la voir gâcher sa vie après qu'elle eut arrêté de se droguer.

— J'ignorais que Kenzie avait tous ces problèmes, dit Samantha. C'est vraiment triste.

— Oui. Elle n'a pas une vie facile, continua Ava. Ce qui explique peut-être pourquoi Alex est persuadé que Kenzie est bien l'auteure du mail qu'il a reçu. Pour lui, elle a tout simplement mis les voiles.

— Ce type est sûrement invivable mais cela m'étonnerait beaucoup qu'il ait quelque chose à voir avec la disparition de Kenzie, déclara Samantha. Le nœud de l'affaire, c'est Collin, Westman's et ce que Kenzie avait découvert. Alors j'espère que la police ne va pas faire de lui le coupable idéal.

Bouillonnante de colère, Samantha se débarrassa de son manteau et de son écharpe. Puis elle regarda Gregory, attendant de lui une réaction. Il hocha la tête et demanda à Ava :

— Pensez-vous que Hudson pourrait convaincre Alex de lui envoyer une copie du mail ?

— Je n'en sais rien, mais je peux lui poser la question.

— Ce serait bien. S'il récupère ce mail, j'aimerais qu'il vous l'envoie pour que je puisse y jeter un coup d'œil et, au besoin, pour que je le fasse analyser par un copain informaticien de la police scientifique.

À ces mots, Samantha se raidit.

— Attendez, Gregory. Je ne suis pas sûre qu'il faille mettre dans le coup quelqu'un qui travaille au poste. Surtout avec… euh…

Samantha jeta un regard gêné à Ava.

— … Ce que nous avons appris récemment.

Ava se redressa sur sa chaise, toutes ses antennes dressées.

— De quoi parlez-vous ? demanda-t-elle en les regardant tour à tour, sa tête pivotant de droite à gauche et de gauche à droite, comme à un match de tennis.

Hésitant à la mettre dans la confidence, Samantha chercha du regard l'assentiment de Gregory. Il garda le silence mais, à son air bienveillant, elle comprit qu'il n'avait pas d'objection.

Ne parle surtout pas de ton intrusion chez Collin, s'enjoignit-elle mentalement.

— Ava, commença-t-elle après s'être assurée que personne ne risquait de les entendre, ce que je m'apprête à te dire doit rester entre nous. D'accord ?

— Oui, bien sûr. Je ne sais pas ce que tu vas m'annoncer, mais toutes ces précautions oratoires me rendent nerveuse, confia Ava en se tordant les mains.

— Collin est à la tête d'un gros trafic de drogue. Nous avons besoin de ton aide car nous pensons que le meurtre de Jacob et les disparitions des trois salariés soi-disant morts d'overdose sont directement liés à ce trafic de drogue.

— En fait, intervint Gregory, nous pensons que Collin est responsable de la mort de ces hommes.

Ava en resta bouche bée. En voyant des larmes perler au coin de ses yeux, Samantha prit sa main dans la sienne.

— Saloperie de drogue…, marmonna Ava. Mais pour être franche, cela ne m'étonne qu'à moitié. Ce que je ne comprends pas, c'est ce que ce trafic de drogue vient faire dans le meurtre de Jacob. Mon frère n'avait rien à voir avec tout ça…

— En êtes-vous sûre ? demanda Gregory d'un ton dans lequel perçait le doute. Il a très bien pu vous cacher qu'il se droguait.

— Non, là-dessus je suis formelle. Jacob n'avait aucun

secret honteux. Au lieu de le soupçonner de s'être drogué, vous feriez mieux de faire enfin ce qu'il faut pour arrêter Collin !

Samantha lâcha la main d'Ava et se recula.

— Inspecteur Harris, continua Ava, dressée sur ses ergots et de plus en plus agressive, avez-vous assez de cran pour aller dire à votre chef que son fils est un meurtrier ? Je sais que vous êtes nouveau au poste et que vous avez besoin de faire vos preuves, mais on compte sur vous pour donner un bon coup de pied dans la fourmilière et mettre le commissaire Wentworth face à ses responsabilités. La plupart des policiers qui travaillent pour lui sont trop lâches pour le faire. Ils lui obéissent au doigt et à l'œil.

Gregory ferma son calepin et croisa les mains sur la table. Samantha comprit qu'il hésitait à révéler à Ava que le commissaire était partie prenante dans ce trafic de drogue.

— Pourquoi me regardez-vous comme ça ? demanda-t-elle à Gregory avant de se tourner vers Samantha. Que se passe-t-il, bon sang ?

— Ava, nous pensons que le commissaire Wentworth est de mèche avec Collin.

— *Quoi ?* Mais… qu'est-ce qui vous laisse penser une chose pareille ?

— Je suis désolée, mais je ne peux pas divulguer cette information. Sois bien certaine que l'inspecteur Harris et moi faisons le maximum pour élucider toute cette affaire.

— D'où notre insistance pour que vous essayiez de récupérer le mail que Kenzie a soi-disant envoyé à Alex, dit Gregory à Ava. L'origine de ce message est probablement un élément clé de l'enquête.

— Parce qu'il pourrait prouver la culpabilité de Collin, si je comprends bien ?

— Exactement, répondit Samantha.

Le téléphone d'Ava vibra. Comme prise en faute, elle se tamponna le coin des yeux avec une serviette en papier.

— Oh non, gémit-elle en regardant son écran. J'ai une

téléconférence dans dix minutes. Il faut que je retourne au bureau.

— Merci d'être venue, dit Samantha. Et de nous avoir briefés au sujet de Kenzie.

— Un grand merci, Ava, ajouta Gregory en pianotant sur la table avec son stylo.

— Je vous en prie. Euh…, inspecteur Harris, je m'excuse d'avoir été un peu sèche, tout à l'heure. Mais après ce qui est arrivé à Jacob, je… euh…

— Je comprends tout à fait, dit Gregory. Vous vivez des moments difficiles ; nous en sommes bien conscients, mais, encore une fois, soyez assurée que nous faisons tout notre possible pour découvrir ce qui est arrivé à votre frère et à ces salariés de l'usine qui s'étaient évaporés dans la nature.

— Je vous en suis très reconnaissante, dit Ava en se levant. Je vous contacte dès que j'ai un retour de Hudson au sujet du mail de Kenzie.

— Dis-moi, intervint Samantha, penses-tu que Hudson serait d'accord pour me parler ? J'aimerais bien entrer en contact avec quelqu'un de chez Westman's.

— Je ne vois pas pourquoi il refuserait. Comme nous tous, il se demande ce qui se passe. Et il commence à s'inquiéter pour sa propre sécurité. Je lui poserai la question, si tu veux.

— Super ! Bonne journée, Ava. Fais attention à toi.

— Oui, promis. Toi aussi. Maintenant que nous savons d'où Collin tire ses revenus, l'enquête se corse. Il a beaucoup à perdre. Et le connaissant, il va tout faire pour protéger ses intérêts. Je n'en reviens pas que le commissaire Wentworth soit mêlé à tout ça. Je le connais depuis que je suis toute petite. Il a toujours fermé les yeux sur les frasques de son fils, mais… *bon sang* !

— Moi non plus je n'en reviens pas, confia Gregory. Je suis venu à Gattenburg principalement pour échapper à la corruption généralisée qui sévit à Chicago, Alors découvrir que ce n'est pas très différent ici m'a fichu un sacré coup au moral. Mais si à Chicago, j'ai baissé les bras, je peux vous garantir qu'ici je vais me battre comme un lion.

— Pourquoi ? demanda Ava. Quelle différence y a-t-il entre Chicago et Gattenburg ?

— À Chicago, je me suis senti dépassé. Je n'étais pas de taille à lutter contre ma hiérarchie, les élus, la mafia et *tutti quanti.*

Il se tourna vers Samantha et ajouta, un éclat farouche dans le regard :

— Mais, ici, j'ai un intérêt personnel. J'ai quelque chose à prouver en résolvant cette affaire, et beaucoup à perdre en cas d'échec. Dans plus d'un domaine…

À l'intensité de son regard, Samantha comprit qu'il ne parlait pas seulement des meurtres et du trafic de drogue. Découvrir que c'était en partie pour elle qu'il s'investissait autant dans l'enquête la laissa sans voix.

— Je vous suis très reconnaissante pour tout ce que vous faites, dit Ava dont le téléphone se mit de nouveau à vibrer. Je vous laisse ; il faut que je file. On se tient au jus.

— À bientôt, Ava, dit Gregory.

— Je t'appelle très vite, ajouta Samantha en regardant son amie sortir du *coffee shop*.

La démarche claudicante d'Ava et son air dévasté lui firent de la peine. Elle n'était plus que l'ombre d'elle-même. Il ne faisait aucun doute que le meurtre non résolu de son frère la minait.

Samantha posa une main sur le bras de Gregory. Lorsqu'il la recouvrit avec la sienne, une décharge électrique parcourut le bras de la jeune femme.

— Merci d'être venu, dit-elle. Je suis contente que vous soyez là pour affronter avec moi toute cette folie. Bien que l'affaire ait pris une tournure qui vous mette en porte à faux avec votre hiérarchie, vous avez décidé de ne rien lâcher. C'est tout à votre honneur et cela me touche beaucoup.

— Je suis ravi de me rendre utile, répondit Gregory.

D'ailleurs, avec toutes ces nouvelles infos qui n'arrêtent pas d'affluer, nous avons du pain sur la planche.

— Absolument. Une petite visite à l'usine s'impose.

Gregory fit comme s'il n'avait pas entendu. Il finit son café et se leva.

— Cette réunion était très instructive. Merci de m'y avoir convié. Mais je crois qu'il vaut mieux que je retourne au poste avant que la conversation ne dégénère.

— Ah, c'est comme ça que vous voyez les choses ?

— Oui, Sam. Je désapprouve votre idée de vous introduire dans l'usine et vous le savez très bien. Il sera toujours temps plus tard de faire une descente, quand nous aurons réuni toutes les preuves nécessaires contre Collin. En attendant, je vais me concentrer sur la disparition de Kenzie, voir si elle a été signalée, et contacter mon pote informaticien pour lui parler du mail qu'Ava doit nous transférer. Je vais aussi jeter un coup d'œil aux précédentes saisies de drogue. Je suis curieux de savoir si elles étaient déjà de près ou de loin liées à Collin et à sa clique.

Se levant à son tour, Samantha suivit Gregory. Après avoir salué Hannah, ils sortirent par la porte de derrière. Pour éviter de se faire repérer, ils avaient garé leurs voitures dans l'allée, sur le côté du *coffee shop*.

— Pensez-vous convoquer Alex au poste pour l'interroger sur la disparition de Kenzie ? demanda Samantha avant qu'ils se séparent.

— Oui, je vais le faire. C'est bien qu'on me voie interroger un suspect. Je ne tiens pas à ce qu'on sache que j'ai Collin ou un autre Wentworth dans mon collimateur. Et c'est le seul moyen de disculper Alex une fois pour toutes. Parce que, pour moi, le seul responsable de cette disparition, c'est Collin, une fois de plus. Mais pour le déférer devant la justice, il faut qu'on réunisse plus de preuves contre lui.

— Chaque chose en son temps. Quand Alex sera mis hors de cause, nous pourrons nous concentrer sur l'inculpation de Collin.

Samantha regarda Gregory déverrouiller les portes de sa voiture. Elle n'avait pas envie qu'il s'en aille.

— Au fait, dit-il, je voulais que vous sachiez que mon crack en informatique est à Chicago. Je peux donc lui demander d'analyser le mail de Kenzie sans risquer le conflit d'intérêts.

— Vous avez senti ma réticence quand vous avez parlé de lui, tout à l'heure ? demanda Samantha avec un sourire complice.

— Oui. Mais on a embrayé sur le trafic de drogue et je n'ai pas eu l'occasion de vous rassurer sur ce point.

— Eh bien, voilà qui est fait.

Ni l'un ni l'autre n'était pressé de s'en aller. Ils se regardaient sans rien dire et n'arrivaient pas à partir.

— À bientôt, alors, dit Samantha après un long silence.

— Oui, à très bientôt. J'ai oublié de vous demander : la voiture de patrouille surveille bien votre maison ?

— Oh ça oui ! Merci encore d'avoir mis en place ce dispositif.

— De rien, dit Gregory. Appelez-moi, si vous avez besoin de moi.

— Je n'y manquerai pas. Merci.

Samantha monta dans son cabriolet et sortit de l'allée. Pendant le trajet, ses pensées furent accaparées par Gregory et par le tour que prenait l'enquête.

Maintenant que Kenzie avait disparu et qu'ils savaient que Collin fabriquait de dangereux stupéfiants, elle se faisait beaucoup de soucis pour la population de Gattenburg.

Quoi qu'en pense Gregory, il était urgent qu'elle aille fouiner dans cette usine de malheur.

12

Assis à son bureau, Gregory leva les yeux et vit le commissaire Wentworth se balader, une tasse de café à la main, en bavardant de choses et d'autres avec les policiers présents au poste. L'insouciance que son chef affichait, son hypocrisie, sa duplicité le dégoûtaient au plus haut point.

Après avoir interrogé plusieurs bases de données de personnes disparues, Gregory dut se rendre à l'évidence : personne n'avait signalé la disparition de Kenzie. Il en déduisit que ses proches avaient dû prendre pour argent comptant le mail qu'elle avait prétendument envoyé à Alex.

Il avait d'autre part commencé à se pencher sur d'anciennes affaires de drogue mais, pour l'instant, il n'avait pas pu faire de rapprochement entre ces vieux dossiers et l'enquête en cours.

Comme il vérifiait pour la énième fois sa boîte de messagerie, son téléphone vibra. *Samantha !* La seule vue de son nom sur l'écran lui donna des palpitations.

Eh, mec, il faut te calmer, là...

— Inspecteur Harris à l'appareil, dit-il d'un ton froid, comme s'il ne savait pas qui c'était.

— Salut, Gregory, c'est Sam.

— Salut, ça va ?

— Oui, très bien. J'ai une surprise pour vous.

— Ah oui ? Qu'est-ce que c'est ?

— Le mail d'Ava.

Gregory se leva pour aller fermer la porte de son bureau.

— Le mail qu'on attendait ? demanda-t-il sans chercher à dissimuler son excitation.

— Celui-là même. Hudson a réussi à convaincre Alex de le lui transférer, et il l'a à son tour envoyé à Ava.

— Formidable ! Envoyez-le-moi à mon adresse mail personnelle.

— C'est en cours. Et ce n'est pas tout, dit Samantha en marquant une pause pour le faire languir. En discutant avec Hudson, Ava a découvert qu'il a bel et bien pris certaines des drogues fabriquées par Collin.

— Tiens donc ! Reste à savoir s'il en prend de manière occasionnelle ou s'il est accro.

— C'est un *ancien* drogué, d'après ses dires. Et c'est grâce à Jacob qu'il a décroché et trouvé du travail chez Westman's. Il a été embauché, et à l'issue de sa semaine d'essai dans le cadre du programme de réinsertion, un de ses collègues de l'usine l'a invité à aller boire un verre pour fêter l'événement.

Gregory gémit et prit sa tête dans ses mains.

— Je devine la suite, mais continuez.

— Au cours de la soirée, le gars a proposé à Hudson une drogue soi-disant extra, bien plus efficace que tout ce qu'il avait pu prendre jusque-là. Ce truc était du TKO.

— Ah, je vois. Une drogue qui tient ses promesses.

— Exactement.

— Bien trouvé, railla Gregory. Savez-vous si Hudson a mentionné le nom de ce collègue, par hasard ?

— Ava le lui a demandé mais il a répondu qu'il n'était pas une balance.

— Il fallait s'y attendre.

— Bref, après avoir pris ce truc, Hudson a fait une overdose et s'est retrouvé à l'hôpital. Quand il s'est réveillé le lendemain matin, il ne se souvenait plus de rien.

— Pas très étonnant au vu des substances listées dans le livre de comptes.

Gregory consulta à nouveau sa boîte de messagerie. Le message de Hudson que Samantha lui avait transféré apparut.

— Votre mail vient d'arriver. Je l'envoie tout de suite à Wayne, mon pote informaticien.

— OK. J'ai hâte de savoir ce qu'il va dire. Une dernière chose : Hudson a accepté de me parler. J'espère pouvoir lui soutirer un maximum d'informations. Je vais lui proposer qu'on se voie. Une conversation entre quatre yeux a plus de chance d'aboutir qu'un coup de fil.

— Je suis d'accord. Rien ne vaut le contact direct ; je l'ai moi-même souvent constaté. Pensez-vous qu'il accepterait que je sois présent ?

— Cela m'étonnerait. Il n'aura sûrement pas envie de parler à un flic. Mais je peux lui poser la question.

— Oui, je veux bien. Dites-lui bien que nous sommes partenaires dans cette enquête.

Sur cette recommandation, Gregory se tut, laissant le silence s'installer. Il se mit à tripoter une pile de papiers posés sur son bureau, en proie à une nervosité grandissante. Samantha et lui s'étaient manifestement tout dit et il ne savait pas comment prolonger la conversation. Il voulait la garder en ligne. Il voulait aussi la protéger. Il n'était pas très chaud pour qu'elle se rende seule à ce genre de rendez-vous.

À quel moment as-tu baissé la garde et t'es-tu autant attaché ? se demanda-t-il.

— Si ça vous dit, on pourrait peut-être se voir pour… euh… discuter de… la suite des opérations, suggéra-t-il.

— Oui, pourquoi pas ? En fait, vous pourriez venir chez moi. Je vous avais promis de vous préparer à dîner, vous vous souvenez ?

Gregory se carra dans son fauteuil en souriant bêtement. Puis il brandit en l'air un poing victorieux.

— Oui, bien sûr. Et si je ne m'abuse, vous deviez me mitonner un plat qui surpasserait celui que je vous avais préparé.

— Attendez. Je crois que vous m'attribuez des propos que je n'ai jamais tenus.

— Ouais, ouais. N'essayez pas de vous défiler. Je n'ai

rien inventé. Alors maintenant, il va falloir tenir parole et me montrer de quoi vous êtes capable. Aux fourneaux, je veux dire.

— Je vais me faire un plaisir de vous le montrer, répliqua Samantha sur le même ton. Je n'ai rien de prévu ce soir, alors si vous aussi êtes disponible, retrouvons-nous chez moi vers 19 heures.

Gregory se demanda s'il ne rêvait pas. C'était trop beau pour être vrai.

— Vers 19 heures, c'est parfait. J'apporterai le vin, si vous voulez.

— D'accord. Je vous dis à ce soir, alors.

— Oui, à ce soir.

Gregory allait mettre fin à la communication lorsque Samantha l'interpella.

— J'allais oublier, dit-elle d'un ton malicieux.

— Quoi donc ?

— Je sais que vous avez été très occupé, mais avez-vous jeté un coup d'œil à mon blog récemment ?

— Pas au cours des deux ou trois derniers jours. Pourquoi ? J'ai manqué quelque chose ?

— Et comment !

— Vous m'intriguez, mademoiselle Vincent, dit Gregory en tirant vers lui son ordinateur et en tapant dans le moteur de recherche l'adresse du blog, *En quête de vérité*. Je me demande bien ce que vous tramez.

— Disons que j'essaie de faire bouger les choses dans cette ville et d'attirer l'attention sur Collin et son trafic de drogue. Il n'y a que comme ça que nous arriverons à obtenir des réponses et à les faire inculper lui et le commissaire Wentworth. Comme vous le savez, la police de Gattenburg, gangrénée par la corruption, ferme les yeux sur ce trafic Je me sers du blog pour la pointer du doigt.

Gregory garda le silence une longue minute. L'intrépidité de Samantha le laissait sans voix.

— Il va falloir mettre la pédale douce, Sam. Le terrain

est miné. La plus grande prudence s'impose. Je vous supplie de faire attention.

En l'entendant soupirer à l'autre bout de la ligne, il serra les dents.

— Je ne vais pas reculer maintenant, alors que nous sommes à deux doigts de résoudre cette affaire. Il est hors de question que je lève le pied. Quand je vois que le meurtre de Jacob n'a donné lieu à aucune poursuite et que la police n'enquête pas sur la mort des trois salariés de l'usine, je suis révoltée.

— Oui, je sais. Je ne le suis pas moins que vous, Sam. C'est pourquoi nous faisons tout notre possible pour réunir des preuves contre Collin et le commissaire Wentworth. Mais sur ce coup-là, je n'ai pas droit à l'erreur. Le dossier que je présenterai au procureur doit être irréprochable. Il faut juste être patient et laisser les choses suivre leur cours. Mon pote informaticien est en train d'analyser le mail de Kenzie. Attendons d'avoir son verdict. Rédigeons un rapport officiel faisant état de tout ce que nous ont appris Ava, Kenzie et Hudson. Et glissons dans le dossier le livre de comptes de Collin – le parquet ne pourra pas s'en prévaloir au procès mais cela peut quand même servir.

— Ce serait bien *aussi* que le procureur ait des preuves concrètes que ce laboratoire clandestin existe bien. Il faut qu'on fasse des photos. Mais pour ça, nous devons nous introduire dans l'usine et…

— *Samantha !* aboya Gregory. Écoutez-moi bien : nous-ne-nous-introduirons-pas-chez-Westman's Automotive Factory, martela-t-il d'un ton sans appel. Chez Collin, ça a failli très mal tourner mais on dirait que ça ne vous a pas servi de leçon.

— Bon, ça va, je n'en suis pas morte, et…

— Ce n'est pas négociable, bon sang ! beugla Gregory en tapant du poing si fort sur son bureau que deux de ses collègues vinrent voir ce qui se passait. Je ne plaisante pas, Sam, dit-il, un ton plus bas. Je ne veux pas qu'il vous arrive malheur. Comment faut-il vous le dire pour que vous compreniez ?

— Je comprends, dit-elle doucement.

Gregory s'en voulut de s'être emporté contre elle. À sa voix presque inaudible, il devina qu'elle était toute penaude. La sachant têtue comme une mule, il songea que finalement il avait peut-être bien fait de la rabrouer.

— Je ne cherche pas à précipiter les choses, continua-t-elle. Mais je ne voudrais pas que le bureau du procureur fasse tout capoter à cause d'un vide juridique ou de je-ne-sais-quoi. Si le dossier n'est pas béton, avec un maximum de preuves, aucune poursuite ne sera engagée contre Collin et son père. Pour leur donner le coup de grâce, il nous faudrait des photos du labo.

— Certes, mais je préfère me passer de ces photos que me passer de vous parce que vous vous êtes fait descendre ! Des preuves, nous en avons. Elles sont accablantes et suffisent largement à faire inculper Collin et son père.

— En ce cas, vous pourriez peut-être obtenir un mandat de perquisition, non ?

Gregory ne put s'empêcher de glousser.

— Alors vous, quand vous avez une idée dans la tête, vous ne l'avez pas ailleurs ! Vous arrive-t-il de renoncer, parfois ?

— Non, jamais.

— Pour le mandat, je ne garantis rien. Mais en attendant, je vais continuer mes recherches.

— Bon courage, alors. De mon côté, je vais aller faire quelques courses et me mettre aux fourneaux pour vous préparer un dîner que vous n'êtes pas près d'oublier.

À ces mots, Gregory se détendit.

— J'ai hâte d'être à ce soir, confia-t-il.

— Moi aussi. À plus tard.

Il mit fin à la communication et s'étendit dans son fauteuil, les mains croisées derrière la tête. Il ferma les yeux et sourit en pensant au dîner.

Mais lorsqu'il s'imagina sur le canapé, en train de boire un verre et de discuter avec Samantha, assise juste à son côté, il rouvrit brusquement les paupières.

Reprends-toi, mon vieux, maugréa-t-il en se redressant sur son siège. *Ce n'est pas le moment de rêvasser.*

Il consulta sa boîte mail et vit qu'il avait reçu un message de son copain informaticien.

Salut. Je voulais te confirmer la bonne réception du mail dont tu souhaites connaître l'origine. L'analyse est en cours. Je vais essayer de trouver le nom du serveur et l'adresse IP. Une fois que je les aurai, je devrais pouvoir remonter jusqu'à l'expéditeur. Je contacterai le fournisseur d'accès Internet. Comme tu le sais, ils m'ont à la bonne. Je n'aurai donc pas à remplir tout un tas de paperasses ou à présenter un mandat si je dois pousser plus loin mes investigations. Je reviens vers toi dès que j'en sais plus. Wayne

— T'es un chef, mon pote ! dit Gregory en tapant du plat de la main sur son bureau.

Il fit suivre à Samantha le message de Wayne, et s'empressa de remercier ce dernier. Il précisa dans son mail qu'ils étaient sur le point de boucler l'enquête.

Alerté par un soudain brouhaha, Gregory leva les yeux et vit le commissaire Wentworth regagner son bureau.

Il fut tenté d'aller lui demander s'il avait eu le temps de jeter un coup d'œil aux rapports auxquels avaient donné lieu les actes de vandalisme perpétrés chez Samantha. Mais ce qu'il venait d'apprendre sur son chef et sur son implication dans le trafic de drogue de Collin le dissuada. Il préférait ne pas attirer l'attention sur lui et sur Samantha pour ne pas risquer de nuire à leur enquête.

Il faut être patient, se dit-il en repensant au conseil qu'il avait donné à Samantha. *Et laisser les choses suivre leur cours.*

Puis il rouvrit le blog de Samantha et se mit à lire son dernier article, qu'elle avait judicieusement intitulé : « La vérité est en marche, mes amis… »

13

Lorsque Samantha sortit du supermarché, il faisait déjà nuit. Ne voyant pas son cabriolet, elle dut actionner sa télécommande pour le repérer, tout au bout de l'allée sur sa droite.

Avant d'aller le récupérer, elle balaya le parking du regard. Il était presque vide. Seuls quelques véhicules, ici et là, y étaient encore garés, entre les lignes jaune fluo. La plupart des gens, elle comprise, faisaient leurs courses le week-end. Mais son dîner avec Gregory, décidé à la dernière minute, l'avait obligée à faire un saut au magasin.

Zut de zut ! grommela-t-elle lorsque la poignée d'un de ses sacs en plastique lâcha.

Elle se baissa pour récupérer les steaks et les pommes de terre avant qu'ils ne tombent. Juste au moment où elle attrapait le haut du sac pour le nouer, le vrombissement d'un moteur en surrégime se fit entendre juste derrière elle.

Elle se figea, paralysée par la peur, incapable de crier ou même de penser. Sa vue se brouilla. Elle fut à deux doigts de s'évanouir.

Oh non, par pitié ! supplia-t-elle en regardant sa voiture, à l'autre bout du parking.

Je n'y arriverai jamais, se dit-elle, en proie à une panique sans nom. Ses pieds pesaient des tonnes et ses jambes refusaient de lui obéir. Autour d'elle, tout se mit à tourner lentement, mais elle restait plantée là, comme statufiée.

Un crissement de pneus sur l'asphalte la tira brutalement de sa transe. Elle poussa un grand cri et se mit à courir.

Elle fonça jusqu'à sa voiture sans se retourner une seule fois. En voulant la contourner pour entrer du côté conducteur, elle s'empêtra dans ses sacs, qu'elle n'avait pas lâchés, et s'affala sur le coffre.

Allez, bouge ! gémit-elle en serrant ses sacs contre elle.

Lorsqu'elle se redressa, le talon d'un de ses boots se coinça dans un trou. Elle trébucha et se rattrapa de justesse au pare-chocs arrière de sa voiture.

Grouille-toi, bon sang !

Sentant dans son dos une bourrasque froide, elle fit volte-face et fut éblouie par des phares jaunes ultra-puissants. Une voiture fonçait tout droit sur elle.

Une fois de plus, elle se figea, privée de tous ses moyens. Son corps était comme rivé au sol.

Quand la voiture s'approcha, Samantha reconnut la berline noire qu'elle avait vue dans la ruelle, derrière chez elle, le soir où la porte de son garage avait été vandalisée.

Les yeux agrandis de peur, elle essaya de distinguer les traits du conducteur à travers les vitres teintées. En vain.

Dans un réflexe de survie, elle se baissa et se plaqua contre son cabriolet lorsque la berline passa à toute vitesse à côté d'elle. Elle hurla et lâcha ses sacs de courses.

La berline noire sortit du parking et disparut dans la nuit.

— Madame ? Ça va ? cria une dame en courant vers elle.

En larmes, Samantha tremblait comme une feuille.

— Oui… euh, je crois, bredouilla-t-elle, dévastée.

La dame s'empressa de ramasser ses courses, qui s'étaient répandues sur le sol.

— J'ai tout vu, déclara-t-elle en aidant Samantha à se relever. Qu'est-ce qui lui a pris, à ce chauffard ?

— Ah, si vous saviez…, répondit Samantha en soupirant.

Elle sécha ses larmes d'un revers de main et reprit ses sacs.

— Merci beaucoup pour votre aide, dit-elle à sa bienfaitrice.

Puis elle tourna les talons et s'engouffra dans sa voiture. Assise au volant, elle commença par sortir son téléphone pour appeler Gregory. Ses doigts tremblants ne lui facilitaient pas la tâche. Mais lorsque, enfin, elle parvint à composer son numéro, il répondit à la première sonnerie.

— Salut. J'étais justement en train de penser à vous, dit-il. J'ai tellement hâte de venir dîner chez vous.

Avant de pouvoir prononcer un mot, Samantha éclata en sanglots.

— Qu'est-ce… qu'est-ce qui vous arrive ? demanda-t-il. Vous pleurez ?

— Je suis dans le parking du supermarché, sanglota-t-elle. J'ai failli me faire écraser.

— Comment ça ? Que s'est-il passé ?

— Une voiture m'a foncé dessus intentionnellement ! cria-t-elle en pressant sa poitrine haletante.

— OK, je vois. Calmez-vous, Sam. C'est fini, maintenant. La voiture est partie ? demanda Gregory.

Samantha l'entendait aller et venir à l'autre bout de la ligne. Une porte claqua. Un vif soulagement la submergea lorsqu'elle comprit qu'il était déjà en route pour la rejoindre .

— Oui, elle est partie. Mais sur ce parking, je ne me sens pas très rassurée, confia-t-elle.

— Alors rentrez chez vous. J'arrive tout de suite. La voiture de patrouille doit surveiller la maison ; vous n'avez rien à craindre. Mais compte tenu de la situation, je vous avoue que je serais plus tranquille si vous preniez vos affaires et veniez vous installer quelque temps chez moi.

Éperdue de gratitude, Samantha ne sut que dire. Si elle avait eu Gregory en face d'elle, elle lui aurait sauté au cou.

— Vous êtes toujours là ? demanda-t-il d'une voix tendue. J'espère que ma proposition ne vous met pas mal à l'aise.

— Non, pas du tout. C'est vraiment très gentil de votre part de proposer de m'héberger. J'accepte bien volontiers. Merci infiniment.

Samantha démarra et sortit du parking. Elle regardait tout autour d'elle, redoutant de voir surgir la berline noire. Mais la rue était déserte.

— Je suis en route, déclara Gregory d'un ton rassurant. Je vous garde en ligne jusqu'à ce que vous soyez arrivée chez vous.

— Merci. Tout ce que vous faites pour moi me touche beaucoup, dit-elle, soulagée et si reconnaissante qu'elle en oubliait presque la peur qui lui rongeait les entrailles.

— Ne me remerciez pas. Après ce que vous venez de vivre, c'est tout ce qu'il y a de plus normal. Je suis vraiment désolé qu'on s'en prenne à vous, Samantha.

— J'ai peur, admit-elle d'une toute petite voix.

Elle s'était rarement sentie aussi vulnérable. Mais aucune des affaires non résolues dont elle s'était occupée jusque-là ne l'avait touchée d'aussi près, au point de mettre sa vie en danger.

— Je sais, Sam. Il va falloir que je vous mette sous protection policière. La bonne nouvelle, c'est que les mailles du filet se resserrent sur Collin. La mauvaise, c'est qu'il le sait. Du coup, il intensifie ses menaces dans l'espoir de vous faire renoncer. Si cela peut vous consoler, ce n'est que de l'intimidation. Il n'est pas assez fou pour vous tuer sur un parking de supermarché. Ce qu'il veut, c'est vous faire peur pour que vous laissiez tomber l'enquête.

Une vague de colère submergea Samantha. Serrant son volant à deux mains, elle accéléra.

— Il peut toujours courir ! Il aura beau faire, jamais je n'abandonnerai. La peur, les menaces, je m'en fiche. Tant qu'il ne sera pas derrière les barreaux, je continuerai. Je me suis juré de rendre justice à Jacob.

— Oui, je comprends, mais comme je vous l'ai déjà dit, ce n'est pas une raison pour vous faire tuer. Vous devriez peut-être mettre votre blog en suspens, le temps que tout cela se tasse un peu. Si Collin pense que ses menaces ont fonctionné, il vous laissera tranquille. Concentrez-vous plutôt sur les résultats que Wayne va nous envoyer et sur Hudson, puisqu'il est maintenant acquis à notre cause. Avez-vous réussi à le contacter pour lui fixer un rendez-vous ?

— Je lui ai laissé un message sur sa boîte vocale en début d'après-midi. J'attends qu'il me rappelle.

— Très bien. J'espère qu'il va rappeler rapidement.

Ils gardèrent le silence pendant quelques instants. Le danger qui rôdait autour de Samantha rendait la tension presque palpable dans leurs échanges.

Mais en repensant à la proposition que Gregory lui avait faite de l'héberger, elle se rendit compte que toutes ces péripéties les rapprochaient.

— Je suis tout près de chez vous, dit-il. Et vous ?

— Moi aussi. J'y suis dans deux minutes.

— OK. Je veux que vous gariez votre cabriolet dans le garage et que…

— Au fait, j'ai fait réparer la porte, claironna Samantha.

— Tant mieux. Quand vous serez garée, je vous accompagnerai dans la maison pour que vous prépariez vos affaires. Nous ne nous attarderons pas. Dès que vous serez prête, nous prendrons ma voiture et irons chez moi. Ça vous va ?

— Oui, c'est parfait. Je suis vraiment désolée pour le dîner. À cause de Collin, vous pouvez tirer un trait sur les tournedos, les pommes de terre sautées et les asperges rôties que j'avais prévu de vous préparer.

— Je ne laisserai pas Collin nous gâcher la soirée, déclara Gregory. Ce dîner, nous allons le maintenir. Sauf que c'est moi qui vais m'en occuper. J'ai un excellent vin rouge qui se mariera très bien avec vos tournedos.

— Vous me gâtez. Juste là, un verre de vin me ferait le plus grand bien. Et quand je dis un, je pense plutôt à deux ou trois…

— Vous avez de la chance : j'en ai plusieurs bouteilles, dit Gregory en riant. Et je viens de changer le mobilier de ma terrasse. On pourrait l'étrenner, qu'en dites-vous ? Je ferai cuire les tournedos sur la plancha et j'allumerai les lampes à infrarouge et le foyer extérieur pour que nous n'ayons pas froid. Après manger, nous discuterons du meilleur moyen de collecter davantage de preuves pour notre dossier.

— C'est un programme alléchant, déclara Samantha, qui

commençait à se détendre. Nous discuterons en mangeant le cheesecake que j'ai acheté pour le dessert.

— J'en ai déjà l'eau à la bouche.

Lorsqu'elle s'engagea dans sa rue, elle fut soulagée de voir la voiture de Gregory garée devant chez elle.

— J'y suis, dit-il. Je viens de me garer devant chez vous.

— Oui, je vous vois. Je suis là, dit-elle en lui faisant un petit signe de la main lorsqu'elle passa à côté de lui.

Elle baissa sa vitre.

— Merci d'être une fois de plus venu à mon secours.

— Oh ! je vous en prie. Merci à vous de faire le travail que la police de Gattenburg n'est pas fichue de faire. Je vous considère comme l'une des nôtres, à présent. Par conséquent, il est de mon devoir d'être là pour vous.

— Je vous en suis très reconnaissante.

Leurs regards restèrent aimantés l'un à l'autre pendant quelques instants, puis l'attention de Samantha fut attirée par l'appel de phares que lui fit la voiture de patrouille qui surveillait sa maison. Elle donna un coup de klaxon et fit un signe de la main à l'agent Barris.

— Merci aussi de m'avoir envoyé cette voiture de patrouille.

— Il n'y a pas de quoi. Mais assez papoté. Nous aurons tout le temps de bavarder quand nous serons chez moi. Rentrez vite votre voiture dans le garage. Je vous retrouve à la porte de la maison.

— OK, à tout de suite.

Samantha tourna dans l'allée et déclencha l'ouverture automatique de la porte du garage. Pendant que le store remontait, elle jeta un coup d'œil dans son rétroviseur et vit Gregory sortir de sa voiture.

Il enfila son blouson de cuir noir et s'achemina vers la maison. Fascinée par son allure décontractée, son assurance, ses traits virils terriblement sexy, et sa silhouette athlétique, elle se demanda comment elle allait pouvoir dormir sous son toit sans finir dans son lit.

— C'était absolument divin ! déclara Samantha en s'essuyant les coins de la bouche avec sa serviette. Cela me fait mal de l'admettre mais je n'aurais probablement pas fait aussi bien.

— N'importe quoi ! Arrêtez un peu de me flatter. Je suis sûr que vous auriez fait beaucoup mieux.

Sous le regard de braise de Gregory rivé sur elle, elle avait de plus en plus chaud. Elle prit son verre de cabernet et but une grande gorgée de vin pour échapper un instant à la brûlure de son regard. Elle sentait que si elle le regardait dans les yeux, elle était capable de sauter par-dessus la table et de se jeter dans ses bras.

— Laissez-moi au moins vous féliciter pour la cuisson des tournedos, dit-elle en séchant discrètement les gouttes de sueur qui perlaient sur son front. Les pommes de terre sautées étaient exactement comme je les aime : croustillantes en surface et fondantes à l'intérieur. Je me suis régalée aussi avec les asperges, tendres et pleines de saveur.

— Je suis content que ça vous ait plu, dit Gregory, visiblement aux anges. Vous savez ce qu'on dit : quand on cuisine avec amour, le repas est toujours délicieux.

À ces mots, Samantha sourit à son tour.

— C'est vraiment ce qu'on dit ? demanda-t-elle, incrédule.

— Oui, je vous assure.

Il remplit leurs verres de cabernet puis reposa la bouteille sur la table. Son sourire s'était évanoui. Il avait l'air préoccupé.

— Je pense qu'il est grand temps de parler de ce qui vous est arrivé ce soir, dit-il d'un ton grave.

Elle déglutit tandis que sa bonne humeur s'évaporait.

Il fit tourner son verre de vin entre ses doigts.

— Êtes-vous sûre d'avoir reconnu la voiture ? C'est bien celle que vous avez vue derrière chez vous le jour où votre porte de garage a été vandalisée ? demanda-t-il.

— Oui, je suis certaine que c'est la même voiture.

— Mais ni vous ni la dame qui vous est venue en aide n'avez pu relever la plaque d'immatriculation ?

— Hélas non. Et c'est bien dommage. Car c'eût été une preuve supplémentaire qui nous aurait bien aidés.

— Oui, c'est vrai, mais on s'en passera. J'ai commencé à noter les numéros d'immatriculation de toutes les berlines noires croisées en ville. Puis je vérifie dans nos bases de données à qui elles appartiennent. Jusque-là, aucune ne m'a paru suspecte.

— Avec un peu de chance, vous finirez par tomber sur la bonne. Collin conduisant cet ignoble 4×4, je suppose que la berline appartient à l'un de ses complices.

— C'est ce que je pense aussi.

Gregory but une gorgée de vin et se carra sur sa chaise.

— J'espère que vous avez réfléchi à ce que je vous ai dit tout à l'heure. Je veux que vous fassiez profil bas. Non seulement vous devriez cesser pendant quelque temps d'écrire dans votre blog, mais il vaudrait mieux aussi que vous vous montriez moins en ville. Je vais demander à l'agent Barris de continuer à surveiller votre maison, et puisque Collin et ses sbires commencent à devenir vraiment méchants, je vais également vous mettre sous protection.

À l'idée de rester claquemurée chez Gregory, Samantha se hérissa. Mais au fond d'elle-même, elle savait que l'inspecteur ne voulait que son bien.

— D'accord, concéda-t-elle du bout des lèvres.

— Vous voilà bien docile, fit remarquer Gregory, surpris. Je m'attendais à plus d'opposition de votre part.

— Je sais que vous avez raison. Je suis peut-être têtue mais pas stupide. Il est évident que Collin fera tout pour me museler. J'ai bien vu ce qui était arrivé à Jacob et aux trois autres salariés de l'usine. Je n'ai pas envie de subir le même sort.

— C'est ce que je veux à tout prix éviter. Je suis content que nous soyons sur la même longueur d'onde.

Samantha sirotait son vin en contemplant pensivement les flammes qui dansaient dans le foyer extérieur.

— Je sais que nous avons absolument besoin de l'appui du

maire de la ville, dit-elle. Jusqu'à la fin de l'enquête, je vais donc me faire aussi discrète que possible.

Gregory lui tapa dans la main.

— Voilà une résolution qui fait plaisir à entendre ! Ma coéquipière se montrerait-elle enfin raisonnable ?

— Votre *coéquipière* est moins bornée que vous ne semblez le penser, répondit Samantha sur le ton de la plaisanterie. Moi aussi, je suis capable de changer d'avis. Je vous rappelle qu'il n'y a pas si longtemps que ça, vous preniez la fuite dès que j'essayais de vous parler de l'enquête.

Il gloussa, visiblement gêné.

— Oui, j'avoue. Mais vous avez très bien plaidé votre cause. Je dois dire que vous savez vous montrer convaincante. Et puis, comment aurais-je pu résister à d'aussi beaux yeux et à une personnalité aussi attrayante ?

— Non, mais écoutez-moi ça ! protesta Samantha en riant. À vous entendre, je vous ai fait du charme pour que vous acceptiez de collaborer à l'enquête.

— Oh ! mais je ne m'en plains pas, assura Gregory.

Du coin de l'œil, Samantha vit qu'il glissait sa main vers la sienne par-dessus la table. Juste au moment où leurs doigts allaient se toucher, la lampe à infrarouge, au-dessus d'eux, s'éteignit.

— Oh non, grommela-t-il.

Il se leva et essaya de la rallumer. C'est alors que le foyer extérieur commença lui aussi à faire des siennes, les flammes déclinant à vue d'œil.

— C'est un complot ! dit Samantha, amusée.

— Cela m'en a tout l'air. Nos sources de chaleur nous lâchent les unes après les autres. Qu'essaient-elles de nous dire ?

— Qu'il est temps de débarrasser la table…

— Ça doit être ça. Parce qu'on dirait bien que la lampe à infrarouge est morte. Je viens pourtant de l'acheter. Je n'ai plus qu'à la rapporter au magasin.

Pendant que Gregory versait de l'eau sur le foyer pour étouffer les braises restantes, Samantha commença à débarrasser.

— Au fait, dit-elle, Hudson ne m'ayant pas rappelée, je lui ai proposé par SMS qu'on se voie demain.

— J'espère qu'il acceptera et qu'il aura des choses intéressantes à vous dire.

L'inspecteur se tut et regarda Samantha d'un air pensif.

— Après ce qui s'est passé dans ce parking, je préférerais que vous ne rencontriez pas Hudson. Il vaudrait mieux qu'on ne vous voie pas ensemble. Cela pourrait être dangereux. Vous allez devoir vous rabattre sur une conversation vidéo.

Samantha fit coulisser la porte de la terrasse puis se tourna vers Gregory en hochant la tête.

— Vous avez raison. On n'est jamais trop prudent. À propos, je sais que vous voulez que je me fasse oublier mais il faut absolument que je raconte à Ava ce qui m'est arrivé ce soir. Elle doit faire attention, elle aussi. Tout le monde à Gattenburg sait qu'elle se démène pour que justice soit rendue à Jacob. Il est donc possible qu'elle soit en danger. Vous confirmez ?

— Oui, tout à fait. Quiconque est impliqué dans cette enquête doit redoubler de prudence, dit Gregory en finissant de débarrasser la table avant de rentrer à son tour. Vous savez quoi, Sam ? Je vais enregistrer votre déposition sur ce qui s'est passé sur ce parking.

— Ne craignez-vous pas que cela attire l'attention sur nous ?

— Si, bien sûr. Mais ce rapport, je vais me contenter de le joindre au dossier que nous sommes en train de constituer pour le procureur. Il s'ajoutera aux rapports auxquels ont donné lieu les actes de vandalisme perpétrés chez vous.

— Rapports que le commissaire Wentworth ne s'est toujours pas donné la peine de lire, je parie ?

— Gagné, gloussa Gregory en sortant le cheesecake du réfrigérateur. Si le maire a une trace de tous les incidents relatifs à l'enquête et s'il récupère toutes les preuves que nous avons collectées, il pourra mettre en examen pour trafic de drogue Collin, Wentworth et tous leurs complices.

— À propos, avez-vous trouvé dans vos archives des saisies de drogue liées à ce qui se passe chez Westman's ?

— Une seule. Elle implique un salarié temporaire qui a travaillé à l'usine pendant l'été. Il a failli mourir d'une overdose à la suite d'une soirée passée avec quelques collègues de la chaîne de montage.

— Aucune charge n'a jamais été retenue contre qui que ce soit, je suppose ?

— En effet, répondit Gregory en soupirant. J'ai également fait des recherches sur le commissaire Wentworth. Je me suis intéressé notamment à son train de vie et à ses dépenses. Avec l'argent de la drogue, il pourrait s'offrir des objets de luxe, des vacances à l'autre bout du monde, ce genre de choses. Mais bizarrement, il mène une vie tout à fait ordinaire.

— Il paie peut-être tout en liquide et planque ses joujoux dans une autre ville, allez savoir !

Samantha versa le reste de la bouteille de cabernet dans leurs verres et tendit le sien à Gregory.

— Comment vous sentez-vous, Sam ? demanda-t-il en posant la main sur la sienne. Mieux, j'espère ?

— Bien qu'encore un peu secouée, oui, ça va nettement mieux. Le fait d'être ici avec vous y contribue grandement.

Lorsqu'il se mit à caresser la paume de sa main avec son pouce, une petite voix insidieuse se déclencha dans la tête de Samantha.

Pense à ta mission. Ne laisse rien ni personne t'en détourner.

Elle s'éclaircit la voix et retira sa main.

— Un grand merci pour le dîner, continua-t-elle. J'ai passé une excellente soirée.

Visiblement déconcerté par la manière dont elle avait mis fin à ses avances, Gregory resta un instant sans rien dire avant de se ressaisir.

— Et si nous passions au dessert ?

— Très volontiers, répondit Samantha. Je m'occupe des assiettes et des fourchettes.

Gregory sortit du réfrigérateur une bombe de crème fouettée et une barquette de fruits rouges.

— Surprise ! dit-il en posant le tout sur le plan de travail de la cuisine.

— Ah, super ! Ce sera parfait avec le cheesecake.

— C'est ce que j'ai pensé.

Il coupa deux belles parts de cheesecake, les fit glisser dans les assiettes et les recouvrit généreusement de fruits rouges et de crème fouettée.

— Nous devrions apporter nos assiettes et nos verres au salon et nous asseoir devant la télévision, suggéra-t-il. Au diable l'enquête ! Un peu de détente s'impose après une pareille journée. Qu'en dites-vous ?

— Je suis d'accord.

Samantha le suivit au salon. Ils s'installèrent sur le canapé et il alluma la télévision.

— Je vous préviens, dit-elle, vous ne me ferez pas regarder du sport ou une course de voitures.

— D'accord, mais je préférerais éviter les concours de beauté et tutoriels de maquillage, riposta-t-il.

— Bonjour les préjugés ! s'exclama Samantha.

— Elle est bien bonne, celle-là ! Je vous rappelle que c'est vous qui avez commencé.

— Bon, alors je propose que nous trouvions un terrain d'entente. Que diriez-vous de regarder *L'Amour sans frontières ?*

— C'est quoi, ce truc ?

— Une émission de téléréalité dans laquelle on nous montre des gens qui vivent ici et qui vont chercher leurs moitiés à l'autre bout du monde.

Gregory secoua la tête tout en s'excitant sur la télécommande.

— OK, je vois. Ça m'a l'air complètement débile, comme émission.

— N'empêche que vous la cherchez. J'en conclus que vous avez envie de la voir.

— Ce que vous pouvez être agaçante, parfois, dit-il en lui donnant un petit coup de coude dans le bras. Voyons voir ce que ça vaut…

Tandis que Gregory mettait *L'Amour sans frontières*,

Samantha se carra plus confortablement sur le canapé et se fourra une part de cheesecake dans la bouche. Elle était détendue, et la présence de l'inspecteur la rassurait.

Mais tout au fond d'elle-même, elle sentait que le pire était encore à venir.

14

Gregory jeta un coup d'œil à sa montre. Il était un peu plus de 15 heures. Assis à son bureau, il n'arrêtait pas de rafraîchir la page de sa boîte mail.

Son informaticien de la police scientifique, Wayne, avait promis de lui communiquer dans l'après-midi les résultats de l'analyse du mail de Kenzie. Mais il n'en avait toujours pas de nouvelles.

Gregory avait réussi à obtenir au pied levé un rendez-vous avec le procureur à 16 heures. Il avait hâte de rapporter à celui-ci les conclusions de Wayne ainsi que les découvertes que Samantha et lui avaient faites.

— Allez, mec, envoie-le, ce mail ! intima-t-il à Wayne en vérifiant une nouvelle fois qu'il n'avait pas de nouveau message.

Comme il se renfonçait dans son fauteuil, son téléphone sonna.

— Inspecteur Harris, aboya-t-il sans prendre la peine de regarder qui l'appelait.

— Que se passe-t-il ? s'enquit Samantha. Vous semblez être d'une humeur massacrante.

La voix de Samantha à l'autre bout du fil eut aussitôt sur lui un effet apaisant.

— J'attends un retour de Wayne au sujet du mail de Kenzie. Je suis un peu inquiet parce qu'il ne donne plus signe de vie. J'espère qu'il n'est pas tombé sur un os. C'est vraiment un crack, mais il lui arrive de se casser les dents.

— Nous ne sommes qu'en milieu d'après-midi, fit remarquer Samantha. Il n'y a probablement pas lieu de s'inquiéter. Collin a peut-être été assez malin pour utiliser un VPN plutôt que son propre fournisseur d'accès Internet. Si c'est le cas, l'expéditeur du mail sera plus difficile à identifier mais, quoi qu'il en soit, je suis sûre que vous aurez sous peu des nouvelles de Wayne.

Gregory se rongeait l'ongle du pouce.

— Puissiez-vous dire vrai ! Si je suis aussi stressé, c'est parce que je vois l'heure tourner et le rendez-vous chez le procureur approcher à grands pas. Nous devons lui remettre le dossier avant que Collin frappe à nouveau. Je ne veux pas que quelqu'un d'autre disparaisse ou soit tué. C'est pour vous, surtout, que je m'inquiète…

— Relax, Gregory. Vous avez fait du bon boulot. *Nous* avons fait du bon boulot. L'enquête progresse et sera bientôt bouclée. Vous n'avez aucune raison de vous inquiéter. Tout ira bien, vous verrez. Wayne connaît son affaire, non ?

— Si. C'est un vrai pro.

— Et il ne vous a jamais planté, n'est-ce pas ?

— Non, jamais, admit Gregory en buvant une gorgée de café tiède.

— Alors faites-lui confiance. Il ne vous laissera pas tomber. Le temps presse, c'est vrai. Mais encore un peu de patience. Je suis sûre que Wayne se manifestera dans les temps.

Gregory se frotta les yeux. Entre l'enquête qui le turlupinait et sa libido exacerbée par la présence de Samantha dans la chambre voisine de la sienne, il n'avait pratiquement pas dormi de la nuit.

— En fait, si je vous ai appelé, continua-t-elle, c'est parce que j'ai une nouvelle à vous annoncer.

— Ah bon ?

Gregory se leva pour aller fermer la porte de son bureau, devant laquelle s'étaient agglutinés deux ou trois policiers.

— Je vous écoute, dit-il à Samantha.

— J'ai parlé à Hud…

— Une petite seconde, la coupa-t-il lorsqu'un signal sonore l'avertit de la réception d'un nouveau message.

Il regagna son bureau et rafraîchit la page de sa boîte mail.

— Bingo ! cria-t-il si fort que trois paires d'yeux se rivèrent aussitôt sur lui à travers la porte vitrée de son bureau.

Gregory leva le pouce pour rassurer ses collègues.

— Je viens de recevoir un message de Wayne, dit-il à Samantha.

Il rapprocha son fauteuil du bureau et ouvrit le mail, qu'il se mit à lire à voix haute de manière à ce que la jeune femme en découvre le contenu en même temps que lui.

— « Désolé de t'avoir fait attendre, mec, mais l'analyse a pris un peu plus de temps que prévu. Le mail ayant été envoyé via un VPN, j'ai pas mal galéré pour remonter jusqu'à l'adresse IP de l'expéditeur. Il a voulu préserver son anonymat mais il se trouve que certains VPN gardent l'historique des connexions des utilisateurs. Grâce à cet historique, j'ai pu le coincer. »

— Super ! Continuez. C'est qui, l'expéditeur ? Ne me faites pas languir plus longtemps, le supplia Samantha.

— OK, j'y arrive, dit Gregory. « Tu avais raison. L'adresse IP est bien celle de Collin Wentworth. »

Gregory entendit l'exclamation étouffée de Samantha.

— Waouh ! dit-elle. Nous avions deviné que ce mail était de Collin et non de Kenzie, comme il a essayé de le faire croire en utilisant son adresse mail. Mais en avoir la preuve, c'est vraiment super. Toutes les pièces du puzzle sont en train de se mettre en place.

— C'est vrai. Mais je regrette que nous n'ayons rien pu faire *avant* que Kenzie ne disparaisse, dit Gregory en imprimant le mail de Wayne pour le glisser dans le dossier destiné au procureur.

— Oui, moi aussi. Mais on fait de notre mieux. Et d'ailleurs, je ne vous ai toujours pas dit ce que j'ai appris en discutant avec Hudson.

— Vous lui avez parlé ?

— Oui ! J'allais vous le dire quand le mail de Wayne

est arrivé. Hudson a non seulement déblatéré sur Collin et son trafic de drogue, mais il a aussi débiné les trois salariés retrouvés morts.

Levant les yeux, Gregory eut l'impression que les policiers massés devant la porte de son bureau ne faisaient pas que tailler la bavette. Ils étaient en train de l'espionner.

— Je vous interromps à nouveau, dit-il à Samantha en baissant la voix, mais il y a des oreilles indiscrètes qui traînent autour de moi. Il vaudrait mieux qu'on en reparle plus tard.

— Oui, vous avez raison. On ne sait plus à qui se fier. La plus grande prudence s'impose.

— Alors voilà ce que je vous propose, dit Gregory en attrapant son ordinateur et ses clés de voiture. En sortant de chez le procureur, je pourrais passer vous chercher, histoire de vous faire prendre un peu l'air, et nous pourrions aller manger des sushis. Cela vous dit ? Il y a un japonais qui vient d'ouvrir du côté de Spranton. Il paraît qu'on y mange bien. Et là-bas, on ne risque pas de se faire repérer.

— Va pour les sushis ! Je suis en train de rédiger un article pour *La femme moderne* sur la manière de gérer son stress quand les soucis vous tombent dessus. Inutile de dire que j'ai grand besoin de faire une pause.

— Si je comprends bien, vous rédigez un article sur tout ce que vous êtes en train de vivre en ce moment ?

— Exactement.

Gregory se leva et sortit de son bureau. Les flics stationnés devant sa porte s'écartèrent du passage en le regardant d'un drôle d'air. Il les salua d'un hochement de tête un peu sec.

— Mes collègues sont bizarres, confia-t-il à mi-voix à Samantha en traversant le poste de police.

— Je me demande combien d'entre eux savent dans quel pétrin leur chef s'est fourré.

— Quand on parle du loup…

En passant devant la salle de pause, Gregory aperçut le commissaire qui discutait avec le tandem Baxter et Miller près des distributeurs automatiques. Ils riaient aux éclats en trinquant avec des canettes de soda et en se tapant dans le dos.

— Je viens de le surprendre en compagnie des agents Baxter et Miller, expliqua-t-il à Samantha. Ils avaient l'air complice comme cochons.

— Vous parlez des deux charlots qui sont venus enquêter chez moi la nuit où Collin a fracassé mes vitres ?

Gregory sortit par la porte tambour du poste et se retrouva sur le parking.

— Oui, de ceux-là mêmes, répondit-il.

— Espérons que votre rendez-vous avec le procureur mette fin à toute cette débauche et que ces criminels soient tous jetés en prison.

— Oui, espérons-le, dit Gregory en montant dans sa voiture. Le dossier que nous avons constitué est solide. Théoriquement, ça ne devrait pas faire un pli.

— Avec un peu de chance, ce soir nous trinquerons au succès de notre mission !

Gregory attendait avec impatience cette soirée en tête à tête avec Sam. Il y avait des lustres qu'il n'était pas sorti avec une femme.

Il se revit avec une ex-petite amie à Chicago. Il repensa aux innombrables soirées qu'ils avaient passées ensemble, aux dîners au restaurant dans Little Italy, aux boîtes de nuit de Wicker Park dans lesquelles ils allaient danser jusqu'au bout de la nuit…

Ça suffit ! s'intima Gregory. Chicago, et tout ce qui se rattachait à cette ville, devait être définitivement banni de son esprit s'il voulait pouvoir aller de l'avant.

— Gregory ? Vous êtes toujours là ?

— Oui, désolé. Que disiez-vous ?

— Je disais que j'allais vous laisser parce qu'il faut que je finisse mon article et que je me prépare.

— OK, je n'avais pas entendu. Je… euh… pensais aux sushis que je commanderai au restaurant japonais, mentit Gregory.

— Je vais jeter un coup d'œil à leur carte sur Internet,

histoire de me mettre en appétit. Bonne chance pour le rendez-vous. À tout à l'heure.

— Merci. À tout à l'heure.

Il raccrocha et prit une grande inspiration.

Garde ton sang-froid. Et ne laisse pas tes émotions prendre le dessus, songea-t-il en se rendant chez le procureur.

— Je me demande comment j'ai pu me laisser entraîner là-dedans, dit Gregory en secouant la tête.

Il prit à droite dans Everhart Avenue et descendit lentement la rue.

— On n'a pas le choix, lui rappela Samantha. Ces photos, il nous les faut si on veut que le procureur mette en examen Collin et toute sa clique.

Dès que l'usine fut en vue, l'inspecteur Harris freina et se gara. Il regarda sa montre avec un soupir résigné. Il était un peu plus de 21 heures.

Ils venaient de sortir du restaurant. Pendant tout le repas, ils avaient discuté de son rendez-vous avec le procureur qui, en l'absence de preuves plus accablantes, s'était déclaré dans l'incapacité de délivrer des mandats de perquisition et, *a fortiori*, de procéder à des arrestations.

Gregory avait préféré passer sous silence le livre de comptes de Collin, puisqu'en raison de la manière dont Samantha se l'était procuré, il ne serait pas considéré comme une preuve recevable au procès.

En sortant du restaurant, elle avait reçu un SMS de Hudson. Son copain agent de sécurité à l'usine était d'accord pour les laisser entrer.

— On ne prend aucun risque, assura Samantha. D'après Hudson, les agents chargés de l'entretien des locaux terminent généralement autour de 21 heures. Donc c'est bon ; on peut y aller.

— *On ?* Comment ça, on ? Je n'ai jamais dit que j'étais d'accord. Cela fait dix fois que je vous dis que *ce n'est pas* une bonne idée. Non seulement le procureur refusera de prendre en compte vos pièces à conviction, mais en plus, en pénétrant dans l'usine illégalement, vous risquez de compromettre tout le dossier d'accusation. Sans parler du fait que vous vous mettez en danger. Et tout ça pour photographier un laboratoire qui n'existe peut-être même pas !

— Et s'il existe ? répliqua Samantha, plus butée que jamais. Les photos enverront Collin et son père tout droit en prison. C'est bien ce que nous voulons, non ? Qu'ils croupissent jusqu'à la fin de leur vie au fond d'une cellule du pénitencier de Menard !

— À Menard, rien que ça ! C'est la prison la plus dure de tout l'État.

— Je sais. N'empêche que s'ils sont inculpés de meurtres, d'enlèvement et de trafic de drogue, c'est bel et bien là qu'ils finiront leurs jours.

— Soit, mais pour en revenir à votre projet, il serait plus sage de renoncer. Quand nous aurons collecté plus de preuves, le procureur délivrera un mandat de perquisition, j'en suis certain. À quoi bon pénétrer dans l'usine illégalement ?

— Je n'entre pas par effraction, fit remarquer Samantha. Le gardien va m'ouvrir. Et j'entends bien vos arguments, mais je ne peux pas laisser passer cette occasion. Hudson est déjà dans les lieux. Il nous attend. Dois-je le prévenir que nous sommes là ?

Sentant qu'il n'arriverait pas à la convaincre, Gregory se prit la tête entre les mains, vaincu. Toutes sortes de scénarios catastrophes lui traversèrent l'esprit.

— C'est trop risqué, Sam. Je voudrais tellement réussir à vous le faire comprendre…

— Rien de ce que vous pourriez dire ne me fera changer d'avis.

Gregory secoua la tête.

— Bon sang, je n'y crois pas ! Je suppose, dit-il en regardant l'usine, que l'agent de sécurité qui est là-bas, adossé au mur, en train de manger un sandwich, est le copain de Hudson ?

— Oui. C'était aussi celui de Jacob. D'où son désir d'envoyer Collin en prison. S'il continue à travailler chez Westman's, c'est uniquement parce qu'il a une famille à nourrir.

Un mauvais pressentiment assaillit à nouveau Gregory.

— Je sens que ça va mal tourner, dit-il.

Samantha leva les yeux au ciel et s'affala dans son siège.

— *Mais,* ajouta l'inspecteur, je suis prêt à aller rencontrer Hudson à votre place. Ce serait trop dangereux de…

— Non ! coupa Samantha d'un ton péremptoire. Hudson ne sera pas d'accord. Il ne voudra pas avoir affaire à un flic. Il faut que j'y aille.

— Je ne veux pas que ce qui s'est passé l'autre fois, quand vous vous êtes introduite chez Collin, se reproduise dans cette usine. Je désapprouve complètement votre projet mais ma conscience m'empêche de vous le laisser mener seule. Ma présence en tant qu'officier de police va légitimer cette rencontre avec un informateur.

— Merci, Gregory.

— Il n'y a pas de quoi. Je ne le fais que parce que j'y suis contraint et forcé, sachez-le !

— Oh ! arrêtez un peu, dit Samantha. Vous me remercierez quand au procès le procureur présentera au jury les photos que j'aurai prises.

— Je me charge des photos. Nous rencontrons un informateur, je vous signale ! C'est donc moi qui mène la danse.

— Vous savez quoi ? Je…

Samantha fut interrompue par le bourdonnement de son téléphone.

— Sauvé par le gong ! dit-elle en regardant l'écran du téléphone. C'est Hudson. Il dit qu'il m'attend à la petite porte parce que c'est la seule où il n'y a pas de caméra de surveillance.

Gregory leva les yeux vers la porte qui donnait sur le parking et vit qu'une caméra était fixée juste au-dessus.

— Et c'est seulement maintenant qu'il s'en aperçoit ?

Samantha ne répondit pas.

— Beechwood Street – c'est là que se trouve la petite porte, dit-elle.

Gregory redémarra et roula en silence, les mâchoires crispées, furieux et de plus en plus inquiet.

Il tourna dans Beechwood et se gara devant la porte dont avait parlé Hudson.

Samantha darda sur lui un regard noir.

— Serez-vous encore là quand je sortirai ? demanda-t-elle sèchement.

— Je vais avec vous, déclara-t-il sans la regarder.

— Si vous venez, Hudson va se tirer.

— Comme je vous l'ai dit, c'est moi qui décide. Sinon, on annule tout.

Elle ouvrit sa portière et descendit de voiture. Lorsqu'il eut fait de même, elle se tourna vers lui.

— Laissez-moi y aller seule, dit-elle. Je vous promets de faire attention et de ne pas compromettre l'enquête. Si vous venez, c'est fichu.

Gregory exhala un soupir. Avec ou sans lui, Samantha pénétrerait dans l'usine, il le savait. Il devait accepter ses conditions ou assumer les conséquences que pouvait avoir son expédition si elle l'entreprenait seule, sans personne pour la protéger.

— D'accord, lâcha-t-il de mauvaise grâce. Je vous laisse y aller mais je vous préviens : si j'ai l'impression que ça tourne mal, j'entrerai à mon tour. Je me suis engagé à veiller sur vous et je n'ai pas l'intention de manquer à ma promesse.

— Merci, marmonna Samantha tout bas.

Elle envoya un texto à Hudson pour lui dire qu'elle arrivait.

Gregory se mit un peu à l'écart de manière à ne pas se montrer, et la regarda s'avancer vers la porte d'acier. Il dut se faire violence pour ne pas lui courir après.

Lorsque la porte s'ouvrit, il tendit le cou pour essayer d'apercevoir Hudson. Mais l'entrée était très mal éclairée, aussi ne distingua-t-il qu'une vague silhouette. Deux secondes plus tard, Samantha avait disparu à l'intérieur et la porte se referma derrière elle avec un claquement sec, définitif.

Pourvu qu'il ne lui arrive rien... , songea Gregory en fermant les yeux.

Et si elle tombait sur Collin ? Et si en cherchant ce maudit labo, elle se blessait ?

Mû par un sentiment d'urgence, il rouvrit les yeux. Il ne pouvait pas attendre là, sans rien faire. C'était au-dessus de ses forces.

Il sortit son téléphone de sa poche et s'approcha d'un réverbère pour y voir quelque chose.

> Demandez à Hudson d'avertir l'agent de sécurité de ma présence à proximité de l'usine. Je tiens à m'assurer qu'il n'y a pas de problème. Si vous sentez que ça tourne mal, sortez tout de suite. Je serai là.

Il envoya son texto à Samantha et, sans attendre sa réponse, se faufila sur le côté du bâtiment en lorgnant les vieilles fenêtres à carreaux dépolis du rez-de-chaussée.

Il se baissa pour regarder par l'une des fenêtres mais, à travers le verre épais et translucide, il ne put rien voir.

Il se redressa et s'en écarta, indifférent à la puanteur qui s'échappait d'une benne à ordures toute proche. Fou d'inquiétude, il attendait que Samantha lui réponde.

Ne commence pas, se dit-il en essayant de se raisonner.

Remarquant que le fond de l'air se rafraîchissait, il sortit de la poche de son blouson une casquette en laine qu'il se vissa sur la tête. Il était en train de chercher ses gants lorsque son téléphone vibra. Un SMS de Samantha. *Ouf !* songea-t-il en exhalant un soupir.

> Hudson a prévenu l'agent de sécurité que vous traîniez dans le coin. Vous n'avez rien à craindre. Nous nous trouvons maintenant dans la réserve de l'usine, au sous-sol, côté nord-est. D'après Hudson, il y aurait là une porte dérobée ouvrant sur le laboratoire. Je vous tiens au courant.

Gregory s'empressa de répondre :

Ne vous attardez pas. Laissez tomber si vous ne trouvez rien. Si je ne vous vois pas revenir dans dix minutes, je viens vous chercher.

Son message envoyé, il enfila ses gants et balaya du regard les alentours. La rue était quasi déserte. Le seul bruit qu'il entendait, en dehors du sifflement du vent, était le grondement sourd d'un train de marchandises, au loin.

Il s'assura que le neuf millimètres qu'il avait glissé dans la ceinture de son jean, dans son dos, était toujours là. Le pistolet n'avait pas bougé, prêt à servir en cas de besoin.

15

Samantha ne lâchait pas Hudson d'une semelle. Plissant les yeux, elle scrutait la pénombre tandis qu'ils s'avançaient avec prudence dans l'immense réserve chichement éclairée. Les tubes au néon fixés au plafond, très haut, étaient presque tous hors d'usage. Et ceux qui étaient allumés clignotaient et s'éteignaient par intermittence comme dans un film d'horreur. S'ajoutait à cela un bourdonnement à vous glacer le sang provenant de la surface en verre des tubes.

Elle en avait la chair de poule et dut se concentrer sur la tignasse rousse de Hudson pour ne pas rebrousser chemin fissa. Mais lorsqu'elle entendit frapper un grand coup au carreau d'une des fenêtres, elle poussa un cri et fit un bond en avant qui la projeta quasiment sur le dos rachitique de Hudson.

— C'est quoi, ce bruit ? chuchota-t-elle.

— Allez savoir, répondit-il, placide, avec un geste de la main qui indiquait qu'il s'en fichait. Peut-être un chat ou quelque chose comme ça. Venez, on continue.

Samantha se pinça les lèvres pour s'empêcher de creuser la question. Ava ne l'avait pas prévenue que Hudson était une loque. Ses problèmes de drogue se voyaient comme le nez au milieu de la figure. À ses pupilles pas plus grosses que des têtes d'épingle, à son extrême maigreur, à sa manière de bafouiller et à sa manie de se gratter sans arrêt, on savait tout de suite à qui on avait affaire. Malgré le froid de canard qu'il faisait dans ce sous-sol, il transpirait à grosses gouttes.

Mais Samantha essayait de ne pas y penser et de se

concentrer sur ce pour quoi elle était venue. Pour dénicher ce fichu laboratoire et envoyer en taule Collin et son père, elle était prête à tout, y compris faire confiance à un toxicomane.

— Ça pue horriblement ici, murmura-t-elle en se bouchant le nez.

Il n'y avait pas la moindre aération dans cette pièce froide et humide. Entre l'odeur de moisi qui imprégnait les murs et l'odeur de transpiration que Hudson laissait dans son sillage, Samantha était au bord de l'asphyxie.

Elle surveillait le jeune homme du coin de l'œil car elle commençait à avoir un doute sur ses intentions. Était-il là pour l'aider à rassembler des preuves ou pour dévaliser le laboratoire ?

Elle sortit son téléphone et alluma la torche pour éclairer les modules d'étagères métalliques qui garnissaient les côtés de la réserve. Tout un bric-à-brac de fournitures industrielles s'entassaient sur les étagères.

Lorsqu'ils arrivèrent au bout de cette première salle, Hudson tourna dans la suivante et continua à fouler le sol de ciment de son pas lourd.

— Hé ! pas si vite ! l'interpella Samantha à voix basse. Pendant que vous cherchez une éventuelle trappe, je vais tâter les murs au cas où il y aurait une porte dérobée.

Elle préférait explorer de son côté, d'autant plus que Hudson n'avait pas l'air de bien savoir ce qu'il cherchait.

— D'accord, dit-il. Faites-moi signe si vous trouvez quelque chose.

— OK. Et vous de même.

Sur ce, Samantha se sépara de Hudson et se dirigea vers l'avant de la réserve. Braquant la torche de son téléphone sur le mur en Placoplatre, elle chercha une fissure, quelque chose qui pourrait laisser penser qu'il y avait une ouverture.

Tout à coup, Hudson poussa un cri qui la fit sursauter si fort qu'elle faillit se casser la figure.

— Que se passe-t-il ? demanda-t-elle en fonçant vers le fond de la pièce.

— Youpi ! cria-t-il.

— Vous avez trouvé quelque chose ?

— Oui, venez voir.

Hudson était à quatre pattes par terre et tirait sur un petit anneau en fer qui dépassait de ce qui semblait être une trappe.

— Oh ! merde ! Il y a un cadenas, déplora-t-il.

Samantha s'approcha d'une étagère et fouilla dans les boîtes.

— Tenez, dit-elle en lui tendant un tuyau en fer. Ça devrait faire l'affaire.

Hudson attrapa le tuyau, le leva au-dessus de sa tête et l'abattit sur le cadenas.

Heureusement qu'il n'y avait plus personne dans l'usine, songea Samantha, parce qu'avec un boucan pareil ils se seraient fait repérer en moins de deux.

— C'est bon ? demanda-t-elle.

— Non, mais en insistant un peu, je finirai par l'avoir.

Il fallut qu'il tape sur le cadenas encore trois ou quatre fois pour le faire sauter. Samantha sursautait à chaque coup.

— Je l'ai eu ! claironna Hudson.

Elle se pencha vers la trappe tandis qu'il attrapait l'anneau et tirait dessus, mais il eut beau tirer comme un forcené, la trappe ne bougea pas.

— Elle est coincée, grommela-t-il en décuplant ses efforts.

À la cinquième tentative, la trappe, qui se confondait parfaitement avec le sol, se souleva enfin.

Ouf ! s'exclama Samantha d'un ton triomphant en tapant dans ses mains.

Sa torche à la main, elle se pencha au-dessus du trou mais le faisceau de lumière n'éclairait pas grand-chose.

— Hudson, dit-elle, tout excitée, allumez la torche de votre téléphone pour qu'on voie ce qu'il y a là-dessous.

Il fouilla nonchalamment dans les poches de sa parka avant d'en extirper son téléphone. Il pianota ensuite pendant plusieurs secondes sur l'écran puis rejeta la tête en arrière et fixa le plafond.

— C'est quoi, déjà, le code ? siffla-t-il entre ses lèvres minces et toutes gercées.

— Vous n'avez pas besoin du code pour allumer la torche, fit remarquer Samantha, excédée par sa mollesse et impatiente de descendre dans le trou.

— Je l'ai, c'est bon, dit-il.

Ils braquèrent leurs torches dans le trou. Une volée de marches noires extrêmement raides apparurent. Elle n'eut pas le temps de dire ouf que Hudson se retournait et commençait à descendre.

— Faites attention, recommanda Samantha.

— Je vais essayer. Mais j'ai la tête dure, vous savez. Si je dégringole, je me relèverai aussi sec.

Et il disparut en caquetant comme une poule qui viendrait de pondre son œuf.

Descends prendre tes photos et tire-toi en vitesse, se dit Samantha.

Elle rédigea un petit texto pour prévenir Gregory qu'ils avaient trouvé l'entrée du labo.

Il y a une trappe dans le sol de la réserve. Nous descendons voir. Je vous tiens au courant.

Elle envoya son SMS puis se glissa à son tour dans l'ouverture, descendant prudemment les marches qui menaient à ce qu'elle espérait être le laboratoire.

— Il y a de la lumière en bas ? demanda-t-elle.

— J'ai l'impression qu'il y a une ampoule au plafond. Il faut juste que je trouve l'interrupteur.

Debout au milieu de l'escalier, Samantha promena sa torche autour de la pièce, sale et exiguë.

Elle dirigea le faisceau lumineux sur deux tables en acier sur lesquelles étaient posés des mixeurs, des balances, des ustensiles de cuisine en verre et des tubes de comprimés. Elle descendit deux ou trois marches de plus et fut assaillie par une odeur épouvantable de produits chimiques toxiques et d'urine.

— J'en étais sûre, dit-elle, comme si elle pensait à voix haute. Je *savais* que Collin cachait son labo dans l'usine.

— On a décroché le gros lot, là ! s'exclama Hudson en allumant la lumière.

Il balaya la pièce du regard en se grattant frénétiquement les joues. Puis, les bras écartés, il se mit à faire la toupie, comme un gosse dans une confiserie. Samantha faillit lui dire de se calmer. Mais plutôt que risquer de se disputer avec lui, elle préféra envoyer un nouveau texto à Gregory.

Bingo ! Nous avons trouvé le labo. Plus qu'à prendre des photos…

Elle allait s'y atteler lorsque la réponse de Gregory apparut sur l'écran de son téléphone.

Prenez-les vite et filez.

Samantha photographia en gros plan le dessus des tables, les ustensiles, les carafes remplies d'un liquide brunâtre, les seaux par terre.

Puis elle voulut faire une vidéo et s'aperçut à ce moment-là que Hudson était en train de rafler tous les tubes de comprimés, qu'il fourrait dans les poches de sa parka.

— Qu'est-ce que vous faites ? demanda-t-elle, estomaquée.

Ne daignant même pas lever les yeux, il continua de se remplir les poches.

— À votre avis ? demanda-t-il d'un ton sarcastique. Je me sers. Pour une fois que je peux avoir du TKO sans rien débourser, je ne vais pas me gêner. Collin me doit bien ça.

— C'est à cause d'une overdose de TKO que vous vous êtes retrouvé à l'hôpital, non ?

— Ouais, peut-être bien, admit-il d'une voix essoufflée. J'étais tombé sur un mauvais lot.

— C'est ballot ! marmonna Samantha dans sa barbe.

— Tiens, je vais faire une vidéo pour mes potes, dit Hudson. J'ai trop envie qu'ils voient ça.

— Hudson, enfin, vous n'y pensez pas ! Cet endroit doit rester secret. Je vous interdis d'en parler à qui que ce soit.

— Oh ! allez ! On peut bien rigoler un peu.

Samantha sentit la moutarde lui monter au nez.

— Je pensais que vous étiez là pour m'aider à obtenir justice pour Jacob et vos autres collègues de l'usine. Pas pour faucher de la drogue et faire des vidéos pour vos potes ! Allez, reprenez-vous ! Ne perdez pas de vue ce pour quoi nous faisons tout ça.

— Bon, d'accord, grommela Hudson, qui suait comme un porc.

Il remit de mauvaise grâce son téléphone dans sa poche, et Samantha se remit à filmer. Elle le vit traîner autour d'une des tables et glisser subrepticement dans ses poches d'autres tubes de comprimés mais elle ferma les yeux.

Elle s'approchait des bonbonnes de propane pour en faire des gros plans lorsqu'un texto de Gregory arriva. Elle l'ouvrit.

Sortez immédiatement ! Collin et ses acolytes viennent d'entrer dans l'usine !

Samantha sentit son cœur dégringoler dans ses chaussures.

— Hudson ! Il faut y aller. Collin et sa clique sont là ! s'écria-t-elle, au bord de l'hystérie.

— Ha, ha ! elle est bien bonne, celle-là ! Ils ne peuvent pas être là. Ils sont allés dans une boîte de strip-tease.

— Il faut croire qu'ils ont changé d'avis, dit Samantha en se dirigeant vers l'escalier. L'inspecteur… euh…, l'ami à moi qui fait le guet dehors vient de me prévenir qu'il les avait vus entrer dans l'usine. Sortons vite d'ici !

Hudson alla tranquillement ouvrir un placard métallique, ses baskets blanches, noires de crasse, crissant sur le sol.

— Allez, venez ! Qu'est-ce que vous fabriquez ? demanda Samantha, exaspérée, en le voyant fouiller dans le placard.

— Ouais, j'arrive. J'en ai pour deux secondes.

Renonçant à l'attendre, Samantha commença à monter.

Arrivée en haut de l'escalier, elle se figea. Des voix étouffées lui parvenaient de la salle qui se trouvait derrière la réserve.

— Mais non, mec ! Les strip-teaseuses ne vont pas s'envoler. Elles ne nous en voudront pas d'être en retard quand elles verront que je leur rapporte du TKO !

Elle reconnut la voix de Collin.

Paniquée, elle se retourna pour faire signe à Hudson. Mais celui-ci était trop occupé à fouiller sur les étagères pour faire attention à elle.

— J'ai prévenu la boîte ! dit Collin, qui approchait. On va nous garder notre table, alors pas de souci. Les filles, les bouteilles… tout sera prêt quand on arrivera.

Juste au moment où elle gravissait la dernière marche de l'escalier, elle entendit s'ouvrir la porte de la réserve, puis des bruits de pas de plus en plus sonores.

Oh nooon, songea-t-elle en repensant à la fois où Collin avait bien failli la surprendre.

— Je me dépêche, dit Collin. Je prends la came et on se tire.

— Il n'y a pas de presse, mec. Prends ton temps.

Surmontant sa peur, Samantha fonça ventre à terre vers le fond de la pièce et s'accroupit dans un coin, derrière une étagère chargée de tôles.

— Hé, les gars ! cria Collin. Qui a oublié de refermer la trappe ?

Samantha se fit toute petite et déglutit pour chasser la nausée qui montait dans sa gorge.

— Pas moi, répondirent en chœur les sbires de Collin.

Samantha pria pour que Hudson ait pu se planquer aussi, parce que, si Collin le trouvait, elle ne donnait pas cher de sa peau.

— Vous êtes vraiment des bons à rien, rouspéta Collin. On ne peut pas compter sur vous. Et si quelqu'un était venu et avait découvert le labo ?

— Ceux qui ont accès à la réserve se comptent sur les doigts de la main, objecta l'un des hommes.

— Ce n'est pas une raison ! beugla Collin. Deux chefs

d'équipe de la chaîne de montage qui ont le code de la porte ne connaissent pas l'existence du labo. Je vous préviens, les gars, vous avez intérêt à vous réveiller. Ne m'obligez pas à devenir méchant. Parce que ça risquerait de faire mal !

Samantha serrait son téléphone dans sa main tremblante. Tandis que les hommes descendaient au laboratoire, elle écrivit à Gregory.

Collin et ses acolytes descendent au labo où Hudson se trouve encore ! Je suis cachée dans la réserve. J'hésite : dois-je rester ici ou m'enfuir ?

Elle tendit l'oreille pour entendre ce qui se passait en bas. Juste au moment où son téléphone vibra, des cris lui parvinrent du labo.

— Qu'est-ce que tu fiches là, toi ?

Samantha pressa son oreille sur le sol.

— *Hudson !* aboya Collin. Il faut que tu sois complètement idiot pour entrer en douce dans mon usine et t'introduire dans mon labo ! Et ce qui tombe de tes poches, là, c'est *mon* TKO ? Tu me voles, en plus de ça ?

La gorge serrée, Samantha lut la réponse de Gregory.

Restez cachée ! Ne tentez rien. Il ne faut pas qu'on vous voie.

Elle n'avait pas envie de s'éterniser dans cette usine sordide. Mais elle savait que Gregory avait raison.

OK, je ne bouge pas. Hudson s'est fait choper.

Elle venait d'envoyer son texto lorsque des cris retentirent à nouveau dans le laboratoire.

— Non, non, *non* ! suppliait Hudson. Pardon, Collin ! Je ne le ferai plus.

— Ça, c'est sûr ! railla Collin. Quand je t'aurai réglé ton compte, tu ne viendras plus me voler !

À ces mots, Samantha pressa ses mains contre ses lèvres.

Je vous en prie, ne lui faites pas de mal, murmura-t-elle juste au moment où Collin se remettait à vociférer.

— Donne-moi ce tuyau, ordonna-t-il.

— Ne me faites pas mal, supplia Hudson. Je ne le ferai plus.

Un horrible craquement, comme un os qui se brise, mit brusquement fin à ses suppliques.

Hudson poussa un hurlement de bête. Samantha réprima de justesse un cri d'horreur.

— Qu'est-ce qui vous prend ? gémit Hudson entre deux râles de douleur.

— Tu n'as que ce que tu mérites ! aboya Collin, fou furieux.

En entendant un autre craquement, Samantha comprit avec horreur qu'il avait de nouveau frappé Hudson. Elle tremblait tellement qu'elle faillit lâcher son téléphone.

— Virez-le-moi d'ici, ordonna Collin.

Samantha se releva et s'enfonça plus loin derrière le tas de ferraille. Des voix résonnaient dans l'escalier, suivies de bruits de pas lourds et irréguliers. Hudson l'avait-il dénoncée ? se demandait-elle. À moins qu'il n'ait été trop secoué pour y penser ou même se rappeler qu'elle était là aussi.

Elle croisa les bras sur sa poitrine pour tenter de réprimer les tremblements qui la secouaient tout entière.

Lorsque son téléphone se mit à vibrer, elle s'empressa de couper le son. Puis elle lut le dernier texto de Gregory.

C'est quoi, ce raffut ? Je suis à la porte. J'arrive !

Les doigts de Samantha volèrent sur le clavier.

Non, surtout pas ! Collin et ses acolytes vont sortir d'une minute à l'autre. Ils viennent de tabasser Hudson.

Elle envoya son SMS puis se rencogna dans sa cachette, terrorisée. Des gémissements déchirants se répercutaient sinistrement entre les murs de la réserve.

— À quoi bon le garder en vie ? demanda l'un des hommes.

— Si je le tue, c'est moins marrant, répondit Collin. Je veux qu'il apprenne ce qu'il en coûte de trahir Collin Wentworth. Et pour ça, il faut qu'il soit vivant. Après ce que je viens de lui faire, il n'est pas près d'oublier la leçon !

— Tu vas continuer de le torturer ? demanda l'autre gars.

— Je ne sais pas encore. Mais je n'ai pas l'intention de l'achever. Hudson est un bon cobaye. Je peux tester sur lui tout ce qui sort du labo. Allez, on file maintenant !

Tandis que les gars traînaient Hudson hors de la pièce, le téléphone de Samantha sonna. Elle le fixa, épouvantée.

Au lieu de couper le son, elle l'avait mis à fond.

— C'est le téléphone de qui ? rugit Collin.

Samantha, qui tremblait comme une feuille, finit par réussir à mettre le téléphone en silencieux.

Le cœur battant comme un tambour, elle se pencha sur le côté et épia les hommes à travers une fente entre les étagères.

Allongé par terre, Hudson semblait inconscient. Les sbires de Collin lui tenaient les bras.

— Ce n'est pas le mien, répondirent-ils en jetant autour d'eux des regards perplexes.

— L'un de vous deux a oublié son téléphone en bas, dit Collin. À moins qu'il n'y ait ici un autre intrus ?

Samantha retint son souffle.

Des bruits de pas se firent entendre. Les acolytes de Collin allaient et venaient dans la réserve. À sa recherche, songea Samantha, morte de peur.

— Tu n'es pas venu seul, hein, Hudson ? demanda Collin en lui donnant un grand coup de pied dans le tibia. Et tu t'es bien gardé de me le dire, évidemment !

Samantha se fit toute petite et, tendue comme un arc, s'apprêta à subir la colère de Collin. Elle serra les mâchoires à se les briser lorsqu'elle entendit Hudson pousser un gémissement à fendre l'âme.

— C'est... c'est mon... téléphone... qui a sonné, bredouilla-t-il.

— Tu ne pouvais pas le dire plus tôt ? cria Collin en le bourrant de coups de pied.

— Pardon, pardon, dit Hudson avant de se mettre à tousser comme un perdu.

Samantha le vit cracher un caillot de sang.

Les deux gars qui fouillaient la pièce stoppèrent net, à un module de rangement de celui derrière lequel elle était cachée

— Pauvre crétin ! marmonna Collin en leur faisant signe de rappliquer. Allez, on s'en va ! Mitch, préviens Big Vick que nous serons en retard. Avant de le rejoindre, il faut qu'on se débarrasse de cette ordure, dit-il en touchant l'épaule de Hudson avec le tuyau.

Merci, merci, merci, psalmodia mentalement Samantha, infiniment reconnaissante à Hudson de ne pas l'avoir dénoncée.

Baissant les yeux sur son téléphone, elle vit que Gregory lui avait envoyé dix messages d'affilée. Elle ouvrit le tout dernier.

Sans nouvelles de vous dans deux minutes, j'entre !

Elle s'empressa de lui répondre.

Non ! Ils sont en train de sortir !

Elle pressa la touche Envoi.

Hudson est en vie.

Envoi.

Je sors dès qu'ils sont partis. Attendez-moi à côté de la porte par laquelle je suis entrée. L'agent de sécurité est toujours là ?

Envoi.

Samantha jeta un coup d'œil par la fente, entre les étagères. Les deux sous-fifres de Collin traînaient le pauvre Hudson hors de la pièce.

Elle lut la réponse de Gregory.

Non, il n'est plus là. Collin lui a dit d'aller manger. Toute la troupe est en train de sortir. Vous pouvez vous diriger vers la porte. Je vous préviendrai dès que la voie sera libre.

Samantha se releva péniblement. Ses jambes ankylosées faillirent se dérober sous elle. Elle se rattrapa à une pile de carton derrière elle.

OK. J'y vais.

Elle sortit de sa cachette, n'en revenant pas d'avoir une fois de plus réussi à échapper à Collin.

À la porte de la réserve, elle eut une brève hésitation et s'assura qu'il n'y avait personne. Mais l'usine était déserte. Elle ne fonctionnait pas en continu.

Samantha se faufila entre les postes de travail en essayant de se faire toute petite car elle n'était pas très rassurée, malgré tout. Un nouveau SMS arriva, qu'elle s'empressa d'ouvrir.

La voie est libre. Ils viennent de partir. Je vous attends à la porte. Faites vite !

Elle se mit à courir comme une dératée, coudes au corps. Elle traversa l'usine à toute vitesse et se jeta sur la porte, qu'elle poussa de toutes ses forces. Entraînée par son élan, elle faillit se retrouver par terre. Gregory la rattrapa de justesse.

— Ça va ? demanda-t-il en la soulevant dans ses bras et en la serrant contre lui.

Samantha s'autorisa enfin à respirer. Elle ferma les yeux et se blottit contre lui

— Merci, murmura-t-elle, la tête au creux de son épaule.

— Je suis content que vous n'ayez rien.

Lorsqu'il l'embrassa sur le front, elle noua ses bras autour de lui et agrippa le dos de son blouson.

— J'ai bien cru que je n'en sortirais pas vivante, confia-t-elle d'une toute petite voix.

— Dieu merci, vous êtes là, dit Gregory en se dirigeant vers sa voiture. Mais à partir de maintenant, je veillerai à ce que plus jamais vous ne vous mettiez en danger. *Plus jamais*, vous m'entendez ?

Il la serrait si fort que Samantha sut qu'elle pouvait compter sur lui pour veiller sur elle. Tant qu'il serait à ses côtés, elle n'avait plus rien à craindre.

16

Le cœur de Gregory ne reprit son rythme normal que lorsque Samantha et lui furent dans la voiture en train de s'éloigner de l'usine.

Assise à côté de lui, elle gardait le silence, visiblement sous le choc. Elle avait dû avoir la peur de sa vie. Mais elle ne s'était pas dégonflée. Tout cela pour que justice soit rendue à Jacob et à ses collègues de chez Westman's.

Lorsqu'il posa une main sur la sienne, elle sursauta.

— Ça va ? demanda-t-il.

— J'étais en train de me dire que vous pourriez rattraper Collin et ses acolytes, parce qu'il faut qu'on sache où ils emmènent Hudson. Ce serait bien que je prenne quelques photos de ses blessures. Si seulement j'avais pu le faire tout à l'heure… Mais j'avais tellement peur, et…

— *Samantha !* Non, mais vous vous entendez ? Après ce qui vient de se passer, vous seriez prête à vous lancer à la poursuite de Collin ? Ça ne vous a pas suffi ?

— Mais nous devons secourir Hudson ! Il nous a aidés ; on ne peut pas le laisser tomber. Sans compter qu'on a enfin de quoi faire inculper Collin. Si on peut prouver non seulement l'existence du laboratoire mais aussi qu'il a tabassé Hudson, je ne vois pas comment il pourrait échapper à la prison.

Gregory cherchait soigneusement ses mots pour ne pas risquer de la braquer davantage.

— Il n'est pas question de laisser tomber Hudson, assura-t-il. Je vais appeler au poste et dire qu'il a été tabassé et enlevé. J'ai deux ou trois collègues en qui j'ai toute confiance. Laissez-les s'occuper de ça. Vous avez déjà risqué votre vie deux fois pour réunir des preuves contre Collin. Cela suffit comme ça.

Samantha se tourna vers la fenêtre et se mit une main sur les yeux.

— C'est décidé, alors ? Vous ne voulez pas le prendre en chasse vous-même ? Vous êtes censé servir et protéger les habitants de cette ville. L'auriez-vous oublié ?

— Dit celle qui a pénétré illégalement chez Collin *et* dans l'usine, riposta Gregory. Si j'étais vraiment consciencieux, vous seriez derrière les barreaux à l'heure qu'il est !

Sur ces mots, il prit son téléphone et s'apprêtait à appeler le poste lorsque Samantha agrippa son bras, un doigt pointé sur la route.

Penchée en avant, elle scrutait quelque chose à travers le pare-brise.

— Gregory, dit-elle dans un souffle. Il y avait un corps allongé dans le fossé.

— Quoi ?

Il passa la marche arrière et recula jusqu'à l'endroit qu'elle lui avait indiqué. Ils bondirent hors du véhicule et coururent vers le corps.

— *Hudson !* cria Samantha qui le reconnut immédiatement. Est-ce que ça va ?

— Nooon, gémit-il faiblement en s'étreignant la poitrine. Mes côtes… ma jambe…

— Tenez bon, dit Gregory. Nous allons vous conduire à l'hôpital.

Il avait encore son téléphone à la main.

— Non ! protesta Hudson avant de gémir de plus belle. Pas l'hôpital. Je ne veux pas qu'on me voie comme ça. On me posera cinquante mille questions, et…

Samantha lui mit une main sur l'épaule.

— Soyez raisonnable, Hudson. Vous êtes gravement blessé. Vous devez consulter un médecin.

— Ma sœur est infirmière. Je vais l'appeler,

— Je préférerais que vous…

— Samantha, *je vous en prie*. J'ai trop mal pour continuer à me disputer avec vous. Ramenez-moi chez moi ; c'est tout ce que je vous demande.

Elle se tourna vers Gregory pour avoir son avis. Il poussa un soupir résigné.

— Où habitez-vous, Hudson ?

— Vous n'allez quand même pas le ramener chez lui ? s'indigna Samantha à voix basse. Il est bien trop mal en point !

— Je n'ai pas vraiment le choix. Vous avez entendu comme moi qu'il ne veut pas aller à l'hôpital. Il refuse de se faire soigner.

— East Oak Street, au numéro 1531, dit Hudson en grimaçant de douleur.

— Installons-le dans la voiture, dit Gregory.

Samantha attrapa Hudson sous les aisselles tandis que Gregory le prenait par les jambes. Il poussa un cri déchirant lorsque, non sans difficulté, ils l'allongèrent sur la banquette arrière.

— Je pense que Collin m'a cassé plusieurs côtes, dit-il lorsque Gregory et Samantha remontèrent dans la voiture. Et ma jambe droite doit être cassée aussi.

— Tenez bon, Hudson. On va vous ramener chez vous, dit Gregory en démarrant.

— J'espère que demain matin à la première heure, vous contacterez le procureur, murmura Samantha. Cette fois, il ne pourra pas dire qu'il manque de preuves pour engager des poursuites contre Collin et sa clique.

Perdu dans ses pensées, Gregory garda le silence.

Gregory s'arrêta à un feu rouge. Ils venaient de déposer Hudson chez lui. Ils avaient attendu que sa sœur arrive pour le laisser car ils voulaient être sûrs que quelqu'un allait s'occuper de lui.

Gregory se tourna vers Samantha, l'air soucieux.

— Je n'ai pas voulu en parler devant Hudson, mais si je rapporte au procureur ce qui s'est passé, le passage à tabac dans l'usine, Collin prétextera la légitime défense, étant donné que Hudson s'est introduit dans son laboratoire illégalement.

Il marqua une pause, attendant que Samantha essaie de le faire changer d'avis, mais elle ne dit rien.

— Et, ajouta-t-il, ce n'est pas Hudson qui va aller porter plainte, soyez-en sûre. D'une part parce qu'il est toxicomane et de l'autre, parce qu'il sait qu'il était en tort. En fait, on dirait qu'il se sent redevable envers Collin.

À son grand soulagement, Samantha acquiesça d'un hochement de tête.

— Je vois ça d'ici, dit-elle. Collin et ses acolytes prétendant que Hudson est entré dans l'usine par effraction pour voler des pièces détachées, qu'il était armé et les a agressés…

— Exactement. Et Hudson se taisant, bien trop effrayé pour dire la vérité et dévoiler l'existence du labo.

— D'autant plus que Collin l'a surpris en train de voler des stupéfiants. À propos, il faut que je vous montre les photos.

Au feu rouge suivant, Samantha fit défiler sous ses yeux les photos qu'elle avait prises avec son smartphone.

— Waouh ! Il a fait les choses en grand, on dirait.

— Oui, je ne m'attendais pas à tomber sur de telles installations. Quand nous serons chez vous, je vous montrerai aussi la vidéo.

Gregory perçut une pointe de découragement dans la voix de la jeune femme. Il prit sa main dans la sienne et la serra.

— Haut les cœurs ! dit-il. Ce n'est pas le moment de flancher. La ligne d'arrivée est en vue. Nous y sommes presque, Sam. Même si ce soir, c'est un peu parti en vrille, vous avez réussi à avoir ce que vous vouliez. À partir de maintenant, je pense qu'il va falloir se faire tout petits et redoubler de prudence.

— Je sais. J'ai hâte que tout cela se termine, confia-t-elle en séchant ses larmes d'un revers de main. Collin est encore plus dangereux que je ne le pensais. Si seulement on pouvait court-circuiter le procureur et apporter le dossier directement au maire…

— N'oubliez pas que la chute de Collin entraînera celle du commissaire Wentworth. Sans parler de tous les policiers impliqués. Dans la mesure où le chef de police fait partie des suspects, le maire est au courant, ce qui est une très bonne chose. Mais il faut que les pièces à conviction aient été obtenues par des moyens légaux. Sinon, on risque le vice de forme et la relaxe de tous les prévenus.

Samantha soupira et posa sa nuque sur l'appui-tête.

— Je comprends. Après ce que j'ai vu ce soir, je vais avoir du mal à la boucler. Je ne peux même pas me défouler dans mon blog puisque vous m'avez interdit de l'alimenter.

— Je vous ai *conseillé* de cesser provisoirement de l'alimenter, rectifia Gregory. Je ne vois pas comment je pourrais vous interdire quoi que ce soit ; vous n'en faites qu'à votre tête. Prenez ce soir, par exemple…

Samantha avait les yeux baissés sur ses mains et tripotait ses ongles. Dès que Gregory se fut garé devant chez lui, elle sortit de la voiture et se dirigea vers la maison. Il la rejoignit à la porte.

— Écoutez, dit-il, nous nous sommes embarqués dans une enquête complexe et délicate. Cela va prendre un peu de temps.

— Je sais. Et si on rentrait ? Je boirais bien un verre.

Gregory comprit qu'elle était contrariée. Le fait de ne pouvoir utiliser les éléments de preuve qu'elle avait collectés ce soir générait chez elle une immense frustration.

— Venez là, murmura-t-il en la prenant dans ses bras et en la serrant contre lui pour la réconforter.

Lorsqu'elle noua ses bras autour de son cou, il ferma les yeux pour mieux savourer cet instant, qu'il n'avait aucune envie d'abréger. Mais comme ils ne pouvaient pas rester éternellement devant la porte, il finit quand même par s'écarter. Il prit le menton de Samantha entre deux doigts et l'obligea à lever la tête et à le regarder dans les yeux.

— Oublions cela pour le moment, suggéra-t-il. Je vais

allumer la cheminée et nous servir un verre. Nous l'avons bien mérité, non ?

— Oh que oui !

Gregory ouvrit la porte et s'effaça pour la laisser entrer. Il espérait qu'elle réussirait à se détendre et que, de son côté, il trouverait une solution à leur problème. Il fallait qu'ils bouclent vite cette enquête avant qu'elle entreprenne, au péril de sa vie, de la faire aboutir par ses propres moyens.

Le danger n'avait jamais été aussi grand. Ce soir, Samantha avait encore bien failli se faire tuer. Gregory ne voulait pas risquer de la perdre.

17

Incapable de rester en place, Samantha faisait les cent pas dans la salle de séjour. Gregory venait de partir au travail et elle n'arrêtait pas de penser à ce qui s'était passé dans l'usine la veille au soir.

Elle s'était retournée dans son lit toute la nuit, hantée par la vision de Hudson gisant inconscient sur le sol de ciment après s'être fait tabasser par Collin. Elle n'était pas près d'oublier son visage grimaçant de douleur.

Arrête ça tout de suite ! s'intima-t-elle en secouant la tête pour chasser ces pensées mortifères de son esprit.

Elle fila chercher son téléphone qu'elle avait laissé sur le plan de travail de la cuisine.

Ne fais pas ça…

Exhalant un soupir, elle reposa son téléphone et se remit à tourner en rond, comme un fauve en cage. Elle se demandait à quelle heure Gregory prévoyait d'aller rendre visite à Hudson, pour voir comment il allait. Elle avait essayé de le convaincre de la laisser l'accompagner mais il avait refusé tout net.

— Vous n'y pensez pas, Sam ! Si on nous voit ensemble, cela risquerait de compromettre toute l'enquête. Sans compter le danger auquel cela nous exposerait.

Ce n'était pas faux, elle en convenait. Mais du coup, elle était là, seule dans la maison, à tourner en rond, frustrée de ne pouvoir rien faire alors qu'elle brûlait d'enquêter plus en profondeur.

Elle retourna à la cuisine et se servit une deuxième tasse de café. Puis elle s'assit à la table, consciente de devoir s'occuper, si elle voulait se changer les idées. Forte de cette pensée, elle ouvrit son ordinateur portable et apporta les dernières corrections à son article pour *La femme moderne.*

Après l'avoir relu, elle l'envoya à sa rédactrice en chef. Lorsqu'elle referma sa boîte de messagerie, la page de son blog apparut sur l'écran.

Elle n'avait rien publié sur le meurtre de Jacob depuis plusieurs jours et ses doigts la démangeaient. *En quête de vérité* lui manquait tellement. Elle était triste de ne plus pouvoir informer ses abonnés des progrès de l'enquête et de ne plus pouvoir interagir avec eux. Mais comme l'avait souligné Gregory à maintes reprises, elle n'allait pas risquer sa vie pour continuer de couvrir cette affaire.

Son regard glissa vers le coin droit de l'écran et elle s'aperçut que vingt-quatre messages non lus l'attendaient dans la boîte de réception de son blog.

Ne les ouvre surtout pas ! se dit-elle.

Les questions et les commentaires de ses lecteurs risquaient de l'inciter à sortir de l'inaction que lui imposait Gregory et qu'elle trouvait insupportable, même si elle en comprenait la nécessité.

Sa curiosité finit cependant par l'emporter. Après avoir longuement hésité et tourné autour du pot, Samantha fit glisser son curseur vers la boîte de réception et cliqua comme on se jette à l'eau. Elle voulait savoir ce que les gens pensaient de l'affaire.

La sonnerie de son téléphone la fit sursauter. Elle regarda qui était l'auteur de l'appel. Ce n'était pas Gregory, comme elle l'avait espéré. Aucun nom ne s'affichait sur l'écran. Il s'agissait d'un « Appel inconnu ».

Oh ! non…

La peur au ventre, elle hésita à répondre. Lorsqu'elle se décida à prendre l'appel, la messagerie vocale se déclencha.

Mais quelques secondes plus tard, le téléphone sonna à nouveau.

— Ce n'est pas bon signe, grommela-t-elle en prenant son courage à deux mains. Allô ? lança-t-elle d'une voix qu'elle voulut assurée.

— Salut, Sam ! C'est Ava.

— Ava ! Tu n'imagines pas à quel point je suis contente d'entendre ta voix ! J'ai eu peur que ce soit…

— Attends, coupa Ava. Laisse-moi deviner. Tu as eu peur que ce soit Collin ?

— Exactement. Comment le sais-tu ?

— L'agent de sécurité de l'usine m'a appelée hier soir pour me raconter ce qui s'était passé. Du moins ce qu'il a vu.

— Quelle angoisse ! J'ai vraiment cru que je n'en ressortirais pas vivante.

— Avant que tu ailles plus loin, j'ai une bonne nouvelle à t'annoncer.

— Tant mieux. J'ai grand besoin d'une bonne nouvelle pour me remonter un peu le moral. Je t'écoute.

— Kenzie est vivante et en parfaite santé.

Samantha se leva d'un bond de sa chaise, folle de joie.

— C'est vrai ? Je suis si contente. Comment as-tu retrouvé sa trace ?

— Son petit ami, Alex, m'a appelée tout à l'heure pour me dire qu'elle l'avait contacté.

— Ah bon ? dit Samantha en se remettant à marcher de long en large. Et où se terre-t-elle ? A-t-elle dit pourquoi elle avait brusquement disparu ?

— Elle est en Alabama, chez sa grand-tante. Pour faire court, elle a pris peur en voyant ce qui était arrivé à Jacob et aux trois autres salariés de l'usine. Elle est partie pour ne pas subir le même sort qu'eux.

— Ça peut se comprendre. Mais qu'en est-il de l'e-mail qu'elle a soi-disant envoyé à Alex et qui provenait en réalité d'une adresse IP appartenant à Collin ?

— Bonne question, dit Ava. D'après Alex, Kenzie a envoyé son mail depuis un ordinateur se trouvant dans la salle de pause de l'usine. Bien que l'adresse IP soit celle de Collin, c'est bien elle qui l'a écrit.

— Quelle histoire ! conclut Samantha en allant à la fenêtre pour jeter un coup d'œil dehors. Je ne lui tiens pas vraiment rigueur d'être partie comme une voleuse, compte tenu de ce qui se passe chez Westman's, mais dans quelle angoisse elle nous a plongés ! Enfin, l'essentiel, c'est que tout aille bien pour elle. J'en connais qui ne s'en sont pas sortis aussi bien. L'agent de sécurité t'a-t-il dit que Collin avait passé Hudson à tabac ?

— *Quoi ?* Non, il ne doit pas être au courant. Il a vu que Hudson était mal en point mais il a cru qu'il s'était blessé.

— Tu parles ! Il a été frappé avec un tuyau en fer.

— Quelle horreur ! s'exclama Ava, qui n'en revenait pas. Je comprends maintenant pourquoi je n'en ai pas eu de nouvelles. Il n'a répondu ni à mes messages vocaux ni à mes SMS.

Samantha retourna s'asseoir à la table.

— Je suis inquiète pour lui, dit-elle. Après l'avoir tabassé, Collin l'a traîné hors de l'usine et jeté dans un fossé.

— Cet homme est vraiment une ordure.

— C'est peu de le dire. Hudson a eu de la chance que Gregory et moi l'ayons vu. Mais il a refusé d'aller à l'hôpital et nous a demandé de le ramener chez lui.

— Attends, il y a un truc que je ne comprends pas. Tu n'es pas entrée dans l'usine avec lui ?

Samantha se releva de sa chaise d'un bond.

— Si, bien sûr, et j'ai assisté à son passage à tabac.

— Et comment se fait-il qu'il se soit fait prendre et pas toi ?

— Quand Collin et ses hommes sont entrés dans l'usine à leur tour, j'ai bien essayé de le convaincre de ficher le camp mais il ne m'a pas écoutée, trop occupé qu'il était à remplir ses poches de TKO.

— Quoi ? Hudson fauchait de la drogue ?

— Oui, parce qu'il faut que tu saches que lui et moi venions de découvrir un laboratoire clandestin, planqué sous la réserve. Et bien qu'il ait suivi le programme de réinsertion mis en place par Westman's, Hudson continue de se droguer.

— Et moi qui croyais qu'il avait décroché !

— Hélas non, continua Samantha. Je suis sortie du labo à temps, mais comme Collin et ses sbires arrivaient, j'ai dû me cacher derrière une étagère, dans la réserve. Je ne dois qu'à la grandeur d'âme de Hudson de ne pas avoir été découverte.

— Tu l'as échappé belle, encore une fois, fit remarquer Ava en soupirant. Qu'allez-vous faire, à présent, l'inspecteur Harris et toi ? Avez-vous rassemblé toutes les preuves nécessaires pour faire arrêter Collin et sa clique ?

— Presque.

— Comment ça, *presque* ?

— Ava, il y a certaines choses que tu ne sais pas et qui retardent un peu l'aboutissement de l'enquête. Tout n'est pas aussi simple, mais sache que Gregory se démène pour que justice soit rendue à Jacob et aux autres victimes de Collin. C'est juste une question de temps.

Comme Ava ne répondait pas, Samantha craignit de l'avoir contrariée.

— Tu es toujours là ? demanda-t-elle.

— Oui, finit par répondre Ava. Quand tout cela va-t-il se terminer, Sam ? Combien de victimes Collin devra-t-il encore faire avant qu'on l'arrête ?

Samantha en resta un instant sans voix. Ces questions, elle se les posait aussi. Mais elle faisait confiance à l'inspecteur Harris et le laissait boucler l'enquête comme il l'entendait.

— Tu sais quoi ? continua Ava. Nous devrions aller rendre visite à ce pauvre Hudson. Qu'en dis-tu ?

Surprise, Samantha but une gorgée de café en réfléchissant à la proposition de son amie.

— Tu me prends par les sentiments, là, répondit-elle.

— Oh ! allez, viens ! insista Ava. On se fera aussi discrètes que possible.

— Gregory a prévu d'y passer. Et comme Collin et ses acolytes surveillent peut-être la maison, je crois qu'il vaut mieux s'abstenir. J'ai promis à Gregory de ne plus prendre aucun risque.

— Oh ! alors là, te connaissant, je doute que tu tiennes ta promesse bien longtemps !

— L'incident d'hier soir, à l'usine, m'a bien refroidie.

— Si tu le dis… Mais comme tu veux, Sam. Je n'insiste pas.

— Je te conseille de ne pas y aller non plus. C'est beaucoup trop dangereux. Laissons faire Gregory. Il a l'habitude de ce genre de situation et saura se défendre si Collin lui tombe dessus.

— C'est moche de laisser tomber Hudson. Sans lui, tu n'aurais jamais trouvé le laboratoire de Collin.

— Je sais, mais aller chez lui est une très mauvaise idée, Ava.

— Je te rappelle quand même que nous nous sommes lancées là-dedans *ensemble*. Et que tu nous as promis, à moi et à ma famille, de tout faire pour que justice soit rendue à Jacob. Mais depuis que tu t'es adjoint les services de l'inspecteur Harris, c'est comme si je n'existais plus.

La honte empourpra le visage de Samantha, qui ne sut que répondre.

— Je croyais que nous étions amies, toi et moi, poursuivit Ava.

— Mais nous *sommes* amies. C'est juste que…

— Non, je t'en prie. Tu n'as pas d'explications à me donner. J'ai compris. Il vaut mieux que je te laisse. Je m'en voudrais d'avoir une parole malheureuse et de me brouiller avec toi.

— Je regrette que nous en soyons arrivées là, dit Samantha. Je te demande encore un peu de patience. Gregory et moi sommes sur le point de toucher au but. Je t'en donne ma parole.

Ava garda le silence.

— Promets-moi de ne pas aller chez Hudson.

Mais Ava ne réagit pas.

— Je vais envoyer un SMS à Gregory pour lui demander à quelle heure il prévoit d'y aller, continua Samantha. Je te tiens au courant. OK ?

— OK. Mais comme tu l'as compris, ma famille et moi commençons à perdre patience. Si vous n'arrivez pas à vos fins rapidement, les Jennings vont prendre les choses en main. Et avec nous, crois-moi, ça va être vite réglé !

À ces mots qui ne laissaient rien présager de bon, Samantha frissonna.

— J'attends de savoir ce que l'inspecteur Harris va te dire, ajouta Ava. Mais je suis très inquiète pour Hudson. J'espère qu'il va se remettre de ses blessures.

— Je l'espère aussi. Je te rappelle très vite.

Samantha mit fin à l'appel. La boule au ventre, elle écrivit un SMS à Gregory.

> Je viens d'avoir Ava au téléphone. Elle sait ce qui s'est passé hier soir et ce qui est arrivé à Hudson. Elle est très en colère. Les Jennings sont en train de perdre patience. À quelle heure pensez-vous passer chez Hudson ? Ava s'inquiète pour lui. J'aimerais pouvoir la rassurer sur son compte avant qu'elle ne décide sur un coup de tête de se pointer chez lui.

Son message envoyé, elle remarqua qu'un nouveau message avait été publié sur son blog. La curiosité l'emporta mais dès que le message s'afficha, elle regretta sa décision.

Mêle-toi de tes affaires, connasse, si tu ne veux pas finir six pieds sous terre…

Assis à son bureau, Gregory était penché sur le dossier de Jacob. Il l'avait très souvent lu et relu, mais il vérifiait une dernière fois que rien ne lui avait échappé.

Il le connaissait presque par cœur. Parvenu à la dernière page, il dut se rendre à l'évidence : il n'y avait rien là-dedans qui justifiât qu'il demande un mandat.

Il soupira et ferma le dossier. Son café avait refroidi mais il le but quand même jusqu'à la dernière goutte, espérant trouver dans ce supplément de caféine de quoi se remotiver. Après les événements de la veille au soir, à l'usine, il n'avait quasiment pas fermé l'œil de la nuit et s'était traîné toute la matinée.

Il consulta sa boîte mail et constata qu'il n'y avait rien de nouveau. Et comme au poste, il ne se passait pas grand-chose non plus, il décida d'en profiter pour aller rendre visite à Hudson.

Son dossier sous le bras, il glissa son téléphone dans sa poche, prit ses clés de voiture et sortit de son bureau.

Il s'apprêtait à quitter le poste de police lorsque le commissaire Wentworth l'interpella :

— Inspecteur Harris ? Puis-je vous voir une minute ?

Surpris, Gregory s'arrêta et tourna la tête vers son chef, qui était en train de feuilleter un rapport.

— Oui, bien sûr.

— Fermez la porte derrière vous.

Gregory obtempéra, mais il n'en menait pas large. Il scruta le visage poupin du commissaire, se demandant ce que celui-ci pouvait bien lui vouloir.

— Asseyez-vous.

Au moment où il s'avançait vers le fauteuil qui faisait face au bureau de son chef, Gregory sentit son téléphone vibrer. Il le sortit de sa poche et vit qu'il avait reçu un texto de Samantha. Il rangea son téléphone et s'assit.

— Je voulais vous voir parce que je tenais à ce que vous sachiez que je n'ai pas oublié Samantha Vincent. Je suis en train de lire les rapports de police établis suite aux faits de vandalisme commis chez elle.

— Oh…, marmonna Gregory en soufflant intérieurement. Vous m'en voyez ravi.

— L'enquête est toujours en cours, déclara le commissaire. Je fais le maximum pour identifier l'auteur de ces exactions, mais en l'absence de témoins cela s'annonce difficile. Les analyses conduites par la police scientifique sur les échantillons que vous lui avez soumis n'ont rien donné. Sur la brique que vous avez ramassée sur la scène, il n'y avait que les empreintes digitales de l'agent Baxter.

— Je vois, dit Gregory.

— À propos de Baxter, je les ai inscrits, lui et Miller, à un stage de perfectionnement consacré à l'investigation des scènes de crime. Comme vous l'avez très justement souligné, leur travail chez Mlle Vincent et le rapport qui en a découlé sont pour le moins bâclés.

Perplexe, Gregory fixait son chef tandis que celui-ci passait ses mains sur la barbe poivre et sel qui recouvrait ses solides mâchoires.

— Je… euh, ne sais pas quoi dire. Merci, commissaire. Je dois reconnaître que je n'espérais plus rien après tout ce temps.

— Eh bien, c'est-à-dire que ç'a été un peu mouvementé ici, ces derniers temps. J'ai dû me concentrer sur nos frais de fonctionnement car le maire et moi sommes en train de finaliser le budget du commissariat. Du coup, j'ai un peu négligé le reste. Mais je reprends les choses en main.

Affalé dans son fauteuil, le commissaire Wentworth, avec ses cheveux coupés ras et ses bajoues qui lui donnaient un air débonnaire, était bien la dernière personne qu'on aurait soupçonnée de faire du trafic de drogue.

— Tant mieux, dit Gregory, impassible. Je suis content de savoir que ces faits de vandalisme ne sont pas passés aux oubliettes.

— Aucun risque, assura le commissaire. Ici, nous ne sommes pas comme ça, ajouta-t-il en gloussant.

Gregory allait répondre mais le téléphone sonna. Le commissaire lui fit un petit geste pour lui demander de l'excuser un instant. Puis il prit l'un des deux portables posés sur son bureau à côté de son poste fixe.

— Commissaire Wentworth à l'appareil, aboya-t-il en fronçant ses épais sourcils. Ah, Larry, content de t'entendre. J'attendais ton appel. Alors ? On en est où ?

Le chef se balançait d'avant en arrière dans son vieux fauteuil de cuir grinçant. Gregory le vit peu à peu se décomposer tandis qu'il écoutait ce que lui disait son interlocuteur à l'autre bout du fil.

Son bureau était dans un désordre indescriptible. Il était couvert de paperasses et de gobelets en plastique usagés. Sur le côté, il y avait un dossier sous une corbeille à courrier. Gregory essaya de déchiffrer le nom griffonné sur l'étiquette.

Alex Guzman.

Gregory se creusa les méninges pour se rappeler où il avait déjà entendu ce nom. Et tout à coup, ça lui revint : Alex Guzman était un gros narcotrafiquant en lien avec un puissant cartel de drogue du Moyen-Orient.

Cette découverte le mit en émoi. Les battements de son cœur s'accélérèrent et son cerveau entra en ébullition.

Mille pensées se bousculaient dans sa tête. Si Guzman collaborait avec Collin et le commissaire Wentworth, l'enquête sur laquelle Samantha et lui travaillaient prenait une tout autre envergure. Il ne s'agissait plus de traquer des petits trafiquants locaux qui fabriquaient leur came dans un laboratoire clandestin au sous-sol d'une usine. Mais de faire tomber une véritable organisation mafieuse.

— Tu l'as eu ? demanda Wentworth. Tu en es sûr ?

Tournant le dos à Gregory, le commissaire fixait les diplômes accrochés au mur. Sans le quitter des yeux, Gregory se pencha vers le bureau et s'empara du dossier de Guzman, qu'il glissa dans celui qu'il avait dans la main.

— OK, Larry, ça marche, continua le commissaire Wentworth. Bon boulot, comme toujours. Pour le paiement, on fait comme d'habitude. Oui, pas de souci. Merci encore et à bientôt. Je pense que je vais avoir encore besoin de toi sous peu. Je te tiens au courant.

Il mit fin à l'appel et reposa le téléphone sur son bureau.

— Désolé pour cette interruption, dit-il. Une affaire urgente.

— Pas de problème, répondit Gregory qui avait hâte de montrer à Samantha le dossier qu'il venait de subtiliser à son chef.

— Je vous ai dit tout ce que j'avais à vous dire, inspecteur. Y a-t-il quelque chose dont vous aimeriez me parler ?

Gregory fit mine de réfléchir.

— Non, je crois que c'est bon. On a fait le point la dernière fois en réunion.

— En ce cas, je ne vous retiens pas plus longtemps, dit le commissaire en jetant un coup d'œil à sa montre. J'ai un déjeuner à la mairie. Il faut que je file. Et sinon, tout va bien ? Vous vous plaisez à Gattenburg ? La ville doit vous paraître un peu plan-plan comparée à Chicago.

— Non, pas du tout. Jusque-là, je n'ai pas à me plaindre. Et à vrai dire, le rythme trépidant de Chicago ne me manque absolument pas.

Il marqua une pause et scruta le visage de Wentworth avant de continuer :

— J'ai suivi avec intérêt l'affaire de ces salariés de chez Westman's qu'on a retrouvés morts à Galena. Leur fin est tragique, c'est sûr, mais je suis content que le mystère de leur disparition ait été résolu et que les familles de ces hommes puissent enfin faire leur deuil.

— Oui, sale histoire en effet, dit le commissaire en soupirant. Collin, mon fils, a mis en place à l'usine un excellent programme de réinsertion visant à sortir les toxicomanes de leur dépendance. Il y a hélas des gens pour lesquels ça ne fonctionne pas, expliqua-t-il, le regard grave. J'ai de la peine pour ces jeunes gens qui ont fait des overdoses, et je plains leurs familles. Comme vous, je me réjouis que ces affaires aient été résolues.

Gregory n'en revenait pas de la duplicité de son chef, dont la compassion semblait sincère.

Le commissaire se leva et rajusta son pantalon bleu marine visiblement trop juste.

— Waouh ! Il va vraiment falloir que j'adopte ce régime à faible teneur en glucides dont ma femme me rebat les oreilles. Repassez dans un jour ou deux, si vous voulez. J'ai l'impression de ne pas avoir eu beaucoup l'occasion de discuter avec vous depuis que vous nous avez rejoints.

Gregory se leva et sortit derrière son chef. Il se demanda si celui-ci essayait de l'amadouer parce qu'il était au courant pour l'enquête que Samantha et lui menaient.

— Avec plaisir, dit Gregory hypocritement en serrant ses dossiers dans sa main.

Le commissaire s'arrêta à la réception. Gregory passa devant lui et sortit du poste de police. Comme il se dirigeait vers sa voiture, il tomba sur les agents Baxter et Miller qui fumaient une cigarette. Tous deux le fusillèrent du regard.

— Ça roule, les gars ? leur lança Gregory en montant dans sa voiture, amusé.

Ni l'un ni l'autre ne répondit.

Sur le trajet jusque chez Hudson, il jeta un coup d'œil à son téléphone et s'aperçut que Samantha l'avait appelé cinq fois.

— Oh non, gémit-il. Je n'aime pas ça…

Il la rappela immédiatement. Elle répondit à la première sonnerie.

— Gregory, enfin ! Où êtes-vous ?

— En route pour chez Hudson. Pourquoi ? Que se passe-t-il ?

— Depuis une heure, je n'arrête pas de recevoir des menaces de mort. Par téléphone et par écrit. Toutes sont anonymes, cela va sans dire. Mais je suis sûre qu'elles viennent de Collin.

Gregory serra les mâchoires.

— Et que dit-il, au juste ?

— Qu'il va me traquer sans relâche et me trancher la gorge.

— Doux Jésus ! murmura Gregory en écrasant la pédale de frein. Assurez-vous que portes et fenêtres sont bien fermées et ne bougez pas. J'arrive tout de suite.

Comme elle ne répondait pas, il ajouta :

— Pas de panique, Sam. Collin ne sait pas où vous êtes.

— Quelqu'un appelle sur l'autre ligne, dit-elle.

— Ne répondez pas !

Il y eut un long silence, que Gregory finit par briser.

— Vous êtes toujours là ?

— Oui, je voulais voir si un nom s'affichait sur l'écran. Je pense que c'est Ava. Il faut que je prenne l'appel. Si ça se trouve, elle aussi a reçu des menaces de mort.

— D'accord, allez répondre.

— Ne quittez pas.

En attendant qu'elle revienne, Gregory se concentra sur sa conduite et appuya un peu plus fort sur le champignon, passant sans hésiter à un feu orange. Il n'était pas du genre à s'affoler mais, là, il crevait de peur.

— *Gregory !* dit Samantha d'une voix blanche, Collin est mort !

— Quoi ? Qu'est-ce que vous dites ? demanda Gregory, qui n'était pas sûr d'avoir bien compris.

— *Collin est mort !* répéta-t-elle. C'est ce qu'Ava vient juste de m'annoncer.

— Comment le sait-elle ?

— Hudson l'a appelée. C'est lui qui le lui a dit. Collin et ses hommes sont passés chez lui pour l'avertir qu'il avait intérêt à ne parler à personne de ce qui s'était passé à l'usine hier soir. Quand Collin a voulu regagner son 4×4, quelqu'un est arrivé en voiture et lui a tiré dessus !

Gregory descendit sa rue sur les chapeaux de roues et se gara devant chez lui.

— Je suis arrivé, dit-il. Je sors de ma voiture et…

Samantha ouvrit la porte de la maison et se jeta dans ses bras, en larmes. Il la serra très fort contre lui.

— Ça va aller, assura-t-il en lui caressant le dos.

— Non, rien ne va plus, sanglota-t-elle. Un tueur sévit dans cette ville et nous balade depuis le début. Nous nous sommes trompés de cible, Gregory ! Et nous voilà de retour à la case départ.

S'écartant de la jeune femme, il posa ses mains sur ses épaules. La voir dans cet état lui déchirait le cœur. Il la fit entrer dans la maison et referma vite la porte.

— Allons voir le maire chez lui, déclara-t-il. Ce soir.

Samantha se tourna vers lui. Elle semblait reprendre espoir.

— Vraiment ?

— Oui. Cette enquête est en train de partir en vrille. On ne sait plus qui traque qui. Juste avant de venir, j'ai discuté avec le commissaire Wentworth, au poste, et il m'a fait très bonne impression. J'ai été surpris d'apprendre qu'il enquêtait sur les actes de vandalisme dont vous avez été victime, et qu'il a finalement sanctionné les agents Baxter et Miller.

— Je ne sais vraiment plus quoi penser…, confia Samantha en allant s'affaler sur le canapé. Je me demande si le commissaire est au courant que son fils a été tué.

— Bonne question, dit Gregory en regardant son téléphone. Je n'ai reçu ni appels ni SMS. Mais vu comment ces gars-là fonctionnent, ils ne vont probablement rien dire. Ils vont planquer le corps quelque part et chercher à se venger.

— Eh bien justement, dit Samantha, vu comment ils fonctionnent, je ne serais pas étonnée que le commissaire soit mêlé à tout ça.

Gregory la dévisagea en fronçant les sourcils. Il s'avança vers le canapé et s'assit à côté d'elle.

— C'est drôle que vous disiez ça parce que, pendant que j'étais dans son bureau, le commissaire a reçu un coup de fil, et ce qu'il a dit au cours de cette conversation téléphonique m'a semblé suspect.

— Ah oui ? À qui parlait-il ?

— À un certain Larry. Il lui a demandé si « il l'avait eu » et si « il en était sûr » puis il l'a félicité, lui disant qu'il avait fait du bon travail et que, pour le paiement, il allait procéder comme d'habitude.

Samantha le fixa à son tour, stupéfaite.

— Vous pensez ce que je pense ? demanda-t-elle dans un souffle.

— Que le commissaire Wentworth a fait… exécuter son propre fils ?

C'était une hypothèse tellement inconcevable que Gregory avait du mal à la formuler.

Samantha acquiesça tout en se massant les tempes.

— Oui. S'il a jugé que Collin gérait mal leurs affaires et risquait de tous les faire plonger, il a très bien pu prononcer son arrêt de mort. Je suis bien placée pour savoir que ces hommes ne reculent devant rien.

Gregory prit le dossier qu'il avait subtilisé à son chef et le brandit victorieusement.

— Et pour ajouter au suspense, j'ai trouvé un rapport sur Alex Guzman dans le bureau de Wentworth. Je précise que Guzman est un gros narcotrafiquant opérant au Moyen-Orient.

— Oh mon Dieu ! Vous pensez qu'il collabore avec le commissaire et son fils ?

— Il y a de fortes chances. Et ce type n'est pas un tendre, vous vous en doutez. Si Collin l'a énervé, il est possible que ce soit lui qui l'ait fait abattre.

Sous le choc, Samantha se frottait les bras pour essayer de se réchauffer.

— Il est trop tôt pour aller voir le maire, mais en attendant on peut passer chez Hudson, suggéra Gregory.

Il avait hâte d'en finir. Si cette affaire les avait rapprochés, Samantha et lui, elle l'avait aussi mise en danger. Il voulait pouvoir lui garantir qu'elle ne risquait plus rien et il brûlait de la prendre dans ses bras, non pas pour la protéger ou la réconforter, mais juste pour le plaisir.

18

— J'appréhende un peu de devoir annoncer au maire que le commissaire et son fils sont des trafiquants de drogue, dit Gregory.

Samantha et lui étaient passés voir Hudson, qui se remettait doucement de ses blessures. Ils se dirigeaient à présent vers la résidence du maire.

— Je sais, répondit Samantha en serrant contre elle le dossier qu'ils s'étaient donné tant de mal à constituer. Il va être dévasté. Il tenait le commissaire en si haute estime…

Elle regardait par la vitre en repensant aux tout derniers événements.

— Je n'arrive pas à croire que Collin est mort, dit-elle.

— Moi non plus. Mais, dans le fond, on aurait dû s'y attendre, après tout le mal qu'il a fait dans cette ville.

— Certes, mais maintenant qu'on sait que ce n'était peut-être pas lui qui tirait les ficelles, je me demande s'il n'est pas seulement coupable d'avoir fabriqué de la drogue illégalement et d'avoir tabassé Hudson. Et si ce n'était pas lui, le meurtrier de Jacob et des autres salariés de l'usine ?

Perplexe, Gregory haussa les sourcils.

— C'est tout à fait possible, mais en l'état actuel des choses, comment savoir ? Le maire arrivera peut-être à faire parler le commissaire Wentworth.

— Espérons-le.

Lorsqu'ils arrivèrent à proximité de la maison, Gregory

ralentit. Ils constatèrent en approchant qu'il n'y avait pas de lumière.

— J'ai l'impression qu'il n'est pas chez lui, dit Gregory en se garant dans la rue.

— Allons voir, suggéra Samantha, qui avait déjà une main sur la poignée de la portière. On en aura le cœur net. Venez !

Ils descendirent de voiture et se dirigèrent vers la somptueuse villa à colonnades blanches. Gregory balaya la rue d'un regard acéré.

— La voie est libre, dit-il.

Le cœur battant, Samantha s'apprêtait à sonner à la porte lorsqu'un cri d'orfraie retentit à l'arrière de la maison.

Elle retira sa main, comme sous l'effet d'une brûlure, et prit le bras de Gregory, complètement paniquée.

— C'était quoi, ce cri ? demanda-t-elle d'une voix blanche.

Gregory dégaina son pistolet.

— Allez dans la voiture et verrouillez les portières.

— Certainement pas.

Il jura entre ses dents et poussa un soupir.

— Allons voir ce qui se passe. Restez derrière moi.

Samantha ne lui lâcha pas le bras. Ils longèrent le côté de la villa et se retrouvèrent devant un grand portail en bois. Juste au moment où Gregory l'ouvrait, un autre hurlement se fit entendre, si perçant qu'il couvrit le grincement du portail.

— *Au secours !* Aidez-moi, je vous en prie !

Gregory se tourna vers Samantha.

— On dirait la voix du commissaire Wentworth !

Ils entrèrent dans un grand jardin plongé dans l'obscurité, et gravirent les marches qui menaient à la terrasse en bois.

Terrifiée, Samantha serra plus fort le bras de Gregory. Ils longèrent discrètement le mur de brique jusqu'au bord des portes coulissantes vitrées que recouvraient en partie des rideaux blancs semi-transparents.

— Vous voyez quelque chose ? chuchota-t-elle.

Gregory lui fit signe de se taire. Elle acquiesça d'un hochement de tête, consciente qu'ils n'avaient pas intérêt à se faire repérer. Mais lorsqu'un nouveau cri retentit, elle eut un brusque mouvement de recul.

— Signez, bon sang, et je vous laisserai tranquille !

Samantha lança un regard interrogateur à Gregory avant de se pencher vers la porte vitrée pour jeter un coup d'œil à l'intérieur.

Ce qu'elle vit la stupéfia. Un couteau à la main, le maire menaçait le commissaire, qui était attaché à une chaise, de lui trancher la gorge.

— Pour la dernière fois, Wentworth, je vous ordonne de signer ! cria le maire en agitant une liasse de papiers sous le nez du commissaire.

Samantha, toute tremblante, s'écarta de la porte.

— Je ne signerai rien ! répliqua le commissaire. Vous avez tué mon fils et vous pensez que je vais accepter de porter le chapeau ? Vous êtes complètement dingue, ma parole !

— Votre fils était devenu ingérable, Walter ! Un vrai danger public avec ses expérimentations sur nos concitoyens. Non seulement il a tué des gens avec ses drogues frelatées mais, en plus, il a tabassé Hudson, qui se trouve être le beau-fils du procureur. C'en était vraiment trop.

À ces mots, Samantha et Gregory se regardèrent, les yeux écarquillés de surprise.

— Collin n'aurait jamais..., commença le commissaire... Mais il s'interrompit lorsque le maire appuya la pointe de son couteau sur sa gorge.

— C'est de votre faute, tout ça ! cria le maire. Vous l'avez très mal élevé. Grâce à vous, il n'a jamais payé pour aucun de ses méfaits, et voilà à quoi ça l'a mené ! Il ne vous reste donc plus qu'à assumer la responsabilité de ses bêtises qui ont bien failli faire couler mon business.

Lorsque Wentworth hurla à nouveau de douleur, Samantha se tourna vers Gregory.

— Il faut faire quelque chose ! Ça urge !

Sans un mot, l'inspecteur se servit de la crosse de son arme pour faire sauter le loquet de la porte vitrée, qu'il ouvrit en grand, son pistolet pointé sur le maire.

— Lâchez ce couteau ! ordonna-t-il.

En voyant Gregory et Samantha, le commissaire poussa un soupir de soulagement. Le maire eut l'air stupéfait. Mais, très vite, un rictus se dessina sur ses lèvres.

— Depuis quand êtes-vous là, tous les deux ? demanda-t-il d'un ton dédaigneux.

— Depuis assez longtemps pour savoir que vous êtes à la tête d'un réseau de trafic de drogue, et que vous avez tué Collin, répondit Gregory. Maintenant, vous allez lâcher ce couteau et vous écarter du commissaire Wentworth !

— Oh ! qu'il est mignon ! Le petit nouveau qui joue au héros ! Mais la récréation est terminée. Vous et votre petite amie journaliste à la gomme allez sortir de chez moi immédiatement ! Ne vous mêlez pas de ça, si vous tenez à la vie.

— Ne l'écoutez pas, supplia le commissaire. Il essaie de me faire signer un papier dans lequel je reconnais être impliqué dans son trafic de drogue et avoir tué Jacob et Collin…

— La ferme ! beugla le maire en lui balafrant la mâchoire avec son couteau.

Le commissaire poussa un cri de douleur.

— Tirez, Harris ! ordonna-t-il. Abattez-le !

— Lâchez ce couteau ! insista Gregory, son arme pointée sur le maire. Je ne vous le redirai pas.

Sans se départir de son horrible rictus, le maire balança le couteau à l'autre bout de la pièce, attendant que Gregory aille le récupérer pour s'enfuir à toutes jambes.

— Détachez-le ! cria Gregory à Samantha avant de se lancer à la poursuite du maire.

Samantha se baissa pour défaire les liens du commissaire.

— Ça va ? demanda-t-elle.

— Mon fils est mort, gémit-il. Ce salaud l'a tué.

— Je suis désolée. Venez, commissaire, sortons d'ici.

Elle attrapa un de ses bras et le passa autour de ses épaules pour l'aider à se lever de sa chaise. Lorsqu'il prit appui sur elle, elle faillit perdre l'équilibre. Se carrant sur ses jambes, elle réussit à le soutenir malgré son poids conséquent. Elle le fit sortir et le guida pas à pas vers l'avant de la maison. Tout en marchant, elle sortit son téléphone de sa poche et appela le 9-1-1 pour demander de l'aide. Elle expliqua en deux mots la situation, donna l'adresse de la villa et raccrocha.

— Je n'arrive pas à croire que Collin ne soit plus là, sanglota le commissaire, le visage dans ses mains, en laissant glisser sa lourde carcasse contre le mur.

Samantha s'accroupit à côté de lui et posa une main sur son épaule.

— Il n'était pas facile, c'est vrai, continua-t-il. Mais je n'aurais jamais pensé qu'il trempait dans ce genre de trafic. C'est entièrement de ma faute. Je lui ai toujours tout passé.

Samantha tira de sa poche un paquet de mouchoirs en papier. Elle en sortit un qu'elle appliqua sur la mâchoire du commissaire. En dépit du rôle qu'il avait joué dans cette histoire, elle éprouvait de la compassion pour lui.

— Je regrette que Collin se soit écarté du droit chemin, dit-il. Mais je n'étais pas au courant. Je n'ai rien à voir avec tout ça. J'espère que vous le savez.

— Collin tenait un livre de comptes qui vous compromet.

Le commissaire acquiesça d'un hochement de tête.

— Oui, je sais. L'agent Barris m'en a informé. Il m'a tout raconté, cet après-midi, quand nous étions à la mairie.

— Vous voulez dire que l'agent Barris connaissait l'existence de ce réseau de drogue ?

— Oui, mais pas depuis longtemps. Il a appris ce qui se passait quand les agents Baxter et Miller ont essayé de le convaincre d'entrer dans l'organisation criminelle de Guzman, avec qui le maire s'est associé. Guzman et lui soudoient les flics de Gattenburg pour qu'ils ferment les yeux et ne font pas de vagues.

— Je me doutais que Baxter et Miller avaient les mains sales, dit Samantha. Cela explique pourquoi ils ont bâclé l'enquête sur les actes de vandalisme commis chez moi.

Depuis le début, ils me mettent des bâtons dans les roues pour m'empêcher d'enquêter sur le meurtre de Jacob Jennings.

— Barris a découvert en outre que Guzman est le propriétaire anonyme de Westman's Automotive Factory. Dans l'acte de propriété de l'usine, c'est un autre nom qui apparaît.

— Cela lui a permis d'installer sans risque un laboratoire clandestin au sein de l'usine.

— Exactement. Les drogues que fabriquait Collin étaient ultra-puissantes et extrêmement dangereuses. Le TKO, qui était encore en phase de test, a entraîné la mort des trois salariés qui ont servi de cobayes, un soir, à l'usine. Après leur décès, Guzman a chargé Collin de se débarrasser des corps.

Sa voix se brisa et il se remit à sangloter. Samantha passa un bras autour de ses épaules et s'efforça de le réconforter.

— Et ce… pauvre Jacob… qui s'inquiétait pour ses collègues disparus, bredouilla-t-il. Guzman a su qu'il était allé en parler à Collin et il l'a assassiné en lui faisant absorber une dose mortelle de TKO.

Les larmes aux yeux, Samantha se demanda comment Ava réagirait lorsqu'elle apprendrait la nouvelle.

— Je suis abasourdi, confia le commissaire, les yeux dans le vague. Je suis venu en pensant que le maire m'aiderait à retrouver le meurtrier de mon fils. Et le voilà qui me menace d'un couteau et m'attache à une chaise ! C'est lui qui a obligé Collin à inscrire mon nom dans le livre de comptes. Il voulait me faire porter le chapeau !

— Je suis désolée, commissaire. En fait, c'est moi qui ai ce livre de comptes.

— Ah bon ? Mais comment vous l'êtes-vous procuré ?

— C'est compliqué.

Des coups de feu retentirent à l'intérieur de la villa.

Tétanisée, Samantha ouvrit de grands yeux paniqués.

— Ne restons pas là ! cria le commissaire Wentworth en la poussant vers la rue.

Ils s'accroupirent derrière la voiture de Gregory.

— Il faut que j'aille voir, décréta Samantha, folle d'inquiétude.

Le commissaire essaya de la retenir.

— Non, Samantha ! L'inspecteur Harris a appris à se défendre. Il n'a pas besoin de vous. Vous pourriez le mettre en danger en vous y mêlant. Des renforts vont arriver d'une minute à l'autre.

Il n'avait pas fini sa phrase que des sirènes retentirent au loin. Samantha fit volte-face et vit les lumières stroboscopiques des gyrophares au bout de la rue. Elle agita ses bras en l'air. L'agent Barris fut le premier à débouler devant la villa et à bondir hors de son véhicule.

— L'inspecteur Harris est à l'intérieur et le maire essaie de le tuer ! cria-t-elle.

— Je m'en occupe ! dit le policier en entraînant à sa suite une cohorte de flics prêts à en découdre.

Ils défoncèrent la porte et se ruèrent à l'intérieur de la villa.

N'y tenant plus, Samantha se mit elle aussi à courir.

Elle n'eut pas le temps d'arriver que Gregory apparut sur le seuil, entre deux policiers. Il boitait et sa jambe gauche était en sang.

Samantha se précipita vers lui.

— Est-ce que ça va ? demanda-t-elle d'une voix chevrotante.

— Oui, ça va aller. Le maire m'a tiré dessus, mais la blessure est superficielle. L'agent Barris m'a fait un garrot.

À la manière dont il serrait les dents, elle comprit qu'il avait mal mais lui cachait la gravité de sa blessure.

— Une ambulance va vous transporter à l'hôpital, inspecteur Harris, dit l'agent Barris.

— Je vous accompagne, dit Samantha d'un ton sans appel.

Le petit groupe passa devant le commissaire, qui était appuyé contre une voiture de patrouille pendant qu'un urgentiste posait une compresse sur sa blessure.

— Inspecteur Harris, je ne vous remercierai jamais assez, Samantha et vous, pour ce que vous avez fait ce soir. Vous m'avez sauvé la vie.

— Je n'ai fait que mon travail, répondit Gregory. Avec l'aide de la meilleure journaliste d'investigation criminelle de la ville. C'est grâce à la pugnacité de Samantha que nous avons réussi à boucler cette enquête.

— Merci, murmura-t-elle en le gratifiant d'un sourire.

— Vous formez une super équipe tous les deux, dit le commissaire. Filez maintenant. Allez vite faire recoudre cette jambe.

— On y va, chef. Mais avant, permettez-moi de vous présenter mes plus vives condoléances pour la mort de votre fils.

Les larmes aux yeux, le commissaire hocha la tête.

— Merci, inspecteur. Il y a encore une chose qu'il faut que vous sachiez.

— Ah oui ? Laquelle ?

— Je vais prendre ma retraite et vous recommander pour le poste. Je pensais à ma succession quand je vous ai recruté.

Gregory en resta un instant sans voix.

— C'est me faire beaucoup d'honneur. Merci, chef.

— Il n'y a pas de quoi. Vous l'avez bien mérité. Nous aurons l'occasion d'en reparler. En attendant, allez donc vous faire soigner et commencez à réfléchir aux différents chefs d'inculpation qu'il va falloir porter contre Guzman et contre le maire.

— Oui, chef.

Les urgentistes aidèrent Gregory à prendre place dans l'ambulance. Samantha monta derrière lui et s'assit à côté de la civière.

— Félicitations, *commissaire Harris*, dit-elle.

— Merci. Ça sonne pas mal, je trouve…

— Quand je pense que le maire était en cheville avec Axel Guzman, dit Samantha. Qui aurait pu imaginer une chose pareille ? Le commissaire Wentworth m'en a appris de belles, tout à l'heure, quand vous pourchassiez le maire. Il faudra que je vous raconte.

Gregory ferma les yeux, visiblement au bout du rouleau.

— Pourriez-vous jeter un coup d'œil à mon téléphone, s'il vous plaît ? Il n'a pas arrêté de vibrer. Je n'ai pas la force de le faire moi-même.

— Oui, bien sûr. Où est-il ?

— Dans la poche de mon blouson.

Samantha prit le téléphone et commença à lire les SMS.

— Il y a un texto de l'agent Barris, qui n'a pas perdu de temps, apparemment. Il dit qu'Axel Guzman a été appréhendé dans le laboratoire clandestin. Le maire et lui ont été mis en examen, ainsi que les agents Baxter et Miller. La police est en train d'interroger les acolytes de Collin, qui coopèrent de bonne grâce.

— Ce sont de très bonnes nouvelles. Et dire que j'ai quitté Chicago pour Gattenburg parce que je pensais mener ici une vie plus plan-plan. J'étais loin d'imaginer ce qui m'attendait…

— Mais après toutes ces péripéties, la justice a fini par triompher. Vous devriez donc être content d'être venu et fier du travail accompli. Sans vous, le trafic de drogue, la corruption et les meurtres impunis n'étaient pas près de s'arrêter.

— S'ils ont pris fin, c'est aussi grâce à vous, fit remarquer Gregory en prenant la main de Samantha dans la sienne.

— Merci. J'ai hâte de recommencer à écrire dans mon blog et de dévoiler à mes lecteurs les derniers rebondissements de cette enquête horsnorme. Et comme la vie est courte, j'ai décidé de réaliser mes rêves et de me consacrer à plein temps à *En quête de vérité*. J'aimerais étoffer mon blog, créer un podcast, une web série consacrée aux affaires non résolues, trouver des partenariats commerciaux et des sponsors, et le faire connaître dans le monde entier.

— C'est un très beau projet, dit Gregory, visiblement impressionné. Et cela m'incite, à moi aussi, de satisfaire mes envies.

— De quoi avez-vous envie ?

— De vous.

Samantha se figea, comme si le monde autour d'elle s'était soudain mis à l'arrêt.

— Qu'en dites-vous ? demanda-t-il.

— J'en dis que vous devriez sauter le pas.

Gregory passa une main dans le dos de la jeune femme et l'attira à lui. Il lui prit le menton et l'embrassa avec ferveur.

Samantha se pencha vers lui, savourant le contact de ses lèvres douces et sensuelles. Plus éloquent que n'importe quelle déclaration d'amour, ce baiser passionné scellait leur complicité.

Lorsque l'ambulance s'arrêta devant l'hôpital, elle se dégagea doucement.

— Je suis content de ne plus avoir à vous cacher mes sentiments, avoua Gregory.

— Moi aussi. Cela commençait à devenir vraiment compliqué.

Les urgentistes ouvrirent le hayon.

— Il va falloir qu'on cause, tous les deux, dit Gregory d'un ton solennel. Entre autres choses, de notre future vie à deux.

— J'ai hâte de reparler de tout ça avec vous, répondit-elle en rivant son regard dans le sien.

Lorsque les urgentistes sortirent la civière de l'ambulance, Gregory ne la lâcha pas des yeux. Ils étaient rivés l'un à l'autre par le regard.

Et en cet instant, Samantha sut que Gregory était l'homme avec lequel elle passerait le reste de sa vie.

JANICE KAY JOHNSON

L'île de la peur

Traduction française de
CATHERINE VALLEROY

BLACK ROSE

HARLEQUIN

Titre original :
DEAD IN THE WATER

1

Claire Holland écarta les rabats de la tente et jeta un coup d'œil au-dehors. La pluie avait cessé. Après deux journées froides et brumeuses passées à pagayer sur un océan houleux, elle n'avait envie que d'une chose : du soleil et de la chaleur.

Mike et elle avaient choisi de suivre la côte ouest de Calvert Island, au large de la Colombie Britannique, un défi à la hauteur des kayakistes chevronnés qu'ils étaient. Ils avaient affronté un brutal vent de face suivi d'une houle de trois mètres, en traversant la passe de Hakai. Le camp de la veille, situé au-dessus d'une plage magnifique sur Triquet Island, avait fait l'effet d'un miracle à Claire.

Elle cligna des yeux dans le soleil éblouissant.

Comme tout au long de la côte, la vue était splendide. Le bras de mer était cerné de côtes boisées, et des îlots rocheux parsemaient l'océan, formant un labyrinthe d'étroites passes. L'air était salé, mais elle sentait aussi le parfum âpre des épicéas et des cèdres.

Mike rampa hors de sa tente, se releva et sourit en s'étirant.

— On devrait peut-être rester ici une semaine ou deux. On ne dira à personne qu'on n'est jamais allés à Goose Island.

Elle se mit à rire.

— Et si on traînait un peu seulement ?

Ils décidèrent d'attendre la marée haute, qui leur permettrait de repartir sans avoir à transporter les kayaks lourdement chargés sur l'étendue découverte par la marée basse.

Après un petit déjeuner de porridge et de café, Claire ôta

avec satisfaction plusieurs couches de vêtements – on était en juin après tout, le soleil était presque chaud. Mike et elle étendirent leurs vêtements et leurs équipements au soleil et s'accordèrent une deuxième tasse de café.

Tout ce qu'ils avaient prévu de faire ce jour-là, c'était de flâner. Ils avaient déjà parcouru la plus grande partie du Passage Intérieur, depuis l'État de Washington jusqu'en Alaska, mais pas ensemble. Cette fois, ils s'étaient mis d'accord pour explorer les îles les moins fréquentées, puis de prendre le ferry à Prince Rupert pour rentrer.

— Désolé de te le rappeler, dit Mike un peu plus tard en désignant le rivage du menton.

Elle lui fit une grimace. Elle avait déjà replié sa tente et roulé son sac de couchage, mais elle devait encore emballer le réchaud et la vaisselle. En outre, ils s'étaient étalés plus que d'ordinaire.

Mike et elle s'étaient rencontrés dans un cours de canoë-kayak, qu'elle suivait pour se lancer dans des expéditions plus aventureuses. En tandem pour plusieurs exercices, ils s'étaient bien entendus. Par la suite, ils avaient fait des excursions d'une journée puis d'un week-end dans les îles San Juan et les îles Gulf. Claire et la femme de Mike, Shelby, s'étaient prises immédiatement en amitié. Claire se disait qu'elle avait de la chance que Shelby la laisse emprunter son mari. Autant qu'elle sache, Shelby ne s'était jamais inquiétée de les savoir ensemble, seuls pendant des semaines.

Claire plissa le nez. Le fait que Shelby soit d'une beauté renversante avait sûrement à y voir. Mike était follement amoureux de sa femme, faute de quoi Claire n'aurait pas accepté cette expédition.

Dieu merci, elle n'avait plus à s'inquiéter de ce que Devin en pensait.

Une longue pratique leur permit de remballer rapidement leurs affaires et de les fourrer dans les kayaks, les plus légères à la poupe et la proue, et les plus lourdes près de l'hiloire. En ce qui concernait Claire, le pire était d'enfiler sa combinaison. L'intérieur en était toujours moite, et elle devait se contorsionner pour faire glisser le néoprène sur sa peau. La journée étant aussi belle et leurs projets aussi modestes, elle faillit mettre ses gants de côté mais, en avisant les ampoules sur ses mains, se résolut malgré tout à les porter.

Une fois équipée, elle se rappela combien elle aimait être sur l'eau dans son kayak bleu. Explorer la nature sur son embarcation lui inspirait paix et confiance en elle.

Lorsque Mike et elle eurent embarqué tour à tour, elle regarda avec plaisir autour d'elle. L'eau était presque immobile, un frisson trompeur cachant la puissance des courants en profondeur. Elle eut à peine à tremper sa pagaie pour faire avancer son kayak. Des îlots surmontés d'arbres rachitiques leur bouchèrent la vue lorsqu'ils émergèrent de la longue crique abritant leur camp de la veille.

Ils n'avaient vu personne depuis des jours, seulement de grands navires au loin dans le Bassin de la Reine-Charlotte, ainsi que des bateaux de plaisance et des bateaux de pêche dans la Hakai Passage. Aussi fut-ce une surprise, vingt minutes plus tard, d'entendre des voix portant sur l'eau. Sans doute un bateau de plaisance ou de pêche, dont le pilote avait choisi de jeter l'ancre. Les plus gros navires restaient au large de ce labyrinthe d'îles, d'îlots et de bras de mer, car les cartes n'étaient pas toujours exactes.

En tête, Mike venait de dépasser un îlot presque assez gros pour être qualifié d'île. Elle l'entendit dire : « Qu'est-ce que… ? »

L'instinct la poussa à se rétro-propulser lorsqu'elle eut un bref aperçu de ce qui l'avait surpris : un vieux cargo de quarante ou cinquante mètres, incroyablement incongru dans ce lieu. Sur le pont avant, une grue était en train de transborder une palette sur un petit yacht blanc. Des hommes s'agitaient à bord du yacht et du cargo. La marée montait déjà. Mais pourquoi avoir jeté l'ancre entre ces îles ? Ils ne veulent pas être vus, pensa Claire. Elle avait lu que la contrebande était fréquente le long des côtes canadienne et américaine. Traite d'êtres humains, drogue, armes, Dieu sait quoi d'autre.

Le kayak rouge et orange vif de Mike était en pleine vue, même s'il ne pagayait plus. Claire, quant à elle, resta dans l'ombre de l'îlot et fit du surplacc en agrippant les branches basses d'un cèdre. À travers le feuillage duveteux, elle vit le moment où quelqu'un repérait Mike.

L'homme cria quelque chose. À bord du yacht et du petit cargo, tous se retournèrent.

Mike leva la main et cria « Hello ! »

Sur l'eau, les gens étaient plutôt amicaux. Plusieurs fois, Mike et Claire avaient été invités à dîner et ils avaient même passé une soirée avec un couple de retraités qui cabotait tous les étés entre l'Alaska et les îles San Juan.

Mais là… L'horreur la saisit quand l'un des hommes du cargo leva un fusil.

Mike l'avait vu aussi. Il plongea sa pagaie dans l'eau pour reculer. Abasourdie, Claire fixait encore le type au fusil quand un *pan-pan* assourdissant s'éleva et que quelque chose frôla l'eau à quelques mètres de son kayak.

À partir de là, les événements se déroulèrent au ralenti. Mike eut un sursaut puis s'effondra. Son poids entraîna le kayak, qui chavira. Pour se cacher dans l'eau, espéra Claire. Mais il ne refit pas surface. Pagaie et kayak se mirent à dériver, à la merci des courants.

Murmurant « Non, non, non », Claire fouilla l'écoutillon pour trouver la balise SPOT qui lui permettrait d'appeler à l'aide.

Mais ce serait trop tard pour Mike.

Non, il avait seulement lâché sa pagaie pour s'agripper à autre chose. Il s'était libéré de l'hiloire et nageait sous l'eau pour se réfugier sur l'un des îlots. Elle allait entendre des éclaboussures d'une minute à l'autre.

Ses mains tremblaient. Elle n'arrivait pas à détacher les yeux du kayak retourné.

Soudain, elle sentit le petit appareil électronique sous ses doigts. Mais il lui échappa des mains, rebondit sur le pont et tomba dans l'eau, où il coula à pic. En voulant le rattraper, elle faillit chavirer à son tour.

Son « Non, non, non » fut remplacé par « Oh mon Dieu, oh mon Dieu, oh mon Dieu ! »

Terrifiée, Claire vit que la grue avait repris sa place et que le yacht faisait mouvement. Il vira de bord pour passer entre deux îlots et fila vers le sud. Elle ne put distinguer les lettres noires sur la proue. Qu'est-ce qu'elle avait aux yeux ?

Elle les essuya avec colère et comprit qu'elle pleurait.

Rick Beckman fit volte-face et considéra le tireur.

— Pourquoi t'as fait ça, nom de Dieu ?

Dwayne Peterson – bien qu'aucun d'eux n'utilise son vrai nom – lui jeta un regard au vitriol et reposa le Remington au creux de son bras massif.

— On veut pas de témoin.

— Un kayakiste ? Si on lui avait fait bonjour, il aurait passé son chemin sans même se poser de question. Et si d'autres bateaux ont entendu le coup de feu ? Qu'est-ce qui se passera quand on découvrira son corps ?

Dwayne plissa les yeux.

— Le kayak a chaviré. Il est mort.

Rick ne releva pas que si la victime s'était libérée de l'hiloire, son corps flotterait à la surface grâce au gilet que les kayakistes semblaient tous porter.

Le *Seattle Flirt*, coûteux petit yacht, filait vers la haute mer, s'éloignant aussi vite que possible du cargo. Le pilote était visiblement plus malin que Dwayne.

Conscient que les hommes assistant à la confrontation ne lui seraient d'aucune aide, Rick se tut et hocha simplement la tête.

— Quoi ? aboya Dwayne.

Rick haussa les épaules, mais éleva assez la voix pour se faire entendre de tout le monde.

— Si on est arrêté, on tombera pour meurtre.

— J'aime pas ton attitude.

Rick ne détachait pas les yeux de son chef. Quand on sous-entendait une critique à son égard, il se mettait en rogne. Mais Rick était conscient en même temps du kayak rouge flottant ventre en l'air dans le courant. Pauvre type ! Se balader dans des paysages spectaculaires et se faire descendre par un trafiquant de drogue... C'était arrivé si vite qu'il n'avait rien pu faire.

— T'as quelque chose à dire ?

Rick n'aurait pas dû ouvrir la bouche. Il se balança sur la plante de ses pieds, en apparence détendu mais sur le qui-vive. Il aurait bien aimé porter un gilet pare-balles sous son pull.

Ce qui était fait était fait.

— Non.

Dwayne fit mine de s'éloigner. À mi-chemin du pont, il se retourna.

— Eh ben moi si. J'en ai marre de toi.

D'un seul geste, il leva son fusil et tira.

Le coup de feu renversa Rick. Il s'effondra contre le bastingage et sentit qu'il passait par-dessus bord. D'abord ce fut l'angoisse, puis la douleur quand son corps heurta l'eau glaciale. D'une manière ou d'une autre, il résista à l'envie de se débattre. Il devait faire le mort.

Il y avait des chances que l'hypothermie le tue effectivement, mais il ne voulait pas désespérer.

Toujours abritée derrière les branches de cèdre, Claire gémissait sur le sort de Mike lorsqu'elle entendit un autre coup de feu et vit un homme passer par-dessus bord.

La terreur et le bon sens la figèrent sur place. Si elle se faisait voir, la prochaine balle serait pour elle. Mais si Mike était vivant ? Attendant qu'elle se porte à son secours ?

Mais que se racontait-elle ? Mike portait son gilet de flottaison et n'aurait pas dû sombrer. S'il avait réussi à se libérer de son kayak, elle l'aurait vu faire surface. Étant donné la température de l'eau, il n'avait pas pu retenir son souffle aussi longtemps.

Elle-même ne devait son salut qu'au fait que son kayak était bleu et qu'elle était dissimulée par les branches du cèdre.

Détachant son regard du kayak de Mike, elle chercha l'autre homme des yeux. Il flottait sur le dos, sans bouger.

Le moteur du cargo la fit sursauter. Un instant plus tard, les hommes s'agitèrent sur le pont, certains sécurisant la grue, d'autres entrant dans la cabine à la poupe, surmontée d'une petite timonerie et d'un radar. Elle fit de son mieux pour mémoriser ce qu'elle voyait. La coque du navire était noire, avec des bandes rouges délavées et de grosses taches de rouille, le poste de pilotage sale et éraflé. Elle ne pouvait imaginer que ce cargo sillonne le Pacifique avec un chargement légal.

Mais il se déplaçait, si lentement qu'elle crut avoir rêvé, puis plus vite, en décrivant un large cercle pour suivre le yacht. Claire n'avait aucune idée du temps qui s'était écoulé, mais elle savait que le cargo devait regagner la haute mer au risque d'être piégé par la marée basse.

Elle ne fit pas un mouvement, même quand le navire fut hors de vue. Elle attendit, attendit, jusqu'à ce que le bruit du moteur décroisse et qu'une sorte de paix se rétablisse dans le bras de mer.

Alors, elle lâcha la branche, plongea profondément la pagaie dans l'eau et se dirigea droit vers le kayak de Mike.

Ses efforts pour le retourner furent brefs. Cela aurait été plus difficile s'il avait été encore dans l'hiloire, mais il n'y était pas. Elle pivota frénétiquement sur place. Il avait dû vivre assez longtemps pour se dégager de la jupe. Une tache jaune attira son regard. Son gilet de flottaison… Mike avait dû s'en débarrasser aussi. En croyant se libérer ?

Elle entendit un bruit d'éclaboussure, puis un autre. L'homme passé par-dessus bord essayait de nager d'un seul bras. Il était vivant.

Elle aurait dû hésiter, mais elle ne le fit pas. Elle tira le gilet de flottaison de l'eau et l'accrocha au compas devant elle, puis se mit à pagayer vers le seul qu'elle pouvait sauver.

Ses efforts étaient presque au point mort quand elle l'atteignit. Il réussit à lever la tête. Elle eut l'impression d'un visage pâle comme la mort et de cheveux d'un noir d'encre. L'hypothermie allait le tuer en un rien de temps.

Restant à bonne distance, elle lui jeta le gilet.

— Vous pouvez le mettre ?

Il l'attrapa d'une main, mais n'en fit rien.

Le secourir serait la chose la plus dangereuse qu'elle ait jamais faite. Le réflexe d'un homme sur le point de se noyer serait de se cramponner à son kayak. Il pouvait la faire chavirer.

Il leva des yeux vitreux et tenta de nager comme un chien dans sa direction.

— Écoutez-moi. Vous pouvez suivre des instructions ? Vous comprenez ce que je dis ?

Il acquiesça. Sa voix était faible, mais il était conscient.

— Je vais reculer vers vous. Grimpez sur mon kayak et allongez-vous dessus. Tenez-vous à l'hiloire. Si vous nous faites chavirer, aucun de nous ne survivra. Vous comprenez ?

Elle crut le voir hocher la tête. Cela valait la peine de faire une tentative. S'il n'y arrivait pas, elle pourrait retourner chercher le kayak de Mike, le vider de son eau et aider le type à y entrer… mais il s'affaiblissait rapidement. Elle se dit qu'il serait trop tard pour le sauver si cela échouait.

Elle se servit adroitement de la pagaie pour faire pivoter le kayak et le fit reculer jusqu'à ce que l'homme puisse attraper le filin à l'arrière. Puis elle fit de son mieux pour stabiliser l'embarcation pendant qu'il trouvait la force de se hisser et de s'agripper d'une main aux cordages entrecroisés sur le pont. Le kayak roula sur la droite ; elle plongea la pagaie dans l'eau pour le redresser. Puis à gauche. Enfin elle entendit un grognement et osa tourner la tête.

D'une manière ou d'une autre, il y était arrivé et gisait étendu à la poupe, l'enfonçant davantage qu'elle ne l'aurait voulu. Les doigts de sa main valide étaient recourbés sur la paroi de l'hiloire derrière elle. Claire s'était exercée plusieurs fois à des sauvetages de ce type, mais l'homme était plus grand et plus lourd qu'aucun de ses partenaires d'exercice.

Le gilet de flottaison… Elle regarda autour d'elle. Il dansait contre la coque. Elle le prit, sachant que l'homme en aurait besoin – s'il survivait aux prochaines heures.

La vitesse et la vivacité du kayak, sur lesquelles comptait Claire, avaient tourné à la paresse. Il bougeait à peine. Elle plongea la pagaie dans l'eau et fit de son mieux pour le faire avancer.

Jusque-là elle avait raisonné étape par étape, mais elle n'avait pas fait vingt mètres que son esprit s'éclaircit soudain : elle ne savait où aller. Y avait-il quelque chose de plus proche que leur camp de la veille ? Cela ne semblait pas avisé de partir dans le même sens que le cargo.

Mike et elle avaient prévu de passer la nuit sur Spider Island, mais ils avaient noté quelques arrêts possibles pour un pique-nique. Une carte se dessina dans sa tête bien que, dans son état d'esprit actuel, il ne soit pas facile de distinguer les caractéristiques des îlots et des îles sans nom devant elle.

Il faut que j'emmène le kayak de Mike, pensa-t-elle avec une soudaine clarté. Essayer de le vider pour le prendre en remorque.

C'était son intuition qui se mouvait avec lenteur. *Attends. Appeler à l'aide sur la radio VHF.*

— Non, marmonna une voix derrière elle … peuvent surveiller les appels radios.

Ils ? Cette bouffée d'horreur était la réponse. *Eux*.

Et aujourd'hui, c'était Mike qui avait la radio.

À cause de sa maladresse, la balise SPOT avait disparu… et la VHF aussi.

Attends. Il fourrait souvent la radio dans la poche de son gilet de flottaison. Elle s'immobilisa, la pagaie en travers de l'hiloire, et tendit le bras pour attraper le gilet. Un seul regard lui suffit pour constater que la poche de poitrine était vide. Elle tenta de se rappeler l'avoir vu fourrer la radio dedans et refermer la boucle ce matin-là. Ne s'était-il pas donné la peine de refermer la poche ? Ou l'avait-il pris en même temps que le sac qui contenait la balise SPOT ?

Faute de réponse, son cerveau s'attacha au problème suivant, comme si elle assistait à une projection de diapositives. Elle n'avait pas de vêtements secs pour son passager en dehors de ceux de Mike. Les siens ne pourraient pas servir à un homme aussi grand. Elle devait retourner chercher le kayak de Mike.

Elle expliqua ce qu'elle faisait à l'homme derrière elle, espérant que ce bavardage l'empêcherait de perdre conscience. Il grogna une ou deux fois.

Elle n'aurait pas d'autre choix que d'abandonner ce plan si le kayak de Mike avait dérivé trop loin. Dieu merci, la marée n'avait pas encore tourné. Tout en manœuvrant son kayak sur les cinquante mètres qui la séparaient de celui de Mike, elle sortit son câble de remorquage, l'attacha à l'anneau de bosse du kayak rouge, puis chercha où attacher l'autre bout, pour finir par le nouer devant elle.

Ensuite, elle se débrouilla pour le vider de la plus grande partie de l'eau, mais découvrit rapidement que remorquer un autre kayak, sans compter le poids mort derrière elle, freinait sa vitesse jusqu'à une douloureuse reptation. Si les vagues avaient été plus hautes, elles auraient inondé le pont et noyé l'homme qui s'accrochait à la vie derrière elle.

Elle se concentra de toutes ses forces. Si elle avait l'habitude de renoncer, elle n'aurait pas choisi un sport où la souffrance surpassait souvent le plaisir.

Elle dépassa un îlot rocheux à tribord. Mais en approchant d'un îlot un peu plus gros à bâbord, elle repéra une ouverture. C'était à peine une faille dans la roche. S'il n'y avait rien qui ressemble à une plage au fond… Claire n'acheva pas sa pensée. Il fallait y aller, bien sûr que oui. Ses muscles criaient de douleur.

— Vous êtes toujours avec moi ? appela-t-elle par-dessus son épaule.

Le fait que son passager émette un grognement était positif. S'il était inconscient le temps qu'ils sortent de l'eau…

Stop. Une chose à la fois.

2

Il avait froid, tellement froid. Frissonnant convulsivement, Adam avait vaguement conscience d'être encore vivant. Une femme lui parlait. De temps en temps, quelque chose dans sa voix suggérait qu'elle attendait une réponse, aussi émettait-il un grognement rauque. Il avait déjà été blessé par balle, cette partie lui était familière. Mais se transformer en iceberg, c'était nouveau.

Qui était-elle ?

Il essaya de réfléchir, sans arriver nulle part. Un nouveau spasme le dépouilla de toute curiosité.

Il devait tenir bon, il le savait. Il ne sentait plus ses doigts et il ignorait ce qu'ils faisaient, si même ils étaient encore attachés à ses mains.

Elle souffla quelque chose d'une voix pleine d'espoir. Il essaya de relever la tête, sans y parvenir.

Tiens bon.

Finalement, un bruit de raclement pénétra sa conscience. La surface sur laquelle il était couché se souleva légèrement.

Soudain, un visage flou apparut devant ses yeux.

— Vous pouvez bouger ?

Bouger. Autre chose à quoi penser.

— Sais pas.

Il essaya de former les mots.

— D'accord. Euh… je vais vous aider à descendre du kayak. D'accord ?

Pas vraiment, mais il sentait qu'elle lui voulait du bien, qui qu'elle fût.

Cette fois, il essaya de hocher la tête.

L'instant d'après, il sentit des bras l'entourer et le tirer de côté. Ou bien elle avait détaché ses doigts ou bien il ne se tenait à rien finalement.

Il s'effondra sur le dos, mais elle le fit rouler jusqu'à ce qu'il soit à plat ventre, le nez et la joue pressés contre des pavés. Non, ce n'était pas ça : des pierres, mais détachées.

— Mettez-vous à quatre pattes.

Malgré sa confusion, Adam savait que c'était une question de vie ou de mort. Il consacra son reste d'énergie à faire ce qu'elle demandait. Une fois à quatre pattes, il réussit à se mettre debout, tandis qu'elle se calait fermement sous son bras. Du bon côté.

— Trop lourd, marmonna-t-il.

Quoi qu'elle ait répondu, il ne le comprit pas. Pas un bon signe.

Il mit un pied devant l'autre, ce qui n'était pas facile avec les cailloux qui roulaient. Elle chancelait avec lui et le rattrapa quelquefois avant qu'il ne s'effondre.

Il aurait pensé que cet effort massif l'aurait réchauffé, mais non. Ils durent s'arrêter deux fois parce qu'il tremblait au point de claquer des dents.

Finalement, elle dit « Ici » et le soutint jusqu'à ce que ses genoux touchent le sol. Quand elle le lâcha, il s'écroula sur le flanc et se roula en boule, conscient qu'elle s'éloignait.

Elle reviendrait – ou pas.

Claire avait beaucoup lu sur les symptômes de l'hypothermie, mais toujours en pensant à elle. Les tremblements, le manque de coordination, la confusion… Cela voulait dire qu'elle devait sortir de l'eau, mettre des vêtements secs et se fourrer dans un sac de couchage.

Mais l'homme évanoui était au-delà de ces symptômes. Son visage était d'un gris de cendre, ses lèvres bleues. Le peu qu'il avait essayé de dire avait été difficile à comprendre à cause de son élocution brouillée. Qu'il ait pu faire quelques pas était sans doute dû à un pur effort de volonté, car ses muscles ne réagissaient plus beaucoup.

Épuisement – *enregistré*. C'était un bon signe qu'il continue de frissonner, se dit-elle pour s'encourager. Parce que ce qui suivrait serait la rigidité musculaire, l'inconscience puis la mort.

Et qu'elle soit damnée si elle le laissait mourir après tout ça.

Cette plage était davantage un recoin qu'un endroit approprié au camping, mais il y avait juste assez d'espace pour monter une tente, même si cela voulait dire aplatir les broussailles. Mais d'abord, elle devait transporter son équipement, fouiller les sacs de Mike en quête de quelque chose d'utile, puis hisser les kayaks au-dessus du niveau de la marée et probablement les attacher aux arbres.

Peut-être devait-elle les mettre à couvert, pensa-t-elle avec malaise. Elle n'aurait pas été aussi paranoïaque, n'étaient les événements mortels de la journée, s'il n'avait pas marmonné : *Non... peuvent surveiller les appels radios.*

Ils avaient probablement un canot motorisé. Et ils allaient sans doute s'inquiéter assez pour jeter l'ancre et envoyer quelqu'un voir si les deux hommes étaient bien morts.

La simple pensée de Mike était douloureuse au-delà de toute expression. L'air joyeux qu'il avait ce matin-là, en s'étirant…

Le chagrin devrait attendre.

Elle devait s'occuper de l'hypothermie de l'inconnu avant toute autre chose, et pour ça elle avait besoin d'affaires prises dans les deux kayaks. Elle ouvrit une écoutille et transporta plusieurs sacs là où il gisait, d'une immobilité à faire peur.

Dieu merci, elle avait fait sécher sa serviette au soleil. Elle se laissa tomber, jambes croisées, à côté de l'homme, qui était d'une taille impressionnante. Comment avait-elle réussi à le faire tenir debout, c'était un mystère.

Elle lui sécha vivement les cheveux, puis lui enfila un bonnet en polaire, qu'elle abaissa sur son front et ses oreilles.

Il ne réagit pas.

— Il va falloir enlever ces vêtements trempés, lui dit-elle.

Elle retourna chercher des sacs dans le kayak de Mike, les fouilla, rejetant ce qu'elle ne voulait pas, et finit par trouver des chaussettes en laine, un sweat-shirt, un gilet molletonné et un bas de survêtement. Elle repartit en titubant.

En commençant à lui retirer ses vêtements, elle découvrit qu'il était passé au stade suivant de l'hypothermie – la rigidité musculaire – et que, s'il essayait de l'aider, il n'était qu'à moitié conscient.

Le plus dur fut de lui ôter son sweat-shirt et son T-shirt. Ce fut alors qu'elle vit une blessure béante sur son dos. Dieu du ciel, il avait reçu une balle et elle l'avait oublié.

Ce devait être l'orifice de sortie. Grâce à l'eau glacée, elle ne saignait pas. Claire drapa le sweat-shirt de Mike sur le dos nu de l'inconnu, puis courut au kayak chercher la trousse de premiers secours.

Elle plaça des compresses sur l'orifice de sortie, déroula l'adhésif qu'elle emportait partout et en pressa le bout sur les compresses avant d'en tirer une longueur jusqu'à son flanc. Raide comme il l'était, passer sous son bras fut difficile. Il y avait aussi un orifice d'entrée sur sa poitrine, un petit trou bleu sur une peau d'un blanc de marbre. Non, il avait pris la balle davantage dans l'épaule que dans la poitrine. Il avait eu de la chance pour un tas de raisons, mais elle était ravie que ses poils ne soient pas coincés dans la blessure. Encore des compresses. Elle les recouvrit d'adhésif, puis se demanda comment le retourner.

Avec son aide, il parvint à se mettre à nouveau à quatre pattes, et elle entoura son torse deux fois avec l'adhésif. L'hypothermie était un plus grand danger pour l'instant que la blessure par balle.

Le sweat-shirt des Seattle Seahawks avait été trop grand pour Mike, mais il semblait à la taille de l'homme. Après l'avoir aidé à se rallonger, Claire fourra une pile de ses propres vêtements sous sa tête, afin que sa joue ne repose pas sur le sol.

Elle fit tout son possible pour ne pas y regarder de trop près après lui avoir ôté ses bottes et ses chaussettes, suivies de son pantalon et de son caleçon, tous trempés. Elle se servit de sa chemise en flanelle pour le sécher au mieux avant de lui enfiler un pantalon de survêtement. Il réussit à soulever les hanches d'un centimètre pour qu'elle puisse le mettre en place. Le pantalon était trop court, mais une fois qu'elle eut enfilé d'épaisses chaussettes sur ses pieds d'un blanc cadavérique, tout fut couvert.

Épuisée, elle laissa pendre la tête. La suite ?

La tente. Le faire rentrer dedans et dans un sac de couchage. Elle avait aussi quelque part une couverture de survie.

Elle la trouva rapidement et l'enveloppa dedans avant de décider de monter la tente aussi près que possible de lui. Elle maîtrisait parfaitement cet art et, en quelques minutes, elle put dérouler le matelas et ouvrir le sac de couchage.

La marée descendait peu à peu, laissant les kayaks à sec. Avant le dernier effort de le faire rentrer dans le sac de couchage, elle transporta les kayaks jusqu'à la ligne des arbres et les poussa sous le couvert.

Ce fut à cet instant qu'elle se souvint qu'elle n'avait pas vérifié s'il y avait des traces d'ours. Il n'y en avait sans doute pas sur une île aussi petite, n'est-ce pas ? Elle était trop fatiguée pour s'en préoccuper, mais elle sortit néanmoins son répulsif anti-ours.

L'inconnu se redressa pour ramper maladroitement jusque dans la tente. Le retourner aurait été plus difficile que de tourner le sac de couchage en sorte que la tête soit au fond de la tente, aussi fut-ce ce qu'elle fit. Il s'effondra sur le sac de couchage et elle referma la fermeture Éclair avant d'étendre la couverture de survie sur lui.

— Comment vous sentez-vous ? demanda-t-elle, une main sur sa joue.

Il ne se réchauffait pas du tout, autant qu'elle puisse voir. Il ouvrit les yeux, mais elle doutait qu'il soit conscient. Elle n'était même pas sûre de la couleur de ses yeux. Noisette, peut-être ? Comme si ça faisait la moindre différence.

Concentre-toi, s'ordonna-t-elle.

Faire chauffer de l'eau ? Serait-il capable d'avaler si elle faisait du thé ou du café ? Sauf qu'elle avait le vague souvenir que la caféine ne lui ferait pas de bien, pas plus que du liquide trop tôt. Le réchauffer pouvait être utile... mais il faudrait voir si elle pourrait le réchauffer avec son propre corps.

Avec un temps de retard, il lui passa par l'esprit qu'elle aurait pu aussi se servir du matelas de camping de Mike. Zut. Elle aurait pu étendre son sac de couchage sur eux, puis elle se serait glissée dessous avec l'inconnu, qui ne pouvait pas représenter une menace tant qu'il était aussi faible.

Après avoir déroulé le second sac de couchage, Claire se débarrassa de ses vêtements, de ses chaussons en néoprène, de son casque et de sa combinaison. Même dans la tiédeur de l'après-midi, elle frissonna jusqu'à ce qu'elle enfile un pantalon molletonné, un T-shirt, une polaire et des chaussettes.

Épuisée, elle s'assit sur le seuil de la tente, essayant de se rappeler s'il y avait autre chose qu'elle devait absolument faire avant de pouvoir s'allonger.

Appeler à l'aide lui traversa l'esprit, mais elle n'avait pas de réseau depuis des jours. Elle fouillerait le kayak de Mike dans l'espoir qu'il ait rangé la balise SPOT ou la radio ailleurs, mais elle n'y croyait guère.

Le chagrin revint la poignarder avec force.

Plus tard.

Lorsqu'elle se glissa à côté de l'homme et l'entoura de ses bras, il gémit et blottit sa tête contre elle. C'était comme de faire un câlin à un bonhomme de neige.

Claire tira le sac de couchage ouvert sur leurs têtes pour réchauffer l'air, attira son visage froid contre son cou et frissonna lorsqu'elle releva son T-shirt pour poser ses mains aussi froides que des stalactites sur sa peau nue.

Ce n'était pas le bon moment pour se souvenir des coups de feu et de sa chute par-dessus bord. Si le cargo avait transporté de la drogue, cela faisait de lui un criminel, non ?

Serait-elle en sécurité s'il revenait à la vie ?

Fermant les yeux, elle décida de repousser aussi cette

inquiétude. Si elle ne le réchauffait pas, il ne représenterait aucune menace, si ?

Tout ce qu'elle aurait à faire serait de trouver un endroit où entreposer son cadavre pour que les animaux ne le dévorent pas, jusqu'à ce que les autorités viennent le récupérer et chercher aussi le corps de Mike.

Des vêtements le séparaient de la femme dans ses bras, et il aurait voulu qu'ils disparaissent. La chaleur qui irradiait d'elle était plus intense là où il touchait sa peau. Il blottit son visage dans le creux de son épaule et essaya d'inspirer sa chaleur. Il glissa ses mains engourdies plus haut sur son torse, en quête de ses seins, mais s'arrêta net. Comme il ne savait pas qui elle était, ce n'était peut-être pas une bonne idée. Elle était assez brûlante pour le faire penser à un poêle à bois, un feu de camp, un radiateur poussé à fond, une maison en adobe baignée de soleil.

Soudain, son corps se convulsa si violemment qu'il crut que sa colonne vertébrale allait se briser. Qu'est-ce que c'était que ça ? Quand les mâchoires d'acier le relâchèrent, il s'affaissa avec un gémissement, mais dix secondes plus tard, le piège se referma à nouveau et le secoua comme une proie sans défense. Était-ce ainsi de mourir sur la chaise électrique ?

La femme le tenait avec fermeté, le maintenant en un seul morceau. Elle parlait, aussi, mais il était perdu dans la douleur.

Le premier mot qu'il comprit durant un bref intervalle fut *bon*.

Bon ? Profondément vexé, il grinça des dents. Il sentit le goût du sang et comprit qu'il s'était mordu la langue.

Durant le répit suivant, il réussit à marmonner :

— Pas bon.

Ses lèvres effleurèrent son oreille.

— Mais si. Ce sont les tremblements qui réchauffent votre corps.

Ou, du moins, c'est ce qu'il pensa qu'elle avait dit.

Dévasté par la douleur, il ne savait qu'une chose : ce qui lui arrivait n'était pas des tremblements. C'était plutôt comme d'être dévoré morceau par morceau par un grizzly.

Sauf que ça ne pouvait pas être ça, à moins qu'il ne l'ait imaginée aussi. Des lèvres et une voix douce, des bras solides, de la chaleur.

Il ne se souvenait pas de la dernière fois qu'il avait prié. Il devait être un petit garçon. Mais il se mit à prier.

Je Vous en prie, mon Dieu, faites que je ne l'ai pas imaginée.

Claire se raidit. Était-ce le bruit d'un moteur hors-bord ? Pas un bateau de plaisance, quelque chose de plus petit. Comme la yole que transportaient certains bateaux de plaisance ?

Ce pouvait très bien être d'innocents explorateurs sur un gros bateau. Pourtant, elle réprima l'envie de courir allumer une fusée. Elle devait attendre jusqu'à ce que l'inconnu lui dise ce qui se passait. Ce n'étaient sûrement pas des types bien sur le yacht et le cargo. S'ils en avaient après lui, ils n'hésiteraient pas à la tuer aussi s'ils le retrouvaient. Tout comme ils avaient tué Mike sans hésiter.

Si seulement c'était Mike qu'elle avait trouvé en train de flotter, en hypothermie mais encore vivant. Les larmes aux yeux, elle s'imagina présenter des excuses à Shelby pour avoir partagé un sac de couchage avec son mari. Au lieu de quoi… Son visage se convulsa et les larmes roulèrent sur ses joues. Elle devrait dire à Shelby que Mike était mort. Assassiné. Qu'elle n'avait même pas pu récupérer son corps pour le ramener.

Avec un effort monumental, l'inconnu releva la tête. Des yeux verts, dorés et bruns dévorèrent son visage.

— … pleurez.

Il bafouillait encore, mais elle était presque sûre que c'était ce qu'il avait dit. Puis ses dents claquèrent et il eut un autre accès de tremblements. Non, c'était un mot trop doux. « Convulsions » était plus proche de la réalité.

— Ça va, le consola-t-elle. Ça ira.

Elle aurait voulu se dire qu'il y avait au moins une possibilité que ce soit vrai.

Le temps passa. Des heures, mais elle en perdit le compte. À en juger par l'angle du soleil à travers le rabat relevé de la tente, il était en train de descendre. Vu la longueur du jour à cette latitude, il ne se coucherait pas avant des heures.

Les frémissements devinrent de simples frissons. Son visage reprenait des couleurs. Ses mains… étaient chaudes. Ce fut lui qui les retira de dessous son T-shirt.

— Elles brûlent, marmonna-t-il. Mes pieds aussi.

Avec une grimace, elle lui dit :

— C'est bien aussi.

Le regard noir qu'il lui lança la mit mal à l'aise. Elle se rappela que c'était un inconnu. Un criminel. Une menace.

Elle n'avait cessé de l'oublier en lui offrant sa chaleur corporelle. Entretenir la peur d'un homme avec qui on partageait ce genre d'intimité n'était pas facile.

Peut-être pourrait-il supporter une tasse de thé, maintenant. Elle devait aussi aller derrière un buisson ou un tronc d'arbre pour répondre à l'appel de la nature.

Oh seigneur – et s'il avait besoin de la même chose ? Pouvait-il marcher ? Mike devait avoir un urinoir dans son kayak… Mais si c'était le cas, elle ne l'avait jamais vu l'utiliser. Et si l'inconnu avait besoin d'aide ?

Claire repoussa le sac de couchage qui les recouvrait et se mit à gigoter pour ouvrir le sien.

Un bras musclé s'abattit sur elle.

— Que faites-vous ? gronda-t-il.

Ignorant le frisson que sa question brutale avait déclenché, elle dit :

— Il faut que j'aille faire pipi.

Durant un instant d'effroi, elle se demanda s'il allait la lâcher. Mais il retira son bras.

— Oh…

— Et vous ? se sentit-elle obligée de demander.

Il cilla puis secoua la tête.

— Non.

— Bon.

Elle sortit du sac de couchage, le referma et le replia pour le border comme un enfant.

— Comment vous sentez-vous ?

— Dans un état effroyable.

Il émit un rire rauque.

— Mais mieux.

— L'eau ne fait sans doute pas plus de dix degrés. Vous n'auriez pas duré longtemps là-dedans.

Il fronça les sourcils, l'air perplexe comme s'il ne savait pas de quoi elle parlait.

Bien sûr, il n'était pas allé nager volontairement. Ils devaient parler, mais faire pipi était la priorité. Installer le réchaud, aussi, et manger un morceau. Le déjeuner était passé depuis longtemps.

Elle n'entendit pas un son lorsqu'elle sortit de la tente et s'éloigna. Visiblement, il avait dépassé le stade le plus effrayant, ce qui voulait dire qu'il allait vivre.

Et qu'il représentait maintenant un danger pour *elle*.

Avait-elle quelque chose dans le kayak qui puisse lui servir d'arme ? Le répulsif anti-ours, peut-être, qui n'était qu'un spray au poivre en réalité. Comme elle l'avait déjà sorti, elle le prendrait au retour. Se retournant, elle étudia la tente et essaya de se souvenir si elle l'avait mis dehors ou dedans. Elle n'y avait pas prêté attention en sortant.

S'il était dehors, eh bien il n'était plus là.

3

Il n'avait pas menti à sa sauveteuse, il se sentait affreusement mal. Il avait l'impression que ses muscles étaient en gelée, et ses mains et ses pieds le brûlaient comme s'il les avait plongés dans un cratère en fusion. Par curiosité, il sortit une main des couvertures pour la regarder.

Rouge vif. Bon sang !

Mais ça n'était rien en comparaison de l'eau, si froide qu'il avait cru mourir.

Il ramena sa main dans le cocon de chaleur et attendit le bruit de ses pas. Il se sentait intensément curieux d'elle. Il allait avoir un véritable aperçu de son visage et de son corps.

Des cheveux blonds ébouriffés, assez longs pour former une natte dans son dos. Des yeux bleu vif, se détachant nettement sur un visage rougi par le soleil et pelant par endroits. Vue de derrière, elle était solide et élancée, mais aussi voluptueuse. Personne n'aurait pu la prendre pour un garçon. Après avoir passé plusieurs heures serré contre elle, il savait que ses seins étaient généreux.

Il était resté allongé là, écoutant les bruits. Il n'aimait pas qu'elle soit hors de son champ visuel. Et si elle appelait à l'aide ? Il avait essayé de lui dire de ne pas s'éloigner, mais il n'était pas sûr qu'elle l'ait entendu. Ils pouvaient se servir de la VHF pour appeler au secours, mais pas sur le canal que surveillaient les bateaux. Qui sait ? Son téléphone pouvait capter un faible réseau.

Si elle avait effectivement passé un appel, leurs vies prendraient rapidement fin.

Il aurait dû la suivre ou insister pour qu'elle lui remette tous ses appareils électroniques avant de sortir. Il souffla avec irritation. *Bien sûr.* Vu l'état dans lequel il était, elle n'aurait eu aucun mal à le renverser avec le petit doigt.

Assise sur une chaise pliante en toile et en aluminium, elle installait un réchaud à ses pieds. Il ne la voyait que de profil.

— Si vous êtes réveillé, dit-elle par-dessus son épaule, je vais faire bouillir de l'eau. J'ai du thé, du café et du chocolat. À moins que vous ne détestiez le chocolat, ça me semble la meilleure option. Vous avez besoin de sucre.

Il n'était pas fan de sucré, mais elle avait raison.

— Chocolat chaud.

Elle ne fit pas de commentaire et mit une casserole sur le feu, puis fouilla dans un sac en vinyle. Au bout d'une minute, elle se leva et s'éloigna. Quand elle revint, elle avait un grand mug à la main.

Appartenant au mort.

Il médita cela une minute. Était-ce son mari ou son petit ami ? Dont il portait les vêtements ? Pourtant, elle s'était reprise assez vite pour sauver la vie d'un parfait inconnu. Pourquoi cela ?

Il se redressa en position assise, toujours enveloppé du sac de couchage, et avança à l'aide de son bras gauche pour s'asseoir dans l'ouverture de la tente. Elle ne tourna pas la tête, mais ses épaules et son dos se raidirent.

— Comment vous appelez-vous ? demanda-t-il d'une voix rauque.

Elle le regarda.

— Claire Holland. Et vous ?

— Rick…

Il secoua la tête.

— Adam Taylor.

— Pas Rick ?

— J'ai porté ce nom un moment. C'est… devenu automatique.

Elle ne cilla même pas, comme s'il était transparent.

— Pourquoi ce faux nom ?

— Je suis un agent fédéral. De l'agence antidrogue. C'étaient des trafiquants de drogue.

— Pourquoi vous ont-ils tiré dessus ?

— J'ai protesté pour la mort du kayakiste.

Il hésita.

— Vous deviez être ensemble.

Elle renversa la tête et dit d'une voix tendue :

— Oui.

— Je suis désolé.

Il n'était pas doué pour la compassion mais il essaya.

— Était-ce votre mari ?

— Non.

Elle ne voulait pas le regarder.

— Un ami. Il va falloir que je l'annonce à sa femme…

Sa voix se brisa.

— Je suis désolé, répéta-t-il.

— Pourquoi l'avoir tué ?

Des larmes roulaient sur ses joues.

— Il ne les menaçait pas.

— Non. C'est ce que j'ai dit.

Il essaya de plier les doigts, mais ils étaient encore raides. Gonflés. Sombrement, il ajouta :

— Et qu'ils seront accusés de meurtre en plus de la contrebande s'ils sont arrêtés.

— Ils n'ont pas… deviné que vous étiez infiltré ?

— Je ne le croyais pas, mais maintenant je me le demande.

— Vous avez une carte d'identité ?

Son soupçon ne le surprit pas. Il dut répondre :

— Je n'en ai jamais en mission. Tout ce que j'ai, c'est un permis de conduire au nom de Richard Beckman.

Il chercha instinctivement la poche arrière de son pantalon et s'aperçut qu'il n'en avait pas. Son pantalon… Il regarda autour de lui et vit un tas d'habits mouillés éparpillés.

— J'ai un portefeuille.

— Vous *aviez* un portefeuille. À moins que…

Elle se leva avec une souplesse qu'il lui envia et ramassa quelques vêtements jusqu'à ce qu'elle trouve son pantalon dégoulinant d'eau. Après avoir tapoté les poches, elle secoua la tête.

— Non. J'espère que vous n'aviez rien d'important dedans.

— Quelques dollars. Un permis de l'Alaska et une carte d'assurance, tous les deux faux.

— D'accord.

Elle retourna au réchaud. Comme elle s'occupait de doser du mélange chocolaté dans des tasses, il ne put dire ce qu'elle pensait.

— Comment ça se fait que nous ne vous avons pas vue ? demanda-t-il abruptement.

— J'étais cachée derrière l'îlot. Celui qu'a contourné Mike. J'ai eu une drôle de sensation en voyant ces deux gros bateaux dans un bras de mer aussi étroit. Ça n'avait pas de sens, à moins que… J'ai lu des choses sur la contrebande. Mike était trop loin pour que je l'arrête, mais j'ai reculé et je me suis collée aux rochers, d'où je pouvais voir à travers les branches d'arbre.

— Malin de votre part.

— Vu comment ça a tourné, en effet. C'était heureux pour vous, aussi.

— Oui.

C'était sorti de manière si bourrue qu'Adam s'éclaircit la gorge.

— J'étais à peine à quelques mètres du type qui a tiré sur votre ami. Pourquoi m'avez-vous secouru ?

Elle haussa les épaules.

— Vous étiez vivant. Je savais que Mike était mort. Je ne pouvais pas vous regarder vous noyer.

— Merci, dit-il au bout d'un instant.

Elle hocha la tête et versa de l'eau bouillante dans les deux mugs avant d'éteindre la flamme et lui tendre le sien.

— Vous pouvez le tenir ?

— Je ne sais pas, avoua-t-il.

Claire jeta un coup d'œil à sa main et secoua la tête.

— Hon-hon. C'est trop chaud pour qu'on prenne le risque que vous le renversiez et vous brûliez.

Elle le posa sur un rocher plat.

— Laissons-le refroidir un peu.

Il l'observa. Il crut la voir rougir, sans en être sûr à cause du coup de soleil.

— Vous avez contacté quelqu'un ? demanda Adam en désignant de la tête la forêt dense.

— Non !

Elle releva la tête.

— Maintenant, je me dis que j'aurais peut-être dû.

— Je ne vous ferai pas de mal.

Il hésita.

— J'aimerais pouvoir vous dire que vous êtes en sécurité avec moi, mais vous ne l'êtes pas. Vous êtes tombée sur une situation dangereuse.

Ses yeux bleus si vifs s'écarquillèrent.

— Vous pensez que je ne l'avais pas remarqué ?

Il fit la grimace.

— Non.

— Vous m'avez dit de ne pas me servir de la radio VHF.

— Ah bon ? Je ne m'en souviens pas.

— Vous avez dit qu'ils surveillaient les appels. Mais je ne comprends pas. Pourquoi ne sont-ils pas partis ?

— Ils le sont peut-être.

Il aurait aimé que son cerveau ne soit pas aussi lent.

— Mais je crains qu'ils ne deviennent nerveux. Qu'ils se disent qu'ils auraient dû me mettre quelques balles de plus.

— Mais ils savaient sûrement qu'une eau aussi froide allait vous tuer, si vous n'étiez pas déjà mort.

— Ces types ne sont pas aussi stupides que je le pensais.

Et sa mission n'était pas non plus celle qu'il avait crue. Mais il réprima l'envie de parler de ça, pas avant que ça ne devienne absolument essentiel.

— Dwayne se souviendra du kayak qui flottait, ajouta-t-il. Il ne voudra pas prendre de risques.

— C'est pourquoi il vous a tiré dessus.

Adam essaya de toucher son épaule.

— J'imagine. Euh… Vous m'avez bandé ?

— Oui. Il faudrait que je jette un coup d'œil si la douleur n'est pas trop forte. J'ai de la pommade antibiotique, mais je n'ai pas pensé à en mettre. L'hypothermie était le plus grand danger à ce moment-là.

Il fit la grimace.

— La balle est encore dedans ?

Claire secoua la tête, ce qui fit danser sa natte.

— Non, mais il y a une grande plaie sous votre omoplate droite.

— Cet endroit me fait un mal de chien.

— J'ai des antidouleurs. Vous pouvez en avaler avec le chocolat chaud.

Elle prit une boîte rouge vif et l'ouvrit.

— Aspirine… non, parce que vous saignez encore. Euh, de l'acétaminophène ou des analgésiques sur ordonnance.

Adam réfléchit.

— Attendons un peu, pour ceux-là. Il est possible que j'aille plus mal avant d'aller mieux.

Elle hocha la tête, fit tomber deux comprimés de Tylénol dans sa main et les lui tendit, avant de vérifier le mug et de décider que son contenu avait assez refroidi.

Elle s'agenouilla à côté de lui, et il prit une gorgée prudente quand elle éleva le mug jusqu'à ses lèvres. Puis il mit les pilules dans sa bouche et avala une longue gorgée, se servant de sa propre main pour orienter le mug. Bon sang, c'était bon. Et la chaleur qui descendait dans sa gorge et se répandait dans son ventre était encore meilleure.

— Si vous m'aidez à rentrer les doigts dans l'anse, je pense que je peux y arriver, suggéra-t-il.

Elle s'exécuta, puis s'écarta avec une hâte ressemblant à du soulagement. Le regard posé sur l'eau, elle sirota sa propre boisson sans révéler ses pensées.

Mais elle dit finalement :

— J'ai regardé mon portable. Pas de réseau.

— Vous en avez eu depuis que vous êtes partis de…

— Anacortes. J'habite à Seattle. Et j'ai pu passer quelques appels, mais c'est fini maintenant.

Il hocha la tête. La petite ville, sur Fidalgo Island, était un fréquent point de départ pour les plaisanciers qui remontaient la Sunshine Coast et le Passage Intérieur vers l'Alaska. Les ferries qui desservaient les îles San Juan et emportaient les passagers et les voitures à Victoria, sur l'île de Vancouver, partaient aussi d'Anacortes.

Il avait vu des ferries canadiens par là. Héler l'un de ces navires aurait été une bonne chose. Il avait eu l'occasion d'étudier la carte nautique accrochée dans la timonerie du cargo et savait qu'ils étaient à quelques miles nautiques d'un détroit assez large pour ce genre de trafic.

Mais il y avait le fait qu'il ne pourrait pas pagayer pendant un jour ou deux. Et seulement après quelques leçons. Il n'était jamais monté dans un kayak, ni même un canoë. Laisser Claire Holland partir seule était une possibilité… mais cela ne lui plaisait pas. Elle serait aussi vulnérable que l'avait été son ami.

Cependant, sans arme, de quelle utilité lui serait-il ?

— Vous avez entendu ou vu un bateau depuis que nous sommes ici ? demanda-t-il.

Elle détourna le regard.

— J'ai… entendu un moteur quand nous étions sous la tente. À moins que je l'aie imaginé.

Il attendit.

— Un petit moteur. Une yole, peut-être.

Adam jura à mi-voix.

— Le cargo en avait une ?

— Oui et un canot pneumatique, avec un moteur hors-bord.

— Et… le yacht ?

— Sans doute, mais il est parti depuis longtemps.

À moins que la cargaison n'ait pas été entièrement transbordée. Il s'était attendu à plus de soins pour la partie dangereuse de la cargaison. Peut-être était-ce arrivé pendant qu'il jouait le mort dans l'eau glacée… mais peut-être que le capitaine du yacht avait paniqué et filé sans demander son reste.

Avait-il encore une chance d'empêcher cette livraison ?

Pas en restant assis sur son derrière sur une plage de galets qui ressemblait à une rognure d'ongle. L'idée de mettre en danger la femme courageuse qui lui avait sauvé la vie ne lui plaisait pas – mais cette cargaison avait le potentiel de tuer des milliers de gens. Des dizaines de milliers de gens.

Il devait le faire savoir, mais il devait aussi vivre pour pouvoir le faire.

— Bon sang, s'exclama-t-il. Ce camp est visible depuis la mer.

L'inconnu – Adam Taylor, s'il fallait l'en croire – déclina très vite après avoir vidé la tasse de chocolat chaud. Il la supervisa pendant qu'elle coupait quelques branches pour mieux dissimuler les kayaks et la tente. Une fois le réchaud refroidi, elle le déplaça, ainsi que les sacs, derrière un amas de rochers.

Après avoir terminé, elle revint à la tente et le trouva dodelinant de la tête. Quand elle dégagea gentiment le mug de sa main, il sursauta et lui concéda que c'était peut-être le bon moment pour examiner sa blessure.

Il n'était pas vraiment beau, décida-t-elle, mais il avait des traits bien dessinés, un nez légèrement décentré – cassé ? – et une bouche sexy. C'était stupide de penser ça, se dit-elle. L'important, c'était qu'il y avait peu de chance pour qu'il soit vraiment un agent antidrogue. Même si c'était une histoire futée, elle devait lui reconnaître ça.

Ce qui lui donnait espoir, c'était qu'il ait dit *Je ne vous ferai pas de mal*. Elle l'avait cru.

Ce qui faisait d'elle une idiote crédule. Sauf que… elle

n'aurait pas pu le laisser mourir. Tout simplement pas pu. Pour l'instant, il avait besoin d'elle. Quand ce ne serait plus le cas… Elle espérait qu'elle reconnaîtrait ce moment quand il se présenterait.

Prépare-toi, se dit-elle avec pragmatisme. *Mais pas tout de suite.*

Sous le regard en biais de l'inconnu, Claire se sentit plus intimidée de le déshabiller qu'elle ne l'avait été la première fois. Elle n'avait pourtant qu'à lui faire passer le sweat-shirt par-dessus la tête. Elle retira ensuite le bandage, essayant de paraître indifférente à son corps.

Si l'on faisait abstraction de la plaie en cul-de-poule qui saignait et d'une longue cicatrice fine en travers de son flanc gauche, ses épaules et sa poitrine étaient magnifiques. Elle fut déconcertée par les muscles puissants qui roulaient sous sa peau et le buisson de poils noirs au milieu de sa poitrine.

Oui, détachée, c'était tout elle.

Et non, elle n'arrivait pas à détacher le regard de la fine ligne de poils qui disparaissait sous la taille de son pantalon trop serré. Elle sentit une vague de rougeur monter à ses joues et espéra qu'il ne l'avait pas remarquée.

Après avoir abondamment enduit la blessure de pommade, elle plaça un pansement par-dessus.

— Vous pouvez tenir ça pendant que je regarde votre dos ?

Il obéit et tendit la main gauche. Ravie qu'il ne puisse plus la voir, elle admira brièvement son dos musclé. Puis elle prêta attention au pansement trempé de sang.

— Ça va faire mal quand je vais arracher les compresses.

Il se tordit le cou sans pouvoir voir la blessure. D'un ton plat, il dit :

— Allez-y.

Elles vinrent assez facilement, mais Claire grimaça de douleur devant le trou creusé dans la chair. Ses blessures nécessitaient plus de soins que n'en pouvait fournir sa formation aux premiers secours. Étant donné ses fournitures limitées, elle nettoya la plaie, appliqua de la pommade, puis refit un pansement plus épais avant de le bander à nouveau.

— C'est trop serré ? demanda-t-elle, inquiète.

— Non.

Il fit mine de remuer les épaules, tressaillit et tendit la main pour prendre le sweat-shirt.

Claire l'aida à l'enfiler.

— Je crois que j'ai besoin de m'allonger.

Elle le poussa d'abord à manger une poignée d'amandes, parce que c'était la chose la plus rapide à laquelle elle put penser.

Puis il se retira dans la tente, et y effectua quelques contorsions douloureuses, à en juger par les grognements qu'elle entendait. Finalement, il sortit la tête par l'ouverture.

— Ce spray est à vous ?

Elle vit ce qu'il tendait. Oh ! Dieu merci. Elle le lui prit d'un air désinvolte.

— Un répulsif anti-ours.

— Il y a des ours par ici ?

— Sans doute pas.

L'incertitude de sa propre voix ne lui plut pas.

— C'était une toute petite île. Mais il y a beaucoup d'ours noirs dans la région.

— Et des grizzlis ?

— Seulement sur le continent. Mais si nous tombions sur une ourse, elle aurait sûrement des oursons avec elle à cette époque de l'année.

— Mieux vaut ne pas se mettre entre elle et eux.

— Non, en effet.

— Il y a une chance que vous ou votre ami ayez emporté une arme ?

— On est au Canada, ici. Aucun de nous n'en aurait eu de toute façon, mais c'est illégal.

— Sur le bateau, il y avait une cache sous un panneau en métal, au cas où nous aurions été arrêtés par les gardes-côtes.

— Dommage que vous n'ayez pas une arme cachée dans

votre poche, dit-elle avec désinvolture tout en pensant *Dieu merci, il n'a pas d'arme.*

Enfin, en dehors de ses muscles.

— Mauvaise organisation, grommela-t-il.

— Si votre portefeuille a disparu, une arme aurait pris le même chemin, souligna-t-elle. Je vous réveillerai dans quelques heures pour le dîner.

— Ou si vous entendez quelqu'un arriver.

Son cœur fit un bond.

— Oui, bien sûr.

Il marmonna autre chose qu'elle n'entendit pas et parut sombrer immédiatement dans le sommeil, ou peut-être dans le coma. Claire ne l'observa qu'une minute avant de retourner à sa mini-cuisine. Elle aurait beaucoup donné pour faire une promenade, mais l'épaisse végétation descendait jusqu'à la minuscule plage. Trouver cet endroit avait déjà été miraculeux ; demander en plus un sentier pour se dégourdir les jambes était pousser un peu loin.

En outre, son problème était davantage la fébrilité que l'engourdissement. Elle avait l'impression que des insectes rampaient sur ses bras et ses jambes. C'était certainement dû à une hausse de sa glycémie.

Tout ce qu'elle pensait se résumait à *Et maintenant ?*

Charger son kayak des provisions essentielles, le traîner dans l'eau et pagayer de toutes ses forces ? Ou rester pour s'occuper de l'homme qu'elle avait sauvé et se fier à lui pour qu'il ne lui fasse pas de mal ?

Pouvait-elle être attirée par une ordure ? Était-elle idiote de croire qu'elle pouvait lire en lui ?

Elle contempla les parois vertes de la tente comme si elle pouvait voir à travers le nylon et dans le cœur de l'homme qui, bon ou mauvais, détenait tous ces secrets.

Elle soupira. Prendre la fuite n'était pas raisonnable. À moins que Rick *alias* Adam Taylor soit vraiment dans le coma, il l'entendrait tirer son kayak de sa cachette et le descendre jusqu'à l'eau, qui était beaucoup plus loin maintenant. Oui, il était faible… mais s'il rassemblait la force de l'arrêter ?

Ce fut à ce moment qu'un bruit de moteur parvint à sa conscience – et, cette fois, il semblait beaucoup plus proche.

4

Adam ouvrit les yeux avec l'impression d'être drogué et fixa le plafond de la petite tente. La lumière filtrait à travers le nylon vert. Ce spectacle n'avait aucun sens. Où était-il ?

Une main le secoua par le bras.

— Vous êtes réveillé ?

Une cascade de souvenirs s'ensuivirent. Une balle. Tombé par-dessus bord. Des seins se pressant contre sa poitrine, un ventre doux faisant fondre la glace.

Il tourna légèrement la tête et vit d'étonnants yeux bleus dans un visage brûlé par le soleil.

— Oui, dit-il d'une voix rauque.

— J'entends un petit bateau. Beaucoup plus près, cette fois.

Il grogna et écouta. Un petit moteur, qui tournait irrégulièrement.

— Bon sang !

Il se dressa sur son séant, se faisant mal au bras. Ouvrant le sac de couchage, il gronda :

— Faut que j'aille voir.

— Je ne sais pas si vous le pourrez sans vous faire voir. Et s'il faut ramper sur les rochers, mieux vaut que ce soit moi.

— Vous ne reconnaîtrez pas ces hommes.

Il franchit maladroitement l'ouverture de la tente, car il devait tenir son bras droit contre sa poitrine. Son épaule et son dos lui faisaient horriblement mal. Au milieu de toutes ses misères, il avait ignoré celle-là.

Une fois hors de la tente, il évalua la configuration de

leur camp. Oui, ils étaient hors de vue si on venait fouiner à mi-chemin de l'étroite crique. Mais si l'intrus était assez curieux pour la suivre jusqu'au bout, il verrait sans doute le vert de la tente qui ressortait sur la végétation ou apercevrait la couleur rouge de l'un des kayaks. Cela n'arriverait pas tout de suite, néanmoins, pas avant que la marée remonte.

Conscient de la présence de Claire à ses côtés, sans parler du bourdonnement d'un petit avion dans un rayon d'un kilomètre, il s'empara de ses bottes encore mouillées et se mit en devoir d'en enfiler une. Jurant à mi-voix, il dut demander :

— Vous m'aidez ?

— C'est stupide.

Elle s'était déjà agenouillée et entourait sa cuisse de son bras pour l'aider à enfiler la chaussure.

— Laissez-moi vous mettre l'autre. Si vous tombez et que vous vous faites mal…

Si Claire Holland avait peur de lui, elle ne le montrait pas. Et elle marquait un point.

Mais si ces plaisanciers étaient de parfaits inconnus, disons des types francs dans la cinquantaine, il pourrait leur faire signe. Claire avait sûrement des fusées. Ils pourraient alerter les gardes-côtes.

Les pieds désormais protégés, il se redressa de toute sa hauteur, faisant de gros efforts pour ne pas vaciller.

— Est-ce que vous avez…

Claire lui tendit une paire de jumelles compactes. Il fut forcé de lui sourire.

— J'imagine que vous n'avez pas…

Elle leva les yeux au ciel.

— Un fusil Remington ? Un AK-47 ? Ou bien vous pensiez à une belle entrecôte à mettre au gril ?

— Rien de tout ça.

Il avait l'impression que ses jambes étaient en carton-pâte. Elles le portaient, mais tout juste. L'étonnante femme qui l'avait sauvé se glissa sous son bras gauche et lui entoura la taille de ses bras, prête à le soutenir même si elle faisait quinze centimètres et cinquante kilos de moins que lui.

— On pourrait peut-être se rapprocher de l'eau.

Elle désignait un amas de rochers mêlés de petits épicéas, de cèdres et de buissons de myrtilles. Le chemin avait l'air traître, en supposant qu'ils puissent effectivement passer à travers les broussailles.

Adam grogna et se mit en marche.

Ils ne purent arriver au rivage et trouvèrent à la place un espace où ils purent s'accroupir pour avoir une meilleure vue de l'étroit bras de mer.

Le bourdonnement du moteur était assez distant pour qu'Adam ne craigne pas de regarder à la jumelle. Il fut surpris de la qualité cristalline des lentilles lorsqu'il les dirigea vers les îles densément arborées de l'autre côté du chenal.

Il vit une ride dans l'eau, suivie d'une tête noire, puis d'une deuxième. Des phoques ? Des otaries ?

— Là ! s'exclama Claire avec une énergie soudaine.

Il suivit son doigt. Un canot métallique, bas sur l'eau. Deux passagers. L'un d'eux était penché sur le moteur, mais Adam connaissait cette veste. L'autre regardait dans leur direction, également à l'aide de jumelles.

Adam jura et laissa retomber les siennes, ne voulant pas prendre le risque que le soleil se reflète sur elles.

— Deux de mes compagnons de bord, dit-il sombrement.

— Mais… Ils vous ont cherché toute la journée ? Je veux dire, on est en début de soirée !

— Je n'aime pas cette persévérance.

— Ont-ils pu trouver le corps de Mike ?

— Et se demander pourquoi ils n'ont pas trouvé le mien ?

Il réfléchit à cela.

— Je suppose qu'ils s'inquiètent davantage de la disparition du kayak.

Ou non. Ils s'inquiétaient d'un témoin, car il en savait trop. Ils voulaient à tout prix s'assurer de sa mort. C'était vraiment débile de leur part, pensa-t-il ironiquement, d'avoir filé sans s'exercer au tir sur son corps.

Il jeta un coup d'œil à Claire et vit son expression atterrée.

— J'aurais dû laisser le kayak. Sauf que…

— Sauf que vous aviez besoin de vêtements qui m'aillent et d'autres équipements.

Il ne détachait pas les yeux de son visage.

— Nous aurions été piégés ici, sans second kayak.

Elle ne le regardait pas vraiment dans les yeux.

— Je pourrais aller chercher de l'aide. Vous n'êtes pas en état de pagayer, de toute façon.

Adam tourna la tête vers le canot pneumatique qui disparaissait derrière l'île.

— Et tomber sur eux ?

— Je… non, marmonna-t-elle. Je veux dire pas tout de suite.

Jamais. Mais il dit seulement :

— Retournons au camp parler de nos options.

Claire hocha la tête et se mit souplement debout. Il fit de même maladroitement et serait tombé si elle ne l'avait pas immédiatement soutenu, faisant la preuve de sa force.

— Merci. Bon sang, je suis aussi faible qu'un petit chat.

— Les petits chats sont des derviches tourneurs. Vous n'en avez jamais vu ?

Son rire ressembla à un grondement.

— Si, maintenant que vous le dites.

Ils revinrent lentement sur leurs pas, Claire s'équilibrant peu à peu et lui indiquant où poser les pieds. Même ainsi, il commit l'erreur de faire un pas trop hâtif et sentit sa cheville se tordre quand son pied glissa dans une fissure. Elle se tint droite, patiente et solide, pendant qu'il se reprenait.

Qu'aurait-il fait sans elle ?

Je serais mort, voilà ce que j'aurais fait, songea-t-il.

L'entêté refusa de prendre la seule chaise, bien qu'il faille avouer qu'elle était affreusement basse pour un homme si grand. Pourtant, il n'y avait nulle part où s'asseoir, en dehors de l'autre côté de la tente où ils risquaient d'être vus.

— Je vais chercher celle de Mike.

— Ce n'est pas la peine. Je suis très bien…

Elle pivota sur elle-même.

— Vous n'êtes pas bien ! Vous tenez à peine sur vos jambes, vous êtes blessé et stupidement macho !

Elle se dirigea à grands pas vers le kayak rouge et fouilla à nouveau les compartiments, prenant le second sac de couchage en même temps que la chaise. Elle nota que Mike avait une deuxième pagaie. C'était aussi son cas, mais un débutant était susceptible de la perdre.

Ces bras de mer entre les îles, loin de toute civilisation, n'étaient pas des eaux recommandées pour les débutants. Il n'aurait qu'elle en cas de problème, et cela l'effrayait.

Elle revint, déplia la chaise et la planta par terre. Elle avait la sensation malaisée que ses joues étaient encore rouges.

— Voilà.

Il s'assit avec précaution, soutenu par elle sur les derniers centimètres.

— Vous m'en voulez ? demanda Adam.

Elle émit un ricanement peu féminin.

— Pourquoi essayez-vous de me convaincre que vous allez bien ? À moins d'avoir l'intention de partir tout seul, vous avez besoin de moi – et j'ai besoin de savoir ce que vous pouvez et ne pouvez pas faire.

Très malin de sa part. Elle l'encourageait à mentir sur ses intentions.

Il resta silencieux une minute, puis lui adressa un sourire de guingois.

— Vous avez raison. Dans mon métier, j'ai rarement un coéquipier. Ce n'est pas une bonne idée d'avouer une faiblesse aux pourritures sur lesquelles j'enquête.

Il fit la moue.

— J'essaierai… d'inverser ma tendance au machisme.

En parlant d'aveu. Lorsqu'ils s'étaient rencontrés, Devin avait prétendu adorer ses manières directes. Il les avait rapidement trouvées moins charmantes. Il la rabaissait devant leurs amis, toujours avec un air finaud qui en dupait certains, mais pas tous. Puis il l'avait frappée.

Elle était presque heureuse qu'il l'ait fait. Elle en avait trop supporté, commençant à se demander s'il n'avait pas raison. Elle était plus heureuse célibataire que lorsqu'elle devait surveiller la moindre de ses paroles. La domination était trop importante pour certains hommes. Elle aurait dû se réjouir que se frotter à un type comme Devin ne l'ait pas rendue timide.

Comme pour faire écho à ses pensées, Adam secoua la tête.

— Je veux que vous vous exprimiez. C'est vous l'experte, ici. Sauf quand il s'agit d'avoir affaire à des criminels.

— Si c'est votre domaine d'expertise, comment vous êtes-vous retrouvé avec une balle dans le corps ?

Elle venait de le souffleter et elle résista à l'envie de s'excuser. Ne pas se laisser marcher sur les pieds était une chose, la grossièreté en était une autre.

L'amusement creusa de petites rides au coin des yeux d'Adam.

— Vous êtes dure pour mon ego, vous savez.

Elle fit la grimace.

— Désolée. Votre travail doit être vraiment dangereux.

— Ça l'est. Mais dans ce cas…

Il haussa les épaules.

— En parlant de ne pas savoir se taire… J'ai su à la minute où j'ai ouvert la bouche que je commettais une erreur. Ensuite j'aurais dû me mettre à plat ventre, mais je ne l'ai pas fait. J'ai vu plus d'hommes tués que je n'ai envie de m'en souvenir, mais c'étaient toujours des gens impliqués dans le trafic de drogue. Ou des flics et des agents fédéraux. Au moins nous connaissons les risques que nous prenons. Voir ce salopard tirer sur un homme tout à fait innocent, qui ne représentait aucune menace, a été un choc.

Claire sentit son cœur se serrer et elle pencha la tête, contemplant le réchaud éteint.

— Oui.

La voix rocailleuse d'Adam n'imitait pas bien la tendresse, mais il parut essayer.

— Je suis désolé. J'aimerais avoir pu l'empêcher.

Claire déglutit et leva des yeux brûlants de larmes contenues.

— J'aimerais aussi que vous ayez pu le faire, sauf que… était-ce possible ? Il y avait un tas d'hommes sur le cargo et encore plus sur le yacht. Vous seriez mort si vous aviez, je ne sais pas, essayé de sauter sur l'homme au fusil. Et un autre aurait tué Mike, de toute façon.

Il s'éclaircit la voix :

— C'était une situation compliquée.

— Je suis sûre que vous avez des descriptions plus brutales que ça.

Il sourit de guingois.

— Oui, mais je m'interdis ce genre de langage quand je dîne avec une femme charmante.

Claire eut l'impression qu'un poids s'ôtait de sa poitrine et elle rit.

— Eh bien, nous n'avons pas encore choisi nos plats, mais je dois avouer que j'ai faim. Et vous ?

— Je suis affamé. Je pourrais manger une demi-douzaine de steaks, mais j'imagine que ce n'est pas au menu.

— Non. En général, quand je fais du kayak, je deviens végétarienne pour ne pas attirer des prédateurs locaux, si vous voyez ce que je veux dire. Pêcher est une très mauvaise idée pour la même raison. Mike…

Sa voix se fêla.

— Il aimait vivre un peu plus dangereusement, et il faisait des trucs comme du poulet au curry.

— Vous n'achetez pas de plats tout prêts ?

— Certains kayakistes le font, mais je cuisine beaucoup avant une expédition et je congèle des portions individuelles. La femme de Mike l'aidait à faire ça, bien qu'il soit – fût – lui-même très bon cuisinier.

Elle n'était pas prête à parler de Mike.

— En fait, laissez-moi aller voir ce que je peux sortir de

ses réserves. C'est probablement un endroit assez sûr pour manger de la viande.

Elle espéra qu'Adam n'avait pas remarqué son coup d'œil inquiet en direction de la forêt.

Heureusement, car Adam et elle allaient être coincés là plusieurs jours, Mike et elle avaient emporté plus de repas que d'ordinaire, parce qu'ils voulaient prendre leur temps avant que la baisse de leurs provisions les oblige à obliquer vers l'un des avant-postes de la civilisation. Tous deux avaient envoyé des colis remplis de repas maison congelés, de barres chocolatées, de noix, de sachets de thé, de papier toilette à Shearwater, où on les garderait jusqu'à ce qu'ils viennent, un arrangement courant parmi les kayakistes du Passage Intérieur.

Elle trouva un coq au vin dont elle savait qu'il était bon, et apporta deux des boîtes à la « cuisine ».

Adam observa son retour avec une intensité énervante, sans rien révéler de ses véritables pensées. Lorsqu'elle prit une boîte d'allumettes, il dit :

— Une fois que vous aurez allumé ça, il faudra qu'on parle.

— Maintenant ?

— Pourquoi pas ?

Parce qu'elle ne lui faisait pas confiance ? Parce qu'elle n'avait pas encore décidé de ce qu'elle devait lui dire ou pas ? De bonnes réponses, mais qu'elle ne pouvait formuler à haute voix, aussi hocha-t-elle simplement la tête.

Le temps que Claire mette de l'eau à bouillir et les deux boîtes à réchauffer, elle s'était refermée comme une huître. Adam voyait presque le masque qu'elle portait. Non qu'il le lui reproche : elle était trop intelligente pour avoir abandonné ses doutes le concernant. Cela dit, que cachait-elle ?

Après avoir posé des assiettes propres, des fourchettes et une grosse cuillère à portée de main, elle s'assit.

— Je suppose qu'on ne peut pas faire de feu ce soir.

— Aucune chance.

— Le réservoir d'un moteur de cette taille doit être petit, reprit-elle. Même s'ils ont des jerricans, ils doivent être limités. En plus… Est-ce qu'ils continueraient à chercher dans le noir ? Ça peut être très dangereux. Je veux dire, ont-ils même une carte détaillée ?

— Le pilote a été capable de retrouver le yacht. Il insistait pour que ce soit à marée haute et qu'ils repartent en une ou deux heures.

Claire eut l'air atterrée.

— J'imagine qu'on ne peut pas l'écarter, alors.

— Qu'ils continuent à rôder au crépuscule ? Non.

Il aurait aimé lui demander s'il y avait des roches cachées sous la surface qui pouvaient ouvrir une voie d'eau dans un canot. Mais pour l'instant…

Elle prit une profonde inspiration.

— Alors ? De quoi allons-nous parler ?

— Je dois savoir quels appareils électroniques vous avez.

Il avait sans doute l'air inflexible. C'était ainsi qu'il se sentait.

Elle supprima toute émotion de son visage, comme si elle en avait l'habitude. Pourquoi ne lui avait-il pas demandé ce qu'elle faisait dans la vie ? Était-elle flic ? Elle était assez coriace pour ça.

— Vous pensez que je cache quelque chose afin d'appeler à l'aide quand vous ne vous y attendrez pas ?

Elle secoua la tête et se leva pour aller remuer le dîner.

Elle n'avait pas ajouté *Une aide que vous ne voulez pas ?* mais il l'entendit tout de même.

— Je vous le demande parce que nous avons effectivement besoin d'aide.

Pour l'instant, il était un maillon très faible.

— Nous ne pouvons pas émettre un appel général à la radio, mais nous pouvons appeler quelqu'un qui contactera les gardes-côtes canadiens pour nous.

— Eh bien, il y a une mauvaise nouvelle. Parce que je ne supporte pas bien le stress, le seul appareil que nous avons est mon smartphone. Qui pourrait aussi bien être un morceau de marbre.

Elle mentait. Forcément.

— Vous avez parlé d'utiliser la VHF pour appeler à l'aide.

— Avant que je me souvienne que c'était Mike qui l'avait aujourd'hui. Nous nous la… repassions de temps en temps.

Elle ferma les yeux.

— J'ai lu combien c'est important d'avoir tout en double ou en triple. Je le savais.

— Nous avons son kayak.

L'angoisse non déguisée qu'elle lui laissait voir lui donnait l'impression d'être une ordure.

— Quand j'ai retourné son kayak, le sac imperméable dans lequel il mettait tout ce qu'il voulait à portée de main aurait dû être dans une des poches en filet. Mon kayak a un écoutillon, mais c'est le même concept. C'est là où nous mettons les en-cas, le baume à lèvres, la lotion solaire… et les appareils et les équipements d'urgence. Il avait aussi un pistolet lance-fusées. Il a dû vivre assez longtemps pour prendre ce sac pendant qu'il se libérait de la jupe. Sa dernière pensée a sans doute été d'appeler à l'aide.

— Il n'en aurait pas eu le temps, dit lentement Adam.

— Il… il n'a jamais refait surface. Le plus bizarre, c'est qu'il a aussi arraché son gilet de flottaison.Parce que cela le serrait ou qu'il pensait pouvoir nager sous l'eau ?

Il secoua la tête.

— Au seuil de la mort, le cerveau n'est plus rationnel.

— Non.

Claire reporta son attention sur le repas, mettant une portion dans une assiette en aluminium qu'elle lui tendit avec une fourchette. Elle posa la casserole devant elle, choisissant apparemment de ne pas salir une deuxième assiette, mais ne fit pas mine de manger.

Il attendit un moment, par respect pour son chagrin, mais il avait faim, aussi finit-il par prendre une bouchée tout en gardant un œil sur elle. Après une minute, elle fit de même.

Ils finirent leur repas en silence. Elle soupira en posant la casserole sur le rocher et se renversa en arrière.

— Nous avions tous les deux une balise SPOT. Je ne sais pas si vous savez ce que c'est. Ce sont des appareils de géolocalisation par satellite. Vous enregistrez la vôtre à votre nom, afin que, quand vous pressez le bouton, la Garde côtière sache où vous chercher et qui chercher. Vous n'êtes censé l'utiliser qu'en dernier ressort.

Claire s'interrompit.

— Celle de Mike aurait dû être dans le sac dont je vous ai parlé. Je ne l'ai pas fouillé, mais c'est là qu'il la rangeait toujours, sauf quand nous faisions une courte randonnée.

Adam hocha la tête.

— Quand… ce type a tiré sur Mike, j'ai sorti la mienne, mais je n'ai pas fait aussi attention que j'aurais dû. J'imagine que j'étais sous le choc. Je portais mes gants et je n'ai pas baissé les yeux. J'étais hallucinée par ce qui se passait…

— Vous l'avez laissée tomber. Par-dessus bord.

La honte la fit rougir.

— Elles flottent probablement, et j'ai fini par la chercher, mais pas très longtemps. Je n'osais pas bouger et je vous regardais pour savoir s'il y avait une chance que vous soyez encore vivant…

— Je comprends, se força-t-il à dire, bien que leur incapacité à appeler au secours les mette plus en danger qu'elle ne le comprenait.

Finalement, elle croisa son regard.

— J'aurais dû y regarder à deux fois. Ce n'est pas avant d'avoir retourné le kayak de Mike que j'ai compris que le sac avait disparu.

— Je dirais que nous aurions dû examiner tout ce qui flottait quand nous sommes retournés chercher le kayak, mais…

Il fit la grimace.

— Vous étiez en très mauvais état. Vous sortir de l'eau ne suffisait pas, alors que vous étiez en hypothermie grave. Tout ce à quoi je pensais, c'était trouver un endroit pour camper afin de vous réchauffer.

— Je vous remercie de cette priorité.

Il lui aurait pris la main s'il avait été assez près.

— J'ai cru que j'allais mourir.

— Avec une eau à moins de dix degrés, vous seriez mort rapidement. Même comme ça, s'il m'avait fallu quelques minutes de plus…

— Quelle chance aviez-vous de repérer quelque chose d'aussi petit qu'une balise SPOT ? Je suppose que ce n'est pas plus gros qu'un téléphone portable ?

— Non.

— Ce qui est fait est fait. Ça ne ferait pas de mal de fouiller les affaires de votre ami, ajouta Adam, juste au cas où. Nous devrions inventorier ce qu'il avait de toute façon.

— Il avait une autre pagaie, parce que celle dont il se servait a disparu. On peut les attacher au kayak, mais… aucun de nous ne le faisait.

Sa voix était toujours chargée de honte.

Il hocha la tête d'un air neutre. S'autoflageller ne leur ferait aucun bien, ni à l'un ni à l'autre.

— D'accord.

— Si vous vous ennuyez, il a aussi emporté des livres.

Elle plissa le nez avec ironie.

— Exactement ce qui nous manquait. J'en ai aussi. Nous en échangions parfois, mais nous n'avions pas les mêmes goûts.

Adam réussit à sourire.

— D'accord, je regarderai dans la bibliothèque. Je pense que nous devrions faire profil bas un jour ou deux.

Elle haussa les sourcils.

— Vous croyez pouvoir pagayer aussi vite ?

— Vous avez une meilleure idée ? répliqua-t-il un peu sèchement.

Elle ne répondit rien.

5

La clarté du jour leur épargna d'avoir à utiliser les lampes de poche ou la lampe à pétrole. Le soleil ne se coucherait pas avant 21 h 45, bien que le ciel se soit assombri avec le crépuscule. Claire sentait toutefois la fraîcheur de la nuit. Les sourcils froncés, elle observait Adam de près.

Bras étroitement croisés, il avait perdu toute couleur. Claire souhaita à nouveau qu'ils puissent se permettre de faire un feu. Elle se demandait si sa température corporelle était revenue à la normale.

Lorsqu'elle eut fait bouillir de l'eau pour le thé, il en accepta une tasse avec reconnaissance. Pendant qu'il buvait, elle rassembla les sacs de Mike et les transporta près de sa chaise. Après avoir bu quelques gorgées de son propre thé, elle sortit le contenu du premier sac.

Pour l'inventorier, comme disait Adam.

— Je n'aurais pas dû vous laisser remettre ces bottes humides, marmonna-t-elle. Si seulement Mike avait des pieds plus grands. Ah, une parka.

Il leva les yeux quand elle la lui apporta.

— Vous avez vu que j'avais froid ?

Avait-il à nouveau bafouillé légèrement ? Elle l'avait sans doute imaginé.

— Bien sûr que oui.

Il tendit le bras avec obéissance, mais il devint rapidement évident qu'il ne pourrait pas passer son bras blessé. La parka était trop petite pour convenir à son large dos.

Après un instant de réflexion, Claire prit le sac de couchage qui leur avait servi d'édredon et le drapa autour d'Adam, créant une sorte de capuchon et s'assurant qu'il puisse le tenir d'une seule main. Puis elle lui retira ses bottes humides et ses chaussettes molletonnées.

— Je crois qu'il a une deuxième paire…

Elle se remit à fouiller les sacs, trouva ce qu'elle cherchait et glissa les chaussettes aux pieds d'Adam. Puis, avec un sentiment d'irréalité, elle se rassit sur ses talons et le considéra.

Elle manipulait son corps comme si elle en avait le droit. Les circonstances qui l'avaient rendue si audacieuse devaient lui sembler aussi bizarres qu'à elle.

Je lui ai sauvé la vie, pensa-t-elle avec stupéfaction. Bien qu'elle se soit sérieusement exercée au sauvetage, elle n'aurait jamais imaginé avoir à le faire pour de bon.

Il l'observait, en même temps qu'elle l'observait. *C'est un inconnu, tu te rappelles ?*

Ses yeux étaient profondément cernés. Leur couleur en était riche et claire, mais changeante au fil de ses humeurs. C'étaient de très beaux yeux, éclairant un visage sombre et maigre. Cela la rassurait, étant donné le premier aperçu qu'elle avait eu de lui. Il frissonnait mais n'était pas gelé à mort. D'une certaine façon, sa barbe naissante ne faisait que souligner les traits de son visage.

— Vous devez vous être rasé ce matin.

Il sortit une main du sac de couchage comme pour la passer sur ses joues et tressaillit.

— Fichue épaule !

— Normalement, je suggérerais d'y mettre de la glace, mais, bon…

— Oui, non merci.

Claire soupira.

— J'aimerais que nous puissions faire quelque chose, au lieu de rester assis comme des… euh…

— Des cibles vivantes ? dit-il, un sourcil levé.

Elle lui tira la langue, espérant qu'il sourirait.

Mais non. Au lieu de cela, ses rides se creusèrent, lui donnant l'air plus vieux.

— Je donnerais une fortune pour avoir une arme.

Les armes lui faisaient peur. Elle ne connaissait personne qui en possède, mais elle partageait tout de même son souhait. Quoi qu'elle pense par ailleurs de cet homme, elle ne croyait pas qu'il lui ferait du mal. Voler les pagaies et la laisser sur place, peut-être, mais il lui enverrait de l'aide avant de disparaître à nouveau dans son monde sordide, où qu'il soit.

Donc, tout allait bien.

— En général, je me couche avant le coucher du soleil, parce que prendre la mer très tôt est la meilleure option. Nous n'avons pas besoin d'y penser, mais même si nous voulions veiller, nous n'avons que deux lampes de poche et une lampe à pétrole.

— Il faut faire attention à ne pas faire de lumière, dit vivement Adam.

— Je pensais bien que vous diriez ça. C'est pourquoi je vais tout ranger et aller aux toilettes.

Surpris, il jeta un coup d'œil au ciel, qui semblait virer au violet.

— On ne dirait pas qu'il va pleuvoir.

— Pourquoi je range tout, voulez-vous dire ?

C'était ce qu'elle était en train de faire, à commencer par les vêtements qu'elle avait tirés des sacs de Mike.

— Vous comprendrez si nous avons la visite de ratons laveurs pendant la nuit. Ils peuvent mettre une pagaille incroyable.

Il ne pensait pas beaucoup à son enfance, mais un souvenir lui revint.

— Mon… père adoptif… Nous avions des ratons laveurs qui venaient fouiller les poubelles de temps en temps.

— Les ours peuvent faire encore plus de dégâts. En général, ils sont seulement curieux, mais ils ne voient pas l'utilité de manipuler les objets inconnus avec délicatesse.

Adam se mit à rire, ce qui lui remonta le moral. En plus d'admirer son courage, il se surprenait à bien aimer cette femme. Elle le faisait rire, et il n'avait pas ri depuis des années.

— En tout cas, il vaut mieux ne pas stocker de nourriture plus près de la tente que nécessaire. Ces bacs scellent en théorie les odeurs et ne peuvent pas être ouverts, mais je préférerais qu'un ours n'essaie pas à quelques mètres de là où je suis dans un sac de couchage.

Tout en parlant, elle mit un peu d'eau à bouillir et produisit un petit flacon en plastique qui devait contenir du liquide vaisselle. Un torchon sortit du même sac. En quelques minutes, elle lava les quelques ustensiles qu'ils avaient utilisés et les rangea efficacement dans un tout petit espace.

Il aurait dû offrir de l'aider, mais il n'avait pas envie de bouger. Il devait aller aux toilettes, comme elle disait, mais il n'était pas impatient de parcourir dix mètres sous les arbres. Rentrer à quatre pattes dans la tente était plus attirant, sauf qu'il détesterait vraiment devoir se lever au milieu de la nuit pour aller faire pipi.

— Voici le sac de toilette de Mike, dit-elle. Il y a sans doute une seconde brosse à dents… Et il avait apporté un rasoir. Mais il ne s'en servait que si nous nous arrêtions quelque part où il y avait l'eau chaude. En partie parce que nous transportions notre eau potable, et que c'est un gâchis de l'utiliser quand on ne sait ni où ni quand on pourra en reprendre. Et, au cas où vous ne l'auriez pas remarqué, notre petit campement a un défaut.

— Pas de cours d'eau.

— Exactement.

— Alors je vais devoir me laisser pousser la barbe.

Elle pencha la tête d'un air curieux.

— Vous en avez déjà eu une ?

— Une barbe ?

Adam trouvait plus difficile de distinguer son visage, ce qui devait indiquer qu'il était plus de 21 h 30.

— Oui, pour mon boulot.

Il détestait porter la barbe plus d'un jour ou deux, cela le grattait furieusement.

— Si vous voulez bien m'excuser.

Elle avait un rouleau de papier toilette à la main, un sac en plastique dans l'autre.

— Je reviens dans une minute.

Elle parut se fondre dans l'obscurité. La nuit était tombée.

Adam fouilla rapidement les affaires de toilette du mort et, à son grand soulagement, trouva une brosse à dents neuve et un petit tube de dentifrice. Claire lui avait laissé une tasse avec quelques centimètres d'eau, dont il se servit.

Le temps qu'elle revienne, il avait refermé le sac et envisageait de se mettre debout.

— Laissez-moi vous aider.

Le froid le saisit lorsqu'elle lui retira le sac de couchage et alla le jeter dans la tente, avant de revenir lui servir de béquille. Une fois sur ses pieds, il oscilla un moment, mécontent de sa faiblesse et de sa vulnérabilité. En même temps, il appréciait l'aide neutre de Claire.

Oui, il l'aimait bien. Et il aimait encore plus la sensation de son corps pressé contre le sien. Et puis il y avait le fait qu'elle était aussi forte que féminine.

Il se força à dire :

— Vous pouvez me lâcher.

— Vous y arriverez tout seul ?

— Je n'ai pas besoin d'aller très loin.

— Comme vous n'avez pas de chaussures, faites attention où vous marchez. Et, euh, vous avez besoin de papier toilette ?

Il sourit de sa délicatesse.

— Pas pour l'instant, merci.

Bien sûr, elle rougissait. Ce qu'il voulait savoir, c'était si elle allait opter pour son propre sac de couchage ou décider qu'il avait toujours besoin de sa chaleur corporelle.

Elle attendit qu'il revienne de sa petite excursion, sans doute pour le relever s'il se cassait la figure. Mais quand il fut là, elle se glissa la première dans la tente.

Adam fit une pause, d'abord pour écouter les bruits, ensuite pour contempler le ciel. En sillonnant l'Océan Pacifique, il avait aimé se tenir sur le pont et admirer les cieux nocturnes. La giclée d'étoiles était éblouissante. Les plus lointaines brillaient faiblement, un phénomène invisible au-dessous du 48e parallèle. L'humanité avait beaucoup perdu dans sa dépendance à l'électricité.

Il avait besoin de se détendre et de ne pas bouger pendant au moins dix heures. Il s'accroupit prudemment, puis pénétra en rampant dans la petite tente. La forme sombre de Claire tendit une main.

— Vous avez assez chaud ? On peut partager un sac de couchage cette nuit si… vous craignez de perdre votre chaleur corporelle.

Son air timide était attendrissant, par contraste avec son audace habituelle.

— J'y survivrai, dit Adam, mais je préfère partager.

Silencieuse durant un instant, elle dit finalement :

— D'accord, mais seulement pour la chaleur.

— Je serai sage.

Il doutait de toute façon d'être en état de faire quoi que ce soit.

— Puis-je toucher votre front ?

Sa main était toujours posée sur son bras. Il le leva gentiment, déplia ses doigts et se pencha pour lui faciliter la tâche.

— Vous avez chaud, murmura-t-elle.

— Je vous l'avais dit…

— J'ai peur que vous ayez de la fièvre.

— Oh…

— C'était à prévoir, sauf que…

— Est-ce que l'eau salée n'aura pas nettoyé la blessure comme il faut ?

— Probablement. Peu importe. Je suis une inquiète chronique.

Ils avaient cela en commun, alors. S'inquiéter, planifier, se tenir sur ses gardes, c'était ce qui sauvait la vie.

Avec vivacité, elle suggéra qu'il ôte quelques couches de

vêtements et offrit de l'aider. Il tremblait pour de bon quand ils eurent fini et qu'il put finalement s'allonger. Claire y remédia en s'introduisant dans le sac avec lui et en remontant la fermeture Éclair.

Ce soir, elle avait même sorti un oreiller. Il le tâta et s'aperçut que c'était un sac rempli de vêtements.

Elle gigota à côté de lui, remontant le deuxième sac de couchage, puis se tint tranquille. Il ne pouvait pas y avoir plus d'un centimètre entre eux, étant donné l'étroitesse du sac de couchage, mais elle essayait de rester à l'écart.

Il sortit le bras dans un geste invitant.

— L'idée n'est pas de se blottir l'un contre l'autre ?

— Oui… je suppose.

Elle se rapprocha.

Souriant de cette concession un peu raide, Adam s'aperçut que, s'il se détendait peu à peu, il n'était pas encore prêt à sombrer dans le sommeil. Bien que Claire ait posé la tête sur son épaule, elle était loin aussi d'être détendue.

— Vous ne voulez pas me parler de vous ? demanda-t-il pour les distraire de cette situation inconfortable. Quel est votre métier ?

— Je travaille dans les ressources humaines. Ce n'est pas très excitant, je sais.

Elle lui dit le nom de la grande entreprise qui l'employait.

— J'ai commencé chez Boeing, après j'ai travaillé pour une chaîne d'hôtels, puis j'ai atterri à ce poste de direction.

— Comment vous êtes-vous engagée là-dedans ?

— J'ai étudié la psychologie. Je ne pouvais pas me permettre d'aller jusqu'au master et je n'étais pas sûre de vouloir faire du conseil, alors j'ai cherché ce que je pouvais faire avec une licence. Ce que j'ai appris m'aide à recruter et à résoudre les problèmes des employés.

— J'imagine.

Adam pensa à quelques collègues qui avaient de gros problèmes, que la plupart des gens écartaient d'un haussement d'épaules.

— Et vous ?

Il sentait son haleine dans son cou, ce qui le distrayait.

— La chimie. C'est ce que j'ai étudié. J'ai commencé à travailler pour la DEA comme chimiste. L'agence ne s'occupe pas seulement de drogues illégales. Je me suis vite ennuyé, et lorsque j'ai entrevu la possibilité de devenir agent sur le terrain, j'ai sauté dessus.

— Cela correspondait-il à ce que vous aviez imaginé ?

Ce n'était pas le bon moment pour revenir sur son récent malaise.

— Bien sûr. J'aimais l'action. J'aimais aussi jouer des rôles. Vous ai-je dit que je jouais régulièrement dans des productions théâtrales à l'université ?

Espérant qu'elle n'avait pas remarqué qu'il parlait au passé, il se tut.

— Le travail d'infiltration doit avoir un gros impact sur la vie sociale, observa-t-elle pensivement.

Parler ainsi, dans l'obscurité croissante, dans l'incapacité de voir leurs expressions mutuelles, était étrange.

— Oui, reconnut-il. Je reviens d'une mission d'infiltration de quelques mois, je découvre que mes amis ont déménagé, que mes collègues ont été mutés. Ensuite, c'est moi qui suis muté.

Il fronça les sourcils.

— Ça me va. Je suis un solitaire par nature.

Pourtant, il commençait à se demander si c'était si vrai que ça. Son enfance l'avait habitué à la solitude, mais était-ce vraiment sa nature ? Ou n'avait-il pas eu la chance d'apprendre à nouer et entretenir des liens à long terme ? Tout ce qu'il ressentait, c'était de la méfiance quand il voyait des familles heureuses.

Et pourquoi diable s'adonnait-il à cette introspection ?

— Dormons, dit-il avec brusquerie.

Voyant qu'elle ne disait mot, Adam comprit qu'elle n'était pas prête à mettre un terme à la conversation.

— Vous avez quelqu'un dans votre vie ? s'entendit-il demander.

— Je croyais que vous ne vouliez plus parler.

— La question vient de me traverser…

Il n'avait pas voulu mentir, mais il n'allait pas lui dire qu'il se la posait depuis qu'il s'était réchauffé dans ses bras.

— J'étais… fiancée, dit-elle doucement. J'ai rompu il y a environ un an. Parmi d'autres problèmes, il détestait que je fasse du kayak. Si un sport ou un loisir ne l'intéressait pas, il n'était pas question que nous en fassions.

Son ironie plut à Adam, même s'il soupçonnait qu'elle cachait du chagrin.

— C'est une bonne chose que vous n'ayez pas épousé ce crétin.

Son petit rire le fit frissonner, et il se détendit plus encore. Quel genre d'idiot pouvait la laisser partir ? Adam ne faisait pas facilement confiance – ou pas du tout – mais cette femme… Elle l'avait surpris. Stupéfié en réalité, avec son cran, sa force, sa persévérance, tout cela pour aider un homme qu'elle ne connaissait même pas. Elle n'abandonnerait jamais quelqu'un qu'elle aimerait.

Mais elle ne l'aimait pas et ne lui faisait pas confiance. Il n'aurait pas dû avoir à se le rappeler. En parlant de crétin…

Il mit du temps à trouver le sommeil, et elle était encore tendue à ses côtés quand il sombra finalement.

Claire prit d'abord conscience d'une agréable chaleur, puis d'une grande main posée sur son flanc, la retenant contre un corps musclé. De longues inspirations faisaient bouger ses cheveux. Elle n'entendait pas tout à fait ses battements de cœur, mais elle sentait la montée et la descente de sa poitrine.

L'inconnu.

Tout à fait réveillée, elle prit conscience de leur position. Il était allongé sur le dos, sans doute la seule position confortable pour lui. Elle avait passé une de ses jambes par-dessus la sienne durant la nuit.

Il était temps de battre en retraite. Elle n'aurait pas dû

proposer de partager un sac de couchage la veille. À ce moment-là, l'idée de se blottir l'un contre l'autre pour dormir lui avait paru réconfortante, nécessaire même. *Imbécile* fut le mot qui lui vint à l'esprit.

Elle ne pouvait oublier qu'elle ne le connaissait pas vraiment.

Études de chimie ? Peut-être. Elle ne pouvait pas lui poser des questions pour le vérifier. Elle avait détesté ce cours au lycée et avait tout oublié dès qu'elle avait eu son bac.

D'abord, elle souleva très lentement la jambe, puis recula en se tortillant. Le bras d'Adam se resserra autour d'elle, puis se détendit et retomba. Aucun signe qu'il soit réveillé. Ouvrir le sac de couchage lui demanda quelques contorsions, mais elle finit par s'échapper.

Matin ou non, le temps n'était pas au beau fixe, aussi s'habilla-t-elle hâtivement et sortit-elle de la tente en rampant. Un dernier regard en arrière lui montra qu'il dormait, bouche entrouverte.

Ils avaient survécu à la journée de la veille, mais elle était nerveuse à l'idée de ce qui les attendait.

D'abord profiter de sa solitude pour faire un petit tour dans les bois, puis faire du café. Lorsque Adam émergerait, elle préparerait le petit déjeuner, qui consistait normalement en porridge avec des fruits séchés et du sucre ou du miel.

Puis finir de fouiller le kayak de Mike. Qui savait ce qu'il avait embarqué ? Elle pria pour trouver sa balise. Il pouvait l'avoir laissée tomber dans un sac, pensant qu'il avait la radio à portée de main.

Pas convaincue, Claire prit le papier toilette et s'éclipsa. En revenant, elle laissa les faibles rayons du soleil jouer sur son visage.

La marée montait. Elle avait envie de remballer et d'apprêter son kayak pour le départ. Quand la marée descendrait, ce serait le moment parfait pour se lancer.

Le sud de la passe de Hakai serait la route la plus directe pour trouver de l'aide, mais ils risquaient de croiser le cargo. Il devait mouiller au large des îles. Mais où exactement ?

Le détroit de Fitz Hugh et la ville de Namu étaient si proches à vol d'oiseau que c'en était frustrant. Ils n'auraient même pas besoin d'aller jusqu'à Namu, car il y avait certainement du trafic maritime dans le détroit. Mais aller d'ici à là-bas serait compliqué.

Elle continua de se remuer les méninges sur la question.

L'ouest du Bassin de la Reine-Charlotte était trop risqué, à moins qu'elle ne laisse Adam derrière elle. Contourner les îles avait ses risques aussi et tout changement de temps sur l'océan pouvait signifier une houle, ou pire. Et d'après son expérience, le temps changerait effectivement. Il y avait eu davantage de jours pluvieux ou brumeux que de jours ensoleillés jusque-là.

Le nord semblait plus logique, vers Hunter Channel et la réserve indienne de Bella Bella – en supposant qu'ils ne tombent pas d'abord sur des pêcheurs ou des plaisanciers.

Le mieux peut-être, étant donné l'inexpérience d'Adam, serait de se faufiler entre les îles pendant un jour ou deux et de prendre de l'avance sur leurs poursuivants.

À moins qu'elle n'abandonne Adam, ils n'iraient nulle part ce jour-là, toutefois. Le lendemain, en revanche, ils le devraient parce qu'ils arrivaient au bout de l'eau potable.

Mike et elle…

La douleur la plia en deux. Ce n'était pas comme si elle n'avait pas pensé à lui, mais tout ce qu'elle avait réprimé jusque-là revint la frapper. Le premier sanglot la prit par surprise. Elle plaqua une main sur sa bouche pour s'imposer le silence, mais rien ne pouvait stopper cet accès de chagrin, qui avait choisi son moment.

6

Adam s'éveilla en sursaut, instantanément conscient de l'absence de quelque chose.

Ou plutôt de quelqu'un.

Il s'assit, l'oreille tendue, mais n'entendit pas un bruit. Il était toujours conscient des mouvements ou des bruits émanant d'une femme dans son lit ou d'hommes avec qui il cohabitait. Si Claire avait décidé qu'il valait mieux partir, il…

Il ferait quoi ? se demanda-t-il avec colère. Plonger dans l'eau glaciale pour la rattraper ? Il irait plus vite dans un kayak, surtout avec la douleur féroce qu'il avait à la poitrine et au dos. Au moins l'eau engourdirait la douleur.

Jurant à mi-voix, il ouvrit le sac de couchage et prit son pantalon. Pour une journée de presque-été, il faisait beaucoup plus froid que prévu. Ne pas savoir l'heure accentuait son impression d'être seul au monde.

Habillé de ses vêtements d'emprunt, il sortit en rampant, tirant le sac de couchage supplémentaire après lui.

À la minute où il émergea de la tente, il la vit, assise sur sa chaise pliante, berçant une tasse entre ses mains. Le soulagement fut presque douloureux, bien qu'il remarque immédiatement qu'elle avait les yeux rouges et gonflés.

Elle posa un doigt sur ses lèvres et lui désigna les arbres. Il s'immobilisa et regarda dans la direction indiquée.

Un aigle chauve était perché sur une branche, à moins de huit mètres d'eux. Il tenait un poisson dans ses serres et les fixait d'un air de dédain suprême.

— Un type vraiment sympa, murmura Adam.

Claire sourit.

— Leurs yeux ont quelque chose de reptilien.

Il avait déjà vu des aigles chauves ; ils étaient partout à l'ouest de Washington, en Colombie Britannique et en Alaska. Mais jamais si près. Il n'avait jamais regardé l'un de ces rapaces, sachant que lui aussi le regardait.

Après un instant, l'aigle étendit ses larges ailes et prit son essor, le poisson se balançant au bout de ses serres.

Claire se pencha en avant pour rallumer le réchaud.

— Il ne voulait pas prendre le petit déjeuner avec nous.

— Je suppose que non.

— Café ? Thé ? Chocolat ?

Il huma le parfum de sa boisson chaude.

— Café.

Il alla d'abord faire un petit tour, content d'avoir une excuse pour se reprendre avant de lui faire face.

Elle détourna le regard quand il revint et prit son siège. Après une minute, il demanda :

— Ça va ?

Claire haussa une épaule.

— Bien sûr. Ça m'a pris par surprise, c'est tout.

— Ça n'aide pas que je porte les vêtements de votre ami et que j'utilise sa brosse à dents.

— Non, ce n'est pas ce qui m'ennuie. Je suis contente d'avoir pu sauver quelqu'un. Vous voyez ce que je veux dire ?

Il voyait, bien que les fantômes de ceux pour qui il n'avait rien pu faire soient plus nombreux que ceux qu'il avait tirés d'un mauvais pas. Il hocha la tête.

— Comment vous sentez-vous ?

Maintenant que l'adrénaline se dissipait, il pouvait évaluer son état.

— Mieux, dit-il. Je me sens assez solide pour marcher. Mon cerveau n'est plus aussi brumeux.

— Tant mieux. Il faut que vous preniez vos antidouleurs. Après le petit déjeuner, je regarderai votre blessure.

Il fit la grimace.

— Il faut que j'enlève ma chemise ?

Elle rit. Tandis qu'elle lui servait un café, il dit :

— Le trafic de drogue est florissant dans les Caraïbes, et il fait chaud, là-bas. J'aurais dû refuser ma dernière mutation.

— Mais c'est plus beau ici, non ?

Il agita une main, et elle rit à nouveau.

Il pariait qu'elle aurait adoré faire du kayak dans les eaux bleu turquoise de Belize. Il avait fait de la plongée là-bas, juste pour le plaisir. Le plaisir ne jouait pas un grand rôle dans sa vie, c'était sans doute pourquoi ce souvenir était si vif.

— Ça ne vous dérange pas le porridge ?

— Par opposition aux œufs brouillés et au bacon ?

Le nez plissé, elle avoua :

— Le porridge, c'est tout ce que nous avons.

— Je prends.

Adam tourna les yeux vers l'eau. Elle avançait entre les roches découpées, tendant ses doigts d'écume. La marée avait déposé du kelp sur la petite plage de galets et elle l'emporterait sans doute en se retirant. Cet endroit était si bien caché que le fait que Claire l'ait trouvé était tout simplement miraculeux.

— Vous avez entendu un moteur ce matin ?

— Non. Mais ils pourraient faire le tour d'autres îles et ne pas être très loin.

Elle déclina son offre de l'aider à faire la vaisselle, et il ne le lui reprocha pas. Elle en avait fait un art. Il l'observa néanmoins de près, sans prendre plaisir à être un fardeau.

Lorsque Claire eut terminé, elle alla chercher la trousse de premiers soins, et il ôta son sweat-shirt avec réticence. Elle retira les bandages et les compresses avec douceur. Il savait qu'elle essayait de ne pas s'émouvoir, mais cela n'avait rien d'un examen à l'hôpital. Il était trop conscient d'elle, et la teinte de ses joues trahissait une égale conscience de la situation, même si elle prenait garde à ne pas croiser son regard.

Adam se tordit le cou pour regarder la blessure. Il en avait déjà eu, et celle-ci semblait saine. Claire parut d'accord, parce que tout ce qu'elle fit fut d'appliquer encore de la pommade antibiotique et recouvrir le tout de gaze.

En s'occupant de la blessure dans son dos, elle dit :

— Ça va laisser une sacrée cicatrice.

— Ce ne sera pas ma première.

— Non.

Il n'avait pas beaucoup de sensations dans le dos, là où le couteau l'avait lacéré, mais il aurait juré sentir le bout de ses doigts se promener sur toute la longueur de la cicatrice.

— Vous avez déjà pensé que vous en êtes peut-être à la dernière de vos neuf vies ?

Il n'y avait jamais pensé, mais elle avait peut-être raison. Une fois qu'elle l'eut à nouveau bandé, il remit son sweat-shirt.

Claire ne le regarda pas non plus en regagnant sa chaise. Trop de proximité ?

— Bon, dit-elle avec raideur, j'ai un peu réfléchi.

Il attendit.

— Au cap qu'on va prendre quand on bougera.

Sans attendre de réponse, elle déplia des schémas devant lui. Se penchant en avant, il les étudia tandis qu'elle lui expliquait calmement ses conclusions. Il n'argumenta pas, mais dit cependant :

— On a de la veine, il fait beau.

— Vous avez passé beaucoup de temps sur la côte ?

— Un voyage en mai sur ce rafiot, en partant de Juneau. On est descendu quelque part au large des îles McNaughton. Je ne prétends pas être un spécialiste.

— Bon, les plaisanciers vérifient en général la météo chaque soir sur la radio, parce qu'elle est très changeante. Un gros bateau peut supporter une houle de six mètres, mais les kayaks sont relativement frêles. Il faut savoir quand se lancer, en prenant en compte la route qu'on a planifiée pour la journée. Ça me rend nerveuse de ne pas avoir accès aux bulletins météo. Un ciel dégagé quand on prend la mer à l'aube ne veut pas dire qu'il ne pleuvra pas à verse quatre heures plus tard, ou que des vents violents ne coïncideront pas avec la marée montante. En l'état…

Elle haussa les épaules.

— Nous devrons juger à partir de notre point de vue limité. En général, les matins sont calmes, mais le vent se lève l'après-midi. C'est l'une des raisons pour lesquelles il faut embarquer tôt. En parlant de ça…

Il la regarda.

— Les hommes qui nous cherchent sont-ils susceptibles de patrouiller à l'aube ?

Ça dépend de leur degré de nervosité, pensa-t-il.

— Si on ne peut pas pagayer dans le noir, le plus tôt possible me paraît l'option la plus sûre.

Elle acquiesça.

— Quand la marée sera haute, je vous donnerai une leçon de kayak. Je peux au moins vous montrer les bases.

Pagayer n'allait pas être agréable. Adam avait déjà fait des efforts malgré des blessures, mais là il avait trop de temps pour penser à la douleur. Pourtant Claire avait raison. À défaut d'autre chose, être à court d'eau potable serait un problème critique.

Il traça de l'index le trajet qu'elle suggérait. Compliqué relativement parlant, mais tant qu'ils n'étaient pas repérés par ses compagnons de bord, ils pouvaient échapper au filet qu'ils tentaient de leur jeter.

Claire rangea les cartes dans la pochette en plastique qui les protégeait et posa sur lui un regard pensif.

Bon sang. Elle préparait quelque chose. Adam se tendit.

Elle leva le menton.

— Je ne comprends pas pourquoi ils sont aussi déterminés. S'ils reprennent la direction de l'Alaska, qui pourrait prouver qu'ils sont venus ici ? Je n'ai pas vu de nom ou de numéro sur le cargo, et je n'ai pas pu distinguer le nom du yacht. En plus, ils ne m'ont pas vue.

— Vous en êtes sûre à cent pour cent ?

Elle plissa le front, mais hocha la tête.

— Ils ne seraient pas partis si cela avait été le cas.

— Considérons cela de leur point de vue. Disons qu'ils ne vous ont pas vue, mais qu'ils ont décidé d'envoyer quelqu'un s'assurer que je suis bien mort. Qu'ont-ils trouvé ? Mon corps ? Non. Le kayak flottant coque en l'air ? Non plus. Peut-être des débris, comme la pagaie, mais sans doute pas beaucoup, parce que les petites choses se dispersent plus vite.

— Votre corps aurait pu être submergé.

— Mais je flottais la dernière fois qu'ils m'ont vu.

— Et les courants ne circulent pas en ligne droite comme la marée.

— Le kayak ne pouvait pas sombrer. Et il se voit comme le nez au milieu de la figure.

Claire s'entêtait, mais ses yeux habituellement d'un bleu clair étaient assombris par l'inquiétude.

— Ils pourraient être de retour à Juneau maintenant, mais ils n'y sont pas. La drogue qu'ils ont transférée sur le yacht est en chemin, prête à être distribuée. Vous êtes seul. Et vous n'avez rien sur vous. Pas d'appareil-photo, de clé USB ou de téléphone. À moins que vous n'ayez quelque chose de caché à Juneau, vous ne pouvez rien prouver. Alors de quoi ont-ils peur ?

Adam pouvait bien souhaiter qu'elle ne soit pas aussi intelligente, elle était son seul recours. La vérité, c'était que les autres agents impliqués dans cette enquête ne commenceraient pas à se faire du souci avant des jours et des jours, à moins que l'équipage du cargo ne débarque sans lui. Et si le vieux rafiot ne réapparaissait pas, ils supposeraient qu'un imprévu s'était produit et qu'il faisait profil bas. En faisant son travail.

Dans une autre situation, il aurait apprécié sa perspicacité et sa force étonnantes. Mais sur le moment, il aurait aimé qu'elle n'aille pas aussi loin avec sa logique.

— J'étais là pour les épingler pour trafic de drogue. Ils ont transporté un flux constant de drogue de qualité supérieure aux États-Unis. Je n'ai pas entendu parler d'autre chose, donc non, je n'ai rien d'utile caché à Juneau. J'ai transmis ce que j'avais appris.

Il fit une pause.

— J'étais de retour à bord quand j'ai entendu quelque chose qui n'était pas destiné à mes oreilles.

— Parce que votre chef se méfiait déjà de vous ?

— Parce que ce n'était pas quelque chose que quiconque de haut placé dans l'organisation voulait que les troufions sachent. La plupart d'entre nous, sur ce bateau, étaient des troufions.

Il hésitait encore, son instinct étant toujours de garder ce qu'il savait pour lui. Mais il avait besoin d'elle, et s'il devait lui faire peur pour la rendre plus prudente, il le ferait.

— Cette fois, dit-il franchement, ils ont été persuadés de transporter quelque chose d'autre. Je suis sûr qu'ils ont été bien payés, mais je ne serais pas surpris que tous ceux qui ont eu vent de la nature de cette cargaison soient éliminés dès qu'ils accosteront en Alaska.

— Des armes ? murmura-t-elle.

— Vous brûlez.

Elle plissa les yeux, et il tressaillit sous son regard perçant. Elle voyait beaucoup plus loin qu'il n'était confortable pour lui. Il n'aurait pas aimé devoir lui faire face dans une interview.

Soudain, elle se leva et croisa les bras, le regardant d'en haut.

— Ce qui rend d'autant plus important que vous fassiez passer le mot aussi vite que possible.

Ce n'était pas une question. Il inclina la tête en signe d'accord.

— Il n'y avait personne d'autre sur ce bateau ou au port qui peut faire ça ?

— Non.

— Laissez-moi vous poser une question.

Il savait où elle voulait en venir.

— Et s'ils nous rattrapent et que vous êtes abattu, mais que je m'en sors ? Si je survis et pas vous ?

Elle se pencha vers lui, croyant sans doute que son corps mince suffisait à l'impressionner. Mais elle avait raison, bien sûr.

— Je ne devrais pas savoir qui contacter et quoi dire à cette personne ?

Adam ferma les yeux et fourragea dans ses cheveux raidis par le sel.

— Si, dit-il d'une voix rauque.

Cela allait contre sa formation, mais elle avait raison. Il pouvait mourir en faisant une erreur de débutant dans le kayak. Ou parce qu'il était blessé, loin de sa forme habituelle.

— Alors quoi ?

Il avait envie de se lever pour faire les cent pas. Il avait besoin d'évacuer sa peur. Conscient de cette faiblesse, il s'obligea à rester immobile.

— De l'uranium. Des terroristes qui ont convaincu des trafiquants imbéciles de transporter le combustible d'une ou plusieurs bombes nucléaires. Tout ce qu'ils ont vu, c'étaient les dollars, dit-il en frottant l'index contre son pouce. Le pire, c'est que j'ignore quel est le groupe à l'origine de cela, ou qui attend la livraison.

Il se pencha en avant d'un air intense.

— Transmettre le nom et le numéro d'enregistrement du yacht est d'une importance critique.

Claire le fixait sans ciller.

Après avoir lâché la bombe – mauvais jeu de mots – Adam lui fit mémoriser l'information ainsi que le numéro de téléphone de son patron.

Claire gardait son calme. Ou réussissait à paraître calme, en tout cas. Elle soupçonnait que tout cela reviendrait la déstabiliser à un moment inattendu, tout comme son chagrin pour Mike. Après tout ce qu'elle avait vu et appris au cours des dernières vingt-quatre heures, il lui en fallait beaucoup pour sortir de son état d'engourdissement.

Que lui arrivait-il ? Le plus grand drame de sa vie avait été la dernière phase de sa relation avec Devin et leur rupture. Maintenant, Devin reculait à toute allure dans son rétroviseur.

Un crétin, et alors ? Des terroristes avaient mis la main sur du combustible pour fabriquer une bombe nucléaire. Aucune comparaison possible.

Tout en ruminant silencieusement, elle ôta les branches qui cachaient son kayak. Puis elle fit de son mieux pour rejeter ces terrifiants problèmes dans un recoin de son cerveau et se concentra sur le transport du kayak jusqu'à l'eau. Les pierres roulaient sous ses pieds et, si elle ne faisait pas attention, elle pouvait aussi se blesser.

Et puis il était plus facile de penser à la prochaine étape qu'au tableau d'ensemble.

Lorsque Adam vit ce qu'elle faisait, il fronça les sourcils et sauta sur ses pieds.

— Laissez-moi vous…

— Je le transporte tout le temps. Vous n'avez pas besoin de m'aider pour l'instant.

Il serra les lèvres et céda. Claire avait déjà remarqué qu'il n'aimait pas se sentir faible. Bien sûr, dans son cas, la nécessité d'être coriace était sans doute une exigence dans son métier.

Mais il l'observa sombrement tandis qu'elle mettait sa combinaison, juste au cas où elle ferait un plongeon. Cela la fit réfléchir. Oui, il détestait clairement la laisser se charger des tâches les plus dures, mais était-ce parce qu'il avait besoin de rouler des mécaniques devant une femme ? Il s'était montré beaucoup plus ouvert à ses suggestions et ses ordres que Devin ne l'aurait jamais été, même dans une situation de vie ou de mort. Elle aurait aimé se dire qu'Adam avait seulement des manières démodées ou peut-être une tendance à la surprotection. Une tendance qui venait naturellement à ceux qui travaillaient dans les forces de l'ordre, supposait-elle.

D'un autre côté, la question était toujours ouverte de savoir qui il était réellement. Peut-être avait-il inventé cette dernière histoire pour lui ôter ses doutes. C'était certainement une bonne histoire. Il ne l'avait pas quittée des yeux depuis sa révélation, comme s'il évaluait son efficacité. L'avait-elle cru ? Ne l'avait-elle pas cru ?

Étape suivante, se rappela-t-elle.

— Je vous aiderai à remballer et charger votre kayak demain matin, dit-elle, pour que nous n'ayons rien à craindre de ce côté-là. Euh… Pourquoi n'apportez-vous pas votre chaise au bord de l'eau au lieu de rester debout ?

Dans ses yeux, elle vit qu'une étincelle, de frustration plutôt que d'irritation, continuait de couver. Sans un mot, il alla chercher la chaise en choisissant prudemment son chemin. Ses bottes n'étaient sans doute pas entièrement sèches, mais froides et humides valaient mieux que trempées. Son pantalon, son pull – troué devant et derrière – ses chaussettes et son caleçon étaient toujours étendus sur un buisson de myrtilles, sans doute secs.

Pourrait-il entrer dans la combinaison de Mike ? Accablée, elle se demanda pourquoi elle n'avait pas pensé à cela plus tôt.

Étape suivante. Elle jeta cette nouvelle crainte sur la pile.

Lorsqu'elle entama sa démonstration et se surprit à bégayer, elle comprit combien Adam Taylor l'intimidait avec son attention.

Bien sûr, cela venait en partie de la conscience qu'elle avait de son corps et de l'air qu'il avait sans ses vêtements. Elle connaissait le dessin de ses poils sur sa poitrine et n'avait aucun mal à se représenter son ventre dur et ses cuisses musclées. Elle avait même enregistré une image de sa nudité, même si elle s'était raconté qu'elle ne le regardait pas.

Entre-temps, elle devait être rouge comme une pivoine, un ton au-dessus du coup de soleil qu'elle ne semblait jamais pouvoir éviter, étant donné sa peau très claire.

Si Adam avait l'air perplexe, comment lui en vouloir ?

Il observa avec attention tandis qu'elle lui montrait comment tenir la pagaie en fibre de carbone. Mike se servait d'une pagaie d'un autre style, aussi prit-elle sa pagaie supplémentaire pour qu'Adam s'exerce.

Elle lui fit étudier l'intérieur de l'hiloire, avec le siège et le dossier, les cale-pieds et les accoudoirs. Le gouvernail… Non, c'était trop, décida-t-elle. Il s'avéra qu'il savait lire un compas.

En attachant la jupe autour de sa taille, Claire espéra que celle de Mike n'était pas trop étroite pour le torse musclé d'Adam. En tant que débutant, il ne ferait sans doute pas de manœuvres, mais sans une jupe, même des vagues modérées pouvaient remplir l'hiloire d'eau. Il en aurait à hauteur de cheville en un rien de temps. Et vu la température de l'eau, il aurait froid. Le risque serait encore plus grand s'il ne pouvait rentrer dans la combinaison.

Elle resta près de lui, lui montrant les coups de pagaie en avant et en arrière, les mouvements de balayage pour tourner, l'ancrage pour se stabiliser. Puis elle retourna au rivage, tira le kayak à sec et répondit à ses questions.

Ils auraient dû avoir ce cours sur un lac et ne pas concentrer les techniques de base en une heure. Même si Adam semblait avoir maîtrisé les coups de pagaie comme par magie, il lui manquait encore les qualités d'un vrai marin, la compréhension de la météo, des marées, des changements subtils, des erreurs fatales à ne pas faire.

Mais elle dit finalement :

— Il faut qu'on vérifie que vous rentrez dans la combinaison de Mike. Tant que la météo est bonne, ce n'est pas important, le pantalon que vous portez fera l'affaire. Au moins, maintenant, vous avez un pantalon sec à mettre en fin de journée. Mais le temps n'est pas garanti, et si vous vous mouillez, ça pourrait déclencher un autre accès d'hypothermie.

Il écoutait avec un air étrange. Lorsqu'elle eut fini, elle le vit esquisser un sourire qu'elle aurait qualifié de tendre. Son cœur se serra.

— Vous faites de votre mieux, dit-il de sa voix rocailleuse. Ne soyez pas trop dure avec vous.

Ils étaient assez proches l'un de l'autre pour qu'elle puisse se coller à lui en faisant un pas. Poser son front contre sa large poitrine. Cette simple tentation l'effraya. Elle lança à la place :

— Mieux on planifie, plus on a des chances de réussir. Vous devez savoir ça.

— Oui, dit-il tranquillement, avec la même lueur étrange dans les yeux.

Elle lui tourna le dos pour commencer à remonter son kayak. Presque immédiatement, une partie du poids s'évanouit. Adam avait attrapé la poupe de la main gauche, et tout ce qu'elle avait à faire était de porter la proue.

Fardeau partagé.

7

Adam bouillait du besoin de faire quelque chose. N'importe quoi. Prendre de l'avance sur les plans du lendemain. Crapahuter dans cette fichue végétation pour surveiller les eaux environnantes à travers les jumelles, tout en souhaitant avoir un fusil à lunette.

Faire l'amour.

Ce n'était pas une option pour un tas de raisons, à commencer par le fait que Claire Holland était une femme gentille qui avait risqué sa vie pour sauver la sienne. Il la connaissait depuis vingt-quatre heures – et c'était une évaluation généreuse, étant donné qu'il avait été semi-conscient une bonne partie du temps. Il y avait plein de choses qu'il ne savait pas encore d'elle, mais il aurait parié qu'elle n'était pas le genre de femme à coucher comme ça avec un homme, même si elle éprouvait de l'attirance. Aussi, aussi vite que cette pensée lui avait traversé l'esprit, il la bannit.

Il eut envie de suggérer de partir en kayak assez loin pour pouvoir jeter un œil aux alentours, mais il savait que ce n'était pas possible. Il ne serait pas prêt le lendemain, mais pour l'instant il n'était pas du tout en état.

La tiédeur du jour aurait été agréable s'il avait été d'humeur à se détendre.

Claire avait pris une liseuse électronique et lui avait dit que, non, elle n'affichait pas l'heure parce qu'elle n'était plus connectée à Internet.

— Je veux finir le livre que j'ai commencé, avait-elle

annoncé. Après ça, la batterie sera vide jusqu'à ce que je puisse la recharger.

Si elle est encore vivante.

Elle devait forcément y penser. Il aurait tout donné pour être sûr qu'elle survivrait aux jours suivants. Presque tout, se corrigea Adam, parce qu'il devait trouver un téléphone pour passer un coup de fil. Selon sa taille, cette bombe pouvait tuer des milliers ou des centaines de milliers de gens. Ça passait avant tout. Peut-être était-ce heureux qu'il ait besoin de Claire pour l'emmener jusqu'à ce téléphone. Il n'aurait pas à faire de choix douloureux.

Elle posa brusquement sa liseuse, se leva et alla chercher un sac. Elle fouilla dedans et en sortit une pile de livres en piteux état qu'elle lui tendit.

— Vous me rendez dingue. Vous savez lire, n'est-ce pas ?

Avec tous les cheveux qui s'étaient échappés de sa tresse, elle lui faisait penser à une chouette ébouriffée.

— Vous pelez, constata-t-il.

— Ça alors, je n'avais pas remarqué.

Elle agita les livres, et il les accepta.

Puis elle se laissa tomber sur sa chaise si lourdement qu'elle eut de la chance de ne pas tordre le cadre en métal.

Donc elle n'aimait pas qu'il la regarde. Il comprenait mais il soupçonnait qu'elle était aussi agitée que lui. Ils avaient toute une journée à tuer, et les jours étaient bien trop longs à cette latitude. Tous deux devraient aller dormir avant le coucher du soleil s'ils voulaient se mettre à l'eau très tôt le lendemain.

Que diable étaient-ils censés faire de toute une journée ?

Il baissa la tête pour lire le titre du livre du dessus. Un thriller. Ce n'était pas une lecture attirante à cet instant.

— Écoutez, dit soudain Claire.

Adam pencha la tête. On l'entendait, distant mais audible. Un moteur hors-bord. Qui n'appartenait pas à un bateau de plaisance ou de pêche.

Son corps devint rigide. D'une voix blanche, elle dit :

— La marée est assez basse pour qu'ils ne puissent pas s'approcher et nous voir.

— Je vais aller là où moi je peux les voir.

Il se leva.

— Vous avez des fusées, au cas où nous aurions la chance de repérer d'innocents plaisanciers ?

— Oui. On devrait en prendre une ?

— Plus tard. Il ne faut pas risquer une fusée tant qu'il y a une chance que le canot soit à proximité. Où sont les jumelles ?

— Vous n'irez pas sans moi, insista Claire, comme elle l'avait fait la veille.

Elle avait rangé les jumelles à portée de main. Il fut content de l'avoir avec lui, étant donné la difficulté de la marche. S'il tombait et se blessait encore, c'était la fin de tout. Ou si elle se blessait elle-même. En fait, il dut la rattraper par le bras quand elle trébucha dans une faille entre les rochers, et elle lui retourna la faveur quelques minutes plus tard.

Le bourdonnement du moteur persistait, un bruit de fond qui le mettait sur les nerfs. Si seulement il avait eu un fusil !

Non, mieux valait ne pas tirer, même s'il en avait un. À moins qu'il ne réussisse à tuer les deux hommes ou à faire des trous dans la coque, tout ce qu'il ferait serait d'indiquer leur situation exacte.

Penser aux armes lui donna cependant une idée. Il avait vérifié combien il y avait de fusées. Ils pouvaient les utiliser comme armes, et il avait été particulièrement heureux de trouver un pistolet à fusées. Dans l'éventualité où ils se retrouveraient acculés, les fusées pouvaient attirer une attention qui ne plairait pas à ses anciens compagnons de bord.

Ce jour-là, Claire et lui poussèrent plus loin en direction du rivage, bien qu'ils en aient payé le prix avec une cheville tordue – pour lui – et une série d'égratignures sur le visage et les mains pour elle.

Quand ils eurent une bonne vue, ils s'accroupirent derrière des blocs de granit.

Après deux ou trois minutes d'attente, Claire lâcha :

— On dirait le bourdonnement d'une mouche ou d'un moustique !

— J'aimerais bien écraser celui-là, approuva-t-il.

Les reflets sur l'eau étaient assez éblouissants pour qu'il doive plisser fréquemment les yeux.

— Mike avait des lunettes de soleil ? demanda-t-il.

Elle lui jeta un coup d'œil stupéfait.

— Oui. À moins qu'elles n'aient été…

Sa voix se fit plus faible.

— Je pense qu'il devait les porter.

Oh bon. Protéger ses yeux était un luxe, pas une nécessité.

Une fois encore, elle repéra le bateau avant lui, ce qui le poussa à se demander si elle avait une acuité visuelle exceptionnelle.

— Là. Mais… ce n'est pas le même bateau.

Il dirigea les jumelles vers le canot pneumatique gris-vert et confirma immédiatement l'identité des deux hommes qui l'occupaient.

— Salopards…, marmonna-t-il à mi-voix. Le canot est très bas sur l'eau, avec eux deux. Celui-là est plus neuf et plus grand.

Mais le moteur n'avait pas l'air plus puissant.

— Vous croyez qu'ils ont une carte avec les sites de camping possibles ? demanda Claire.

Il détacha les yeux du bateau.

— Je ne sais pas. Et vous ?

— Oui. Je crains que les campements connus de tout le monde ne soient pas sûrs pour nous.

Adam lui tendit les jumelles. Si elle se retrouvait seule, elle devait reconnaître les méchants quand elle les verrait.

— Regardez. Mémorisez leurs visages.

Elle n'eut pas l'air heureuse de cet ordre, mais ajusta les jumelles et observa un long moment.

— Ces camps, reprit Adam. Qui les fréquente ?

Baissant les jumelles, elle répondit :

— Surtout des kayakistes.

— Qui auraient sans doute un radio VHF ou une balise.

— Oui, mais…

Il gardait un œil sur le canot pneumatique, qui grossissait de plus en plus, mais il observait aussi Claire.

— Est-ce que l'aide viendrait assez vite ? Et… est-ce que nous mettrions d'autres gens en danger ?

Saisi d'une nouvelle crainte, il cessa d'écouter et reprit les jumelles. À moins que la trajectoire du bateau ne change, les deux hommes ne pourraient manquer de voir l'entrée à moitié dissimulée de la crique dans la paroi rocheuse. Tout ce qu'ils avaient à faire, c'était revenir quand la marée serait à nouveau haute.

Adam et Claire n'auraient aucune défense contre le jet continu d'armes semi-automatiques.

Le déjeuner consista en soupe réhydratée, fruits secs et barres chocolatées.

Adam n'était jamais bavard, et Claire avait été tellement effrayée par l'imminence de la catastrophe qu'elle en tremblait encore.

Quelque chose avait distrait ces hommes. Celui qui était assis à la proue avait désigné le nord-est, et le pilote les avait fait virer au large de leur cachette.

Dieu merci.

Adam l'avait observée avec acuité un moment, mais il avait finalement commencé à lire l'un des livres de la pile. Il en avait écarté plusieurs en faveur d'un vieux roman de science-fiction, *La Poussière dans l'œil de Dieu*, que Claire avait lu et apprécié autrefois, bien qu'elle ne s'en rappelle pas beaucoup. Même s'il semblait absorbé par l'histoire, elle soupçonnait que son attention s'égarait autant que la sienne.

Elle s'était laissé aller à croire qu'elle était en sécurité. Cette illusion anéantie, elle sursautait au moindre bruit, depuis les bruissements d'ailes de corbeaux perchés en haut des grands arbres aux cris de mouettes et de sternes. Les corbeaux la perturbaient particulièrement. Selon les légendes des premières Nations de la côte nord-ouest, des corbeaux perchés sur une maison signifiaient l'arrivée de la mort.

Une fois, ils entendirent un puissant engin marin, mais trop loin. Si quelqu'un voyait une fusée, il viendrait voir, mais comme Adam l'avait souligné, les malfrats pouvaient les trouver les premiers.

Des éclaboussures la firent presque bondir sur ses pieds, mais le nouveau venu n'était qu'un huîtrier, un oiseau d'un mètre avec des marques rouges, qui barbotait et donnait des coups de bec dans les trous d'eau, à l'extrémité de leur plage miniature.

Si un ours noir était arrivé en pataugeant, Claire aurait probablement eu une crise cardiaque.

— Je doute qu'ils reviennent aujourd'hui.

Adam n'avait pas levé les yeux de son livre, mais il avait parfaitement deviné son anxiété.

— Je sais.

Son petit sourire l'irrita.

Elle fixa l'écran de sa liseuse et découvrit qu'elle était à la dernière page de son livre. Elle n'avait pas la moindre idée de ce qui s'était passé durant les deux derniers chapitres. Il ne restait qu'une once de batterie. Elle la referma mais la garda néanmoins quelques instants en main. Elle pouvait aller chercher son livre de poche ou fouiller dans ceux de Mike, mais lire était futile.

Maintenant que les méchants semblaient partis, Adam et elle auraient dû remballer et prendre la fuite. Elle faillit ouvrir la bouche pour le suggérer, mais elle considéra d'abord le visage d'Adam.

Sa chair semblait avoir fondu, laissant des traits tirés, des pommettes saillantes et une mâchoire osseuse. La repousse de sa barbe accentuait cet aspect décharné. Des rides zébraient son front et ses yeux… Elle attendit qu'il lève la tête.

Quand il le fit, elle inspira brusquement.

— Vous avez mal.

— Je peux le supporter, dit-il d'un ton bref.

— Pourquoi voulez-vous souffrir si vous n'y êtes pas forcé ?

Elle secoua la tête avec exaspération.

— Vous avez déjà été blessé auparavant. Des médecins vous ont probablement expliqué les bénéfices de maîtriser la douleur ?

Sa voix montait de plus en plus.

— Qu'avec ça, vous guéririez plus vite ?

— J'avais l'intention de vous demander encore du Tylénol, avoua-t-il.

— Je pense que vous devriez passer aux autres. Et même faire une sieste.

Sauf qu'elle serait toute seule dehors, sursautant au moindre bruit.

— Pas de sieste. Mais je vais prendre les médicaments.

Donc il avait encore plus mal qu'elle ne l'avait supposé. Secouant la tête, Claire versa de l'eau dans une tasse et la lui tendit avec deux pilules. Il les fit descendre d'un coup et lui rendit la tasse.

— J'ai du mal à admettre ma faiblesse, dit-il au bout d'une minute.

Une excuse, comprit-elle.

— Ce n'est pas une faiblesse d'éprouver les symptômes normaux d'une blessure. Je veux dire, une balle vous a traversé le corps.

— Oui. Je suis très doué pour cacher ce que je ressens.

— À cause de votre métier ?

Il passa une main dans ses cheveux ébouriffés. Elle continua de le regarder, jusqu'à ce qu'il dise finalement :

— Je suppose que vous vous sentiez en sécurité quand vous étiez enfant ?

— Oui. Mes parents se sont séparés quand j'avais 14 ans, mais… oui. Je savais que ma mère et moi garderions la maison. J'ai continué d'aller dans la même école. C'était juste bizarre que mon père ne soit plus là. Je ne voulais pas que mes amies le découvrent, j'avais honte.

— Vous êtes restés en contact ?

— Bien sûr. Il ne venait pas toujours quand il l'avait promis, mais il payait la pension la plupart du temps, et ma mère me faisait comprendre qu'il avait des difficultés.

— Dans quel sens ?

Rien de tout cela ne le regardait, mais il écoutait bien, et ils devaient faire quelque chose en attendant la nuit.

— Il buvait trop. Après quelques amendes pour conduite en état d'ivresse, il a passé plusieurs mois en prison. Cela lui a pris des années pour se remettre d'aplomb, et c'était trop tard pour ma mère.

— Il a brisé sa confiance.

— Je suppose.

La sienne aussi, mais il restait sobre les jours où il l'emmenait déjeuner, à une fête foraine ou prendre le ferry, alors elle avait continué de l'aimer et avait su qu'il l'aimait. Pourtant, elle s'était sentie abandonnée, ce qui expliquait peut-être pourquoi elle s'était entêtée avec Devin, malgré tous les signes d'avertissement.

Quelle conversation inattendue.

— Votre père est parti aussi ?

— Avant ma naissance.

Une longue pause suivit.

— Ma mère avait ses problèmes. Elle travaillait comme serveuse, d'après mes souvenirs. J'avais 4 ans quand elle n'est pas venue me chercher à la garderie. J'ai été placé et je ne l'ai plus jamais revue.

— C'est affreux.

Claire savait qu'elle ne devait pas lui témoigner de pitié. Il se refermerait comme une huître. Il parlait, mais il n'exprimait pas beaucoup d'émotion.

— Est-ce qu'elle… Est-ce qu'elle avait un problème de drogue ?

Leurs regards se croisèrent, et il émit un son rauque.

— J'imagine que c'est évident. Oui, j'ai des souvenirs de la voir se shooter. Quand elle ne pouvait pas se payer sa dose…

Il secoua la tête. Claire préféra ne pas penser à ce qu'il n'avait pas dit.

— Vous avez cherché vos parents plus tard ?

— Ma mère. J'ai découvert qu'elle était morte quelques années auparavant. Mon père… non. Pourquoi l'aurais-je fait ?

Elle comprenait. Elle ne l'aurait pas fait non plus. Il resta silencieux plusieurs minutes, sans lire. Finalement, il se secoua.

— Je ne parle pas de mon passé, d'habitude.

— Nous passons beaucoup de temps ensemble.

Pas de télévision, de tablette ou de téléphone pour les distraire. Et elle lui en avait aussi raconté beaucoup plus qu'elle ne s'y attendait. Adam émit un grognement qui pouvait passer pour un rire.

— Bronzer et dîner ensemble. Et vous avez commencé à m'initier à votre sport favori.

Dormir ensemble aussi, ne put-elle s'empêcher de penser.

— C'est vrai.

Elle sourit.

— Que de l'amusement.

— Ça pourrait l'être dans d'autres circonstances.

Les antidouleurs devaient faire effet, car les paupières d'Adam devenaient lourdes. Il sombra à nouveau dans le silence quelques minutes, et Claire ne le rompit pas. Un corbeau croassa et, à son grand soulagement, tous prirent leur envol. Allaient-ils répandre leurs bénédictions ailleurs ? Le regard d'Adam semblait flou. Il aurait vraiment dû faire une sieste.

Le son de sa voix la fit sursauter.

— Écoutez…

— Quoi ?

Elle pencha la tête en arrière pour contempler le ciel, une immensité bleue marquée d'une longue traînée de vapeur. Claire sentit un étrange pincement. C'était la preuve qu'ils n'étaient pas seuls au monde, mais ils auraient tout aussi bien pu l'être.

— Vous aimez votre travail ? questionna Adam de manière inattendue.

Les yeux toujours fixés sur le sillage blanc, elle dut réfléchir.

— La plupart du temps oui, mais… ce n'est qu'un travail, pas une passion. Vous voyez ce que je veux dire. Je suppose qu'il ne me manquerait pas, mais je gagne bien ma vie et je cesse d'y penser dès que je quitte le bureau.

Elle prit conscience de ce qu'elle disait.

— Je suppose que vous ne pouvez pas faire la même chose, n'est-ce pas ?

— Vous croyez ?

— Je ne pense pas que j'aimerais un métier où je risquerais de recevoir une balle par une journée ordinaire, dit-elle honnêtement.

Cela lui valut un de ses rires rauques.

— Ce n'était pas une journée ordinaire, hier.

— Vous avez un nombre affreux de cicatrices.

— Oui.

Il revint à ses ruminations.

Elle fit tout son possible pour ne pas s'adonner à un bavardage inepte. Mais, désespérée, elle finit par demander :

— Vous voulez un chocolat ? Ou un café ?

Ses yeux, injectés de sang, croisèrent les siens.

— Il vaut mieux économiser l'eau, non ?

— Il ne faut pas non plus nous déshydrater.

— Chocolat chaud, alors.

Faire bouillir l'eau et préparer les boissons lui prirent quelques minutes. Lorsqu'elle lui tendit son mug, elle s'inquiéta de le voir se pencher au-dessus et inspirer la vapeur. Elle ne s'était pas mise en T-shirt, mais la journée n'était pas froide. S'il commençait à frissonner…

Mais il prit une gorgée et leva la tête pour l'observer.

— Pourquoi avez-vous rompu avec votre fiancé ?

C'était indiscret, mais elle-même mourait d'envie de lui demander s'il était marié ou vivait avec quelqu'un. De toute façon, pourquoi ne pas répondre ? Une fois qu'ils auraient regagné la civilisation, elle doutait qu'Adam et elle se revoient un jour.

— Il n'aimait pas être contredit, même dans les petites choses. S'il exprimait son opinion sur une question et que je mentionnais des faits allant à l'encontre de ce qu'il disait, il me coupait la parole. Il disait que j'étais crédule, que je croyais tout ce que je lisais. Il détestait que je gagne plus d'argent que lui. Ça a pris de telles proportions qu'il me rabaissait constamment, en privé et en public. Il semblait tellement sûr de lui quand nous nous sommes rencontrés !

Claire fit la grimace.

— Peut-être que je suis une mademoiselle Je-sais-tout.

Adam émit un bruit de dérision.

— On dirait surtout qu'il voulait une partenaire soumise, dont le but dans la vie serait de lui donner le sentiment d'être important.

Il plissa les yeux.

— Il vous a maltraitée ?

— Vous voulez dire, est-ce qu'il m'a frappée ?

Elle serra les dents. Ce fut un effort de le dire.

— Oui. Une fois. Ça a signé la fin de notre relation.

— Est-ce qu'il s'est repenti après coup et vous a dit qu'il ne le referait plus jamais ?

Elle acquiesça.

— Je lui ai dit qu'il avait besoin d'une thérapie. Je suis allée passer la nuit chez des amis – Mike et Shelby, bien sûr – et je lui ai ordonné de partir avant que je rentre du travail le lendemain soir.

— Je parie que ça l'a pris à rebrousse-poil.

— Bien sûr que oui, il aimait vivre au-dessus de ses moyens. Il était locataire, alors que moi, j'étais propriétaire.

Elle n'avait pas été surprise de le trouver encore là en rentrant. Il avait emballé ses affaires, mais il avait aussi cuisiné un bon dîner, mis le couvert aux chandelles et débouché une bouteille de bon vin.

Heureusement, elle avait eu la bonne idée de demander à Mike de venir avec elle. Devin avait déversé des obscénités et de vilaines accusations en lui rendant sa clé.

Quand elle avait fini de pleurer, Mike et elle avaient prévu cette expédition en kayak, mais ils avaient dû attendre d'avoir économisé assez de jours de congé pour partir.

Mike lui avait offert sa gentillesse et son amitié et qu'est-ce que cela lui avait valu ? Une mort absurde.

Elle se mit à pleurer et dut se couvrir le visage de ses mains pour le cacher. En un éclair, Adam s'agenouilla près d'elle et l'entoura de ses bras. Elle s'abandonna aux larmes sur son épaule, puis redressa la tête pour lui adresser un sourire tremblant.

— Merci.

— Ce salopard…

Surprise, elle dit :

— Je ne pleurais pas pour Devin. C'était…

Elle n'avait pas besoin de l'expliquer, c'était pour Mike… et Shelby. Il retourna à sa chaise et resta silencieux un long moment.

— Vous êtes marié ?

Il tourna vivement la tête.

— Seigneur, non !

Eh bien, c'était parlant. Non qu'elle soit assez stupide pour penser à lui de cette manière.

— Vous n'êtes pas fan de l'institution ?

— Ce n'est pas ça. Je ne connais pas beaucoup de gens qui ont réussi leur mariage, cependant.

— Vous ne fréquentez pas les meilleurs cercles, souligna-t-elle.

Adam haussa les épaules.

— Je connais des agents qui ont divorcé deux ou trois fois. Il y a une faille dans la théorie selon laquelle l'éloignement attise l'affection.

— Ce serait difficile. Mais quand vous aimez quelqu'un et que cette personne aime ce qu'elle fait…

— C'est une idée sympa, mais ensuite on fait des enfants, on essaie de s'en occuper à deux, de garder son travail. Et puis prendre seul des décisions pendant que l'autre fait Dieu sait quoi… Et si votre partenaire a une liaison ? Ou s'il revient à la maison avec une blessure ?

— Ne me dites pas qu'il n'y a pas d'époux et d'épouses assez solides pour le supporter.

Il soutint son regard sans ciller, plus longtemps qu'il n'était confortable. Puis il gronda :

— Parlons d'autre chose.

Et de quoi donc allaient-ils parler ?

8

L'heure du coucher vint enfin, Dieu merci. Adam s'était juré de ne pas proposer à Claire de partager le sac de couchage, mais il en avait envie. Son corps s'ajustait tellement bien au sien. Elle n'avait pas à craindre qu'il attende autre chose que de la chaleur. Il s'était illusionné en pensant faire l'amour.

— C'est étrange d'essayer de dormir quand le soleil est encore haut dans le ciel, grommela-t-il en entrant à quatre pattes dans la tente.

La lumière était moins vive à l'intérieur, mais il était loin de faire noir.

— Vous ne le faisiez pas sur le bateau ?

— Nous avions des couchettes à l'intérieur.

— Oh bon, si ça vous dérange vraiment, je peux jeter la couverture de survie sur la tente. Ça l'obscurcira un peu.

— Ça ira.

Surtout s'il pouvait la serrer contre lui comme un nounours bien-aimé – ou comme l'amante qu'il aurait aimé avoir quand il récupérerait des forces. Quand ils seraient tous deux en sécurité.

— D'accord.

Il ne voyait pas bien ce qu'elle faisait, mais il se dit en la voyant tourner la tête qu'elle devait s'assurer que tout était rangé et en sécurité. Puis elle entra aussi dans la tente et laissa retomber les rabats.

— Vous ne les fermez jamais, commenta-t-il.

— Hein ? Oh ! j'aime voir ce qui arrive sans avoir à remonter la fermeture Éclair.

Il y avait de l'idée.

Il avait pris quelques-uns des analgésiques sur ordonnance dans l'espoir qu'ils lui donneraient une bonne nuit de sommeil et favoriseraient sa guérison. Ils ne faisaient pas encore effet, aussi grogna-t-il et jura-t-il en s'introduisant dans le sac de couchage.

Il ferma les yeux pendant qu'elle ôtait la plupart de ses vêtements, bien qu'il entende des froissements et des soupirs évocateurs. Douleur ou non, son corps réagissait aux images qui remplissaient sa tête.

— Laissez-moi vous tâter le front, dit-elle doucement.

Un instant plus tard, sa paume se posa sur sa peau.

— Pas de fièvre.

On aurait dit qu'elle se parlait à elle-même. Il était allongé avec raideur, essayant de trouver une bonne excuse pour lui demander de le rejoindre.

— Je suppose que… euh, je devrais dormir dans mon sac de couchage. Dans celui de Mike, en fait, puisque vous avez le mien, mais…

L'air un peu perdue, elle s'interrompit.

— Toutes les solutions me vont. Mais j'aime dormir avec vous.

Après une très longue pause, elle dit :

— J'ai aussi aimé dormir avec vous. C'était… réconfortant.

Il ne dit rien.

— Pourquoi pas ? décida-t-elle.

Et un moment plus tard, elle se faufila dans le sac avec lui, remonta la fermeture Éclair, secoua le deuxième sac de couchage au-dessus d'eux et, avec un instinct sans faille, posa la tête au creux de son épaule.

Il la serra contre lui et sourit au plafond pentu de la tente. Maintenant, il était trop détendu pour penser au lendemain matin et à leur fuite risquée.

Claire flottait à quatre ou cinq mètres à la gauche d'Adam, l'air de ne faire qu'un avec son kayak. Il se sentait aussi maladroit qu'un gros homme assis sur une chaise d'enfant. Ses genoux n'atteignaient pas son nez, mais seulement parce qu'ils étaient coincés sous le pont de l'embarcation.

De plus, cela n'arrangeait rien qu'il soit douloureusement conscient de mériter de fréquentes critiques.

— Vous essayez de tout faire avec vos bras, dit-elle à cet instant. Servez-vous de votre torse.

Elle lui montra un coup de pagaie qui faisait pivoter le haut de son corps. Son kayak fila en avant, comme propulsé par une nageoire.

Il essaya ce qu'elle suggérait et constata qu'elle avait raison : c'était plus facile et cela sollicitait légèrement moins son épaule et son bras.

Le ciel était encore d'un blanc de nacre quand ils étaient partis, après avoir porté les kayaks sur une longue étendue de galets gluants découverte par la marée. Mais une fois sur l'eau, ils émergèrent entre les falaises sculptées par les vagues et se retrouvèrent seuls. Du moins, en apparence. Avec la multitude d'îles et d'îlots rocheux surmontés d'arbres tordus par le vent, un autre bateau aurait pu être caché hors de vue, comme l'avait été Claire quand son ami avait été abattu. Elle avait bien dit que l'air serait immobile, la matinée tranquille. Des lambeaux de brume rôdaient, sans tout à fait toucher l'eau ou le sommet des arbres. De temps en temps, Claire devenait bizarrement indistincte, jusqu'à ce qu'il atteigne la même nappe de brouillard et la traverse en glissant.

Ils avaient mis le cap au nord et zigzaguaient entre les îles, prévoyant de longer la côte de Spider Island. Il y avait quelques camps par là. Il avait proposé de faire le tour de la plus grosse île, parce qu'il craignait que Spider Channel soit trop exposé.

Claire avait refusé, en soulignant qu'ils seraient abrités dans ce bras de mer. Sur la côte ouest, ils seraient en butte aux puissants courants de l'océan et à une houle de trois mètres, même si le temps restait beau.

— Vous êtes un débutant, lui rappela-t-elle comme s'il l'avait oublié, et en plus vous êtes blessé. Je détesterais que nous nous perdions de vue au milieu des vagues.

— C'est vous l'experte, avait-il simplement répondu.

Maintenant ils contournaient une autre île. Claire revint brusquement en arrière et lui dit :

— Regardez !

La douleur le freinait davantage qu'il n'avait prévu ; il fut soulagé de poser sa pagaie en travers du pont et de plisser les yeux pour voir ce qu'elle désignait.

Mais cela ne lui demanda guère d'effort, étant donné que le kayak rouge se détachait parfaitement dans le paysage bleu, vert et gris. L'espoir de tomber sur quelqu'un qui détenait une radio ou une balise n'eut même pas le temps de se former dans son esprit, car il fut immédiatement évident qu'il n'y avait pas de pagayeur.

— Quelqu'un est peut-être à l'eau ! cria-t-elle en se lançant à une allure qu'il ne pouvait soutenir.

— Claire !

Mais si elle l'entendit, elle ne s'arrêta pas.

Il plongea la pagaie dans l'eau pour la rattraper, mais son embarcation se mit à se balancer, lui donnant l'impression qu'il allait chavirer. Et il n'allait pas non plus en ligne droite. Visiblement, il favorisait son bras droit. Adam s'obligea à ralentir et à reprendre le rythme régulier qu'il avait maintenu jusque-là.

C'est-à-dire les… quinze minutes qu'ils avaient passées sur l'eau ?

Il n'entendait aucun bruit de moteur. Le seul problème était ce kayak esseulé, bercé par les vaguelettes.

Claire l'atteignit bien avant lui et commença immédiatement à décrire des cercles autour de l'embarcation. Il glissa jusqu'au kayak vide et pagaya en arrière pour pouvoir poser la main dessus.

Il s'attendait à voir des traces de sang ou des trous dans la coque, mais il ne vit rien d'alarmant – mis à part l'absence du kayakiste.

Claire vint se joindre à lui.

— Il a pu dériver lorsqu'on l'a mis à l'eau, ou bien il n'était pas attaché comme il fallait durant la nuit.

L'anxiété qui se lisait dans son regard disait assez qu'elle ne croyait pas à ses propres explications.

— Depuis où ?

Elle regarda autour d'eux.

— Il y a une aire de pique-nique, peut-être suffisante pour un bivouac d'urgence, pas très loin d'ici. Allons voir.

Elle lui lança un regard entendu, qui eut raison de son stoïcisme.

— Pourquoi ne pas regarder d'abord dans l'écoutille ?

— Vous avez raison.

Elle l'ouvrit, et il vit une bouteille d'eau, des en-cas, du baume à lèvres, une lotion solaire, une fusée et des objets divers. Claire souleva un chapeau à large bord.

Un téléphone.

Ils se penchèrent tous deux dessus. Sans surprise, la batterie était vide.

— Bon sang, marmonna Adam. Est-ce que personne n'aura au moins une radio par ici ?

— Oui, mais il l'avait peut-être dans la poche de son gilet.

Elle palpa le sien.

— C'est là que je mettais la balise.

Frustré, Adam regarda Claire lancer un filin autour de la poupe et commencer à pagayer. Elle raccourcit le filin au maximum, et Adam la suivit comme un petit canard.

Il n'aimait pas ça. Le kayak vide n'était pas exactement de la même couleur ou de la même forme que le sien – il était plus court – mais il était rouge. Dwayne et les autres auraient-ils remarqué la nuance orangée de celui-ci ? Ce n'est que plus tard qu'ils auraient commencé à s'inquiéter de l'absence simultanée de son corps et du kayak.

Non, il doutait sérieusement qu'ils aient prêté attention à des subtilités comme celle-là.

Claire leur fit faire le tour de l'île, dont les roches irrégulières avaient été bizarrement polies par l'océan. Elle se déplaçait plus rapidement qu'auparavant, poussée par le besoin de retrouver le ou la disparue. Adam faisait de son mieux pour la suivre.

Une crique apparut, et il grogna de soulagement, sachant qu'elle ne l'entendrait pas. Mais il l'entendit gémir un « Oh seigneur », suivi d'un tremblant « Mike ? »

En quelques instants, il la rattrapa et vit le corps qui cognait contre les rochers.

Il n'avait aucune idée de ce que son ami portait quand il avait été abattu, mais il savait qu'il avait rejeté son gilet de flottaison. Celui-ci le portait encore.

— Ça ne peut pas être Mike, dit-il sobrement. Laissez-moi m'approcher.

Coup de soleil ou non, elle avait pâli. Elle fit quelque chose de compliqué avec sa pagaie qui lui permit de s'écarter. Le kayak vide heurta celui d'Adam et le coinça presque contre la paroi, mais il le repoussa avec sa pagaie. En atteignant le corps, il l'attrapa par le gilet.

— Attention !

Diable, il avait failli chavirer.

— Aidez-moi à le mettre en travers du pont.

Elle se décala un peu en sorte de stabiliser son kayak avec les pagaies en travers pendant qu'il se penchait à nouveau. Le poids de l'homme combiné à celui de ses vêtements trempés dépassait presque la force qu'il avait dans une seule main, mais il se força à utiliser aussi sa main droite et à le hisser vers le haut.

Il ne vit pas le visage, mais le corps étant juste devant lui, il ne put manquer les trous que des balles avaient faits dans le gilet de flottaison jaune.

Le regard choqué de Claire lui montra qu'elle comprenait ce qui était arrivé à ce pauvre type – et pourquoi c'était arrivé.

Ils n'curent d'autre choix que de débarquer sur la petite plage en gravier.

Claire se dégagea de l'hiloire et de la jupe avant de tirer son kayak quelques mètres plus haut et de haler le filin de remorquage afin d'amener le kayak vide.

— On reste un petit moment ici ? questionna-t-elle.

Ils n'avaient pas parcouru un kilomètre. Mais elle vit le visage d'Adam, lorsqu'il sortit maladroitement de son propre kayak. Il avait l'air aussi mal en point que lorsqu'elle l'avait vu faire surface après son plongeon. De profondes rides encadraient sa bouche.

— Vous vous êtes fait mal en tirant son corps à bord.

Il leva les yeux.

— Non. J'avais déjà mal. Bon sang, aidez-moi à tirer ce type au sec.

— Oui, d'accord.

Elle dut ravaler une montée de bile en regardant le cadavre étalé sur le kayak. Ce n'était pas celui de Mike ; elle le savait, mais… son corps aurait eu le même aspect. Pire, pensa-t-elle, après être resté dans l'eau deux jours de plus.

Adam marmonna une grossièreté en regardant autour d'eux. Puis il se passa une main sur le visage.

— Vous pensez qu'il a campé ici hier soir ?

— Laissez-moi regarder.

Il ne lui fallut pas longtemps pour trouver un rectangle de végétation aplatie, où une tente avait dû être plantée.

— Quelqu'un l'a fait, dit-elle.

Des plis dans le gravier semblaient confirmer l'histoire. Un kayak.

— D'accord. Il faut que je réfléchisse. Pendant ce temps, fouillons le kayak et le corps et voyons si on peut trouver quelque chose d'utile.

— Pourquoi ne pas réfléchir ensemble ? suggéra-t-elle d'un ton un peu acide, en dépit de l'horreur qu'elle ressentait.

Il fit la grimace.

— Bien sûr. Je ne voulais pas dire… Désolé. Je suis

seulement habitué à être seul. Ce qu'on doit décider, c'est quoi faire du corps et du kayak, et si nous serons plus en sécurité ici cette nuit ou en continuant notre route.

Elle se rapprocha pour prendre la plus grande partie du poids, mais elle avait tout de même besoin de sa force. Maintenant, elle savait d'où venait l'expression *poids mort*. Le corps retomba sur la plage, visage vers le haut, en sorte que l'homme fixait le ciel bleu.

Ayant fait la connaissance de beaucoup de gens qui faisaient du kayak dans la région de Seattle, elle avait craint de reconnaître la victime, mais c'était un inconnu. Ses cheveux bruns étaient attachés en court catogan. En dehors de cela, il avait des yeux bruns, une barbe naissante et il était de grande taille.

Ils lui retirèrent son gilet de flottaison, mais ses poches étaient vides. Ils ne trouvèrent rien de plus en le palpant.

Ils se répartirent les compartiments et les fouillèrent en quête de papiers d'identité, d'une balise, d'une radio, de nourriture, d'eau ou de vêtements qui aillent à Adam. Claire n'avait pas la moindre envie de dépouiller le cadavre de sa combinaison, mais elle savait qu'il fallait le faire. Adam pouvait en avoir besoin. Il n'avait pas pu rentrer dans celle de Mike. S'ils tombaient sur du mauvais temps ou une vague de froid, ce serait d'une importance critique.

— Ceci va résoudre un de nos problèmes, dit Adam au bout d'une minute.

Elle fit un pas en avant pour jeter un coup d'œil dans le compartiment devant l'hiloire, et vit trois bonbonnes d'eau potable. Une de dix litres et deux de six litres.

— Oui.

Elle désigna l'écoutillon ouvert.

— J'ai regardé, mais à moins que vous ne préfériez sa marque de lotion solaire à celle de Mike, je ne vois rien d'utile.

Adam serra les lèvres.

— J'avais espéré que ces salopards avaient été négligents.

Claire ne dit rien.

Elle trouva deux sacs remplis de vêtements et les mit de

côté. Aux bruits métalliques derrière elle, elle devina qu'Adam fouillait un sac rempli de plats et de casseroles.

— Cherchez des bouteilles de gaz pour le réchaud, dit-elle par-dessus son épaule.

— Et la nourriture ?

— Je ne sais pas. Laissez-moi jeter un coup d'œil, pendant que vous regardez ces vêtements.

L'expression d'Adam était aussi sombre que la sienne quand ils échangèrent leurs places.

Elle vit tout de suite qu'il avait mis de côté un couteau avec une lame de quinze centimètres. Elle en avait un aussi, mais plus ils en avaient, mieux c'était, non ? Elle se dit que cela dépendait de la perspective. Le but principal d'Adam était sans doute de chercher des armes. Il avait trouvé un pistolet à fusées, bien qu'il ne s'agisse pas vraiment d'une arme.

La plus grande partie du sac de cuisine était en double par rapport à ce que Mike et elle avaient emporté. Elle refit le sac avec un soin inutile, puis évalua les provisions, décidant que certaines seraient en surplus.

Adam se redressa, toujours à genoux.

— Il y a un petit sac avec… un portefeuille.

Il posa les objets un par un par terre.

— Un passeport canadien, une montre de poignet, des lunettes de soleil.

Claire sentit sa gorge se nouer.

— Comment s'appelle-t-il ?

Son regard fut attiré par le corps.

— Kyle Sheppard.

Adam semblait tout à fait dépourvu d'émotion.

— Il avait 28 ans et il était de Winnipeg.

28 ans seulement. Claire frissonna, incapable de détacher le regard du visage du jeune homme.

— Il y a beaucoup de lacs, par là-bas. C'est sûrement là qu'il a commencé à faire du kayak.

Lorsqu'elle regarda finalement Adam, elle le vit fouiller le contenu du portefeuille.

— Des cartes de crédit, de l'argent canadien, une carte de téléphone, une clé de voiture, dit-il au bout d'une minute. Et une photo.

Elle ne posa pas de question. Adam fit le dos rond et referma le portefeuille, qu'il laissa tomber sur la petite pile, avant de reprendre sa tâche.

À mesure qu'elle les ouvrait, Claire replaçait les sacs dans les compartiments. Ils allaient devoir remettre le kayak à l'eau, et mieux valait qu'une inspection sommaire ne révèle pas que son contenu avait été fouillé.

Adam garda une pile de vêtements. Sans la consulter, il sortit les sacs de son kayak et en tira les vêtements de Mike qui ne lui allaient pas, puis les remplit avec de nouvelles affaires. Il alla jusqu'à s'asseoir pour essayer une paire de robustes sandales avant de les ajouter à la pile « à garder ».

Claire prit la parole :

— Quand vous aurez fini, je remorquerai le kayak un peu plus loin et je le relâcherai.

Il la regarda, les sourcils froncés.

— Vous n'irez pas loin ?

— Je n'en aurai pas besoin. La marée descend, elle emportera le kayak.

Il hocha la tête.

— La question suivante est : devons-nous rester ici en imaginant qu'ils sont déjà passés et qu'ils ne reviendront pas ?

— Nous n'avons pas fait beaucoup de chemin ce matin…

C'était un euphémisme.

— Je pense que nous sommes à quelques heures du camp que j'avais en tête.

Adam ne réagit pas de manière visible. Finalement, il dit :

— Je peux y arriver s'il le faut.

Tout ce qu'elle avait à faire, c'était se rappeler l'expression de son visage quand ils avaient débarqué pour savoir combien il souffrirait. Ils avaient été trop optimistes – ou *désespérés* était-il le mot ? – de penser qu'Adam serait prêt à pagayer aussi vite après une blessure aussi grave. Une autre nuit de repos lui donnerait-elle la possibilité de guérir assez ? Le lendemain devait absolument être meilleur que ce jour-là. Sauf que… Elle devait le dire :

— Le corps va attirer toute la faune de l'île.

— Oh bon sang.

L'idée de remettre le corps – le jeune homme nommé Kyle – à l'eau, à la merci de la marée et de la vie marine l'horrifiait. Comment pourraient-ils dire à sa famille ce qu'ils avaient fait ? Elle n'avait pas pu retrouver le corps de Mike et cela continuait de la hanter. Mais ça…

Avec des gestes brefs et coléreux, Adam refit les sacs qu'il avait ouverts et les porta au kayak.

— Commençons par nous débarrasser de ça, dit-il.

Écœurée, Claire hocha la tête.

9

Ne pas avoir Claire dans son champ visuel ne plaisait pas à Adam. Il aurait dû profiter de ce moment pour dépouiller le cadavre de sa combinaison car il savait qu'il en aurait besoin, mais cela aurait demandé une concentration qu'il ne parvenait pas à rassembler. Au lieu de cela, malgré la douleur qui lui déchirait l'épaule, il faisait les cent pas sur la plage, trébuchant parce qu'il fixait le regard sur l'eau plutôt que sur le sol devant lui.

Il se reprochait de mettre Claire en danger parce qu'il était incapable de parcourir une distance que même un enfant aurait pu effectuer.

Lorsqu'elle réapparut, glissant vers le rivage, il eut envie de lui reprocher vertement d'avoir pris trop de temps, mais en jetant un coup d'œil à la montre, il vit qu'il ne s'était écoulé que quinze minutes.

Claire sortit de son kayak et commença à le tirer à sec. Elle croisa son regard et détourna les yeux. Oui, il ne cachait pas ses émotions aussi bien qu'il l'aurait aimé.

— J'ai une idée, dit-elle d'un ton hésitant. Si vous pensez que rester ici est une bonne idée.

— Qu'est-ce que c'est ?

— On pourrait immerger son corps en le lestant et le faire sortir au matin pour, je ne sais pas, le suspendre à un arbre ou quelque chose comme ça. Je peux marquer cette plage sur la carte afin que les autorités sachent où le retrouver.

Adam fut surpris d'être aussi soulagé. Il était impossible

de garantir qu'un animal ne s'en prendrait pas au cadavre dans l'eau, lesté ou non, mais c'était une solution plus acceptable que de l'abandonner simplement dans la nature. Il avait été perturbé par la photo de ce couple âgé, souriant avec affection. Le jeune homme stockait sans doute la plupart de ses photos sur son téléphone, mais il en avait imprimé une. Ses parents comptaient pour lui. Adam était conscient de s'être endurci jusqu'à un certain point. Comme il n'avait ni famille, ni femme ni petite amie, il aurait pu vivre en sachant que le corps de ce type ne serait jamais rendu à ses proches. Mais ce serait plus difficile pour Claire, et même lui… Bon sang. C'était peut-être de la connaître qui le rendait aussi sensible.

— Faisons ça, approuva-t-il. Mais j'aimerais installer notre campement et les kayaks hors de vue si possible. Et si on ne montait pas la tente ?

— C'est possible si le temps ne change pas. Et que les moustiques et les mouches ne nous harcèlent pas. Attendons de voir.

Ils hissèrent les kayaks en hauteur et déchargèrent ce dont ils auraient besoin. Claire faisait plus que sa part, nota à nouveau Adam. Puis ils cachèrent les kayaks entre les branches touffues des conifères. Aucun d'eux ne dit mot tandis qu'ils retiraient la combinaison, les gants et les chaussons du cadavre, avant de chercher des cailloux assez gros pour le lester.

La marée descendante avait révélé un trou d'eau assez grand pour leur objectif. Retirer le cadavre au matin, à marée haute, serait plus difficile.

Quand ils revinrent près de la combinaison posée sur le gravier, Claire dit :

— Rinçons-la.

Elle entreprit de la retourner méthodiquement et de la plonger dans l'eau.

Heureusement, le soleil brillait encore, ce qui donnerait le temps à la combinaison de sécher.

Adam avait mouillé ses bottes et le bas de son pantalon, aussi enfila-t-il un pantalon de coutil qui n'était qu'un peu serré à la taille – Kyle était plus mince que lui – ainsi que des chaussettes sèches et des sandales.

En repoussant les branches, Claire découvrit un emplacement assez vaste pour dérouler leurs sacs de couchage, déposer la tente et installer le réchaud à quelque distance.

— Je vais faire chauffer de l'eau et me laver à l'éponge, annonça-t-elle.

Adam sursauta et prit alors conscience qu'elle avait très peu parlé depuis leurs décisions. Bien sûr, il l'imagina immédiatement en train d'ôter ses vêtements. Ils avaient manipulé un cadavre, et elle se souciait sans doute de son hygiène. Peut-être espérait-elle aussi que l'eau et le savon allaient faire disparaître cette expérience. Ce ne serait pas le cas, mais elle le découvrirait bien assez tôt.

— Ça ne me dérangerait pas de faire la même chose, avoua-t-il.

Après les derniers jours, il ne sentait probablement pas très bon.

Quand l'eau eut chauffé, Claire sortit une mince serviette de toilette, un gant et du savon, rassembla des vêtements propres et disparut derrière un gros tronc d'arbre. Il était assis le dos tourné par rapport à elle, mais il entendit ses vêtements tomber, ses petits soupirs, le bruissement de la végétation. Lorsqu'elle fredonna un air joyeux, il grinça des dents et jeta un triste coup d'œil à la bosse qui déformait son pantalon.

Il avait envie de la voir nue. De la toucher, de l'embrasser, d'entendre un autre fredonnement lorsqu'il lui ferait l'amour – quand il lui donnerait du plaisir.

Un froissement de tissu lui apprit qu'elle se rhabillait. Il s'obligea à penser aux tâches désagréables et aux journées périlleuses qui les attendaient. Son corps accepta avec réticence ce changement, mais il put se lever sans gêne lorsqu'elle revint lui prendre la casserole et la remplir d'eau pour la mettre sur le réchaud.

Tout en feignant de lire, Claire pensait au mort qu'ils avaient mis à l'eau avant d'empiler des cailloux sur lui. Adam avait fermé les yeux de Kyle avant qu'ils ne soulèvent son corps, mais elle ne cessait d'imaginer qu'il la fixait à travers l'eau.

Le fait qu'elle ait inspecté les blessures d'Adam après cela n'avait rien arrangé. Elle les avait à nouveau pansées et bandées. Elles guérissaient ; il n'y avait pas d'inflammation ou de suppuration, mais les orifices étaient toujours repoussants. Entre sa blessure et l'eau glaciale, Adam avait failli mourir. Elle ne cessait de lui jeter des regards, se rappelant de lui allongé sur la plage, d'une pâleur de marbre, d'une immobilité ultime.

Adam semblait près de terminer *La Poussière dans l'œil de Dieu*. Elle-même s'appliquait à tourner régulièrement les pages, espérant qu'il ne remarquait pas ses frissons occasionnels. S'il se concentrait sur sa lecture, il devait avoir une meilleure vue qu'elle. La lumière était réellement mauvaise. On aurait dit qu'ils étaient dans une grotte, entourés de tous côtés par la végétation. Le peu de lumière qui les atteignait était filtré par la voûte des sapins et des épicéas au-dessus d'eux. Si seulement la batterie de sa tablette n'était pas déchargée…

— Il faut penser à autre chose, dit Adam d'un ton bourru, brisant le silence. Nous avons pris la meilleure décision possible.

Elle hocha la tête.

— Je sais. Mais… je n'avais jamais vu un mort avant.

Sa surprise fut évidente.

— Vraiment ? Pas même un grand-parent, ou…

— Mike…

Le souvenir du dernier aperçu qu'elle avait eu de lui la fit grincer des dents.

— Je suppose que je l'ai vu mort.

— Il devait être encore conscient pour se dégager de la jupe et prendre des choses dans l'écoutillon.

Elle haussa une épaule.

— Oui, presque mort.

Quel sujet macabre, s'il en était ! Mais c'était une journée comme ça.

— Est-ce que ça devient… plus facile avec le temps ?

La tension sur son visage la fit secouer la tête.

— Oubliez ma question. Vous n'avez sûrement pas envie de parler de ça.

Dans le silence qui suivit, elle s'abstint de le regarder. Mais il dit ensuite, d'un ton hésitant :

— Ce n'est pas quelque chose sur lequel je m'appesantis… en général.

— Je suppose que vous n'avez pas à le faire avec d'autres agents.

Elle hésita, concentrée sur une délicate toile d'araignée tendue entre deux frondes de fougère.

— En supposant que vous faites vraiment partie de l'agence antidrogue. Ne vous inquiétez pas, même si ce n'est pas le cas, je ferai tout ce que je peux pour nous ramener sains et saufs. Ensuite, vous pourrez juste… disparaître.

— Claire…

Il avait parlé doucement, d'une voix aussi peu rocailleuse que possible. Elle se sentit forcée de le regarder.

— J'appartiens vraiment à la DEA. Plus vite nous pourrons entrer en contact avec la police canadienne, mieux ce sera.

Ce devait être de l'honnêteté, dans ses yeux. Sinon… eh bien, elle se sentirait vraiment idiote, non ? Elle se contenta de hocher la tête.

— Quant aux morts…

Il fourragea dans ses cheveux.

— Vous avez raison. Nous n'en parlons pas. Pour la plupart, les cadavres sur lesquels je suis tombé étaient des ordures dans la vie réelle. Des trafiquants ou des gros bras.

Il haussa les épaules.

— Des toxicomanes. Une fois… Non, vous n'avez pas besoin d'entendre ça.

— Si vous voulez en parler…

— Je ne veux pas, dit-il d'un ton bref. Pour résumer, dans

mon métier, on s'endurcit. J'ai tué quatre hommes. Notre but est normalement de les arrêter, mais ça arrive.

Comme sur le pont du cargo, se dit-elle. En mission, Adam devait marcher sur une corde raide, sachant que sa couverture pouvait être anéantie à tout instant. Claire ne pouvait imaginer un stress pareil.

— Ce n'est pas le genre de choses qu'on oublie, continua-t-il.

Il pensait sans doute la même chose qu'elle. Aucun d'eux n'oublierait la mort de Mike ou de Kyle.

Voyant qu'elle restait silencieuse, il revint à son livre. Claire, quant à elle, recommença à feindre.

Le crépuscule n'était pas encore tout à fait là quand elle leva la tête.

— Écoutez.

— Quoi ?

Adam voulut se lever, puis s'immobilisa.

— Qu'est-ce que c'est que ça ?

— Vous ne reconnaissez pas le bruit ?

Elle souriait pour la première fois depuis le début de cette épreuve.

Adam se tourna vers la plage, qu'ils apercevaient à peine entre les lourdes branches des arbres.

— Des baleines ?

— Oui. Probablement des orques. Voyons si elles passent devant nous.

Elle écarta les branches, juste devant lui. Depuis la plage, ils avaient une vue plus large sur la baie que dans le campement précédent. Teinté de pourpre, le ciel avait foncé la couleur de l'eau. Comme la crique était orientée à l'est, ils ne pouvaient voir le coucher du soleil.

Mais elle entendit une bruyante exhalaison, suivie d'une autre, puis encore une autre. Aussi souvent qu'elle ait vu des orques, cela l'enthousiasmait toujours. Elles étaient magnifiques, avec leurs fines nageoires et la grâce de leurs corps massifs, noirs et blancs, arqués au-dessus de l'eau.

En voyant apparaître la première, elle murmura :

— Oh !

À voix basse, comme si ces créatures allaient leur prêter attention, Adam dit :

— Nous en avons aperçu au loin lors de mon précédent voyage en cargo. En dehors de ça, je n'avais jamais vu d'orque.

Bientôt, une demi-douzaine d'entre elles furent visibles, tandis que les autres restaient immergées. Elles se déplaçaient vite, conduites par une orque plus grosse, sans doute un mâle. Le temps qu'ils aperçoivent le dernier dos noir, le ciel s'était sensiblement obscurci. Quelques exhalaisons dérivèrent vers eux, et finalement le calme revint avec l'arrivée de la nuit.

— Elles sont magnifiques, murmura Adam.

Claire plissa le nez.

— C'est un peu inquiétant quand l'une d'elles fait surface près du kayak.

— Un *peu* ?

Toujours souriante, elle dit :

— Prêt pour le dîner ?

La veille au soir, Claire avait déplié son sac de couchage à trente centimètres du sien sans lui dire un mot. Il trouvait son sac froid et inconfortable sans elle. Une racine le long de son matelas l'avait empêché de s'étaler. Il avait eu le sentiment qu'elle ne s'était pas endormie plus vite que lui.

Tous deux furent plus silencieux que d'ordinaire durant le café et le porridge matinaux. Elle émit quelques brèves suggestions, et ils firent leurs paquets.

Du côté positif, Adam n'eut pas à se mouiller quand Claire et lui sortirent le corps de Kyle de sa tombe liquide. Il essayait de ne pas penser au fait qu'il portait sa combinaison. Il n'avait jamais volé un mort auparavant.

Et il ignorait pourquoi il n'accordait pas de place à ses sentiments. Cela ne lui ressemblait pas, bien que le pragmatisme soit une composante importante de la survie.

Ce fut Claire qui gagna quand ils discutèrent de savoir

qui monterait au cèdre. C'était logique car elle était moins lourde, et sa blessure à lui le handicapait. Elle escalada donc le tronc, passant d'une branche à une autre. Puis elle lança par-dessus une branche le filin auquel ils avaient attaché un caillou de la taille d'un poing.

— Est-ce assez haut ? cria-t-elle de là où elle était.

Il évalua la branche. Elle n'était pas à quinze mètres du sol, mais il ne voyait pas comment faire mieux.

— Oui. Vous pouvez atteindre le caillou ?

— Bien sûr.

Elle redescendit prudemment, Adam se tenant discrètement au-dessous d'elle, pour la recevoir si elle tombait. Les branches touffues du cèdre tremblèrent jusqu'à ce qu'elle pose enfin le pied au sol.

Adam attacha l'autre bout du filin aux chevilles du mort, et ils hissèrent le corps de concert jusqu'à ce qu'il soit bloqué. Ils ne pourraient pas le faire passer par-dessus la branche comme Adam l'avait espéré. Faisant contre mauvaise fortune bon cœur, il attacha le filin aussi solidement que possible à une grosse branche proche du sol. Lorsqu'il recula d'un pas, le corps ne bougea pas. Ça suffisait.

Claire resta longtemps immobile, les yeux levés. Il vit sa gorge bouger et se demanda si elle priait.

Ils avaient déjà chargé les kayaks et étaient prêts à partir. Mais Claire hésitait.

— Vous pensez qu'il y a une chance qu'ils aient renoncé ?

Ils n'avaient pas entendu de moteur hors-bord la veille ni le matin.

— Je veux le penser.

Elle fit un petit signe de tête, consciente de ses doutes, puis poussa doucement son kayak et monta dans l'hiloire.

Adam fit de même sans enthousiasme excessif. Claire avait insisté pour tenter de soulager sa douleur. À l'aide de l'atlas de la Colombie Britannique et d'une planche à découper, elle avait confectionné un cocon rigide qui aurait à peu près le même effet qu'un plâtre. L'idée était de limiter les mouvements de son épaule, le forçant à utiliser le reste de son corps pour pagayer. Il avait aussi pris du Tylénol, mais avait refusé les calmants plus puissants, au cas où il aurait besoin d'avoir l'esprit clair.

Un instant plus tard, ils voguaient par une matinée dont il soupçonnait qu'elle était anormalement tranquille. En l'absence de vent, le brouillard stagnait à basse altitude. Claire avait un compas monté sur le pont de son kayak. Sans cela, Adam n'imaginait pas comment elle aurait su quelle direction prendre. Ils allaient vers le nord, leur objectif étant un camp sur Spider Island, la plus grande île du groupe.

Il savait que ce serait une plaisanterie en temps ordinaire. Un trajet d'une demi-heure pour un kayakiste un peu sérieux. Il avait demandé une fois à Claire combien elle pouvait parcourir en une journée. « À peu près trente kilomètres », avait-elle répondu, mais elle pouvait – et avait – dépassé cela. Leur plan pour la journée était de deux kilomètres et demi au maximum. D'accord, peut-être un peu plus parce qu'il fallait tenir compte de leurs zigzags.

En réalité, ils décrivaient un demi-cercle entre les îles et les îlots rocheux qui émergeaient et disparaissaient brusquement dans le brouillard.

— Restez près de moi, dit-elle à un moment.

Il n'avait nulle intention de la perdre de vue. Comment l'aurait-il retrouvée ? Il entendait l'eau clapoter contre la coque de son kayak, le cri ou le croassement occasionnel d'un oiseau au-dessus de sa tête. Une fois, une tête noire sortit de l'eau, si près qu'il aurait pu la toucher. Un museau inquisiteur, avec des yeux noirs et de longues moustaches. Une otarie.

Claire s'évanouit momentanément dans la brume, son kayak bleu moins visible que le sien. C'était ainsi qu'elle avait pu passer inaperçue le jour où son ami avait été tué. Sa combinaison en néoprène était grise et bleue, son casque bleu marine. Avec ses cheveux blonds rentrés à l'intérieur, seul son gilet jaune ressortait, et il était assez sale pour que la couleur n'en soit plus si vive.

Adam se cramponnait à cette idée. Claire pourrait sans doute en réchapper si lui-même était repéré. Il plongea la pagaie dans l'eau pour avancer et retenir l'image qu'il avait d'elle.

Le silence était presque inquiétant, lui donnant l'impression qu'il portait des cache-oreilles. Il sentit soudain une démangeaison entre les omoplates et des picotements familiers remontèrent le long de sa colonne. Aucune raison à cela, se dit-il ; le brouillard les enveloppait, et ils ne pouvaient être repérés au bruit. Pourtant, il détestait l'idée de ne pas voir à plus de dix mètres, et il ne cessait de se demander à quel point le brouillard étoufferait un bruit de bateau à moteur.

Il se demandait aussi si les deux hommes qu'il avait vus – Lee Boyden et Curt Gibbons – étaient retournés au cargo pour la nuit ou s'ils campaient à proximité. Et s'ils n'étaient pas seuls ? Un ou deux autres hommes avaient pu prendre la yole.

Comment Dwayne justifiait-il cette chasse à l'homme auprès de son équipage ? Adam doutait qu'aucun d'eux sache ce qui était en jeu.

Il se considérait sacrément chanceux que le rendez-vous ait eu lieu au milieu d'un groupe d'îles. C'était ces chenaux tortueux qui rendaient possible leur évasion.

Il prit soudain conscience que Claire avait dû freiner, car son kayak avait rejoint le sien.

— Comment ça va ? demanda-t-elle.

Il dut prendre un instant pour y réfléchir. La douleur ne l'entravait pas autant que la veille.

— Mieux. Je me sens plus fort, trancha-t-il.

Il lui sourit.

— Je pense que votre harnais fonctionne.

Elle se mit à rire.

— C'est parce que je suis maligne.

— Ce doit être ça, dit-il avec solennité.

— Je crois que le brouillard se lève.

Il tourna la tête.

— Comment le savez-vous ?

Elle pointa sa pagaie.

— Vous voyez ? Il est moins épais de ce côté.

— Bon sang. Je préfère être invisible.

— Eh bien, Spider Island se trouve à bâbord. Nous allons suivre la côte jusqu'à la baie où je sais qu'il y a un camp.

Adam aurait préféré se diriger vers une crique dans les guides de marine, mais les îles ne montraient que des parois rocheuses. Il n'y avait nulle part où accoster avec des kayaks.

Il maudit à nouveau sa faiblesse.

Au moment où il pensait cela, il prit conscience d'une résistance contre sa pagaie. La marée continuait de refluer, mais il n'avait aucune idée de l'effet qu'elle avait sur le chenal entre les îles. Il plongea sa pagaie avec plus de force pour rester à quelques mètres de la poupe de Claire. Elle avait raison : le brouillard se dissipait en longs lambeaux. Un instant, le monde était gris, le suivant, il était presque trop lumineux, avec ses trouées de ciel bleu et de soleil.

Ils n'étaient en chemin que depuis quelques heures à vue de nez – il avait laissé tomber la montre dans l'écoutillon pour ne pas la mouiller – quand il entendit un grondement bas.

Jurant, il se lança en avant, juste au moment où Claire tournait la tête.

— C'est tout proche ! s'exclama-t-elle.

— Voyons si on peut se mettre à l'abri quelque part.

Elle avait l'air effrayée.

— Le chenal est assez large ici. Je ne pense pas qu'on aura cette chance.

— Ils pourraient passer sans nous voir.

Elle hocha la tête avec force et continua à pagayer, Adam s'efforçant de la suivre, bien qu'il ait l'impression qu'on lui plongeait un tison dans l'épaule.

Un cri derrière eux se propagea sur l'eau. Ils avaient été repérés, et Claire avait raison : il n'y avait nulle part où se cacher.

10

— Fuyez ! cria Adam à Claire. Ne m'attendez pas !

Le brouillard se referma à nouveau sur eux. Adam pagaya aussi vite et aussi fort qu'il put, espérant qu'elle faisait de même. À sa grande frustration, il la voyait encore. Pourquoi n'avançait-elle pas ? Ne l'avait-elle pas pris au sérieux ?

Lorsqu'ils émergèrent du brouillard, il jeta un coup d'œil derrière lui. Il ne vit pas le bateau, mais le bruit de moteur gagnait en intensité. Que n'aurait-il donné pour avoir un fusil ! S'ils étaient poursuivis par le canot pneumatique, il aurait pu le faire chavirer avec quelques balles bien placées.

Ses muscles hurlaient de douleur, mais il ne ralentit pas ses efforts. Il devait y avoir quelque chose à faire pour retarder ces salopards, afin que Claire, au moins, puisse s'échapper.

Prendre le pistolet à fusées de Kyle exigerait qu'il cesse de pagayer, au moins momentanément. La poche de son gilet de flottaison lui avait paru pratique, à tort.

Pour faire feu il aurait fallu qu'il soit à moins de cent mètres. Il ne pourrait tirer qu'une fois, aussi devrait-ce être la bonne. Mais eux aussi pourraient lui tirer dessus, avec des armes bien plus mortelles.

Un écart avait fini par se creuser entre son kayak et celui de Claire. Elle disparut dans le brouillard alors qu'il était toujours à découvert, et elle lui cria quelque chose qu'il ne put distinguer.

Il s'engouffra dans la nappe de brouillard, et elle cria à nouveau. Le ronronnement du moteur se rapprochait, mais il entendait aussi autre chose. Un bruit bizarre. Un autre bateau approchant par le nord ?

Elle cria encore et, cette fois, il l'entendit. *Des orques.*

C'était ce qu'il avait entendu : l'exhalaison explosive d'une orque. Le banc qu'ils avaient vu la veille au soir avait-il maintenant pris la direction du sud ?

Une autre exhalaison, puis une détonation claqua. Il était bas sur l'eau, ce qui faisait de lui une cible difficile. Que se passerait-il si les balles transperçaient la coque de son kayak ? Sombrerait-il ? Être de nouveau rejeté dans l'eau glaciale, où une balle viendrait l'achever… Ou mourir d'hypothermie, s'ils étaient particulièrement sadiques.

Mais il avançait toujours. Il fit pivoter le haut de son corps comme le lui avait appris Claire, visant la vitesse maximum, priant pour qu'elle aille encore plus vite.

Une balle rasa l'eau à sa gauche en même temps qu'il entendait la détonation. Pas facile de viser une cible en mouvement depuis un canot pneumatique, pensa-t-il.

Un geyser d'eau s'éleva alors à moins de trois mètres sur sa droite, et une masse blanche et noire bondit hors de l'eau. Il s'immobilisa, le cœur battant. Aussi proches qu'ils aient été sur le rivage, il n'avait pas pris conscience de l'énormité de ces créatures. Son kayak pouvait-il passer pour un animal que chassaient ces orques ? Ou l'une d'elles allait-elle passer sous le canot pneumatique ?

Plus probablement, pensa-t-il sombrement, les orques éviteraient le bateau à cause du grondement du moteur.

Allez, allez, allez, s'ordonna-t-il, sans oser regarder derrière lui. Une orque fit un bond à quelques mètres devant lui ; un autre jet s'éleva dans l'air.

Encore, encore. Un couple d'orques passa à sa gauche. Elles se séparèrent pour le contourner.

Les cris derrière lui avaient pris une tonalité différente. Il espéra que Boyden et Gibbons étaient effrayés par les baleines. Il espéra que le banc d'orques était énorme.

Au lieu de faire halte pour prendre le pistolet à fusées, il se concentrait pour pagayer de toutes ses forces. Son épaule lui paraissait chauffée à blanc, mais ce n'était qu'une petite partie du tout.

Allez !

Il aperçut Claire, qui s'immobilisait pour regarder derrière elle.

Une orque émergea si près de lui que son kayak fut secoué et que l'eau plut sur lui. Il n'entendait plus le moteur hors-bord, et il finit par risquer un regard. La brume se dissipa ; il ne vit rien d'autre que les orques, presque fantomatiques, qui bondissaient au-dessus de l'eau, leurs jets se mêlant au brouillard, le bruit de leurs respirations formant une puissante symphonie.

Adam abaissa les yeux sur la crosse du pistolet à fusées et, au lieu de le prendre, se remit à pagayer.

Adam avait cessé de progresser régulièrement. En regardant derrière elle, Claire vit qu'il commençait à zigzaguer, inexorablement repoussé vers le milieu du chenal. Effrayée, elle prit conscience qu'ils devaient s'arrêter, et vite.

La dernière orque l'avait dépassée quelques minutes auparavant. Elle les entendait encore, leur souffle profond et mystérieux, tellement primitif. Ce qu'elle n'entendait pas, c'était le moteur hors-bord. Dans leur panique, les hommes avaient pu faire demi-tour et filer, à moins que leur bateau n'ait été renversé par une orque.

Elle aurait aimé que ce soit la dernière hypothèse, mais elle en doutait. Un canot pneumatique de cette taille ne chavirait pas facilement.

Tout en pagayant de toutes ses forces, elle souhaita désespérément avoir choisi un autre trajet. C'était sa faute : Spider Channel était trop exposé. Elle avait espéré rencontrer d'autres plaisanciers, mais tout ce qu'elle avait fait, c'était les placer sur la route de leurs poursuivants. Des hommes qui se déplaçaient plus vite qu'eux parce que leur bateau était motorisé.

Peut-être auraient-ils dû aller directement vers l'est, sauf qu'ils auraient été encore plus vulnérables en traversant le mouillage où le cargo et le yacht avaient échangé la cargaison.

Hurricane Channel aurait été bien, aussi étroit fût-il, avec des rochers affleurant sous l'eau à marée haute et une abondance de kelp dans les eaux basses – sauf qu'Adam et elle auraient dû pagayer vers l'est à travers Spider Anchorage pour l'atteindre.

Même problème.

Elle tendit l'oreille, mais on n'entendait plus rien. Ils devaient absolument accoster et prier pour que leurs poursuivants ne découvrent pas leur refuge.

Durant la Deuxième Guerre mondiale, il y avait eu une station radar sur Spider Island, parmi toute une série d'autres le long de la Côte Pacifique. Elle avait lu qu'une promenade en bois menait autrefois d'un quai sur la côte ouest de l'île jusqu'à la station, située en hauteur. Avec les années, la station et la promenade avaient été submergées par la végétation au point de disparaître. La crique qu'elle visait était maintenant privée, selon les livres qu'elle avait lus, mais vu la situation, elle n'en avait rien à faire. Ils auraient de la *chance* si un club de pêche avait été construit. Dans le cas contraire, s'introduire sur une propriété privée était le moindre de ses soucis.

Elle ne cessait de jeter des coups d'œil par-dessus son épaule. Adam se laissait distancer, mais il était toujours en vue. L'eau devint plus agitée lorsqu'ils approchèrent de l'extrémité nord de l'île, perdant la protection des courants océaniques. Et s'ils traversaient le chenal, pour tirer leurs kayaks à sec sur Spitfire Island ?

Même si leur avancée était d'une lenteur frustrante, elle devait faire preuve de bon sens. Adam avait besoin de récupérer. Ils ne pouvaient continuer indéfiniment.

Elle vit une sorte d'anse et se dirigea vers elle. Si un club de pêche était en construction, ce n'était pas là. Il n'y avait pas vraiment de crique ni même de plage, mais ils pourraient sûrement tirer leurs kayaks à sec, escalader les rochers et se cacher dans la forêt.

Elle agita sa pagaie. Adam fit de même. Elle n'entendait toujours pas leurs poursuivants.

Une fois qu'ils furent parvenus à accoster sur de gros blocs rocheux, ils firent vite. Prendre l'équipement nécessaire, le transporter au-dessus de la ligne de la marée, le dissimuler dans la végétation. Retour aux kayaks, à transporter un par un. Claire glissa sur les rochers et se serait abandonnée à l'épuisement s'ils avaient eu du temps à perdre en gémissements. Mais elle souleva la poupe du kayak d'Adam et continua à avancer.

Quand les kayaks, l'équipement et eux-mêmes furent hors de vue, Claire se laissa tomber sur un tronc d'arbre pourri. Adam s'assit avec plus de précaution à côté d'elle.

Ce fut alors qu'elle remarqua la crosse du pistolet, sortant de la poche de son gilet. Elle écarquilla les yeux.

Adam avait suivi son regard.

— Le pistolet à fusées de Kyle, vous vous souvenez ?

— Oui. C'est juste… que ça ressemble tellement à une arme.

— C'est une arme. Malheureusement, elle tire des fusées au lieu de balles, et il faut la recharger à chaque fois.

— Oh…

Bien sûr, il pensait à son potentiel de dégâts *humains*.

— Au moins, c'est légal.

Le rouge lui monta aux joues.

— Désolée, c'était idiot. Comme si ça comptait.

Elle en emportait toujours un. Que, dans le souci d'alléger ses bagages, elle se soit imaginé qu'un pistolet à fusées suffirait pour deux illustrait son inconscience.

Il serra les lèvres.

— Si on en arrive à eux ou nous, je me fiche de la légalité. Je suis presque sûr que s'en servir pour tirer sur quelqu'un n'est pas légal.

Elle aurait juré qu'il ne l'avait pas dans sa poche quand ils étaient partis le matin.

— C'est ce que vous avez en tête.

— En cas de besoin.

Sa voix et son expression étaient toutes deux implacables.

Claire imagina ce qu'une fusée tirée à pleine vitesse ferait à un être humain, mais elle ne pouvait se représenter l'horreur qui la saisirait probablement. Ces hommes n'avaient pas seulement tiré sur Adam, ils avaient à nouveau essayé de le tuer. Avec des balles. Et leurs armes avaient sans doute des chargeurs de plusieurs balles.

— Et si vous touchiez le canot ? demanda-t-elle.

— Je l'ai vu sur le cargo. Je ne l'ai pas examiné de près, mais je doute qu'il ressemble aux canots pneumatiques pour enfants. Vous savez, ceux qui sombrent dès qu'ils sont percés. Je parie qu'un canot comme celui-là a des compartiments. Si l'un est percé, le bateau flotte quand même.

— Vous avez raison. Ça veut dire qu'une seule balle ne suffirait pas à les ralentir.

— Exactement. Bien qu'il soit possible qu'une fusée pénètre assez profondément pour faire de vrais dégâts. Mais je doute que la précision soit la même qu'avec une véritable arme de poing.

Il le regrettait visiblement.

— Il faudrait être tout près pour pouvoir les abattre.

— Et ils sont deux.

Il pencha la tête, sans rien dire.

— Si seulement j'en touchais un.

Si seulement étaient les mots les plus inutiles qui soient.

En furetant aux alentours, ils trouvèrent un endroit relativement plat où étaler leurs sacs de couchage et monter la tente et y transportèrent leurs équipements. Adam lui demanda son aide pour ôter son harnais, après quoi ils commencèrent à déballer ce dont ils avaient besoin.

La cheville de Claire lui faisait mal, et elle avait l'impression qu'elle était enflée. Il n'y avait pas grand-chose à faire.

Heureusement, Adam ne semblait pas l'avoir remarqué. De toute façon, si elle avait mal, il devait être à l'agonie.

Ils ne voyaient presque rien à travers le rideau d'arbres, mais ils entendraient un moteur et Claire était sûre qu'ils verraient quiconque accosterait sur les rochers.

Ce ne fut pas avant d'avoir mis de l'eau à bouillir sur le petit réchaud qu'elle dit :

— Ils doivent plus ou moins savoir où nous sommes.

— C'est possible, dit-il lentement. Ça dépend de ce qu'ils ont fait quand les orques sont arrivées. Ils ont pu essayer d'accoster, faire demi-tour pour rejoindre le navire ou souffrir d'une avarie du moteur ou de la coque.

Elle se devait de le dire :

— C'est ma faute si nous étions tellement à découvert. Nous ne pouvons rien y faire maintenant, mais... j'ai changé d'avis sur notre route.

Les rides se creusèrent sur le visage d'Adam. Il parla lentement, comparé au ton précipité qu'elle avait employé.

— Si nous parvenons dans le Queens Sound, vous sembliez penser qu'il y aurait assez de circulation pour que nous puissions héler un bateau.

En faisant du kayak le long du Passage Intérieur, elle avait passé parfois deux ou trois jours d'affilée sans voir personne, bien qu'elle ait aperçu fréquemment des ferries et de gros bateaux au loin.

Mike et elle avaient choisi de faire cette expédition à cette saison en partie à cause de leurs emplois, mais surtout dans l'espoir de profiter de la beauté des îles en toute quiétude. En juillet, il y aurait eu beaucoup plus de bateaux de plaisance et de kayakistes. Cette solitude complète... Elle l'aurait appréciée dans d'autres circonstances.

— Pourquoi ne pas continuer ? demanda Adam, voyant qu'elle ne répondait pas à sa dernière remarque.

Il avait soigneusement étudié la carte. Claire inspira profondément.

— Parce que le cargo pourrait mouiller là-bas. Comme

ils nous pourchassent vers le nord, ce serait logique que votre ancien chef fasse du surplace dans la même direction. En outre, nous n'aurions nulle part où nous cacher si nous étions repérés en pleine mer.

— Alors à quoi pensez-vous ?

— Laissez-moi prendre mes schémas.

— L'eau bout, remarqua-t-il, et ils tombèrent d'accord pour manger d'abord.

Il était tôt pour le dîner, mais ils n'avaient pas déjeuné. Ils pourraient manger un morceau avant de se coucher.

Elle prit un peu d'ibuprofène – pour lui, c'était double dose.

Quand elle lui montra ce qu'elle avait à l'esprit, il se pencha et suivit du doigt l'étroit chenal tortueux qui se dirigeait vers l'est, puis brusquement au sud, coupant entre plusieurs grosses îles.

— Ça nous emmène pas loin d'où nous sommes partis, dit-il lentement. Quelle est la logique ?

— Justement, ce serait inattendu. Ils nous ont suivis jusque-là. S'attendent-ils à ce que nous fassions demi-tour ?

— Vous pensez qu'ils ne peuvent pas nous suivre ?

— J'imagine que non, mais d'après ce que je me rappelle, Spitfire Channel est compliqué. Il est vraiment étroit à un endroit, il y a des roches submergées, des lits de kelp qui peuvent s'enrouler autour de l'hélice.

Elle hésita.

— Il y a deux problèmes si on choisit cette route.

— En dehors du fait de revenir à notre point de départ ?

Claire ignora cette remarque.

— L'un est que je ne sais pas s'il y a un endroit quelconque où nous pourrons accoster jusqu'à ce que nous soyons de l'autre côté, et je pense que c'est trop loin pour que vous le fassiez en une journée. Il doit y avoir un camp possible quelque part, mais nous devrons garder l'œil ouvert pour ne pas le manquer.

— Et l'autre problème ?

— Traverser le bassin sans nous faire voir pour gagner le chenal.

Il baissa les yeux sur la carte.

— Et si on traversait le chenal et qu'on prenait vers le nord le long de Hunter Island ?

— C'est la route logique. Ils penseront que nous nous dirigeons vers Bella Bella.

— Je crois comprendre que c'est ce qui se rapproche le plus de la civilisation sur cette partie de la côte ?

— Oui, ce qui rend cette direction trop évidente. On doit faire quelque chose auquel ils ne s'attendent pas. Juste... disparaître.

Il contempla la carte les sourcils froncés, puis hocha la tête.

— Ils ne nous ont pas repérés pendant quelques heures ce matin. Ce ne sont sans doute pas des lève-tôt.

— Non. Ça m'inquiète davantage qu'ils supposent que nous avons accosté dans les environs.

— Alors on se lancera à la première lueur demain, dit-il sombrement. Ou même plus tôt.

Il avait raison : étant donné l'absence de trafic maritime, ils pourraient traverser le chenal dans la lumière violette, avant que le soleil ne touche l'horizon. Cela voulait dire se préparer à partir entre 4 h 30 et 5 heures du matin.

— Vous vous attendez à plus de trafic dans Kildidt Sound ? questionna-t-il.

Claire acquiesça.

— Quand nous ne zigzaguerons plus entre les petites îles.

Voyant qu'il ne commentait pas, elle reposa les cartes et mit de l'eau à chauffer pour faire la vaisselle.

En le voyant ruminer du coin de l'œil, elle décida de ne pas parler d'un autre problème : Hunter et Hurricane Islands devaient posséder une faune importante, parmi laquelle des ours et des loups.

En fin d'après-midi, ils furent rejoints par une nuée d'insectes. Ils avaient eu une chance incroyable jusque-là de ne pas se faire dévorer par les moustiques.

— Salopards, gronda Adam en entendant un bourdonnement aigu. Je hais les moustiques.

— Je crois que ce sont des midges. Leurs piqûres sont encore plus irritantes.

Claire fouilla dans un sac en hâte et en sortit une moustiquaire et une casquette de base-ball.

— Prenez ça. Enroulez la moustiquaire autour de votre tête.

Adam fixa la casquette sur la tête.

— Et vous ?

— J'en ai une aussi.

Elle la trouva, ainsi qu'une paire de gants fins.

— Regardez dans votre sac. Mike en avait. Ce sont des doublures de gants, en fait.

Momentanément protégé, Adam continua pourtant de frapper avec irritation le nuage d'insectes qui les environnait.

— Vous n'avez pas de répulsif ?

— Non, ça fait fondre les tissus synthétiques. En plus, l'odeur attire les ours.

— Génial.

— Il faut monter la tente. Elle a une moustiquaire.

Il n'avait pas remarqué et fut ravi de l'entendre.

— Autant le faire tout de suite.

Elle se leva brusquement.

— Je reviens dans une minute.

Elle avait déjà repoussé les branches de conifères qui les séparaient de la plage quand Adam se leva. Étonné, il la suivit.

La tête renversée, elle contemplait le ciel. En l'imitant, il s'aperçut qu'il n'était plus aussi transparent. L'air semblait différent. Plus humide.

— On pourra partir demain matin s'il pleut ?

— Ça dépend.

Sur le point de demander de quoi, il se raidit.

— Vous entendez ?

— Oh non, murmura-t-elle.

— Vous avez les jumelles à portée de main ?

Elle alla les chercher, revint et les lui tendit. Ils s'accroupirent derrière des branches de cèdre et attendirent.

Le canot pneumatique apparut, se déplaçant lentement le long du rivage. Adam souleva sa moustiquaire pour braquer les jumelles. Le canot était presque à leur hauteur lorsqu'il prit conscience qu'il avait laissé le pistolet à fusées au camp.

Bon sang, il aurait aimé que la nuit tombe.

Le bateau continua d'avancer jusqu'à ce qu'il soit hors de vue. Adam poussa un gros soupir et baissa sa moustiquaire.

Ni Claire ni lui ne bougèrent, écoutant s'éloigner le ronronnement du moteur vers le nord. Ils l'entendirent pendant un moment, jusqu'à ce qu'il s'évanouisse.

Adam jura.

— Il y a un camp par là ?

— Je pense que oui.

Elle chuchotait presque.

— Je pensais nous diriger vers un meilleur camp que cet accostage. Vous croyez que… ?

— Vous en savez autant que moi, dit-il d'un ton bref.

Il regretta immédiatement son ton lorsqu'elle se leva et se fraya un chemin entre les arbres pour retourner au camp.

Le temps qu'il arrive, elle rangeait tout pour la nuit, d'une main si experte qu'il ne proposa pas son aide.

Bon sang, il détestait se sentir incompétent. Il avait déjà été coincé auparavant, mais il n'avait jamais été aussi loin de son champ d'expertise. Oui, il s'améliorait sur le kayak, mais il ne pouvait s'illusionner une minute quant à sa capacité à faire autre chose que pagayer sur une mer placide et à un rythme ralenti. Si son kayak chavirait, il se retrouverait la tête en bas et y resterait jusqu'à ce qu'il se noie.

Il ne connaissait rien à la navigation ni aux dangers inhérents à la nature. Un bébé dans les bois, voilà ce qu'il était.

Ce qui le rendait entièrement dépendant de la femme courageuse qui lui servait de guide, se fiant à lui alors même qu'elle n'avait aucune raison de croire un mot de ce qu'il disait.

Une femme dont il ferait tout pour la protéger. Il aurait

aimé se dire que c'était par gratitude et parce que cela faisait partie de son métier, mais il ne se racontait pas d'histoires.

Claire le touchait plus que quiconque avant elle. Ces sentiments le déconcertaient et l'alarmaient, mais il se devait de les reconnaître. Plus vite il la quitterait, mieux ce serait… Il aurait aimé cependant la tenir dans ses bras chacune des nuits qui leur restaient avant qu'elle ne regagne sa vie d'avant.

Mais il savait ce qu'elle dirait s'il suggérait à nouveau de partager un sac de couchage.

11

Ils se mirent en devoir de monter la tente. Les midges étaient si irritantes qu'Adam n'avait qu'une envie : y entrer, fermer les rabats et se terrer jusqu'au matin.

Il devait aussi laisser la plus grande partie de la tâche à Claire, ce qui exacerbait sa mauvaise humeur. Bien qu'il ait peu pagayé, il avait déjà des ampoules aux mains. Il avait sans doute serré trop fort la pagaie. Et le sol étant trop dur pour planter des piquets, il fallait fixer la tente avec des filins attachés aux arbres. Entre son manque de mobilité et ses ampoules, il n'était pas en état de s'atteler à cette tâche, ou plutôt cela aurait pris deux fois plus longtemps. Une source de frustration de plus.

Étant donné leurs tailles respectives, il la laissa aussi dérouler les matelas et les sacs de couchage à l'intérieur. Elle ne suggéra cependant pas de se coucher tout de suite et ressortit à quatre pattes. Elle n'était pas plus prête que lui à dormir et n'avait pas envie de rester assise dans la tente.

Le visage enveloppé de la moustiquaire, Adam se laissa tomber sur la chaise et se remit à ruminer.

— À quoi pensez-vous ? demanda finalement Claire.

— J'aurais voulu qu'on reste dans l'un des campements précédents, dit-il honnêtement. Quelqu'un aurait bien fini par arriver. Eh oui, je sais que ce n'était pas possible.

Ils avaient manqué de peu d'être découverts au premier campement. Si le bateau avait serré le rivage d'un peu plus près, l'un des hommes aurait pu voir la faille. De toute façon, la baisse de leur stock d'eau potable les aurait forcés à s'en aller.

Il tua un moustique qui s'était posé sur sa peau, entre la manche et le gant.

S'attarder dans la crique où ils avaient trouvé le corps de Sheppard aurait été trop risqué. En toute logique, ses anciens compagnons de bord y reviendraient. Adam n'était pas trop optimiste non plus vis-à-vis de ce campement, même s'il était caché par les arbres. Car ils n'étaient pas en bonne posture pour mettre rapidement un kayak à l'eau et intercepter un bateau sans lien avec le cargo ou le yacht.

Ce qui le rongeait, c'était le nombre de jours qui s'étaient écoulés. Le yacht reviendrait-il furtivement transborder le reste de la cargaison ? Ou se trompait-il et avaient-ils déjà chargé le combustible ?

— Bon sang, j'aimerais bien savoir où ils campent, dit-il tout haut. Le pistolet à fusées n'est pas très utile, mais je pourrais lacérer leur fichu bateau pour qu'ils ne puissent plus repartir.

Elle tourna la tête avec une expression alarmée.

— Vous voulez dire aller le saboter sur la pointe des pieds ?

— Quelque chose comme ça.

— Vous ne pensez pas que l'air ferait du bruit ? Un peu comme les exhalaisons des orques ?

Il desserra les dents.

— Peut-être. Mais ça ne me prendrait pas longtemps.

— Je préfère croire que vous rêvez.

— J'ai du mal à croire qu'ils retournent au cargo tous les soirs. Des allers-retours aussi fréquents attireraient l'attention. Et un vieux rafiot comme ça ne passe pas inaperçu. Si les gardes-côtes le voient plusieurs fois… Pourquoi reste-t-il là ?

— Une bonne raison pour bouger sans arrêt, sauf qu'ils doivent rester au large.

Claire semblait pensive.

— Ils ont pu jeter l'ancre dans Fulton Passage, mais s'ils nous suivent, ils ont dû longer la côte ouest de Spider Island.

— Les deux types que nous avons vus…

Il lui donna leurs noms, pas certain de l'avoir déjà fait.

— … doivent être en contact radio avec le cargo, mais ils craignent peut-être d'avouer à Dwayne qu'ils ne nous ont pas trouvés. Ou, du moins, qu'ils nous ont trouvés et nous ont laissés échapper.

— Parce qu'une bande d'orques s'est mise en travers ?

Adam sourit d'un air sarcastique.

— Dwayne n'a aucune patience pour des histoires comme ça.

— C'était un peu surnaturel.

— Oui, c'est le mot que je cherchais. Entre le brouillard, les coups de feu, leur apparition semblait…

Il hésita. Claire lui fournit le mot :

— Magique.

Adam ne la contredit pas, bien que ce terme n'ait jamais franchi ses lèvres.

— Oui, eh bien maintenant nous ne savons pas où ils passent la nuit, reprit-elle vivement. Alors vous pouvez vous ôter l'idée de réduire leur canot en lambeaux. Je ne suis pas volontaire pour ressortir les chercher.

— Je ne vous aurais pas accompagnée si vous l'aviez fait.

Il n'avait pas besoin de la voir pour savoir qu'elle lui lançait un regard noir. Son silence même lui apprit qu'elle avait eu le dessus. Non, il n'était pas stupide au point de pagayer dans l'obscurité en espérant voir la lueur d'un feu ou d'une lampe à pétrole.

Ce qui ne voulait pas dire qu'il renonçait à cette idée.

Claire se faufila dans son sac de couchage, resta immobile dix secondes, puis se tortilla en quête d'une position plus confortable. La terre semblait molle à l'endroit où elle avait positionné la tente, mais elle aurait dû s'apercevoir que des racines affleuraient. Elle aurait pu aussi bien être allongée sur des croisillons de fer.

— Ça va ?

La voix rocailleuse d'Adam s'éleva dans l'obscurité.

— Bien sûr. C'est juste… qu'il y a une racine sous moi.

— Ou deux, ou dix.

Elle se retourna et essaya de se blottir contre la toile de tente.

— Rapprochez-vous de moi, suggéra-t-il.

Elle aurait bien voulu, mais savait que ce n'était pas une bonne idée. Cependant, elle ne dormirait pas du tout si elle ne trouvait pas une meilleure position. Aussi roula-t-elle encore une fois sur elle-même, sac de couchage compris, et s'arrêta contre un corps dur. Elle resta immobile un long moment.

— C'est mieux ?

— Je crois. J'ai peur de bouger.

Son rire bas était peut-être la chose la plus sexy qu'elle ait jamais entendue.

— Allez.

Après quelques froissements, un long bras vint s'enrouler autour d'elle. La tête sur son épaule, elle aurait pu poser un bras en travers de sa poitrine et une jambe par-dessus la sienne si l'épaisseur des deux sacs de couchage ne l'en empêchait. Elle regretta soudain cet obstacle.

— Vous avez assez chaud ?

Son haleine fit vibrer ses cheveux.

— Hm-mm.

Trop chaud, et c'était sa faute.

— Dors bien, chérie.

Elle se figea. Il était tout à fait immobile. Elle aurait juré qu'il avait cessé de respirer. Ces mots lui avaient-ils échappé ? Si oui, il se serait surpris lui-même.

Mais il ne dit rien et elle ne bougea pas. Elle finit par s'endormir, mais elle eut l'impression qu'il ne s'était écoulé que quelques minutes quand elle s'éveilla à nouveau. Elle avait apparemment bougé assez pour se retrouver sur une nouvelle bosse. Elle dut gigoter un peu, ce qui réveilla Adam. Il marmonna :

— Qu'est-ce qui se passe ?

— Rien. Juste…

Se retourner ? Non, elle ne pouvait pas. Elle se tortilla un peu puis se rendormit. Se réveilla encore, essaya de s'éloigner d'Adam et dut reprendre sa position.

Quand elle s'éveilla à nouveau, ce fut au son de froissements accompagnés d'une lourde respiration à l'extérieur de la tente. Même dans le noir, elle vit la paroi s'incurver. Quelque chose s'appuyait dessus.

Claire prit conscience qu'Adam s'était raidi.

— Qu'est-ce que c'est ? murmura-t-il.

— Un ours, chuchota-t-elle à son oreille. Je crois.

Des reniflements et un grognement confirmèrent ses craintes. Elle prit le spray anti-ours mais resta allongée en silence, soulagée qu'Adam fasse de même.

Ils n'avaient pas fait tomber de nourriture par terre, n'est-ce pas ? Était-ce l'odeur de leur dîner qui s'attardait dans l'air ? Un repas végétarien heureusement, rien qui puisse attirer l'attention d'un ours. Ils avaient rangé les bacs de nourriture à distance.

Un autre grognement, encore des froissements… puis le silence. Claire écoutait de toutes ses forces, mais n'entendit plus rien, sauf…

— C'est la pluie ? demanda calmement Adam.

— Je crois.

C'était un peu difficile d'en être sûr car ils étaient protégés par une forêt particulièrement dense. Au lieu d'un tambourinement régulier, ils n'entendaient que des gouttes occasionnelles, filtrées par l'épaisse ramure des arbres.

— Oh ! joie !

— Heureusement qu'on a monté la tente, commenta Adam. Pour plus d'une raison.

Elle n'aurait certainement pas voulu être réveillée par l'haleine d'un ours curieux.

Le simple fait de penser à l'eau qui tombait du ciel lui donna envie de faire pipi, mais il en aurait fallu beaucoup plus que ça pour la faire sortir. Pour plus d'une raison, comme l'aurait dit Adam.

Elle se rendormit sans s'en apercevoir, et Adam aussi,

apparemment, parce qu'elle était à moitié couchée sur lui lorsqu'elle rouvrit les yeux dans la lumière grise.

Les poils noirs d'Adam étaient devenus une barbe. Était-elle douce ou rêche ? Son souffle accéléra un peu. Si elle décollait un petit peu la tête de son épaule, elle pourrait presser les lèvres sur son cou…

Elle devait s'être réveillée complètement, parce que sa pensée suivante fut *Tant pis pour le départ à l'aube*. Et maintenant, elle devait enfiler des vêtements et sortir de la tente pour aller faire pipi.

Il protesta quand elle s'écarta et se mit en devoir de mettre les vêtements qu'elle avait gardés dans le sac de couchage.

— Il faut vous lever, lui dit-elle en enfilant une polaire par-dessus son T-shirt.

Il grogna.

— Je préférerais ne pas avoir entendu ça.

Mais en sortant de la tente, elle l'entendit commencer à s'habiller.

Berk. En se redressant, elle eut l'impression de respirer de l'eau. Il pleuvait toujours, les branches des arbres et les fougères dégoulinaient d'eau. Elle entendit aussi un mouvement au-dessus : le vent, qui avait été absent la plus grande partie de la semaine précédente.

Claire se fraya un chemin dans la végétation trempée pour s'accroupir, puis revint sur ses pas. Pas d'Adam, aussi sortit-elle des arbres et trouva-t-elle des vagues agitées à ses pieds. Ce n'était vraiment pas l'endroit idéal pour camper.

En contemplant le chenal, elle comprit qu'il leur serait impossible de sortir ce jour-là. Toute seule, elle aurait hésité. Avec un kayakiste inexpérimenté, c'était impossible.

Elle prit conscience qu'Adam l'avait rejointe quand elle l'entendit proférer une grossièreté, suivie de :

— On est coincés.

— On a eu de la chance jusqu'ici, souligna-t-elle.

— Et si ça dure des jours ?

Des gouttelettes s'accrochaient à ses cheveux bruns et

mouillaient son visage. Des muscles tressautèrent sur sa mâchoire tandis qu'il contemplait les eaux agitées.

— Qu'est-ce que vous en pensez ? On reste. On a assez de nourriture et d'eau potable, et on pourra recueillir de l'eau de pluie en cas de besoin.

L'ennui et cette attirance sexuelle inopportune seraient les plus grandes menaces, pensa-t-elle. Les yeux toujours braqués sur le chenal, il répliqua :

— Saleté de temps !

— On a des bâches pour ne pas nous mouiller, lui rappela-t-elle.

— Ce sera douillet, gronda-t-il.

À bout de patience, Claire lui assena une tape sur le bras.

— Faites-vous une raison !

Adam la suivit jusqu'aux kayaks et fouilla dans le sien pendant qu'elle faisait de même. Il aurait dû être reconnaissant d'avoir des vêtements secs, se dit-il. Une journée de repos n'était pas la fin du monde.

Immédiatement, il souhaita avoir choisi une autre expression pour formuler sa pensée. Non, l'uranium de contrebande n'était pas suffisant pour provoquer la fin du monde, mais il pouvait en faire disparaître une bonne partie. Une base militaire ? Une ville ? Il aurait donné une fortune pour connaître la cible des terroristes.

Il se rappela qu'il n'y avait absolument rien qu'il puisse faire. Ce dont ils auraient eu besoin, c'étaient d'informations immédiates afin d'empêcher le cargo de quitter le port.

Tout ce qu'il pouvait faire, c'était réprimer sa mauvaise humeur, aussi justifiée soit-elle, et accepter qu'il n'était pas un super-héros. La nature lui rappelait sa suprématie.

Il se demanda comment était la mer au large. L'image du cargo affrontant des vagues de six mètres lui donna quelque satisfaction. Tout le monde à bord atteint d'un violent mal de mer. Tout sur le pont entraîné par-dessus bord.

Sauf peut-être l'uranium. Il ignorait ce qui arriverait s'il sombrait au fond de l'océan. Sans doute une catastrophe écologique.

Claie et lui suspendirent trois grandes bâches au-dessus de leur camp en faisant passer un filin dans les œillets pour en attacher les coins à des branches.

Aucun d'eux ne parla beaucoup tandis qu'elle faisait cuire une casserole de leur porridge habituel, ajoutant des canneberges au lieu de raisins secs ou de noix. Ce fut seulement lorsqu'elle lui tendit une tasse de café, qu'il dit :

— Je suis désolé pour ces jérémiades.

Elle haussa les sourcils.

— Ah bon, c'étaient des jérémiades ?

Puis elle se radoucit.

— Je comprends votre impatience.

— Vous connaissez des prières pour faire venir le beau temps ? Une danse, peut-être ?

Son rire éclaira son visage et allégea l'humeur d'Adam.

— Rien qui ait marché, désolée.

Elle mâchonna sa lèvre inférieure quelques secondes, le regardant sans le voir.

— Vous savez, j'ai traversé des épisodes de mauvais temps pires que ça et j'ai survécu. Je pourrais y aller pendant que vous…

— Pas question, coupa-t-il.

Il s'éclaboussa la main de café en lui lançant un regard noir.

— Vous croyez que je vous laisserais mettre votre vie en jeu pendant que je me planque ici… à faire quoi ? Finir mon bouquin ?

— Mais chaque jour compte, dit-elle calmement.

Elle avait raison. L'idée l'avait traversé qu'il devrait peut-être la sacrifier pour sauver des centaines de milliers de gens. Le dommage collatéral, un concept qu'il avait déjà eu à prendre en considération quand il était infiltré. Mais ce qui avait été concevable le premier jour était désormais une impossibilité.

— Cela vous prendrait plus de temps pour y arriver, dit-il, toujours penché sur elle. Si je suis là, les choses iront plus vite.

— Au point d'économiser une journée entière ?

Non, mais l'idée de la voir partir sur un kayak secoué par les vagues le rendait malade. Disparaissant sous la pluie, pendant que lui-même ne saurait pas si elle avait réussi à s'échapper. Vu la météo, quelles étaient les chances qu'elle croise d'autres bateaux ? Même un gros bateau de plaisance resterait ancré à l'abri. Toute seule, combien de temps lui faudrait-il pour sortir de Kildidt Sound, faire signe à un aussi gros bateau que possible, lui demander de stopper sous une pluie cinglante et attendre un représentant de la Garde côtière canadienne ou de la Navy ?

Ou se diriger vers le nord et cingler follement dans Queens Sound. Où faute d'appareils électroniques, elle n'aurait que des fusées pour attirer l'attention. Si le pilote d'un grand navire se méprenait sur l'origine de la fusée, il pouvait très bien la percuter, surtout lorsque l'océan et le ciel étaient aussi gris l'un que l'autre et que les vagues cachaient son kayak.

Non.

Claire lui était reconnaissante de refuser sa suggestion mais ne voulait pas le lui dire. D'accord elle avait peur, mais elle pensait toujours que se séparer était la chose à faire. Même si les hommes du cargo arrivaient sur elle, pourquoi feraient-ils autre chose que de lui demander si elle avait vu un kayak rouge ?

À moins qu'ils ne l'aient vue la veille, pagayant de toutes ses forces pas très loin d'Adam. Oui, mais sortiraient-ils par un temps aussi mauvais ? Beaucoup de gens, même les marins, avaient le mal de mer quand leur embarcation était aussi secouée.

Adam réfléchissait visiblement à cela. Il fouilla dans l'un des sacs et en tira la petite pile de livres. Il ne parut pas enthousiasmé, mais se mit finalement à lire. Claire l'imita, bien qu'il soit difficile de se concentrer sur le seul livre qu'elle n'ait pas encore lu, un policier britannique.

Grâce aux provisions du pauvre Kyle, ils avaient des repas de surcroît, assez pour qu'elle réchauffe un chili végétarien pour le déjeuner au lieu d'apprêter un repas froid.

Adam accepta le bol qu'elle lui tendait et renifla son odeur épicée.

— Ce n'est pas une invitation pour notre visiteur de cette nuit ?

— Il n'y a pas de viande. Je doute que le piment et le cumin paraissent appétissants à un ours brun.

— C'était un ours ?

— Oui. Il pourrait y avoir des loups sur l'île, mais ils ne soufflent et ne grognent pas.

— Vous pensez qu'il va revenir ?

Elle agita la main.

— J'imagine qu'il n'a rien trouvé d'agréable chez nous.

Il fit la grimace. Pour une raison quelconque, Claire sourit de son expression.

— Je crois comprendre que vous n'êtes pas très nature ?

— Non. Je suis un citadin au fond de l'âme.

L'humeur changea lorsqu'il lui parla de manière hésitante de son passé. Claire apprit qu'il avait grandi à Dallas, un autre monde comparé au pluvieux et sauvage État de Washington. D'une voix qui semblait presque rouillée, il évoqua son enfance et la manière dont il était entré dans la police. Il regardait davantage le réchaud qu'elle, comme s'il s'agissait d'un feu en train de crépiter.

Il avoua être passé par une dizaine de familles d'accueil. Avec la dernière, il avait eu de la chance. Le père était un marshal du Texas.

— Il n'était pas… paternel, mais il m'a poussé à entrer à l'université. Il m'a aussi aidé à trouver une bourse. J'ignore ce qu'il voyait en moi, mais j'avais envie d'y croire. J'ai essayé des cours de criminologie. J'en ai pris assez pour en faire une option.

Il lui jeta un coup d'œil rapide.

— Et j'ai préparé un diplôme en chimie.

— Vous êtes resté en contact avec lui ?

— La première année.

Il y eut une longue pause.

— Ensuite, il a commencé à s'impatienter. Sa femme et lui hébergeaient un frère et une sœur, qu'ils avaient pris après mon départ.

Il haussa les épaules.

— J'ai saisi l'allusion.

— Vous êtes sûr que c'était ça ?

À son air, elle regretta immédiatement d'avoir insisté.

— Il n'a jamais rappelé.

Frappée par la manière dont il avait dit « sa femme », Claire se demanda quel genre de relation Adam avait eue avec elle. Sans doute pas une vraie relation.

— Alors vous êtes entré à la DEA.

— Oui. Ça semblait me convenir.

La chimie et la criminologie. Bien sûr que ça lui allait.

— Vous n'avez jamais été marié ?

Son front plissé la poussa à se demander à quoi il pensait. Mais il dit :

— Avec mon histoire, j'ai… du mal à l'imaginer. Je n'ai jamais rencontré la bonne, de toute façon, ce qui est sans doute mieux, étant donné mon métier.

Elle n'était pas surprise par son attitude. Attristée, peut-être. Elle ne pouvait pas lui dire qu'en si peu de jours il avait fait en sorte qu'elle perde ses moindres regrets à propos de Devin.

Le métier d'Adam ne faisait pas d'ombre à toutes les qualités qu'elle discernait en lui : la détermination, la responsabilité, la bienveillance, la patience et le sens de l'humour. Reconnaîtrait-il jamais tout ce qu'il avait à offrir à une femme ? Sans doute pas.

Une part secrète d'elle-même se rappelait combien il était désireux qu'elle parvienne à s'échapper, elle, même si les bandits réussissaient à l'attraper, lui. Parce qu'elle pouvait porter un message aux autorités compétentes ?

Oui, mais il semblait aussi curieux d'elle et ne s'était jamais montré autrement que gentil et prévenant. Tendre même… bien que cela soit probablement son imagination.

Il y avait des choses plus importantes auxquelles penser que cette attirance ridicule. Même s'ils passaient la journée ensemble et qu'elle n'avait d'autre choix la nuit que de dormir pressée contre lui.

Elle se remit à tendre l'oreille et feignit de ne pas remarquer la manière pensive dont il la contemplait. Finalement, elle reprit son livre et fit de son mieux pour se laisser emporter par des aventures qui pâlissaient en comparaison de tout ce qui lui était arrivé.

12

S'ils avaient été en train d'explorer les îles pour le plaisir, la journée aurait été agréable. Si cela avait été Claire et Mike, par exemple. Ils étaient visiblement bon amis puisqu'ils passaient des journées entières ensemble. Dans ces circonstances, aurait-elle dormi blottie contre Mike au lieu de lui ?

Adam eut immédiatement honte de lui-même. Mike était mort et son cadavre dérivait quelque part sur l'océan. Assassiné parce qu'il était tombé par inadvertance au milieu de l'enquête d'Adam.

Il fronça les sourcils. Ce n'était pas tout à fait vrai. Si la DEA n'avait jamais réussi à infiltrer un agent sur ce bateau, Dwayne aurait tout de même abattu le pauvre gars.

À moins qu'il n'ait été plus nerveux que d'ordinaire parce qu'il avait commencé à soupçonner que je n'étais pas celui que je prétendais.

Adam s'ordonna de se calmer. L'imprévisibilité était la nature même de son métier, et il ne pouvait pas prendre la responsabilité de tout. Il se mêlait à des gens suspects, lunatiques et violents, qui ne semblaient pas avoir une once d'empathie.

Malheureusement, il se mit à penser combien il désirait Claire. *Tu ne peux pas l'avoir. Contente-toi de ce que tu as.*

Plusieurs fois durant la nuit, il s'était réveillé à demi et s'était aperçu qu'il la tenait dans ses bras et que son haleine lui chatouillait le cou. Il avait été renvoyé à ces nuits où ils partageaient un sac de couchage et où elle pressait ses courbes contre lui. Où il aurait pu si facilement…

Il claqua cette porte-là. Non, il n'aurait pas pu, pas dans l'état où il était, pas en ayant conscience que cette femme lui avait sauvé la vie au péril de la sienne. Plus important, elle pleurait encore son ami et avait eu beaucoup plus peur qu'elle ne lui avait laissé voir.

Ce n'était ni le moment ni l'endroit pour ce à quoi il pensait. La manière dont elle le regardait parfois, pourtant…

Il secoua la tête et espéra qu'elle ne l'avait pas remarqué. S'il avait pu aller faire une longue promenade. De l'exercice. N'importe quoi qui la lui fasse oublier, qui donne une échappatoire à son désir. Au lieu de cela, ils étaient piégés dans un trois-mètres-carrés comprenant chambre, cuisine et salon. Ils étaient aussi assez proches pour se toucher continuellement, s'ils l'avaient voulu.

Si elle lui avait demandé à quoi il pensait à cet instant, il n'aurait su quoi dire ou faire. L'embrasser, craignait-il, et pas avec douceur.

Ils lurent encore cet après-midi-là. La pluie avait forci, bien que la marée descende. Leur foyer n'était plus si dangereusement proche de l'eau.

Se lassant à la fin de son roman, il lui demanda si elle avait des jeux de société.

— J'ai peur que non, dit-elle. Ça aurait été intelligent d'y penser. Mes autres expéditions avec Mike étaient plus courtes et, en général, tout ce que nous faisions, c'était monter le camp, manger et aller nous coucher assez tôt pour partir au point du jour le lendemain. Si Mike avait du réseau, il appelait sa femme. Tous deux, nous sommes…

Sa voix s'étrangla.

— … nous étions de gros lecteurs, alors…

Elle laissa sa phrase en suspens.

— Juste une pensée, vous connaissez bien sa femme ?

— Oui. J'ai rencontré Mike dans un cours de kayak, et quand il m'a présenté Shelby, nous nous sommes tout de suite bien entendues. Nous sommes… de vraies amies. J'ai tellement peur…

Elle ne finit pas non plus cette phrase.

— Elle doit se douter que quelque chose ne va pas, maintenant, dit-il calmement.

Claire fit la moue.

— Peut-être. La balise de Mike a été emportée par la marée, vous savez. Soit avec son corps, soit toute seule. Le signal pourrait bouger bizarrement ou apparaître beaucoup plus loin que nous ne devrions l'être, mais Shelby sait que nous avions l'intention de flâner. Elle se dit peut-être qu'il est hors réseau. Ça arrive.

— Nous *sommes* hors réseau.

Adam l'avait vue vérifier son téléphone deux fois dans la journée. Il n'avait pas eu besoin de lui dire que la météo n'y était sans doute pas favorable.

— Comment est Shelby ? demanda-t-il, sans savoir pourquoi il posait la question.

Sauf qu'il le savait : si Claire avait été sa femme, il n'aurait pas accepté qu'elle parte en voyage deux semaines au milieu de nulle part avec un homme.

— Elle est formidable.

Claire se détendit visiblement.

— Cabotine, drôle, intelligente. Et magnifique aussi. La première fois que je l'ai rencontrée, je me suis sentie terne et insignifiante à côté d'elle, mais Shelby n'est pas toujours en train de se regarder. C'est une rouquine avec une masse de cheveux bouclés, un corps voluptueux et une taille de guêpe. Et pas une seule tache de rousseur.

Il haussa les sourcils.

— Parce qu'elle ne se met pas au soleil ?

— Sans doute. Elle n'est pas du genre à s'ébattre dehors, ça c'est sûr. Enfin, pas tout à fait. L'hiver dernier, Mike et elle sont allés à la Barbade, et ils ont apparemment passé un séjour formidable. Elle est revenue avec un joli bronzage et *pas une seule tache de rousseur.*

Adam se mit à rire.

— Vous n'aimez pas vos taches de rousseur ?

Elle plissa le nez.

— J'y suis résignée. Vous avez probablement remarqué que je ne bronze pas du tout – je prends des coups de soleil, peu importe la quantité de lotion solaire dont je me tartine. Ce qui ne m'empêche pas non plus d'attraper des taches de rousseur.

Il lui adressa un grand sourire.

— Je les vois à peine sous les coups de soleil. Quand vous pelez, vos taches de rousseur s'en vont aussi ?

— Non.

Elle rit d'elle-même.

— En fait, je m'en fiche d'en avoir ou pas. Je n'aime pas me mettre de la lotion solaire et de l'aloe vera. Je me sens graisseuse, et je sais de toute façon que je pèlerai et que ça me démangera horriblement. En plus…

Elle hésita.

— Vous devriez commencer à penser au cancer de la peau, lança Adam.

Il n'avait pas voulu paraître si sévère, mais cela lui valut un coup d'œil stupéfait de la part de Claire.

Après une minute, elle dit :

— Je ne sais si je retirerai un jour le même plaisir du kayak sur l'océan. Bien que j'adore être au milieu de la nature plutôt qu'entourée de béton. Vous voyez ?

Il n'y avait jamais pensé avant, mais cette expérience semblait avoir modifié sa perspective. Si Claire et lui étaient amants, pagayant entre les îles pour le plaisir, s'émerveillant de spectacles comme le banc d'orques, se racontant leurs vies et s'effleurant jusqu'à ce que la passion les emporte… Oui, il aurait été heureux.

Il ne pouvait se rappeler la dernière fois qu'il l'avait été.

— Vous vous souviendrez des bons moments, dit-il comme s'il récitait une leçon, et vous oublierez le chagrin.

Elle s'esclaffa.

— Vous voulez dire ce qu'une balle fait à la tête d'un homme ? Je ne crois pas.

— Je suis désolé que vous ayez été mêlée à cela.

La lumière verte sous les arbres modifiait le bleu vif de ses yeux. Des yeux qui soutenaient les siens.

— Ça, je ne le regrette pas. Si je n'avais pas été là, vous seriez mort.

Sidéré, il ne bougea pas. On aurait dit que sa mort lui aurait fait autant de mal que celle de son ami. Plus peut-être.

Elle ne m'aurait pas connu. Il avait du mal à se souvenir de ce qu'il ressentait avant de la rencontrer. Par pure panique, il reprit son livre, l'ouvrit et fixa la page d'un œil aveugle.

Autant pour la détente.

En ce qui concernait Claire, la journée avait été interminable. La perspective de la préparation du repas et de la toilette la soulagea un peu. Adam et elle retournèrent au rivage et constatèrent que la marée engloutissait peu à peu les rochers. Mais la pluie semblait avoir diminué.

— Il y a peut-être de l'espoir, gronda Adam en la laissant où elle était.

Son humeur avait eu des hauts et des bas toute la journée : il passait de l'animation au renfermement en quelques secondes. Ce devait être dû à la frustration et l'impatience, rien à voir avec elle, mais elle n'aimait pas cela. Elle aurait préféré pouvoir filer seule au matin, mais elle savait que ce n'était pas raisonnable.

Elle envisagea aussi sérieusement de trouver un morceau de terrain où elle pourrait étendre son matelas et son sac de couchage, qu'il pleuve ou non, mais le souvenir de leur visiteur de la veille la guérit de cette folie. Un ours curieux était susceptible de revenir voir ce que faisaient ces étranges créatures. Et puis il y avait les insectes.

Avec un soupir, elle se détourna pour suivre Adam.

Il avait la montre dans les mains. Elle ne voulait pas poser la question, mais elle ne put s'en empêcher.

— Quelle heure est-il ?

— 20 heures. Si nous voulons nous lever à… quoi ? 4 heures du matin, nous devrions nous coucher.

Elle s'était presque habituée à se coucher en plein jour. La tente était d'une grande utilité, en réduisant assez la lumière pour tromper son horloge circadienne. La plupart des soirées, dans une expédition comme celle-là, elle était épuisée par une longue journée sur l'eau et la tâche de monter le camp.

— Je vais ranger la montre avec la torche, dit Adam. J'aimerais bien pouvoir mettre une alarme, mais je suis assez doué pour en déclencher une mentalement. La nuit dernière… Ça ne me ressemblait pas. S'il cesse de pleuvoir, nous pourrons partir tôt.

— Parfait.

Si cela sonnait brusque, tant pis.

Elle mit de l'eau à chauffer et transporta la casserole, ainsi qu'un gant, du savon et une serviette derrière la tente, où elle pourrait prendre ce que Mike appelait un bain au gant. Un bain hâtif, vu la prolifération des insectes. Quand elle revint, Adam s'exclama :

— Bonne idée.

Il lui prit la casserole des mains, la remplit d'eau et prit ses propres affaires de toilette.

Il n'était pas vraiment hors de vue derrière la tente, mais il ne se déshabilla pas plus qu'elle. Tandis qu'il se frottait les aisselles, Claire se brossa les dents et pendit son sac de toilette à une branche haute. Non que les ours aiment l'odeur du savon ou le dentifrice, mais ils pouvaient être curieux et elle ne voulait pas que ses affaires soient éparpillées.

Si elle se dépêchait, peut-être pourrait-elle déplacer son sac de couchage sur son matelas et s'endormir avant qu'Adam ne décide de se coucher.

Ou feindre de l'être.

Mais elle ne doutait pas qu'il serait sur ses talons, aussi resta-t-elle à quatre pattes et essaya-t-elle de trouver un coin dans la tente où elle pourrait se caler pour dormir.

— Vous savez, dit-il juste derrière elle, si nous partagions un sac de couchage, nous pourrions empiler les matelas et mettre l'autre sac en dessous de nous. Ce serait plus confortable.

— Non.

— C'était si désagréable que ça ?

— Bien sûr que non. Mais c'était avant, et maintenant c'est maintenant.

— Le stress me gagne.

Sa voix était plus grave, plus grondante.

— Je sais que je vous ai parlé sèchement plusieurs fois aujourd'hui.

Claire pivota et abaissa le derrière pour pouvoir le voir. Adam était accroupi à l'entrée de la tente. Cette position étirait le tissu de son pantalon sur ses longues cuisses, la rendant très consciente de ses mains qui pendaient entre elles.

— La sécheresse ne me dérange pas, dit-elle honnêtement. Mais je n'aime pas qu'on me claque la porte au nez.

Il n'alla pas jusqu'à ciller.

— Je… ne m'étais pas aperçu que c'était ce que je faisais.

— Ce n'est pas comme si je pouvais ramasser mes jouets et rentrer chez moi.

Son front se plissa.

— Je détesterais ça. Je vous suis reconnaissant de votre compagnie, même si j'aimerais que tout ça ne vous mette pas en danger non plus.

Elle soupira.

— Nous ne devrions pas partager un sac de couchage.

Il baissa la tête.

— J'ai envie de vous.

Électrisée, elle le fixa. Il venait de révéler le désir qu'elle avait deviné – malgré ses doutes.

— Ce… n'est pas le bon moment, dit-elle dans un murmure.

Quand il releva la tête, ses yeux se braquèrent sur les siens.

— Je le sais. Croyez-moi. Je ne vous forcerai pas.

Il eut un demi-sourire.

— De toute façon, celui qui serait en dessous finirait avec une vertèbre cassée.

Elle fronça les sourcils pour dissimuler sa surprise et son excitation simultanées.

— Je croyais que votre matelas était posé à plat.

Un éclair d'humour dans ses yeux lui serra le cœur.

— Vous plaisantez ? Je suis juste habitué à l'inconfort.

Il haussa les épaules. Claire se mit à rire en dépit de tout.

— Bon sang, votre suggestion de dormir avec moi est encore plus irrésistible.

— Vous pourriez dormir *sur* moi, dit-il sans ménagement.

Elle émit une sorte de gémissement.

— C'est plus ou moins ce que j'ai fait la nuit dernière.

— Je sais.

Cet aveu faillit lui coûter un effondrement qu'elle ne pouvait absolument pas se permettre. Elle ne connaissait pas vraiment cet homme. Même s'il était ce qu'il prétendait être, c'était un solitaire, abîmé par une enfance sans amour ni sécurité, avec un métier dangereux qui l'obligeait à disparaître des semaines et des mois d'affilée, et ça en supposant qu'il travaille autour de Seattle et non… Elle ne savait pas. Anchorage ? San Francisco ? Miami ?

Eh oui, elle avait un problème d'image. Bien qu'elle ait pu se laver avec un gant de toilette, elle avait besoin d'une douche ou d'un bain pour se raser les jambes et les aisselles. Ce n'était pas ainsi qu'elle voulait qu'il la voie – ou la sente – la première fois.

— Je pense que je ferais mieux de rester dans mon sac de couchage, dit-elle d'une voix plus rauque que d'ordinaire.

L'éclat de son regard ne diminua pas, mais il hocha la tête au bout d'un instant.

— Je vous donne quelques minutes de tranquillité.

— Merci.

Il recula, la laissant seule.

Adam résolut de garder le spray anti-ours à proximité durant la nuit. Il s'avéra qu'il n'eut pas à le chercher ; Claire l'avait placé à portée de main.

Et, non, elle ne dormait pas, mais resta absolument immobile lorsqu'il se glissa dans son sac de couchage. Il resta allongé là, se demandant si le répulsif était plus utile qu'un spray au poivre, lequel était connu pour ne faire qu'enrager l'assaillant. Non que Claire et lui aient d'autres armes pour chasser les ours. D'après ce qu'il avait entendu dire, même une arme ne suffisait pas. Les grizzlis, au moins, étaient difficiles à abattre. Les balles leur faisaient l'effet de piqûres d'abeilles.

Il se força à penser au lendemain. Son épaule lui faisait moins mal qu'il ne s'y attendait après l'exercice de la veille. Bien sûr, ils n'étaient pas restés longtemps sur l'eau, mais il avait fait le maximum pour se dépêcher, oubliant tout ce que Claire avait essayé de lui faire rentrer dans la tête.

Il songea qu'ils ne devraient pas avoir de problème pour traverser le chenal en diagonale et trouver un site de camping. Du moins aurait-il aimé que ce soit aussi facile, mais Boyden et Gibbons étaient apparus chaque fois que Claire et lui avaient fait un geste. S'ils campaient au lieu de retourner au cargo, ils ne pouvaient être très loin. Adam aurait beaucoup donné pour savoir où.

Claire et lui avaient au moins l'avantage que leurs kayaks soient silencieux et assez bas sur l'eau pour être difficiles à distinguer. Dommage qu'ils ne puissent convoquer le banc d'orques.

Cela lui prit un moment, mais il crut finalement s'endormir. Il l'espérait ; il avait essayé de ne pas bouger malgré les arêtes dures dans son dos. Claire était si tranquille qu'il savait qu'elle ne dormait pas non plus. Adam avait espéré qu'elle sombrerait en sorte qu'il puisse se détendre, mais peut-être devait-ce être l'inverse. Avec sa blessure, son corps avait probablement besoin de plus de sommeil, aussi.

Quand il ouvrit les yeux, le noir était complet. Il avait entendu quelque chose…

On aurait presque dit une voix, grave et exigeante. Il tenta de s'asseoir, cherchant instinctivement l'arme qui aurait dû être sous son oreiller, mais la main de Claire agrippa son bras.

— Un ours, murmura-t-elle.

Les bruits continuèrent. Puis elle lui chuchota quelque chose de beaucoup plus alarmant.

— *Des* ours.

Des bruits d'escalade suivirent. Des griffes se plantant dans l'écorce ?

Adam saisit le spray. C'était comme d'affronter une arme semi-automatique avec un pistolet à amorces. Cette vulnérabilité complète ne lui plaisait pas du tout.

Il y eut des mouvements brusques, la végétation fut secouée, puis quelque chose s'écrasa sur le côté de la tente, repoussant la paroi à l'intérieur. Comme la croupe d'un ours adulte. Il n'essayait pas de les faire sortir de la tente, si ?

Encore des vocalises. Adam entendait du bruit à la fois devant la tente et sur le côté. Claire s'approcha si près de lui qu'il sentit ses lèvres chatouiller son oreille. Sa voix était presque inaudible.

— Je crois que c'est une mère et ses petits.

Des oursons qui se battaient et roulaient contre leur tente. La mère devait savoir que Claire et lui étaient là. Les ours n'avaient-ils pas mauvaise vue et ne se fiaient-ils pas à leur odorat ?

Claire était toujours contre lui, les doigts plantés dans son bras. Ça ne le dérangeait pas. Son cœur battait dans sa cage thoracique. Cette forme de danger sortait tout à fait de son cadre de références. Peut-être devaient-ils faire du raffut pour effrayer les ours, mais il se fiait à la connaissance que Claire avait de la faune locale. La décision lui appartenait.

Encore des reniflements, des grognements et quelque chose qui ressemblait presque à des couinements. Maman Ourse donnait des ordres auxquels on protestait ?

Claire et lui restèrent absolument immobiles. Si elle respirait, il ne l'entendait pas. Adam avait effectué de nombreuses planques, mais il ne se souvenait pas d'être resté figé si longtemps.

Une branche craqua. D'autres bruissements. Finalement,

le silence revint. Même alors il ne bougea pas, écoutant le moindre son.

— Oh ! mon Dieu !

Claire le lâcha et s'effondra sur le matelas. Adam grogna. Il n'avait aucune idée du temps qui s'était écoulé depuis qu'il avait ouvert les yeux, mais il pariait que c'était au moins un quart d'heure ou plus.

— C'était effrayant, dit Claire.

Il baissa les yeux en direction de sa voix, pas certain de la distinguer.

— Oh ! oui.

Soudain, elle se mit à glousser.

Il ne put s'en empêcher. Se penchant, il réussit à trouver sa bouche malgré l'obscurité. Il devait l'embrasser. La tension s'était accumulée pendant des jours et maintenant l'élastique avait claqué.

Il ne fut pas aussi doux qu'il aurait dû. Quand les lèvres de Claire s'entrouvrirent, il plongea sa langue dans les douces profondeurs de sa bouche. Il attrapa sa tête à deux mains, avant d'en glisser une sous sa nuque. Des sons incohérents échappèrent à Claire, et elle l'empoigna aussi, une main pressant son bras, l'autre trouvant le muscle qui courait de son cou à son épaule.

Il aurait donné presque n'importe quoi pour pouvoir la voir, mais ils se pelotaient dans une obscurité complète. Il roula sur l'épaule et l'entraîna avec elle. Elle prononça son nom avant de lui mordiller la lèvre. Quand il repoussa son sac de couchage et trouva ses seins, elle gémit et arqua le dos pour se presser contre lui.

Adam était en feu, essayant échapper à tout prix au confinement du sac de couchage pour amener son corps en contact avec le sien. Il dut finalement reculer pour trouver à tâtons la fermeture Éclair et la faire descendre.

En entendant ce bruit, Claire se figea contre lui.

— Qu'est-ce qu'on fait ? !

À ce cri, il s'immobilisa aussi.

— Claire ?

— Je ne peux pas !

Ses mains retombèrent et elle tenta de reculer, autant que le lui permettait son propre sac de couchage.

— Stop.

Il n'avait jamais éprouvé un désir aussi torturant, mais il réussit à paraître calme.

— Tu as dit non. Je t'ai entendue. N'aie pas peur de moi, je t'en prie.

Il attendit jusqu'à ce qu'elle dise, très doucement :

— Je n'ai pas peur de toi. C'est de moi que j'ai peur.

Ses yeux se fermèrent tandis qu'il bataillait avec lui-même.

— Nous nous sommes embrassés, Claire. C'est tout.

— Nous…

Ils avaient été si près de faire l'amour que son corps pulsait. Mais il pouvait s'arrêter. Elle avait clairement exprimé son sentiment.

— Essayons de nous rendormir, dit-il au bout d'un instant.

Puis :

— Je n'entends plus la pluie.

— Non.

Elle bougea, mais il ne sut dire si elle haussait les épaules ou se recroquevillait.

— D'accord.

Après une pause, elle ajouta :

— Je suis…

Il la coupa.

— Ne pense même pas à dire que tu es désolée.

13

Il faisait encore noir quand Claire s'éveilla. Elle devina immédiatement qu'Adam avait bougé ou que sa respiration avait changé. La tête sur son épaule, le front pressé contre son cou, elle était bien placée pour ça. Le reste de son corps… Oui, elle s'était débrouillée pour s'étaler en partie sur lui, seulement séparée de lui par l'épaisseur de leurs deux sacs de couchage.

Elle essaya de reculer, mais s'aperçut qu'il avait passé un bras autour d'elle et la tenait par la taille. Quand il sentit sa résistance, il relâcha son bras. Il devait avoir eu froid, avec la poitrine, l'épaule et un bras au-dehors, mais apparemment elle ne lui avait pas laissé le choix.

— Laisse-moi regarder quelle heure il est, murmura-t-il. Ferme les yeux.

Elle obéit, mais vit tout de même des étoiles quand il alluma la torche.

— 4 heures moins le quart. Debout et sus à l'ennemi.

Sa satisfaction était évidente. Apparemment, il pouvait en effet se programmer pour se réveiller.

Dommage qu'elle ne ressente aucun enthousiasme à l'idée de sortir du sac de couchage et de s'habiller, sans parler de se lancer sur l'eau dans une semi-obscurité. Mais il avait raison – même une heure d'avance sur leurs poursuivants pouvait leur permettre d'atteindre le chenal sans être vus, surtout s'ils parcouraient du chemin avant le lever du soleil, juste après 5 heures.

— Beurk, marmonna-t-elle avant de se mettre en mouvement.

La pluie avait définitivement cessé, et quand ils poussèrent jusqu'au rivage et qu'Adam dirigea la torche sur l'eau, elle leur apparut beaucoup moins agitée que la veille.

Aucun d'eux ne dit un mot jusqu'à ce qu'ils soient penchés sur leurs bols de porridge. Elle demanda alors :

— Comment va ton épaule, aujourd'hui ?

Comme s'il n'avait pas pensé à se le demander, il fit bouger son bras.

— Bien, dit-il d'un ton surpris. Beaucoup mieux.

Elle se contenta de hocher la tête. Le ciel n'ayant pas encore commencé à s'éclairer, il ne la vit probablement pas.

— Hier soir, dit brusquement Adam, je veux que tu saches que je n'avais rien prévu. Tu n'as pas besoin d'avoir peur.

— Apparemment, je n'ai pas peur, dit-elle sèchement. Je te suis pratiquement montée dessus pour me mettre à l'aise.

— J'ai remarqué.

Le sourire était perceptible dans sa voix.

— De toute façon, dit Claire, résolue à se montrer juste, ce n'est pas comme si je n'avais pas participé.

— J'ai remarqué ça aussi.

— Je ne crois pas que j'aurais pensé à la contraception et je ne prends pas la pilule, donc c'est une bonne chose que nous nous soyons arrêtés.

— J'ai des préservatifs, dit-il.

— Quoi ? Comment ça se fait ?

Il n'avait même pas de portefeuille quand elle l'avait secouru !

— Kyle. Je les ai trouvés dans son sac de toilette.

Elle ouvrit et referma la bouche plusieurs fois, comme un poisson. Adam avait-il pensé à elle quand il avait décidé de prendre les préservatifs ? Ou n'était-ce qu'un réflexe ?

Elle n'était pas prête à réfléchir à cela. Elle dit donc avec vivacité :

— Laissons juste ça derrière nous. Tu as fini de manger ? Je ferai la vaisselle si tu roules les sacs de couchage et les matelas.

Adam se leva sans faire de commentaire. Avait-il les préservatifs dans sa poche *en ce moment* ? Non, non, il ne fallait pas penser à ça.

Le rangement se déroula si bien qu'elle fut forcée de constater qu'Adam avait acquis une habileté certaine dans presque tout, sauf les manœuvres et les coups de pagaie que, espérait-elle, il n'aurait pas à effectuer.

Il fallait que ça marche.

La partie la plus difficile fut de transporter les kayaks et l'équipement sur les rochers glissants. Pas question d'attendre le jour ni la marée. Même munis chacun d'une torche pour voir où ils allaient, ils trébuchèrent plusieurs fois et Adam jura une fois.

— Tu t'es fait mal ?

— J'ai marché dans un trou d'eau.

— Oh. J'espère que tu…

Claire s'interrompit avant de le culpabiliser d'avoir marché sur un oursin ou une étoile de mer. Levant les yeux au ciel, elle s'ordonna de mettre ses priorités en ordre.

Après s'être assise dans l'hiloire et avoir refermé la jupe autour d'elle, elle se servit de la pagaie pour avancer un peu. Quelques instants plus tard, Adam la rejoignit.

Au bout de quelques minutes, il dit :

— La marée monte encore, n'est-ce pas ?

— J'en ai peur.

Mieux valait donner du mou quand la marée hésitait avant de changer de direction.

— Comme on ne peut pas attendre, on va pagayer contre la marée quelques heures, faute de quoi on dérivera plus bas dans le chenal.

— J'aimerais que nous serrions ce côté de l'île pour examiner les criques avant de traverser, dit-il. On pourrait repérer leur camp.

L'alarme sauta sur Claire comme s'il avait pressé l'accélérateur.

— L'idée est plutôt de les éviter.

— Je serais très heureux de saboter leur bateau.

Adam avait parlé d'un ton raisonnable, comme si sa suggestion était parfaitement terre à terre. Et elle l'était probablement pour lui. S'il était en forme et connaissait le kayaking, il n'aurait pas hésité à la quitter et à partir de son côté. Elle prit conscience avec atterrement que ce qui pour elle était terrifiant ou extraordinaire était normal pour lui.

— Je déteste cette idée.

— Si on voit leur bateau, je ne m'attends pas à ce que tu viennes avec moi. En fait, ce que tu devrais faire, c'est te diriger là où tu pourras te cacher si on en vient au pire…

S'il était tué.

— Et me rejoindre quand je reviendrai.

— Puis-je te rappeler qu'il fait encore nuit et que nous devons rester au large pour ne pas déchirer les coques de nos kayaks sur un rocher ?

— Restons juste assez près pour repérer une lampe à pétrole ou une torche. Ou une crique.

Claire ravala ses arguments. Elle avait exprimé son opinion quant à cette idée stupide, mais n'était pas tout à fait sûre qu'il la suive si elle l'ignorait et prenait la direction de l'est.

En virant vers le nord-est, elle eut un haut-le-cœur. Si elle avait su ce qu'il avait en tête, elle n'aurait pas mangé le porridge, qui pesait maintenant sur son estomac comme une brique.

C'était stupide. Claire avait raison, bon sang. Ils devaient profiter de l'obscurité pour s'échapper, non pour se lancer à l'attaque.

Adam était conscient de son problème. Il mourait d'envie de prendre le contrôle. Il avait besoin d'action, de ne plus être une victime passive.

Une lueur attira son œil. Il la désigna avec sa pagaie, espérant que Claire la verrait aussi.

Elle cessa de pagayer. Oh oui, elle l'avait vue. Adam rapprocha son kayak du sien.

— Je veux aller voir. Je n'accosterai pas. Tu as raison, c'est trop risqué. Mais on pourrait avoir un coup de chance et découvrir que ce sont des kayakistes qui peuvent appeler les secours.

Cette fois, il prit la tête, essayant de pagayer sans produire d'éclaboussures. Le camp, si c'était bien lui, se rapprochait à une vitesse étonnante.

Comme la marée montait, le courant les portait vers le rivage. Il fallait faire attention.

À cette pensée, il cessa de pagayer et prit les jumelles passées autour de son cou. À travers elles, il vit la lumière augmenter. Quelqu'un avait allumé une lampe. Dans ce faisceau, il vit passer une forme massive.

Il jura à mi-voix.

— Ce sont eux. Il faut filer d'ici.

Cette fois, ce fut elle qui prit la tête et fit un demi-tour. Au cours de l'heure suivante, ils allaient voir le soleil se lever droit devant eux.

Ils n'étaient pas en route depuis dix minutes quand ils entendirent un moteur venant du nord. Qui faisait le tour de l'île peut-être ? Étrange, aussi tôt le matin. Puis Adam l'entendit tousser, ce qui ne ressemblait pas au ronronnement régulier du canot pneumatique. Était-ce la yole en aluminium qui rejoignait Boyden et Gibbons ? Pour planifier une prise en tenailles dans laquelle Claire et lui joueraient le rôle de noix ? Ou pour bloquer d'autres issues ?

Peu importait. Adam se maudit pour avoir retardé leur traversée de ce quart d'heure qu'ils avaient perdu. Dieu merci, ils étaient partis très tôt.

Il fixa le regard sur la forme noire de Claire et son kayak et pagaya de toutes ses forces.

Claire se fit du souci tout au long du trajet. La traction du courant qui les poussait vers le sud les obligeait à lutter, mais ce n'était pas tout. Vers le milieu du chenal, la mer devint plus agitée, et il y eut des moutons et même de la houle. Elle était terrifiée à l'idée de perdre Adam de vue, mais il faisait de son mieux pour coller à sa poupe.

À un moment donné, elle crut entendre à nouveau un moteur hors-bord, bien qu'il soit impossible de dire dans quelle direction. Quelle expérience avaient leurs poursuivants du mauvais temps ou même de la navigation ? Elle avait pagayé dans des conditions plus dangereuses – Mike et elle avaient suivi la côte de Calvert Island – et ce n'était pas parce que ces types savaient démarrer un moteur et avaient peut-être pêché quelquefois dans un lac qu'ils ne seraient pas effrayés dans ces parages. La houle rendait beaucoup plus difficile aussi de repérer des kayaks, étant donné leur silhouette basse.

À mesure que la lumière augmentait à l'est, Claire souhaita presque qu'il pleuve. Cela les tremperait mais diminuerait aussi la visibilité, au point que des bateaux pourraient passer à dix mètres d'eux sans les voir.

Ils n'auraient pas cette chance, vit-elle, tandis que le ciel s'éclaircissait progressivement.

Allez, allez, allez.

Elle gardait un œil sur le compas, assurée de se diriger vers l'embouchure de Spitfire Channel. Malheureusement, cette ouverture était assez large pour qu'ils ne puissent pas disparaître immédiatement, comme elle l'aurait aimé.

La carte avait montré une crique en forme de sablier à bâbord, près de l'embouchure, mais les marques indiquaient qu'elle était généralement envahie de kelp. Ce serait un piège de toute façon, sans autre issue que de retourner au chenal. Une baie plus profonde était située plus loin : Claire était certaine que, dans quelques semaines à peine, d'autres bateaux s'y ancreraient. Mais à ce moment ? Elle n'en avait aucune idée.

Son esprit tournait désespérément en rond, et elle se maudit pour n'avoir pas pris une autre décision. En réalité, ce chenal, qui serpentait entre des myriades d'îles, ne les ferait pas passer si près que ça de leur point de départ, et si elle n'avait pas eu peur de traverser le profond mouillage à l'est de leurs premiers camps, ils auraient pu se cacher dans les îles du groupe Kittyhawk jusqu'à ce qu'ils voient approcher un bateau.

Trop tard.

Continue à pagayer. Elle avait mal aux bras et aux épaules. Elle faisait plus d'efforts qu'elle n'en avait faits à aucun moment de cette expédition. Après tout, Mike et elle n'avaient pas été particulièrement pressés. Chaque fois qu'elle jetait un œil derrière elle, elle voyait Adam pagayer aussi dur qu'elle. Les aperçus qu'elle avait de son visage montraient une féroce détermination. Il ne renonçait pas, quelle que soit la douleur qu'il ressentait.

La masse gris-noir de Spitfire Island grossissait, comme celle, beaucoup plus importante, de Hunter Island, qui formait la rive nord de Spitfire Channel. Aucune n'avait l'air hospitalière. Tout ce qu'elle voyait, c'était de la roche grise et le vert profond d'une forêt impénétrable.

Il devint brusquement plus facile de pagayer malgré l'eau agitée par le vent. Puis cela devint beaucoup plus difficile. La marée avait tourné et se précipitait hors de Spitfire Channel.

Le timing n'aurait pas pu être pire. Ils pouvaient essayer de se faufiler dans le bras de mer envahi de kelp.

Non. C'était un piège.

Une saillie de Hunter Island apparut brusquement à sa gauche, ce qui voulait dire qu'ils entraient dans le chenal. Elle s'attendait à ce que la première moitié soit facile à traverser – sauf, bien entendu, la bataille contre la marée. Si seulement ils pouvaient atteindre le goulet, où la marée était presque absente et seulement profonde de deux mètres. Un piège pour la plupart des bateaux, mais le canot pneumatique et la yole en alu n'avaient pas un gros tirant d'eau.

Celui-là, se dit-elle, serait un bon endroit pour tendre un guet-apens – seulement si Adam et elle pouvaient accoster et poser pied à terre. S'ils trouvaient un endroit où s'arrêter, les bateaux qui les pourchassaient les dépasseraient sans les voir.

Oui, mais ne serait-ce pas pire de savoir que l'ennemi était devant eux et pouvait les attendre n'importe où ? En tendant une embuscade au point le plus étroit du chenal ?

Pagaye.

Il avait à nouveau l'impression d'avoir un pal en travers de l'épaule et ses muscles hurlaient de douleur. De qui se moquait-il quand il croyait que la gym le maintenait en forme ? Il avait à peine jeté un coup d'œil aux rameurs à son club de gym habituel, et maintenant, il y repensait.

Il avait étudié les cartes de Claire et espérait de toutes ses forces qu'elle trouverait un endroit où s'arrêter. Il n'était pas du genre à renoncer, mais il ne pensait pas pouvoir arriver au bout de Kildidt Sound.

C'était la partie la plus difficile, avec la marée à cent pour cent contre eux. Pourtant, ils continuaient d'avancer. Il posa les yeux sur Claire et se laissa aller à l'engourdissement mental – ni nerveux ni musculaire.

Les rives de chaque côté semblaient hostiles. Magnifiques dans des circonstances différentes, mais il n'était pas dans l'état d'esprit propice à l'admiration.

Son soulagement fut énorme quand ils franchirent l'embouchure du chenal qui se dirigeait plein sud et séparait Spitfire Island de Hurricane Island. Claire lui jeta un coup d'œil par-dessus son épaule et dépassa la large embouchure de ce qu'il supposa être un lagon sur leur gauche.

Un peu plus tard, il eut l'impression que Spitfire Channel lui-même tournait au sud-est. Devant… Il ne savait pas.

Cette fois, Claire vira pour suivre le rivage densément arboré. Savait-elle où elle allait ?

Cette côte faisait des méandres. Ils atteignirent un cul-de-sac, et il put poser sa pagaie sur le pont, se pencher en avant et grogner de soulagement.

Claire manœuvra habilement son kayak pour le positionner en parallèle au sien. Il leva la tête et la vit qui le regardait anxieusement.

— Comment ça va ? demanda-t-elle.

— Je suis claqué, avoua-t-il, mais je peux continuer.

— Il va sans doute le falloir. Je pensais trouver un endroit où accoster dans ce lagon, ne serait-ce qu'un petit moment. Autrement, nous traverserons ce goulet, et j'aimerais le faire à marée basse si possible.

— D'accord. Je n'ai pas entendu de moteur depuis que nous sommes entrés dans le chenal.

— Non, moi non plus. Le problème, c'est qu'ils peuvent nous chercher toute la journée. Si on s'arrête, il faudra nous mettre tout à fait hors de vue.

Pourquoi formuler l'évidence ? Parce qu'elle ne voyait pas d'autre possibilité, supposa-t-il.

— Il vaut mieux ne pas nous attarder, dit-il.

Claire se mordit la lèvre et hocha la tête.

Tandis que son kayak s'élançait, il leva les yeux vers le ciel. À moins qu'il n'imagine des choses, la fine couverture nuageuse s'était assombrie. Cela pouvait être un avantage comme un désavantage. Entre tous, il savait à quel point il était affreux d'être trempé et tremblant de froid, sans aucun moyen de se réchauffer.

Il plongea sa pagaie dans l'eau et suivit Claire.

À sa surprise, elle vira soudain sur la droite, en direction d'un rivage tout aussi inhospitalier que ce qu'ils avaient vu depuis le matin.

Pour la première fois, il dut éviter un lit de kelp. Drôle de truc. Le seul kelp qu'il avait vu gisait sur des plages, humide et malodorant. Dans cette quantité, cela aurait pu être un champ planté d'une fleur étrange.

D'un autre côté, Claire avait dû voir quelque chose, parce qu'elle continuait à avancer. Puis il le vit aussi : une petite crique avec une sorte de plage de gravier. Des troncs flottés étaient amassés au fond de la plage, la forêt se dressant au-delà. Serait-ce possible de franchir l'amas de bois flotté ?

Claire fit échouer son kayak sur le gravier et en sortit pour le tirer à sec. Le sien s'arrêta, mais il n'en descendit pas.

— Il faut que j'explore ça, dit-elle. Attends ici.

Ça lui allait très bien. Quand les spasmes dans son épaule se calmeraient, il se lèverait. S'étirer lui ferait du bien.

Claire essaya d'escalader les troncs humides, renonça et s'éloigna vers la gauche, puis vers la droite. Après un moment, il la perdit de vue.

Adam sortit si vite de l'hiloire qu'il trébucha et faillit tomber. Reprenant son équilibre, il agrippa le cabillot et hissa le kayak assez haut pour qu'il ne soit pas emporté par une vague.

Le temps qu'il atteigne le bout des troncs empilés, Claire réapparut.

— Ça devrait marcher. Il faudra porter les kayaks sur une plus grande distance, mais j'ai trouvé un endroit plat au-dessus de la ligne de la marée.

Adam la souleva et la fit tournoyer autour de lui. Elle rit jusqu'à ce qu'il la repose sur ses pieds, les mains toujours posées sur sa taille.

— Tu me sauves encore.

Il avait un ton sérieux, malgré la légèreté de la remarque, et elle prit à son tour un air solennel, cherchant ses yeux. Il ne sut pas ce qu'elle y vit, mais son sourire s'épanouit à nouveau.

Ses cheveux étaient raides de sel, son nez rouge de coups de soleil, ses lèvres gercées, mais tout ce qu'il pensait, c'était combien elle était belle.

Il était dans le pétrin. Il l'était depuis le premier jour, lorsqu'elle l'avait réchauffé si généreusement avec son corps. De nature prudente, il n'avait cessé d'attendre qu'elle se montre sous un jour autre que la femme courageuse, attentionnée et compatissante qu'il avait découverte de manière si inattendue.

Mais ce n'était pas pour aujourd'hui. Et demain… Demain, ils devraient gagner Kildidt Sound, où il y aurait normalement des bateaux.

Au-delà, il lui était impossible de voir.

14

En fin d'après-midi, Claire se raidit en entendant le bruit d'un moteur hors-bord.

Déjà en mouvement, Adam alla s'accroupir derrière les troncs flottés pour épier la petite plage. Claire le suivit et s'agenouilla à côté de lui.

— Ils ne renonceront jamais ?

Adam secoua la tête.

— Je commence à penser qu'ils ont toujours la cargaison. Si le propriétaire du yacht ne veut pas prendre le risque d'un autre rendez-vous, Dwayne doit estimer qu'il est dans la mouise.

— Sans pagaie, murmura Claire, les yeux fixés sur l'eau grise de la crique.

L'épais lit de kelp, enraciné au fond, dansait au gré des vagues. En kayak, ils auraient pu le franchir, mais Claire était soulagée d'avoir pu le contourner.

— Oui, répondit Adam, ce qui était presque une plaisanterie.

Mais pas drôle.

— Ce sera déjà assez dur pour Dwayne de retourner à Juneau et d'avouer qu'il n'a pas pu achever la mission, mais s'il explique en plus qu'un témoin s'est échappé, il est mort, et il le sait.

Claire absorba cela. Elle avait supposé que le sentiment d'urgence d'Adam avait à voir avec ce qui arriverait à l'uranium une fois qu'il aurait atteint Seattle ou le port dans lequel s'était réfugié le yacht. Vu le nombre de jours écoulés, la possibilité d'empêcher l'uranium de tomber dans les mains des acheteurs, qui qu'ils fussent, s'était sans doute évanouie – à moins qu'il ne se trouve toujours à bord du yacht. Ce serait positif pour la sécurité du monde, mais moins pour la leur.

— Donc ils ne vont jamais s'arrêter.

Il tourna la tête et croisa son regard.

— Tu n'as jamais demandé à être impliquée dans tout ça. J'aurais peut-être dû te dire de partir une fois que j'ai été remis et en possession du kayak.

— Et peut-être qu'ils m'auraient tiré dessus si nos chemins s'étaient croisés.

— Ton kayak n'est pas rouge.

Il ferma les yeux une seconde, les lèvres serrées.

— Je ne sais pas. Dwayne n'avait aucune bonne raison de tuer ton ami.

Elle se contenta de hocher la tête. Tous deux revinrent à leur besoin désormais trop familier de surveiller l'ennemi.

Le bruit du moteur se rapprochant, Adam leva les jumelles. Presque immédiatement, il grommela une obscénité.

— Ils sont de l'autre côté du chenal, en face de nous.

Il lui tendit les jumelles. Elle dut les ajuster à ses yeux, mais pas de beaucoup. Le canot pneumatique devint tout à fait net. Elle en était venue à haïr sa vue.

— Ils longent le rivage. Mais comment peuvent-ils savoir que nous avons viré par ici et que nous n'avons pas suivi le chenal ?

— Ils ne le savent pas, dit-il d'un ton plat. Ils sont juste consciencieux. Ils sont plus rapides que nous et ils ne veulent pas risquer de nous manquer.

Claire émit un petit bruit qui aurait pu être un gémissement. La grande main d'Adam se referma autour de son bras et le serra.

Elle prit une grande inspiration avant de demander :

— Qu'est-ce qu'on fait s'ils viennent par ici au retour ?

Il fixait l'eau agitée sans la voir. Le canot pneumatique avait disparu de leur champ de vision limité, bien qu'ils l'entendent toujours.

Puis il prononça les mots qu'elle appréhendait :

— Leur tendre un guet-apens.

Non, l'idée de tuer Boyden ou même Curt Gibbons ne lui plaisait pas particulièrement. Aucun d'eux n'avait inventé le fil à couper le beurre, et il était presque sûr qu'ils ne savaient rien de la cargaison supplémentaire. Mais il était évident qu'ils n'avaient pas hésité à tuer un parfait inconnu juste parce qu'il avait un kayak rouge… et qu'ils n'hésiteraient pas davantage à tuer Adam s'ils l'attrapaient. Ce qui l'enrageait était qu'ils n'auraient aucun scrupule non plus à tuer la femme courageuse qui l'accompagnait.

Peut-être était-ce la peur de Dwayne qui les poussait, mais leur chasse avait été incessante. Donc oui, s'il avait une chance d'en éliminer un ou les deux, il la saisirait.

— Vu les circonstances, inutile de nous donner la peine de saboter leur bateau, dit-il. En fait, on pourrait s'en emparer.

— Tu veux dire, si…

S'il tuait les deux hommes, oui. La question était : comment pouvait-il faire ça avec uniquement un couteau et un pistolet à fusées ?

Sachant qu'ils n'avaient pas beaucoup de temps, il posta Claire derrière les bois flottés, pas très loin de leur camp. Il trouva une branche solide – pas du bois flotté, qui aurait été trop léger – et lui dit que si l'un des hommes franchissait l'obstacle, elle devrait lui balancer la branche à la tête de toutes ses forces.

— Tu pourras faire ça ? demanda-t-il, sans savoir si sa réponse serait significative.

Même des gens déterminés n'arrivaient pas à presser la gâchette le moment venu.

Elle déglutit et hocha la tête. Elle avait plus de cran que la plupart des gens, avait-il compris depuis longtemps. Avoir vu son ami se faire descendre sous ses yeux devait aussi la motiver.

— Je vais abattre l'un d'eux avec le pistolet à fusées.

S'il pouvait viser avec assez de précision.

— Et j'espère que j'aurais le temps de recharger.

Il s'était entraîné durant leurs heures de loisir. Si le pistolet manquait sa cible… Adam n'y réfléchit pas trop longtemps. Boyden et Gibbons avaient sans doute des fusils semi-automatiques. Ils le cribleraient de balles.

Son plan était lamentable, mais s'il y avait un plan B, il ne le voyait pas. Penser à laisser Claire toute seule était comme une lame chauffée à blanc dans sa poitrine.

Le bruit du moteur avait diminué pendant qu'ils parlaient, mais il augmentait à nouveau.

Il embrassa Claire gentiment, regarda dans ses yeux étonnamment bleus, puis tourna les talons pour rejoindre sa cachette au trot.

L'attente ne dura pas plus de dix minutes, mais elle lui parut interminable. Il avait pour habitude de penser à tout ce qui pouvait tourner mal et d'essayer de forcer le destin. Mais les chances étaient si mauvaises aujourd'hui qu'il avait du mal à imaginer comment ça pourrait bien tourner. Cependant, il s'était trouvé dans des situations pires et avait survécu.

Il avait gardé les jumelles avec lui, mais il ne les leva même pas à ses yeux. Quand le canot pneumatique apparut, il était si près qu'il put distinguer les visages des deux hommes. Ils virèrent au ralenti de l'autre côté du lit de kelp, Boyden, assis à la poupe près du moteur hors-bord.

À cet instant, le moteur tomba en panne. Quelques jurons s'élevèrent, dont Adam entendit chaque mot.

Boyden se pencha par-dessus bord et se mit à gesticuler. Il hissa les hélices hors de l'eau, et même Adam put voir que le kelp s'était enroulé autour, luisant, plein de bulbes bruns. Pendant ce temps, le bateau dansait à la merci de la marée, qui le poussait plus loin dans le lit de kelp.

Adam se demanda s'il devait tirer avec le pistolet à fusées, pendant qu'ils étaient distraits. La portée était plus longue qu'il n'aimait, étant donné qu'il n'avait jamais tiré avec ce truc. Néanmoins, il aurait le temps de plonger derrière les troncs flottés et de recharger.

Il continuait d'observer les deux hommes qui, sortant les avirons, essayaient maladroitement de reculer hors du piège qui les aspirait. Boyden se mit finalement à couper le kelp autour de l'hélice, bien que cela laisse Gibbons manier seul les avirons.

Adam se détendit graduellement, lorsque la bataille et le bain de sang potentiels tournèrent à la farce. S'il n'avait pas su que Claire ne trouverait rien de drôle à regarder ces deux idiots, il se serait amusé.

Il n'oubliait pas qu'ils pouvaient se libérer du lit de kelp et décider de prendre le raccourci jusqu'à la plage.

Sauf qu'il remarqua quelque chose qu'il n'avait pas vu jusque-là. La marée s'était inversée, laissant du gravier humide… et des roches. Les kayaks avaient flotté juste au-dessus d'elles sans dommage.

Non, la plage n'était plus accessible. Il fallait prier Dieu pour que ces deux-là ne comprennent pas qu'elle l'avait été.

En préparant le dîner quelques heures plus tard, Claire ne peut s'empêcher de penser que c'était peut-être sa dernière nuit avec Adam. Si tout allait bien, et qu'ils traversaient le reste de Spitfire Channel le lendemain, ils croiseraient peut-être un bateau qu'ils pourraient stopper. Ils pouvaient être séparés dès que la Garde côtière canadienne répondrait ou emmenés à Shearwater ou Bella Bella – des communautés sises l'une en face de l'autre dans la baie – pour y loger jusqu'à l'arrivée des ferries. Elle prendrait un ferry qui irait vers le sud, tandis qu'Adam en prendrait un qui irait vers le nord. Du moins était-ce ce qu'elle supposait.

Non, il resterait peut-être sur un navire des gardes-côtes, lui vint-il à l'esprit.

Sans le regarder, elle demanda :

— Tu es basé en Alaska ?

Il secoua la tête.

— Non, il n'y a pas de bureau de la DEA là-bas. Je travaille à partir de San Diego. C'est là où nous avons saisi les premières rumeurs de ce trafic de drogue.

— Je n'y suis jamais allée.

— C'est une ville sympa. Les plages sont géniales. Et avec la proximité de la frontière, nous avons du boulot.

— J'imagine.

Elle se remit à remuer le chili végétarien qu'il avait semblé aimer la dernière fois. Cela semblait plus sûr, car elle supposait que Hurricane Island était assez grande pour avoir une faune. Avec le souvenir de la nuit précédente, Adam n'avait pas suggéré de manger des steaks, même pour rire.

— On… a l'habitude d'être souvent mutés, dit-il après avoir avalé une bouchée. Il y a un bureau à Seattle.

— Oh.

Voulait-il dire qu'il pourrait en faire la demande ?

Bien sûr. Tu ne sautes pas un peu aux conclusions ?

— Ma mère vit en Arizona maintenant, s'entendit-elle dire. Elle aime la chaleur.

Comme si ça intéressait Adam.

— Et ton père ?

— Ils ont divorcé, je te l'ai dit ? Il s'est remarié et vit en Caroline du Sud. Il travaille pour Boeing, ajouta-t-elle.

— C'est comme ça que tu as démarré chez Boeing ? questionna Adam, la surprenant.

Claire lui tira la langue.

— Évidemment. Papa connaissait quelqu'un. Une fois que j'ai eu de l'expérience, je suis partie. Boeing est tellement énorme. Et puis j'aimais l'idée de me trouver moi-même un travail.

Elle avait failli ajouter *Tu vois ?* mais elle s'était souvenue à temps qu'il n'avait eu aucun parent à même de l'aider à trouver son premier emploi.

— Donc tu as toujours vécu dans la région de Seattle ?

— Oui. J'ai parfois envisagé de m'aventurer plus loin, mais… je ne sais pas. Ça m'effraie un peu.

— Plus que ces vacances ? dit-il avec un humour pince-sans-rire.

Malgré sa mélancolie, Claire se mit à rire.

— Ma perspective s'est un peu modifiée.

— Sur ce qui est amusant ?

Elle adorait le sourire qui jouait sur ses lèvres, mais elle répondit sérieusement :

— Non, sur ce que je suis capable de faire. Je pensais que j'étais courageuse de faire du kayak sur l'océan. De me confronter à la nature.

Elle leva les yeux au ciel.

— Maintenant j'ai dépassé toutes les limites de ce que je pensais possible.

Elle essaya de sourire, mais se rendit compte qu'elle n'y arrivait pas.

— Comme, disons, taper sur la tête d'un type avec une branche d'arbre.

— Je suis content que tu n'aies pas eu à le faire, dit-il avec une intensité soudaine. J'espère que tu n'auras jamais à faire quelque chose comme ça. Tuer un homme, même quand c'est justifié, n'est pas quelque chose avec lequel on vit facilement.

Elle racla à l'aveuglette la paroi de la casserole, le regard fixé sur son visage dur.

— Ces types essaient de nous tuer, nous.

— Oui, dit-il après un instant. Même ainsi, j'ai travaillé avec eux pendant plus d'un mois. Je suis allé prendre une bière avec l'un d'eux. Je doute qu'ils aient déjà tué, même si je peux me tromper. Ils n'ont apparemment pas hésité pour Kyle, ce qui me surprend. J'aurais dit que ce sont des gros malabars qui n'hésitent pas à transgresser la loi, mais ce n'est pas la même chose que d'exécuter un meurtre sur commande.

Il secoua la tête.

— Je doute qu'ils sachent ce qui est vraiment en jeu.

Perturbée, elle dit :

— Je voulais les haïr.

— Je n'aurais rien dû dire.

Il posa son bol d'un geste vif et leva sa bonne main pour se masser la nuque.

— Mieux vaut que tu les haïsses. J'ai peur maintenant que nous les trouvions en train de nous guetter.

— Je sais.

Et elle n'avait pas du tout envie de penser à une attaque sortant de nulle part. Ou de tendre l'oreille à l'affût d'un bruit de hors-bord. Sachant que tout au long du chemin qu'il leur restait à parcourir, ils seraient dans un étroit goulet, entre des parois rocheuses avec très peu de criques pour accoster et se cacher.

Si seulement elle avait pris une autre décision plus tôt, pensa-t-elle pour la vingtième ou la trentième fois.

Mais si elle l'avait fait, ils auraient été complètement exposés dans Spider Anchorage. Et… Adam aurait-il pu pagayer sur cette distance le premier jour ? Ou même le second ?

Elle ne le pensait pas. En outre, elle croyait que même Adam ne s'était pas attendu à une chasse aussi incessante.

— On ne peut pas partir jusqu'à ce que la marée monte, dit-il tout à coup.

— Non. Tu as vu les rochers ?

— Tu savais qu'ils étaient là ?

Claire secoua la tête.

— C'est un miracle qu'aucun de nous n'ait éraflé sa coque.

— Qu'est-ce qui se passerait si c'était le cas ?

Elle haussa les épaules.

— Pour l'essentiel, juste une éraflure. J'ai un kit pour réparer les trucs plus sérieux, mais c'est pénible.

— Vu les circonstances, ce serait plus que pénible, dit-il sèchement.

— Un trou ne ferait pas sombrer un kayak, pas plus que le canot. Les kayaks sont aussi conçus avec des cloisons et de multiples compartiments, tu sais.

— Auquel on accède par différents écoutillons, murmura-t-il sur le ton de l'illumination. J'aurais dû m'en apercevoir.

Maintenant, elle pouvait sourire.

— Tu t'inquiétais de sombrer comme une pierre ?

Son sourire transforma son visage d'une manière qui la stupéfia et fit faire un peu de gymnastique à son cœur.

— Ça m'a traversé l'esprit.

— Je n'ai jamais pensé à te demander si tu nages bien ?

— Je ne suis pas un champion, mais je peux faire quelques allers-retours dans une piscine. Dans ces eaux, ça compte ?

— Eh bien… Seulement pour être sûre que tu tiens le coup jusqu'à ce qu'un autre kayakiste vienne à ta rescousse.

Il sourit encore.

— C'est ce que j'ai fait.

— Oui.

Elle ne put s'empêcher de sourire en retour. Mais son sourire s'évanouit lorsqu'elle dit :

— On ne peut pas partir dans le noir, demain.

— Non, je vois bien pourquoi. Mais tôt quand même.

Claire hocha la tête. Qu'y avait-il d'autre à dire ?

De la pluie encore, dont Adam se disait que c'était une bonne chose. Cela leur donnait une meilleure chance de passer inaperçus.

Bien sûr, cela limitait aussi la visibilité.

Claire et lui portaient tous deux leurs combinaisons et des chapeaux à large bord. Comme la pluie tombait de biais, ces derniers n'étaient pas aussi utiles qu'ils l'auraient aimé. Sur la suggestion de Claire, ils avaient aussi mis des cirés dehors plutôt que sous leurs gilets de flottaison. Avec le couteau, il avait fendu le sien en sorte de pouvoir aisément saisir le pistolet à fusée qu'il rangeait dans la poche de son gilet.

Ils étaient partis quand le ciel se teintait à peine de gris. La marée venait juste de tourner, ce qui voulait dire que les kayaks rasaient les roches affleurant dans l'eau. Sortir de la crique était facile, la marée les poussant dans le bon sens. Mais quand ils virèrent vers l'est, dans le chenal, tout changea.

La veille, Adam avait constaté combien il était étroit et il aima encore moins cela quand ils y pénétrèrent. Si un bateau les attendait en aval et qu'un autre arrivait par-derrière, ils seraient coincés.

Mais comment leurs poursuivants pouvaient-ils savoir où ils étaient ? Boyden et Gibbons ne pouvaient avoir de certitude. Les voies d'eau étaient trop complexes, parsemées d'îles et d'îlots rocheux. Claire et lui pouvaient emprunter plusieurs trajets. Même avec la yole en renfort, il ne leur serait pas possible de surveiller tous les itinéraires.

Adam espérait tout particulièrement qu'ils ne surveillaient pas celui-ci.

Il avait plus de force ce jour-là et n'avait pas de mal à rester à la hauteur de Claire, même en inspectant les rives du regard.

Ils zigzaguaient entre des saillies et des parois rocheuses qui n'offraient aucun endroit pour accoster même s'ils l'avaient voulu. Tout était gris : gris pâle, gris moyen, gris foncé. Le vent soufflait dans les arbres et froissait l'eau. La pluie était régulière, mais fine. Adam devait ciller de temps en temps pour se débarrasser des gouttelettes dans ses yeux.

Ils avaient parcouru une grande distance, et le chenal s'était élargi quand il vira brusquement au sud. Claire ralentit à un moment donné et désigna de sa pagaie un groupe de rochers bas sur le rivage – une ourse et ses oursons inspectaient des trous d'eau. La mère préleva un poisson argenté d'un coup de patte. Elle pivota sur elle-même, leva la tête et fixa les kayaks.

Plusieurs fois, Adam vit des formes sombres dans l'eau. Ce pouvait être des phoques ou des otaries, mais pas des loutres, trop petites. S'il n'avait pas pagayé, il aurait eu froid, malgré ses multiples couches de vêtements.

Claire restait au milieu du chenal. Peut-être était-elle plus consciente que lui de la profondeur de l'eau, plus raisonnable.

Il fit un détour pour contourner un îlot, en partie pour avoir une meilleure vue de ce qui semblait être une anse ou une crique à droite. À tribord, se corrigea-t-il. Il allait reporter son regard sur Claire, quand son attention fut attirée par une forme insolite sur la plage de gravier. Des otaries en train de somnoler ?

Bon sang, était-ce le canot pneumatique ?

Aucun mouvement autour, rien qui ressemble à une tente – mais il doutait qu'il y ait une tente dans les cales du cargo. Il espéra sombrement que Gibbons et Boyden avaient passé une nuit misérable sous une bâche. S'ils en avaient une.

S'arrêtant d'un coup de pagaie, il attendit que Claire réapparaisse, la tête tournée anxieusement vers lui. Il lui fit alors signe d'approcher et tendit le doigt. Elle regarda dans la direction qu'il indiquait.

— Ils ne vont pas nous voir.

— C'est ma chance de les freiner. Je peux accoster à vingt mètres, saboter leur bateau et repartir.

Malgré les coups de soleil, le visage de Claire pâlit tandis que ses yeux s'assombrissaient.

— Tu feras du surplace un peu plus loin.

— Je peux t'aider, dit-elle.

Adam secoua la tête.

— Si ça tourne mal, fiche le camp. Ne te mets pas en danger en croyant m'aider.

Elle acquiesça.

— On n'est pas loin de Kildidt Sound, n'est-ce pas ?

— Non. Attends ! Même tu les ralentis, ils doivent avoir une radio, ils pourront donner notre position.

— C'est le revers de la médaille, mais tu as vu combien le canot est inadapté à toute poursuite sérieuse. Il est dangereusement bas sur l'eau quand ils sont tous deux à bord. Ça nous donnera de l'avance.

Adam vit qu'elle n'était pas satisfaite, mais elle baissa la tête et dit seulement :

— Sois prudent.

Il leva la pagaie en guise de réponse, puis la replongea dans l'eau pour s'éloigner sans se retourner. Il n'était pas certain de faire ce qu'il fallait, mais s'il pouvait éliminer ces deux-là, Claire et lui auraient une chance de s'en sortir vivants.

Cette dernière partie, il n'y pensait généralement pas beaucoup, mais cette fois… Quelque chose avait changé pour lui.

Il secoua la tête. Il devait se mettre dans le bon état d'esprit pour agir. Il n'avait pas le choix.

15

Le pied d'Adam glissa sur un rocher recouvert d'algues. Manquant de tomber, il se contorsionna pour garder l'équilibre. Bon sang…

Après un instant, il saisit le filin à la proue et fit quelques pas prudents jusqu'à ce que le kayak soit suffisamment à sec pour ne pas être emporté. Il lui avait fallu plusieurs minutes pour le faire pivoter, mais il voulait pouvoir sauter dedans et partir en toute hâte.

Le pistolet à fusées était dans la poche de son gilet. Il posa la main sur la crosse tout en serrant le couteau dans sa main gauche.

Alors qu'il longeait la rive, un ronflement s'éleva. Il se figea. *Pas d'ours, je vous en prie, pas d'ours.* Mais il n'y eut pas d'autre bruit. Rien ne bougeait en dehors des branches d'arbres et de l'éternel mouvement des vagues.

À vingt pas, il vit des formes sous une bâche bleue. S'ils n'avaient pas été trempés pendant la nuit, ils avaient eu de la chance, pensa-t-il sans s'émouvoir. La marée avait dû monter très haut pour venir leur lécher les pieds. Attacher le canot à un tronc d'arbre était plus intelligent qu'il n'aurait cru de leur part.

Doucement, doucement.

Il s'accroupit à côté du canot pneumatique et étudia son contenu. Pas d'arme à première vue. Il ouvrit prudemment un sac en toile avant de fourrer le bras dedans. Presque immédiatement, il sentit la forme d'une casserole. Des barres de céréales, un pot contenant du café…

Ils avaient gardé leurs armes avec eux.

Il plia plusieurs fois les doigts et passa le couteau dans sa main droite.

Un autre ronflement fut suivi d'un froissement de la bâche. Il retint son souffle. L'un d'eux se réveillait-il ? Ou se retournait-il simplement ?

Si la marée les avait rejoints, ils avaient dû se déplacer durant la nuit. Pas étonnant qu'ils ne se lèvent pas aux aurores.

Rien d'autre ne se passa. La pluie continuait de tomber. Il remonta ses manches, se rappelant que Claire avait raison. S'il lacérait la toile, l'air sifflerait en sortant. Dommage que le vent ne souffle pas plus fort – sauf que Claire et lui n'auraient pas pu prendre la mer.

Et s'il ne perçait que quelques compartiments ? La fuite d'air serait-elle assez lente pour qu'ils puissent se mettre à l'eau avant que le canot ne sombre ?

Non, il fallait le lacérer, décida-t-il, et vite. Il ne leur faudrait qu'une minute pour se réveiller, comprendre ce qui se passait et se dégager de la bâche.

Lacérer, puis tirer avec le pistolet. Il pourrait au moins en handicaper un.

Adam inspira lentement, leva le couteau et l'abattit sur le flanc du canot, avant de le ramener vers lui. La fuite d'air fut aussi bruyante que l'exhalaison d'une orque. Il se dépêcha, plantant le couteau, se déplaçant de quelques mètres, puis recommençant.

Des cris s'élevèrent sous la bâche et les hommes s'agitèrent. Les yeux fixés sur les dégâts qu'il avait causés, Adam rangea le couteau et leva le pistolet à fusées. Juste au moment où la bâche se soulevait, il tira.

La fusée partit en sifflant, plus vite qu'il ne s'y attendait. Il n'attendit pas de voir le résultat, mais entendit les hurlements lorsque la fusée retomba en une cascade orange et blanche.

Se baissant, il courut aussi vite qu'il l'osait sur les rochers glissants.

D'affreux jurons résonnèrent à ses oreilles. Puis un cri :

— Beckman ! Tu es mort !

Il y était presque.

Il aurait pu prendre le bourdonnement pour une guêpe, mais il savait ce qu'il en était. Il se jeta à plat ventre, puis se remit sur pied. Une balle lui érafla le bras. Il chancela avant de pousser le kayak à l'eau et de sauter dans l'hiloire.

La proue plongea puis remonta. Adam commença à pagayer vers le nord-est, espérant mettre autant de distance que possible entre eux. La démangeaison sur son bras devint une brûlure et il jura parce que c'était son bras valide. D'autres balles rasèrent l'eau.

Gibbons – il pensa que c'était lui à sa voix – continua de tirer jusqu'à ce que son chargeur soit vide. Adam paria finalement qu'il était hors de vue et vira graduellement pour rejoindre Claire. Il espérait qu'elle n'avait pas paniqué en entendant les coups de feu.

Et s'il était mort ? Mon Dieu.

Claire planta ses ongles dans ses paumes. Son instinct lui criait de faire demi-tour. Il devait y avoir quelque chose à faire.

Suivre les instructions d'Adam.

Elle ne pouvait pas l'abandonner.

Elle le devrait s'il ne réapparaissait pas tout de suite.

Vu le nombre de coups de feu qu'elle avait entendus, avait-il pu reprendre son kayak et s'éloigner assez vite ?

Impossible, pensa-t-elle avec désespoir. Mais elle plongea sa pagaie dans le courant pour rester où elle était. Il n'avait pas dit combien de temps elle devrait attendre – et il n'avait pas pensé à lui laisser la montre, de toute façon – mais elle n'osait s'attarder. S'il avait échoué dans sa mission… Si le canot pneumatique était toujours en état de naviguer…

Un mouvement derrière le rideau de pluie la mit en alerte. Elle se mit à prier : *s'il vous plaît, s'il vous plaît.*

— Claire ?

Sa voix rocailleuse portait loin, même quand il chuchotait.

— Adam ? murmura-t-elle.

Il ne pouvait l'avoir entendue.

— Adam ? répéta-t-elle.

Le kayak rouge apparut et modifia sa course pour venir droit vers elle.

Les joues de Claire ruisselaient de larmes, mais Adam ne les remarquerait pas tant l'air était humide.

Il vint à sa hauteur et posa la pagaie en travers du pont, afin qu'elle puisse l'attraper. Elle fit de même, pour que leurs kayaks forment une sorte de radeau.

— J'ai entendu des coups de feu, réussit-elle à dire.

— Oui, je crois que j'ai été touché au bras.

Il paraissait insouciant.

— Ils ne pourront plus nous suivre.

— Tu as réussi à endommager leur bateau ?

— Oui.

— Et les hommes ?

— Je crois que l'un d'eux est mort. En tout cas, gravement blessé.

En dépit de tout, Claire vit de la tristesse sur son visage. À cet instant, toutes ses réserves fondirent comme neige au soleil. Elle craignit de tomber tout à fait amoureuse de lui.

— Gibbons a probablement été brûlé, continua-t-il, mais il était en assez bon état pour presser plusieurs fois la gâchette.

Plusieurs fois. Cela ressemblait à une fusillade en ce qui la concernait.

— Il m'a reconnu.

Il croisa son regard sous le rebord de son chapeau.

— Espérons que leur radio est hors-service.

Claire déglutit et hocha la tête. Elle devait faire de son mieux pour imiter son stoïcisme. Elle ne lui dirait pas combien elle avait été terrifiée par les coups de feu.

Ils se séparèrent et se remirent à pagayer. Claire s'inquiétait de cette nouvelle blessure d'Adam. Il aurait certainement le bon sens de suggérer un arrêt s'il pensait saigner gravement.

La pluie ralentit assez pour qu'on puisse la qualifier de brume. Dieu merci, la jupe empêchait l'eau de pénétrer dans l'hiloire, autrement, elle aurait été trempée. Elle espérait que celle d'Adam était aussi étanche et qu'il n'oublierait pas la pompe de cale qu'il avait dans le kayak.

Au bout d'une heure environ, il lui signala ce qu'on pouvait généreusement appeler une plage. Une plage qui disparaîtrait rapidement lorsque la marée monterait, comprit Claire, mais suffisante pour un bref arrêt.

Un tronc d'arbre trempé leur fournit un siège quand elle l'eut recouvert d'une bâche. Adam ôta son ciré avec réticence et lui laissa voir ses vêtements ensanglantés. Non, il n'y avait pas d'hémorragie, mais quand elle souleva le tissu, elle trouva une estafilade spectaculaire.

Il y jeta un coup d'œil en disant :

— Ça ira jusqu'à ce soir. Regarde, ça coagule.

Claire lui jeta un regard sévère.

— Laisse-moi te bander. Je vais découper un vieux T-shirt. Au moins, ce sera couvert. La pluie ne te fera pas de mal, mais l'eau peut devenir agitée dans Kildidt Sound, et le sel dans une blessure, ça brûle.

L'air contrit, il lui tendit le couteau et attendit patiemment qu'elle déchire des bandes de coton raisonnablement propres. Une fois qu'elle l'eut bandé, elle l'aida à glisser le bras dans la manche de son ciré.

Puis ils mangèrent ce qu'ils avaient sous la main : des amandes, des fruits secs, du müesli et des barres chocolatées. Il avala encore quelques ibuprofènes, dont les réserves du pauvre Kyle avaient reconstitué leur stock.

L'image du corps de Kyle bizarrement suspendu à un arbre traversa l'esprit de Claire. Elle fit de son mieux pour la repousser. Oublier… Non, elle n'oublierait jamais, ni la vue de son corps ni ce qu'ils avaient dû faire.

Après qu'ils eurent remballé les restes du déjeuner, ils se rassirent. Claire n'avait pas la moindre envie de bouger. Maintenant que leur ennemi avait été vaincu, elle aurait voulu que les secours soient à portée de main.

Elle avait tellement envie d'une douche chaude ! D'un vrai lit ! Elle voulait que les autorités s'occupent de tout et que la menace d'une attaque nucléaire ne soit plus un fardeau que seuls Adam et elle devaient porter.

La brume la faisait frissonner malgré ses vêtements chauds, et elle s'inquiétait qu'Adam n'ait pas l'air plus enthousiaste qu'elle s'agissant de repartir.

— Est-ce que ça va ? demanda-t-elle finalement.

Il hocha la tête, comme elle s'y attendait. Mais après une pause, il ajouta :

— Je me suis un peu fait mal au dos, et cette heu…

— Blessure par balle ? compléta-t-elle d'un ton acide.

— Oui.

Les yeux d'Adam souriaient davantage que sa bouche.

— Maintenant que nous nous sommes arrêtés, mon bras est devenu raide. Et la blessure brûle.

— Quelle horreur.

Il rit.

— Tu m'en veux ?

Oui !

— Non. Je comprends que tu fais ton travail. T'attendre, entendre les coups de feu alors que je savais que tu n'as pas d'arme, c'était…

Claire ne put trouver les mots pour expliquer ce que cela avait été. Elle était trop près de faire ce qu'elle s'était juré de ne jamais faire.

Tout l'humour avait disparu du visage d'Adam, lui laissant une expression… Elle ne put non plus la qualifier. Il était certainement troublé. Par le souvenir de ce qu'il avait dû faire ? Ou par ce qu'il lui avait fait vivre ?

Il devait être remarquablement fort pour faire un métier aussi dur, un métier qui lui laissait des cicatrices intérieures autant qu'extérieures. Et pourtant, il ne s'était pas endurci au point de perdre toute empathie, et il en éprouvait même pour des hommes comme leurs poursuivants.

Quand elle l'observa à nouveau, elle vit qu'il avait réprimé l'émotion qu'elle avait si brièvement perçue. D'un ton vif, il demanda :

— Tu n'as pas changé d'avis sur notre cap ?

— Non. C'est la meilleure option.

Ils en avaient déjà discuté. S'ils ne voyaient pas tout de suite de navire, ils se dirigeraient vers le sud-ouest, en direction de Nalau Passage, qu'ils pourraient suivre jusqu'au Fitz Hugh Sound. Comme c'était l'un des principaux passages intérieurs, ils pourraient héler un bateau de plaisance ou un ferry. Claire ne s'attendait cependant pas à ce qu'ils aillent aussi loin ; l'île et le passage de Nalau étaient peuplés de pêcheurs. Elle avait lu qu'il y avait même quelques clubs de pêche sportive.

Adam acquiesça.

— Un bon gros bateau de pêche nous irait très bien.

Elle fit la grimace.

— Si je n'avais pas laissé tomber la balise…

Il lui prit le bras et la regarda au fond des yeux.

— Tu avais toutes les raisons d'être secouée par ce que tu avais vu. Qui n'aurait pas eu les mains tremblantes au milieu d'un épisode comme celui-là ?

— Oui, mais…

Il l'interrompit à nouveau :

— Même les opérations les mieux planifiées déraillent. C'est comme ça. Tu as plus que compensé cette inattention en me sauvant la vie et en nous guidant ces derniers jours. Si tu n'avais pas eu le cran de me secourir, je serais mort.

— Je ne pouvais pas te laisser là, protesta-t-elle.

— Non.

Son sourire était de guingois, creusant les rides autour de sa bouche et réchauffant ses yeux.

— Tu n'aurais jamais fait ça.

Il avait raison, comprit-elle ; elle avait commis une erreur, mais en avait fait d'autres depuis. Il était temps de rejeter une bonne fois pour toutes son critique intérieur, exacerbé par sa relation avec Devin. À vrai dire, elle allait cesser tout à fait de penser à cet imbécile qui avait constamment besoin de rabaisser les autres.

Et puis ce n'était pas comme si elle avait l'habitude de fuir des trafiquants de drogue avec un agent fédéral.

— Tu souris.

Elle sourit plus largement.

— Merci de m'avoir fait sentir mieux. Maintenant, je suggère que nous fichions le camp d'ici.

Avant qu'elle puisse bouger, il l'enveloppa de son bras, la serra contre lui et l'embrassa sur le front. Elle resta tout à fait immobile et savoura le moment.

Comme il semblait le faire.

Ragaillardi par l'idée d'entrer en contact avec les gardes-côtes, Adam reprit assez de forces pour continuer.

La masse gris-vert dont Claire lui avait dit que c'était Hurricane Island se dressait devant eux. De minuscules rochers surmontés d'arbres surgissaient du brouillard. Aucun n'était assez gros pour être qualifié d'îlot. Toute cette zone était un labyrinthe.

Comme elle l'en avait averti, au large la houle remplaçait les courants. Il ne perdait pas Claire de vue, et les vagues n'étaient pas trop grosses pour ses capacités limitées, mais il devait faire des efforts. Sa nouvelle blessure lui donnait l'impression d'avoir une fracture. Il savait que ce n'était pas le cas, mais supposait que les muscles et les ligaments attachés à l'humérus étaient endommagés.

L'ancienne blessure s'était aussi réveillée au cours de la dernière heure. Cette douleur-là était diffuse et située en profondeur. Il pouvait en faire abstraction, mais il aurait vraiment aimé voir un bateau de pêche. Immédiatement.

Une ligne curieusement régulière d'îlots plus gros s'étendait devant eux, du nord au sud. Claire s'en tenait soigneusement à l'écart, et quelque chose dans l'agitation des eaux le poussa à se demander s'il n'y avait pas des roches sous la surface.

Soudain il entendit quelque chose qui ramena son attention sur Claire. Elle s'était presque arrêtée et essayait de faire demi-tour, glissant de biais sur une longue vague. Qu'est-ce que… ?

La forme d'un navire se détacha sur le gris de la mer. Une silhouette qu'Adam n'aurait jamais voulu revoir, à moins d'être dans un hélicoptère avec une dizaine de membres de la Garde côtière canadienne ou de la Navy. Il prit les jumelles et, malgré les lentilles constellées de gouttelettes, confirma ses craintes.

Le cargo était là, les attendant.

16

Si quelqu'un montait la garde à bord du cargo, il ne pourrait pas manquer les deux kayakistes. Surtout lui, dans son kayak rouge et orange flashy.

Adam s'efforçait de virer de bord quand Claire le rejoignit.

— Tu le vois ? cria-t-elle. C'est eux ?

— Oui ! rugit-il, filons d'ici !

— On va passer derrière les îlots Mosquito…

— Bon sang…

Il se tordit le cou pour observer le cargo.

— Qu'est-ce qu'ils font ?

Puis il comprit.

— Ils mettent la yole à l'eau.

La yole n'était pas bien impressionnante, mais elle avait un moteur hors-bord. Même un homme seul pouvait les cribler de balles.

À cet instant, le bruit d'un moteur s'éleva, grave et rauque. Plusieurs moteurs. Il tourna vivement la tête et vit un navire blanc effilé se profiler à moins d'un kilomètre. Long de dix à douze mètres, avec une grande cabine et un radar sur le toit. Il avait vu plein de bateaux de pêche de ce type lorsqu'il était basé à Miami.

Ce qui l'effrayait, c'était que Dwayne et ses acolytes n'hésiteraient pas à tuer une demi-dizaine de gens de plus.

Malgré tout, il sortit le pistolet à fusées. C'était un risque, mais quelle autre option avaient-ils ? Fermant les yeux, il pointa le pistolet vers le ciel et pressa la gâchette.

La fusée monta tout droit dans l'air, tel un appel au secours étincelant et universel. Le bateau était-il trop loin pour remarquer la fusée ? Il chercha à tâtons le conteneur des fusées et en prit une pour recharger. Mais il se retourna d'abord pour regarder derrière lui. Si la yole était à l'eau, il ne la vit pas, ce qui n'était pas étonnant vu sa couleur aluminium.

Il pivota sur lui-même à temps pour voir le bateau de pêche ralentir et entamer un demi-cercle, soulevant un gros sillage blanc. Après avoir fourré le pistolet dans la poche de son gilet, il plongea sa pagaie dans l'eau, vit Claire faire de même et souhaita être dans les eaux américaines, là où il y aurait une chance que les plaisanciers soient armés.

Il se remit à pagayer, tandis que Claire l'imitait. Dieu leur vienne en aide, ils ne pouvaient aller plus vite qu'un bateau à moteur, mais le gros bateau de pêche approchait plus vite que la yole.

Un *tac-tac-tac* derrière eux. Adam ne se donna pas la peine de regarder. Des coups de feu. Le bateau de pêche se rapprochait. Un quart de mile, quelques centaines de mètres. Les yeux braqués dessus, il pagayait de toutes ses forces, suivant Claire. Le tireur se satisferait peut-être de le tuer et la laisserait partir. Ou peut-être se réfugierait-elle derrière le gros bateau.

Des gens étaient accroupis à la proue, criant et agitant les mains, bien qu'il n'entende pas ce qu'ils disaient. Un homme à mi-chemin de la poupe braquait des jumelles sur quelque chose derrière les kayaks.

L'eau se souleva à bâbord d'Adam. Le claquement étouffé d'un coup de fusil suivit. Il eut quelques secondes de répit en redescendant une vague assez grande pour le cacher.

Sur le bateau de pêche, un homme mugit dans un porte-voix :

— Arrêtez de tirer ! Nous avons appelé les gardes-côtes. Vous commettez un crime…

Le kayak d'Adam fit un bond de côté. Il avait été touché.

Tu as peur de sombrer comme une pierre ? avait demandé Claire. C'était l'occasion de le découvrir.

Il vit l'eau se soulever à proximité du kayak de Claire. Bon sang ! Sur le bateau de pêche, les hommes s'éloignèrent du bastingage, visiblement alarmés.

Puis l'un d'eux poussa un cri et tendit le doigt. Adam n'y voyait rien, mais un instant plus tard une nouvelle fusée s'éleva dans les airs. Le kayak de Claire fila vers la proue de leurs sauveteurs et se rangea derrière. Adam luttait pour empêcher le sien de chavirer.

Encore un coup de feu, puis un autre. Les balles pleuvaient autour de lui. L'une d'elles aurait pu le toucher, il ne savait pas s'il l'aurait remarqué. Il vit un homme sur le bateau de pêche chuter brusquement.

Mais un bateau similaire approchait, et Adam en vit un troisième qui fonçait vers eux depuis le sud. Tous les pilotes ayant vu la fusée répondaient.

Il heurta le flanc du premier bateau, faisant grincer sa coque. Personne ne se pencha par-dessus bord, mais les mots qu'il entendit lui firent l'effet d'une douce musique.

— Il fait demi-tour ! Il s'enfuit !

Avec un grognement, Adam s'effondra en avant, touchant presque le pont de la tête. Son kayak avançait toujours le long de la coque. Une pagaie lui fut tendue et il s'en empara. Claire la tint fermement jusqu'à ce que leurs deux kayaks soient parallèles.

Il crut l'entendre dire :

— Nous avons réussi.

— Quand on a entendu les coups de feu, on a appelé les gardes-côtes, dit l'homme.

Il avait le visage rouge et le corps d'un ancien joueur de football, un peu enrobé à la taille.

— L'un de vous a-t-il été blessé ? demanda Adam.

— Tony Vargas.

L'homme désigna de la tête les marches descendant à la cabine.

— On l'a descendu tout de suite.

Son air était sombre, comme celui des quatre hommes qui l'entouraient.

— Qu'est-ce que c'était que tout ça ?

Ils avaient hissé Claire, Adam et les kayaks sur leur bateau. Les autres navires restaient à proximité.

Claire demanda anxieusement :

— Il est gravement blessé ?

— Ce n'est pas bon. Il a pris une balle dans le ventre, dit l'un des hommes.

Elle vit Adam et l'homme échanger un long regard. À côté d'elle, Adam poussa un soupir.

— C'est une longue histoire. Vous êtes américains ou canadiens ?

— Américains.

C'était celui qui avait parlé en premier. Il désigna le bateau le plus proche.

— Eux sont canadiens. Je pense que les autres sont américains aussi. Ils campent au même endroit que nous.

— Je m'appelle Claire Holland, dit-elle. Je viens de Seattle. Je faisais du kayak avec un ami quand tout a commencé. Il a été tué…

— Adam Taylor. Je fais partie de l'agence antidrogue américaine. Les choses ont mal tourné durant une opération. J'avais infiltré une bande de trafiquants de drogue.

Il hésita.

— Il faudra attendre les gardes-côtes pour vous dire tout ce que je sais. Mais pour l'essentiel, Claire et son ami sont tombés par hasard sur le bateau sur lequel j'étais. Il était en train de transborder sa cargaison.

Il leur donna les grandes lignes de l'histoire : la mort de Mike, la balle qu'il avait reçue, son sauvetage par Claire, la découverte qu'on les pourchassait.

Claire fit un geste vers le nord.

— Nous avons débouché dans Spitfire Channel pour découvrir que le cargo qui transportait la drogue mouillait là, et ils nous ont immédiatement repérés. Ils ont mis un canot à la mer et nous ont poursuivis.

— Nous sommes en eaux profondes, dit l'un des hommes, mal à l'aise. Il y a un risque que ce cargo revienne ?

Elle lut l'expression fugitive d'Adam et comprit que oui, il pensait que c'était envisageable.

Mais il dit :

— J'en doute. Il y a trois bateaux ici, d'autres viendront si on tire une autre fusée. À ce stade, ils doivent savoir que nous avons contacté les autorités. Le plus intelligent pour eux est de fuir. Ce que je ne sais pas, c'est s'ils vont continuer vers le sud ou retourner en Alaska. Je veux qu'on aborde ce bateau avant qu'il accoste.

Le pilote avait écouté depuis le seuil de la timonerie. Maintenant il acquiesçait à quelque chose qui se disait derrière lui, probablement la radio.

— La vedette des gardes-côtes sera ici dans quinze, vingt minutes. Leur port d'attache est Shearwater. Un hélicoptère est en route aussi. Vargas a besoin de soins urgents.

Claire serait ravie quand arriveraient les gardes-côtes. Pour le moment, elle se sentait hébétée. Était-ce réel ? Croire qu'Adam et elle y étaient arrivés, qu'ils allaient survivre, était difficile.

Mais les mouvements du bateau qui dansait sur les vagues la réconfortaient. Ainsi que la vue d'Adam, sale, barbu, le visage creusé par l'épuisement.

Comme elle, il ne cessait de lui jeter des coups d'œil pour s'assurer qu'elle allait bien. À la minute où on lui avait offert un siège, il avait choisi la chaise voisine. Leurs bras s'effleuraient. Elle avait besoin de rester en contact avec lui.

Et combien de temps ça va durer ? se demandait-elle.

Elle connaissait déjà la réponse. Pas très longtemps. Les autorités voudraient entendre sa version des événements. Après cela, leur principal souci serait de la renvoyer chez elle. Mais Adam devait continuer son travail. Leur proximité lui paraissait plus réelle que tout le reste, mais c'était une illusion. La réalité, c'étaient ces hommes bienveillants qui les entouraient et le *whap-whap* de l'hélicoptère qui approchait.

Ils levèrent tous la tête. Un hélicoptère rouge et blanc descendait en piqué. Plusieurs des hommes se levèrent et agitèrent les bras.

En quelques minutes, un secouriste prit pied sur le pont, amenant une civière avec lui. Tony Vargas fut attaché sur la civière. Il avait si mal que Claire eut envie de détourner les yeux. C'était une victime de ces monstrueux criminels, comme Mike et Kyle.

S'il y avait eu du réseau, elle aurait sûrement emprunté une radio pour appeler Shelby et lui avouer que Mike était mort. Elle n'avait jamais eu à annoncer ce genre de nouvelle à quelqu'un et n'avait pas envie de commencer. Mais ce devait être elle, pas un policier auquel les autorités canadiennes délégueraient le soin de notifier le décès.

— À quoi penses-tu ? demanda Adam.

La civière se balança dans les airs, puis fut hissée par la porte ouverte de l'hélicoptère, en surplomb au-dessus d'eux.

— Que je devrais appeler la femme de Mike.

Il lui prit la main. La chaleur de ce contact la réconforta plus que de raison.

— Pourquoi n'attends-tu pas que nous ayons parlé aux gardes-côtes ? Il ne faudrait pas que la femme de ton ami…

— Shelby.

Il acquiesça.

— Que Shelby appelle sa famille ou poste sur les réseaux sociaux avant que les enquêteurs ne soient prêts à divulguer l'information.

Elle agita la main, mais il ne la lâcha pas.

— Tu veux dire toi ? demanda Claire.

— J'en fais partie.

Son expression était gentille, sa voix un peu moins.

— La plus grande partie de cette affaire va m'échapper à partir de maintenant.

— J'en suis ravie.

Le voyant hausser les sourcils, Claire ajouta :

— Tu dois aller à l'hôpital pour qu'on examine tes blessures.

Un sourire apparut dans ses yeux et il fit bouger son bras droit.

— C'est maintenant que tu me dis que tu ne savais pas ce que tu faisais en me soignant ?

Elle piqua du nez.

— Tu le sais bien.

Il pencha la tête vers elle, parlant doucement pour que les autres n'entendent pas.

— Je crois que si.

Son haleine lui chatouilla l'oreille.

— Tu es bien plus compétente que tu ne croyais.

Elle se redressa au bout d'un instant. Il avait raison. Elle avait fait ses preuves. Le défi qu'elle avait cru affronter avec Mike n'était rien en comparaison. Elle serait rentrée chez elle avec un sentiment de satisfaction, mais maintenant…

Je suis forte, plus que je ne pensais.

Mais elle ne pouvait oublier le prix de tout cela. Mike lui manquerait, bien que ce ne soit rien à côté de ce que Shelby endurerait. Kyle Sheppard devait avoir des amis et une famille qui seraient plongés dans le chagrin. Tony Vargas, le plaisancier, pourrait ne pas survivre à sa blessure.

Et Claire savait que la vie ne serait plus jamais la même. Comment avait-elle pu tomber amoureuse en quelques jours ? La crainte la remplit à l'idée de dire adieu à Adam et de rentrer chez elle. C'était comme de contempler un grand vide.

Elle dut même émettre un son, parce qu'Adam demanda :

— Quoi ?

— Je… rien.

Le regard qu'il lui jeta était assez acéré pour qu'elle comprenne qu'il n'était pas dupe.

— Je suis submergée par l'émotion. Nous avons entamé la journée avec ton raid sur leur campement, nous avons pagayé sous un déluge avant d'affronter une nouvelle catastrophe, nous avons cru être sauvés pendant que les balles pleuvaient, et maintenant nous sommes ici.

— Oui, dit-il d'un ton bourru.

Il passa un bras autour d'elle.

— Tu m'as offert un soutien indéfectible, quelque chose que je n'ai jamais eu dans ma vie.

— La chaloupe des gardes-côtes ! cria un homme près du bastingage.

Une chaloupe ? Cela semblait… bien fragile.

— Enfin, murmura Adam.

Une demi-heure après, ils étaient à bord d'un navire de quinze mètres, blanc et rouge, couleurs dont Adam savait qu'elles étaient celles de la Garde côtière canadienne. Leurs kayaks et leurs affaires avaient aussi été transférés.

Il avait serré la main de tous ceux qui se trouvaient à bord du bateau de pêche, plus quelques autres qui s'étaient penchés par-dessus le bastingage de l'un des autres bateaux. Claire donna des embrassades à la ronde, renifla et lui murmura durant le transfert :

— Je parie que je pue !

Adam se mit à rire.

— Moi aussi, sans doute. Et je peux t'assurer que tout le monde s'en fiche.

L'équipage du navire comptait cinq officiers et quatre marins. Six hommes et trois femmes. Plusieurs d'entre eux étudièrent l'orifice de la balle sur le kayak rouge, avant que deux officiers ne les conduisent, Claire et lui, dans une cabine pour parler.

Ils écoutèrent son récit des événements, appelèrent le numéro qu'Adam leur donna pour confirmer qui il était et ce qu'il disait, et le laissèrent parler à son supérieur immédiat.

— On commençait à s'inquiéter sérieusement pour toi. Je sais que tu t'attendais à ce que le rafiot fasse demi-tour et retourne à Juneau, mais il n'avait pas encore accosté. Répète-moi où tu es ?

Adam lui donna les grandes lignes de l'affaire, que les Canadiens écoutèrent avec attention. Puis il dit :

— Ce cargo doit être stoppé avant qu'il accoste ou transborde la cargaison. Il faut que ce soit la priorité numéro un des deux gouvernements. Une partie ou la totalité de la drogue a déjà été remise.

Il donna la description du yacht.

— Mais nous avons été interrompus avant que ce soit fini. C'est là que le premier kayakiste, Mike Maguire, a été tué, qu'on m'a tiré dessus et que je suis passé par-dessus bord.

Adam jeta un coup d'œil aux gardes-côtes et haussa mentalement les épaules.

— Ils transportaient autre chose aussi. Je… J'ai entendu le chef, Dwayne Peterson, en parler à son second. Ils ont été payés très cher pour passer un petit supplément.

Tout le monde dans la cabine était silencieux. Même Russ Carman, son superviseur, se contenta d'attendre.

— De l'uranium, dit Adam.

Claire elle-même cilla devant l'urgence des conversations qui s'ensuivirent. L'ordre de qui-vive en haute mer passa de navire en navire, des bateaux des gardes-côtes aux ferries et aux navires de la marine canadienne. Elle resta assise, tranquille et oubliée, tandis que les membres de la marine américaine entraient en contact avec leurs contreparties canadiennes.

Un des officiers quitta la cabine, et quelques minutes plus tard, elle s'aperçut que le petit navire était en route. Pour les emmener Adam et elle au port le plus proche ? Ou pour chercher le cargo qui avait moins d'une heure d'avance sur eux ?

Il s'avéra que l'heure était à la chasse, bien que quelqu'un finisse par penser à les nourrir, Adam et elle. Après quoi elle fut escortée à son kayak pour prendre des affaires de toilette et des vêtements, avant d'être laissée dans une des cabines des officiers. La douche était minuscule mais fonctionnelle. Se laver les cheveux et se raser les jambes lui parut divin. Finalement, elle enfila les vêtements réservés aux jours de relâche en pays « civilisé ».

Puis elle essuya la vapeur du miroir et se regarda. Ce qu'elle vit n'était pas aussi encourageant qu'elle l'espérait. Son coup de soleil en était encore au mauvais stade : sa peau était rouge, irritée et pelait. Ses lèvres étaient craquelées. Et comme Adam, son visage avait presque l'air… émacié.

Elle s'enduisit le visage de crème, passa du baume sur ses lèvres et décida que ça suffisait. Au moins, elle se sentait mieux.

En regagnant le pont, elle ne trouva pas Adam. Un membre de l'équipage lui dit en souriant :

— Votre ami se douche. Il aura bientôt fini.

Claire flâna le long du bastingage. Le petit navire avançait vite et, en étudiant la côte la plus proche, elle comprit qu'il mettait le cap au nord, vers Princess Royal Island. Le plan était-il de la laisser à Klemtu au lieu de Bella Bella ou Shearwater ? Mais elle soupçonnait que personne ne pensait à elle. Ils cherchaient un vieux cargo rouillé qu'elle aurait vraiment, vraiment préféré ne jamais revoir.

Le vent fouetta ses cheveux. Essayant de les retenir d'une main, elle frissonna et décida de retourner à la cabine pour ajouter une ou deux couches de vêtements. Et peut-être se natter les cheveux.

Juste au moment où elle se détournait, un bras l'enlaça. Surprise, elle découvrit Adam près d'elle.

— Tu t'es rasé, lâcha-t-elle.

Il rit.

— Je le fais de temps en temps.

Il l'observa.

— Tu as toujours tes coups de soleil.

Se gratter le nez lui faisait mal, mais elle le fit quand même.

— Ça alors, je n'avais pas remarqué.

Un sourire s'attarda sur les lèvres d'Adam, mais il ne dit rien, se contentant de la serrer contre lui pour la réchauffer et l'abriter du vent.

Après quelques minutes, elle ne put résister :

— Qu'est-ce que j'ai manqué ?

— Pas grand-chose. Nous avons étendu la zone de

recherche le long de la frontière américaine. Les gardes-côtes et d'autres navires cherchent le cargo dans le Bassin de la Reine Charlotte et le Détroit d'Hécate, et dans les passages et les chenaux intérieurs. Des hélicoptères et de petits avions ont aussi décollé.

— Et nous sommes aussi en train de le chercher…

— Oui, dit-il lentement. Une part de moi n'avait pas envie de confier la chasse à quelqu'un d'autre, mais une autre part…

Il hésita.

Elle fit en sorte de le regarder dans les yeux pour lui poser la question qui la perturbait depuis qu'elle avait compris que la vedette ne rentrerait pas directement à Shearwater.

— Et si on le voit ? Je veux dire, en dehors de nous, il y a neuf personnes à bord. Et… c'est le Canada. Les gardes-côtes sont-ils armés ? Quel genre d'armes ont tes anciens compagnons de bord ?

Elle se mordit la lèvre.

— Est-ce que ce n'est pas un peu suicidaire d'essayer d'arrêter le cargo ?

17

Adam avoua partager ses réserves.

Cela dit, il doutait que ce soit eux qui découvrent le cargo. Il espérait que non ; il serait beaucoup plus content si Dwayne et compagnie étaient arrêtés par les autorités américaines, plutôt que d'avoir à entreprendre le processus d'extradition ou laisser les Canadiens poursuivre les trafiquants.

En fait, la vedette était en route depuis une petite heure quand elle fit demi-tour pour répondre à l'appel au secours d'un voilier chaviré. Ils étaient le navire le plus proche.

Le bateau allait être sérieusement chargé le temps qu'ils arrivent au port.

Claire et lui furent autorisés à se joindre au capitaine pour écouter les conversations à la radio concernant leur cible. L'officier en second gérait la crise immédiate.

Il y avait eu un moment où cela aurait démangé Adam de faire partie de l'abordage. De passer personnellement les menottes à Dwayne. Curieusement, il se sentait détaché. Il attendait avec impatience de savoir si l'uranium était encore à bord et pouvait être saisi. Mais il avait été changé par les événements de la semaine. Par la femme remarquable à qui il devait la vie.

Il l'avait désirée dès la première nuit. Maintenant que le besoin de la protéger avait diminué, il était libre de se concentrer sur la manière dont il allait lui demander de passer la nuit avec lui.

Où qu'ils aillent, il y aurait sûrement un lit.

Mais il voulait davantage que cela et se désespérait de ne pas savoir si elle éprouvait le même sentiment. Au cours des dernières quarante-huit heures, il avait été frappé par moments par l'étendue de ce qu'il était prêt à faire pour la garder. Envisagerait-elle de s'engager avec un homme comme lui, un homme qui n'avait aucune expérience de la famille et des promesses à long terme ?

Se sentant un peu malade, manquant ce qui se disait à la radio, il se demanda pourquoi elle choisirait quelqu'un comme lui. Sous ses coups de soleil, il y avait un joli visage et un corps adorable. Elle devait fréquemment se faire draguer. Adam aimait ses yeux bleus, son sourire et ses cheveux blonds, mais il aimait surtout son intelligence, sa compétence et l'empathie qui l'avait tant fait souffrir après les deux morts dont ils avaient été témoins. Ce qui le faisait penser au mot *amour* pour la première fois de sa vie, toutefois, était son courage et son cran incroyable. Il pouvait se fier à elle pour qu'elle ne le laisse jamais tomber – si elle l'aimait en retour.

Pour l'instant, elle était assise aussi près de lui que possible… Il chercha sa main sous la table et se sentit tout de suite mieux quand elle la prit.

Une fois qu'ils eurent localisé le voilier, couché sur le flanc dans une mer de plus en plus agitée, Adam et Claire assistèrent à l'opération de sauvetage un peu à l'écart. L'homme et la femme qui s'accrochaient à la coque, submergés par les vagues, furent hissés à bord. On s'occupa immédiatement de les réchauffer.

Lorsque l'un des secouristes leur demanda à plusieurs reprises s'ils étaient seuls à bord, l'homme réussit à hocher la tête. La tension retomba sensiblement.

L'homme était en mauvais état, clairement hébété et confus quant à l'endroit où il était, frissonnant, claquant des dents et ayant du mal à articuler quelques mots. Reconnaissant ces symptômes, Adam eut l'impression que des doigts glacés lui remontaient le long de la colonne.

Mais la femme était sans réaction. Il était passé par là aussi.

C'était un miracle que Claire ait pu le secourir. La décision fut prise d'appeler à nouveau l'hélicoptère. Dans l'intervalle, le capitaine informa Adam qu'ils se dirigeaient vers Bella Bella, où il y avait un petit hôpital.

— Et un bon réseau, ajouta-t-il. Ainsi qu'un aérodrome. Si vous préférez vous envoler plutôt que prendre un ferry.

— Je suppose qu'on peut y trouver un endroit pour passer la nuit ?

— Nous vous transférerons à Shearwater une fois que nous aurons déposé nos patients. Ils ont de meilleures accommodations pour les visiteurs.

— Je ne veux aller nulle part tant que je ne saurais pas que ce maudit cargo a été arraisonné.

L'expression du capitaine était morose.

— Cela viendra peut-être avant que nous accostions.

Dix minutes plus tard, ce fut le cas.

Un navire de la marine américaine avait rejoint le cargo, repéré depuis les airs. La crainte était que Dwayne décide de jeter par-dessus bord sa cargaison, empoisonnant l'océan, mais cela ne s'était pas produit. Son équipage était si manifestement en sous-nombre qu'il s'était rendu sans combattre. L'officier naval leur rapporta :

— Les premiers mots de Peterson ont été *C'est la faute de ce fichu Beckman*.

Sa voix se teinta d'humour.

— Il était encore plus malheureux quand nous l'avons informé que Rick Beckman était le pseudonyme d'un agent de la police fédérale des États-Unis.

Adam se pencha en avant.

— L'uranium ?

— On l'a récupéré, agent Taylor. Vous avez rendu un grand service à nos deux pays.

Adam pressa la main de Claire et dit avec honnêteté :

— Celle à qui nous devons vraiment cela, c'est la femme qui m'a sauvé la vie et m'a aidé à échapper aux tueurs de Peterson.

— Est-elle avec vous, agent Taylor ?

— Ici même.

Adam lui pressa la main.

— Madame Holland, je regrette de ne pas avoir la chance de vous rencontrer et de vous remercier en personne. J'aimerais que vous soyez récompensée par une médaille de notre gouvernement, mais… cela n'arrivera pas. C'est le genre d'opération qu'on tait au public.

— C'est ce que je supposais.

Adam rendit l'antenne. Le capitaine des gardes-côtes se leva et inclina la tête en direction de Claire.

— Je suis entièrement d'accord, madame Holland.

Puis il s'en fut silencieusement, les laissant seuls. Adam se tourna vers elle.

— Tu mérites la Médaille présidentielle de la liberté.

Elle lui sourit.

— Merci, mais je n'en veux pas. Je veux juste…

L'air atterré, elle s'interrompit.

— Tu veux ? répéta-t-il doucement.

— Que ces salauds passent de longues années en prison.

Elle écarquilla les yeux.

— Tu leur as parlé de… c'était quoi son nom, déjà ?

— Curt Gibbons. Oui. Je suis sûr qu'on l'a retrouvé, maintenant, en supposant qu'il n'ait pas réussi à réparer le canot pour le remettre à l'eau.

Il sourit d'un air sarcastique.

— Bien sûr, son bateau mère l'a abandonné, ce qui a dû lui faire un choc.

Claire hocha la tête, mais il était visible qu'elle n'avait pas prêté grande attention à ce qu'il disait.

— Tout est vraiment fini, alors ?

— Oui.

— Je suppose qu'on n'a pas retrouvé le corps de Mike.

— Dans les circonstances présentes, je pense qu'on nous l'aurait dit.

— Oui. Hum. Tu vas retourner à San Diego ? Ou en Alaska ?

Il était difficile de dire *Je dois continuer à faire mon*

travail, mais j'aimerais entamer quelque chose avec toi. Voir où ça nous mène.

— Je suppose en Alaska à court terme. C'est mon enquête.

— Alors demain sera le jour des adieux.

Elle lui adressa un sourire un peu faux, bondit sur ses pieds et franchit la porte en direction du pont avant qu'il puisse réagir.

Ce fut tout aussi bien qu'ils ne se retrouvent pas seuls jusqu'à ce qu'ils accostent à Bella Bella, où Adam et elle allèrent au commissariat de la police montée canadienne. Là, ils laissèrent le portefeuille, le passeport, le téléphone et les autres affaires de Kyle. Le policier avait été en contact avec les gardes-côtes et les attendait ; les gardes-côtes avaient transmis les instructions quant à l'endroit où récupérer le corps de Kyle. Ce serait à un membre de la police montée d'informer la famille de Kyle de son décès. Claire et Adam laissèrent tous deux leurs numéros de téléphone au cas où les proches auraient des questions.

Il ne leur fallut pas longtemps pour traverser la baie jusqu'à Shearwater, située elle aussi au bord de l'eau, où ils laissèrent leurs kayaks dans la zone prévue à cet effet. Les adieux avec les gardes-côtes et l'équipage furent aussi chaleureux qu'avec les pêcheurs.

En longeant le quai, chargée d'un sac de vêtements et d'affaires de toilette, Claire se sentit à nouveau abasourdie. Tant de gens étaient devenus importants pour elle en si peu de temps.

Le courage et la gentillesse qu'on leur avait témoignés avaient renouvelé sa foi en l'être humain. Elle ignorait si Adam éprouvait la même chose ; il devait avoir fait tant d'expériences au cours de sa carrière. Après son enfance déracinée, peut-être manquait-il de la capacité nécessaire aux liens durables. Cette pensée était déprimante.

Il était resté au téléphone presque sans arrêt la dernière heure, et Claire avait pris le temps d'appeler Shelby. Ce fut plus tard, quand elle leva la tête pour savourer d'irrésistibles odeurs en provenance d'un restaurant qu'il rangea son appareil dans sa poche. Ils entrèrent dans le restaurant. Claire s'attendait à attirer les regards, mais ils n'étaient pas les seuls étrangers dans la salle. Un repas chaud, non préparé sur son petit réchaud, était véritablement un festin en ce qui la concernait. Adam dévora aussi son repas, et ils prirent tous les deux une part de tarte.

La serveuse leur indiqua un hôtel. Même si le soleil était encore haut dans le ciel, Claire avait l'impression que la journée avait duré une éternité.

Adam parut préoccupé tandis qu'ils marchaient. Ils avaient presque atteint l'hôtel quand il dit soudain :

— On partage un sac de couchage ce soir ?

Un frémissement au fond de son ventre ébranla Claire. Elle faillit manquer un pas. S'était-elle attendue à ce moment ? À cette décision ? Mais ce n'en était pas vraiment une.

— Je pense qu'on peut le partager ce soir.

Elle avait presque l'air amusée, voire sophistiquée. La moue d'Adam lui apprit que tout tenait dans ce « presque ».

Il lui prit la main et la fit entrer à l'intérieur. La propriétaire souriante les escorta jusqu'à sa « meilleure chambre », petite mais fonctionnelle, avec une salle de bains équipée d'une douche. Dès qu'elle les laissa seuls, Adam laissa tomber son sac à terre, prit celui de Claire, le jeta sur la seule chaise et lui posa les mains sur les épaules.

D'une voix rocailleuse, il dit :

— Seigneur, j'ai tellement envie de toi.

En guise de réponse, elle se haussa sur la pointe des pieds et lui passa les bras autour du cou.

Puis sa bouche sur la sienne mit fin à tous les doutes, à toute possibilité d'arrière-pensée. Il dévora ses lèvres, insistant avec sa langue, enfonçant ses doigts dans sa chair avec le désir ardent qu'elle avait lu dans ses yeux. Il grogna en arrachant ses lèvres des siennes pour mordiller le lobe de son oreille et passer à sa gorge. Ses dents se refermèrent sur le creux de son épaule. Puis il saisit le bas de sa polaire et la lui retira par la tête.

Claire coopéra pleinement, tout en bataillant avec ses vêtements à lui.

Elle avait le souvenir flou de l'avoir vu entièrement nu, sans avoir jamais imaginé qu'ils en arriveraient là. Les photos de célébrités dans les magazines étaient ce qui ressemblait le plus à l'homme qu'elle avait devant elle : des épaules larges, des muscles longs et puissants. Des poils noirs qui rendaient tout cela encore plus tentant.

Et puis il y avait son érection. Zéro ressemblance avec ce qu'elle avait brièvement aperçu quand elle essayait de le ramener à la vie.

Ils étaient tombés sur le lit, le poids d'Adam sur elle, son pénis effleura déjà son intimité. Elle était prête, vraiment prête… mais la prudence était dans sa nature.

— Attends ! Je ne prends pas la pilule. Tu as toujours ces préservatifs ?

Il resta suspendu un instant, le regard affamé, avant de produire un bruit entrecoupé et de rouler sur le flanc.

— Oui.

À sa grande déception, il dut sortir du lit et s'accroupir pour fouiller dans son sac. Lorsqu'il se remit au lit, il laissa tomber une poignée d'emballages sur la table de chevet éraflée. Mais il en ouvrit un, et à une vitesse surprenante lui écarta les jambes et s'introduisit en elle.

Le sexe fut rapide et dur. Claire n'avait jamais rien ressenti de pareil. C'était comme d'être emportée par un ouragan, comparé à une brise tiède et ordinaire.

Après l'explosion finale, elle eut un aperçu de son visage avant qu'il ne retombe sur le flanc et la serre contre lui. À moins qu'elle n'imagine des choses, il avait l'air aussi secoué qu'elle. Peut-être seulement parce que la semaine avait été si intense, se dit-elle. Tous deux avaient emmagasiné beaucoup de tension, de peur, de triomphe occasionnel et, oui, de désir. Tout cela devait être évacué.

Le laisser partir sans lui imposer le poids de ses sentiments et de ses regrets serait la chose la plus difficile qu'elle ait jamais faite.

À peine cinq minutes plus tard, Adam sentit son corps reprendre vie. Il avait l'intention de faire l'amour avec Claire aussi souvent qu'il le pouvait en une nuit. Mais d'abord, il voulait savourer la sensation de l'avoir dans ses bras. Les cheveux qui frôlaient sa joue étaient soyeux, sentant vaguement le shampooing, mais il reconnaissait en dessous son odeur à elle. Son corps s'adaptait parfaitement au sien, ce dont il avait déjà pris conscience quand ils avaient partagé le sac de couchage. L'idée de se séparer d'elle le lendemain lui faisait horreur. Il ne pouvait l'emmener avec lui et il ne pouvait abandonner une opération qui n'était pas terminée. *Je suis tombé amoureux* semblait une aussi piètre excuse que *Mon chien a mangé mes papiers*.

Pour autant qu'il ait envie de repousser une conversation compliquée – et si elle disait non ? Devrait-il s'habiller et aller réserver une autre chambre ? – il aimait encore moins la peur qui lui nouait le ventre.

Il fit donc glisser sa main le long de son dos, savourant la sensation délicate de ses vertèbres, la courbe de sa taille, le contact ferme de son derrière, et murmura :

— Il faut qu'on parle.

Elle se raidit. Un temps affreusement long s'écoula avant qu'elle demande :

— De quoi ?

— De nous.

Il n'avait jamais utilisé ce pronom dans ce contexte. Ne se serait jamais attendu à l'utiliser.

Elle recula, s'assit et s'empara d'un oreiller pour se couvrir. Ses yeux cherchèrent les siens.

— Il faut que je puisse te voir.

Dire des choses difficiles sans la voir aurait été plus facile, songea Adam, mais il comprenait pourquoi elle disait cela. Il s'assit à son tour, plaçant un oreiller derrière lui, et dit :

— Tu vas attraper froid. Remonte les couvertures.

Elle lui lança un regard méfiant mais fit ce qu'il disait.

Il s'éclaircit la gorge, bien que ce ne soit guère susceptible de l'aider.

— Je veux continuer à te voir.

Cela avait l'air moins fou que *Je veux passer le reste de ma vie avec toi.*

Elle battit des cils plusieurs fois.

— Comment serait-ce possible, étant donné que nous sommes séparés par plusieurs États ?

— Une fois que j'aurai bouclé cette opération, j'aurai beaucoup de temps. Si tu veux, je viendrai à Seattle. Je peux… réserver une chambre d'hôtel, si tu préfères.

Elle l'observa un long moment, bien trop long au goût d'Adam. Ses yeux lui rappelaient la mer ; apparemment clairs mais cachant d'inimaginables profondeurs.

— J'aimerais bien que tu viennes me rendre visite. Bien sûr que tu peux loger chez moi.

Une visite n'était pas vraiment ce qu'il avait à l'esprit, mais il se serait effondré de soulagement si la tête du lit ne l'avait pas soutenu.

— Merci, dit-il d'une voix rauque.

Elle serra les lèvres.

— Mais… ensuite ?

Cette timidité ne lui plut pas. Cela ne ressemblait pas à Claire.

— Nous ne nous connaissons que depuis une semaine.

— Je sais.

Elle sourit faiblement.

— Je n'aurais pas dû poser la question.

— Mais c'était une sacrée semaine. Nous avons fait connaissance comme on le fait rarement.

Elle attendit, ses yeux bleus fixés sur lui.

— Alors… j'espère que tu envisageras une relation, avoua-t-il. Je peux essayer de me faire muter à Seattle, mais nous ne restons jamais bien longtemps au même endroit. Si nécessaire, je peux quitter la DEA. Mais je pense que je pourrais obtenir une promotion pour travailler plutôt au bureau. Si je t'ai, je veux rentrer tous les soirs à la maison.

Il fut horrifié de voir des larmes accrochées à ses cils. Avant qu'il puisse se fustiger pour avoir été trop présomptueux, si c'était bien de cela qu'il s'agissait, Claire se jeta dans ses bras. Il les referma automatiquement sur elle et la serra contre lui.

— J'ai eu si peur..., gémit-elle.

Il lui effleura la tempe du bout du nez. De fins cheveux se prirent dans les poils de sa barbe naissante.

— De quoi ?

— Quand tu as dit que nous devions nous dire au revoir...

— Tu croyais que je voulais dire « pour toujours » ?

Sa tête monta et descendit. Il sentait de l'humidité contre son cou.

— Je n'ai jamais rien ressenti de tel.

Il déglutit plusieurs fois dans l'espoir de défaire le nœud de sa gorge.

— Ça ne ressemble à rien de ce que j'attendais. Malgré tout ce qui s'est passé, il y a eu des moments où j'ai été plus heureux que je ne l'ai jamais été dans ma vie.

Elle releva la tête en cillant pour chasser les larmes.

Il espérait que c'étaient les dernières.

— Quand tu t'apercevras à quel point je suis ordinaire, j'ai peur que tu changes d'avis.

Adam se mit à rire. C'était elle qui craignait qu'il change d'avis ?

— Ça n'arrivera pas, dit-il avec une absolue certitude.

Un sourire trembla au bord de ses lèvres, le réchauffant intérieurement.

— D'accord.

Adam n'était pas familier de l'euphorie, mais il comprit que c'était ce qu'il ressentait. Posant une main sur sa joue, il dit :

— Alors on est d'accord ?

Maintenant, son sourire aurait pu illuminer le monde entier.

— Absolument.

Bien trop proche des larmes lui-même, il l'embrassa. Chaque fois qu'il pourrait faire l'amour avec elle, cela l'aiderait à survivre aux jours et aux semaines loin d'elle.

Mais au bout d'un instant, il leva la tête pour la regarder. Juste pour la regarder. Et il prit conscience qu'il s'était attendu à souffrir d'angoisse jusqu'à ce qu'il puisse aller la voir à Seattle… mais qu'il n'aurait pas à souffrir tant que ça.

Parce qu'il lui faisait confiance.

Il rit en glissant dans le lit et en la hissant sur lui pour qu'elle le chevauche. Les lèvres de Claire étaient aussi recourbées par un sourire lorsqu'elles se posèrent sur les siennes.

ELLE JAMES

Rencontre à Cancún

Traduction française de
CATHY RIQUEUR

BLACK ROSE

HARLEQUIN

Titre original :
NAVY SEAL CAPTIVE

Ce roman a déjà été publié en 2016.

1

— Sérieusement, je ne peux pas croire que tu m'aies entraîné là-dedans.

Sawyer Houston ajusta les sangles de son harnais en toile et attendit son tour sur la plate-forme. Perché sur le bord d'une falaise de plus de soixante mètres de haut, le regard plongé dans la vaste jungle, il rechignait soudain. Cancun Adventures se vantait d'offrir le plus long et excitant parcours en tyrolienne, vous garantissant la peur de votre vie. Selon lui, ce n'était pas la plus rassurante des publicités.

— Ça ne te ressemble pas de te dérober à un défi, Houston, le railla Quentin Lovett. Tu pratiques la descente d'hélicoptère en corde lisse, tu es entré dans des bâtiments regorgeant de terroristes et tu as été la cible de fusils d'assaut, de mitrailleuses et de mortiers. Que peux-tu craindre d'une bonne vieille tyrolienne ?

Sawyer répliqua aussitôt :

— J'ignore qui l'a installée, si le câble est assez solide pour supporter mon poids et s'il y a moyen de m'arrêter à l'autre bout. Bon sang, je ne vois même pas l'autre extrémité. Et plonger dans les branches d'un arbre n'est pas, à l'origine, ma conception du divertissement.

Et d'ajouter, avec cynisme :

— Bon sang, de quoi cette inscription aura-t-elle l'air sur ma pierre tombale : « Sawyer Houston, agent des forces spéciales de l'US Navy, a mis un terme prématuré à sa carrière en chutant d'une tyrolienne défectueuse au cours de ses congés. » ?

— Écarte-toi, dit Quentin en le contournant. Laisse-moi te faire une démonstration.

— C'est cela. Teste-la. Tu peux compter sur moi pour envoyer à ta mère une lettre témoignant du courage dont tu auras fait preuve face à une tyrolienne.

Deux jeunes femmes se tenaient devant eux. Celle dont le short kaki et le T-shirt blanc révélaient des formes voluptueuses secoua la tête, ses boucles auburn s'agitant au rythme de ses mouvements nerveux.

— Non, j'ai changé d'avis, s'écria-t-elle en se mordillant la lèvre.

À ces mots, elle s'éloigna vivement de son amie aux cheveux courts et foncés, percutant Quentin.

Surpris, ce dernier avança les bras pour la stabiliser.

— Eh bien, ma mignonne ! s'exclama-t-il.

— Désolée.

Les joues de la jeune femme s'empourprèrent, et elle se dégagea aussitôt.

Sawyer, sans le vouloir, entendit la suite de la conversation entre les deux amies.

— Jenna, tu dois le faire, déclara la brune. Ça fait partie de ta thérapie.

— Oui mais je pensais plutôt à quelque chose dans le style des montagnes russes, pas à me précipiter à travers la jungle le long d'un câble probablement récupéré sur un chantier naval par des individus capables d'utiliser des agrafes de bureau pour le fixer à un arbre prêt à tomber d'un moment à l'autre.

Sawyer se sentit contraint de prendre une inspiration à sa place. Comment ce petit bout de femme pouvait-il débiter une telle tirade sans avoir à reprendre son souffle ? En tout cas, elle était plutôt craquante, et il comprenait tout à fait son appréhension. Comme lui, elle renâclait à jouer les trompe-la-mort en se prêtant à l'exercice de la descente en tyrolienne.

— Écoute, je vais me lancer la première pour tester l'installation, reprit son amie.

— Pas question, Carly. Si tu meurs, je vais me retrouver bloquée dans cette jungle, sans personne pour me ramener à l'hôtel.

Sawyer esquissa un sourire.

— Ne vous inquiétez pas, dans ce cas je vous raccompagnerai, s'entendit-il proposer.

Que diable lui avait-il pris ?! Jenna, puisque « Jenna » elle s'appelait, lui décocha aussitôt un regard hostile avant de se tourner vers son amie.

— Ou alors tu m'abandonneras à la merci de parfaits inconnus qui pourraient être des tueurs en série, riposta-t-elle d'une voix forte.

La dénommée Carly leva les yeux au ciel.

— Ce n'est pas un tueur en série, il est même plutôt séduisant, murmura-t-elle en le détaillant d'un air malicieux. Tu pourrais tomber plus mal. À présent, j'y vais. On se retrouve au parking.

La brune piquante enfila les gants qu'on leur avait donnés et s'avança d'un pas résolu vers l'animateur en charge de l'activité.

L'homme portant le T-shirt rouge de Cancun Adventures écrasa sa cigarette pour accrocher le harnais de la jeune femme au câble.

— Si vous voulez ralentir, saisissez le câble avec votre gant. Mais ne le faites pas trop tôt, sinon vous resterez suspendue à mi-chemin, lui précisa-t-il avec un accent britannique prononcé.

— C'est parti pour l'aventure ! s'exclama la petite brune en se penchant vers le précipice.

Jenna se tourna vers son amie.

— Carly. Non, ne…

Trop tard. Carly avait sauté du haut de la falaise et elle s'élançait en direction de la jungle à toute allure en poussant des cris d'excitation.

Quentin émit un petit rire.

— Bon sang, elle m'a devancé.

Puis, s'adressant à son coéquipier :

— Vas-tu laisser une fille te faire honte ?

Sawyer croisa les bras sur sa poitrine.

— Il n'y a pas de honte à préférer garder ses os intacts.

La jeune femme rousse opina du chef, le regard fixé sur son amie qui disparut dans le vert foncé de la jungle en contrebas.

— C'est exactement ce que j'ai dit à Carly.

Sawyer croisa son regard.

— Ne vous méprenez pas, ajouta-t-elle. J'ai, moi aussi, soif d'aventure.

Elle se mordit la lèvre.

— Enfin, du moins était-ce le but de l'exercice.

Se tournant vers la falaise, elle redressa les épaules.

— Et, pour information, je ne suis pas quelqu'un d'insipide.

— Je n'ai jamais rien prétendu de tel. En fait, vous me paraissez être tout le contraire, murmura Sawyer tout en admirant la silhouette harmonieuse de la jeune femme ainsi que sa crinière auburn qui semblait se refuser à être retenue en queue-de-cheval.

Quentin effectua un salut théâtral devant elle.

— Vous permettez ?

— Je vous en prie. Je ne suis pas pressée de me lancer au-devant de la mort.

Et elle recula d'un grand pas.

Sawyer, qui se trouvait juste derrière elle, l'enveloppa de son bras pour l'aider à garder l'équilibre. Il reçut dans le même temps une bouffée du parfum floral de ses cheveux. Non, non. Pas du tout « insipide », se dit-il. Et le corps menu de la jeune femme pressé contre le sien lui fit tout oublier de la tyrolienne et de sa discussion avec Quentin.

— Désolée, marmonna-t-elle. Je suis vraiment très maladroite.

Elle s'arracha à son étreinte et vint se placer à côté de lui, les joues légèrement empourprées.

— Ne soyez pas confuse. Tout le plaisir a été pour moi,

plaisanta Sawyer pour masquer le trouble que lui occasionnait un début d'érection.

Chacun des endroits de son corps entré en contact avec celui de la jeune femme restait comme empreint de sa chaleur.

Quentin donna le feu vert à l'employé pour qu'il accroche son mousqueton à la poulie.

— Bonne chance ! fit Sawyer.

Son coéquipier se tourna vers lui, un grand sourire aux lèvres, avant de saisir le câble de sa main gantée.

— On se retrouve en bas. Si… tu as le cran de le faire, ajouta-t-il en lui adressant un clin d'œil.

Et levant les jambes, Quentin s'élança dans le vide en riant.

— Je suis vraiment venue à Cancún… pour… par défi, dit soudain Jenna à son côté.

Sawyer lui sourit. Il entendait à sa respiration combien elle était oppressée.

— Vous n'êtes pas obligée de faire ce parcours en tyrolienne pour connaître l'aventure.

— Non ?

Elle lui lança un regard plein d'espoir. Puis elle plissa le front et se raidit.

— C'est vrai, mais je ne veux plus jamais que l'on m'accuse d'être insipide.

— Qui donc a pu vous qualifier de telle ?

Elle releva le menton.

— Mon ex-fiancé.

— Il devait être aveugle.

— Ainsi que fourbe.

Elle s'avança vers l'animateur.

— J'y vais.

— Vous voulez que je vous accompagne ? lui proposa Sawyer.

Elle secoua la tête.

— Non, ça va aller. Si Carly peut le faire, moi aussi.

Jenna posa sur l'employé un regard intense, se mordant la lèvre.

— Je suis prête.

L'homme répéta les consignes qu'il avait données à Quentin et à Carly.

Fermant les yeux, Jenna ajouta d'une petite voix :

— Vous pourriez me pousser un peu ?

Ses mains se mirent à trembler sur la longe accrochée à la poulie tandis qu'elle inspirait, visiblement angoissée.

L'animateur hocha la tête, un sourire se dessinant sur ses lèvres comme il la poussait vigoureusement. Le corps menu de la jeune femme fut précipité en contrebas. Un long cri perçant s'éleva dans les airs, perdant de son intensité à mesure que Jenna s'éloignait.

— Bon sang, maugréa Sawyer.

Il se devait de se montrer aussi courageux que la jeune femme. Vérifiant le harnais en nylon qui lui enserrait les jambes, il s'avança vers l'employé.

— Je pense que je vais y aller, moi aussi.

Espérant encore trouver quelqu'un qui le dissuaderait de faire le grand plongeon, il se tourna vers le client qui le suivait. Celui-ci, un homme athlétique aux cheveux châtain clair, le transperça de son regard gris acier comme s'il était invisible. Aucun soutien à espérer de ce côté-là.

Alors que Sawyer s'approchait du bord de la falaise, l'animateur l'intercepta d'une main.

— Attendez que la demoiselle soit arrivée en bas.

Une bonne minute s'écoula avant que ce dernier lui donne le feu vert.

Sawyer pria pour que le câble tienne bon et que le gant remplisse son office en parvenant à ralentir sa descente. Dans un coin de sa tête, il caressa l'espoir de retrouver Jenna, la jeune femme rousse qu'il avait tenue dans ses bras durant un bref instant, afin de la remercier de l'avoir incité, en lui faisant honte, à sauter du haut d'une falaise alors que son instinct lui disait que c'était pure folie.

Il sauta.

Et tomba dans la jungle, sa vitesse augmentant tandis qu'il

rasait le sommet des arbres, le vent lui éclaircissant les idées et lui affûtant l'esprit. Une fois sous la canopée, il distingua le point d'arrivée ainsi que Quentin qui l'y attendait.

Toutefois il ne ralentissait pas et, à l'allure où il filait, il risquait de s'écraser contre le mât à l'arrivée. Comment avait-il pu laisser son coéquipier le persuader de se laisser glisser le long d'un câble qu'il n'avait pas personnellement inspecté ? S'il survivait à cela, il aurait un mot à dire à Quentin.

Il agrippa la longe de sa main gantée, ce qui le ralentit un peu, assez pour être rassuré quant au fait qu'il pourrait s'arrêter avant de s'écraser contre le mât à l'autre extrémité. Pour la première fois depuis qu'il avait sauté de la plate-forme de départ, il jeta un coup d'œil circulaire à la jungle en contrebas. Lorsqu'il reporta les yeux sur sa destination, il sentit son cœur faire un bond dans sa poitrine.

La distance se réduisait plus rapidement qu'il ne s'y était attendu, et il se trouva bientôt entraîné sur les quinze derniers mètres. Sawyer attrapa le câble de sa main gantée et le serra de toutes ses forces. Le vent cessa de le fouetter et sa descente se fit plus lente à mesure qu'il approchait. Il ne se rappelait pas avoir été aussi terrifié depuis sa première expérience d'opération de descente en corde lisse d'un hélicoptère en vol stationnaire à quinze mètres au-dessus du sol.

Trois mètres avant que ses pieds ne touchent terre, le câble tressauta dans sa main et Sawyer se sentit tomber comme une pierre au sol. Il effectua un roulé-boulé, absorbant l'impact, puis se releva d'un bond. Que diable venait-il de se passer ?

L'employé posté à l'arrivée cria quelque chose en espagnol avant de se ruer dans la jungle, Quentin sur ses talons.

Sawyer se retourna à temps pour voir le câble revenir vers lui, détaché du mât à l'autre extrémité. Il plongea sur la droite et se réfugia derrière un arbre. Le câble fusa en sifflant à travers le sommet des arbres, tel un serpent furieux, avant de finir par retomber immobile au sol.

Les battements de son cœur évoquant le son d'une grosse caisse, Sawyer se redressa en s'écriant :

— Tout le monde va bien ?

Quentin s'extirpa des fourrés, retirant des feuilles de ses cheveux.

— Nom de Dieu. Tu as vu ça ?

Sawyer se força à inspirer profondément.

— Je l'ai vu et je l'ai senti.

— Si tu étais arrivé quelques secondes plus tard sur ce câble…

Quentin lui donna une tape dans le dos.

— Bon sang, vieux. Je déteste quand tu as raison.

Sawyer épousseta la terre de ses mains.

— Dans le cas présent, j'aurais préféré avoir tort.

Tandis que l'employé de la tyrolienne accourait précipitamment tout en jurant en espagnol, Sawyer détacha les sangles en nylon lui enserrant les jambes et se débarrassa du harnais.

— La prochaine fois que tu veux me faire emprunter une tyrolienne…

Quentin leva les mains.

— Ne t'inquiète pas. Il n'y aura pas de prochaine fois.

Il palpa ses poches et se mit à pester. Puis il plongea dans les fourrés et réapparut en brandissant son téléphone portable.

— La bonne nouvelle, c'est que j'ai tout enregistré en vidéo. Les gars vont être fous quand ils verront ça.

— J'ai tout de même failli mourir dans l'aventure, rétorqua Sawyer, vexé.

Quentin remit le téléphone dans sa poche et prit la direction de la sortie.

— Je dois admettre que j'ai été surpris en te voyant arriver. Mais plus surpris encore lorsque la petite rousse est descendue la première.

Jetant un coup d'œil autour d'eux, Sawyer ne vit nulle part la jeune femme prénommée Jenna.

— Est-elle arrivée saine et sauve en bas ?

— En effet. Son amie et elle sont parties en disant qu'elles devaient se mettre en quête d'un bagage égaré. La rouquine m'a demandé de te remercier pour les encouragements que tu lui as prodigués.

Déçu de l'avoir manquée, mais heureux qu'elle soit passée avant lui quand le câble était encore intact, Sawyer demanda :

— Tu ne connaîtrais pas son nom de famille, par hasard ?

— Elle ne l'a pas mentionné. Pourquoi ? Tu es intéressé ?

Sawyer haussa les épaules.

— Je demandais comme ça.

Certainement, il était intéressé. Mais il se garderait bien de le faire savoir à Quentin. Il ne cesserait de le tarabuster.

— Par contre, j'ai le nom de l'amie qui partage sa chambre.

Quentin tapota son smartphone.

— Carly Samuels. Nous avons rendez-vous ce soir.

Pas étonnant. Quentin ne perdait pas de temps lorsqu'il était question de femmes. C'était un charmeur et celles-ci ne lui résistaient généralement pas. Il était peut-être l'homme le plus séduisant de l'équipe avec ses cheveux noirs et ses yeux d'un bleu glacier. Il savait s'y prendre avec ces dames.

Avec Quentin qui était pris ce soir et Duff qui ne quittait plus sa petite amie, Natalie, cela les laissait donc, Montana et lui, livrés à eux-mêmes pour le dîner, songea Sawyer. Fort bien. Peu disert, Montana était un montagnard costaud amateur de plein air, mais il était de bonne compagnie.

Sur les deux semaines que les quatre Navy Seals comptaient passer à Cancún, il leur en restait une et demie. Et même s'il aimait les membres de son escouade comme des frères, Sawyer n'aurait pas rechigné à s'accorder un bon moment éloigné d'eux, de préférence en compagnie d'une personne du sexe opposé.

Alors qu'ils montaient à bord de la jeep, Quentin se tourna vers lui.

— Tu es resté quelques minutes seul avec elle. Pourquoi n'as-tu pas pris son nom et son numéro ? Nous aurions pu organiser une sortie à quatre.

— Nous n'étions pas seuls. Il y avait le préposé au câble.

Sans compter les gens qui attendaient leur tour. Et d'ailleurs qui a dit que je voulais sortir avec elle ?

Il ne se voyait certainement pas se rendre à un double rendez-vous avec Quentin. Non, si Sawyer avait obtenu le numéro de Jenna, ils ne seraient sortis que tous les deux. Peut-être l'aurait-il emmenée faire une balade sur la plage au clair de lune. Si elle lui avait porté ne serait-ce qu'un peu d'intérêt, il lui aurait sans doute volé un baiser. Ces jolies lèvres roses qu'elle mordillait avant de faire le grand saut en tyrolienne étaient pulpeuses à souhait. Faites pour être embrassées.

— Il faudrait que tu apprennes à te montrer plus sociable, à savoir te vendre.

Sawyer crispa les doigts sur le volant. Son père lui avait fait la même remarque à maintes reprises. Quentin avait raison. Il n'avait pas eu de liaison depuis un moment et il menaçait de devenir un célibataire endurci.

Ce que Quentin et son père refusaient de comprendre, c'était qu'il n'appréciait pas d'être le point de mire de l'attention générale, en particulier de celle des pairs de Rand Houston. Il lui importait davantage d'être le meilleur Navy Seal possible. Et, dans ce domaine, il avait déjà prouvé sa valeur. Par ailleurs, porter l'uniforme lui suffisait généralement pour séduire une femme s'il en avait vraiment envie. Quel dommage qu'il soit venu ici en civil !

— Alors, tu as des projets pour le restant de la journée ? lui demanda Quentin.

— Oui. J'ai l'intention de passer l'après-midi sur la plage. Peut-être vais-je louer une motomarine. Ensuite, j'irai manger des fruits de mer et boire quelques bières avec Montana. Je n'ai pas besoin de vivre comme toi perpétuellement en quête de danger.

Quentin secoua la tête.

— Puisque le danger semble nous poursuivre, j'imagine qu'un peu de repos et de relaxation sera le bienvenu.

Il noua les doigts derrière sa nuque.

Les missions me laissent toujours remonté à bloc, prêt à défouler mon énergie.

— Ce n'est pas mon cas, répliqua Sawyer. Nous avons passé les derniers mois à nous entraîner ou à enchaîner les missions. Ça me fera du bien de prendre un moment pour me recentrer et me vider la tête.

— Eh bien, tu appliques ta méthode et moi, la mienne.

Quentin lui adressa un sourire malicieux.

— Avec la séduisante et aventureuse Carly.

Sawyer faillit lui demander de se procurer le numéro de Jenna, l'amie de Carly. Puis il se ravisa. Il n'avait pas besoin de Quentin pour cela. S'il voulait vraiment sortir avec la rouquine, il la trouverait lui-même. Les hôtels n'étaient pas si nombreux à Cancún. Il se pourrait même qu'il la rencontre sur la plage.

À cette pensée, il sentit son pouls s'accélérer.

— Je ne peux pas croire que tu l'aies vraiment fait, répéta Carly pour la énième fois, au volant de la voiture de location. Je suis très fière de toi. Quel effet ça te fait de t'être montrée aventureuse ?

Jenna Broyles posa la main sur son ventre.

— J'en tremble encore.

Carly s'esclaffa.

— Tu survivras. Tout comme tu as survécu à la désertion de Tyler devant l'autel.

Jenna laissa échapper un soupir. La monotonie du long trajet de retour jusqu'à l'hôtel ne l'aidait en rien à faire refluer les souvenirs qui l'assaillaient. Et bien que presque deux mois se soient écoulés depuis le moment où elle s'était retrouvée dans le hall de l'église à attendre qu'Audra, sa demoiselle d'honneur, lui donne le signal pour remonter l'allée au bras de son père, elle souffrait encore de l'affront qui lui avait été fait. Non seulement son fiancé lui avait fait faux bond, mais il s'était enfui avec la demoiselle d'honneur.

Jenna ajustait son voile, regrettant que sa mère n'ait pas vécu assez longtemps pour assister à son mariage, lorsque le SMS dévastateur était arrivé.

Désolé. Je ne peux pas t'épouser. J'ai changé d'avis. Garde les billets pour la lune de miel.

Elle était restée tétanisée, les yeux secs, en état de choc, incapable de comprendre ce qui s'était passé, jusqu'à ce que son père vienne la chercher pour la conduire jusqu'à l'autel. En voyant l'expression de son visage, il s'était emparé du téléphone.

Il avait su trouver les mots et l'avait aussitôt entraînée dans la limousine qui attendait les mariés pour la ramener au ranch où elle avait grandi, afin qu'elle puisse y panser ses blessures. Carly s'était chargée de congédier tous les invités et d'annuler la cérémonie ainsi que l'orchestre. Quand elle les avait rejoints, sa pétulante amie était prête à se saisir de l'un des fusils accrochés au-dessus de la cheminée pour régler son compte à ce fourbe doublé d'un fieffé menteur qu'était Tyler.

Jenna avait appris par la rumeur que Tyler avait couché avec Audra, la femme qui avait été sa meilleure amie, la nuit de son enterrement de vie de garçon. Il avait déclaré qu'Audra était plus amusante que son insipide fiancée et qu'il ne pouvait se marier en sachant qu'il se retrouverait piégé dans une union sans intérêt pour le restant de ses jours.

Jenna avait programmé leur mariage à la date où ses parents avaient eux-mêmes prononcé leurs vœux, en février. Mais, bien que comptable, elle n'avait pu planifier leur lune de miel avant la date limite de déclaration des revenus.

Pour un peu elle aurait perdu le bénéfice des billets de voyage si Carly ne l'avait pas convaincue de les utiliser. Selon cette dernière, il lui fallait prouver à Tyler et, plus important encore, se prouver à elle-même, qu'elle n'était pas quelqu'un d'insipide. Qu'elle savait se montrer aventureuse.

Bien sûr, elle se devait d'emmener Carly afin que celle-ci lui montre comment s'y prendre.

Carly s'arrêta devant l'hôtel, elle mit le moteur au point mort et s'apprêta à descendre de voiture.

— Pourquoi ne la gares-tu pas ? lui demanda Jenna. Ça ne m'ennuie pas de marcher un peu.

— Et le voiturier, qu'en fais-tu ? Nous sommes seulement ici pour dix jours. Alors, laissons-nous vivre un peu.

Son amie pencha la tête.

— Allez, ne sois pas aussi pingre, Jenna. Un peu d'extravagance ne te tuera pas.

— C'est seulement que je n'aime pas faire de dépenses superflues, grommela Jenna en descendant du véhicule.

Carly tendit les clés au voiturier et se dirigea d'un pas nonchalant vers l'hôtel.

Une fois à l'intérieur, Jenna lorgna le comptoir de la réception.

— Je vais demander si ma valise est arrivée.

— Entendu. Je monte pour prendre ma douche la première. J'ai rendez-vous avec Quentin ce soir.

Carly lui adressa un regard soucieux.

— Ça ne t'ennuie pas, n'est-ce pas ?

Si, ça l'ennuyait. Beaucoup même. Jenna n'aimait pas manger seule au restaurant. Mais elle ne voulait pas empêcher son amie de s'amuser.

— Pas du tout. Et puisque tu me conseilles de faire des folies, je vais me faire livrer le dîner dans la chambre avant de me délasser dans cet incroyable jacuzzi.

— Mmm. C'est un programme alléchant.

Carly lui fit un clin d'œil.

— Tu devrais commander du champagne.

— Pourquoi ? Ce n'est pas comme si j'avais quelque chose à fêter.

— Tout au contraire.

Prenant son bras sous le sien, Carly s'avança vers la réception.

— Tu célèbres ta libération, ta chance de ne pas avoir épousé le mauvais numéro.

Puis, s'adressant au concierge :

— Nous aimerions commander une bonne bouteille de champagne. Ce sera à faire livrer dans la suite nuptiale.

Jenna sentit ses joues s'enflammer.

— Non, vraiment. Ce n'est pas nécessaire.

Le regard de l'homme derrière le comptoir fit la navette entre elles deux.

— Que dois-je comprendre ?

Carly secoua la tête.

— Champagne pour la suite nuptiale dans vingt minutes, dit-elle d'un ton péremptoire.

Elle nomma une marque dont Jenna espéra qu'elle figurait parmi les moins chères de la carte des vins.

— Merci.

Puis, se saisissant de sa main, Carly l'entraîna vers l'ascenseur.

— Viens. Il y a un jacuzzi qui t'attend.

— Attends, je dois d'abord vérifier si ma valise a été retrouvée.

Carly lui lâcha la main.

— C'est juste. Et, pour ma part, je dois me faire belle avant de me rendre à mon rendez-vous.

Elle lui adressa un salut.

— On se retrouve dans la suite. J'espère que ton bagage sera arrivé.

Et son amie à la bonne humeur communicative disparut peu après dans l'ascenseur.

Jenna se rendit au service bagagerie, non loin de la réception. Un groupe de jeunes gens l'y avait précédée, accaparant grooms et employés. Près d'elle, un homme se mit à tapoter du pied impatiemment.

Sans doute lui faudrait-il attendre un bon moment avant que quelqu'un la renseigne. Découragée, Jenna s'apprêtait à faire demi-tour lorsqu'elle aperçut soudain sa valise rigide grise, entre le comptoir de la réception et le local du bagagiste.

Ravie que l'aéroport l'ait enfin fait parvenir à l'hôtel, elle s'en saisit aussitôt et se dirigea vers l'ascenseur, épargnant au chasseur cette tâche supplémentaire. À présent qu'elle avait récupéré le bagage contenant ses vêtements, elle allait pouvoir se détendre et apprécier sa « lune de miel ».

En pénétrant dans l'ascenseur, elle songea à Carly ainsi qu'aux deux jeunes gens qu'elles avaient rencontrés lors de l'excursion en tyrolienne. Son amie faisait-elle preuve d'audace ou d'inconscience en sortant avec quelqu'un dont elle ignorait tout ?

En son for intérieur, Jenna regrettait que le dénommé Sawyer ne lui ait pas proposé lui aussi un rendez-vous. Ils auraient pu sortir ensemble, tous les quatre.

Peut-être était-ce idiot, mais elle avait cru sentir comme… une attirance entre eux. Sans doute en rapport avec la chaleur de son corps contre son dos, la fermeté de son étreinte autour de sa taille, lorsqu'elle l'avait malencontreusement percuté.

Était-elle si désespérément en manque de compagnie qu'elle se mettait à extrapoler ? N'avait-elle pas appris de Tyler que les hommes n'étaient pas attirés par les femmes comme elle ? Ou, du moins, pas sur le long terme ? Elle était trop insipide, réticente à prendre des risques, coincée.

Jenna enleva l'élastique de ses cheveux pour libérer ses boucles indisciplinées. Peut-être était-il temps de se montrer plus téméraire. Elle demanderait à Carly de lui obtenir le numéro de ce Sawyer par l'intermédiaire de son ami.

En attendant, Jenna avait rendez-vous avec une bouteille de champagne et un jacuzzi.

Le plus drôle était… qu'elle n'aimait même pas le champagne.

À peine fut-elle entrée dans la chambre que Carly sortait de la douche.

— J'ai terminé si tu veux y aller.

Carly s'appuya contre le comptoir pour se maquiller, son corps svelte et athlétique enveloppé d'une serviette.

— Le champagne t'a devancée. Sers-toi. Je me suis déjà versé une flûte.

Et, se retournant, Carly tendit le bras pour prendre une nouvelle gorgée du liquide pétillant.

Puisque le champagne était déjà payé, elle pouvait aussi

bien s'efforcer de l'apprécier, songea Jenna en posant sa valise par terre. Elle s'en versa un verre et s'approcha de la baie vitrée qui donnait sur l'océan. Le soleil, encore haut dans le ciel, faisait miroiter l'eau. La plage était bondée.

Elle soupira. Dire que si Tyler avait consenti à l'épouser, elle se trouverait actuellement ici, avec lui, pour leur lune de miel.

À présent, deux mois après l'horrible affront d'avoir été abandonnée au pied de l'autel, elle se félicitait de ne pas l'avoir épousé. Peut-être auraient-ils déjà divorcé ou fait annuler le mariage. Jenna n'aurait jamais été heureuse avec lui. Ils étaient trop différents. Elle voulait un homme digne de confiance. Il ne l'était pas.

La sonnerie d'un portable lui parvint de la salle de bains.

— Oups.

Carly en sortit précipitamment, arrangeant ses cheveux encore humides. Elle enfila à la hâte une robe bain de soleil bleu pastel et des sandales à talons aiguilles, puis elle s'empara de son sac.

— Quentin m'attend en bas.

— Déjà ? Il n'est pas un peu tôt pour dîner ? s'étonna Jenna en feignant de s'absorber dans la contemplation de l'océan.

— Il veut d'abord m'emmener faire un tour. Ensuite nous irons marcher sur la plage, puis dîner et danser.

Carly sourit.

— Il veut apprendre à me connaître, murmura-t-elle d'un air ravi.

Puis, l'embrassant sur la joue, elle ajouta :

— Ne fais rien que je ne ferais, et profite du jacuzzi et du champagne.

— J'y compte bien.

Aussitôt qu'elle fut sortie, Jenna jura. Mince ! Elle avait oublié de lui demander de se procurer le numéro de l'ami de Quentin. Elle fut tentée de s'élancer à la poursuite de son amie mais y renonça. Pendant un long moment, elle resta les yeux fixés sur la porte d'entrée qui s'était refermée automatiquement derrière Carly, comme si elle représentait le rempart de son amour-propre.

Une pensée s'insinua peu à peu dans son esprit. Pourquoi rester cachée dans cette suite, alors qu'elle pourrait être au-dehors à apprécier le soleil et l'air marin ? N'était-elle pas venue là, goûter l'aventure ? Et quel meilleur moyen que de sortir pour faire l'expérience de la vie ?

Écartant l'idée du jacuzzi, Jenna se dévêtit, ne gardant que ses sous-vêtements, puis elle jeta sa valise sur le lit. D'un geste déterminé, elle donna une chiquenaude aux fermoirs. Ils ne s'ouvrirent pas. Bizarre. Elle ne les avait pas verrouillés, sachant que la sécurité de l'aéroport voudrait s'assurer de l'absence de tout article illégal ou potentiellement dangereux. Du coup, elle n'avait même pas pris la clé.

Les serrures étaient pourtant bel et bien fermées à clé. Curieux. Vraiment !

Elle alla chercher la lime à ongles rangée dans son sac et s'employa à les crocheter l'une après l'autre. Lorsque, enfin, elles furent toutes deux ouvertes, elle se redressa, triomphante. Encore un obstacle vaincu. N'était-ce pas, là encore, la preuve qu'elle pouvait réussir n'importe quoi quand elle l'avait décidé ?

— Insipide, moi ? Pff !

Et, ayant déjà plus ou moins arrêté son choix sur sa petite robe noire sexy, Jenna souleva le couvercle de la valise.

— Oh !

Durant un moment, elle contempla le contenu du bagage d'un air hébété, peinant à prendre conscience qu'il n'était pas du tout le sien.

Sur le dessus était disposée une pile de vêtements indubitablement masculins. Un pantalon foncé, des T-shirts à manches longues, une cagoule de ski noire. Des affaires, de surcroît, qui n'étaient guère appropriées à une destination tropicale.

Accablée, Jenna rabattit le couvercle de la valise. Que faire ? Le bagage ne portait pas d'étiquette indiquant l'identité du propriétaire à prévenir en cas de perte.

Se sentant déjà coupable d'en avoir forcé les serrures,

elle jeta de nouveau un coup d'œil à l'intérieur. Peut-être y trouverait-elle, enfoui, un élément d'identification.

Soulevant délicatement les vêtements, elle les posa de côté sur le lit. Aucun indice non plus à l'intérieur. Bien que vide, la valise lui parut étrangement lourde. Possédait-elle un double fond ? Elle semblait en effet plus profonde vue de l'extérieur qu'à l'intérieur. Jenna promena sa main le long des côtés, cherchant un levier ou un bouton à pousser. Bingo ! Elle avait vu juste. Le fond de la valise s'était soulevé, suffisamment pour qu'elle puisse glisser les doigts dessous et le relever entièrement.

La stupéfaction la saisit.

Des éléments de ce qui lui parut être un fusil, incluant la crosse, la culasse et la lunette, reposaient, prêts à être assemblés, dans un écrin de mousse. Une enveloppe kraft était posée par-dessus.

Jenna sentit son estomac se nouer. Elle refusait d'envisager une autre option que celle d'un tireur sportif venu à Cancún disputer une compétition. Et dans l'espoir d'y trouver un nom et un numéro de téléphone qui permettraient d'identifier le propriétaire de la valise, elle ouvrit l'enveloppe et en vida le contenu sur le lit.

Des photographies, de l'argent et une note s'éparpillèrent sur le couvre-lit.

Elle examina la liasse de billets retenus par un élastique et compta cinquante billets de cent dollars. Fichtre. Cinq mille dollars. Ses genoux se mirent à trembler. Qui transportait cinq mille dollars en liquide ?

À la vue des photographies, Jenna écarquilla encore plus les yeux. Ces clichés mettaient en scène un seul homme, jeune, les cheveux et les yeux foncés. Très séduisant. Sur la dernière photo, il était vêtu d'un jean sombre et d'un T-shirt noir dont le tissu était tendu sur ses larges épaules musclées. Des tatouages dépassaient de sous les manches.

Jenna scruta une nouvelle fois ce cliché. Mais… cet homme, elle le connaissait ! Oui, aucun doute, c'était celui qu'elle avait rencontré moins d'une heure plus tôt sur la plate-forme de la tyrolienne ! Ça alors !

Elle déplia le message d'une main tremblante.

« Amenez-le à l'endroit convenu pour 21 heures.
Mort ou vif. »

Jenna sentit son sang se glacer dans ses veines. Elle avait souhaité goûter à l'aventure mais pas à ce point. À cet instant précis, elle aurait volontiers opté pour être l'insipide Jenna.

2

De retour à l'hôtel, Sawyer se rendit au bungalow qu'il avait loué pour les deux semaines de son séjour et il troqua son jean contre un short de bain. Après avoir transpiré dans la jungle humide, il aspirait plus que tout à se baigner dans l'océan.

Saisissant une serviette, il se rua à l'extérieur où il faillit percuter Montana.

— Hé, Sawyer ! s'exclama ce dernier. Tu as l'air d'un homme investi d'une mission.

— C'est le cas. Il y a une motomarine qui m'attend, quelque part, là, dehors.

Montana s'esclaffa.

— J'en conclus que la tyrolienne ne t'a pas emballé.

— Pas particulièrement.

À la différence de la jeune femme qu'il avait rencontrée sur la plate-forme, se dit Sawyer. Jenna. Bon sang, il se donnerait des gifles pour ne pas lui avoir demandé son numéro…

— Tu vas à la plage ? fit-il, avisant les maillot de bain, T-shirt et tongs de son collègue.

— Absolument. Je me suis dit que j'allais parfaire mon bronzage.

Montana sourit.

— Ça plaît aux filles, non ?

Sawyer se retourna sur le chemin menant à l'océan.

— Pas de rendez-vous pour ce soir ?

Montana secoua la tête.

— Non. Mais je n'ai pas non plus vraiment cherché.

— Pareil pour moi.

Non seulement il n'avait pas fait l'effort de chercher, mais il n'avait même pas saisi l'occasion qui s'était présentée à lui.

— Ça te dirait de partager la location du scooter des mers avec moi ?

— Volontiers.

Montana jeta sa serviette sur l'épaule.

— Il y a un moment que je n'en ai pas fait.

— Je n'imagine pas l'eau des lacs du Montana être assez chaude pour en faire.

— Tu serais surpris. Les journées sont longues en été. Ça laisse à l'eau le temps de se réchauffer.

Sawyer s'esclaffa.

— L'eau de la fonte des neiges ? Elle ne sera jamais aussi chaude que celle au large de Virginia Beach.

— Peut-être pas aussi chaude, mais un peu plus que celle au large de San Diego.

— L'entraînement à la destruction d'un ouvrage sous-marin de base a redéfini pour moi le sens du mot « misérable », répondit Sawyer en frissonnant.

— Idem pour moi, mais je n'ai aucun regret.

— Moi non plus.

Sawyer avait grandi dans une famille fortunée. S'il avait envie d'une chose, il lui suffisait de la demander pour l'obtenir. Cet entraînement pour devenir SEAL avait été un véritable choc culturel ainsi qu'une agression physique et mentale. Mais il s'en serait voulu d'échouer et de rentrer chez lui pour entendre son père lui dire : « Je t'avais prévenu. » Sawyer avait tout fait pour se prouver qu'il était capable de réussir ce qu'il entreprenait. Et pas parce que son père pouvait lui obtenir une situation ou lui en faciliter l'accès. Il ne voulait pas de l'aide de son père. Il ne voulait rien avoir à faire avec son père.

Ce dernier lui avait donné tout ce que l'argent pouvait acheter, mais il n'avait pas vraiment été un père pour lui. Il n'avait jamais joué au ballon avec lui. N'était jamais allé aux réunions parents professeurs de l'école. Lorsque Sawyer avait eu cet accident de moto au cours duquel il s'était cassé le bras, son père était à Paris avec sa fiancée. Il n'avait pas pris la peine de rentrer à la maison pour s'assurer qu'il allait bien.

Le fait d'être élevé dans une splendide demeure avec des pièces au décor froid et de la moquette blanche avait été oppressant pour lui, se rappela Sawyer. Il ne s'était jamais senti libre d'être lui-même. Il était toujours le fils du politicien. En représentation, portant ses plus beaux vêtements. Il se sentait plus à l'aise au bord de la mer avec du sable entre les orteils, la peau réchauffée par le soleil, vêtu d'un simple maillot de bain.

— C'est là.

Montana lui indiqua une zone de la plage où plusieurs motomarines étaient alignées. Ils se frayèrent un chemin entre les familles jouant avec leurs enfants dans le sable et les beautés en bikini se faisant dorer au soleil. Sawyer ne ralentit pas pour admirer ces corps parfaits. Il n'avait qu'une envie : s'élancer dans les vagues, laisser le vent et l'océan purifier son esprit du souvenir de son enfance solitaire. À présent, il avait des frères d'armes. Ces derniers constituaient la meilleure famille qu'un homme puisse avoir. Ils répondraient toujours présents pour lui, quoi qu'il arrive.

Sawyer donna une liasse de billets à l'employé du service de location.

— Nous allons prendre une heure.

L'homme leur donna les consignes d'utilisation de l'engin et les aida à pousser l'un des scooters jusqu'à l'eau.

Sawyer adressa un signe de tête à Montana.

— Vas-y en premier.

— Tu es sûr ? C'était ton idée.

— Je peux attendre. Contente-toi de ne pas faire naufrage avant que j'aie eu l'occasion de l'utiliser.

Il afficha un sourire goguenard.

— Ce n'est pas comme monter à cheval.

Montana se mit à rire, et remonta son short de bain à la

manière d'un cow-boy portant jean et bottes avant de lancer une jambe au-dessus du siège comme s'il enfourchait un cheval.

— Ça y ressemble plus que tu ne le penses. Sauf que monter à cheval peut être beaucoup plus difficile pour vous autres petits gars de la ville.

— Garde-le à flot, Montana, et je te montrerai à quoi ressemble un rodéo sur l'eau.

— Tu ne m'en convaincras que si tu captures un requin au lasso, que tu le maîtrises et que tu le fais rôtir sur une broche.

Montana actionna l'accélérateur et il s'élança sur l'eau. Il heurta une petite vague de front et en traversa la crête pour émerger de l'autre côté.

— Yee-haw ! s'écria-t-il en s'éloignant à toute allure.

Sawyer s'assit sur le sable mouillé, ajustant dans sa poche le téléphone portable qu'il se félicita d'avoir pensé à glisser dans une pochette étanche avant de quitter le bungalow. Il laissa l'eau lui lécher les pieds et les jambes, appréciant la chaleur du soleil dans son dos, l'air frais et le goût de sel sur ses lèvres.

Ces premiers jours à Cancún avaient été fertiles en imprévus, se rappela-t-il. En quête de détente, d'amusement et, peut-être, de compagnie féminine, il y était venu avec ses collègues prendre des congés bien mérités.

Duff avait été le premier à se trouver une compagne. Et il avait su la choisir : Natalie, un agent secret du gouvernement, qui avait accouru à Cancún afin de retrouver sa sœur disparue lors d'une excursion de plongée sous-marine.

Lorsque Duff lui avait offert son aide, les quatre membres de l'escouade d'élite des Navy Seals s'étaient finalement trouvés engagés dans la recherche de femmes qui avaient été kidnappées pour être vendues aux enchères par un réseau de trafiquants d'êtres humains.

Du repos et de la détente. Sans rire !

Depuis quand se faire tirer dessus était-il une activité récréative ?

Quentin, Montana et lui-même auraient pu envoyer promener Duff avec son projet de prêter main-forte à Natalie, mais ce n'était pas ainsi que se comportaient des amis… encore moins des frères d'armes. Ils se tenaient les coudes et s'entraidaient dans les bons comme dans les mauvais moments. Et si la situation impliquait armes et malfrats, c'était là qu'ils donnaient le meilleur d'eux-mêmes.

Sawyer s'abandonna au flux et au reflux de l'eau claire et chaude de l'océan sur sa peau. À présent qu'ils avaient libéré les captives et renvoyé la plupart d'entre elles dans leurs foyers respectifs, l'équipe pouvait finir ses vacances en paix.

Montana fendit plusieurs autres vagues, s'époumonant et riant comme un fou. Une vague le frappa de côté, qui jeta à l'eau l'imposant cow-boy.

Éclatant de rire, Sawyer se releva.

Montana remonta sur l'engin par l'arrière et ramena la motomarine sur le rivage.

— Tu vas adorer, lui dit-il en s'arrêtant à sa hauteur.

Ils unirent leurs efforts pour réorienter le scooter vers le large, et Sawyer prit place sur le siège. Alors qu'il appuyait sur l'accélérateur, un cri s'éleva derrière lui.

Dès qu'elle eut compris qui était l'homme sur les photographies, Jenna appela Carly.

Mais son amie ne décrocha pas, se contentant de lui adresser un SMS.

> Qu'y a-t-il ? Nous sommes dans une décapotable. Je n'entends rien avec ce vent.

Jenna lui adressa un SMS en retour.

> Demande à Quentin le numéro de son ami.

Carly répondit par un smiley et une note.

> Son nom est Sawyer.

Le cœur battant à se rompre, Jenna se mit à faire les cent pas. À chaque passage devant la valise, elle sentait son angoisse augmenter.

— Quelle poisse, marmonna-t-elle.

Quelqu'un avait été payé pour livrer Sawyer, mort ou vif, en un endroit non défini. Forte de cette information, elle ne pouvait rester les bras ballants à attendre que le tueur accomplisse sa mission. Elle devait alerter Sawyer. Le plus tôt serait le mieux. Le meurtrier avait sans doute plus d'un fusil à sa disposition. Et il avait un horaire à respecter.

Sa première pensée fut d'appeler la police. Toutefois, à ce stade, aucun crime n'avait été commis. Et si jamais les policiers la croyaient propriétaire de l'arme ? Ils la jetteraient dans une geôle mexicaine et la laisseraient y croupir. Tout ce qu'elle avait entendu dire sur la collusion d'intérêts entre le gouvernement mexicain et les cartels de la drogue ne lui inspirait pas une grande confiance dans leur aptitude à prévenir ce kidnapping ou cet assassinat.

Jenna jeta un coup d'œil au réveil posé sur la table de chevet. Il était déjà 15 heures. Plus que six heures avant que le tueur ne doive livrer sa proie.

Un tintement annonça l'arrivée du SMS de Carly. Il contenait un numéro de téléphone, le nom d'un hôtel voisin et un message.

Sawyer projetait d'aller à la plage cet après-midi et de louer une motomarine. Tu l'y trouveras sans doute. Amuse-toi bien !

— M'amuser ? C'est une plaisanterie ?!

Avec un rire quasi hystérique, Jenna composa le numéro et attendit, serrant tellement fort le téléphone qu'elle craignit de le briser. À la troisième sonnerie, une voix masculine répondit :

— Laissez un message et je vous rappellerai dès que possible.

Cette voix de baryton était bien celle qu'elle avait entendue sur la plate-forme de la tyrolienne.

Répugnant à lui annoncer la mauvaise nouvelle via un message vocal, elle raccrocha.

Jenna referma la maudite valise et la hissa sur une étagère haute de son placard, espérant ainsi calmer ses nerfs ébranlés. Ce ne fut pas le cas, évidemment.

Toujours vêtue de ses seuls sous-vêtements, elle attrapa le bikini rose vif que Carly lui avait prêté — dans l'attente qu'elle récupère sa valise — et elle se changea. Puis elle enfila par-dessus un paréo court, également emprunté à son amie, avant de saisir la clé de sa chambre.

Elle avait envisagé d'envoyer un SMS à Carly décrivant le contenu de la valise, mais elle craignit que son amie ne la croie pas. Ou alors pire, que le message ne soit intercepté. Personne ne devait savoir qu'elle détenait cette valise. Pas avant qu'elle ait décidé ce qu'elle allait en faire.

Elle devait en premier lieu trouver Sawyer et l'informer de ce qui se tramait contre lui.

Le trajet en ascenseur de la suite nuptiale au rez-de-chaussée mit sa patience à rude épreuve. La cabine s'arrêta à plusieurs reprises pour emmener des clients en vêtements de soirée ou de plage. Tandis qu'ils riaient ou échangeaient des plaisanteries, Jenna se mordit la lèvre en comptant les secondes. Elle eut envie d'invectiver tous ces gens qui ralentissaient la descente. Ne comprenaient-ils pas que la vie d'un homme était en jeu ?

Quelque part dans Cancún ou sur la plage, un tueur suivait peut-être Sawyer ou le prenait pour cible à travers une lunette similaire à celle de la valise. Une pression sur la détente, et il livrerait son corps sans vie au commanditaire.

L'ascenseur atteignit le rez-de-chaussée et les portes s'ouvrirent, laissant se déverser ses nombreux occupants.

Lorsqu'elle réussit enfin à se frayer un chemin, Jenna traversa le hall et fonça droit sur le concierge à qui elle demanda, brûlant la politesse à un couple âgé, où se trouvait l'hôtel que lui avait indiqué Carly. L'homme lui répondit qu'il se situait deux hôtels plus loin en direction du sud sur la plage.

Négligeant de demander des instructions plus précises,

elle sortit par l'arrière de l'établissement, longea la piscine et la myriade de chaises longues qui la bordait et elle s'élança sur le sable. Elle marcha sans faiblir, laissant derrière elle les parasols et les vacanciers étendus, leur corps offert au soleil de l'après-midi. Finalement, elle courut le long du rivage, trouvant une meilleure adhérence au sable tassé par le flux et le reflux de l'eau. Elle passa devant le premier hôtel tout en scrutant la plage.

Elle espéra de tout cœur que Sawyer se tiendrait près de l'eau, car elle pourrait le repérer plus aisément. Examiner chaque client présent sur la plage lui ferait perdre un temps trop précieux.

Alors qu'elle approchait du deuxième hôtel et de sa multitude de parasols aux couleurs de l'arc-en-ciel, Jenna aperçut une rangée de scooters des mers garés sur le sable.

Presque à bout de souffle, elle s'arrêta en chancelant devant l'employé décontenancé.

— Avez-vous…

Elle prit une profonde inspiration.

— … loué une motomarine…

Elle inspira de nouveau et débita d'un trait la fin de sa question.

— … à un homme grand et brun, tatoué aux bras ?

L'employé afficha une expression perplexe.

— *Sí.*

— Où se trouve-t-il à présent ?

L'homme lui désigna un endroit à une centaine de mètres, plus loin sur la plage.

Regardant au-delà des adolescents jouant au frisbee, du père qui lançait son enfant en l'air et des fillettes s'amusant dans les vagues, Jenna aperçut un homme debout près d'une motomarine et un second qui enfourchait l'engin.

— Attendez ! s'écria-t-elle.

Elle se précipita, courant aussi vite que le lui permettaient ses jambes et ses poumons.

Aucun des deux hommes ne réagit.

— Attendez ! cria-t-elle de nouveau en se rapprochant d'eux.

Cette fois, l'homme debout près de la motomarine releva la

tête. Celui qui était assis sur l'engin fit vrombir le moteur et il commença à glisser en direction de l'eau.

Donnant tout ce qu'elle avait, Jenna leva les genoux et les coudes, courant plus vite qu'elle ne l'avait jamais fait lors de l'épreuve des cinquante mètres au lycée, martelant le sable humide pour se jeter dans les vagues. Et montant par l'arrière sur la motomarine, elle noua les bras autour de l'homme aux bras tatoués.

— Mais qu'est-ce que… ? s'exclama Sawyer en tournant la tête. Jenna ?!

— En avant ! lui ordonna-t-elle. Vite ! Allez aussi loin que vous le pourrez.

— Que se passe-t-il ?

— Faites-le, je vous en prie. Je vous expliquerai une fois que nous serons au large.

Sawyer lui lança un regard dubitatif avant de mettre les gaz. Jenna s'agrippa à lui tandis qu'ils s'éloignaient à toute allure de la plage, heurtant une vague de plein fouet.

Elle but la tasse.

— Vous allez bien ? fit-il en ralentissant.

— Ne vous souciez pas de moi, continuez.

Et elle se plaqua contre son dos, les bras serrés autour de sa taille.

— Votre vie en dépend, ajouta-t-elle.

— Quoi ?

Secouant la tête, il accéléra de nouveau. Lorsqu'ils eurent parcouru une centaine de mètres supplémentaires, il ralentit et se tourna à demi vers elle.

— À présent, allez-vous daigner vous expliquer ?

Jenna regarda en direction du rivage.

— À quelle distance une balle peut-elle atteindre sa cible ?

— Hein ?

Sawyer la dévisageait comme si elle avait perdu l'esprit.

— Ce n'est pas que je ne sois pas flatté, mais pourquoi nous avoir pris en otages, ma motomarine et moi ?

Jenna essuya l'eau de son visage et se mordit la lèvre.

— Vous n'allez pas le croire.

Sawyer arrêta le scooter des mers. Il s'était renfrogné.

— Si vous ne vous décidez pas à parler, je repars vers le rivage avant que nous ne manquions de carburant. Je suis certain que nous sommes déjà sortis de la zone autorisée.

Jenna sentit son cœur cogner contre sa poitrine.

— Quelqu'un va tenter de vous tuer, murmura-t-elle en enfonçant les doigts dans sa taille.

Il la toisa durant un long moment.

— Etes-vous médium ou quelque chose de ce genre ? Sachez que je suis un commando marine et que, effectivement, je me fais tirer dessus à chacune de mes missions.

— J'ai récupéré la mauvaise valise dans le hall de mon hôtel, commença-t-elle.

Comme Sawyer fronçait les sourcils, Jenna comprit que son explication était sans doute confuse.

— Ma valise n'est pas arrivée en même temps que moi, à Cancún. L'aéroport devait me la faire parvenir à l'hôtel.

Le sourire railleur qui s'affichait jusque-là sur les lèvres de Sawyer disparut.

— Bref, quand j'ai ouvert cette valise que je supposais être la mienne, j'y ai trouvé les éléments d'un fusil de sniper avec sa lunette.

Sawyer poussa un soupir dédaigneux.

— Comment savez-vous à quoi ressemble le fusil d'un sniper ? Avez-vous jamais possédé une telle arme ?

Jeanne sentit ses joues s'enflammer, et la colère se mit à bouillir en elle.

— D'accord, je n'en possède pas. Mais c'est ce qui se trouvait avec le fusil qui m'a fait supposer que son propriétaire était un sniper et/ou un tueur à gages.

Avec un rire narquois, Sawyer passa la main dans ses cheveux mouillés.

— Se pourrait-il que vous ayez regardé trop de thrillers récemment ?

Elle lui frappa le bras de la paume de sa main.

— Bon sang, j'essaie de vous dire que j'ai trouvé des photographies et une note avec l'arme. Des clichés de vous et un message demandant au sniper de vous amener au point de rendez-vous pour 21 heures, ce soir. « Mort ou vif. »

Cette fois, Sawyer demeura figé sur place, le regard rivé au sien.

— Et si vous étiez une de ces femmes névrosées en manque de compagnie masculine, prêtes à inventer n'importe quelle histoire pour un tête-à-tête ?

Lui lâchant la taille, Jenna recula sur le siège de la motomarine.

— Est-ce ce que vous pensez ?

Elle se glissa plus loin encore, jusqu'à se trouver en équilibre sur le bord de l'engin, refusant d'être en contact avec ne serait-ce qu'un centimètre carré du corps de cet homme exaspérant.

— Me croyez-vous désespérée au point de pourchasser un homme jusqu'au milieu de l'océan uniquement pour être seule avec lui ?

Elle secoua la tête.

— Vous savez, j'aurais pu remettre cette valise à la sécurité de l'hôtel et laisser le personnel se charger de cette affaire.

— Pourquoi ne pas l'avoir fait ?

— Peu importe. C'est votre vie qui est en jeu. Pas la mienne. Si vous préférez ignorer l'information que je viens de vous donner, libre à vous. En ce qui me concerne, je vais regagner le rivage par mes propres moyens, car je préfère nager deux kilomètres dans des eaux infestées de requins plutôt que de les parcourir à bord d'une motomarine conduite par un homme à l'ego de la taille d'une baleine.

Et elle plongea dans l'eau avant qu'il ait pu dire quoi que ce soit ou tenter de l'en empêcher.

Elle n'avait plus beaucoup pratiqué depuis qu'elle avait fait partie de l'équipe de natation du lycée et elle se rendit compte presque aussitôt qu'elle avait beaucoup perdu. Par ailleurs, le paréo entravait ses mouvements. Mais sa colère la soutiendrait sans doute assez longtemps pour regagner le rivage.

Il était hors de question qu'elle fasse le trajet en compagnie d'un homme arrogant, égocentrique et stupide qui pourrait être mort avant que la journée ne s'achève parce qu'il la prenait pour une folle désespérée.

Le moteur de la motomarine se mit à vrombir derrière elle.

Jenna continua à nager, s'efforçant de se rappeler à quel rythme respirer et comment effectuer les mouvements fluides et réguliers qui lui permettraient de ne pas se fatiguer trop rapidement.

Sawyer s'arrêta à sa hauteur.

— Montez.

Elle l'ignora, choisissant d'économiser son souffle plutôt que de le gaspiller à discuter.

Cependant l'énergumène ne se laissa pas décourager.

— Je suis désolé, reprit Sawyer. Je n'aurais pas dû vous traiter de névrosée.

C'était un début, toutefois il était encore loin du compte s'il voulait qu'elle lui pardonne ses propos infâmes. Jenna continua de progresser dans l'eau, refusant de lui accorder la moindre attention.

Il accéléra, la dépassant.

Parfait, qu'il regagne donc le rivage.

Elle y retournerait par ses propres moyens. Elle n'avait pas besoin d'un homme pour la secourir. Les hommes de sa vie ne s'étaient pas vraiment avérés dignes de confiance. Pas son ex-fiancé, du moins. Et ce Sawyer, bien qu'il ne fasse pas réellement partie de sa vie, ne valait pas mieux. Elle lui avait rendu service. Avait tenté de sauver sa misérable existence. Et qu'avait-elle obtenu en retour ? Des railleries. Qu'il aille au diable. Il pouvait se faire tuer, elle s'en moquait.

Un bruit de chute dans l'eau devant elle la fit s'arrêter et nager sur place.

Le siège de la motomarine était vide, et Sawyer n'était visible nulle part.

3

Jenna sentit son pouls s'accélérer et elle pivota sur elle-même, cherchant Sawyer des yeux.

Le tueur à gages l'avait-il abattu ?

Elle s'attendit à voir du sang se mêler à l'eau, mais il n'en fut rien. Prenant une profonde inspiration, elle plongea sous les vagues. L'eau salée lui piqua les yeux, et elle ne tarda pas à refaire surface, clignant des paupières.

Le visage de Sawyer apparut alors devant elle dans une gerbe d'eau.

Jenna poussa un cri, avalant une gorgée d'eau salée. Elle se mit à tousser jusqu'à ce que des larmes se mettent à couler de ses yeux, et elle sombra.

Un bras puissant lui enveloppa la taille et la ramena à la surface.

— Est-ce que ça va ?

Sawyer lui fit faire volte-face et écarta ses cheveux trempés de son visage.

— Je vous ai cru mort, lui dit-elle d'une voix rendue rauque par la toux.

Il secoua la tête.

— Je vais bien. C'est pour vous que je m'inquiétais. Le rivage est trop éloigné pour que vous le regagniez à la nage. Et il pourrait y avoir un contre-courant. Je ne pouvais pas vous laisser continuer.

Elle reprit sa respiration avant de lui lancer un regard furibond.

— Vous auriez pu être abattu.

Et, essuyant les larmes qui coulaient de ses yeux, elle lui donna une bourrade sur le torse.

— Je suis vraiment désolé de ne pas vous avoir prise au sérieux, reprit Sawyer, réglant son allure sur la sienne.

Jenna fit un signe de tête en direction du véhicule nautique qui dérivait, s'éloignant de plus en plus d'eux.

— Vous feriez bien de récupérer votre motomarine.

— Je n'ai pas l'intention de vous abandonner ici. Tant pis pour le scooter.

Jenna ne pouvait pas, en toute conscience, le laisser sacrifier pour elle un engin onéreux. Elle se remit à nager sur place.

— Ramenez-le à un autre endroit, au moins. Maintenant que vous savez qu'un sniper vous guette, vous ne pouvez pas vous permettre de jouer les cibles mouvantes. J'aurais cru que vous auriez appris cela au cours de votre entraînement de commando marine.

Sawyer s'esclaffa.

— C'est le cas. Et vous avez raison, je vais le ramener ailleurs.

Il ne fit pas mine de bouger.

— M'accompagnez-vous ?

Elle jeta un regard furtif au rivage, reconnaissant intérieurement qu'il lui serait difficile de l'atteindre.

— Oui.

— Pouvez-vous rejoindre la motomarine ? Ou voulez-vous attendre ici que je vienne vous chercher ?

— Je peux nager ! rétorqua-t-elle, refusant de faire montre de la moindre faiblesse devant cet homme.

— Entendu.

Sawyer partit d'un crawl parfait, et Jenna peina à suivre le rythme de ses mouvements puissants. Lorsqu'elle atteignit l'engin, Sawyer y était déjà monté et il avait mis le moteur en marche.

Elle accepta de prendre la main qu'il lui tendit.

Il la hissa sans effort hors de l'eau et elle s'installa derrière lui, nouant les bras autour de sa taille.

— Je ne suis pas sûre que ce soit une bonne idée, lui cria-t-elle comme elle le voyait prendre la direction de l'hôtel où elle était descendue. Apparemment le tueur y séjourne, puisque sa valise s'y trouvait.

— Alors, où voudriez-vous que je m'arrête ?

Jenna parcourut la plage du regard puis scruta les multiples étages des constructions hôtelières, s'attendant à voir sur un balcon un homme pointant un fusil sur Sawyer.

— Finalement, si, ce n'est pas une mauvaise idée, répliqua-t-elle en haussant les épaules. Je pourrai vous montrer la valise, l'arme et la note. Vous pourrez d'ailleurs les emporter. Je n'ai pas envie que la police mexicaine me trouve en possession d'une arme.

Sawyer s'arrêta sur le sable et il coupa le moteur.

— Si vous avez cru que la valise contenant le fusil était la vôtre…, commença-t-il.

Sa mâchoire se crispa.

— … est-il possible que le tueur ait également récupéré la vôtre par erreur ?

Jenna hocha la tête.

— C'est envisageable, oui.

Lui attrapant le bras, elle l'entraîna vers l'hôtel.

— L'essentiel pour l'instant est de vous mettre hors de portée de tirs éventuels.

Elle avança d'un pas martial jusqu'à ce que Sawyer s'arrête brusquement.

— Vous avez envie de mourir ? s'écria Jenna.

— Vous vous rendez compte que si cet homme découvre que les valises ont été échangées, il va chercher à retrouver la sienne ?

— Oui, et alors ?

— Y a-t-il sur votre valise ou à l'intérieur quelque chose qui permette de vous identifier ?

— Évidemment. Comment, sinon, la compagnie aérienne saurait-elle à qui elle appartient ?

Jenna se mordit la lèvre, soudain saisie d'effroi. Elle s'était tellement préoccupée de prévenir Sawyer qu'elle n'avait pas pensé à elle.

Ce fut au tour de Sawyer de scruter les environs à la recherche du sniper.

— Vous pourriez être tout autant en danger que je suis censé l'être.

— Raison de plus pour retourner à ma chambre avant qu'il ne récupère sa valise.

Sawyer secoua la tête.

— Je ne suis pas certain que ce soit non plus une bonne idée. Il pourrait déjà s'y trouver.

Jenna sentit son sang se figer.

— Nous devons y aller. Sur-le-champ.

— Pourquoi ?

— J'ai une compagne de chambre.

— N'est-ce pas la jeune femme qui est en ce moment même en compagnie de Quentin ?

— Si. Mais j'ignore quand elle rentrera.

Tueur ou pas, Jenna se dirigea résolument vers l'hôtel. Sawyer lui emboîta le pas.

Elle lui décocha un regard soucieux.

— Ne devriez-vous pas baisser la tête ou vous cacher le visage ?

— J'achèterai une casquette à la boutique cadeaux de l'hôtel.

Il tendit la main.

— Allons d'abord chercher cette valise. Donnez-moi votre clé. Je vais inspecter votre chambre.

Elle sortit la carte magnétique de la poche de son paréo, soulagée qu'elle ne s'en soit pas échappée quand elle s'était mise à nager. La lui mettant dans la paume de la main, elle pénétra dans l'ascenseur.

Sawyer entra derrière elle, le doigt hésitant au-dessus du clavier.

— Quel étage ?

— Le dernier.

Jenna sentit alors l'embarras la gagner. La dernière chose qu'elle avait envie d'avouer à Sawyer était qu'elle séjournait dans la suite nuptiale. Il le découvrirait bien assez tôt.

Alors que la cabine s'élevait, il sortit un téléphone portable d'une pochette étanche.

— Je doute que la police nous soit d'une grande aide, dit Jenna.

— Je n'appelle pas la police. J'envoie un message à l'ami que j'ai laissé sur la plage pour lui indiquer où trouver la motomarine.

Lorsque l'ascenseur atteignit le dernier étage, Sawyer la stoppa d'un signe de la main.

— Attendez que j'aie inspecté le couloir.

— Ma chambre se trouve tout au bout.

Jenna resta en arrière, le doigt posé sur le bouton d'ouverture des portes, tandis que Sawyer disparaissait dans le hall. Retenant son souffle, elle attendit son signal.

— Ça alors ! l'entendit-elle alors s'exclamer peu de temps après.

Sawyer avait parcouru rapidement le couloir, contrôlé la cage d'escalier et testé les portes des autres suites de l'étage. Chacune d'elle portait une plaque noire stylée où était inscrit un nom en lettres d'or. En arrivant au bout du couloir, il s'arrêta, interloqué.

— Sérieusement ? Vous êtes descendue dans la suite nuptiale ?

Jenna quitta le refuge de la cabine d'ascenseur pour le rejoindre devant la porte.

— C'est une longue histoire.

— J'adorerais l'entendre.

Il glissa la carte magnétique dans le lecteur et la lumière verte clignota.

— Dans l'immédiat, attendez-moi ici.

Il la précéda à nouveau, entrant dans une pièce spacieuse dotée d'une baie vitrée donnant sur l'océan. Le soleil se rapprochant de l'horizon, les vacanciers se faisaient plus rares sur la plage. Seuls quelques couples marchaient, main dans la main, au bord de l'eau.

Il ne s'attarda pas à contempler le paysage. Soucieux de vérifier que la suite ne cachait pas un indésirable, il inspecta minutieusement le salon, la chambre, les placards et la salle de bains.

— La voie est libre, lança-t-il.

Se retournant, il se trouva nez à nez avec la jeune femme, sur le seuil de la salle de bains. Il fronça les sourcils.

— N'étiez-vous pas censée attendre mon feu vert ?

— Désolée, je me montre parfois impatiente. Un autre de mes défauts. En plus d'être insipide.

— Impatiente, c'est un fait avéré, mais vous ne vous croyez tout de même pas insipide ?

Jenna haussa les épaules, les lèvres pincées, ses joues s'empourprant légèrement.

— J'ignore que penser de moi. Si on m'a qualifiée ainsi, je suppose que c'est vrai.

Sawyer serra les poings. Il aurait volontiers assommé la personne qui avait amené Jenna à croire une telle idiotie.

— Vous ne faites que répéter ce qu'a prétendu votre ex-fiancé.

Haussant à nouveau les épaules, Jenna fit coulisser la porte d'un placard et lui désigna une valise rigide grise rangée sur l'étagère du haut.

— La voilà, la preuve que je ne suis pas une pauvre femme désespérée avide de votre corps sublime.

Il posa la main sur son bras.

Elle se déroba.

Il aurait voulu pouvoir retirer les mots blessants qu'il avait prononcés. Manifestement, Jenna manquait terriblement de confiance en elle. Ne voyait-elle donc pas qu'avec ses longues boucles auburn et ses yeux verts pétillants elle était tout sauf insipide ? Pour sa part, la trouvait parfaite, si l'on exceptait le pli qui lui barrait le front. Sawyer eut envie de faire glisser son pouce sur ces rides pour les effacer.

— Je vous ai déjà dit que j'étais désolé.

Il lui adressa un sourire en coin.

— Vous ne lâchez jamais l'affaire, n'est-ce pas ?

— Ajoutez cela à la liste de mes défauts.

Elle s'écarta pour le laisser prendre la valise sur l'étagère. Il la posa sur le lit.

— Je l'ajouterais plutôt à la liste de vos qualités. Si cette valise contient ce que vous m'avez décrit, j'ai de la chance que vous ne renonciez pas facilement.

Il fit jouer les serrures. La valise resta fermée.

Jenna lui tendit une lime à ongles en métal.

— Utilisez ça.

Non seulement elle était superbe, mais elle était aussi avisée et pleine de ressources.

À l'intérieur du bagage étaient disposés des T-shirts et un pantalon soigneusement pliés. En y regardant de plus près, Sawyer remarqua que l'intérieur de la valise n'était pas aussi profond que ne l'indiquait l'extérieur. Il mit les vêtements de côté pour y voir de plus près.

Avec un soupir impatient, Jenna fit glisser un doigt sur l'un des côtés.

La jeune femme avait dit vrai : le double fond abritait tous les éléments d'un fusil de sniper, incluant une lunette de qualité militaire pour permettre au tireur d'atteindre sa cible à longue distance.

— Voilà pourquoi j'ai voulu vous trouver, dit Jenna en prenant l'enveloppe dont elle déversa le contenu.

Des photographies de lui-même s'éparpillèrent sur le dessus-de-lit : lui marchant dans les rues de La Nouvelle-Orléans lors d'un week-end passé en compagnie des membres de son escouade ; lui sortant de son appartement près de Stennis dans le Mississippi ; et d'autres, plus nombreuses, prises lors de la visite qu'il avait rendue à son père, trois mois plus tôt, à

Washington. Bigre ! La personne qui l'avait pris en filature y avait consacré un certain temps.

— Je ne comprends pas.

Il secoua la tête.

— Pourquoi moi ?

— Cher ami, si vous l'ignorez…

Jenna émit un rire bref.

— … je ne peux pas vous aider. Avez-vous provoqué la fureur de quelqu'un dans le passé ? De quelqu'un qui voudrait se venger ?

Sawyer réfléchit aux opérations auxquelles il avait participé dernièrement. La mission officielle la plus récente était en rapport avec un camp d'entraînement terroriste au Honduras. Les terroristes impliqués n'avaient certainement pas fait le voyage jusqu'à Cancún pour s'en prendre à lui uniquement. Pourquoi pas au reste de l'équipe ? Il feuilleta les photographies à nouveau.

Qui que soit le commanditaire, lui, Sawyer, semblait bien être sa seule cible.

Il inspira profondément puis il expira lentement avant de lancer un regard à Jenna.

— Et cette note n'a aucun sens, murmura-t-il.

Jenna la relut à haute voix :

— « Amenez-le à l'endroit convenu pour 21 heures. Mort ou vif. »

Elle regarda fixement le papier, le visage pâle, les yeux écarquillés.

— Je ne comprends pas. Pourquoi quelqu'un voudrait-il vous tuer et vous emmener ensuite quelque part ? Ça ne rime à rien.

— À moins que l'on ne veuille faire passer un message.

Le joli front de Jenna se plissa.

— Quel genre de message ?

— Peut-être un cartel de la drogue ou une organisation terroriste qui a décidé d'éliminer au hasard des Navy Seals pour montrer de quoi ils sont capables.

Il se passa une main dans les cheveux.

— Quel que soit le commanditaire, il a engagé un assassin et celui-ci sera sans doute payé davantage s'il me livre encore en vie.

— Ou alors il se pourrait qu'il se contente d'une somme moins rondelette parce que sa cible est un commando marine surentraîné. S'il peut vous abattre à distance, le risque sera moindre pour lui.

— Bien vu, acquiesça Sawyer avec un sourire.

Et plongeant le regard dans ses yeux verts magnifiques, il posa la main sur sa joue, désireux de faire beaucoup plus que cela. Lorsqu'il détourna enfin les yeux, il laissa retomber ses bras le long du corps et se mit à ranger les photographies et la note dans la valise. Il y ajouta les vêtements avant de la boucler. Puis il jeta un regard circulaire à la chambre comme s'il la voyait pour la première fois.

— Pourquoi la suite nuptiale ?

Jenna s'avança vers la baie vitrée.

— C'est une histoire idiote, murmura-t-elle.

— J'ai toujours envie de l'entendre.

Il la suivit et s'arrêta derrière elle, la contemplant elle plutôt que la vue. Il apprécia ce qu'il vit : menue mais musclée, mince mais bien faite, intelligente et un peu insolente.

— J'étais fiancée à un homme qui a trouvé ma demoiselle d'honneur plus intéressante que moi.

Elle haussa les épaules.

— Il a rompu par SMS le jour du mariage.

Elle désigna d'un geste la suite.

— La réservation n'était pas remboursable. Je suis donc venue avec une amie.

Elle releva le menton et lui fit face, les yeux légèrement plissés, comme si elle le mettait au défi d'en rire.

Il prit son visage entre ses mains.

— Il y a perdu, j'y ai gagné. Si vous étiez venue ici avec lui, vous n'auriez sans doute pas trouvé cette valise et vous ne m'auriez pas prévenu.

Puis, attrapant une des mains de la jeune femme, il y déposa un baiser.

— Encore merci. Et pour information, votre fiancé est un idiot.

— Ex-fiancé, rectifia-t-elle, regardant la main qu'il embrassait. Et je suis d'accord, je me trouve bien mieux sans lui.

Elle resta comme figée sur place, les yeux écarquillés, humectant ses lèvres roses.

Sawyer ne put résister à l'envie de lui effleurer la bouche de ses lèvres. Mais aussitôt que leurs lèvres s'épousèrent, il fut incapable de s'écarter. Glissant les mains autour de sa taille, il la serra contre lui pour intensifier son baiser.

Elle appuya les paumes de ses mains contre son torse. Mais, au lieu de le repousser, elle s'agrippa à lui, lui égratignant la peau de ses ongles.

Puis les mains de la jeune femme remontèrent le long de son torse et se nouèrent autour de son cou, l'attirant plus près. Il lui caressa la langue de la sienne, et un désir ardent se déversa dans ses veines.

Un bruit d'ouverture de porte le sortit soudain de la transe dans laquelle l'avaient plongé la bouche et le corps de Jenna, et il releva précipitamment la tête.

— Oh !

La petite brune qui accompagnait Jenna à la tyrolienne se tenait sur le seuil de la chambre, les yeux ronds.

— Je suis désolée. Je ne voulais pas vous déranger.

Elle désigna le placard et traversa la pièce en toute hâte.

— Je n'en ai que pour une minute, dit-elle en avançant sur la pointe des pieds avec une grimace. Faites comme si je n'étais pas là. Reprenez là où vous en étiez.

Elle attrapa une robe et se précipita dans la salle de bains, lançant par-dessus son épaule :

— Je n'ai rien vu. Continuez de vous embrasser.

Jenna s'écarta de Sawyer, les joues en feu. Et elle détourna les yeux.

Lorsque la porte de la salle de bains s'ouvrit à nouveau, son amie lui adressa un large sourire.

— Ne m'attends pas. Je ne rentrerai sans doute pas. J'emporte ma brosse à dents, juste pour le cas où.

Elle se rua vers la porte, l'ouvrit en grand et, d'un air radieux, ajouta :

— Et, pour ta gouverne, Tyler ne te méritait pas. Quant à toi, tu mérites de prendre du bon temps. Lâche-toi !

Une seconde après, la porte se refermait automatiquement derrière elle.

— Ne faites pas attention à Carly, murmura Jenna, confuse. Elle n'a aucun tabou.

Une pensée la traversa soudain.

— Mon Dieu ! J'ai oublié de lui expliquer, pour la valise.

Déjà, elle s'élançait en direction de la porte.

— Je vais essayer de la rattraper afin de la mettre en garde contre le tueur à gages, ajouta-t-elle.

Sawyer l'arrêta aussitôt.

— Non. Envoyez-lui plutôt un message disant que vous aimeriez avoir la chambre pour vous seule, ce soir. Ça devrait lui éviter de revenir s'exposer à une situation potentiellement dangereuse.

Jenna s'exécuta.

Carly lui répondit par un smiley.

Seigneur, son amie croyait probablement que Sawyer resterait pour la nuit. Jenna sentit le rouge lui monter aux joues et, ne pouvant regarder ce dernier en face, fit mine de s'intéresser au bagage du tueur.

— Qu'est-ce que je fais de la valise ? Dois-je la rapporter dans le hall et la laisser à la disposition de son propriétaire ?

— Inutile de lui faciliter la tâche. S'il veut à tout prix m'abattre, il lui faudra se trouver une autre arme pour remplir son contrat.

Jenna frissonna.

— J'aimerais autant qu'il s'en abstienne.

— Vous n'êtes pas la seule.

— En attendant, qu'est-ce que je fais de ça ?

Elle fit un geste en direction de la valise.

— Je vais l'emporter. Je connais quelqu'un qui pourra m'aider.

Soulevant la valise, Sawyer se dirigea vers la porte.

Jenna l'intercepta.

— Une minute. Où allez-vous ?

— Je retourne à mon hôtel.

— S'il vous sait à Cancún, le tueur a sûrement déjà découvert où vous logez.

Elle posa la main sur son bras.

— Vous ne pouvez pas regagner votre chambre.

— Que suggérez-vous ?

Elle jeta un regard circulaire à la suite nuptiale.

— J'imagine que, s'il n'est pas déjà venu récupérer son bagage, il y a des chances pour qu'il ignore que je l'ai.

— En ce cas, il vaut mieux qu'il reste ici pour l'instant.

Sawyer hissa la valise contenant l'arme sur l'étagère du placard puis il se redressa, lui faisant face.

— Nous devons retrouver votre valise avant lui.

— Exact, acquiesça Jenna. Ne bougez pas, je vais aller aux informations à la réception. Avec un peu de chance, peut-être que l'aéroport aura livré mon bagage entre-temps.

— Oh non.

Sawyer secoua la tête.

— Vous n'irez nulle part sans moi.

— Mais le tueur va vous reconnaître aussitôt que vous aurez mis un pied dans le hall… s'il ne vous a pas déjà vu arriver tout à l'heure.

— Pas si je porte une casquette et des lunettes de soleil.

Il regarda autour de lui.

— Je suppose que vous n'avez pas cela sous la main ni un T-shirt qui soit à ma taille ?

Il désigna son torse nu.

— Il semblerait que je me sois mal préparé à passer incognito.

Jenna posa les yeux sur son torse et rougit.

— Il se pourrait que j'aie quelque chose, dit-elle en se précipitant vers la commode.

Après avoir fouillé parmi les quelques affaires contenues dans son bagage à main, elle brandit un maillot de football noir, blanc et or des New Orleans Saints.

— Vous êtes une supportrice ?

— Absolument.

Elle leva le menton.

— Et fière de l'être. Alors ne dites pas de mal des Saints.

Il lui fit un clin d'œil avant d'enfiler le maillot.

— Jamais je n'oserais. Mais il n'est pas un peu grand pour vous ?

— Il est parfait pour dormir, lui répondit-elle, ses joues s'empourprant de nouveau.

Elle lui tendit une paire de lunettes de soleil à verres miroirs et une casquette des Saints.

— Paré ?

— Allons-y. Mais je passe le premier.

Jenna fronça les sourcils.

— Pensez-vous qu'il pourrait se trouver derrière la porte ?

Elle se planta devant lui.

— Peut-être devrais-je sortir la première, alors.

— Madame, vous mettez à mal mon ego.

Ce disant, il glissa la main derrière sa nuque, empoignant ses boucles rousses. Puis il lui pencha la tête en arrière.

— Mais vous êtes si belle quand vous faites cela.

Sawyer l'embrassa avec ardeur… tout en l'écartant de la porte. Déjà, il tendait la main vers la poignée.

4

Jenna serra les poings. Si le tueur attendait de l'autre côté de la porte, il lui suffirait d'une balle pour éliminer Sawyer.

— Restez en arrière, murmura ce dernier.

Il regarda par le judas, puis se plaça sur le côté tout en ouvrant la porte.

— Ne bougez pas.

— Je ne suis pas un chien, marmonna-t-elle tandis qu'il jetait un coup d'œil dans le couloir avant de s'y engager.

— Je reviens dans un instant.

À son tour, elle jeta un œil par le judas. Tout ce qu'elle put voir fut le mur nu. Pas de Sawyer en vue.

Agrippant la poignée, elle se rappela son ordre. Plutôt que d'ouvrir la porte, elle se força à compter jusqu'à dix. S'il n'était pas revenu d'ici là, elle partirait à sa recherche.

À neuf, un coup léger fut frappé à la porte.

S'assurant qu'il s'agissait bien de lui, elle lui ouvrit et se jeta dans ses bras.

— Hé ! s'exclama-t-il en riant. Je ne me suis absenté que trois secondes.

— Huit, rectifia-t-elle.

Elle se sentit idiote de s'être montrée aussi démonstrative.

— Le couloir et la cage d'escalier sont déserts. Allons-y.

Il la serra tout contre lui.

Elle aimait le contact de son corps. Quelque chose en lui la faisait se sentir en sécurité et protégée dans ce monde, nouveau pour elle, de danger et d'intrigue. Qui aurait cru que la douce et insipide Jenna se retrouverait entraînée dans un complot visant à assassiner un commando marine ?

Si elle avait souhaité échapper à la routine du quotidien, elle était servie.

Ils s'avancèrent bras dessus, bras dessous, dans le couloir.

Une porte s'ouvrit en face de l'ascenseur.

Sawyer se plaça aussitôt devant elle, lui faisant un rempart de son corps.

Jenna sentit son cœur se serrer. Tyler n'avait jamais rien fait pour la protéger. Avait-il seulement déjà tenu un parapluie au-dessus de sa tête pour lui éviter la pluie ? se demanda-t-elle. Certes, elle ne s'était jamais trouvée exposée au danger, mais elle était bien certaine qu'il ne se serait pas interposé entre un tueur potentiel et elle.

Les genoux tremblants, elle risqua un regard furtif, priant pour que Sawyer ne soit pas sur le point de se faire tirer dessus.

Un jeune couple sortit de la chambre, riant et se tenant enlacé comme de jeunes mariés. Ils allèrent droit vers l'ascenseur et appuyèrent sur le bouton du rez-de-chaussée.

Lorsque Jenna et Sawyer les rejoignirent, les portes de la cabine s'ouvrirent.

Jenna eut à nouveau un moment de panique, s'attendant à ce que surgisse un homme armé d'un fusil-mitrailleur, fauchant tout le monde sur son passage. Sa main se crispa sur le bras de Sawyer.

— C'est vide, murmura-t-il, l'entraînant aux côtés du couple étroitement enlacé.

— Etes-vous les heureux mariés de la suite nuptiale ? s'enquit la jeune femme.

Jenna sentit ses joues s'enflammer et elle ouvrit la bouche pour démentir l'information, mais Sawyer la devança.

— En effet, dit-il.

Et, à ces mots, il glissa le bras autour de sa taille et se pencha pour l'embrasser.

— Nous avons essayé d'avoir la suite nuptiale, mais elle était déjà réservée, poursuivit la jeune femme. Oh ! je ne m'en plains pas. Ils nous ont assuré que notre suite avait les mêmes commodités, à l'exception du jacuzzi pour deux.

Elle fit la moue et plongea son regard dans celui de son époux.

— Nous allons devoir revenir pour notre premier anniversaire de mariage, n'est-ce pas ?

Son époux lui fit un clin d'œil.

— Peut-être resterons-nous ici pour toujours, murmura-t-il.

Un tintement annonça leur arrivée au niveau du hall. L'exubérant couple sortit de la cabine en premier.

— Félicitations pour votre mariage, leur lança la mariée, les yeux pétillants et le sourire radieux, baignant dans la bienheureuse ignorance du danger potentiel tapi dans l'ombre.

— Félicitations à vous aussi, lui répondit Jenna.

Elle aurait dû être à sa place. L'heureuse mariée, unie à Tyler, gloussant et se collant pareillement à lui.

Mais non, elle n'aurait jamais été cette femme. Tyler et elle n'avaient jamais été démonstratifs en public, préférant s'embrasser en privé. Ou alors, avait-ce surtout été le choix de son ex-fiancé ? s'interrogea-t-elle soudain.

Sawyer, lui, ne s'était pas montré aussi prude. Mais n'oublions pas qu'il jouait le rôle du jeune marié qui ne pouvait s'empêcher d'embrasser sa dulcinée…

— Au fait, êtes-vous marié ? murmura-t-elle, songeuse.

Sawyer avait déjà fait un pas dans le hall. Il s'arrêta net et les portes de l'ascenseur faillirent se refermer avant que Jenna ait pu en sortir.

Il revint précipitamment dans la cabine et lui plaqua un baiser sur la bouche.

— Je ne suis sans doute pas le petit ami idéal, lui chuchota-t-il à l'oreille.

Jenna sentit un frisson sensuel se propager dans tout son corps.

— Mais je n'embrasserais pas une autre femme si j'étais marié, ajouta-t-il.

Et il déposa une succession de baisers sur son visage.

— Satisfaite ?

Satisfaite ? Non, pas vraiment. Si la situation avait été différente, elle aurait certainement exigé d'autres baisers pour voir si elle allait finir par s'en lasser. Mais, avec cet homme, elle n'imaginait même pas que cela puisse jamais se produire.

— Allons vérifier auprès du concierge si votre valise est arrivée de l'aéroport.

— Ah oui. Ma valise, murmura Jenna, horriblement gênée.

Était-ce bien elle, cette écervelée à qui les baisers d'un commando marine faisaient tout oublier, y compris le fait qu'un assassin cherchait à tuer ce dernier ?

La vision des éléments du fusil de sniper lui traversa l'esprit, la ramenant à la réalité. Sawyer était en danger. Elle devait se concentrer sur lui et veiller à sa sécurité.

— Par ici.

Protégé par l'anonymat relatif que lui procuraient les verres miroirs et la casquette, Sawyer s'avança dans le hall. À son côté, Jenna tremblait de tous ses membres. Sans doute se serait-elle écroulée au sol si Sawyer ne l'avait pas soutenue de son bras passé autour de sa taille.

Jenna le guida vers la réception. En chemin, elle ne put s'empêcher de scruter chaque homme qu'ils rencontrèrent en se demandant s'il était le tueur.

L'homme au pantalon kaki et au polo bleu pouvait être un véritable caméléon. Les surveillait-il ? Jenna s'efforça de ne pas le dévisager, l'observant du coin de l'œil jusqu'à ce qu'ils l'aient dépassé. Un frisson lui parcourut l'échine. Était-ce lui, l'assassin potentiel ?

Occupée à étudier l'homme au polo bleu, elle percuta une autre personne.

— Excusez-moi.

Elle s'écarta vivement d'un homme aux cheveux châtain clair et aux yeux gris. Il portait un jean, un T-shirt gris et lui parut vaguement familier, sans qu'elle sache dire exactement pourquoi… Sans doute parce qu'il avait un physique on ne peut plus ordinaire, se dit-elle.

Son regard glissa vers l'homme aux cheveux blond-roux, vêtu d'un jean et d'une chemise blanche, qui portait des bottes de cow-boy. Il avait pu apprendre à tirer à la perfection dans un ranch de l'ouest du Texas. Son imagination concoctant toutes sortes de scénarios, Jenna ne vit pas la jeune femme qui arrivait dans l'autre sens avant de la heurter avec suffisamment de force pour laisser tomber son propre sac à main.

— Je suis désolée, balbutia cette dernière. Je suis parfois vraiment maladroite.

Elle s'accroupit pour l'aider à ramasser le contenu de son sac.

Jenna se pencha pour récupérer un crayon, un tube de rouge à lèvres ainsi que le ticket de réclamation de son bagage.

— Non, c'était ma faute, dit-elle. Je devrais regarder où je vais.

Se redressant, elle sourit à la femme aux longs cheveux foncés retenus en une queue-de-cheval impeccable. Elle portait un élégant tailleur-pantalon couleur crème sur un chemisier bleu pâle.

— Vous êtes sûre que ça va ?

— Oui.

Jenna remit le sac à son épaule.

— Tant mieux, reprit-elle. Je n'avais pas envie de commencer mes vacances en blessant quelqu'un. J'espère que vous appréciez Cancún. Pour ma part, j'ai l'intention d'en profiter.

La jeune femme lui retourna son sourire et s'éloigna, s'arrêtant devant le présentoir contenant les brochures.

Sawyer, qui s'était tenu un peu à l'écart pendant l'incident — sans doute pour ne pas attirer l'attention sur lui, se dit Jenna — s'avança pour la prendre par le coude et la guider vers le bureau du concierge.

— En quoi puis-je vous aider ? fit ce dernier dès qu'il eut terminé la conversation qu'il tenait au téléphone.

— Ma valise s'est égarée et la compagnie aérienne m'a assuré qu'elle me la ferait suivre ici aussitôt que possible. L'auriez-vous reçue ?

Le concierge tapa sur le clavier d'un ordinateur et il consulta l'écran.

— Nous avons eu une livraison il y a une heure, et une autre devrait arriver à tout moment. Avez-vous votre ticket de réclamation ?

Elle lui donna le ticket et elle attendit tandis que l'homme partait vérifier dans la pièce du fond. Il revint bredouille.

— Elle ne se trouve pas dans le local de stockage, mais je vais me renseigner auprès du porteur qui a réceptionné les derniers bagages.

Au même instant, un homme entra en poussant un chariot chargé de bagages. Au sommet se trouvait une valise en tout point semblable à celle contenant le fusil de sniper.

— Ce doit être celle-là, s'exclama Jenna en la pointant du doigt. La valise grise rigide avec la poignée chromée.

Le chasseur s'en empara et la tendit au concierge, qui compara les informations reportées sur le ticket de réclamation à celles inscrites sur la bande de papier enroulée autour de la poignée de la valise.

— Il s'agit effectivement de votre bagage, lui annonça-t-il avec un sourire.

Jenna se retint de lui arracher la valise des mains pour s'enfuir aussitôt. Au lieu de cela, elle le remercia et gratifia le porteur d'un pourboire.

Et, au bras de Sawyer, elle refit le même chemin en sens inverse.

Bien que l'ascenseur fût déjà bien plein, plusieurs personnes y pénétrèrent à leur suite. Notamment l'homme aux bottes de cow-boy et celui au polo bleu, qui se joignirent à eux juste avant que les portes ne se referment.

Jenna entendit soudain un rire féminin s'élever derrière elle.

— Il va falloir que nous cessions de nous rencontrer de cette façon.

Jenna se retourna dans l'espace exigu et croisa le regard de la femme élégante qu'elle avait heurtée dans le hall.

Celle-ci lui tendit la main.

— Becca Smith. Enchantée.

Jenna la lui serra.

— Jenna Broyles.

Voyant Becca regarder Sawyer, Jenna s'apprêta à faire les présentations, mais il la devança.

— M. Broyles. Je suis le mari de Jenna.

Il esquissa un sourire qui la fit chavirer.

— Nous ne sommes pas encore habitués au fait que nous sommes à présent mariés.

— Oh ! des jeunes mariés, s'exclama Becca.

Puis, se tournant vers Jenna :

— Montrez-moi votre alliance. Je parie qu'elle est superbe.

Jenna sentit son cou s'empourprer. Sawyer lui sauva la mise, une fois de plus.

— Elle a dû la laisser à la bijouterie, dit-il en l'enlaçant. L'un des diamants s'était desserti.

— En effet, renchérit Jenna avec un peu trop de ferveur. Je ne voulais pas risquer de perdre un diamant durant le voyage.

— Ç'aurait été dommage, en effet, approuva Becca.

Elle désigna la valise.

— Une valise seulement pour vous deux ?

Jenna s'esclaffa.

— Pas vraiment. Celle-ci est arrivée en retard.

L'ascenseur fit halte au troisième étage et l'homme au polo bleu descendit sans avoir prononcé une parole ni jeté un regard dans leur direction.

Un suspect de moins dans la cabine, songea Jenna, ce qui ne contribua pas pour autant à la détendre.

Becca baissa les yeux sur les brochures qu'elle tenait à la main.

— Projetez-vous de participer à des excursions ? J'hésitais entre la pêche en haute mer, le parachute ascensionnel ou la tyrolienne.

— J'ignore ce qu'il en est de la pêche en haute mer et du parachute ascensionnel, lui répondit Jenna. Mais la tyrolienne, c'était… comment dire… assez sympa.

— À condition de ne pas souffrir de vertige et de ne rien avoir contre le fait de plonger du haut d'une falaise dans la jungle obscure, cent mètres plus bas, maugréa Sawyer.

La jolie femme brune les regarda à tour de rôle, Sawyer et elle.

— J'en déduis que vous n'avez pas apprécié.

Jenna haussa les épaules.

— L'appréhension d'une mort violente a été plus stressante que l'activité en elle-même.

Un tintement retentit.

— C'est mon étage, annonça Becca. À bientôt, j'espère.

Et se frayant un chemin parmi les autres occupants de la cabine, elle sortit.

L'homme aux bottes de cow-boy descendit à l'étage suivant et il se retourna vers l'ascenseur alors que les portes se refermaient, posant un regard scrutateur à l'intérieur de la cabine. Jenna aurait juré qu'il la regardait directement.

Un frisson la parcourut tandis que la cabine poursuivait son ascension. Quand elle se retrouva enfin seule avec Sawyer, elle poussa un soupir de soulagement.

Mais elle attendit qu'ils soient sur le seuil de la suite nuptiale pour exprimer son malaise croissant.

— C'est terrible, dit-elle.

Sawyer passa la carte magnétique sur le lecteur. La lumière verte clignota et il ouvrit la porte.

— À quoi faites-vous allusion ? lui demanda-t-il.

La porte se referma derrière eux, les soustrayant aux éventuels regards curieux. Une fois à l'intérieur, Sawyer ôta la casquette et les lunettes de soleil, révélant ses sublimes yeux bruns et ses cheveux ébouriffés.

Jenna, troublée par sa seule présence, mit instinctivement de la distance entre eux.

— Je ne suis pas parvenue à cerner les personnes présentes dans le hall.

Elle traversa le vaste salon et entra dans la chambre.

— Quelles personnes cherchiez-vous à cerner ?

Sawyer la suivit, s'arrêtant à la porte de la chambre, les bras croisés sur sa poitrine.

Jenna posa la valise sur le lit et, l'ayant ouverte, contempla avec soulagement les superbes vêtements qu'elle avait achetés avec l'aide de Carly avant le voyage. Durant l'année précédente, elle avait économisé pour le mariage et la lune de miel. Pour quel résultat ? Son fiancé s'était enfui avec la femme qu'elle considérait alors comme sa meilleure amie. Par chance, ils ne possédaient pas de compte joint, sinon elle aurait également pu être dépossédée de toutes ses économies.

Elle avait utilisé la moitié de l'argent réservé à l'apport sur l'achat d'une maison pour renouveler entièrement sa garde-robe, sans oublier la lingerie sexy, dans l'intention de passer le meilleur moment de sa vie… et peut-être même de s'autoriser une aventure pendant son séjour à Cancún… sans Tyler.

Elle regarda à la dérobée l'homme qui se tenait à l'entrée de la chambre, et son imagination se mit à galoper. Une liaison avec Sawyer dépasserait de loin ses espérances. Il était infiniment plus musclé que Tyler, en plus d'être séduisant et éminemment sexy. Son cœur s'emballa et elle dut se recentrer sur ce qui était important. Le danger qui planait sur eux.

— Ce qui m'a le plus inquiétée dans le fait de descendre dans le hall et même d'emprunter un ascenseur bondé, ç'a été l'inconnu, reprit-elle. Le tueur aurait pu être l'une des personnes que nous avons croisées. Il aurait pu ressembler à un simple vacancier en pantalon kaki…

— Ou à un homme en polo bleu, compléta Sawyer.

Elle hocha la tête.

— Vous aussi, vous étiez aux aguets, n'est-ce pas ?

Il carra les épaules.

— À présent que vous avez récupéré votre valise, vous devriez être hors de danger. Raison de plus pour que je vous débarrasse de celle contenant le fusil.

Jenna se mordilla la lèvre inférieure.

— Qu'allez-vous en faire ?

— Je connais quelqu'un qui pourra y relever les empreintes.

— Ne l'avons-nous pas trop manipulée pour en trouver qui soient exploitables ? s'enquit-elle.

— Avez-vous touché au fusil ?

— Non.

— Moi non plus. Nous pourrons sans doute relever des empreintes sur la crosse ou la lunette.

— En ce cas, faites-la examiner.

Jenna se mordilla aussitôt la lèvre.

— Cela nous ramène au même problème, s'écria-t-elle. Si vous retournez à votre hôtel, vous faciliterez le travail au tueur à gages. Vous ne pouvez pas faire cela.

Elle leva les yeux vers Sawyer en soupirant.

— Quand je pense que, si je ne m'étais pas trompée de valise, vous auriez pu ne pas apprendre que quelqu'un vous traquait avant qu'il ne soit trop tard.

Il lui prit la main et l'attira à lui.

— Au cas où je ne vous l'aurais pas déjà dit… merci de m'avoir sauvé la vie.

Jenna observa leurs mains enlacées.

— N'importe qui aurait fait de même.

— Non. Pas n'importe qui. Vous auriez pu tout simplement remettre la valise à la police.

— J'y ai songé, mais j'ai conclu qu'ils risquaient de ne pas comprendre qu'elle ne m'appartenait pas. Ils auraient pu me jeter en prison au lieu de vous aider. Le danger qui pesait sur vous était imminent et me rendre au commissariat de Cancún m'aurait ralentie.

— Merci encore d'avoir risqué votre vie pour sauver la mienne, dit Sawyer en portant une de ses mains à ses lèvres.

Jenna s'abîma dans l'intensité obscure de son regard.

— Je vous en pr…

Sawyer avait couvert sa bouche de ses lèvres. Puis ses mains lui ceignirent la taille, et elle se retrouva plaquée contre la preuve manifeste de son désir.

Jenna poussa un gémissement, comme Sawyer glissait

sa langue entre ses lèvres, l'entraînant dans une audacieuse sarabande.

Lorsque, finalement, il releva la tête, elle se sentit chancelante et dut prendre appui contre son torse.

— Vous devez arrêter de faire ça.

— Pourquoi ?

— Je vous connais à peine.

— Vous me connaissiez assez pour venir me trouver sur la plage et m'empêcher d'être assassiné. J'imagine que cela nous dispense de nous préoccuper des conventions.

Elle posa le front contre son torse.

— Je ne suis pas venue à Cancún pour entamer une liaison.

C'était néanmoins précisément ce qu'elle s'apprêtait à faire, non ?

Il poussa un soupir.

— Et moi, je n'ai pas le droit de m'impliquer avec vous.

Il la prit par les épaules et mit de la distance entre eux.

— En tant que commando marine, je suis toujours parti par monts et par vaux. Et, avec ce tueur à mes trousses, je ne peux prendre le risque de faire de vous un dommage collatéral.

Jenna posa sur lui un regard inquisiteur.

— Qu'entendez-vous par là ?

Elle vit la mâchoire de Sawyer se contracter.

— Je dois me tenir éloigné de vous afin que vous ne soyez pas prise dans la ligne de tir si les choses tournent mal. Je veux éviter que l'on puisse faire le rapprochement entre nous.

Ses propos prenant progressivement sens dans son esprit, Jenna recula.

— Cela signifie-t-il que… vous n'avez plus besoin de moi ?

Il acquiesça d'un signe de tête.

— Exactement. Aussi longtemps que quelqu'un me traquera, je serai une cible mouvante. Et toute personne qui m'approchera le deviendra elle aussi.

Il alla chercher la valise du tueur à gages dans le placard.

— Aussitôt que j'aurai quitté l'hôtel, j'abandonnerai

casquette et lunettes et je reprendrai ma vie en tant que Sawyer Houston.

— « La cible mouvante ».

Jenna secoua la tête.

— C'est de la folie. Vous devriez vous cacher. L'assassin a sans doute une arme de rechange pointée sur votre bungalow où il doit attendre votre retour.

— Ou alors, il s'évertue à s'en procurer une autre.

Sawyer lui fit face, tenant la valise à la main.

— Vous n'auriez pas, par hasard, un sac à linge ou de plage assez grand pour camoufler la valise ?

Jenna demeura immobile, l'esprit en effervescence, ses pensées centrées sur Sawyer.

— Ah, si, j'ai un sac de plage, répondit-elle enfin en se dirigeant vers sa propre valise.

Elle en sortit l'immense sac pliant qu'elle avait pris pour transporter ses affaires de plage, son chapeau et son écran solaire.

— Alors, vous allez tout simplement sortir d'ici et vous passer de mon aide ?

Sawyer lui prit le sac des mains en hochant la tête.

— C'est exact. Je ne me le pardonnerais jamais s'il vous arrivait quelque chose à cause de moi.

— Ne croyez-vous pas que c'est à moi d'en décider ? rétorqua Jenna, les poings sur les hanches.

— Pas quand cela pourrait vous coûter la vie.

Sur ce, Sawyer logea la valise dans le sac — il était pile à la bonne dimension — dont il saisit les poignées.

— Vous ne devez pas être vue en ma compagnie, surtout si je ne porte pas de déguisement.

— J'en prends le risque.

— Je ne veux pas que vous me suiviez.

Elle afficha une expression déterminée.

— Écoutez, j'ai découvert la note et le fusil, j'ai pris le risque de me noyer ou de me faire tirer dessus pour vous remettre cette information.

Elle émit un rire mal assuré.

— J'ai le sentiment de porter un intérêt personnel à votre survie.

À nouveau, Sawyer posa les mains sur ses épaules, ses doigts la pétrissant doucement mais fermement.

— Je suis un commando marine entraîné. J'ai l'habitude d'être pris pour cible. Quand quelqu'un vous a-t-il prise dans sa ligne de mire pour la dernière fois ?

Se tenant droite comme un I, Jenna releva le menton.

— La dernière fois que j'ai emprunté l'autoroute en direction de La Nouvelle-Orléans.

Elle posa la main sur son torse.

— Rien n'est garanti dans la vie. Pour la première fois, j'ai décidé d'affronter les événements et je refuse de me cacher à nouveau la tête dans le sable.

Sawyer lui sourit.

— Votre fiancé se trompait lourdement à votre sujet. Vous le savez, n'est-ce pas ?

Jenna refusa de se laisser distraire par son sourire sexy ou par la lueur qui brillait dans ses yeux.

— Vous évitez le sujet.

— Vous n'êtes pas insipide. Outrageusement protectrice peut-être, mais pas insipide.

Il se pencha pour poser son front contre le sien.

— La seule chose que je peux faire, c'est vous donner des numéros de téléphone utiles pour le cas où vous rencontreriez des problèmes.

Elle ouvrit la bouche pour protester mais il posa un doigt sur ses lèvres.

— Je vous promets de ne pas me rendre à mon bungalow, poursuivit-il. Je ferai parvenir la valise à mon contact d'une autre manière.

Jenna respira plus librement.

— Je préférerais vous accompagner, dit-elle néanmoins.

— Jenna, je vous apprécie beaucoup. Si nous étions deux simples vacanciers, je préférerais de loin que vous m'accompagniez. Mais ce n'est pas le cas. Alors, je vous en prie, restez ici. Et soyez sur vos gardes pour le cas où le tueur découvrirait ce qui est advenu de sa valise.

— Entendu.

Elle resterait sur place assez longtemps pour lui laisser le champ libre. Ensuite, elle ferait ce qu'il lui plairait, se dit-elle.

Sawyer la toisa un long moment.

— Où se trouve votre téléphone portable ? Je veux vous donner mon numéro ainsi que ceux de mes amis pour le cas où il m'arriverait quelque chose.

— Vous voyez ? Vous avez besoin de quelqu'un en permanence à vos côtés pour éviter qu'il ne vous arrive quelque chose.

Il tendit la main en secouant la tête.

— Votre téléphone.

Jenna s'avança d'un pas résigné vers la table où elle avait posé son sac.

Sawyer entra plusieurs noms et numéros dans son mobile avant de le lui rendre.

— Je vous recontacterai dès que tout danger sera écarté, murmura-t-il.

— Merci.

Jenna éteignit son portable, le cœur lourd à l'idée que Sawyer allait la quitter. Durant les quelques heures où elle l'avait côtoyé, elle s'était habituée à sa présence. Trop bien même… Force lui était pourtant de s'avouer qu'elle n'avait pas véritablement de raison de continuer à s'imposer à lui. Elle avait fait de son mieux pour l'avertir de la menace qui pesait sur lui. À présent, il incombait à Sawyer de faire le nécessaire pour rester en vie. Et il lui incombait, à elle, de vivre la sienne, se dit-elle.

Pourquoi, alors, se sentit-elle plus seule que jamais lorsque le beau commando marine quitta la suite nuptiale ?

Elle regarda fixement la porte fermée, le cœur cognant contre sa poitrine. Elle n'était pas responsable de Sawyer

Houston, néanmoins une part d'elle disparut avec lui. Si elle avait cédé à son instinct, elle se serait lancée à sa poursuite.

Un rire sardonique lui échappa. Comment une petite comptable qui venait de se faire plaquer pourrait-elle protéger un Navy Seal d'un assassin ?

5

Aussitôt après avoir quitté la suite de Jenna, Sawyer appela son ami Duffon Calloway.

— Hé, Sawyer, fit ce dernier. Ça te dirait que nous louions des cannes à pêche ce soir ?

— Je pensais que Natalie et toi ne voudriez pas émerger de votre bungalow de toute la durée de ces vacances.

— C'était l'idée générale. Mais prendre l'air et pêcher quelques poissons nous va bien aussi.

— J'adorerais faire cela, Duff, mais j'ai besoin de ton aide pour autre chose.

Sawyer lui expliqua brièvement la situation.

— Si quelqu'un veut vraiment s'en prendre à moi, je dois découvrir de qui il s'agit. Sinon, ça revient à me promener avec une cible dans le dos.

— Bon sang, vieux frère.

Duff abandonna toute décontraction.

— Où es-tu en ce moment ?

— Dans la cage d'escalier de l'hôtel de Jenna. C'est le deuxième après le nôtre.

— Je bats le rappel des troupes et on se donne rendez-vous.

— Où ? s'enquit Sawyer. Je ne peux guère me montrer à découvert.

— On se retrouve au quai flottant. Tu sais quel bateau.

Oui, Sawyer savait à quel bateau Duff faisait allusion. Le supérieur de Natalie était un homme influent, doté qui plus est d'amis fortunés. Lors de l'opération visant à secourir la sœur de Natalie, il leur avait permis de faire usage de ce bateau, un magnifique et luxueux yacht de douze mètres.

Quel meilleur endroit pour organiser une réunion clandestine ?

— Entendu. D'ici quinze minutes ?

Sawyer marqua une pause.

— Et, pour ce qui est de rameuter les troupes, j'espère que vous n'arriverez pas en groupe, dis-moi ? Je n'ai pas envie que le sniper vous suive jusqu'à moi.

— Enfin, protesta Duff, nous sommes des Seals expérimentés !

— Et nous sommes censés être en congés.

— Je sais. Ce sera la seconde mission non autorisée que nous mènerons depuis notre arrivée ici.

Sawyer secoua la tête bien que Duff ne puisse le voir.

— Ça fait moins d'une semaine et nous allons au combat alors que nous devrions siroter sur la plage des mai tai servis par des déesses en bikini.

— Eh oui, il y a comme un problème, convint Duff. À tout.

Il raccrocha.

Sawyer baissa la casquette sur ses yeux. Arrivé au bas de la cage d'escalier, il eut le choix entre traverser le hall de l'hôtel et emprunter une sortie latérale. Il quitta le bâtiment par le parking. La marina se trouvait à deux kilomètres de là.

Jetant un coup d'œil à droite puis à gauche, il gagna la plage, espérant marcher suffisamment vite pour que personne ne puisse le prendre dans sa ligne de mire depuis les fenêtres des hôtels. Il se sentait horriblement visible, avec ce maillot des New Orleans Saints sur le dos.

Treize minutes plus tard, après avoir zigzagué entre la plage et la rue, il arriva à la marina et aperçut la jeep louée par Montana.

Il avança d'un pas résolu, s'efforçant de ressembler, avec son énorme sac de plage, à un touriste sur le point de rejoindre son yacht. Une fois à bord, il dévala l'escalier menant aux cabines.

Duff se tenait debout, les bras croisés, près d'une table en quartz gris.

— Quentin a emmené Carly danser. Il ne reviendra pas avant un moment, annonça-t-il d'entrée de jeu.

— Quelqu'un consentira-t-il enfin à m'expliquer ce qui se passe ? dit Montana en s'approchant.

— Je viens d'arriver, précisa Duff. Laisse-moi souffler un peu.

— Où est Natalie ? s'enquit Sawyer.

— Je l'ai laissée au bungalow, elle est en téléconférence avec son patron.

Duff fronça les sourcils.

— À présent que sa sœur n'a plus besoin de son aide, elle va reprendre du service la semaine prochaine, ajouta-t-il d'un air sombre.

Natalie leur avait expliqué qu'elle travaillait depuis peu pour une section très particulière des services secrets. Il s'agissait d'une organisation gouvernementale mise en place pour prendre en charge tout ce qui nécessitait encore plus de confidentialité que ne pouvaient en garantir le FBI ou la CIA.

— Merci d'avoir abandonné la motomarine à des kilomètres de là où nous l'avions louée, grommela Montana. Au fait, qui est la beauté qui l'a prise d'assaut pour te rejoindre ?

— Voici la raison de notre présence ici plutôt qu'aux bungalows, dit Sawyer.

Il sortit la valise du sac de plage et la posa sur la table.

— Quelqu'un aurait un couteau ? fit-il.

Duff sortit un canif de sa poche et le lui tendit.

— Qu'y a-t-il dans cette valise ? s'enquit Montana.

— Des ennuis, l'informa Duff.

Sawyer crocheta les serrures et actionna le mécanisme donnant accès au double fond.

— Nom de Dieu, qu'est-ce que c'est que ça ? dit Montana en se levant d'un bond.

Il lui lança un regard perplexe.

— Tu pourrais passer un très long moment dans une prison mexicaine si tu te faisais prendre en possession de ce type d'équipement.

— Ce n'est pas à moi.

— À qui est-ce ? À la femme qui t'a kidnappé sur la motomarine ?

— Non. Elle a cru que c'était sa valise, l'a emportée dans sa chambre et a découvert le fusil ainsi que ceci.

Sawyer sortit l'enveloppe contenant l'argent, les photographies et la note.

— Apparemment, quelqu'un souhaite ma mort.

Duff s'empara du message et Montana se pencha par-dessus son épaule pour le lire en même temps que son collègue.

— Mais pourquoi ? s'écria Duff.

Sawyer pinça les lèvres.

— Si je le savais, ça me renseignerait sans doute sur l'identité de celui qui cherche à me tuer. Lance a-t-il déjà quitté son bungalow ? demanda-t-il à Duff.

Lance avait accompagné Natalie à Cancún afin d'apporter le soutien technique des services secrets à la mission qu'elle avait entreprise pour retrouver sa sœur ainsi que les autres femmes qui avaient été enlevées.

L'homme était un génie informatique de tout premier ordre, capable de pirater absolument n'importe quoi.

Duff hocha la tête.

— Il a demandé à son patron s'il pouvait retarder son retour de deux jours pour profiter du soleil des tropiques avant de regagner son antre à Washington.

— Tu penses qu'il pourrait vérifier les empreintes sur le fusil ?

— Il faudra que tu lui fournisses les tiennes ainsi que celles de Jenna afin qu'il puisse les écarter.

Sawyer fronça les sourcils.

— Elle n'a pas manipulé le fusil mais, s'il veut relever les empreintes à l'intérieur de la valise et sur le contenu de l'enveloppe… j'imagine que je pourrais retourner prendre les siennes.

Duff lui adressa un regard intrigué.

— Pourquoi cette hésitation ? Ne viens-tu pas de passer

une partie de la journée avec cette jeune femme, si j'ai bien compris les insinuations de Montana ?

Se passant la main dans les cheveux, Sawyer ne put s'empêcher de sourire.

— Quentin et moi avons fait sa connaissance plus tôt dans la journée sur la plate-forme de la tyrolienne.

— Y a-t-il un lien entre elle et la femme que Quentin a emmenée danser ?

Sawyer hocha la tête.

— Elles sont amies et elles partagent la même chambre.

Duff replaça la note et les photographies dans l'enveloppe.

— Nous devons transmettre ses empreintes à Lance le plus tôt possible. Plus vite il procédera au relevé, mieux ce sera.

— Cela pourrait ne rien donner, objecta Montana. Un tueur à gages expérimenté ne laisserait pas ses empreintes sur son arme.

— Pas plus que l'on ne s'attendrait à ce qu'il laisse la valise contenant son arme à la disposition du premier venu.

Duff releva la tête.

— À ce propos, où Jenna a-t-elle récupéré la valise ?

— Dans le hall, près de la conciergerie, lui répondit Sawyer. Pourquoi ?

— L'hôtel est plutôt moderne. Il dispose probablement d'un bon système de surveillance.

— J'ai repéré des caméras dans les couloirs et les cages d'escalier, lui confirma Sawyer. Il semble logique qu'il y en ait dans le hall.

— Je vais demander à Lance de pirater leur système, reprit Duff. Il pourrait le faire en attendant le résultat du relevé d'empreintes.

— Dans l'intervalle, tu devrais chercher qui tu as pu indisposer.

Montana afficha un large sourire.

— Peut-être s'agit-il de l'un de ces terroristes que nous avons délogés lors de l'opération au Honduras.

Sawyer fronça les sourcils.

— Si tel était le cas, pourquoi ne viser que moi ? Si quelqu'un était furieux de leur débâcle, il chercherait à nous la faire payer à tous.

Montana se gratta le menton.

— Il en est de même pour chacune de nos missions. Cela n'a pas de sens. Pourquoi voudrait-on s'en prendre seulement à toi ? En quoi es-tu tellement différent ?

Sawyer pensait bien à une chose, mais il n'en fit pas mention car elle ne lui semblait avoir aucun rapport avec ce qui se passait à Cancún. Néanmoins, il passerait un appel à qui de droit pour s'en assurer aussitôt qu'il aurait quitté le bateau et ses amis.

— Quelle que soit la raison pour laquelle on cherche à s'en prendre à Sawyer, conclut Duff, il ne peut tout simplement pas se déplacer à découvert. Étant donné sa taille, il est aisément repérable. Un tueur chevronné correctement équipé l'abattrait sans difficulté, même à distance.

Sawyer ébaucha un sourire.

— Merci, Duff, me voilà rassuré.

— Tu as besoin d'un gilet pare-balles, poursuivit Montana. Il y en a peut-être même à bord. Ce yacht dispose d'un meilleur arsenal que notre base. Je vais aller vérifier.

Montana se dirigea vers l'arrière du bateau où ils avaient trouvé fusils, armes de poing et explosifs qui auraient fait saliver Gunny. Leur sergent d'artillerie se faisait un devoir de fournir à leur unité les meilleures armes disponibles sur le marché.

— Un gilet pare-balles ?! Tout à fait adapté, comme tenue de plage ! ironisa Sawyer. Non, nous devons trouver l'assassin avant que lui ne me trouve et ne pointe sur moi l'arme, quelle qu'elle soit, qu'il aura dénichée.

Sawyer regarda autour de lui.

— Je suppose que le patron de Natalie ne verra pas d'inconvénient à ce que je campe ici.

— Je suis sûr que non, lui répondit Duff. Veux-tu que l'un de nous deux se charge d'aller prendre les empreintes de Jenna ?

— Je peux passer à sa chambre, proposa Montana en souriant.

— Je n'en doute pas un instant, répliqua vivement Sawyer.

— Rappelle-toi, tu ne peux pas te promener librement dans l'hôtel. Tu es un homme recherché.

Sawyer rabattit la casquette sur ses yeux et mit les lunettes de soleil.

— Non, c'est à moi d'y aller. D'ailleurs, là-bas, je suis connu comme étant M. Jenna Broyles, le jeune marié.

Duff et Montana s'esclaffèrent tous deux.

— Le coup de foudre, pourquoi pas, ironisa Duff, mais le mariage éclair, n'est-ce pas un peu exagéré ?

Sawyer sentit sa poitrine se comprimer à l'idée d'être réellement l'époux de Jenna. Il aurait pu tomber plus mal. Elle était jolie, audacieuse et intelligente. Et il adorait glisser les doigts entre les mèches soyeuses de sa chevelure auburn.

— Il m'a fallu trouver une bonne couverture pour justifier le fait de passer mon temps dans l'ascenseur avec elle. De plus, elle occupe la suite nuptiale.

Duff plissa le front.

— Pourquoi cela ?

— Son fiancé l'a plaquée devant l'autel. Elle était censée passer sa lune de miel ici, alors elle a décidé de profiter tout de même du voyage en offrant l'autre place à une amie.

— Eh bien. Ça craint pour une lune de miel, commenta Montana.

— En effet. Et, à présent, elle pourrait être la cible du tueur s'il apprend que c'est elle qui a récupéré sa valise.

— Tu penses qu'il existe une probabilité qu'il fasse le lien ?

— Cette probabilité n'est pas plus élevée que la nôtre de découvrir qui il est, déclara Duff.

— Voilà pourquoi j'étais réticent à retourner voir Jenna, précisa Sawyer.

— Tu crains un dommage collatéral.

— Exactement.

Cependant, à présent qu'un motif lui était donné de la revoir, il ne voulait plus perdre un instant.

— J'y retourne de suite. Tenez-moi au courant des résultats qu'obtiendra Lance.

— Entendu.

Duff lui serra la main. Montana lui donna une accolade virile.

— À plus tard.

— Sans faute.

Sawyer regarda Montana et Duff quitter le yacht avec la valise. Il consulta sa montre. Avant de regagner l'hôtel de Jenna, il avait un coup de fil à passer.

Il afficha les contacts d'urgence sur l'écran de son smartphone et sélectionna le numéro au bas de la liste. Celui de la dernière personne qu'il ait envie d'appeler en cas de problème. Toutefois cette… connaissance… constituait la seule différence flagrante entre ses compagnons d'armes et lui-même, qui pourrait fournir une indication quant à la raison pour laquelle il était pris pour cible.

Trois sonneries résonnèrent avant que l'on ne lui réponde.

— Sawyer. Dieu merci, c'est toi.

La tension que recelait la voix à l'autre bout de la ligne l'amena à crisper les doigts autour du téléphone.

— Sénateur, répondit Sawyer d'un ton impersonnel, y aurait-il quelque chose que je devrais savoir ?

— Pour tout dire, oui, mon fils. Peux-tu rentrer à Washington d'ici à demain matin ?

— Non, fit-il d'un ton dépourvu d'émotion, tout comme l'était le comportement habituel de son père envers lui.

— En ce cas, c'est moi qui te rejoindrai, lui répliqua son père d'une voix loin d'être aussi énergique et assurée qu'à l'accoutumée. Il y a en effet des choses que tu dois savoir.

Sawyer grinça des dents.

— Pourrais-tu commencer par me dire pourquoi je suis la cible d'un tueur ?

Après s'être changée, Jenna quitta la suite nuptiale pour descendre à l'étage du restaurant. Se sentant mal à l'aise d'être seule à sa table, elle picora dans une salade colorée dont elle gâcha la présentation savamment élaborée avant de s'aventurer jusqu'au bar où un groupe de reggae jouait une musique entraînante qui ne parvint cependant pas à dissiper ses idées noires.

Là, elle aperçut l'homme qui, un peu plus tôt, portait un polo bleu. Vêtu à présent d'un pantalon noir et d'une chemise blanche, il était assis, absorbé dans la contemplation de son verre de bière. Leurs regards se croisèrent, et il se mit à la dévisager. Avec insistance.

Quoique sentant son pouls s'accélérer, Jenna se dit qu'un tueur digne de ce nom ne la fixerait pas aussi ouvertement. Néanmoins, elle reconsidéra sa décision d'être sortie pour essayer de se divertir. Devait-elle courir se réfugier dans sa chambre ? Avisant une table d'angle, elle s'assit le dos au mur. On pourrait la taxer de paranoïa, mais elle refusait de se laisser surprendre, en particulier par cet individu impertinent.

Constatant qu'il ne détournait pas les yeux, Jenna sentit la colère monter en elle. Elle releva le menton et, imitant son exemple, elle fusilla du regard le mufle.

Au moment précis où elle commençait à se lasser, il se leva et s'avança droit vers elle.

Seigneur Dieu. Elle n'était pas prête à mourir. S'il avait une arme équipée d'un silencieux, il pourrait l'abattre dans ce lieu où la musique couvrirait la détonation assourdie. Elle avait vu assez de films pour savoir que c'était possible. Il pourrait probablement la tuer sans même s'arrêter, et personne ne s'étonnerait de la voir s'affaler sur la table… comme une touriste ivre de plus.

Elle baissa la tête et fit mine de ne pas le voir s'approcher. Du coin de l'œil, elle inspecta les mains de l'individu, cherchant le renflement révélant la présence d'une arme sous sa veste.

Soudain il se retrouva juste à côté d'elle, la forçant à lever les yeux.

— Voulez-vous danser ?

Cette proposition était tellement aux antipodes de ce qu'elle s'attendait à l'entendre dire que Jenna put seulement hocher la tête, incapable de la moindre pensée cohérente.

Il lui tendit la main.

Comme en pilote automatique, elle la prit et se leva.

— Pardonnez-moi de n'avoir cessé de vous dévisager aujourd'hui, fit-il en l'entraînant au son de la musique. Vous me rappelez quelqu'un.

— Oh ! vraiment ?

Retrouvant enfin sa voix, Jenna s'étonna de s'exprimer avec autant de naturel.

— Qui cela ?

Il ne répondit pas immédiatement, se laissant emporter par la mélodie. Puis il ralentit et la regarda droit dans les yeux avant de finir par s'arrêter.

— Mon épouse.

Jenna recula d'un pas.

— Votre épouse ? Ne devriez-vous pas plutôt danser avec elle ?

Il lui adressa un sourire attristé.

— Je le ferais si elle était présente. Nous avions programmé ce séjour il y a un an.

Il se remit à danser, regardant par-dessus son épaule comme s'il ne la voyait même plus.

— Elle aurait adoré cet endroit, murmura-t-il.

Jenna perçut en lui une profonde mélancolie.

— Pourquoi n'est-elle pas venue ? demanda-t-elle tout en redoutant la réponse.

— Elle est morte d'un cancer du sein il y a deux mois.

Face au chagrin évident de cet homme, Jenna le raya aussitôt de la liste des suspects. Et la tension qui l'habitait se dissipa.

— Je suis désolée. Ma mère est également décédée d'un cancer du sein quand j'avais douze ans.

— C'est dur pour une enfant. Mon épouse a beaucoup

souffert les derniers temps et ce fut pour elle un soulagement de s'éteindre.

— Mais pas un soulagement pour vous, compléta Jenna.

Il lui adressa un sourire en coin avant d'ouvrir les bras.

— Je vous ai promis une danse, pas une séance d'auto-apitoiement. Montrons à ces gens comment on danse le reggae.

Soucieuse de remonter le moral de son partenaire, Jenna s'employa à maîtriser le rythme. Une fois le morceau terminé, son cavalier et elle riaient.

Elle lui tendit la main.

— Je m'appelle Jenna Broyles.

— Stan Keeting.

— Quel était le prénom de votre épouse ?

— Angela.

— Nous pouvons dédier cette danse à Angela.

Il sourit.

— Ça lui aurait fait plaisir.

— Merci pour la danse, Stan.

— Non.

Il lui tint la main encore un moment.

— C'est moi qui vous remercie. Vous m'avez permis de comprendre qu'Angela voudrait que je continue à vivre en profitant de chaque instant.

— Je suis heureuse de l'entendre.

Elle retira sa main et battit en retraite vers sa table et sa boisson sans alcool.

Son regard s'arrêta alors sur Becca, qui traversait la salle du bar vêtue d'une robe moulante en lamé argent s'arrêtant à mi-cuisses.

Cette dernière, l'apercevant, s'avança vers sa table.

— Je suis surprise que votre tout nouvel époux vous laisse venir seule au bar, s'exclama-t-elle.

Elle fit un signe de tête en direction du fauteuil inoccupé.

— Ou alors, vous lui réservez ce siège ?

Prise au dépourvu, Jenna s'empressa de concocter un mensonge expliquant l'absence de Sawyer.

— Il fait un somme. Je lui ai laissé un mot l'invitant à me rejoindre lorsqu'il sera réveillé.

Puis, lançant un regard vers l'entrée du bar :

— Je m'attendais à ce qu'il soit déjà là. Il devait être plus épuisé qu'il ne le pensait.

Becca lui adressa un clin d'œil.

— Eh oui, c'est fatigant d'être amoureux ! Mais c'est merveilleux.

Jenna sentit son cou s'empourprer.

— Oui, ça l'est.

Ou, du moins, supposa-t-elle que ce devait l'être.

À présent qu'elle avait pris du recul vis-à-vis de son fiancé, elle se rendait compte qu'elle n'avait jamais vraiment aimé Tyler. Comme toutes ses amies se mariaient et avaient des enfants, elle avait été séduite par l'idée du mariage et elle avait poussé Tyler à s'engager alors qu'aucun d'eux n'y était prêt. En fait, il lui avait rendu service en la quittant. Il lui avait ainsi épargné le chagrin ainsi que les frais d'un divorce ultérieur.

— J'en déduis qu'il n'est pas du genre jaloux, reprit Becca.

Jenna ne connaissait pas assez Sawyer pour en juger.

— Pourquoi cette question ?

Becca fit un signe de tête en direction de Stan, qui était assis au bar, le regard perdu dans le vague.

— Vous avez bien dansé tous les deux. Je ne peux pas dire que j'aie jamais su danser le reggae.

Jenna sourit.

— Stan est un homme agréable. Peut-être pourrait-il vous apprendre quelques pas.

Son sourire s'effaça.

— Il a perdu son épouse récemment.

Elle baissa les yeux sur son verre à demi plein, soudain déprimée par sa propre solitude. Elle n'avait plus aucune envie de rester dans un bar rempli d'inconnus.

— J'ai été heureuse de discuter avec vous mais je crois que je vais aller rejoindre mon époux à présent, dit-elle en se levant.

Becca hocha la tête.

— Bonne nuit.

— Bonne nuit.

Jenna quitta le bar et traversa le hall. Alors qu'elle attendait devant les portes de l'ascenseur, elle eut la nette sensation que quelqu'un l'observait. Se retournant, elle scruta les personnes circulant dans le hall. Non, elle s'était trompée, personne ne lui prêtait attention.

Le tintement de l'ascenseur annonça son arrivée et les portes s'ouvrirent.

Comme elle appuyait sur le bouton du dernier étage, Jenna vit un homme portant un maillot des New Orleans Saints, une casquette et des lunettes de soleil entrer dans le hall et se diriger vers l'ascenseur. Son cœur cessa de battre.

Sawyer !

Elle bloqua la fermeture des portes jusqu'à ce qu'il l'ait rejointe.

— Mais que… n'aviez-vous pas dit que…, bredouilla-t-elle d'une voix ridiculement tremblante.

— Même si je n'avais pas eu une bonne raison de revenir, je n'aurais pas pu rester éloigné de vous.

Qu'entendait-il par là ? Jenna fit un pas hésitant dans sa direction, craignant d'avoir mal interprété cette… entrée en matière.

— Pour quelqu'un que je ne connais que depuis aujourd'hui, il semblerait que je ne puisse vous chasser de mes pensées, précisa-t-il en lui ouvrant les bras.

Elle s'y précipita.

— Idem pour moi, murmura-t-elle, le visage enfoui dans le maillot de football qu'elle lui avait prêté.

L'odeur de la lessive en avait disparu, remplacée par celle de Sawyer, mélange d'un entêtant parfum viril et aphrodisiaque et d'effluves d'air marin. Elle l'inhala, gravant cette fragrance sans pareille dans sa mémoire.

La cabine de l'ascenseur atteignit le dernier étage sans qu'ils aient échangé une parole de plus. Cette fois encore, Sawyer inspecta le couloir avant de la laisser sortir.

Lorsqu'ils arrivèrent sur le seuil de la suite nuptiale, il scanna lui-même la carte magnétique et, une fois la porte refermée derrière eux, il l'embrassa avec fougue.

C'était ce dont Jenna s'était languie toute la soirée. Plutôt que de manger seule, danser avec un veuf ou discuter avec une touriste inconnue. Son unique désir avait été de se trouver dans les bras de Sawyer, leurs cœurs battant à l'unisson, leurs lèvres unies dans un baiser torride.

Alors oui, elle était peut-être la cible d'un tueur mais elle n'en avait cure tant que Sawyer l'enlacerait ainsi et qu'il lui ferait l'amour durant toute la nuit. Il serait bien temps, le lendemain, d'apprendre à mieux le connaître, et de découvrir qui avait pour mission d'éliminer son Navy Seal.

6

La conversation que Sawyer avait eue avec son père ne lui avait fourni aucune information lui permettant de déterminer qui pourrait s'en prendre à lui. Le sénateur avait seulement insisté sur la nécessité qu'ils se parlent en tête à tête. En attendant, ce n'était pas lui qui avait un tueur inconnu à ses trousses, songea Sawyer, furieux.

Durant tout le trajet le ramenant à l'hôtel de Jenna, il s'était dit qu'il repartirait aussitôt qu'il aurait pris les empreintes de la jeune femme. Rester auprès d'elle la mettrait en danger. Pas question qu'elle soit blessée à cause de lui.

Cependant, dès l'instant où il était entré dans le hall de l'hôtel et où il avait repéré sa crinière auburn dans l'ascenseur, il avait oublié ses bonnes résolutions.

Et à présent qu'il se trouvait avec elle dans sa suite, il ne pensait plus à en repartir. Il l'embrassa une fois encore, goûtant la saveur de ses lèvres, savourant le contact de sa peau sous ses doigts, mourant d'envie d'aller plus loin mais craignant de l'effrayer en précipitant les choses.

— Vous êtes superbe. Je ne peux me repaître de vous.

Elle émit un petit rire à la fois rauque et doux, sexy en diable.

— C'est étrange, je ressens la même chose. Et je n'ai jamais éprouvé cela pour quiconque auparavant. En particulier pour un inconnu.

Il posa la main derrière sa nuque et lui déposa un baiser sur le front, sur chacune de ses pommettes et sur le bout du nez.

— Pourquoi ai-je l'impression que nous ne sommes pas

inconnus l'un à l'autre ? C'est comme si je vous avais toujours connue.

— Ah oui ? Et que savez-vous de moi ?

— Vous êtes courageuse et sexy.

— Quelle est ma couleur préférée ? lui demanda-t-elle en fermant les yeux tandis qu'il lui embrassait les paupières.

— Ça n'a pas d'importance.

Il lui effleura les lèvres puis fit glisser sa bouche le long de sa mâchoire.

— Vous êtes téméraire et excitante.

— Quelle est ma profession ?

— Peu m'importe. Ce que je vois, ce sont les jolies fossettes qui creusent vos joues quand vous souriez.

Elle lui sourit.

— Où est-ce que je vis ?

— Dans mon esprit, dans mes pensées. Dans mes bras.

Il resserra son étreinte.

— Votre équipe de football favorite est celle des New Orleans Saints et vous embrassez divinement. Qu'ai-je besoin de savoir de plus ?

Elle se mit à rire et, se hissant sur la pointe des pieds, posa les lèvres sur les siennes.

— Vous avez raison. Qu'avez-vous besoin de savoir de plus ?

Jenna lui prit la main et elle l'entraîna vers le salon.

— À présent que vous êtes là, vous pourriez rester un moment.

Il lui emboîta le pas puis il s'arrêta, l'air soudain abattu.

— Je ne peux pas. Je suis venu prendre vos empreintes. Mon contact doit les identifier avant de consulter la base de données.

— Oh !

Jenna hocha la tête.

— Entendu. Faisons cela, ajouta-t-elle d'une voix changée.

Sortant son téléphone portable de la pochette étanche, Sawyer lui fit tendre les mains face à l'appareil-photo et prit plusieurs clichés. Une fois satisfait de la qualité des images, il les envoya à Duff pour que ce dernier les transmette à son tour à Lance.

— Il faudrait que j'y aille maintenant, reprit-il d'un ton contrit.

Devant l'air désappointé de Jenna, il sentit son cœur se serrer.

— Où irez-vous ? Vous ne pouvez pas retourner à votre bungalow ni demander à vos amis de vous héberger. Ce serait le premier endroit où le tueur vous chercherait.

— Je ne peux pas rester ici non plus, fit-il valoir.

— Pourquoi pas ?

Elle pencha la tête sur le côté, affichant une moue persuasive.

— J'ai récupéré ma valise, ce qui signifie que le tueur ignore que j'ai pris la sienne. Vous êtes plus en sécurité ici que si vous arpentez les rues de Cancún à la nuit tombée.

S'il restait, envisageait-elle de lui assigner le canapé ou de l'accueillir dans son lit ?

— J'ai besoin de me changer, argua-t-il.

Elle haussa les épaules.

— J'ai probablement un autre T-shirt à votre taille.

— Il me faut aussi un pantalon.

Jenna sourit.

— Là, je ne peux pas vous aider.

— Et je veux surtout éviter de vous mettre en danger.

— Je viens de vous dire que…

Il s'approcha d'elle et posa la main derrière sa nuque.

— Vous me rendez vraiment la tâche difficile, fit-il d'une voix soudain plus rauque.

Jenna fit glisser ses mains sur son torse et les noua autour de son cou.

— Laissez-vous convaincre.

— Je n'ai rien du petit ami idéal.

Elle appuya un doigt sur ses lèvres.

— Je ne cherche pas un petit ami. J'en avais un. Il m'a abandonnée le jour de notre mariage. Pourquoi voudrais-je renouveler l'expérience ?

Il lui prit la main, ôtant son doigt de ses lèvres.

— Vous êtes une femme bien. J'aurais l'impression de vous utiliser.

Elle se hissa de nouveau sur la pointe des pieds, le réduisant cette fois au silence d'un baiser.

— Vous est-il venu à l'esprit que c'est peut-être moi qui me servirais de vous ?

— En ce cas, nous serions à égalité.

Il l'embrassa à son tour et la plaqua contre lui.

— Pas de regrets au petit matin ?

— Pas le moindre.

Un léger sourire erra sur les lèvres de Jenna.

— Donc, c'est oui ? Vous restez ?

— Le temps d'une nuit.

Elle haussa les épaules.

— Ça me suffit.

— Mais je veux d'abord rincer l'eau de mer de ma peau.

— Faites comme chez vous.

D'un geste, elle lui désigna la salle de bains.

— Et en plus, j'ai du champagne à vous offrir, ajouta-t-elle en s'éloignant.

— Je préfère la bière, mais le champagne fera l'affaire, ironisa-t-il en se dirigeant vers la salle de bains.

Se dépouillant de son short de bain et du maillot des Saints, il entra dans l'immense cabine de douche. Quel dommage de s'y trouver seul ! Il caressa un instant l'espoir que Jenna le rejoindrait, de plus en plus excité à la pensée qu'elle l'attendait dans la pièce voisine.

Que lui arrivait-il ? Alors que sa vie, et par voie de conséquence celle de Jenna, était en danger, il ne cessait de penser au corps de la jeune femme pressé contre le sien, à ses lèvres douces et tendres autant que fermes et passionnées.

Prélevant une dose du shampooing douche mis à disposition par l'hôtel, il se savonna le corps et les cheveux, s'exposant au jet pulsant du pommeau de douche. Des mains vinrent alors se glisser autour de sa taille tandis que des seins voluptueux se pressaient contre son dos.

Sawyer poussa un grognement.

Les mains s'immobilisèrent aussitôt.

— Était-ce l'expression d'un consentement ou une invitation à vider les lieux ? s'enquit Jenna.

Sawyer pivota entre ses bras, la preuve manifeste de son désir se dressant contre son ventre.

— Je pensais justement à vous.

Enfonçant les doigts dans ses cheveux, Sawyer déposa une succession de baisers le long de son cou jusqu'à la naissance de ses seins. Puis plus bas. Jenna avait un corps splendide, il n'avait pas assez de ses yeux, de sa bouche et de ses mains pour lui rendre hommage, se désespéra-t-il.

Comme si elle avait lu dans ses pensées, Jenna leva le visage vers lui pour murmurer :

— Vous avez un préservatif ?

— Oui, gémit-il.

Et il sortit de la douche pour s'emparer de sa pochette étanche, l'ouvrant avec une telle précipitation que son téléphone et son portefeuille volèrent sur le lavabo.

Un gloussement derrière lui l'incita à se dépêcher. Enfin, il trouva ce qu'il cherchait.

Jenna lui prit le préservatif des mains et l'enroula lentement sur son sexe, ses doigts exerçant une délicate caresse circulaire tandis qu'elle le faisait glisser jusqu'à sa base.

Près de perdre le contrôle, Sawyer lui empoigna les fesses et la souleva, lui appuyant le dos contre la fraîcheur du mur carrelé.

Elle noua aussitôt les jambes autour de sa taille et s'abaissa sur lui tandis qu'il lançait un premier assaut, s'enfonçant dans la chaleur moite de son intimité.

Comme Jenna prenait une profonde inspiration et retenait son souffle, Sawyer se figea, accordant à son corps le temps de s'ajuster à la longueur et au volume de son sexe. Lorsqu'elle prit appui sur ses épaules, il se retira presque complètement, puis s'enfonça de nouveau en elle.

Ils instaurèrent ainsi un rythme fluide et rapide qui se précipita jusqu'au point d'orgue cataclysmique.

Jenna se pétrifia, criant son prénom.

— Sawyer !

Un ultime assaut, et Sawyer se répandit en elle, profondément enfoui dans l'avidité ardente de son corps.

Lorsqu'il fut enfin en mesure de penser, Sawyer reposa Jenna à terre et lui savonna le corps entier, mémorisant chaque courbe et chaque fossette jusqu'à ce qu'elle soit couverte de mousse. Ensuite, il la plaça sous le jet d'eau pour la rincer.

— À mon tour.

Elle lui rendit la pareille, ses doigts effleurant les muscles de son dos et de ses épaules avant de descendre le long de son torse et de dessiner la courbe de ses fesses. Lorsqu'elle revint vers l'avant, il fut surpris de constater avec quelle rapidité il s'était remis de leurs premiers ébats.

— Allons dans la chambre, proposa-t-il.

— Mieux encore, allons dans le jacuzzi.

Elle l'aida à se rincer, promenant ses mains sur tout son corps, le heurtant d'un sein, le tentant du frôlement de ses hanches. Enfin, elle coupa l'eau.

— Prêt ?

— Plus que tu ne l'imagines.

Elle baissa les yeux.

— En effet, susurra-t-elle, mutine.

L'instant d'après, elle déambulait, nue, dans la suite pour rejoindre le jacuzzi dans une alcôve discrète de la terrasse.

Lorsqu'il se glissa dans l'eau près d'elle, il déclara :

— Ton ex-fiancé était un parfait idiot. Toutefois, rappelle-moi de le remercier.

Elle s'installa à califourchon sur lui.

— De quoi ?

— De t'avoir abandonnée devant l'autel pour que je te trouve, esseulée, à Cancún. J'y ai autant gagné qu'il y a perdu.

Il prit son visage entre ses mains et lui donna un long baiser langoureux tout en se glissant en elle, la prenant pour la seconde fois ce soir-là.

Après être restés dans le jacuzzi vingt minutes de plus, ils se séchèrent mutuellement avant de s'affaler sur le lit *king size*, exténués mais comblés.

Jenna s'endormit blottie contre lui, la joue appuyée contre son épaule, la main posée sur son torse.

Sawyer se fit la réflexion qu'il pourrait en prendre l'habitude. Très facilement même. Il resta étendu un long moment, serrant le corps nu de la jeune femme contre le sien, souhaitant, pour la première fois de sa vie, pouvoir rester avec une conquête plus d'une nuit. Beaucoup plus qu'une nuit…

Avec l'éducation qu'il avait reçue, des parents absents qui passaient rarement du temps en la compagnie l'un de l'autre, Sawyer ne s'était jamais considéré comme le modèle du petit ami ou de l'époux idéal. Sans parler de son métier… Comment pourrait-il nouer une relation durable avec une femme ?

Par ailleurs, Jenna avait déclaré qu'elle ne cherchait pas un fiancé de remplacement. Ayant été échaudée, elle refusait de courir à nouveau ce risque.

Une histoire entre eux semblait hautement improbable. Hélas…

Il somnolait lorsque son portable se mit à vibrer sur la table de chevet. Prenant garde de ne pas réveiller Jenna, il prit connaissance du message.

Viens au bungalow. Il faut que tu voies cette vidéo.

Le texto émanait de Duff, qui regardait probablement ladite vidéo par-dessus l'épaule de Lance dans le bungalow voisin du sien.

Un second message arriva ensuite.

Montana te couvrira.

Sawyer répondit aussitôt :

Bien reçu.

Quittant à regret le lit, il s'habilla. Puis il revint déposer un baiser sur les lèvres de Jenna. La jeune femme gémit dans son sommeil.

Que n'aurait-il donné pour rester auprès d'elle ! Mais ses amis ne ménageaient pas leur peine pour l'aider à contrer cette menace d'enlèvement ou de meurtre dont il faisait l'objet. Alors, s'ils avaient trouvé sur la vidéo de la caméra de surveillance un élément susceptible de les mettre sur la piste du tueur, la moindre des choses était qu'il aille les rejoindre.

Rabattant la casquette sur ses yeux mais rangeant les lunettes de soleil dans sa poche — dans l'obscurité, elles le gêneraient plutôt qu'autre chose, se dit-il, et pourraient de plus attirer l'attention sur lui — il sortit de l'hôtel par l'arrière et courut le long de la plage pour regagner le sien, restant à l'affût. Une fois à proximité du chemin qui séparait une rangée de palmiers des bungalows que ses camarades et lui avaient loués, il ralentit.

Quelque chose bougea dans l'ombre.

Sawyer plongea sur le sol sablonneux, prêt à en découdre.

Un rire grave se fit entendre.

— Tu deviens lent à la détente, Sawyer.

Montana s'écarta du palmier derrière lequel il se tenait caché.

— J'ai effectué une reconnaissance le long du trajet. La voie est libre.

Secouant la tête, Sawyer épousseta le sable qui lui collait au corps.

— Sympa, l'accueil ! grommela-t-il. Je suis en vacances, pas en opération.

— Vacances ou pas, tu dois veiller à rester en vie. Nous tenons assez à toi dans l'équipe.

Montana lui donna une tape sur l'épaule.

— Tu peux y aller, ajouta-t-il en faisant un signe de tête en direction du bungalow.

Sawyer ne discuta pas. Comptant sur ses compagnons d'armes pour couvrir ses arrières, il alla frapper à la porte du bungalow de Lance.

— Eh bien, tu y as mis le temps ! s'exclama Duff en lui ouvrant. Je pensais que tu rentrerais directement après avoir pris les empreintes de Jenna.

— J'ai été… distrait.

Duff émit un rire narquois.

— Les femmes sont souvent source de distraction. Je te garantis que je préférerais être en compagnie de Natalie plutôt qu'occupé à visionner une vidéo avec une bande de potes. Finissons-en, que nous puissions enfin profiter vraiment de ces vacances.

— Entièrement d'accord avec toi, dit Sawyer.

Il vint se placer derrière Lance.

— Merci d'avoir accepté cette mission, fit-il à son intention.

— Non seulement le patron m'a donné sa permission, mais il m'a affecté à votre service jusqu'à ce que vous n'ayez plus besoin de moi, l'informa Lance en lui jetant un regard par-dessus l'épaule avant de reporter son attention sur l'écran.

Et d'ajouter en haussant les épaules :

— Je ne peux pas trop me plaindre. Je suis à Cancún. Dès que j'en ai l'occasion, je sors profiter du soleil et de la plage.

Sawyer lui tapota l'épaule.

— Nous tâcherons de rendre cette mission la plus courte et la moins pénible possible.

— J'y compte. Il m'a fallu bidouiller un peu mais j'ai réussi à m'introduire dans le système de surveillance de l'hôtel et à prélever quelques vues du hall avant que Jenna n'emporte la valise.

Sawyer prit une chaise pour s'asseoir à ses côtés.

— Voilà le hall, poursuivit Lance en tournant l'écran vers lui. Et voici Jenna qui s'avance vers le concierge.

Sawyer sentit sa poitrine se comprimer. Il regrettait soudain de ne pas avoir emmené la jeune femme avec lui. De l'avoir laissée nue dans le lit de sa suite. Seule. Potentiellement vulnérable.

— On voit ici la valise posée près du bureau du concierge.

Sawyer distingua la forme et la taille du bagage. Mais personne à proximité.

— Et alors ? Vous ne me montrez rien de plus que ce que Jenna m'a rapporté.

— Repartons en arrière.

Lance fit lentement défiler les images afin qu'ils puissent voir les allées et venues des passants dans le hall au cours des instants précédents. On y voyait déjà la valise. Apparemment, elle avait été déposée là longtemps avant que Jenna n'arrive et ne s'en saisisse.

Soudain, une silhouette masqua un instant le concierge.

— Un instant.

Sawyer se pencha vers l'écran.

— Repartez en avant.

— Minute, je fais ce que je peux. Je travaille sur le serveur de l'hôtel et il est plutôt lent.

Lance fit défiler la vidéo au ralenti. Un homme entrait dans le hall, transportant une valise. *La* valise. Il la déposa près du concierge, se redressa, examina les alentours et disparut en empruntant une sortie latérale.

— Pouvez-vous obtenir une image plus claire de son visage ? s'enquit Sawyer.

Lance hocha la tête.

— C'est déjà fait. Et nous avons lancé une recherche dans le logiciel de reconnaissance faciale.

Sur ce, Lance se tourna vers un deuxième écran, où le visage de l'homme qui avait déposé la valise était comparé aux données de la base de suspects potentiels, faisant défiler les pages à une telle vitesse que Sawyer eut peine à suivre.

— Et après que Jenna a récupéré la valise ? Quelqu'un d'autre s'est-il approché du bureau du concierge pour prendre un bagage ?

— Plusieurs personnes au cours des minutes suivantes.

Lance revint à la vidéo de l'hôtel et avança rapidement jusqu'au moment où Jenna saisissait la valise, puis il fit lentement défiler les images.

Un homme vêtu d'un jean et d'un T-shirt traversa le hall et s'arrêta au bureau du concierge absent. L'homme regarda derrière le bureau, le contourna, secoua la tête et repartit.

Une femme portant un chapeau à large bord s'approcha du comptoir. Elle y posa son sac puis, sans doute pour tromper l'attente, en sortit un poudrier, l'ouvrit et se remit du rouge à lèvres. On la voyait peu après ranger ces accessoires, puis s'éloigner du comptoir comme le concierge brillait toujours par son absence.

— Peut-on mieux voir le visage de cette femme ? demanda Sawyer.

Lance secoua la tête.

— Non, tout ce que j'ai pu avoir, c'est son menton et ses mains.

Les images suivantes montraient un homme traînant une grosse valise. Il tambourina sur le comptoir d'un air impatient. « Ah ! voilà enfin un employé de l'hôtel ! » Ce dernier prit la valise et donna en échange un ticket à son propriétaire, avant d'aller ranger le bagage dans le local approprié.

— J'ai visionné toute l'heure suivante sans rien trouver d'intéressant, ajouta Lance.

L'image du hall de l'hôtel se mit alors à clignoter et un message d'erreur s'afficha soudain à l'écran.

Lance fronça les sourcils.

— Il semblerait que je ne puisse plus accéder au système. Essayons un autre chemin.

Ses doigts voltigèrent au-dessus du clavier.

— Me voilà de nouveau connecté à leur site. Mais que… Bon sang !

Il appuya encore sur quelques touches.

— Que se passe-t-il ? s'écria Sawyer en se penchant vers l'écran.

Lance semblait préoccupé.

— Un message indique que l'alarme anti-incendie s'est déclenchée. Et que les employés de l'hôtel doivent procéder à l'évacuation du bâtiment principal.

Sawyer se redressa, inquiet.

— Pensez-vous que celui qui recherche cette valise a pu lui aussi pirater le système de surveillance ?

— C'est possible, dit Lance. S'y introduire est un jeu d'enfant.

Sawyer se rua vers la porte.

— Où vas-tu ? lui demanda Duff.

— Si nous avons vu Jenna emporter la valise, le tueur l'a peut-être vue, lui aussi. Je dois aller la retrouver.

— Et s'il s'agit d'une ruse pour t'amener à te découvrir ?

— Je ne peux pas laisser Jenna à la merci du tueur.

7

Jenna était au beau milieu d'un rêve très sensuel impliquant Sawyer quand l'alarme de son réveil se déclencha, l'arrachant aux bras de Morphée et la ramenant à la réalité. Elle se redressa et regarda, à moitié réveillée, la place désertée par Sawyer. L'affichage lumineux du réveil indiquait 3 h 46. Elle tenta d'en couper la sonnerie, sans succès.

— Sawyer ? appela-t-elle.

Lorsque seul le hurlement strident et persistant de l'alarme lui répondit, elle prit conscience qu'il s'agissait de celle du couloir. Elle bondit hors du lit et courut à la salle de bains.

Sawyer ne s'y trouvait pas non plus, et ses vêtements avaient disparu.

Le bruit insistant de l'alarme la convainquit d'agir. Elle enfila une robe d'été sur son corps nu, un slip, une paire de sandales et elle se rua vers la porte, attrapant son sac au passage… le tout dans un délai de quelques secondes.

— Alarme incendie ! Tous les clients doivent évacuer l'hôtel, annonça une voix dans le couloir.

Jenna ouvrit brusquement la porte.

Avant qu'elle ait pu faire un pas dans le couloir, un individu entièrement vêtu de noir se jeta sur elle. Et la souleva de terre pour la ramener dans la chambre.

Elle se mit à crier mais en vain. La porte de la suite s'était refermée et, de toute façon, le bruit de l'alarme couvrait ses appels à l'aide.

Son agresseur la balança sur le lit.

Le cœur battant à se rompre, Jenna roula sur le côté et posa les pieds au sol.

Puis, comme l'individu contournait le lit, Jenna remonta d'un bond à la tête de celui-ci et empoigna le couvre-lit.

Quand son agresseur se rua sur elle, elle projeta le couvre-lit sur lui, à la manière d'un filet de pêche. Puis fonça vers la porte d'entrée qu'elle ouvrit à la volée.

Des pas pesants résonnèrent aussitôt derrière elle.

Le souffle court, elle remonta en courant le couloir désert et poussa la porte donnant sur la cage d'escalier. Elle dévala ce dernier quatre à quatre, en se retenant à la rampe.

Elle descendit ainsi du dixième au neuvième, puis au huitième étage. D'autres clients avaient envahi la cage d'escalier. Elle se fraya un chemin parmi eux. En atteignant le sixième étage, elle tomba sur Becca qui, curieusement, s'évertuait au contraire à monter.

— Jenna, que se passe-t-il ? lui lança-t-elle, la forçant à s'arrêter.

Jenna jeta un coup d'œil fébrile en direction des étages supérieurs.

— Quelqu'un m'a agressée.

— Où ?

Des clients en peignoir de bain ou en pyjama continuaient d'affluer dans l'escalier, hagards et inquiets.

— Dans ma chambre.

Lui entourant la taille de son bras, Becca l'entraîna rapidement jusqu'au rez-de-chaussée, la faisant sortir par l'arrière de l'hôtel, près de la piscine.

Les lieux étaient envahis de vacanciers désorientés et le nez en l'air, en quête d'indices de l'incendie censé s'être déclaré dans l'hôtel.

— Je dois signaler l'agression dont j'ai été victime, déclara Jenna en cherchant du regard le service de sécurité de l'hôtel ou un policier.

Son assaillant se trouvait-il parmi eux, au milieu des clients effrayés sortant du bâtiment ?

— Vous allez bien ? lui demanda Becca lorsqu'elles firent une pause près du bar extérieur.

— Je pense, oui, lui répondit Jenna en frissonnant.

— Que s'est-il passé ?

— Je l'ignore.

Elle avait encore peine à croire qu'elle avait réussi à s'échapper.

— Quand j'ai ouvert la porte de ma chambre, quelqu'un m'a littéralement foncé dessus. Il était vêtu de noir avec une cagoule de ski noire.

— A-t-il dit ce qu'il vous voulait ?

— Non, il a seulement essayé de m'agripper, mais je... je me suis sauvée.

Saisie d'une terreur rétrospective, Jenna tremblait de tous ses membres. Que se serait-il produit si elle n'avait pas réussi à s'esquiver ?

Elle sentit sa gorge se nouer. Cet individu, c'était sûrement le tueur à gages. Qui cherchait son arme.

— Jenna.

Becca posa sur elle un regard inquisiteur.

— Etes-vous sûre qu'il n'a rien dit ?

— Oui, certaine.

Jenna devait absolument prévenir Sawyer que le tueur l'avait retrouvée. Qu'il avait appris qui elle était et où elle logeait.

— Je dois partir.

— Pour aller où ? lui demanda Becca.

— Jenna !

Jenna se haussa sur la pointe des pieds, s'efforçant de voir au-delà de la cohue à qui appartenait la voix chaude et virile qui s'était s'élevée de l'autre côté de la foule rassemblée autour de la piscine. Un homme à la haute stature, dépassant d'une tête la plupart des autres personnes, émergea de l'obscurité.

— Sawyer ! s'écria-t-elle en courant vers lui.

Il ouvrit les bras et l'étreignit avec ardeur.

— Chérie, que s'est-il passé ?

Il la serra contre lui, écartant les cheveux de son visage.

— Nous devons partir d'ici. Maintenant, lui murmura-t-elle à l'oreille.

— Allons-y.

Lui faisant un rempart de son corps, il l'entraîna en direction de la plage.

— Jenna ? appela Becca.

Jenna s'arrêta, se sentant coupable d'abandonner sa nouvelle amie sans prendre congé.

— Merci de m'avoir sortie de là, Becca.

— Où allez-vous ? Je suis sûre que quelqu'un a déclenché l'alarme incendie pour faire une farce, mais nous pourrons signaler votre agression à la police quand elle arrivera.

— Je ne peux pas rester. Je dois partir.

Becca hocha la tête.

— Je comprends. Surtout soyez prudente.

Puis, s'adressant à Sawyer :

— Elle vient de subir un gros choc.

— Je prendrai soin d'elle, lui promit-il.

En entendant ces mots, Jenna se sentit rassérénée, bien que tremblant toujours.

Lorsqu'ils se furent extirpés de la foule assemblée autour de la piscine, Sawyer l'interrogea.

— Que s'est-il passé ?

Elle répéta ce qu'elle avait dit à Becca.

— C'est forcément le propriétaire de la valise. Mais comment m'a-t-il trouvée ?

Sawyer ne lui répondit pas. Au lieu de cela, il lui prit la main.

— Tu peux courir ?

— Oui.

— En ce cas, ne perdons pas de temps. Nous devons éviter de rester à découvert.

Il s'élança à une allure assez modérée, courant le long des vagues léchant le sable damé.

Ils passèrent devant un premier hôtel et, alors qu'ils approchaient du suivant, virent deux hommes surgir de l'ombre d'un palmier.

Jenna s'arrêta net, tirant Sawyer par la main pour battre en retraite.

— Sawyer, dit l'un des hommes. C'est moi, Montana.

— Et Duff, ajouta le second. Content que tu l'aies trouvée avant le tueur.

Jenna leva les yeux vers Sawyer dont elle distinguait le visage à la lueur des étoiles.

— Tu savais qu'il viendrait s'en prendre à moi ?

Il acquiesça.

— Je l'ai appris il y a quelques minutes. C'est pourquoi je suis revenu. Nous avons réussi à visionner les images de la caméra de sécurité installée dans le hall, et nous t'avons vue emporter la valise.

— Et vous avez vu aussi celui qui est venu la réclamer ?

— Pas aussi nettement, hélas.

Sawyer la guida sur un chemin reliant de jolis petits bungalows.

— Une chose est certaine, toutefois : si nous avons pu pirater le système de surveillance de l'hôtel, le tueur a pu en faire autant. Et mettre ainsi un visage sur la personne qui avait récupéré sa valise.

Jenna tituba, totalement atterrée. Sans le bras de Sawyer lui enserrant la taille, ses genoux se seraient dérobés sous elle.

Alors qu'ils longeaient le chemin, une autre silhouette sortit de l'ombre. Celle d'une femme, cette fois.

Duff s'avança vers elle et se pencha pour l'embrasser sur les lèvres.

— J'en déduis que la voie est libre ?

— Pour l'instant.

Jenna la vit poser les yeux sur elle.

— C'est elle ? fit-elle.

Sawyer acquiesça d'un signe de tête.

— Nous ferons les présentations une fois à l'intérieur.

Ils s'arrêtèrent devant l'un des bungalows et Sawyer frappa à la porte. Montana, la femme et Duff avancèrent juste derrière eux, la protégeant ainsi que Sawyer de toute menace potentielle. La porte s'ouvrit et un homme leur fit signe d'entrer. Il referma ensuite la porte derrière eux et retourna s'asseoir à un bureau.

— Jenna, je te présente Lance, dit Sawyer en lui désignant l'homme qui avait ouvert la porte.

— Bonjour. Etes-vous aussi un Navy Seal ? s'enquit Jenna.

L'homme émit un rire dédaigneux.

— Pas vraiment. Je travaille beaucoup plus dur qu'eux, ironisa-t-il en allant prendre place derrière deux écrans d'ordinateur.

Sawyer fit un signe de tête en direction de la petite amie de son collègue Duff.

— Natalie et Lance sont des agents spéciaux.

— Quel genre d'agents spéciaux ? interrogea Jenna. FBI, CIA, Interpol ?

Natalie se mit à rire.

— Rien de tout cela. Nous travaillons pour une agence ultra-secrète. C'est tout ce que je peux vous dire.

— Ou sinon, elle devra vous tuer, compléta Lance d'un ton espiègle.

Natalie fusilla Lance du regard.

— Ne l'écoutez pas. Il est simplement grincheux parce qu'il est ici depuis quatre jours et qu'il n'a pas encore mis un pied dans l'eau.

— Eh oui, pendant que vous prenez du bon temps, je suis coincé dans mon antre de geek à faire tout le travail.

Il toucha la souris et l'un des écrans s'alluma. L'image brouillée d'un visage hispanique s'afficha. L'homme se tenait dans le hall d'un hôtel, s'avisa Jenna.

Elle regarda de plus près. Le hall de *son* hôtel.

Lance leur désigna l'écran de gauche.

— Voici l'homme qui a laissé la valise au concierge.

— Est-ce lui, le tueur ? demanda Jenna.

— Nous ne le pensons pas, lui répondit Sawyer.

— Nous pensons qu'il a laissé la valise à l'intention du

tueur qui l'aurait récupérée si vous ne l'aviez pas prise la première, lui expliqua Lance.

Il lui décocha un sourire.

— Au fait, vous avez fait du bon travail en prévenant Sawyer.

— En effet, renchérit Montana. Ça m'a donné à réfléchir. Je suis retourné à la société de location de scooter des mers et j'ai découvert quelque chose qui ressemble à s'y méprendre à un impact de balle à l'arrière de la motomarine sur laquelle vous vous êtes enfuis.

Sawyer se tourna d'un air surpris vers son collègue.

— Quand as-tu fait cela ?

— Pendant que tu étais sorti, tout à l'heure.

La gorge nouée, Jenna déglutit avec peine.

— Etes-vous sûr qu'il s'agissait d'un impact de balle ? demanda-t-elle à Montana.

— Certain. Quant à savoir à quel moment le projectile a touché la motomarine, je n'ai pas la réponse à cette question.

Sawyer serra les poings, les traits durcis.

— Seigneur, Jenna, gémit-il en l'attirant à lui. Tu aurais dû confier cette affaire à la police au lieu de venir me prévenir.

Elle s'abandonna à l'étreinte de Sawyer, ses bras puissants l'aidant à digérer le fait qu'elle aurait pu recevoir une balle si le tireur avait visé un peu plus haut ou s'ils ne s'étaient pas éloignés assez rapidement.

— Ça n'a plus d'importance, à présent.

— Au contraire. Tu viens d'être agressée. L'individu qui me traque s'en est à présent pris à toi.

— Peut-être te cherchait-il et m'aura-t-il trouvée à la place.

Sawyer la prit par les bras.

— Il t'a agressée.

— Si vous pouviez tous deux m'accorder un instant votre attention…

Lance actionna la souris, et l'autre écran revint à la vie, affichant plusieurs images de ce qui semblait être l'homme de l'hôtel en différents autres lieux.

— Ces données proviennent de la base de la CIA. Cet

homme se nomme Jorge Ramirez. Il est surveillé à la fois par la CIA et la DEA, la brigade des stupéfiants.

— Pour quelle raison ?

Sawyer s'approcha de l'écran, fixant le visage de l'homme afin de le mémoriser. Si Ramirez avait quelque chose à voir avec l'agression perpétrée à l'encontre de Jenna, il le retrouverait et il rendrait service à ce monde en l'éliminant.

— Il travaille pour Carmelo Devita, ce même baron de la drogue impliqué dans le trafic d'êtres humains que nous venons de démanteler.

— Mais Devita n'avait pas orchestré cette opération, précisa Duff. Il a seulement été engagé pour aider à faire le travail.

— La question est : qui, cette fois, a engagé Devita et comment allons-nous le trouver ? Si nous y parvenons, nous saurons qui cherche à s'en prendre à moi.

Natalie se tapota le menton, l'air songeur.

— Notre patron a d'autres relations ici, à Cancún.

Sawyer esquissa un sourire.

— Je n'en suis pas surpris. Oh ! ne vous inquiétez pas, s'empressa-t-il d'ajouter, je ne vais pas faire le difficile.

Natalie afficha un large sourire.

— Tant mieux car je ne connais même pas la moitié de ses contacts. Il en a partout dans le monde.

— Votre patron est-il de notre côté ? demanda Jenna à Natalie. Ou alors est-il également impliqué dans des activités criminelles ?

Le sourire de Natalie s'effaça.

— Vous aurez rarement l'occasion de rencontrer un homme aussi bon que Royce. Quoi qu'il fasse, il le fait dans l'intérêt de nos compatriotes.

— Désolée, s'empressa de dire Jenna. C'est que… je me sens un peu dépassée par les événements.

Natalie la regarda fixement pendant un moment encore avant de se radoucir.

— Et moi, je suis un peu fatiguée. Alors, toutes mes excuses également pour la sécheresse de mon ton.

— Avez-vous fini de discuter ? leur demanda Lance. Le patron nous a envoyé une adresse où nous avons des chances de trouver ce Ramirez.

Jenna sentit la main de Sawyer se resserrer autour de sa taille.

— Bien, j'y vais, déclara-t-il.

— Moi aussi, ajouta Duff.

— Je suis des vôtres, renchérit Montana. Quant à Quentin…

L'imposant commando marine secoua la tête avant d'ajouter :

— … ce sont toujours les mêmes qui ont de la chance.

— Je suis soulagée que ma compagne de chambre ait été avec lui quand cet individu m'a agressée, déclara Jenna.

— À ce propos…

Sawyer sortit son téléphone et il entreprit de composer un message.

— … je vais lui demander de la garder occupée toute la nuit afin d'éviter qu'elle ne regagne la chambre qu'elle partage avec toi.

— Parfait. Je ne voudrais pas qu'elle croise l'agresseur. Elle n'a pas la moindre idée de ce qui se trame. Peut-être devrais-je l'appeler pour la mettre au courant.

— En tout cas, pour l'instant, il est hors de question que tu retournes là-bas.

— Quel gâchis. J'ai la meilleure suite de tout l'hôtel et je ne peux même pas l'utiliser.

Jenna soupira.

— Enfin, reprit-elle, et ensuite ? Quel est votre plan d'action ?

— Nous devons mettre la main sur ce Devita, lui répondit Sawyer. Et, pour trouver Devita, nous devons suivre Ramirez.

— Allons-nous attendre Quentin ? s'enquit Duff.

Sawyer secoua la tête.

— Je pense que nous pouvons gérer cela à nous trois.

— Quatre, rectifia Jenna.

— Quentin ne nous accompagne pas, lui rappela Sawyer.

Jenna redressa les épaules et se campa fermement sur ses jambes.

— Lui, non, mais, moi, si.

Son cœur se mit à battre plus fort. La douce et insipide comptable était déterminée à s'affirmer.

— Tu n'as pas reçu l'entraînement adéquat.

— Peut-être pas, mais là n'est pas la question.

Elle posa une main sur sa hanche.

— Où vais-je attendre pendant que vous, messieurs, irez interroger ces malfrats ?

— Vous pouvez rester ici, lui proposa Lance.

— Le tueur pense que je suis en possession de la valise contenant son arme. Et s'il a tiré sur cette motomarine, il sait à présent qu'il a des chances de me trouver en compagnie de Sawyer. Il ne manquera donc pas de me chercher dans les parages.

Elle releva le menton, les mettant au défi de la contredire.

Sawyer se rembrunit.

— Tu ne viens pas. Je vais te trouver une autre chambre.

— Où je me retrouverai seule, privée de la protection de solides commandos marines ?

Montana toussota.

— Elle marque un point.

Sawyer crispa la mâchoire.

— Non, pas question. Les hommes des cartels de la drogue sont dangereux. Ils tirent à vue.

Et, lui lançant un regard furieux :

— Tu ne viens pas, un point, c'est tout.

Elle hocha la tête.

— Très bien. Dans ce cas, de deux choses l'une. Soit je retourne m'asseoir dans ma chambre où je courrai le risque d'être de nouveau agressée, soit je prends un taxi pour mener ma propre enquête à propos du cartel. Cela, au risque de me faire tuer, mais ne suis-je pas déjà devenue une cible de toute façon ?

Duff afficha un sourire en coin.

— Elle n'a pas tort.

— Et puis zut !

Sawyer attrapa la casquette et les lunettes de soleil qu'elle lui avait prêtées.

— Nous perdons du temps. En route.

— Jenna, tu resteras à couvert dans la jeep pendant que nous irons interroger Ramirez, dit Sawyer de son ton le plus péremptoire.

Il n'était toujours pas réconcilié avec l'idée que la jeune femme ait atterri sur le siège arrière du véhicule.

— Je veux être présente lorsque vous interrogerez Ramirez.

— Hors de question.

— Mais…

— Quelqu'un doit rester ici pour surveiller la voiture, argua Duff.

Il sortit un pistolet neuf millimètres de sous le siège avant.

— Vous savez vous en servir ?

Jenna déglutit, la gorge serrée.

— Euh… non. Pas vraiment.

Sawyer leva les yeux au ciel et il prit l'arme des mains de Duff.

— Voici l'extrémité du canon. Ne la pointe pas sur quelqu'un si tu n'as pas l'intention de tirer.

— Je ne suis pas complètement demeurée, maugréa-t-elle.

— Quoi qu'il en soit, je n'ai pas envie de prendre une balle perdue.

Fusillant Duff du regard, il enleva le chargeur.

— On ne donne pas une arme chargée à quelqu'un qui n'a jamais tiré.

Duff sourit.

— Elle est intelligente. Je suis sûr qu'elle saurait se débrouiller.

Sawyer fit glisser la culasse et vida l'arme sur le plancher de la voiture avant de la tendre à Jenna.

— Si les hommes du cartel tentent de s'introduire dans la jeep, pointe cette arme sur eux.

— Tu ne comptes pas y remettre les balles ?

— Non.

Il cacha le chargeur sous l'un des sièges avant.

— Le seul fait d'agiter ce pistolet les effraiera suffisamment pour qu'ils te laissent tranquille.

— C'est gentil à toi de décider qu'une arme vide est le meilleur moyen de me protéger, lui dit-elle, se renfrognant. Et si je brandis ce pistolet et que le type d'en face en a un plus gros, chargé de balles réelles… que se passera-t-il ?

— Nous serons de retour avant que ça n'arrive, lui assura-t-il. Mais n'était-ce pas plutôt lui qu'il cherchait à rassurer, ce disant ? Il ignorait en effet le temps qu'il leur faudrait pour trouver Ramirez et lui soutirer les informations dont ils avaient besoin. Ils disposaient uniquement d'une adresse. Si leur homme s'y trouvait, il pourrait s'échapper par l'arrière avant qu'ils n'approchent. Et s'ils devaient le pourchasser, cela les entraînerait encore plus à l'écart de la jeep et de Jenna.

Sawyer toucha l'épaule de Montana.

— Donne-lui les clés.

— Comment ?

Montana serra les clés dans son poing.

— Pourquoi ?

— Si elle doit filer en vitesse, il lui sera plus pratique de regagner l'hôtel en voiture plutôt qu'à pied.

— Je ne partirai pas sans vous, protesta Jenna.

Sawyer la prit par les épaules.

— Tu devras faire ce qu'il faut pour survivre.

Il la secoua légèrement.

— Tu comprends ?

— Oui.

Elle prit les clés.

Lorsque les hommes descendirent du véhicule, elle baissa la vitre.

— Soyez prudents, chuchota-t-elle.

— Et toi, reste à couvert.

Sawyer se pencha par la fenêtre, et il l'embrassa avec fougue.

— Je t'en supplie, ajouta-t-il en la sondant du regard.

Puis il s'éloigna avant d'être pris de remords.

Montana s'était garé dans une ruelle déserte à deux pâtés de maisons de la dernière adresse connue de Ramirez. Étant donné l'heure matinale, les rues étaient peu fréquentées.

Sawyer ouvrit la voie, suivi de Duff puis de Montana. Ils se glissèrent entre les bâtiments en direction de l'adresse.

— La maison de Ramirez doit se trouver dans la rue suivante.

Dissimulé par l'ombre dans laquelle était plongée la ruelle, Sawyer ralentit et jeta un regard furtif à l'angle du bâtiment. Le quartier commençait à renaître à la vie, à l'aube de cette matinée qui s'annonçait radieuse. Se remémorant les traits de Ramirez, il rabattit la casquette sur ses yeux et contourna la maison désignée par Royce comme étant la dernière résidence connue de leur cible.

Lorsqu'il se fut assuré que personne ne l'observait, il escalada le mur d'enceinte et se laissa retomber de l'autre côté. Par chance, il atterrit d'un côté de la maison sur lequel ne s'ouvraient que de rares fenêtres. S'accroupissant, il longea le mur en stuc jusqu'à l'une d'entre elles dont s'échappait une odeur de bœuf grillé et de tortillas. Son estomac se mit à gargouiller, c'est vrai qu'il n'avait rien mangé depuis la veille, se dit Sawyer.

Il écarta cette pensée et se concentra sur sa mission. Se haussant légèrement, il examina l'intérieur de la cuisine.

Une Hispanique menue, debout devant la cuisinière, retournait une tortilla. Elle annonça, par-dessus son épaule, en espagnol, que le repas était prêt.

Une voix masculine s'éleva de l'intérieur de la maison. D'après ce que comprit Sawyer, l'homme lui répondait qu'il allait emporter la galette qu'elle venait de cuire.

La femme garnit la tortilla et elle l'enveloppa dans du papier aluminium. Elle en prépara ensuite deux autres avant d'emporter le tout dans une autre pièce.

— Je n'ai pas réussi à voir l'homme présent dans la maison mais, s'il s'agit de Ramirez, il va en sortir. Tenez-vous prêts, murmura Sawyer dans le casque audio dont Lance avait équipé les membres de l'escouade.

— Bien reçu, répondit Duff. J'ai repéré un bâtiment désert, à deux maisons de là. Nous pourrons l'y emmener.

Sawyer se rapprocha de la fenêtre la plus proche de la porte et jeta un coup d'œil dans la modeste demeure. La femme tendait un sac en toile à un homme qui, hélas, tournait le dos à la fenêtre.

Sans embrasser la femme ni lui dire quoi que ce soit, l'individu dissimula un pistolet sous sa chemise *guayabera*, prit le sac par les poignées et se dirigea vers la porte.

Bingo !

Le profil de l'homme correspondait à celui que Sawyer avait vu sur la vidéo de l'hôtel. Ils tenaient leur homme.

Ou plutôt… ils avaient localisé leur cible. Il ne leur restait plus qu'à l'intercepter.

Sawyer s'accroupit de nouveau.

— C'est lui.

— On intervient, lui répondit Montana.

Se baissant, Sawyer s'avança vers la porte d'entrée.

Ramirez sortit de la maison, traversa le petit jardin et ouvrit le portillon de bois.

Aussitôt, Sawyer s'élança silencieusement derrière lui, retirant le pistolet de sous sa chemise.

— *¡ Caramba !* gronda Ramirez.

Tirant avantage de l'effet de surprise, Sawyer le poussa dans la rue.

Les autres commandos marines entrèrent alors en action. Montana appliqua un morceau d'adhésif sur la bouche de Ramirez. Et, tandis que Sawyer lui tordait toujours le bras dans le milieu du dos et que Duff le maintenait, ils l'entraînèrent dans la ruelle, rasant l'arrière des maisons jusqu'au bâtiment abandonné. Duff se servit de son couteau pour crocheter la serrure de la porte d'entrée.

Une fois qu'ils furent à l'intérieur, Montana attacha solidement les mains de Ramirez dans son dos à l'aide de l'adhésif.

— Par ici, lança Duff.

Sawyer et Montana poussèrent leur prisonnier à l'intérieur d'un bureau meublé d'une table et de deux chaises branlantes.

Sawyer assit Ramirez sur l'une des chaises et tira sur l'adhésif qui lui couvrait la bouche, lui arrachant la peau au passage.

Ramirez se mit à jurer en espagnol.

— Où est-il ? l'interrogea Sawyer.

Leur prisonnier se passa la langue sur ses lèvres à vif.

— *¡ Hijos de puta !* marmonna-t-il, et Sawyer croisa son regard incendiaire.

— Où est Devita ? précisa-t-il.

Ramirez ricana.

— Seul Devita le sait, lança-t-il dans un anglais à l'accent prononcé.

Sawyer saisit le pistolet confisqué à Ramirez, l'arma et le pointa sur la tête de leur prisonnier.

— Alors tu ne nous sers à rien. Autant te supprimer.

— Laisse-moi m'en charger, dit Montana en posant une main sur son bras.

Il sortit le couteau, affûté comme un rasoir, de l'étui qu'il portait, fixé à la cheville.

— J'ai toujours eu envie de faire ça.

Il poussa la table devant Ramirez et prit place en face de lui.

— Approchez l'une de ses mains.

Utilisant son couteau, Duff coupa l'adhésif enserrant les poignets de Ramirez. Puis il lui attacha l'un des poignets à la chaise et lui scotcha l'autre main sur la table, doigts écartés.

Sawyer faillit pouffer de rire en voyant le regard de maniaque de Montana. Ce qu'ignorait Ramirez, c'était que son collègue maniait le couteau en expert. Il avait peaufiné ses talents lors de parties de chasse avec ses amis dans les Crazy Mountains du Montana. D'où le surnom que les Seals lui avaient donné… Une fois la chasse terminée, ils échangeaient des tours d'adresse, assis ensemble le soir dans le chalet.

— Qu'allez-vous faire ? gémit Ramirez, les yeux fixés sur le couteau que tenait Montana.

Pour toute réponse, Montana planta la pointe de celui-ci dans le bois de la table, entre le pouce et l'index de leur prisonnier.

Ce dernier se raidit, les yeux écarquillés.

— Je te conseille de parler, lui dit Sawyer.

Et Montana de se mettre à planter le couteau à la vitesse de l'éclair entre les doigts de Ramirez, alternant les figures.

— Quand il fatigue, il commence à rater son coup, chuchota Sawyer à l'oreille de Ramirez.

La sueur se mit à perler au front du prisonnier.

— J'ignore où se trouve Devita. Il m'envoie toujours ses hommes.

Cette fois, le couteau se planta dans l'un de ses doigts. Du sang jaillit.

— J'ignore où il est ! s'écria Ramirez.

Montana accéléra le mouvement.

— *¡ Por favor !*

Ramirez ferma les yeux

— *¡ Por favor !* répéta-t-il en sanglotant. Je ne sais rien.

Sawyer toucha l'épaule de Montana. Le colosse récupéra son couteau, essuya la lame ensanglantée sur la jambe de son pantalon et se leva pour lui céder la place.

— Dis à Devita que je viens chercher des réponses et qu'il a plutôt intérêt à les connaître. Je serai loin d'être aussi précautionneux que mon ami avec son couteau.

— Je peux toujours lui dire, mais ça servira pas à grand-chose.

Ramirez, qui avait repris du poil de la bête, afficha un sourire narquois.

— Il a de nombreuses relations. Vous ne l'approcherez pas.

Sawyer se releva. Ramirez ne savait rien. Il ne leur était d'aucune utilité. Cependant, il pourrait les conduire jusqu'à Devita par le biais de ses contacts.

— Laissons-le partir, dit-il.

Duff détacha les mains de l'homme, l'attrapa par le col pour le remettre debout puis le poussa au-dehors dans la direction opposée à celle de la rue où ils avaient garé la jeep.

Ramirez détala sans demander son reste.

— Hâtons-nous de retourner à la jeep, reprit Sawyer, inquiet.

Son instinct ne le trompait jamais. Il lui avait sauvé la mise au cours de plus d'opérations qu'il ne saurait en dénombrer. Et, en cet instant précis, il l'exhortait à sauver Jenna. Elle était en danger, il le sentait.

Alors qu'il piquait un sprint en direction du véhicule, il entendit un coup de feu.

8

Allongée sur le siège arrière de la jeep, Jenna jetait régulièrement un œil par la fenêtre, comptant les secondes dans l'attente du retour des Navy Seals. Bien qu'il soit encore tôt, la température extérieure augmentait et l'habitacle commençait à faire étuve.

Dix minutes s'écoulèrent sans que l'escouade se manifeste. Ni que quoi que ce soit se passe, d'ailleurs. À sa montre les secondes s'égrenaient avec une lenteur exaspérante. Voyant l'aiguille des minutes atteindre le quart d'heure, Jenna risqua un nouveau coup d'œil à l'extérieur tout en se mordillant la lèvre.

C'est alors que des yeux sombres croisèrent son regard. Aussitôt, une voix masculine cria quelque chose en espagnol.

Bon sang ! Elle avait été repérée.

Avant qu'elle ait pu reprendre ses esprits et décider quoi faire, trois autres individus apparurent, cernant la jeep et parlant à toute vitesse en espagnol. L'un d'eux brandit un démonte-pneu.

Jenna pointa l'arme sur lui.

— Arrêtez ou je tire, cria-t-elle.

Les hommes se mirent à rire en désignant l'arme. Se rendaient-ils compte qu'elle était vide ?

D'abord décontenancée, Jenna sentit son pouls s'emballer lorsque l'homme leva le démonte-pneu pour fracasser la vitre du côté passager, projetant une gerbe d'éclats de verre à l'intérieur du véhicule.

Elle se jeta sur le plancher. Où Sawyer avait-il déposé le chargeur rempli de balles ?

Tandis que, toujours à l'aide du démonte-pneu, l'homme débarrassait le bord de la vitre des morceaux de verre restants, Jenna cherchait fiévreusement le chargeur. Enfin, ses doigts se refermèrent autour du métal froid. Elle l'enfonça dans la crosse du pistolet et roula sur le dos au moment même où le malfrat tendait la main à l'intérieur et ouvrait la portière.

Elle pointa l'arme sur sa jambe et appuya sur la détente.

Le coup partit, et elle encaissa le recul.

L'homme poussa un cri, agrippant sa jambe, et il tomba à la renverse, s'écroulant au sol. Ses trois comparses battirent en retraite, levant les mains en l'air.

Jenna se releva, et elle agita son arme en direction de l'homme à terre.

— Emmenez-le et partez, leur lança-t-elle d'une voix qui tremblait presque autant que ses mains.

Deux des hommes se ruèrent en avant, saisirent leur ami sous les bras et ils l'entraînèrent.

Jenna ne baissa son arme qu'une fois qu'ils eurent disparu au coin de la rue. Puis elle passa par-dessus la console centrale pour s'asseoir sur le siège du conducteur et s'efforça d'introduire la clé dans le contact. Elle tremblait tant que la clé lui échappa des mains. Enfin, elle réussit à mettre la clé dans le contact, et elle la tourna. La jeep démarra mais cala aussitôt.

Bon sang, que se passait-il ? Elle baissa les yeux sur le levier de vitesses. Aïe ! Elle avait oublié que la jeep était équipée d'une boîte de vitesses manuelle. Elle n'avait pas conduit ce type de véhicule depuis le lycée et encore, sur un parking plat et désert.

Elle chercha du regard les hommes qui avaient brisé la vitre. Personne en vue. Tablant sur l'absence de danger immédiat, elle posa le pistolet sur le siège passager.

S'efforçant au calme, elle saisit le levier de vitesses d'une main et plaça les pieds sur les deux pédales au plancher, se souvenant que l'une correspondait au frein, l'autre à l'accélérateur. Alors, elle tourna la clé dans le contact, et le véhicule revint à la vie.

— Oh ! merci, mon Dieu.

Elle appuya sur l'accélérateur, et une vitesse s'enclencha. La jeep bondit en avant, monta sur le trottoir puis en redescendit brutalement.

Si quelqu'un avait signalé le coup de feu, la police mexicaine ne mettrait pas longtemps à arriver, songea-t-elle. Elle devait déguerpir, avec ou sans Sawyer, Montana et Duff. Ils étaient parfaitement capables de regagner l'hôtel par leurs propres moyens. Et, surtout, mieux valait éviter que le fait qu'elle ait tiré sur quelqu'un leur soit reproché. Si quelqu'un devait aller en prison, ce serait elle.

Néanmoins, avant de partir, elle voulut en avoir le cœur net. Les hommes pouvaient courir un sérieux danger. Peut-être s'étaient-ils retrouvés face à davantage de sbires de Devita qu'ils n'étaient préparés à en affronter. Elle décida de passer devant la maison de Ramirez pour le cas où ils auraient besoin d'une voiture pour s'échapper.

Alors qu'elle approchait de l'intersection, trois hommes contournèrent le coin de la rue.

Sawyer avançait en tête.

Près de pleurer de soulagement, Jenna écrasa la pédale de frein. La jeep s'arrêta et le moteur cala.

Sawyer ouvrit la portière.

— Laisse-moi la place, lui ordonna-t-il en relançant le moteur.

Jenna gagna le siège passager tandis que Montana et Duff grimpaient à l'arrière.

On entendit alors des sirènes hurler, le son s'engouffrant par l'espace béant de la vitre brisée.

Sans un mot, Sawyer entreprit de zigzaguer dans les rues étroites.

Jenna agrippa l'accoudoir, le corps tremblant, le souffle haletant.

Lorsque le bruit des sirènes s'estompa, Sawyer fit demi-tour, empruntant un chemin détourné pour finalement revenir à l'hôtel. Il se tourna alors vers elle.

— Où est le pistolet ?

Prise de court, elle ne put se le rappeler sur l'instant. Puis elle prit conscience de la bosse sur son siège. Elle repêcha le neuf millimètres sur lequel elle était assise et le lui tendit.

Sawyer appuya aussitôt la main contre le côté de l'arme afin d'en diriger le canon vers l'avant du véhicule.

— Rappelle-moi de t'enseigner comment on se sert d'une arme.

— Je lui ai tiré dessus ! s'écria-t-elle.

— Sur qui ?

D'un signe de tête, elle lui désigna la vitre disparue.

— Sur l'homme qui a pulvérisé la vitre. Ils étaient quatre, et le fait d'agiter sous leur nez une arme déchargée ne les a pas impressionnés le moins du monde.

Elle lui lança un regard incendiaire.

— J'aurais pu me faire tuer.

Sawyer lui prit la main.

— Tu as raison. J'aurais dû laisser les balles dedans.

— Avez-vous tué cet homme ? intervint Duff en se penchant en avant.

Elle secoua la tête.

— Je ne pense pas. Je l'ai touché à la jambe. Lorsque ses amis l'ont emmené, il était toujours conscient et il jurait.

Montana émit un petit rire.

— Je la prends dans mon équipe quand elle veut.

Sawyer ralentit pour traverser le carrefour.

— Je suis désolé, murmura-t-il. Te laisser seule était une très mauvaise idée.

Jenna exerça une pression sur sa main.

— C'est moi qui ai insisté pour venir. Par ailleurs, j'ai survécu.

À présent qu'elle avait cessé de trembler, elle pouvait raisonner logiquement. Elle était parvenue à se défendre.

Mais les choses auraient pu bien plus mal tourner. Peut-être Sawyer avait-il eu raison en lui demandant de se tenir à l'écart.

— Avez-vous interrogé Ramirez ?

— Oui.

— Et ? Vous a-t-il indiqué où trouver Devita ?

Sawyer secoua la tête.

— Pas exactement.

Jenna scruta le profil de Sawyer tandis qu'il s'engageait sur le parking de l'hôtel.

— Qu'entends-tu par là ?

— Nous avons placé un émetteur sur lui, lui répondit Duff, hilare.

— Lance devrait suivre sa trace en ce moment même, ajouta Montana. Si tout va bien, Ramirez nous mènera droit à Devita.

— Pourquoi, alors, regagnons-nous l'hôtel ?

Sawyer pinça les lèvres.

— Pour venir prendre le boîtier de géolocalisation portable, et pour te laisser avec Lance. Pénétrer dans le repaire de Devita sera beaucoup plus dangereux que s'aventurer dans les quartiers mal famés de Cancún pour attraper Ramirez. Et, mis à part le fait d'avoir tiré à bout portant dans la jambe d'un homme, tu ne disposes ni de la formation au combat ni d'expérience dans ce domaine.

— Mais…

Sawyer s'arrêta entre deux autres véhicules et lui fit face.

— Jenna, tu nous ralentirais. Ce qui nous mettrait en danger.

Elle sentit son ventre se nouer. Seigneur, il avait raison, elle s'était montrée égoïste.

— Je comprends. Mais, rappelle-toi, l'homme qui a engagé ces malfrats se moque que tu lui sois livré mort ou vif.

— J'ai connu des situations plus périlleuses.

Il lui adressa un sourire plus doux.

— Des situations dans lesquelles les hommes qui m'affrontaient n'avaient pas le choix. Soit ils me tuaient, soit ils étaient tués.

Elle ne doutait pas qu'il ait connu pire. Cependant, à l'époque, elle ne le connaissait pas. À présent que c'était le cas, elle se sentait liée à lui, et sa vie lui importait autant que la sienne. Elle voulait apprendre à mieux le connaître. Et, si elle n'y prenait pas garde, elle sentait bien qu'elle pourrait même tomber amoureuse de ce Navy Seal.

À cette idée, elle fut bouleversée et ses joues s'enflammèrent. Bon sang ! Elle venait de vivre une relation désastreuse, et Sawyer exerçait l'un des métiers les plus dangereux au monde. Ce n'était pas le moment de tomber amoureuse. Encore moins de lui.

Malheureusement, n'était-il pas déjà trop tard ?

Sawyer espérait ne pas avoir à attendre plus de quelques minutes. À présent qu'il faisait complètement jour, il n'osait pas déambuler à l'arrière de l'hôtel, là où se trouvaient les bungalows. Il ferait une cible idéale pour le tueur à gages qui cherchait à l'éliminer.

Montana avait envoyé un message à Lance pour qu'il les retrouve sur le parking en façade. Il devait arriver d'un moment à l'autre.

L'agent des services spéciaux émergea à cet instant du côté de l'hôtel et traversa la chaussée en courant, tendant le cou et tournant la tête pour les chercher. Il portait une grande sacoche. Lorsqu'il aperçut la jeep entre les deux autres véhicules, il fonça droit sur eux.

Au moment où il atteignit la jeep, Sawyer en descendit, s'abritant derrière la portière ouverte.

Aussitôt, quelque chose ricocha contre le métal.

— Qu'est-ce… ? s'écria Jenna.

— Baissez-vous ! hurla Duff.

Sawyer se réfugia dans le véhicule.

Duff ouvrit sa portière et se glissa au milieu du siège.

— Montez, Lance ! cria-t-il.

Lance plongea à l'intérieur, atterrissant sur les genoux de Montana et de Duff.

Sawyer n'attendit pas que la portière arrière se referme. Enclenchant la marche arrière, il recula à toute allure jusqu'à la route. Comme ils s'éloignaient du complexe hôtelier, d'autres balles bombardèrent la carrosserie, dont plusieurs atteignirent le pare-brise, pénétrant dans l'habitacle.

— Avons-nous ce dont nous avons besoin ? s'enquit Sawyer.

— Il faut l'espérer, dit Lance. Car il est hors de question de retourner à l'hôtel.

— Hors de question également que nous vous emmenions, Jenna et vous, pour affronter Devita, répliqua Sawyer.

— En revanche, nous aurions bien besoin de Quentin pour mener cette opération, fit observer Duff. Quelqu'un l'a vu récemment ?

Lance se redressa sur son siège et posa sa sacoche sur ses genoux.

— Après votre départ, ce matin, il est passé avec la compagne de chambre de Jenna pour s'enquérir de la situation. Il m'a demandé de vous dire que Carly et lui seraient à la marina et qu'il se tenait prêt à répondre à votre appel.

— Eh bien, c'est le moment, lâcha brièvement Sawyer.

Il prit la direction du port tandis que Duff appelait Quentin sur son portable.

— Nous arrivons dans cinq minutes, aboya-t-il. Puis, se tournant vers eux : C'est bon, Quentin est prêt.

Sawyer se gara dans la marina. Avisant le visage livide de Jenna, il dit :

— C'est parfait. Pendant que nous suivrons Ramirez, Lance et ces dames ne devraient pas être inquiétés sur le bateau.

— Je vais demander à Natalie de les rejoindre pour plus de sûreté, ajouta Duff avec un sourire. Elle n'a pas été ravie que nous l'ayons privée d'action.

Montana éclata de rire.

— J'aurais pourtant cru qu'elle aurait eu toute l'action

voulue en se jetant dans la gueule du loup pour être vendue sur le marché du sexe.

Duff redevint plus sérieux.

— Elle l'a échappé belle. Mais je pense vraiment qu'elle aurait trouvé le moyen de s'en sortir même sans notre aide. C'est une dure à cuire.

— Appelle-la, approuva Sawyer. Je serai davantage rassuré en sachant que Lance dispose de renfort pour protéger Jenna et son amie.

— Je peux assurer moi-même ma protection, objecta Jenna en brandissant le neuf millimètres.

— Hé.

Sawyer en détourna à nouveau le canon vers l'avant du véhicule.

— Regarde où tu pointes cette chose.

Les joues de Jenna s'empourprèrent, la rendant plus adorable encore. Sawyer mourait d'envie d'en finir avec cette traque afin d'embrasser à loisir cette femme qui avait risqué sa vie pour sauver la sienne.

Duff appela Natalie et lui communiqua les informations nécessaires.

— Elle sera ici dans moins de quinze minutes. Elle viendra directement de l'aéroport une fois qu'elle se sera assurée que sa sœur est bien sur son vol de retour à destination des États-Unis.

Duff secoua la tête, un sourire se dessinant sur son visage.

— Elle dit être prête pour l'aventure.

Sawyer envia son ami d'avoir trouvé une femme qui soit son égale, quelqu'un avec qui il pourrait passer le restant de ses jours. Et cela, à Cancún, en l'espace de quelques jours.

Fronçant les sourcils, il adressa un signe de tête à ses amis.

— Montons à bord du bateau et échafaudons un plan. Nous n'avons pas beaucoup de temps. Si Ramirez ignore réellement où se trouve Devita, nous devrons suivre son contact. Et celui-ci ne sera pas équipé d'un émetteur.

Les hommes sortirent de la jeep.

Sawyer fit le tour du véhicule pour ouvrir la portière à

Jenna, mais elle était déjà descendue. Elle lui toucha le bras et plongea son regard dans le sien.

— Tu n'as pas à me fournir de protection. Ce n'est pas moi qu'ils veulent.

— Mais c'est toi qui as emporté la valise et tu as déjà été victime d'une agression. Le tueur pourrait revenir.

— J'ai caché la valise à l'hôtel, intervint Lance. Dans les chevrons du bungalow. À moins de savoir exactement où la chercher, personne ne la trouvera.

— C'est bon à savoir.

Sawyer adressa à Lance un sourire en coin.

— Ça fait une arme de moins pointée sur ma tête.

Il prit la main de Jenna et la mena jusqu'au quai où le yacht était amarré.

Elle écarquilla les yeux.

— Ce n'est pas un simple bateau, dites donc ! Ce yacht, il vous appartient ?

Quentin, Montana et Duff s'esclaffèrent comme un seul homme.

— Nous aimerions bien, lui répondit Quentin en aidant Carly à monter à bord.

Sawyer ne se joignit pas à l'hilarité générale. Son père possédait un yacht encore plus grand, qu'il gardait amarré au Capital Yacht Club de Washington. Ses coéquipiers l'ignoraient. En fait, seul Duff savait que son père était le sénateur Rand Houston, un millionnaire qui avait bâti son immense fortune sur l'industrie du pétrole et du gaz.

Alors que Sawyer n'était lui-même qu'un enfant, son père ne passait jamais plus de trois jours par mois chez lui avec sa famille, se rappela-t-il. Les vacances étaient toujours interrompues ou de courte durée, pour cet homme. Et quand Rand Houston était entré en politique, Sawyer l'avait vu encore moins souvent. Toutefois, il s'en moquait désormais. Aussitôt après avoir été diplômé de l'université, il avait rejoint les marines et avait demandé à faire partie des commandos, optant pour la voie la plus différente et éloignée que possible de la vie que menait son père.

Bien sûr, ce dernier avait été déçu… Non, le mot était trop faible. Il avait carrément été furieux des choix de son fils. N'avait-il pas unilatéralement décidé que celui-ci devait lui succéder à la tête de la société ?

— Qu'est-ce qui ne va pas ?

Sans doute sa contrariété se lisait-elle sur son visage, car Jenna l'arrêta d'une main posée sur son bras au lieu de suivre les autres au salon.

Il plissa le front.

— En dehors du fait que je sois la cible d'un tueur enragé ? Je ne vois pas. Pourquoi cette question ?

— Tu parais soucieux alors que tout le monde rit.

Elle retira sa main.

— Je ne veux pas être un fardeau pour toi ni pour ton équipe. Je devrais probablement partir. Je peux toujours voir si Carly et moi pouvons attraper un vol pour les États-Unis.

Sawyer se reprocha d'avoir laissé ses pensées à propos de son père teinter son expression d'amertume. Il ne voulait pas donner à Jenna l'impression qu'il regrettait sa présence.

— Et où irais-tu dans l'intervalle ? Par ailleurs, si le tueur pense que toi et moi sommes liés d'une manière ou d'une autre, il risquerait tout de même de s'en prendre à toi pour m'atteindre.

Elle fit glisser sa langue sur sa lèvre inférieure, le rendant fou de désir.

— Je t'ai mis dans une situation difficile, n'est-ce pas ?

Il la saisit par les bras et la regarda droit dans les yeux.

— Tu m'as sauvé la vie. Le moins que je puisse faire est de m'assurer que tu ne sois pas en danger.

Elle se mit à rire et plaça une mèche de cheveux derrière son oreille.

— Ça devient compliqué, non ?

La mèche retomba sur son visage.

Il l'en écarta et la replaça derrière son oreille, lui effleurant la joue au passage. Il brûlait du désir de l'embrasser.

— C'est bon, je l'ai à l'écran, entendirent-ils soudain à l'intérieur du salon.

La voix de Lance s'éleva de nouveau :

— Sawyer, vous voulez voir ça ?

— Oui, j'arrive.

Sawyer posa la main contre la joue de Jenna.

— Quoi que tu puisses en penser, tu n'es pas un fardeau. Et je suis vraiment ravi que tu aies pris d'assaut ma motomarine.

Il lui adressa un clin d'œil et l'entraîna dans le salon.

Lance avait posé un ordinateur portable sur une table près d'un plan de Cancún. Au centre, un point lumineux vert clignotait, remontant un boulevard en direction de l'est.

— Ramirez est toujours en mouvement, commenta Lance.

— Bonne nouvelle, lui répondit Sawyer.

Il lança un regard à ses coéquipiers.

— Prêts à débusquer Devita ?

Tous trois acquiescèrent.

— Vous aurez besoin de ceci.

Lance sortit de la sacoche une radio bidirectionnelle, plusieurs casques audio et un appareil portable de géolocalisation.

— Je peux suivre Ramirez d'ici et vous indiquer l'itinéraire si l'appareil portable vous lâche. Allez chercher les armes qu'il vous faut en bas dans l'arsenal et partez avant que Ramirez ne s'arrête.

Tandis que les hommes s'empressaient de descendre dans la cale, Jenna vint se placer à côté de Lance.

— Que voulez-vous dire par « Partez avant que Ramirez ne s'arrête » ?

— Tout simplement qu'ils ne doivent pas perdre Ramirez de vue avant que ce dernier rencontre le contact envoyé par Devita. Celui-ci ne sera pas équipé d'un traceur, mais c'est notre seul espoir pour localiser Devita.

Carly s'était approchée, l'air soucieux.

— Pourquoi ne m'as-tu pas dit que tu avais des ennuis ?

Jenna poussa un soupir.

— Quentin et toi aviez d'autres préoccupations. Par ailleurs, ce n'est pas moi qui ai des ennuis.

Elle fit un signe de tête en direction de l'escalier descendant dans les entrailles du yacht.

— C'est Sawyer qui est en danger.

— C'est vrai, mais Quentin m'a expliqué que tu te trouvais impliquée, toi aussi, du fait que tu as récupéré la valise du sniper par erreur.

Carly glissa un bras autour de sa taille.

— Quand tu disais vouloir une vie plus aventureuse, j'imaginais que la tyrolienne constituerait une expérience extrême.

Elle se mit à rire.

— La preuve n'est plus à faire que tu es loin d'être insipide.

— Je pense que nous serions tous, en cet instant, enclins à davantage de monotonie, rétorqua Jenna en guettant le retour des Navy Seals.

Son cœur cessa de battre quand elle vit Quentin apparaître armé d'un pistolet-mitrailleur.

Montana lui succéda, muni d'une arme similaire et d'une autre, de poing. Puis reparut Duff, emportant un fusil et un pistolet.

Enfin, Sawyer se présenta, vêtu d'un jean et d'un T-shirt foncés et portant des tennis noires. Il tenait, lui aussi, un fusil et une arme de poing.

— Prêts ? demanda-t-il aux autres.

— Allons-y, lui répondirent-ils à l'unisson.

Ils chargèrent les armes les plus encombrantes dans un sac de toile et attachèrent les armes de poing à leur ceinture.

— Je t'en prie, reste ici jusqu'à notre retour, lui murmura Sawyer en s'arrêtant devant elle.

Jenna hocha la tête, consciente que le moment n'était pas à la discussion. Ces hommes étaient sur le point d'affronter le chef d'un dangereux cartel de la drogue. Sawyer n'avait nul besoin de distractions le détournant de son but. Si Devita était à l'origine de la tentative d'enlèvement ou d'assassinat le concernant, il fallait qu'il en découvre la raison.

Devita agissait-il de son propre chef, dans l'espoir d'obtenir une rançon ? Ou alors avait-il été payé pour l'éliminer ?

Jenna aurait préféré accompagner les quatre hommes. L'angoisse d'ignorer ce qui allait se passer, de se demander s'ils rentreraient indemnes lui était insupportable.

Avant que Sawyer ne tourne les talons, elle lui prit le bras, se haussa sur la pointe des pieds et effleura ses lèvres d'un baiser léger mais venant du fond du cœur.

L'enveloppant de son bras, il plaqua son corps contre le sien, intensifiant le baiser de sa bouche ferme et insistante. Puis il la lâcha. L'instant d'après, il avait disparu.

Jenna courut sur le pont d'où elle vit les commandos marines longer le quai d'un pas résolu et rejoindre la jeep endommagée garée sur le parking. Et même quand ils furent hors de vue, elle resta encore un moment à scruter la rue déserte.

— Jenna.

Carly l'entoura de son bras et la serra contre elle.

— Tu devrais revenir à l'intérieur. Moins on te verra, moins tu courras le risque d'être repérée.

Jenna se laissa entraîner dans le luxueux salon où Lance restait scotché à l'écran du portable, tenant la radio près de sa bouche.

— Prenez la prochaine à gauche, ça paraît être un raccourci.

Jenna se mit à faire les cent pas, s'arrêtant à plusieurs reprises pour observer le point vert lumineux sur l'écran.

Dix minutes après le départ des Navy Seals, une superbe blonde monta à bord du yacht.

Lance lui adressa un sourire.

— Salut, Natalie. Content que tu aies pu venir.

Il fit un signe de tête en direction de Carly.

— Tu connais déjà Jenna. Et Carly que voici est l'amie de Quentin.

— Enchantée, fit Natalie en serrant la main de Carly.

Puis elle se tourna vers Lance, se concentrant sur la mission.

— Tu veux bien me mettre au courant de ce qui se passe ?

En quelques minutes, Lance lui fit la synthèse des récents événements.

Elle plissa le front.

— Savent-ils à qui ils s'attaquent ? Devita est l'un des plus gros barons de la drogue dans la région de Cancún. Il est probablement protégé en permanence par une armée de gardes du corps. Comment diable espèrent-ils l'atteindre sans se faire tuer eux-mêmes ?

Jenna sentit sa poitrine se comprimer. Elle avait eu des pensées similaires, ayant eu connaissance des problèmes que rencontrait le Mexique du fait de la mainmise des cartels sur le pays. Elle s'approcha de Natalie.

— Il doit exister un autre moyen de découvrir qui en veut à Sawyer.

— À quel point Royce est-il impliqué dans cette enquête ? demanda Natalie à Lance.

— Il la cautionne totalement. Il m'a demandé de les aider pendant qu'il sonde ses relations.

Jenna revint à la charge.

— D'ailleurs, pourquoi est-il le seul à être menacé ? Qu'est-ce qui le distingue de ses collègues ?

Les doigts de Lance voltigèrent à nouveau au-dessus du clavier, et une image de Sawyer Houston en uniforme de la marine apparut à l'écran accompagnée de ses informations personnelles. Il zooma sur les coordonnées du parent le plus proche.

— J'imagine que j'ai la réponse.

Jenna se pencha par-dessus l'épaule de Lance.

— « Le sénateur Rand Houston… », commença-t-elle à lire. Elle se redressa aussitôt.

— Rand Houston ? Ce serait le père de Sawyer ?

Natalie émit un léger sifflement.

— Qu'il soit fils de sénateur expliquerait l'enlèvement et une demande de rançon. Mais pourquoi vouloir le tuer ?

Lance secoua la tête.

— Peut-être le sénateur a-t-il des ennemis qui veulent marquer un point.

— Royce est-il au courant ?

— S'il l'est, il ne m'en a rien dit.

— Eh bien !

Natalie se passa la main dans les cheveux.

— Je me demande si le sénateur sait que son fils est en danger.

— Et ses coéquipiers savent-ils que Sawyer est le fils du sénateur Houston ? interrogea Lance. En tout cas, il ne fait pas étalage du fait qu'il est né avec une cuiller d'argent dans la bouche.

Jenna, quant à elle, ne s'en serait jamais doutée. Sawyer paraissait être l'égal des autres membres de son équipe et il était prêt à mettre sa vie en péril pour eux.

Sa poitrine se gonfla à l'idée de son dévouement désintéressé. Avoir des amis prêts à tout pour vous… Quel concept ! Bien éloigné de l'attitude de son ex-meilleure amie qui avait eu une liaison avec son fiancé tout en l'aidant à organiser un mariage qui n'aurait jamais lieu.

— Fichtre ! s'exclama Carly. Qui aurait cru qu'en sautant à l'arrière de cette motomarine tu allais sauver la vie d'un fils de sénateur ?

Jenna haussa les épaules. Qu'il soit ou non le fils d'un politicien riche et influent était sans importance pour elle. La fonction de son père n'avait pas fait de Sawyer l'homme qu'il était. Sawyer s'était fait tout seul. Personne ne pouvait acheter sa place au sein de l'une des équipes d'élite des Navy Seals.

Lance revint à l'écran de traçage de l'émetteur et il s'adressa à l'équipe via la radio.

— Où êtes-vous à présent ?

Après quelques interférences, ils entendirent le nom de deux rues. Lance localisa aussitôt l'intersection en question.

— Vous êtes à deux rues de Ramirez ; il s'est arrêté. Vous feriez bien de vous dépêcher si vous voulez prendre en filature le contact de Devita s'il s'avère que ce dernier ne fait pas confiance à Ramirez.

— Nous y sommes.

Jenna retint sa respiration, l'oreille aux aguets. Elle était preneuse de la moindre information. N'importe quoi indiquant que les Navy Seals avaient trouvé l'individu qu'ils recherchaient et qu'ils allaient bientôt rentrer.

La perspective de devoir attendre un temps indéterminé sur ce bateau lui était intolérable. Cependant où irait-elle ? Du moins, en restant avec Lance, aurait-elle des nouvelles le plus tôt possible. Elle se résigna donc à patienter, le sang lui battant aux tempes.

9

La mâchoire serrée, Sawyer prenait les virages à tombeau ouvert, et la jeep faillit déraper à plusieurs reprises.

Ses coéquipiers, cramponnés aux poignées situées au-dessus de chaque portière, ne soufflaient mot. Duff était assis à côté de lui, l'appareil de géolocalisation installé face à lui. Quentin, à l'arrière, était chargé de maintenir la communication avec Lance.

— Prenez la prochaine à gauche, s'éleva la voix déformée de celui-ci.

Enfonçant la pédale de frein, Sawyer effectua un dérapage au niveau du carrefour puis il appuya sur l'accélérateur pour redresser le véhicule.

— Ramirez s'est arrêté, annonça Duff.

— À quelle distance ? s'enquit Sawyer.

Duff consulta l'écran.

— À deux rues, en position parallèle à la nôtre. Dépose-moi à la prochaine ruelle. Je vais localiser le véhicule.

— Non, c'est à moi d'y aller, répliqua Sawyer. Montana, tiens-toi prêt à prendre le volant. Mettez vos casques.

Sawyer alluma le casque audio qu'il avait déjà mis en place. Se garant dans une ruelle, il mit la jeep au point mort, attrapa le boîtier de géolocalisation, et bondit hors du véhicule.

Arrivé au bout de la ruelle, Sawyer regarda de chaque côté avant de traverser une rue lugubre et déserte et de s'enfoncer entre des murs encore plus miteux, couverts de graffitis. Aux abords de la rue où s'était arrêté Ramirez, il ralentit et s'accroupit derrière le bâtiment d'angle pour jeter un regard furtif en direction de l'endroit où il se trouvait.

Seule une berline foncée à quatre portes était visible, garée le long du trottoir.

Sawyer étudia le véhicule. Les vitres teintées empêchaient de voir combien d'hommes l'occupaient. Le point lumineux stable sur l'écran le rassura sur le fait que Ramirez était bien l'un d'eux.

— Que vois-tu ? lui demanda Duff d'une voix tendue.

— Un véhicule immobile. Aucun mouvement.

Un crissement de pneus sur la chaussée se fit entendre.

— On a de la compagnie, murmura Sawyer.

Un imposant SUV noir tourna au coin de la rue, arrivant à vive allure.

Sawyer se retrancha dans l'ombre de la ruelle, observant le SUV, qui s'arrêta brusquement derrière la berline.

Quatre hommes lourdement armés en descendirent, et l'un d'eux, s'exprimant en espagnol, ordonna aux occupants de la berline de descendre.

Ramirez ouvrit la portière avant du côté passager et sortit les mains en l'air, un pistolet se balançant à l'un de ses doigts. Il fut suivi du conducteur, qui s'avança lentement, l'air hagard.

Pas de passagers à l'arrière, donc. Ramirez parla très vite, en espagnol, en faisant de grands gestes. Sawyer comprit juste qu'il était fait mention de Devita et réussit à glaner les mots « femme », « fils », « sénateur » et « Houston ». Malgré la chaleur, un frisson glacé le parcourut.

Après avoir répliqué d'un ton cassant, le chef des nouveaux venus — le contact de Devita ? — tourna les talons, faisant signe à ses hommes de le suivre.

Avant qu'ils aient atteint le SUV, une détonation retentit. La *guayabera* de Ramirez fut soudain maculée d'une gerbe de sang, et il s'effondra au sol.

Son coéquipier, le conducteur de la berline, remonta en hâte dans son véhicule et démarra en trombe, brûlant la gomme de ses pneus.

Le contact de Ramirez s'engouffra dans le SUV, imité par ses hommes. Une fois à l'intérieur, il baissa une vitre, braquant un fusil-mitrailleur partout où son regard se posait.

Sawyer se figea, priant pour que le soleil radieux rende l'ombre de la ruelle assez épaisse pour le dissimuler.

— J'ai entendu un coup de feu. Que s'est-il passé ? s'enquit Quentin.

Sawyer ne répondit pas, se refusant à bouger les lèvres, à murmurer ou même à remuer d'un cil tant que les quatre occupants du SUV ne seraient pas repartis.

— Je vais bien, répondit-il dès que le SUV tourna le coin de la rue. Le contact de Devita est venu et reparti avec ses hommes. Quelqu'un a abattu Ramirez, mais ça ne venait pas d'eux. Ils se dirigent vers l'est à présent.

— Nous arrivons, l'informa Quentin. On se retrouve une rue à l'est de la dernière position de Ramirez. Tâche de rester à couvert !

Sawyer se releva d'un bond, remonta la rue, traversa une ruelle et arriva au point de rencontre au même moment que la jeep. Il se jeta sur le siège arrière en s'écriant :

— Tourne à droite. Go ! Go ! Go !

Il faillit être éjecté dans le virage puis se trouva violemment projeté contre le siège tandis que la portière se refermait d'elle-même.

— À gauche au bout de la rue.

Il se pencha en avant, regardant la rue entre les sièges.

— Que s'est-il passé là-bas ? lui demanda Duff.

— Apparemment, Ramirez informait le contact de Devita de ce qui avait transpiré. Je n'ai pas compris grand-chose de ce qui s'est dit avant le coup de feu. J'ai saisi les mots « Devita », « femme » et « Houston », et c'est tout.

Il ne mentionna pas avoir entendu les mots « fils » et « sénateur ». Sawyer voulait explorer seul cette piste avant d'en parler à ses coéquipiers.

— Tu es sûr que ce n'est pas un des hommes de Devita qui a tiré sur Ramirez ? l'interrogea Duff.

— Sûr et certain. Ils ont été aussi surpris que moi. Je n'ai pas réussi à voir d'où provenait le tir.

— Génial, grommela Montana. Je parie que c'était notre sniper.

Il s'engouffra à gauche dans la voie latérale empruntée une minute plus tôt par le SUV.

— Merde ! s'écria Sawyer comme le véhicule semblait s'être volatilisé. Qu'est-ce que ça veut dire ?

Montana longea la rue, ralentissant à chaque intersection.

— Là-bas !

Duff désigna l'une des rues étroites sur la droite.

Montana freina brusquement, enclencha la marche arrière, recula, puis il tourna et accéléra.

Le SUV avait trois rues d'avance sur eux.

— N'approche pas trop. Nous ne devons pas les alarmer, lui recommanda Sawyer. Il faut que nous trouvions Devita.

— Nous ne débusquerons pas Devita si nous perdons ce SUV, objecta Montana, le pied au plancher.

Arrivé au carrefour où le SUV avait tourné, Montana ralentit à peine tandis qu'il pénétrait dans une zone abritant plusieurs entrepôts abandonnés. Ils n'eurent aucune visibilité avant d'avoir tourné eux aussi et qu'il ne soit trop tard.

Le SUV était arrêté en travers de la route étroite, la bloquant complètement, et les quatre hommes en sortirent, armes au poing.

Comme Montana enfonçait la pédale de frein, Sawyer fut brutalement projeté en avant. Légèrement sonné, il plongea au sol tandis que ses amis se baissaient sur leurs sièges.

Les hommes du cartel ouvrirent le feu sur la jeep. Des balles mitraillèrent le capot et firent voler le pare-brise en éclats.

Montana enclencha la marche arrière et remonta la rue sans rien voir derrière lui.

Sawyer pria pour qu'ils ne percutent pas un bâtiment avant d'être hors de portée des balles qui continuaient de mitrailler l'avant de la jeep. L'une d'elles avait dû toucher le radiateur car de la vapeur s'échappait de sous le capot.

Faisant descendre sa vitre, il se pencha à l'extérieur pour décocher une salve de projectiles en direction des hommes de main du cartel. Ceux-ci se réfugièrent derrière le SUV, ce qui permit à Montana de redresser la jeep et de s'éloigner à toute allure.

— Que fais-tu ? s'écria Sawyer en se retournant pour regarder derrière eux. Nous devons les suivre.

— Cette mission est terminée, intervint Quentin. Il faut se faire une raison, ils ne nous mèneront plus maintenant à Devita. Tout ce vers quoi ils risquent de nous conduire, c'est une embuscade plus dangereuse encore que celle à laquelle nous venons d'échapper.

— Par ailleurs, la jeep ne tiendra peut-être même pas jusqu'à la marina, renchérit Montana. Le radiateur fuit de plus en plus. Soit le moteur va exploser, soit une autre panne nous obligera à nous arrêter avant que nous ne soyons rentrés.

Sawyer fourragea rageusement dans ses cheveux.

— Et toi, Duff, t'en penses quoi ? s'enquit-il.

Pendant un moment, Duff resta muet.

— J'en pense que j'aimerais mieux rentrer, dit-il enfin en serrant les dents, car je crois bien que j'ai pris un pruneau dans le bras droit.

Quentin se pencha aussitôt vers lui pour l'examiner.

— En effet ! La balle a traversé la chair de part en part pour venir se loger dans le dossier de ton siège.

Il ébaucha un sourire.

— Une chance pour moi. Sinon, elle m'aurait atteint à la tête.

— Tu commences à saigner sacrément, dit Sawyer. Il faut aller à l'hôpital.

— Hors de question, marmonna Duff. La police mexicaine nous tomberait dessus à bras raccourcis. Nous ne pouvons nous rendre ni à l'hôpital ni au poste de police. Pas avec une jeep constellée d'impacts de balles et remplie d'armes. Et si Devita contrôle le gouvernement local, nous nous jetterions dans la gueule du loup.

— Très juste. J'imagine que tu vas devoir laisser l'un d'entre nous te recoudre, ajouta Quentin avec un sourire.

Sawyer annonça leur retour à Lance via la radio.

— Nous avons un blessé. Voyez ce que vous pouvez trouver sur le yacht qui puisse servir à panser une blessure.

Lorsque Jenna entendit l'appel à la radio, elle reconnut immédiatement la voix de Sawyer et elle inspira une grande bouffée d'air pour la première fois depuis le départ des hommes, trente minutes plus tôt.

Mais quand il mentionna le fait qu'il y avait un blessé, elle se rongea de nouveau les sangs. S'agissait-il de Sawyer ? Avait-il fait comme si de rien n'était ?

— Bien reçu, répondit Natalie d'une voix tendue.

Puis, se tournant vers les personnes présentes sur le bateau :

— L'un de vous s'y entend-il en premiers soins ?

Carly leva la main.

— Je suis infirmière.

Natalie poussa un soupir de soulagement.

— Bien. J'apporte la trousse de secours.

— Et moi, je me mets en quête de serviettes et de linges propres, ajouta Jenna.

Elle se précipita au niveau inférieur du yacht. Ouvrant plusieurs portes, elle tomba sur ce qui semblait être un local de rangement pour du matériel de pêche sous-marine. Sur l'une des parois, un panneau faisait saillie. Elle s'aperçut qu'il s'agissait en fait d'une porte menant à une autre pièce. Lorsqu'elle y entra, elle eut le souffle coupé.

Du sol au plafond, le local était empli d'armes de toutes sortes. Ce devait être là que les Navy Seals avaient trouvé leurs pistolets-mitrailleurs, fusils et armes de poing. Quelle était la raison d'être de cet arsenal ? Rien ne justifiait qu'un simple propriétaire de yacht ait besoin d'autant d'armes pour assurer sa protection.

Qui possédait donc ce yacht ? Et quels pouvaient être les

liens entre son propriétaire et les Navy Seals ? D'après ce qu'elle avait pu apprendre, Lance n'était ni un commando marine ni même un militaire. Natalie non plus, cependant tous deux connaissaient cet équipement et ils savaient s'en servir.

Jenna fit courir ses doigts sur l'un des fusils, caressant le long canon lustré. Le contact en était froid. Quel effet cela faisait-il de se retrouver au cœur d'une fusillade ? Était-ce le genre de vie que menait Sawyer au quotidien ?

Elle s'écarta du fusil, saisie de nausée. Quel genre de vie était-ce pour les femmes qui aimaient ces hommes prêts à mettre, chaque jour, leur vie en danger ? S'il venait à y avoir quelque chose entre Sawyer et elle, concevrait-elle d'attendre à la maison de savoir s'il était vivant ou mort ? Mais, après tout, des personnes mouraient chaque jour dans des accidents de la circulation. Qui pourrait dire si elle ne mourrait pas la première ?

L'esprit sens dessus dessous, elle quitta l'arsenal et trouva une armoire à linge remplie de draps et de serviettes. Munie du nécessaire, elle revint au salon au moment où les quatre Navy Seals remontaient à bord. Son regard se porta aussitôt sur Sawyer qu'elle inspecta des pieds à la tête afin de s'assurer que ce n'était pas lui, le blessé.

— Il a fallu que ce soit toi qui prennes cette balle, s'écria Natalie.

Elle secoua la tête, affichant un sourire sans joie.

— Tu as de la chance. Nous avons une infirmière à bord.

Carly posa la trousse de premiers secours sur la table et lui désigna une chaise.

— Asseyez-vous.

— J'ignore ce qui est le pire, se faire tirer dessus ou recevoir des ordres de femmes autoritaires, ironisa Duff.

Natalie tendit la main.

— Couteau.

Quentin et Montana sortirent leurs couteaux de leurs étuis. Natalie sélectionna le plus proche d'elle et se tourna vers Duff.

— C'est seulement une plaie superficielle, fit-il valoir d'un air peu rassuré.

— La balle est ressortie, renchérit Quentin.

Natalie se mit à rire.

— Détendez-vous. Je vais seulement couper le tissu. Que pensiez-vous ? Que j'allais me prendre pour Clint Eastwood et extraire la balle ?

De la pointe du couteau, elle entailla la manche du T-shirt et la déchira, dégageant la plaie. Puis elle adressa un signe de tête à Carly.

— À vous.

Jenna prêta peu d'attention à la scène, occupée qu'elle était à observer Sawyer qui faisait les cent pas dans le salon. Le front plissé, il ne quittait pas Duff des yeux. Il finit par tourner les talons pour gagner le niveau inférieur du yacht.

Jenna hésita un instant puis le suivit.

Elle le repéra au son amer de sa voix ; il parlait vite, manifestement en colère. Il était entré dans la pièce dissimulant l'arsenal, laissant la porte entrebâillée. Apparemment, il s'entretenait avec quelqu'un par téléphone.

— Dites-lui de venir me parler maintenant. Expliquez-lui qu'il s'agit d'une urgence. Il peut être avec le Président en personne, je m'en moque. Faites-le !

Un moment de silence s'ensuivit.

Jenna décida de lui signaler sa présence et elle s'apprêtait à pousser la porte lorsque Sawyer se remit à parler.

— Nom de Dieu, qu'as-tu fait ?

Pendant un instant, elle pensa qu'il s'adressait à elle, cependant il lui tournait le dos, le téléphone pressé contre son oreille, le corps rigide.

— Ne t'avise pas de feindre l'ignorance. Je prends enfin des congés avec mon unité à Cancún et voilà que l'on me tire dessus. Ensuite, alors que je pourchasse les membres d'un cartel de la drogue pour démasquer le responsable, je les entends parler du fils du sénateur Houston. Ça ne t'évoque toujours rien ? T'es-tu mis à dos un cartel de la drogue mexicain ? Parce que, si c'est le cas, tu ferais bien de me mettre au courant. L'un de mes camarades a reçu une balle aujourd'hui. Et une femme innocente est désormais, elle aussi, prise pour cible. Si elle ou l'un de mes coéquipiers devait y perdre la vie, je te jure que je…

Jenna sentit ses jours s'empourprer en entendant Sawyer la mentionner. Elle recula d'un pas, gênée de l'avoir espionné. Elle pouvait attendre qu'il ait fini de téléphoner pour lui parler. À l'évidence, il était descendu pour passer cet appel en privé.

Elle recula encore mais, se prenant le talon dans quelque chose, perdit l'équilibre. Battant des bras, elle tomba à la renverse sur une bouteille d'oxygène, ainsi que sur sa voisine, déclenchant un vacarme assourdissant.

Sawyer ouvrit aussitôt la porte et lui décocha un regard surpris. À l'adresse de la personne qui se trouvait à l'autre bout de la ligne il déclara :

— Parfait. C'est exactement ce que j'avais envie d'entendre. Je te recontacterai une fois que j'aurai épinglé le salaud qui essaie de me tuer. Et, tu peux me croire, je découvrirai le fin mot de l'histoire.

Puis, ayant raccroché, il lui tendit la main pour l'aider à se relever et la serra très fort contre lui. Alors qu'elle s'apprêtait à lui dire qu'elle avait besoin de respirer, il relâcha son étreinte et plongea son regard dans le sien.

— Duff a reçu une balle à cause de moi.

Il se passa la main dans les cheveux, les ébouriffant.

— De mon père, plutôt, ajouta-t-il du bout des dents.

— En quoi le fait que tu sois le fils du sénateur Houston pose-t-il problème ?

Sawyer fronça les sourcils.

— Tu as donc tout entendu de ma conversation au téléphone ?

Jenna secoua la tête.

— Je l'ai appris récemment, quand Lance a affiché ton parcours à l'écran, nous révélant qui tu étais vraiment.

Sawyer fronça les sourcils.

— Il est dommage que les enfants ne puissent choisir leurs

parents. Je voulais que l'on me considère comme l'homme que je suis, pas comme le fils de mon père. Il n'a même pas été un bon père ni un modèle. Ce que je suis devenu, je l'ai gagné par moi-même.

— Je n'imagine pas les Navy Seals accorder de passe-droit à un candidat, qui que soient ses parents, renchérit Jenna.

— Absolument exact. Soit on y arrive par ses propres moyens, soit on dégage.

L'expression farouche de Sawyer lui révéla qu'il lui restait une certaine tension à évacuer.

— Toutefois la vie de mon père hante toujours la mienne. Les hommes de Devita ont évoqué le fils d'un sénateur. Ils parlaient forcément de moi. Franchement, c'est la seule explication au fait que je sois le seul à être visé.

— Je peux comprendre qu'ils cherchent à t'enlever, reprit Jenna. Le cartel pourrait exiger une forte rançon. Mais quel serait l'intérêt de te tuer ?

Jenna resserra les bras autour de sa taille et appuya la tête contre sa poitrine.

— Pourquoi tuer quelqu'un dont le kidnapping pourrait s'avérer si lucratif ?

— Il est plus facile de tuer un homme que de le livrer en vie. Si on leur a offert de l'argent pour me tuer, pourquoi prendre la peine de me kidnapper et de me détenir dans l'attente d'une rançon ? Mon père est connu pour sa prise de position radicale à l'égard du terrorisme. Il est opposé à toute négociation. Je suis sûr qu'il n'envisagerait même pas de verser une rançon pour un fils dont il n'a jamais eu que faire.

Jenna leva les yeux vers lui.

— Ton père t'aime forcément. Il céderait sans aucun doute aux exigences de terroristes.

La mâchoire de Sawyer se contracta.

— Tu ne connais pas mon père. Il n'a jamais cherché à connaître son fils unique. Il n'a été présent ni à ma naissance, ni à mon premier match de base-ball, pas plus qu'à ma remise de diplôme au lycée. Les seules fois où il m'a adressé la parole, ç'a été pour relever mes défauts et me signifier combien il était déçu que j'aie choisi d'entrer dans la Marine. Et il a encore plus désapprouvé ma décision de suivre la formation de Navy Seal.

Jenna ne sut que répondre à la description que Sawyer lui fit de son père. Le sien avait été présent tout au long de sa vie. Il était venu la chercher pour la conduire jusqu'à l'autel et c'était lui qui l'avait entraînée en toute hâte hors de l'église pour lui éviter l'embarras d'avoir à affronter toutes ces personnes venues assister à son mariage. Il était le point d'ancrage de sa vie et elle l'aimait tendrement.

— Viens.

Il afficha une moue amère.

— Je dois apprendre aux membres de l'escouade que je ne suis pas celui qu'ils pensent.

— Ne sois pas si dur envers toi-même. Tu es l'homme qu'ils connaissent.

Il l'embrassa sur le bout du nez.

— Merci. Il faut vraiment que nous sortions de ce pétrin. Tu mérites mieux que de te retrouver obligée de livrer une bataille à laquelle tu es étrangère.

— Que ferais-je de mon temps à Cancún ? Une fois passée l'overdose de soleil, la seule option consiste à rester dans sa chambre d'hôtel et à s'y ennuyer à mourir.

Elle exerça une pression sur sa main.

— Et le fait est que je ne m'ennuie pas avec toi, ajouta-t-elle en souriant.

— Pas plus que tu n'es toi-même insipide.

Lui prenant la main, il regagna avec elle le salon.

— Les gars, j'ai quelque chose à vous dire.

Duff se leva, son bras soigneusement bandé.

— Tu te décides enfin à dire à tout le monde qui tu es ?

Sawyer hocha la tête.

— Vous avez sans doute entendu parler du sénateur Rand Houston ?

— Bien sûr, acquiesça Montana. C'est ton père.

— Oui, renchérit Quentin. Mais nous ne t'en avons jamais fait grief. Tu sais te servir d'un M4A1 comme personne.

Jenna sentit les doigts de Sawyer se resserrer.

— Vous le saviez ?

Quentin échangea un regard avec Montana puis avec Duff.

— Évidemment. Chaque membre de l'équipe est au courant. Et alors ? Quelle différence cela fait-il ?

Jenna dut se retenir de sourire. Le soulagement de Sawyer était palpable. L'amitié indéfectible de ces hommes l'émut profondément.

— La différence, c'est que celui qui veut ma mort m'a choisi pour cible parce que je suis le fils du sénateur.

10

De retour dans l'arsenal du yacht, Sawyer démonta le pistolet-mitrailleur qu'il avait utilisé pour le nettoyer en prévision de la prochaine opération. Cette occupation manuelle lui faisait du bien à l'âme.

Au bout d'un moment, Duff entra, la main appuyée sur le bandage qui lui couvrait le bras.

— Ça va, vieux ?

— Oui, t'inquiète. C'est une blessure superficielle.

S'asseyant à son côté, Duff ramassa la culasse et un chiffon en coton doux, puis il entreprit d'huiler le métal.

— Je n'arrive pas à croire que tout le monde savait qui était mon père et qu'aucun de vous n'en ait soufflé mot.

Duff haussa les épaules.

— Ce n'était pas important.

— Ça semble plutôt l'être, à présent. Alors que vous devriez tous les trois profiter de vacances bien méritées, on vous tire dessus et vous êtes pourchassés par des tueurs.

— Une journée typique de la vie d'un Navy Seal. Ose prétendre le contraire, répondit Duff en lui rendant la culasse nettoyée.

Sawyer l'inséra dans l'arme, ainsi que la goupille de retenue. Une fois le pistolet-mitrailleur réassemblé, il le déposa sur le plan de travail.

— Aucun de vous ne devrait avoir à pâtir de mes problèmes.

Duff plissa les yeux.

— Dois-je comprendre que tu ne nous trouves pas assez bons pour couvrir tes arrières ?

— Non, absolument pas. Vous êtes les meilleurs. Mais cette mission n'est pas la vôtre.

— Évidemment, elle l'est. Si l'un d'entre nous était pris pour cible par un tueur, tu lui prêterais main-forte. Je ne vois pas où est la différence.

— Aucun de vous n'est le fils d'un sénateur. Or, parce que je le suis, je fais peser un danger inutile sur l'équipe.

Duff secoua la tête.

— Quelle que soit la raison pour laquelle ce tueur t'a dans le collimateur, tu es l'un des nôtres et nous te soutiendrons.

Sawyer fit face à son ami. Cet homme avait traversé tant de choses avec lui. De l'entraînement préliminaire à la destruction d'objets sous-marins, sans compter les multiples missions de par le monde dans les circonstances les plus extrêmes.

— Nous sommes ensemble sur ce coup-là, reprit Duff en lui tendant la main. Que cela te plaise ou non.

— Merci.

Sawyer lui saisit l'avant-bras et lui donna une brève accolade.

— Vous voulez bien vous joindre à nous, tous les deux ? leur lança Quentin du haut des marches.

Duff tourna aussitôt les talons. Sawyer lui emboîta le pas, ému de savoir qu'il avait les meilleurs amis au monde. Des amis qui composaient la famille qu'il n'avait jamais eue.

Tout le monde était réuni au salon. Sawyer chercha Jenna du regard. Elle se tenait à côté de Carly, à la périphérie du groupe rassemblé autour de Lance et de son ordinateur portable.

Sawyer se pencha par-dessus l'épaule du génie informatique pour jeter un œil à l'écran.

— Mon patron a puisé dans les bases de données de la CIA et il a déniché des renseignements sur Devita, annonça Lance.

L'informaticien avait ouvert un rapport et en faisait défiler rapidement les pages.

— Apparemment, notre homme fréquente le bar de l'un des hôtels et il a un faible pour les belles femmes.

— Quel bar ? s'enquit Sawyer.

— Celui de La Playa del Sol au nord de Cancún. Il s'y rend chaque vendredi soir.

— Quel jour sommes-nous ? demanda Sawyer.

Il s'était passé tellement de choses qu'il en avait perdu la notion du temps.

— Vendredi, justement, lui répondit Natalie.

— Dans ce cas, allons-y.

— Pas si vite, objecta Lance. Ce rapport indique qu'un contingent de vingt hommes accompagne le baron de la drogue dans chacun de ses déplacements. Chaque client est fouillé et seules les femmes peuvent entrer sans avoir à montrer patte blanche.

Un sourire naquit sur le visage de Natalie.

— Ha ha ! il semblerait que vous ayez besoin de moi ! s'écria-t-elle.

Le visage de Duff se ferma.

— Tu n'iras pas seule là-bas.

Jenna se porta aussitôt volontaire.

— Je vous accompagne.

— Moi aussi, ajouta Carly. Que devrons-nous faire ?

— Il suffirait de placer un émetteur sur Devita, expliqua Lance.

— Pas question, s'insurgea Sawyer. C'est trop dangereux.

— Je suis d'accord avec toi.

Duff bomba le torse.

— Ce sinistre individu s'est déjà illustré dans un trafic d'êtres humains. Trois superbes femmes représenteront un appât trop tentant pour qu'il puisse y résister.

— Ce bar se situe dans un hôtel, argua Jenna. Hôtel qui dispose certainement de son propre service de sécurité, sinon il ne serait pas répertorié dans les guides de voyages.

— Exact, renchérit Carly. Vous avez entendu Lance. Tout ce que nous avons à faire, c'est glisser l'émetteur dans la poche de Devita. Ensuite, nous pourrons repartir.

Contrarié, Sawyer reporta son attention sur l'écran d'ordinateur.

— Montrez-moi comment se présente l'endroit, fit-il à Lance.

L'informaticien afficha la carte de la péninsule du Yucatán. Et il désigna le point rouge situant La Playa del Sol.

— Une seule route permet d'accéder à cet hôtel et d'en repartir, constata Sawyer après avoir étudié quelques instants la topographie des lieux. Ces malfrats pourraient aisément y installer un barrage et vous enlever toutes les trois.

— Dans ce cas, rendons-nous-y par bateau, suggéra Natalie. Ce sera probablement plus rapide et la côte laisse beaucoup plus de marge de manœuvre, ce qui s'avérera utile si nous sommes poursuivies.

Sawyer posa un regard mécontent sur Jenna.

— Tu en as déjà assez fait pour moi. Je ne te laisserai pas risquer à nouveau ta vie.

Le sourire de défi qu'elle lui retourna lui donna envie de l'étreindre et de l'embrasser, si têtue soit-elle.

— Si je décide de t'aider, tu ne pourras pas m'en empêcher.

— Ne l'emmenez pas, riposta Sawyer en se tournant vers Natalie.

Cette dernière lui tapota la joue.

— Vous ne pouvez pas nous donner d'ordres. Nous ne faisons pas partie de l'armée, cher ami.

— Bon sang !

Sawyer frappa du poing dans la paume de sa main.

— Devita est un homme très dangereux. Ne vient-il à l'esprit de personne ici qu'il a pu voir la même vidéo que nous et qu'il risque de reconnaître Jenna ?

Jenna hocha la tête.

— Il existe un risque en effet. Je prendrai soin de me coiffer et de me maquiller différemment afin de ne pas être facilement reconnaissable.

Elle plissa soudain les yeux.

— Ou alors insinuerais-tu que je n'ai pas le physique requis pour appâter Devita ?

Quentin s'esclaffa.

— Sawyer, ta meilleure option est d'éluder la question. Quelle que soit la façon dont tu répondras, tu risques de t'enfoncer davantage.

Sawyer décida d'adopter une autre approche.

— Pourquoi ne pas planifier un assaut pendant que Devita se trouve dans ce bar ? Nous pourrions le coincer et l'extraire sans que ses hommes le sachent.

Natalie secoua la tête.

— Il est constamment accompagné de vingt d'entre eux.

— Ce n'est pas la première fois que nous nous trouverions en minorité, commenta Montana.

— Oui, mais à cette vingtaine d'hommes il faut ajouter la police mexicaine et le service de sécurité de l'hôtel, dit Carly.

— C'est juste, et pourquoi lancer un assaut si vous n'y êtes pas obligés ? renchérit Jenna.

— Nous devrons affronter un plus grand nombre encore de ses soldats si nous le suivons jusqu'à sa base, fit valoir Sawyer.

Natalie écarta l'objection d'un geste.

— Le gouvernement mexicain serait sans doute ravi que vous lui retiriez cette épine du pied.

— Indubitablement, affirma Lance. L'organisation d'un assaut contre le camp retranché de Devita serait imputable à l'un de ses rivaux, alors qu'une attaque menée dans un lieu public serait beaucoup trop embarrassante. Vous pourriez causer un incident international.

— Veux-tu prendre le risque de blesser des civils innocents à La Playa del Sol ? argua Jenna en posant une main sur son bras. Que dirait votre supérieur s'il apprenait, via les actualités internationales, que vous menez des opérations non autorisées ?

Acculé, Sawyer ne put trouver une raison valable de dissuader les trois femmes d'organiser leur propre opération clandestine.

— Je n'aime pas ça.

— Tout se passera bien, intervint Carly. Nous sommes trois femmes relativement séduisantes qui allons passer la soirée en ville dans un club huppé. S'il advenait que nous attirions l'attention d'un baron de la drogue et que nous déposions un mouchard dans sa poche… qu'y trouveriez-vous à redire ? ajouta-t-elle en adressant un clin d'œil à Quentin.

Ce dernier se mit à rire.

— Je savais que quelque chose me plaisait tout particulièrement chez toi. Non seulement tu es infirmière mais aussi espionne, et tu as l'esprit acéré. C'est un mélange détonant.

Il lui prit la main et l'attira entre ses bras.

— Mais je préférerais t'emmener danser plutôt que t'y laisser aller sans moi.

— Nous aurons tout le temps pour ça après.

Elle se lova contre lui et fit face aux autres.

— Alors, est-ce que nous en sommes ?

Circonvenu et minoritaire, Sawyer ne put que rendre les armes.

— Nous devons aller prendre une tenue de soirée à l'hôtel, fit remarquer Natalie.

— Je vais vous y emmener, dit aussitôt Sawyer en s'élançant vers le pont.

— Ah non ! s'exclama Duff. Toi, tu dois rester ici, hors de portée du tueur, qu'il nous reste encore à identifier d'ailleurs. Je vais y aller avec Quentin.

Sawyer s'arrêta net, furieux.

— D'accord. Mais préviens-moi quand vous arriverez à l'hôtel et que vous en repartirez.

— Bien reçu.

Duff prit Natalie par le coude pour la guider vers la porte.

— Assurez-vous que nous disposions de tout ce qu'il nous faut en matière de bateaux et d'armement, dit-il à ses collègues restant à bord. Les filles auront besoin que nous soyons réactifs si la situation dégénère.

— Sympa, s'exclama Quentin tandis qu'il les précédait dans la suite nuptiale afin de vérifier qu'il ne s'y trouvait pas d'intrus. Natalie fermait la marche, apportant une robe qu'elle avait prise en chemin à son hôtel.

Jenna gagna directement la chambre. Elle avait l'impression de ne pas y avoir remis les pieds depuis une éternité.

L'espace d'un instant, elle se demanda ce qui se serait passé si elle n'avait pas ramassé cette valise dans le hall. Ou si elle avait décidé de faire une sieste plutôt que d'aller faire l'excursion en tyrolienne avec Carly ce jour-là. Sans doute n'aurait-elle jamais rencontré Sawyer.

Et il serait vraisemblablement mort.

Cette pensée la fit frissonner.

— Tu n'es pas encore habillée ? s'écria Carly qui l'avait rejointe.

— Je réfléchissais.

Après avoir farfouillé dans la penderie, son amie en sortit deux robes.

— À quoi ?

Jenna esquissa un sourire.

— La tyrolienne me fait à présent l'effet d'une promenade de santé.

— As-tu peur de Devita ?

Carly déposa les robes sur le lit.

— Nous ne sommes pas obligées de le faire, tu sais ? dit-elle. Nous pouvons dire aux hommes que nous laissons tomber finalement. Que nous ne voulons rien avoir à faire avec tout cela. Nous redeviendrons deux simples touristes venues passer des vacances relaxantes.

Jenna secoua la tête.

— Je ne laisserai pas Natalie y aller seule.

— Ça ne me gêne pas d'y aller seule, lui assura Natalie, entrée à son tour dans la chambre pour se changer.

— Non, vous avez besoin de renfort, protesta Jenna.

— Tu peux rester ici et je l'accompagnerai, proposa Carly.

— Pas question, dit Jenna. C'est ou toutes les trois ou personne. De toute façon, il nous est impossible de revenir à présent à des vacances relaxantes. Nous sommes concernées, que cela nous plaise ou non. Et la seule solution consiste à découvrir qui en veut à Sawyer et pourquoi, afin de mettre ce criminel hors d'état de nuire et de reprendre le cours de nos vies.

Carly afficha un sourire entendu.

— Sawyer te plaît, n'est-ce pas ?

Jenna sentit ses joues s'empourprer.

— Je crois que oui, même si je le connais à peine.

— Je ne connais Duff que depuis que je suis à Cancún, intervint Natalie en enfilant sa robe, et je ne peux déjà plus imaginer vivre sans lui.

— Au fait, Jenna, tu as couché avec Sawyer ? s'enquit Carly.

Le visage en feu, Jenna détourna les yeux.

— Tu l'as fait ! s'écria Carly. Bravo, Jenna. Tyler ne te méritait pas. Il n'a jamais pris le temps de comprendre quelle femme forte et prodigieusement intéressante tu es.

— Tu dis ça seulement parce que tu es mon amie.

— Non, je le dis parce que c'est vrai.

Elle la serra dans ses bras.

— Et tu es superbe.

— J'ai des cheveux impossibles.

— Je donnerais mon bras droit pour ces boucles et cette couleur.

— Garde ton bras. Tu pourrais en avoir besoin ce soir.

Jenna prit sur le lit la robe sexy que Carly avait insisté pour lui faire acheter afin de célébrer sa liberté retrouvée lors de ce voyage à Cancún.

— Eh bien, allons-nous, oui ou non, poser cet émetteur sur Devita ? demanda-t-elle.

— C'est bien ce que je disais. Tu as plus d'audace qu'aucune autre femme que je connais, rétorqua Carly. Faisons cela. J'aurais payé cher pour te voir sauter à l'arrière de la motomarine de Sawyer. C'était incroyablement téméraire si tu veux mon avis.

Jenna haussa les épaules.

— N'importe qui aurait fait de même.

— Vous vous trompez. La plupart des gens auraient directement transmis l'information à la police mexicaine, intervint Natalie. Et il aurait été trop tard pour Sawyer.

Quinze minutes plus tard, Jenna émergea de la chambre, vêtue d'une robe vert émeraude au décolleté vertigineux, qui la moulait des épaules aux chevilles. La robe était tout aussi échancrée dans le dos sans que cela paraisse pour autant indécent. Dans cette tenue, Jenna se sentait positivement sublime.

Étant donné qu'elles accosteraient par bateau, elle savait que ses cheveux, si elle les laissait retomber librement, seraient un désastre à leur arrivée. Aussi les avait-elle remontés en un élégant chignon banane fixé par suffisamment d'épingles neige pour qu'il résiste à un cyclone. Carly l'aida à se maquiller, lui dessinant des yeux charbonneux qui faisaient ressortir le vert de ses iris.

Des émeraudes étincelantes — cadeau de rupture qu'elle s'était elle-même offert — lui paraient la gorge et les oreilles. Et elle portait aux pieds des escarpins pailletés qu'il lui faudrait bien sûr enlever pour monter sur le bateau et en descendre. Toutefois, elle les garderait pour quitter l'hôtel, décida-t-elle par coquetterie.

Un long sifflement admiratif s'éleva près de la baie vitrée.

— Waouh, Jenna ! s'exclama Quentin. Vous êtes superbe.

Carly apparut ensuite dans une robe en lamé or qui rehaussait l'éclat de ses cheveux foncés. Sa robe mettait en valeur sa poitrine voluptueuse, sa taille fine et la courbe sensuelle de ses hanches.

Quentin émit à nouveau un lent sifflement et tendit les mains vers Carly.

— Waouh !

Carly lui fit un clin d'œil.

— Toi qui es si bavard d'habitude, c'est tout ce que tu trouves à dire ?

— Votre beauté à toutes deux dépasse de loin ce que les mots pourraient exprimer. Euh… à toutes trois, reprit-il comme Natalie les rejoignait.

Carly pencha la tête de côté.

— Voilà qui est mieux.

— Sawyer a appelé pendant que vous vous prépariez, dit Quentin en se dirigeant vers la porte. Deux bateaux sont prêts à nous emmener à La Playa del Sol. Et Duff vous attend. Tout est paré.

À la seule mention du nom de Sawyer, Jenna sentit sa résolution se raffermir.

— Allons-y.

Elle rejeta les épaules en arrière et quitta la suite d'un pas déterminé.

Alors que l'ascenseur les emmenait au rez-de-chaussée, les portes s'ouvrirent au huitième étage et Becca Smith y entra.

— Oh ! bonsoir, Jenna ! Vous êtes éblouissante, s'exclama-t-elle. Ainsi que vos deux amies.

Jenna lui sourit.

— Merci. Vous êtes superbe, vous aussi.

Becca portait une robe longue bleu roi offrant un décolleté plongeant et un dos échancré, qui épousait ses formes à la perfection.

— Merci. Est-ce que vous sortez ?

Jenna hocha la tête puis lui souhaita poliment une bonne soirée en arrivant au niveau du hall, l'esprit accaparé par la mission qui les attendait.

La nuit était tombée sur le Yucatán, les lumières de l'hôtel brillant sous le ciel étoilé. Le trajet jusqu'à la marina dura vingt minutes, la circulation ralentie par les nombreux touristes s'empressant d'honorer leur réservation pour le dîner dans les restaurants et les cafés chic.

Montana les retrouva sur le quai pour les conduire à une jetée où étaient amarrés deux petits jet boats.

Sawyer apparut à la proue de l'un d'eux.

— Jenna ?

Le choc et l'admiration qu'elle lut dans ses yeux la confortèrent dans le choix de sa robe.

Il lui tendit la main pour l'aider à monter à bord. Bien

qu'elle eût ôté ses talons aiguilles, elle perdit l'équilibre en posant le pied sur le pont comme une petite vague faisait tanguer l'embarcation.

La serrant contre son torse, Sawyer la soutint jusqu'à ce qu'elle soit fermement campée sur ses pieds.

Mais le sentir si proche d'elle la rendit moins stable encore. Ses genoux chancelèrent, son cœur se mit à battre plus fort et le souffle lui manqua.

— Seigneur, tu es vraiment superbe, lui murmura-t-il à l'oreille, la chaleur de son souffle lui donnant la chair de poule.

— Allez-vous faire de la place pour le reste d'entre nous ? leur demanda Carly.

S'écartant à contrecœur de Sawyer, Jenna alla s'asseoir à l'arrière du bateau et elle enroula une écharpe autour de sa tête pour protéger sa coiffure.

Carly la rejoignit.

— Je pense qu'il t'apprécie, lui aussi, murmura-t-elle en lui exerçant une pression sur le genou.

Jenna ne répondit pas. Son cœur battait toujours la chamade et sa respiration était haletante. Cet homme la rendait folle de désir, et elle partait en séduire un autre dans un club. Elle faillit rire de l'insanité de la soirée à venir.

Quentin prétendrait être le pilote du bateau emprunté par les trois femmes tandis que ses compagnons d'armes les suivraient à bord de l'autre embarcation pour le cas où surviendraient des problèmes.

Si tout se déroulait comme prévu, elles trouveraient Devita, mettraient en place l'émetteur et quitteraient les lieux peu après. Où résidait la difficulté ?

Jenna pria pour que les choses se déroulent aussi simplement.

L'eau, calme, luisant comme un miroir, rendit le trajet jusqu'à La Playa del Sol paisible et dépourvu d'incident notable. Jenna se retourna plusieurs fois sur son siège, cherchant des yeux l'autre bateau. Le leur arborait les feux requis à l'avant et à l'arrière, ce qui le rendait aisément repérable sur l'eau.

Contrairement à l'embarcation transportant les commandos marines, qui en avait été dépouillée par souci de discrétion.

Alors qu'ils approchaient du quai de La Playa del Sol, Quentin ralentit.

— Je regrette de ne pas avoir mon Heckler & Koch calibre 40 attaché à la jambe sous ma robe, soupira Natalie.

— Ma chère, la railla Carly, je ne pense pas que vous puissiez dissimuler quoi que ce soit sous cette robe.

Natalie se mit à rire.

— C'est exactement la raison pour laquelle nous y allons sans armes. Par ailleurs, si l'un des hommes de Devita trouvait une arme sur l'une d'entre nous, Dieu seul sait ce qui pourrait arriver. Ce soir, nous sommes simplement trois amies sorties prendre du bon temps.

— Avez-vous l'émetteur ? lui demanda Jenna.

Natalie se tapota la poitrine.

— Il est rangé dans une petite poche cousue à l'intérieur de mon soutien-gorge.

— Je veux le nom de votre couturière, décréta Carly. Pourquoi n'avons-nous jamais de poches pour transporter les choses importantes ?

— Absolument, approuva Natalie.

Quentin secoua la tête.

— Pour moi, c'est une expérience totalement inédite que de conduire de jolies jeunes femmes à une opération clandestine.

Jenna émit un petit rire nerveux, priant pour ne pas flancher avant qu'elles n'aient mené à bien leur mission.

Quentin arrêta le bateau à la jetée, sauta sur le quai et les aida à débarquer.

— Bonne chance, chuchota-t-il.

Il leur désigna ensuite l'hôtel et leur dit avec un accent espagnol prononcé :

— Suivez la promenade jusqu'à l'hôtel. Je vous attends ici.

Espérant ne pas se fouler une cheville s'il lui fallait prendre ses jambes à son cou, Jenna enfila ses talons aiguilles et suivit Carly et Natalie en direction du somptueux hôtel au bord de l'eau.

À l'entrée, deux hommes armés les arrêtèrent et exigèrent une pièce d'identité.

Jenna sortit son passeport de la pochette qu'elle avait emportée et le tendit à l'un des vigiles. Il les examina alternativement, la photographie et elle, avant de finir par hocher la tête et de lui faire signe d'entrer.

Ce premier obstacle surmonté, elles entrèrent dans le bâtiment qui serait bientôt investi par le baron d'un cartel de la drogue et sa petite armée d'hommes de main.

11

— C'est une erreur, maugréa Sawyer, observant depuis leur bateau positionné à une centaine de mètres de la plage Jenna, Carly et Natalie remonter la promenade en direction de La Playa del Sol.

— Trois jeunes femmes dans un bar un vendredi soir, ça ne devrait pas mettre la puce à l'oreille de Devita, argua Montana.

— Peut-être, mais elles n'ont rien à faire là, dit Duff. Nous aurions dû tendre un piège à Devita et le capturer, pas laisser des femmes risquer leurs vies pour placer un émetteur sur lui.

— Quatre contre vingt, lui rappela Montana. Et des civils.

Sawyer pinça les lèvres, et sa mâchoire se crispa lorsque les jeunes femmes disparurent de sa vue.

— Je n'aime pas être aussi loin au large. Ne devrions-nous pas nous rapprocher et surveiller de plus près ? Si elles ont besoin de nous, nous pourrions réagir aussitôt.

— C'était mon plan.

Duff fit un signe de tête en direction de la plage.

— À présent que nous sommes là, nous pourrions accoster sur la plage et nous faufiler jusqu'à l'hôtel.

— Et c'est maintenant que tu le dis ?!

Montana les mit en garde.

— Rappelez-vous seulement de ne pas intervenir à moins que ce ne soit absolument nécessaire. Si les balles se mettent à pleuvoir, nous mettrons en danger tous les occupants du bâtiment.

— Compris.

Sawyer tapota le pistolet neuf millimètres à sa ceinture avant de projeter le petit bateau vers l'avant en direction du rivage plus loin sur la plage, mettant à profit la marée pour faire s'échouer l'engin. Par chance, elle était descendante. Ils n'auraient pas à craindre qu'elle ne l'entraîne, s'ils ne l'y laissaient qu'une heure.

Sawyer sauta sur le sable et il lança dans son casque :

— Les aigles se sont posés.

— Les oiseaux sont dans la cage, lui répondit Quentin, indiquant par là que les trois jeunes femmes étaient entrées dans l'hôtel.

Sawyer traversa la plage, se dirigeant vers les dunes et leurs broussailles. Avançant de buisson en buisson, il se fraya un chemin jusqu'au tronc d'un palmier bordant le complexe hôtelier. À l'approche de l'hôtel, les commandos marines se séparèrent. Montana couvrit l'angle de l'hôtel proche de la plage. Duff se chargea de l'angle opposé. Quant à lui, il se glissa plus avant vers la façade, espérant épier les mouvements de Devita à l'intérieur du bâtiment.

Deux hommes portant l'uniforme du service de sécurité de l'hôtel se tenaient à l'entrée, armés de pistolets.

— Il y a une sortie arrière de ce côté, rapporta Montana. Et un unique garde de sécurité à l'angle sud-ouest.

— Un autre garde à l'angle sud-est, chuchota la voix de Duff dans l'oreillette de Sawyer. Tu veux que je l'élimine ?

— Pas pour l'instant. Et seulement si nécessaire. Rappelle-toi, nous ne voulons pas créer d'incident international.

— C'est compris, répondit Montana. J'attends ton feu vert.

— Idem pour moi, renchérit Duff.

Sawyer se dissimula derrière un buisson de bougainvillier, sous un frangipanier couvert d'une foison de fleurs au parfum presque entêtant. De sa position, il avait vue sur l'allée circulaire menant à l'entrée de l'hôtel. Jusque-là, il n'avait vu aucun signe de Devita, ni de son contingent d'hommes. Peut-être le baron de la drogue allait-il décider de déroger à sa routine du vendredi soir et rester chez lui. Auquel cas, ils passeraient la soirée à attendre en vain.

Sawyer ne put s'empêcher de repenser à l'allure incroyable qu'avait Jenna dans cette robe fabuleuse. Et il frémit à la pensée qu'elle se trouve exposée à des brutes telles que Devita et ses hommes. Si la situation dégénérait, se promit-il, lui et ses coéquipiers forceraient l'entrée d'une façon ou d'une autre.

Il en était là de ses réflexions quand cinq imposants SUV foncés s'arrêtèrent dans l'allée, déversant leurs occupants armés de fusils et de pistolets-mitrailleurs. Certains portaient costume et cravate. D'autres étaient vêtus d'un pantalon foncé et d'un T-shirt et arboraient sur la tête un bandana noir. Les hommes en costume, munis d'armes automatiques, entrèrent dans l'hôtel, ignorant les gardes de sécurité qui ne prirent même pas la peine de dégainer leur arme. Des clients déguerpirent aussitôt de l'hôtel, lançant des regards inquiets par-dessus leur épaule.

Les hommes au bandana se déployèrent autour du bâtiment, prenant position sur les côtés et montant la garde, arme au poing. Se retrouvant à moins de deux mètres de l'un d'eux, Sawyer se tint immobile.

Lorsque deux hommes en costume ressortirent de l'hôtel, le conducteur du SUV du milieu alla ouvrir la portière arrière du véhicule. Sawyer reconnut alors l'homme qui en descendit comme étant Carmelo Devita. Le baron de la drogue fut suivi d'un autre individu… celui qui discutait avec Ramirez au moment où ce dernier avait été abattu.

Sawyer serra les poings. Il n'osait pas prononcer une parole dans le micro, pas avec l'un des hommes de Devita à proximité. Il se contenta d'observer et d'attendre que Devita reparte équipé à son insu de l'émetteur.

Son instinct lui souffla à nouveau que cette opération était une très mauvaise idée.

Jenna, Carly et Natalie déambulèrent dans l'hôtel, se guidant au son de la musique de l'orchestre.

Une fois encore, on les arrêta à l'entrée du bar et elles durent montrer leur passeport à l'un des deux gardes en faction tandis que l'autre les lorgnait de la tête aux pieds afin de s'assurer qu'elles ne portaient pas d'arme.

Jenna sentit son pouls s'accélérer alors qu'elles étaient autorisées à pénétrer dans la salle du bar.

— Bar ou table ? s'enquit Carly en ouvrant la voie.

— Bar, lui répondit Natalie. Je prendrais volontiers un verre.

Jenna parcourut la salle des yeux, cherchant un homme ressemblant aux photographies de Devita que Lance leur avait montrées. Les consommateurs étaient encore peu nombreux. Deux couples âgés dansaient le swing au son de la musique jouée par l'orchestre. Un autre couple, jeune celui-là, était assis à une table. L'homme et la femme se tenaient la main et buvaient des mixtures glacées servies dans de grands verres.

— Quel est votre poison préféré ? demanda Natalie en souriant.

Jenna aurait préféré une bière légère mais, consciente qu'elles se trouvaient dans un bar huppé, elle commanda un mango martini. Carly donna sa préférence et Natalie passa commande.

Pendant qu'elles attendaient leurs boissons, Jenna prit place sur l'un des tabourets du bar, laissant s'entrouvrir la fente de sa robe afin d'exhiber ses longues jambes comme elle l'avait vu faire à une femme fatale dans un film.

Seigneur, elle était bien loin de son élément. Comment convaincrait-elle Devita qu'elle était simplement une femme en quête de divertissement alors qu'elle tremblait de tous ses membres ?

Le barman posa leurs verres sur le bar avant de se tourner vers l'une des serveuses pour préparer sa commande.

Levant son verre de whisky, Natalie porta un toast.

— Aux bonnes amies.

Les trois jeunes femmes entrechoquèrent leurs verres.

— Aux amies, répondit Jenna avant de boire une bonne gorgée d'alcool en espérant que cela calmerait ses nerfs sans porter atteinte à sa vigilance.

Avant qu'elle ait reposé son verre sur le comptoir, quatre hommes armés firent irruption dans le bar et inspectèrent la salle. Deux d'entre eux passèrent derrière le zinc, puis disparurent dans la pièce du fond. Les deux autres disposèrent tables et chaises au fond de la salle — de quoi asseoir huit personnes, nota Jenna.

Le barman continua à s'affairer, se comportant comme si cette scène n'avait rien d'extraordinaire.

Quelques minutes plus tard, quatre gardes du corps supplémentaires entrèrent, encadrant six personnes. Dont l'une d'elles, au centre, s'avançait avec un air suffisant de propriétaire des lieux. Malgré l'éclairage faible, Jenna distingua les traits arrogants de Carmelo Devita, baron local de la drogue.

Un frisson lui parcourut l'échine. Elle se tourna vers Carly et Natalie.

— Que la fête commence, marmonna-t-elle avant de boire une nouvelle gorgée de son mango martini.

Natalie acquiesça d'un signe de tête. Elle aussi avait reconnu Devita.

— Alors, Jenna, que faites-vous dans la vie ? s'enquit-elle.

— Je suis comptable.

Natalie afficha un sourire.

— C'est un travail ardu.

Jenna pouffa discrètement.

— Je ne dirais pas cela. En fait, c'est plutôt monotone.

— Auparavant, j'occupais moi aussi un emploi de bureau.

— Qu'est-ce qui vous a fait changer de carrière ?

Natalie haussa les épaules.

— Je me suis investie dans mon hobby et j'en ai fait mon métier.

— Quel hobby ?

— Le tir de précision, dit-elle à voix plus basse en leur adressant un sourire en coin.

— Quel dommage que nous ayons dû venir sans arme, déclara Carly en bougeant à peine les lèvres.

Assise de biais sur son tabouret, Jenna vit le barman préparer un plateau de verres. Une jolie serveuse brune se tenait au comptoir, lançant par-dessus son épaule des regards nerveux aux nouveaux arrivants.

Sur un signe de tête du barman, elle souleva le plateau et s'empressa d'aller servir le baron de la drogue.

Devita prit un verre contenant ce qui semblait être du whisky et le but d'un trait. Puis il balaya lentement la salle du regard. Jenna le vit nettement s'attarder sur elles trois.

Elle sentit sa poitrine se comprimer. Elle ne pouvait se laisser submerger par la peur. Elles étaient venues là afin de piéger Devita. Son verre à la main, elle se tourna vers la piste de danse, faisant pleinement profiter le patron du cartel de l'échancrure audacieuse du dos de sa robe et de la vision de ses jambes par la fente latérale de sa robe. Elle but une autre gorgée et reposa son verre sur le comptoir.

Elle ignorait si l'homme préférait les blondes, les brunes ou les rousses. À elles trois, elles représentaient la totalité de la gamme chromatique. Il aurait le choix, songea-t-elle.

— Attention. Notre cible approche, murmura Natalie, la tête tournée vers la piste de danse mais observant Devita dans son champ de vision périphérique.

— Il lorgne Jenna, constata Carly. Passez-lui la puce.

Natalie fit semblant d'ajuster le décolleté de sa robe pour glisser les doigts dans la poche invisible de son soutien-gorge. Elle posa le petit disque sur le zinc tout en levant son verre dans un même mouvement fluide.

Du coin de l'œil, Jenna vit Devita s'avancer vers elles, encadré par deux hommes armés à l'air patibulaire. Il portait un costume (sans doute onéreux) taillé sur mesure.

Le cœur battant à se rompre dans sa poitrine, elle tendit la main vers son martini, récupérant l'émetteur avant de refermer les doigts sur le pied de son verre.

Elle sourit en regardant les couples sur la piste.

— Ils sont vraiment doués, commenta-t-elle quoique les compétences des danseurs présents dans la salle soient le cadet de ses soucis.

Une robe bleu roi attira son attention, et elle observa, de l'autre côté de la piste, Becca Smith, assise seule à une table au fond de la salle. Que faisait-elle là ? Avant que Jenna ait pu s'en étonner, une main lui toucha le bras.

— *Señorita*, cela vous plairait-il de danser ? lui proposa une voix à l'accent prononcé.

Se tournant vers Carmelo Devita, baron de la drogue, trafiquant d'êtres humains et meurtrier, Jenna lui décocha le sourire le plus habilement simulé qu'elle puisse composer.

— Moi ?

Elle posa la main gauche sur sa poitrine, la puce électronique calée sous son pouce.

Il hocha la tête.

Elle battit des paupières, jouant les timides alors qu'une terreur à l'état pur s'insinuait en elle.

— Oh ! je ne sais pas.

— S'il vous plaît, insista-t-il. Cela me ferait très plaisir, *mi amor.*

Jenna interrogea du regard ses deux amies.

Natalie hocha la tête.

— Je garderai ta place au bar. Va t'amuser.

Avec un sourire à l'adresse de ses compagnes, Jenna descendit de son tabouret.

— Merci. J'adore danser.

Devita referma sa main sur la sienne et posa l'autre dans le bas de son dos. Jenna étouffa un spasme de dégoût. Ce contact chaud et légèrement moite lui donnait envie de se libérer et d'envoyer cet individu au diable. Au lieu de cela, elle s'avança courageusement vers la piste de danse, tenant la puce dans sa main libre. L'esprit en effervescence, elle tenta d'imaginer un plan pour faire passer le disque de ses doigts à l'intérieur de l'une des poches de son cavalier sans se faire surprendre.

L'orchestre passa du swing à une valse lente.

Devita l'enlaça avant de l'entraîner sur la piste de danse.

Jenna ne s'attendait pas à ce qu'un tueur sans scrupule soit un aussi bon danseur. Prenant garde de ne pas laisser tomber le disque, elle posa la main gauche sur son épaule. La manœuvre allait se révéler plus délicate qu'elle ne l'avait imaginée. Elle allait devoir faire descendre sa main sur le côté jusqu'à la poche pour y laisser tomber la puce. Ou alors, transférer le disque jusqu'à sa main droite pour la glisser dans sa poche poitrine à gauche. Étant donné qu'il lui tenait la main droite, c'était irréalisable. Il ne lui restait plus qu'à espérer réussir à placer l'émetteur à la fin de la danse, lorsqu'elle laisserait retomber ses mains.

Totalement concentrée sur la mise en œuvre du placement de l'émetteur, Jenna ne prit conscience que Devita lui avait posé une question que lorsque celui-ci la lui répéta.

— Oh ! je suis désolée. J'étais sans doute trop concentrée sur les pas de danse.

Elle se força à lui sourire.

— Que disiez-vous ?

— Vous êtes américaine ?

— Oui.

— Dans quel État vivez-vous ?

— En Louisiane.

Elle battit des paupières, pour jouer à la jeune femme évaporée.

— Vous avez sûrement entendu parler de La Nouvelle-Orléans ?

— *Sí, señorita.* Je connais cette ville. Vous êtes une très belle femme. Rares sont les Mexicaines dotées d'une chevelure aussi flamboyante.

Jenna se mit à rire, passablement nerveuse.

— Je la tiens de ma mère.

— Elle doit être une très belle femme pour avoir une fille telle que vous.

Jenna se crispa aussitôt.

— Malheureusement, elle est décédée alors que j'étais encore une toute jeune fille.

Sa mère avait autrefois été le centre de son univers. Qu'aurait-elle pensé en voyant sa fille s'improviser espionne ?

Devita ralentit.

— Pardon de l'avoir mentionnée.

— Vous êtes tout excusé.

Jenna se força à sourire.

— C'était il y a longtemps.

Devita la fit virevolter avant de la ramener entre ses bras.

S'il réitérait ce mouvement, elle pourrait poser la main à sa taille plutôt que sur son épaule, songea-t-elle. Glisser le disque dans sa poche lui serait alors aisé.

Mais au lieu de la faire tourner de nouveau, Devita l'enlaça plus étroitement. Bien qu'il se soit aspergé d'une eau de toilette (sans doute hors de prix elle aussi), son haleine alcoolisée faillit la faire défaillir. Réprimant sa nausée, elle resta appuyée contre son torse, se balançant au son de la musique alors qu'ils auraient dû valser à travers toute la salle.

— Dites-moi, jolie dame, quel est votre prénom ? lui demanda son cavalier, son souffle faisant voleter les cheveux échappés du chignon.

Jenna sentit un frisson parcourir son corps.

— Je m'appelle J… Janet, lui répondit-elle, optant pour une forme proche de son prénom afin de couvrir son faux pas.

Bigre, elle avait failli révéler à cet homme sa véritable identité.

Il pencha la tête de côté.

— Ravi de vous rencontrer, Janet, je m'appelle Carmelo, dit-il, roulant le « r » avec maestria.

— Enchantée.

Bon sang, allait-il enfin se décider à répéter cette figure afin qu'elle puisse mettre le disque en place ?

Hélas, la valse se termina et Devita laissa retomber les bras le long du corps. Avec un léger salut, il la raccompagna jusqu'à sa place.

— Ce fut un plaisir. J'espère danser de nouveau avec vous.

— Merci.

Malheur, comment s'y prendre maintenant pour mener à bien sa mission ? Devita marchait près d'elle, ses poches hors de portée. Impossible pour elle d'en approcher la main sans qu'il soit évident qu'elle y plongeait les doigts.

Alors qu'ils s'approchaient du bar, Natalie se laissa glisser de son tabouret.

— Je fais un saut aux toilettes. Peux-tu garder ma place ? lui demanda-t-elle.

À peine Natalie eut-elle posé les pieds à terre qu'elle trébucha, heurtant Devita qui bascula à son tour vers elle.

Jenna se prépara à l'impact, prenant conscience du stratagème mis en œuvre par Natalie. Ses doigts se resserrèrent autour de l'émetteur afin d'éviter de le lâcher sous le choc. Tandis que Devita vacillait en avant, elle le retint d'une main posée sur sa poitrine tandis que, de l'autre, elle trouvait sa poche et y déposait le mouchard.

L'un des hommes de Devita s'était aussitôt précipité sur Natalie, l'éloignant de son patron.

Jenna recula d'un pas mal assuré, ses fesses entrant en contact avec le tabouret du bar. Elle s'y assit.

— Oh mon Dieu.

Elle pressa le bout de ses doigts sur ses lèvres.

— Vous allez bien ? fit-elle à l'intention de Devita.

Ce dernier hocha la tête, tirant sur sa veste pour l'ajuster.

— Je suis vraiment désolée, s'exclama Natalie. Je suis si maladroite, ajouta-t-elle en posant les yeux sur le garde du corps qui la tenait toujours fermement par le bras.

Jenna vit Devita dévisager brièvement cette dernière. Puis il se tourna vers elle et la gratifia d'un baisemain.

— À une prochaine fois.

Faisant volte-face, il regagna sa table, suivi de son garde du corps.

Jenna et Carly prirent toutes deux Natalie par un bras.

— Nous t'accompagnons aux toilettes, décréta Carly.

— J'ai besoin de me repoudrer le nez, ajouta Jenna, prête à prendre ses jambes à son cou. Tu es sûre que ça va ?

Natalie se mit à rire bêtement, jouant un rôle très éloigné de celui de la tireuse d'élite.

— J'ai dû boire trop de bourbon.

S'appuyant pesamment sur ses amies, elle fit semblant d'être un peu éméchée et elle les laissa la guider hors du bar, dans la direction présumée des toilettes.

Une fois qu'elles eurent franchi la porte du bar et qu'elles furent hors de vue des gardes, Natalie se redressa et se dirigea vers l'arrière de l'hôtel d'où elles pourraient rejoindre le bateau.

Jenna régla son pas sur le sien.

— Il est temps de partir, dit-elle.

12

Sawyer était accroupi derrière le bougainvillier depuis une bonne quinzaine de minutes lorsqu'il aperçut trois camions chargés d'hommes armés lancés à vive allure en direction de l'hôtel.

Les gardes au bandana les virent, eux aussi, et ils se précipitèrent pour les intercepter avant qu'ils ne s'arrêtent devant La Playa del Sol. Des cris retentirent et les hommes de Devita s'éparpillèrent dans l'obscurité, se mettant à couvert.

Ce nouveau développement était de mauvais augure. Avec les trois jeunes femmes qui se trouvaient toujours à l'intérieur en compagnie du baron de la drogue et l'arrivée inopinée de ce qui apparaissait fort comme étant un contingent de rivaux de Devita, la situation risquait de rapidement dégénérer.

Cependant Sawyer vit dans la mobilisation des hommes de Devita une possibilité que celle de forcer l'entrée par l'avant pour pénétrer dans le bâtiment.

— Irruption d'un cartel rival en façade, annonça-t-il dans le casque audio.

— Je me doutais qu'il se passait quelque chose. Les gardes postés aux angles du bâtiment viennent de se ruer à l'intérieur par une entrée de service, rapporta Duff.

Un bruit de fusillade éclata devant l'hôtel.

— Pouvons-nous entrer chercher nos femmes ? s'enquit Sawyer.

— Nous pouvons emprunter la même voie d'accès que les gardes, affirma Duff.

— Montana, Duff et moi pénétrons à l'intérieur. Nous avons besoin que tu veilles sur le bateau.

— Bien reçu, confirma Montana.

— Quentin ? reprit Sawyer

— J'écoute, dit aussitôt ce dernier. Que se passe-t-il ?

— Tiens-toi prêt à partir dès que possible. Des rivaux de Devita ont décidé qu'il était temps de livrer une guerre de gangs. Duff et moi allons extraire ces dames.

Sans attendre la réponse de son coéquipier, il saisit la poignée de la porte de derrière. Il jura en comprenant qu'elle était verrouillée de l'intérieur.

— Il faut une carte magnétique, maugréa Duff.

— Non, pas besoin.

Prenant l'arme à sa ceinture, Sawyer visa la serrure et la pulvérisa d'un seul coup de feu. Il ouvrit la porte ; le couloir était désert. Son neuf millimètres brandi devant lui, il se rua à l'intérieur du bâtiment, priant pour que Jenna, Carly et Natalie aient déjà battu en retraite.

Il remonta en courant le couloir et ralentit à l'approche d'une intersection. L'un des hommes de Devita déboula d'un couloir adjacent, le visage tourné derrière lui.

D'un geste ample, Sawyer plaqua le canon de son pistolet contre sa gorge, lui écrasant la pomme d'Adam. L'homme lâcha son arme pour tenter de se libérer.

Sawyer lui bloqua le bras, le poussa dans l'une des salles de conférences et, sortant son couteau, l'élimina d'un geste précis, le tout en quelques secondes.

De retour dans le couloir, il courut vers l'arrière de l'hôtel où était situé le bar, se préoccupant avant tout de la sécurité des trois jeunes femmes. Plus il avançait, plus il percevait les cris émanant des consommateurs cherchant désespérément à fuir l'affrontement des factions rivales.

Un cri plus proche l'amena à accélérer le pas. Alors qu'il atteignait la jonction de deux couloirs, de nouvelles détonations lui glacèrent le sang. Arrivait-il trop tard pour sauver Jenna ?

— De quel côté ? demanda Carly.

— Je pense que les toilettes sont par là, lui répondit Natalie, parlant assez haut pour que les gardes derrière elles l'entendent.

Elles traversèrent le hall en direction de l'arrière de l'hôtel.

Avant qu'elles aient pu atteindre l'issue menant à la promenade et au bateau, les portes vitrées en façade de l'hôtel explosèrent, une pluie d'éclats de verre s'abattant dans le hall et l'écho des détonations se réverbérant contre les hauts plafonds de l'entrée.

— Fuyons ! s'écria Natalie en s'élançant vers la porte de derrière.

Jenna souleva le bas de sa robe et courut tant bien que mal à sa suite, gênée par ses talons hauts.

Des hommes firent irruption par les portes qui venaient d'être fracassées, brandissant des pistolets-mitrailleurs et tirant sur les hommes de Devita postés à l'entrée du bar.

C'est alors que Jenna vit apparaître Becca Smith devant elles.

— Par ici ! cria celle-ci.

Elle les poussa dans un couloir, les soustrayant à la mêlée de clients hurlants et aux salves de tirs.

Elles coururent jusqu'au bout d'un couloir qui offrait ensuite deux issues possibles.

— Quel côté ?

— Là-bas. *Salida*, ça veut dire « sortie », s'exclama Jenna.

Elle saisit le bras de Carly et l'entraîna en direction de la porte. Natalie fermait la marche.

Jenna atteignit la porte la première. Comme elle appuyait dessus de toutes ses forces, elle s'ouvrit sur un homme vêtu de noir qui les menaça d'un pistolet-mitrailleur en vociférant en espagnol.

Jenna se jeta au sol, roulant sur elle-même. Natalie fit de même.

Seule Carly resta figée sur place. Alors Becca, la frappant à l'arrière des genoux, l'envoya valser sur le sol carrelé avant de se réfugier elle-même derrière un énorme arbre en pot.

L'homme visa plus bas. Au moment précis où il appuyait

sur la détente, il fut saisi d'un soubresaut. Les balles allèrent se loger dans le plafond tandis que seul un gargouillement sortait de sa gorge tranchée.

L'homme tomba sur le côté, et Sawyer, miraculeusement apparu pour les sauver, fit signe aux femmes de le rejoindre.

Jenna, Carly et Natalie se relevèrent en toute hâte. Et abandonnant leurs chaussures, elles sortirent en courant de l'hôtel, suivant Sawyer en direction de la plage.

Des détonations retentirent derrière eux.

Jenna courait aussi vite que le lui permettaient ses pieds nus sur le sable, se refusant à regarder derrière elle, craignant que les hommes de Devita ne la rattrapent si elle ralentissait.

Au lieu de progresser en direction du quai, ils s'orientèrent vers une zone déserte de la plage. Au moment où Jenna pensa que ses poumons allaient exploser, elle aperçut le bateau que Sawyer, Montana et Duff avaient utilisé pour les suivre ce soir-là.

Sawyer l'atteignit le premier et entreprit de le mettre à l'eau. La marée basse avait laissé le bateau échoué sur le sable mouillé.

Natalie agrippa le côté du bateau et l'aida à le pousser. Carly et Jenna joignirent leurs efforts aux leurs. Mais l'embarcation était trop lourde et la distance à parcourir, importante.

À peu près au moment où Jenna abandonnait tout espoir, Montana et Duff arrivèrent et leur prêtèrent main-forte. Une première vague vint lécher le sable et souleva la coque du bateau, leur apportant l'aide nécessaire pour le mettre à flot.

— Montez !

Jenna s'élança la première à bord du bateau. Suivie de près par Carly.

— Mets le moteur en marche, lui ordonna Sawyer.

Se ruant vers le siège du pilote, Jenna saisit la clé d'une main tremblante et la tourna. Le moteur revint à la vie en toussant.

Une nouvelle vague souleva l'embarcation. Duff se hissa à bord, aidé par Natalie. Enfin, Sawyer et Montana les rejoignirent.

— Attendez.

Jenna fouilla la plage du regard.

— Où est Becca ?

— Qui ? la questionna Sawyer.

— Becca. Elle nous a aidées à sortir de l'hôtel.

— Nous ne pouvons pas attendre, trancha Sawyer. Allons-y.

Un tir de barrage régla la question, et Jenna tira la commande des gaz vers l'arrière. Le petit bateau s'éloigna de la plage.

— Et qu'en est-il de Quentin ?

— Il doit déjà être au large. Fonce.

Sawyer vint se placer derrière elle, posant la main sur la sienne. Ensemble ils tournèrent le volant et poussèrent la commande des gaz vers l'avant, emmenant le petit bateau suffisamment loin de La Playa del Sol pour éviter les balles perdues.

Ou, du moins, l'espéraient-ils.

— Nous sommes suivis ! s'écria Natalie.

Des balles sifflèrent à leurs oreilles.

— À ce rythme, ils vont nous rattraper, fit observer Duff. Ils sont moins chargés que nous.

À la lueur des étoiles, ils distinguèrent à bord du bateau ennemi des hommes brandissant des armes automatiques.

— Tout le monde à terre ! s'écria Sawyer en forçant Jenna à se baisser.

Il s'accroupit également, gardant néanmoins un œil sur l'océan devant eux par-dessus le tableau de bord. Il tournait le volant à droite puis à gauche, zigzaguant tandis que les balles arrosaient la coque. Quelques-unes percutèrent le pare-brise, le faisant voler en éclats.

— Je te confie la barre, cria Sawyer en récupérant son arme à sa ceinture. À mon signal, je veux que tu ramènes l'accélérateur jusqu'en position neutre.

Jenna reprit les commandes, le ventre noué.

— Maintenant ! fit-il comme leurs poursuivants étaient presque arrivés à leur hauteur.

Jenna s'exécuta, faisant s'arrêter net le bateau.

L'embarcation qui les poursuivait fit une embardée, manquant de peu de les percuter. Tous ses occupants perdirent l'équilibre tandis que le bateau s'inclinait dangereusement. Sawyer, Montana et Natalie tirèrent alors tous trois dans leur direction. Duff visa le moteur et y déchargea son arme. Des volutes de fumée s'élevèrent du carter, embrumant le ciel nocturne.

Jenna relança le moteur, et mit autant de distance que possible entre les hommes de Devita et eux.

Bientôt ils aperçurent les feux d'un autre bateau dans la nuit.

— Tenez-vous prêts, pour le cas où il s'agirait de Devita, s'écria Sawyer.

— Je suis à cours de munitions, annonça Duff.

— Moi aussi, ajouta Natalie.

Montana enleva son chargeur.

— Cinq balles. Nous aurons intérêt à les rentabiliser.

— Je pense qu'il m'en reste dix, déclara Sawyer en pointant son arme sur l'autre bateau.

— Hé, ne tire pas !

Sawyer poussa un soupir de soulagement en entendant la voix de Quentin s'élever dans son oreillette. Puis se tournant vers elle :

— Tu veux que je prenne la barre ?

— Oh oui !

Jenna, encore toute tremblante, lui céda la place.

— Ta vie est-elle toujours aussi mouvementée ? ajouta-t-elle d'une voix étranglée.

Sawyer glissa un bras autour de sa taille et la serra contre lui.

— Parfois même davantage.

Jenna fut soulagée de retrouver la marina et le luxueux yacht.

— Que diable s'est-il passé, là-bas ? leur demanda Quentin, qui les avait précédés.

Duff se laissa tomber sur l'un des canapés en cuir blanc.

— Nous avons eu une petite altercation avec quelques-uns des hommes de Devita. Et lorsque leurs rivaux ont débarqué, il est devenu difficile de définir qui appartenait à quel cartel.

— Je suis heureuse que nous nous en soyons tous sortis sains et saufs, dit Natalie.

Et s'installant sur les genoux de Duff, elle passa les bras autour de son cou.

Jenna envia Duff et Natalie d'être aussi à l'aise l'un avec l'autre. Elle était stupéfaite qu'ils ne se connaissent que depuis une semaine environ. Et plus stupéfaite encore que la jeune femme paraisse aussi décontractée après tout ce qui était arrivé, tandis qu'elle-même se sentait encore prise de vertige d'avoir failli se faire tuer. Elle baissa les yeux sur sa magnifique robe, un peu fripée et humide après leur course folle à travers l'hôtel et leurs efforts conjugués pour mettre le bateau à l'eau. Elle espéra que l'eau et le sel ne tacheraient pas le tissu.

— Alors, reprit Quentin, avez-vous réussi à placer l'émetteur sur Devita ?

— Apparemment, Devita aime les rousses, dit Natalie, et Jenna, debout de l'autre côté de la pièce, vit l'agent spécial lui lancer un clin d'œil.

— Manifestement, dit-elle en sentant ses joues s'empourprer. Et, oui, je suis parvenue à déposer la puce dans sa poche grâce à une certaine... — elle esquissa un sourire — acrobatie de Natalie.

Natalie se mit à rire.

— J'ai fait semblant de trébucher pour percuter Devita et le pousser contre Jenna afin qu'elle puisse mettre la main dans sa poche et y placer le mouchard, expliqua-t-elle.

Carly sourit.

— Elles ont été incroyables. Et Jenna a fait preuve d'autant de sang-froid qu'une espionne professionnelle en dansant avec Devita. Vous auriez dû la voir.

S'avançant derrière elle, Sawyer murmura :

— J'aurais préféré danser avec toi.

Il posa les mains sur ses épaules.

— Je n'aurais jamais dû te laisser y aller ce soir. C'était bien trop dangereux.

Elle lui lança un regard oblique.

— Nous nous en sommes pourtant bien sorties.

— En effet.

— Devita est en mouvement, annonça Lance, assis devant son ordinateur portable. Dans l'idéal, il retourne à son repaire. J'aimerais obtenir autant d'informations que possible sur la disposition des lieux avant que vous ne tentiez une opération d'infiltration dans la tanière du lion. Je pense que je peux pirater l'un des satellites de la CIA. Il devrait couvrir cette zone au cours des prochaines heures.

— Informe-nous dès que tu auras une image bien nette. Plus tôt nous appréhenderons Devita, plus vite nous mettrons un terme à ce cauchemar, déclara Sawyer.

— D'ici là, reprit Duff, nous ferions bien de prendre un peu de repos. Ce yacht dispose d'assez de cabines pour nous loger tous.

— Je prendrai le premier tour de garde, proposa Montana. Lance aura sans doute besoin d'aide pour visionner toutes les images.

— Réveille-moi dans quatre heures, enchaîna Sawyer. J'assurerai le suivant.

— Toutes mes affaires sont restées à l'hôtel, protesta Jenna. Je pourrais appeler un taxi.

— Non, tu ne peux pas y retourner, objecta Sawyer. Nous ignorons toujours qui est le tueur, mais lui te connaît.

— Chaque cabine est pourvue d'un peignoir et d'un nécessaire de toilette, informa Quentin.

Jenna haussa les épaules.

— Dans ce cas, je n'ai aucune raison de ne pas rester pour la nuit.

Et elle descendit l'escalier menant au pont inférieur.

Un bruit de pas derrière elle la fit se retourner.

Son cœur cessa un instant de battre lorsqu'elle se rendit compte que c'était Sawyer qui se tenait juste derrière elle.

— Choisis la cabine que tu veux, lui dit-il.

Elle ouvrit une porte. Il s'agissait d'une cabine comportant un grand lit.

— Et toi, dans laquelle seras-tu ?

Jenna retint sa respiration dans l'attente de sa réponse, se demandant s'il penserait qu'elle lui faisait des avances et l'espérant à demi. Après tout ce qui s'était passé au cours de la journée et de la soirée, elle n'avait pas envie de rester seule. Elle voulait Sawyer auprès d'elle.

— Je serai dans celle que tu auras choisie, murmura-t-il en posant les mains sur ses épaules.

Le cœur cognant contre sa poitrine, Jenna releva le menton.

— Ah vraiment ?

Sawyer l'enlaça.

— Oui, je veux être avec toi.

— Alors, celle-ci fera l'affaire, dit-elle en refermant la porte derrière eux.

Se haussant sur la pointe des pieds, elle noua les bras autour de son cou, et l'attira à elle pour lui offrir ses lèvres.

Pendant un long moment, ils s'abandonnèrent à ce baiser et, remuée jusqu'au tréfonds de l'âme, Jenna eut tôt fait d'oublier le monde alentour et son cortège de tracas.

Le désir de sentir la peau de Sawyer contre la sienne l'incita bientôt à lui enlever son T-shirt. À son tour, son beau Navy Seal fit glisser les bretelles de sa robe sur ses épaules, révélant ses seins nus.

Jenna renversa la tête, laissant Sawyer déposer une succession de baisers le long de sa gorge puis prendre un mamelon durci entre ses dents.

Un gémissement monta de sa poitrine et se mua en un petit cri tandis qu'il aspirait sans ménagement le sein entre ses lèvres. Ensuite, il lécha le mamelon, en tourmentant l'extrémité jusqu'à ce qu'elle sente naître dans son bas-ventre l'envie de bien davantage.

Passant la main dans son dos, Jenna fit descendre la fermeture Éclair de sa robe. L'étoffe verte glissa sur ses hanches et tomba autour de ses pieds nus. Une pensée pour la perte de ses escarpins à talons aiguilles la traversa fugitivement. Aucune importance, songea-t-elle.

Elle était nue à présent, debout devant quelqu'un qui était encore pour elle un parfait étranger l'avant-veille. Pourtant, jamais elle ne s'était sentie aussi prête à se donner à un homme qu'en cet instant.

— Fais-moi l'amour, murmura-t-elle.

— Pas de regrets au petit matin ?

— Le seul regret que j'ai pour l'instant est celui de ne pas t'avoir rencontré plus tôt.

Alors qu'il franchissait la distance les séparant, elle sentit son pouls s'accélérer et sa respiration se fit haletante comme une irrépressible vague de désir la submergeait.

Sawyer prit son visage entre ses mains.

— Je ne suis pas doué pour les relations à long terme.

Elle sentit sa poitrine se comprimer. Elle voulait davantage mais elle prendrait ce que Sawyer lui donnerait.

— Je ne demande qu'une nuit.

Jenna fit glisser ses mains le long de son torse jusqu'à son jean qu'elle déboutonna.

Sawyer l'embrassa encore, ses mains descendant le long de son dos avant de lui empoigner les fesses. Il la souleva, l'installa sur le bord du lit, et lui écarta les genoux de sa cuisse.

Lentement, Jenna fit descendre la fermeture Éclair de son jean. Son sexe libéré glissa dans sa main et elle le caressa, se délectant de sa rigidité soyeuse.

— Continue comme ça et je serai incapable de me contrôler.

— Qui te dit que c'est ce que je veux ? rétorqua-t-elle en renversant la tête. Peut-être ai-je justement envie que tu perdes le contrôle.

S'écartant pour se débarrasser en un instant de ses chaussures et du reste de ses vêtements, Sawyer se planta devant elle, la perfection de son corps nu témoignant de sa capacité physique à accomplir le travail le plus exigeant de la planète.

Jenna recula sur le lit, faisant de la place à son sculptural Navy Seal.

— Je suppose que tu n'as pas pensé au préservatif ? fit-il en s'avançant lentement entre ses jambes.

Elle secoua la tête, un rire s'élevant de sa gorge.

— Non, à vrai dire, je n'étais pas en état de penser.

— Cet endroit est plutôt bien équipé. Tu ne crois pas que…

Se penchant par-dessus elle, Sawyer plongea la main dans la table de chevet. Et Jenna eut tout loisir de faire courir ses mains sur son corps tout en muscles.

— Ha !

Il brandit en souriant un accordéon de sachets argentés.

— J'ignore qui est le propriétaire de ce bateau, mais il pare manifestement à toute éventualité.

— Laisse-moi faire.

Jenna détacha l'un des sachets et l'ouvrit, frémissant d'impatience tandis qu'elle mettait le préservatif en place. Puis elle se renversa sur les draps et guida son amant en elle.

Alors que l'extrémité de son sexe pénétrait son intimité chaude et humide, Sawyer marqua une pause et lui embrassa le bout du nez.

— Comment ça ? Pas de préliminaires ?

— C'est plutôt surfait quand ton corps est déjà consumé par le désir.

Et lui agrippant les hanches, elle l'attira plus profondément en elle.

— Est-ce que c'est bien comme ça ? lui murmura Sawyer à l'oreille comme elle prenait une grande inspiration pour permettre à son corps de s'ajuster à la vigueur de son membre.

— Oh oui ! s'exclama-t-elle.

Et, d'un coup de reins, elle lui imprima un mouvement de va-et-vient.

— Plus que bien, même.

Il se mit à rire.

— Je vérifiais seulement.

Il adopta un rythme régulier, augmentant progressivement en vitesse et en intensité. Jenna leva les genoux, soulevant les hanches à chaque nouvel assaut.

Bien qu'il la prît avec fougue, elle eut envie de plus de rudesse encore tandis qu'elle accédait à l'extase, l'explosion de sensations fusant en elle et faisant se propager une myriade de décharges électriques dans tout son corps.

Sawyer lança une dernière charge, s'enfonçant profondément en elle, les traits de son visage tendus. Il demeura figé pendant un long moment, la respiration suspendue. Puis il retomba sur elle, la faisant rouler près de lui.

— Tu es incroyable, lui dit-il en l'embrassant sur la joue, les yeux et enfin sur les lèvres.

— J'allais te dire la même chose.

Jenna se blottit contre son corps, ravie de la complicité qui les unissait. Ses paupières se fermèrent et elle bâilla.

— Je pourrais en prendre l'habitude.

Les bras de Sawyer se resserrèrent autour d'elle.

Alors que Jenna sombrait dans un profond sommeil, elle crut entendre Sawyer murmurer :

— Moi aussi.

13

Un coup léger frappé à la porte le réveilla. Sawyer regarda le réveil posé sur la table de chevet. 2 heures du matin. Il dormait depuis moins de deux heures, Jenna confortablement installée entre ses bras.

Un nouveau petit coup le mit totalement en alerte. Il se glissa hors du lit, prenant garde de ne pas éveiller la beauté allongée près de lui.

Il s'avança à pas de loup, nu, vers la porte qu'il ouvrit.

Duff se dressa devant lui, tout de noir vêtu et le visage peint dans la même couleur de camouflage.

— Nous avons les informations requises. Plus tôt nous partirons, mieux ce sera.

— Je suis prêt.

Duff afficha un sourire narquois, ses dents blanches contrastant avec son visage noirci.

— Vu notre mission, je te conseille de t'habiller.

Refermant la porte, Sawyer s'empressa d'enfiler son jean noir puis d'attraper ses chaussures et son T-shirt. Avant de sortir, il se pencha pour déposer un baiser furtif sur les lèvres de Jenna.

Une fois dans le salon, il mit ses chaussures en toute hâte.

— Qu'avez-vous trouvé ? s'enquit-il en passant le T-shirt au-dessus de sa tête.

Lance afficha une image sur un grand écran.

— Je suis parvenu à localiser Devita en ce lieu.

Il indiqua une position sur la carte.

— Cela paraît être une île isolée et déserte au large de l'extrémité nord de la péninsule du Yucatán. J'ai piraté les images satellites de la CIA. Il semblerait qu'elle garde un œil sur Devita et qu'elle surveille cet endroit. Il dispose d'autres repaires, mais c'est dans celui-ci qu'il est retourné ce soir.

Lance toucha la souris et une image satellite remplaça la carte. Elle présentait une structure étendue, cernée par un mur englobant plusieurs bâtiments.

— D'après ce que j'ai pu déduire des photographies et de la documentation s'y rapportant, le bâtiment le plus imposant est la résidence de Devita. Si vous voulez arriver jusqu'à lui, vous devrez entrer de ce côté-ci…

À l'aide du curseur, il indiqua un endroit en façade.

— … ou de celui-là.

Lance déplaça le curseur vers l'arrière du bâtiment.

— Les fenêtres sont placées trop haut sur les murs extérieurs. Il y a une cour au centre mais, étant donné sa disposition, elle ne vous sera d'aucune utilité.

Quentin et Montana remontèrent du niveau inférieur, portant sac à dos et pistolets-mitrailleurs. Natalie leur succéda avec des casques et des armes de poing.

— J'ai aussi des feux d'artifice, déclara Montana en brandissant une poignée d'explosifs.

— Je vais prendre les détonateurs dans mon sac, précisa Quentin en les récupérant dans les mains de Montana.

Sawyer choisit un gilet pare-balles renforcé et un pistolet-mitrailleur.

— Je n'en reviens pas du nombre de MP5SD dont est équipé ce bateau, s'exclama-t-il. Le silencieux nous sera très utile si nous voulons arriver jusqu'à Devita sans alerter toute son armée.

Il revêtit le gilet et le boucla à l'avant. Plusieurs chargeurs de trente munitions pour le MP5SD y étaient attachés.

Natalie avait aligné sur la table basse les casques équipés de jumelles de vision nocturne. Elle avait aussi apporté plusieurs P226.

— Vous aurez sans doute besoin de quelque chose d'un peu plus personnel, commenta-t-elle.

Comme il regardait Quentin sélectionner l'une des armes de poing, Sawyer demanda :

— Par quel moyen allons-nous nous rendre dans le repaire de Devita ?

— Le meilleur moyen serait l'hélicoptère, mais c'est une option qui manque à ce yacht, déclara Montana.

Duff pointa le doigt sur la carte.

— Nous remonterons ce fleuve aussi loin que possible en bateau, ensuite nous progresserons à pied. Ça représente environ deux kilomètres de marche, cela ne devrait pas nous prendre plus de trente minutes.

— Si la jungle n'est pas trop épaisse, ajouta Quentin. Et que nous ne rencontrons pas de gardes en chemin.

— Dans un premier temps, il vous faudra contourner l'île, précisa Lance en la désignant sur la carte. Vous la longerez au large par la côte nord, puis vous l'aborderez par le nord-ouest avant de faire le reste du trajet à pied.

— Quand partons-nous ? demanda Sawyer.

Duff enfila son gilet, glissa un P226 dans l'étui à sa hanche et saisit l'un des casques.

— Maintenant, dit-il.

Ils embarquèrent dans le bateau qui les avait menés à La Playa del Sol.

Natalie, qui se tenait sur le pont, leur passa les armes lourdes.

— Ne faites rien de stupide.

— Je vais revenir, lui dit Duff qui avait encore un pied à bord.

— J'y compte. Il me reste une semaine de vacances avant de reprendre le travail, et j'aimerais la passer avec toi.

Elle prit son visage noirci entre ses mains.

— Ça te va bien d'être maquillé.

Elle l'embrassa, et Duff la serra un instant contre lui avant de rejoindre les autres.

Sawyer les envia. Que n'aurait-il donné pour un dernier

baiser, une dernière étreinte de Jenna avant de partir pour une mission dont il n'était pas certain de sortir vivant ? D'un autre côté, mieux valait qu'il l'ait laissée dormir plutôt que de lui faire des promesses dont il ne pouvait garantir qu'il les tiendrait.

Il ne pouvait concevoir que Duff se montre aussi optimiste en quittant Natalie. Bien sûr, la situation était différente dans leur cas. Natalie connaissait mieux que personne les risques du métier. En tant qu'agent spécial, elle menait des opérations clandestines qui l'exposaient elle-même à une fin prématurée. Jenna, elle, était comptable. Et avant leur rencontre, elle ignorait tout des dangers inhérents à la profession de commando marine.

Quentin détacha l'amarre et poussa la petite embarcation dans le chenal menant hors de la marina de Puerto Cancún.

Avec un peu de chance, ils réussiraient à s'introduire rapidement dans le repaire de Devita, obtiendraient de ce dernier l'information qu'ils étaient venus chercher, et ils repartiraient avant même que ses hommes aient compris qu'ils avaient été attaqués, espéra Sawyer.

Duff tenait la barre, éloignant le petit bateau de la ville de Cancún illuminée pas des éclairages disséminés partout dans les rues, les jardins et aux alentours des hôtels.

— À quoi penses-tu, Quent ? fit Sawyer en avisant l'expression soucieuse de son coéquipier.

— Je réfléchissais, répondit ce dernier.

— C'est un passe-temps dangereux pour toi, Quent.

Quentin afficha un sourire bon enfant.

— Je sais. Mais un homme commence à faire ce genre de chose quand il prend de l'âge.

— Tu viens de fêter quoi ? Tes vingt-neuf ans ? le railla Montana.

— Trente ans, rectifia Quentin.

Duff lança un regard en direction de Quentin.

— Et à quelle conclusion t'ont mené ces réflexions ?

— À celle qu'il serait sans doute temps d'être autre chose qu'un fusilier marin.

— Quoi ?

Sawyer feignit d'être surpris. Quentin avait déjà fait la même remarque l'année précédente.

— Et tu abandonnerais tes frères d'armes ?

Quentin leva une main comme s'il se préparait à prêter serment devant un tribunal.

— Ne vous méprenez pas, je prendrais une balle pour n'importe lequel d'entre vous.

Duff lui donna une bourrade sur l'épaule.

— Tu aurais pu le faire plus tôt, et je ne souffrirais pas à présent.

— C'est là le problème.

Quentin contempla l'océan à la lueur des étoiles.

— Nos corps finiront par être trop usés pour que nous fassions correctement ce travail. Nous devrions laisser des Seals plus jeunes faire leurs preuves.

Montan bomba le torse.

— J'ignore ce qu'il en est du vôtre, mais ce corps est en parfaite condition.

— Jusqu'à ce que tu reçoives la balle ou l'éclat d'obus de trop. Lésion cérébrale, déchirure des ligaments, perte d'audition et j'en passe. Ça peut nous arriver à l'entraînement ou sur le terrain. Et alors ? Avez-vous fait des projets pour votre reconversion à la vie civile ?

Duff se gratta le menton.

— Je pourrais toujours aller travailler pour les services secrets avec Natalie.

Sawyer lança un regard de reproche à son ami.

— As-tu sérieusement songé à quitter les Seals ?

Duff haussa les épaules.

— Ça m'a récemment traversé l'esprit. C'est difficile d'entretenir une relation quand les membres d'un couple se trouvent dans des États, ou pire encore, des pays différents.

— Tu connais à peine Natalie, lui fit observer Montana.

Duff ébaucha un sourire.

— Je ne le sais que trop. Et j'aimerais justement mieux la connaître.

Sawyer songea que, lui aussi, il aimerait apprendre à connaître Jenna. Cependant quelque chose le retenait, l'amenant à douter. Jenna était comptable, ce qui impliquait une vie sédentaire. Or, en tant que Navy Seal, il pouvait être envoyé à tout moment en tout lieu. Une relation entre eux serait vouée à l'échec.

L'exemple de son père ne lui avait-il pas enseigné cela ? Sa mère avait divorcé de lui parce qu'elle avait détesté être plus souvent seule qu'en sa compagnie. Et enfant, Sawyer avait plus souvent côtoyé sa nourrice qu'aucun de ses deux parents. Le peu de temps que son père passait à la maison, il restait scotché à son bureau à s'occuper de ses papiers ou à discuter au téléphone.

Duff fit un signe de tête en direction de la proue.

— Nous approchons. Préparez-vous. Nous allons accoster.

Sawyer mit son casque et en attacha la sangle, vidant son esprit de toute autre pensée.

Ils avaient une mission à accomplir, et il ne pouvait se laisser distraire par une chose qu'il ne pourrait jamais avoir.

Jenna se réveilla en entendant vrombir un moteur près du petit hublot de la cabine. Se redressant brusquement, elle regarda la place vide dans le lit près d'elle.

Elle poussa le rideau juste à temps pour voir un petit bateau à moteur s'éloigner du yacht, emportant les ombres de quatre hommes tapis sur leurs sièges.

Sawyer était parti.

Rejetant le drap, elle sauta à bas du lit et, fouillant dans les tiroirs de la commode, dénicha un T-shirt et un short de bain pour homme. Une fois vêtue — elle avait resserré au maximum le lien du short et noué le T-shirt à sa taille pour l'empêcher de tomber jusqu'à ses genoux —, elle emprunta l'escalier pour gagner le salon.

Avant qu'elle ait atteint le sommet des marches, les moteurs du yacht rugirent, et le bateau se mit en mouvement. Jenna se retint à la rampe pour poursuivre sa progression et, en arrivant dans la pièce, trouva Natalie penchée sur l'écran de l'ordinateur.

Une carte de la péninsule du Yucatán y était affichée et deux points lumineux clignotaient. L'un d'eux traversait le bleu de l'océan tandis que l'autre était situé sur une petite île au large de l'extrémité nord de la péninsule.

Jenna désigna le point en mouvement.

— Ce sont les hommes ?

Natalie hocha la tête.

— Ils devraient arriver à destination dans approximativement trente minutes.

— Et nous y allons aussi ? demanda-t-elle.

— Oui. Nous couvrirons une partie du trajet.

Natalie continuait de regarder l'écran, l'air concentré.

— Mais nous ne serons pas impliqués dans l'action, ajouta-t-elle.

Jenna, levant les yeux, vit Carly émerger de l'escalier en bâillant.

— Je rêve, ou est-ce que nous bougeons ? s'exclama-t-elle.

— Non, tu ne rêves pas, lui confirma Jenna en regardant par la fenêtre s'éloigner les lumières de Puerto Cancún.

Carly bâilla à nouveau et s'étira. Elle ne portait rien d'autre qu'un haut de pyjama d'homme. Laissant retomber ses bras, elle jeta un regard circulaire au salon.

— Où sont les hommes ?

— Partis débusquer Devita.

Jenna reporta les yeux sur l'écran qu'elle contempla pendant encore un moment, fébrile, le ventre noué.

— Je me sens tellement inutile. N'y a-t-il rien que nous puissions faire pour les aider ?

Natalie secoua la tête.

— Ils doivent se débrouiller seuls. Ils pourront nous contacter via la radio mais il n'y a pas grand-chose que nous puissions faire sur le yacht.

— S'ils se retrouvent dans une situation périlleuse, serons-nous en mesure de nous approcher suffisamment de l'île pour les extraire ? interrogea Carly.

— Ce serait risqué et ils devraient nous rejoindre sur mer. Le seul quai de l'île sera sous haute surveillance. Néanmoins, nous avons tout de même un petit canot de sauvetage pour le cas où nous devrions aller les chercher.

— Seront-ils terriblement en minorité ? s'enquit Jenna d'une petite voix, les craintes qu'elle éprouvait pour Sawyer la faisant frissonner dans le salon climatisé.

— Nous pouvons seulement émettre des suppositions.

Natalie gardait les yeux fixés sur le point clignotant sur l'écran. Elle paraissait inquiète, elle aussi.

— Est-ce sérieux entre Duff et vous ? lui demanda soudain Jenna. Vous n'êtes pas obligée de me répondre, si vous n'en avez pas envie.

Natalie lui décocha un regard oblique avant de reporter son attention sur l'écran.

— J'ai rencontré cet homme il y a moins d'une semaine seulement.

Jenna sourit.

— Croyez-vous au coup de foudre ?

— Pas vraiment. Mais je crois que Duff et moi partageons une connexion qu'aucun de nous ne peut ignorer.

Elle afficha une moue songeuse.

— J'ignore où cela nous mènera, ni le temps que ça durera.

— Mais vous êtes prête à tenter l'aventure ?

Le visage de Natalie s'éclaira.

— Oui, je suppose que je le suis. Duff est quelqu'un d'incroyablement fort et sensible. Même s'il a été entraîné à tuer, c'est l'âme la plus noble que j'aie rencontrée. Il me touche énormément.

Elle secoua la tête, se concentrant à nouveau sur l'écran.

— Je pense que je pourrais tomber amoureuse de lui. Si ce n'est déjà fait, ajouta-t-elle d'un air radieux.

Jenna se remémora tous les moments qu'elle avait partagés avec Sawyer, depuis qu'elle l'avait rencontré sur la plate-forme de la tyrolienne. Et pour eux, comment la magie avait-elle opéré ? S'était-il agi d'un coup de foudre ? Peut-être pas, mais une forte connexion existait aussi. Sans aucun doute.

À présent Sawyer était en chemin pour infiltrer le repaire secret de Devita. S'il ne revenait pas…

À cette idée, elle sentit son cœur cesser de battre un instant avant de reprendre son rythme erratique. Elle ne connaissait Sawyer que depuis si peu de temps qu'elle ne pouvait pas se croire amoureuse de lui. Mais à éprouver pour lui un désir d'une telle intensité, de quoi pouvait-il s'agir d'autre ?

Pour une femme qui avait cru qu'aucun autre homme que Tyler ne gagnerait son attention ni, encore moins, son cœur, elle s'était lourdement trompée. Et Sawyer était infiniment plus viril que Tyler ne pourrait espérer l'être. Jenna se sentit un peu désolée pour son ex-demoiselle d'honneur qui se retrouvait acoquinée avec ce lâche.

Pff… Ils se méritaient l'un l'autre, étant donné la façon dont ils l'avaient traitée. Jenna leur donnait trois mois au plus avant qu'ils ne se séparent.

Tyler serait même capable de tenter de revenir vers elle.

Jamais au grand jamais elle ne le reprendrait. Pas après avoir eu Sawyer dans sa vie et dans son lit.

Trop tendue pour se rendormir et, pour tout dire, trop terrifiée pour quitter le salon, Jenna se blottit sur l'un des canapés en cuir blanc. Lorsqu'ils approcheraient de la côte, elle gagnerait le pont pour chercher du regard sur les flots le petit bateau transportant l'homme qui emplissait toutes ses pensées.

Quelle inconsciente elle était ! Passer d'un homme qui ne l'aimait pas à un autre qui refusait de s'engager ; elle avait vraiment le don de choisir les partenaires qui la rendraient malheureuse.

14

Ils avaient accosté sans se faire remarquer, faisant glisser le petit bateau à moteur sur le sable près d'un bosquet de broussailles.

Tapi au milieu de ces dernières, Sawyer inspecta la clôture du camp retranché à l'aide de ses jumelles de vision nocturne. Jusque-là, il n'avait repéré aucune signature thermique indiquant des présences humaines.

— Nous ferions bien d'y aller maintenant, lança Duff dans le casque. Il ne reste plus que quelques heures jusqu'au matin, et je ne tiens pas à être là quand le soleil se lèvera.

— D'accord, lui répondit Sawyer.

Et il s'élança en courant, suivi de Duff.

Lorsqu'ils atteignirent le mur de près de trois mètres de haut, Duff présenta sa main. Sawyer y mit son pied et se propulsa par-dessus le mur.

Il atterrit sur le sol doux et sablonneux de l'autre côté. Et, grâce aux jumelles thermiques, put constater l'absence de signe de chaleur ou de mouvement alentour.

— La voie est libre, chuchota-t-il dans son casque à l'adresse des autres.

Duff, Montana puis Quentin le rejoignirent, atterrissant au sol sans le moindre bruit.

Le bâtiment principal se trouvait à deux cents mètres au sud. Rien ne bougeait au cœur de la nuit, excepté les gardes postés à l'entrée de la maison et aux angles des bâtiments.

L'équipe se dispersa. Montana se chargea de l'angle nord

tandis que Quentin, Sawyer et Duff se dirigeaient vers le sud et l'entrée située à l'arrière.

Sawyer se rua vers l'avant et attaqua le garde par surprise, le neutralisant à l'aide de son couteau. L'homme s'écroula au sol.

Duff et Quentin le traînèrent dans les buissons.

La porte donnant accès au bâtiment était verrouillée, ainsi que Sawyer s'y attendait. Il dégaina son P226, y fixa un silencieux et tira dans la serrure. La porte s'ouvrit sur une buanderie. Aucune des machines ne fonctionnait et les lumières étaient éteintes, mais une lueur brillait sous la porte menant dans la maison.

Remontant ses jumelles de vision nocturne sur son casque, Sawyer traversa le local pour gagner cette issue. Elle donnait sur un couloir sur lequel s'ouvraient d'autres portes, des deux côtés, découvrit-il.

— Montana ? chuchota-t-il dans le microphone. Contrôle tous les angles et installe les charges.

Les explosifs aideraient à créer une diversion si cela s'avérait nécessaire.

Suivi de Quentin et de Duff, Sawyer s'avança dans le couloir vers une porte entrouverte. Il la poussa : c'était une cuisine. Seul l'éclairage au-dessus de l'évier était allumé. La pièce avait été désertée pour la nuit.

La porte suivante donnait accès à une vaste salle à manger. Déserte, elle aussi. Elle ouvrait sur un vestibule comportant un escalier qui menait à l'étage.

Un garde était appuyé contre la rambarde de ce dernier, le menton touchant sa poitrine, les yeux fermés.

Sawyer s'avança subrepticement vers l'homme et lui trancha la gorge. Puis il le fit glisser à terre avant d'adresser un signe de tête à Quentin et à Duff. Ses coéquipiers se séparèrent pour inspecter chacune des pièces restantes du rez-de-chaussée, tandis que lui, Sawyer, gravit l'escalier sans bruit. Arrivé au sommet, il aperçut un autre garde assis par terre devant une porte en bois massive. La tête appuyée contre le chambranle, son arme posée sur ses genoux, il dormait à poings fermés.

Avant qu'il ait pu crier, Sawyer le réduisit au silence et le traîna à l'écart de la porte. Cette pièce devait être la chambre de Devita.

Quentin et Duff le rejoignirent au moment où il abaissait la poignée de la porte. La voix de Montana s'éleva alors dans son oreillette.

— Je crois que nous allons avoir un problème.

Sawyer marqua une pause avant d'enfoncer la porte.

— Explique-toi, chuchota Quentin, posté en retrait.

— J'entends un moteur dans le ciel. Je pense qu'il s'agit d'un drone.

Pourquoi diable un drone viendrait-il survoler le repaire de Devita ? se demanda Sawyer, inquiet.

Il ouvrit la porte et se rua dans la pièce.

Un immense lit en acajou couvrait quasiment la longueur de l'un des murs. Sawyer traversa la chambre avant que l'homme qui y était couché ne comprenne ce qui lui arrivait. Il traîna le baron de la drogue hors du lit, appuyant un couteau contre sa gorge.

La femme qui dormait à ses côtés poussa un petit cri et ramena le drap sur son corps nu. Elle débita des mots en espagnol, sanglotant dans le même temps.

— Dites-moi qui vous avez engagé pour tuer le fils du sénateur Houston et je vous laisserai la vie sauve, déclara Sawyer à l'oreille de Devita.

— *No comprendo,* fit ce dernier, renversant la tête pour éviter la lame.

— Il ne parle pas *inglès,* expliqua la femme entre deux sanglots.

Elle s'adressa à Devita en espagnol. Ce dernier secoua légèrement la tête avant de lâcher quelques mots.

— Il ignore de quoi vous parlez, reprit la femme.

— Dans ce cas pourquoi a-t-il envoyé Ramirez déposer une valise contenant une arme et des instructions à l'hôtel si ce n'est pas lui qui a engagé le tueur ?

À nouveau, la femme traduisit. Dans les deux sens.

— Il a reçu une belle somme en dollars américains pour livrer la valise sans l'ouvrir.

Elle marqua une hésitation avant de poursuivre :

— S'il avait su que le fils d'un sénateur se trouvait à Cancún, il l'aurait lui-même kidnappé et il aurait exigé une rançon pour sa libération.

Dépité, Sawyer sentit la colère l'envahir. Ces efforts pour démasquer son persécuteur ne pouvaient pas se révéler vains.

— Qui était censé récupérer la valise ?

Avant que Devita puisse répondre, une explosion ébranla la demeure. Les murs se fissurèrent et des débris tombèrent du plafond.

— Sortez immédiatement, s'écria Montana dans leurs casques audio. Le drone dont je vous parlais vient de lancer une roquette.

Quentin attacha les poignets et les chevilles de Devita.

— Et la femme ?

— Ligote-la aussi. Dépêche-toi.

Sawyer fit un signe de tête en direction de la porte.

— Allons-y !

Arme au poing, les Seals dévalèrent l'escalier. Ils remontaient le long couloir quand une autre explosion retentit au centre de la maison. Ils furent projetés au sol, mais les murs tinrent bon. Sawyer se releva en toute hâte, aida Quentin et Duff à faire de même et les poussa à l'extérieur dans un nuage de poussière et de débris.

Ils contournèrent la maison, se dirigeant vers l'endroit où ils avaient franchi le mur. Montana les attendait, tapi dans l'ombre. Quentin escalada le mur en premier, suivi de Duff. Sawyer s'y employa à son tour, s'arrêtant au sommet pour aider Montana à s'y hisser.

Montana atterrit de l'autre côté. Alors que Sawyer s'apprêtait à faire de même, quelque chose le frappa à l'épaule. Il s'écroula lourdement au sol.

Duff et Montana l'aidèrent à se relever.

— Tu saignes, constata Duff.

Sawyer retira sa main. Elle était couverte de sang.

— Blessure superficielle, marmonna-t-il en serrant les dents.

— Fichons le camp d'ici !

Alors qu'ils couraient vers la plage où ils avaient laissé le bateau, Montana lança un message dans la radio.

— Avons été attaqués par un drone. Sawyer est blessé. Nous évacuons les lieux. Il nous faut des renforts.

Jenna entendit le grésillement de la radio et courut rejoindre Natalie qui tenait le poste récepteur.

— Bien reçu, dit cette dernière.

La voix désincarnée de Lance leur répondit de sa position aux commandes, depuis le pont.

— Nous vous rejoignons, nous avons votre position.

Natalie tendit la radio à Jenna.

— Tenez ça. Si le drone prend les hommes pour cible, nous devons nous tenir prêts à riposter.

Elle se rua vers le pont inférieur. Moins de deux minutes plus tard, elle était de retour avec une arme et des munitions.

— L'une de vous s'est-elle déjà servie d'un fusil ? demanda-t-elle.

— Oui, moi, dans la ferme de mon oncle, lui répondit Carly.

— Il y a de cela longtemps j'allais chasser le canard avec mon père dans les bayous du Mississippi, ajouta Jenna.

— Vous êtes engagée. Chargez-le et montez sur le pont.

Natalie lui donna l'arme ainsi qu'une boîte de munitions. Elle s'adressa ensuite à Carly.

— Suivez-moi.

Les deux femmes descendirent l'escalier.

Jenna s'efforça de se rappeler ce que son père lui avait enseigné sur le maniement d'un fusil. Après avoir étudié l'arme quelques instants, elle réussit à la charger. Puis elle se précipita sur le pont.

— Ils sont à un kilomètre de la proue, lui lança Lance.

Surveillez le ciel pour voir si le drone les poursuit et, pour l'amour de Dieu, ne tirez pas sur les nôtres.

Le cœur battant à se rompre, Jenna courut à la proue du yacht, le fusil pesant entre ses mains. Quoi qu'il en soit, elle ferait tout ce qu'il faudrait pour protéger les hommes qui venaient de s'enfuir de l'île de Devita. Accrochant la radio à la ceinture de son short, elle épaula le fusil.

Quelques minutes plus tard, Carly et Natalie la rejoignirent, toutes deux armées. Carly d'un fusil et Natalie, d'un pistolet-mitrailleur à lunette infrarouge.

Le yacht fendait les flots à vive allure pour rejoindre les Navy Seals.

— Nous devrions les apercevoir dans les cinq prochaines minutes, annonça Lance. Ouvrez l'œil.

Jenna scruta l'océan.

— Là-bas, s'écria Lance. À deux cents mètres à 11 heures. Ils approchent rapidement.

Un bateau surgit de l'obscurité, fonçant vers eux. Jenna ressentit un élan de joie.

— Cherchez le drone, ordonna Natalie.

Jenna reporta les yeux sur le ciel au-dessus de l'embarcation transportant Sawyer et ses coéquipiers. Elle ne vit rien.

— Il y a un autre bateau en approche rapide ! hurla Lance. Tenez-vous prêtes à les couvrir.

Le bateau transportant les commandos marines était à une distance au plus égale à la longueur d'un terrain de football quand une autre embarcation fonça droit sur eux à tribord, manquant de les percuter. Son pilote tira dans leur direction.

Quand le bateau assaillant fut assez près pour être le touché, Jenna leva son arme, visa et fit feu.

Au même moment, sa cible amorça un virage brusque. La coque du bateau se souleva hors de l'eau, bloquant la balle. Contournant l'embarcation des Seals par l'arrière, l'agresseur s'avançait inexorablement dans leur direction en dépit du feu nourri dont ceux-ci l'arrosaient.

— Bon sang ! s'écria Lance. Il y a un deuxième bateau.

— Que font-ils ? s'interrogea Jenna comme l'embarcation des Seals s'éloignait vivement du yacht.

— Ils détournent les coups de feu sur eux, lui répondit Natalie d'une voix tendue.

— Mais nous pouvons les aider !

— Ils n'ont pas vu l'autre bateau, fit observer Carly.

— Que fait-il ?

Jenna regarda le nouvel arrivant, un long jet-boat racé, foncer sur le bateau ennemi à pleine puissance. Apparemment, son pilote ne le remarqua pas avant qu'il ne soit trop tard.

Jenna se mordit la lèvre et tressaillit lorsque le jet-boat le percuta de plein fouet. Les deux engins explosèrent, projetant une boule de feu dans le ciel.

L'équipe des Seals revint aussitôt sur le lieu de l'accident.

Lance fit ralentir le yacht et s'avança doucement vers eux, Jenna se pencha par-dessus bord pour compter les occupants du bateau des Seals. Ils étaient toujours quatre.

— Dieu merci, murmura-t-elle.

— À l'aide !

Le cri provenait de l'eau, à proximité du lieu du naufrage. Lance manœuvra le yacht autour des épaves fumantes. Une silhouette engoncée dans un volumineux gilet de sauvetage leva une main en l'air.

— À l'aide !

Jenna fut surprise. La voix était féminine. Elle se hâta d'aller chercher une bouée de sauvetage et la jeta à la naufragée en contrebas.

Celle-ci nagea vers la bouée et y passa le bras.

Tenant la longe, Jenna s'avança vers la poupe en tirant la femme le long du yacht. Carly l'aida à monter à bord.

Jenna fut stupéfaite en identifiant la nouvelle venue à la faveur de l'éclairage extérieur du pont.

— Becca ?!

— Bonsoir, Jenna. Merci de m'avoir secourue.

Becca détacha le gilet de sauvetage et le laissa tomber sur le pont. Une combinaison de plongée moulait son corps svelte, accentuant ses formes. Elle écarta les cheveux de son visage et regarda l'eau en contrebas.

— Avez-vous retrouvé le pilote de l'autre bateau ?

— Le voilà !

Lance désigna un corps flottant parmi les débris épars. Il se pencha à la porte du poste de pilotage et cria aux Seals :

— Pouvez-vous l'atteindre ?

— Nous ferons ce que nous pourrons. Nous commençons à prendre l'eau et Sawyer saigne abondamment, lui répondit Quentin.

Angoissée, Jenna se pencha par-dessus le bastingage, écarquillant les yeux. Carly se précipita à ses côtés et braqua une lampe torche sur l'embarcation.

— Je vais bien, les rassura-t-il. C'est superficiel.

Duff fit glisser le bateau entre les débris de fibre de verre. Les Seals agrippèrent le naufragé et ils le hissèrent à bord.

L'instant d'après, tout partit en vrille. Les hommes poussèrent des cris et un reflet métallique apparut à la lueur de la torche.

— Il a un couteau, hurla Montana.

Un avertissement qui venait trop tard, car il n'empêcha pas l'individu qu'ils venaient de secourir de poignarder Sawyer.

Jenna se mit à crier et Carly dut la retenir de passer par-dessus le bastingage.

Montana, Quentin et Duff maîtrisèrent l'homme, l'éloignant de Sawyer.

Sawyer saisit le couteau que ce dernier lui avait planté dans le ventre.

— D'accord, ce n'est peut-être pas une blessure superficielle, dit-il.

Lorsqu'il fit mine de le retirer, ses trois coéquipiers s'exclamèrent à l'unisson :

— Non, n'y touche pas !

La gorge serrée, des larmes lui coulant sur les joues, Jenna n'arrivait plus à respirer. Elle se tenait figée sur le pont, le regard fixé sur l'homme qui l'avait émue comme nul autre. Et qui était peut-être en train de mourir sous ses yeux.

Confiant la garde de l'agresseur à Montana et à Quentin, Duff s'agenouilla près de Sawyer.

— Utilisons l'élingue de sauvetage pour le hisser à bord, cria Lance en descendant du poste de pilotage.

Natalie et Becca entrèrent aussitôt en action, faisant pivoter une bôme miniature sur le côté du yacht pour faire descendre le filin jusqu'au bateau en contrebas.

— Je vais chercher la trousse de premiers secours, annonça Carly.

Duff attacha Sawyer au filin, puis donna le feu vert.

Lance appuya sur un interrupteur et le câble se tendit, soulevant lentement Sawyer dans les airs. Lorsqu'il fut assez haut, ils ramenèrent le bras de la bôme vers le pont pour y étendre Sawyer.

Jenna se laissa tomber à genoux près de lui, regardant avec horreur le couteau enfoncé dans son ventre. Durant un moment, elle faillit céder à la panique.

— Quand je disais que je ne voulais pas vivre une vie monotone, je ne te demandais pas de te donner toute cette peine pour me la rendre excitante.

Et elle émit un petit rire qui ressemblait plus à un sanglot.

— Nous devons stabiliser le couteau jusqu'à ce que nous puissions l'emmener à l'hôpital, dit Carly, munie de la trousse des premiers secours et de linges.

Jenna fit de la place à son amie, mais resta avec Sawyer.

— Ce n'est rien, chérie, murmura ce dernier en lui caressant la joue.

— Je parie que tous les Seals disent ça.

— Je m'inquiète plus du sang que ma blessure à l'épaule va laisser sur le pont, reprit Sawyer en tournant la tête.

Refrénant un sentiment de panique, Jenna tendit la main.

— Donne-moi une paire de ciseaux, Carly. Il faut arrêter le saignement, non ?

Découpant le T-shirt, elle écarta le tissu pour examiner l'épaule de Sawyer. L'odeur cuivrée du sang emplit l'air.

Réprimant un haut-le-cœur, elle s'attela à la tâche tout en veillant à ne pas gêner Carly qui s'occupait de la zone ventrale.

Alors qu'elles s'affairaient toutes deux auprès de lui, le reste de son escouade monta à bord, amenant l'homme qui l'avait poignardé.

15

Jenna s'interposa entre Sawyer et l'individu qui avait tenté de le tuer. Même si ce dernier ne semblait plus disposer de l'énergie nécessaire pour réitérer son funeste exploit. L'homme présentait plusieurs blessures béantes, son visage était livide et ses lèvres prenaient une teinte violacée. Montana et Quentin l'allongèrent sur le pont, suffisamment loin de Sawyer pour qu'il ne puisse plus lui faire aucun mal.

— Qui êtes-vous ? lui demanda Duff.

— Qu'est-ce que ça peut faire ? ahana l'homme d'une voix rauque.

Il toussa faiblement.

— Je serai bientôt mort.

— Pourquoi essayiez-vous de nous tuer ?

— C'est sans importance.

Becca se joignit aux Seals réunis autour de l'homme allongé sur le pont.

— Son nom est Trey Danner, dit-elle. C'est un ex-agent du FBI. Depuis son renvoi, il a abandonné tout scrupule et vend ses services au plus offrant.

— Pour faire quoi ? s'enquit Jenna. Tuer des gens ?

— Oui, c'est un mercenaire.

Danner haussa les épaules ; ce geste le fit grimacer puis tousser de nouveau. Un filet de sang s'écoula du coin de sa bouche.

— Ça paie mieux que de retourner des hamburgers, marmonna-t-il.

Duff s'avança, les poings serrés.

— Espèce d'ordure.

— C'est en effet l'homme que nous avons vu sur la vidéo du hall de l'hôtel, commenta Lance. Celui qui est passé au bureau du concierge après que Jenna eut emporté la valise.

— Mon Dieu, je l'ai peut-être croisé sans le savoir, s'écria Jenna.

Elle fut saisie d'un frisson rétrospectif.

— Etes-vous le sniper ? ajouta-t-elle.

Danner ferma les yeux.

— Vous… ignorez de quoi… vous parlez, dit-il, de plus en plus essoufflé.

Il toussa une nouvelle fois et s'immobilisa.

— Qui vous a engagé ? s'enquit Duff.

— Les morts ne révèlent pas de secrets…, murmura Danner d'une voix à peine audible.

Duff prit l'homme par les épaules et le secoua.

— Allez-vous nous dire qui vous a payé pour tuer Sawyer ?

Montana posa une main sur l'épaule de son collègue.

— Remettons-le d'abord d'aplomb, ensuite nous pourrons l'interroger.

Quentin pressa deux doigts à la base du cou de Danner.

— Il n'y a pas grand espoir de ce côté-là, il est mort.

Lance alla aussitôt reprendre les commandes et mit le cap sur Cancún, demandant par radio qu'une ambulance les attende sur le quai.

Tandis que Carly maintenait la pression sur la blessure autour du couteau, Jenna tint la main de Sawyer dans la sienne, priant pour qu'il vive assez longtemps pour recevoir des soins appropriés.

Sawyer leva vers elle des yeux vitreux.

— Je te jure que ça va aller. Ne t'inq…

Sa voix s'éteignit et ses paupières s'abaissèrent.

Lançant un regard de panique aux autres, Jenna vit Natalie, Montana, Duff et Quentin qui entouraient à présent Becca Smith.

— Tu ferais mieux de l'interroger, dit Duff à Natalie, l'air crispé. Je ne me sens pas d'humeur à être aimable.

Esquissant un sourire, Natalie fit face à Becca.

— Que faites-vous ici et comment en savez-vous autant à propos de Danner ?

Becca rejeta les épaules en arrière.

— Je l'ai pris en filature.

— Pourquoi ? lui lança Quentin.

— Il a tué quelqu'un que j'aimais, déclara Becca d'une voix assurée, relevant le menton.

— Qui ?

Elle inspira profondément, son regard s'embua.

— Mon père.

— Et quelles compétences vous autorisent à traquer les mercenaires ?

Becca afficha une moue amusée.

— Les mêmes que les vôtres.

La voix de Lance se fit entendre via la radio :

— Natalie, Royce dit que Becca est des nôtres.

Becca sourit.

— Eh oui, mais il est vrai que vous avez été absente pendant deux ans.

Puis, tendant la main à Natalie :

— Bon retour dans la section.

Sawyer cligna des paupières

— Jenna, ai-je bien entendu ? Becca est un agent secret ?

Jenna lui caressa le visage.

— Tu as bien entendu. Apparemment, elle travaille pour la même agence que Lance et Natalie.

Le sourire de Becca s'effaça.

— La différence, c'est que j'ai un intérêt personnel dans la résolution de cette affaire.

— La vengeance ? demande Duff.

— Non.

Becca croisa les bras.

— La justice. Je refuse de laisser l'homme qui a tué mon père s'en tirer impunément après avoir commis un meurtre.

— Eh bien, vous avez trouvé ce que vous étiez venue chercher, commenta Quentin.

Becca secoua la tête.

— Pas tout à fait. Vous avez entendu Danner. Quelqu'un l'a engagé pour tuer Sawyer, et aussi Devita apparemment. Je parie que celui qui l'a engagé est également responsable du meurtre de mon père.

— La question est : quel est le lien entre votre père, Devita et Sawyer ? s'interrogea Duff.

— La note disait d'amener Sawyer Houston en un certain lieu, mort ou vif.

— Ce qui m'amène à penser qu'ils allaient se servir de lui pour attirer son père à Cancún.

— Hé, je suis toujours là, protesta Sawyer. Je ne suis pas encore mort.

Jenna émit un petit rire.

— Reste avec nous alors, fit-elle en lui serrant la main.

Sawyer exerça une pression sur la sienne, avant de tourner la tête vers Natalie, Becca et les autres.

— Mon père est en route pour Cancún, murmura-t-il. J'ai pourtant essayé de l'en dissuader.

Becca inspira profondément.

— L'individu qui a recruté Trey Danner peut avoir plus d'un mercenaire à sa solde, dit-elle. À son arrivée, le sénateur Houston pourrait bien être la prochaine cible.

Sawyer fit mine de vouloir s'asseoir.

— Il faut que je puisse l'accueillir à sa descente d'avion.

Jenna posa une main sur son épaule.

— Tu seras à l'hôpital. Tu n'iras nulle part.

— Mais nous, nous pouvons aller à sa rencontre, proposa Duff. Et l'équiper d'un gilet pare-balles renforcé avant qu'il n'aille à l'hôpital rendre visite à son fils.

Becca secoua la tête.

— L'individu qui est à la tête de tout cela a déjà prouvé

qu'il est impitoyable et qu'il ne recule devant rien. Il voudra probablement faire souffrir le sénateur Houston — c'est pourquoi Sawyer est aussi sa cible — avant de le faire abattre.

Dans le silence qui suivit cette fracassante déclaration, Jenna se mit à réfléchir à toute allure, en assemblant tous les éléments d'information dont elle disposait.

— Dans ce cas, nous devrions tuer Sawyer et laisser l'homme qui veut la mort du sénateur mettre son projet à exécution, dit-elle.

Sawyer posa sur elle un regard perplexe.

— Et moi qui pensais que tu tenais un peu à moi ?

Elle le rassura d'un sourire.

— Ne comprends-tu pas ? L'individu ne tuera pas le sénateur avant qu'il ait vu mourir son fils.

— Mon père se moque éperdument que je vive ou que je meure, reprit Sawyer à voix basse. Mais j'aimerais autant vivre si ça ne t'ennuie pas.

— Voici le scénario, reprit Jenna. Nous simulerons ta mort, ce qui conduira ton père à la morgue de l'hôpital. Et quand il quittera l'hôpital, nous l'assassinerons.

— Je pourrais m'accommoder d'un simulacre de mort mais, quoique je ne m'entende pas avec mon père, je ne souhaite pas sa mort.

— Ni nous non plus, renchérit Becca.

Et d'ajouter en se tapotant le menton :

— Cependant, en attendant que nous découvrions qui est derrière tous ces meurtres, votre père doit faire semblant d'être mort, lui aussi, et intégrer un programme de protection de témoins. Sinon, il continuera d'être la cible de ce fou furieux.

— Royce peut se charger de mettre en place le programme de protection, assura Natalie.

Becca hocha la tête.

— Il l'a déjà fait. Oui, il vaut sans doute mieux que ce soit lui qui s'en occupe. J'ai le sentiment que le commanditaire de ces assassinats fait ou a fait partie d'une agence gouvernementale.

— Pourquoi ? s'enquit Jenna.

— Mon père était un membre de la CIA. Il travaillait avec la DEA sur une affaire de trafic de drogue impliquant Devita.

— Que vient faire le père de Sawyer là-dedans ? demanda Duff.

Becca plissa le front.

— Il me semble que mon père a fait mention à plusieurs reprises de réunions avec le sénateur Houston, dit-elle.

Jenna sentit les doigts de Sawyer se resserrer autour des siens.

— Mon père fait partie de la sous-commission du trafic illicite des drogues, de la prévention du terrorisme et de la criminalité organisée au niveau mondial, précisa Sawyer, les yeux fermés.

Cette longue tirade parut l'avoir vidé du peu de force qui lui restait, et Jenna sentit sa main devenir inerte dans la sienne. Elle se pencha en avant, posa les doigts à la base de son cou, et retint son souffle. Son pouls était faible mais régulier. Mais s'il n'était pas transféré rapidement à l'hôpital, il se viderait de son sang, craignait-elle.

Les lumières de Puerto Cancún éclairèrent le ciel alors que le yacht s'engageait dans le chenal du port.

— Nous devons nous préparer à accoster, annonça Natalie. Il faut rassembler toutes les armes et munitions qui ont servi et les remiser dans la pièce forte du bas.

Montana, Duff et Quentin entrèrent en action, imités par Carly, Natalie et Becca. Avant qu'ils ne rejoignent la jetée de la marina, le ménage avait été fait. Les hommes avaient également nettoyé la peinture de camouflage de leur visage et apporté un linge mouillé à Jenna pour qu'elle fasse de même pour Sawyer. Ce dernier avait perdu connaissance.

Les feux stroboscopiques des véhicules d'urgence éclairèrent la route menant à la marina.

Lorsque le yacht accosta, la police mexicaine envahit les ponts, suivie par le personnel médical d'urgence transportant un brancard.

Prenant soin de ne pas faire bouger le couteau planté

dans le ventre de Sawyer, les urgentistes le chargèrent sur le brancard, lui posèrent une perfusion et l'équipèrent d'un masque à oxygène.

— Je l'accompagne, déclara Jenna.

— Etes-vous une parente ? lui demanda l'un des auxiliaires médicaux à l'accent espagnol prononcé.

— Je suis sa fiancée, prétendit-elle.

Elle refusait de quitter Sawyer des yeux. D'autres mercenaires pouvaient hanter Cancún.

Avant qu'elle puisse monter à l'arrière de l'ambulance avec Sawyer, Natalie lui toucha le bras.

— Je vais demander à mon supérieur de contacter le père de Sawyer avant son atterrissage à Cancún afin de mettre votre plan en action.

— Merci. Faites-moi savoir si je peux vous aider en quoi que ce soit. Je serai au chevet de Sawyer.

Natalie la regarda fixement pendant un long moment.

— Vous savez déjà ce qui doit arriver.

— Oui, je le sais, lui répondit Jenna d'une voix tremblante.

Becca, Carly et Lance étaient restés en arrière pour répondre aux questions de la police concernant la mort de Trey Danner. Jenna les entendit affirmer qu'il avait été victime d'un terrible accident de bateau, ce qui était la vérité.

— Nous serons derrière l'ambulance, la rassura Duff. Nous ne laisserons rien arriver à Sawyer. Il est comme un frère pour nous.

Montana et Quentin acquiescèrent d'un signe de tête. Jenna grimpa à l'arrière de l'ambulance, souriant aux Seals.

— Il a de la chance de vous avoir.

— Vous pouvez le dire.

Duff lui adressa un clin d'œil et s'éloigna en courant en direction de la jeep garée sur parking. Quentin et Montana s'empressèrent de le suivre.

À leur arrivée à l'hôpital, Sawyer, toujours inconscient, fut directement emmené au bloc.

Réfugiée dans la salle d'attente, Jenna luttait contre les

larmes. L'odeur de désinfectant lui rappelait les moments passés à l'hôpital avec sa mère alors que cette dernière se mourait du cancer.

Elle serra les poings. Non, Sawyer ne mourrait pas. C'était impossible. Quoiqu'ils viennent de se rencontrer et qu'ils aient seulement passé deux nuits ensemble, l'alchimie entre eux était exceptionnelle. Sawyer était un homme de parole, intègre et courageux, pas du genre à abandonner une femme au pied de l'autel.

Son père approuverait son choix et il l'accueillerait à bras ouverts dans la famille si leur relation se concrétisait. Ce qu'elle appelait de tous ses vœux…

— Est-ce que ça va ?

Jenna leva les yeux, surprise. Perdue dans ses pensées, elle ne s'était pas rendu compte que Duff, Montana et Quentin l'avaient rejointe dans la salle d'attente.

— Je m'inquiète terriblement pour Sawyer.

Duff hocha la tête.

— Il a connu pire et il s'en est sorti.

Elle sourit.

— Je ne demande qu'à vous croire.

— Natalie vient d'envoyer un message. Son supérieur est parvenu à contacter le sénateur Houston. Il a atterri il y a un quart d'heure. Elle le retrouve à l'aéroport pour l'informer de la situation.

Jenna prit une profonde inspiration.

— Les dés sont jetés.

Ni Sawyer ni son père n'étaient encore sortis d'affaire. Bien que Trey Danner soit mort, ils n'avaient pas la certitude que d'autres mercenaires ne tenteraient pas d'éliminer les Houston.

Enfin, un homme vêtu d'une tenue stérile entra dans la salle d'attente, ôtant un masque chirurgical de son visage.

— *Señor Houston* va bien. La blessure à l'épaule ne laissera pas de séquelles, ni les muscles ni les os n'ont été gravement endommagés. Et le couteau a épargné les organes vitaux. Cependant, il a perdu beaucoup de sang. Nous allons le garder sous surveillance cette nuit.

Une infirmière les conduisit à une chambre particulière où Sawyer reposait dans des draps blancs immaculés, une perfusion au bras, un appareil contrôlant les battements de son cœur. Quoique pâle, il paraissait reposé.

— Il ne va pas tarder à se réveiller, leur assura-t-elle.

Jenna s'assit dans le fauteuil près du lit, lui tenant la main. Rassurés sur son état, ses coéquipiers l'avaient laissée seule avec lui. Épuisée par les événements des dernières heures, elle finit par poser la tête sur le matelas et sombra bientôt dans un profond sommeil.

La lumière filtra entre ses paupières, le forçant à s'éveiller. Bien qu'il essayât d'ouvrir les yeux, Sawyer dut produire un effort pour réaliser cette simple action. Ses membres lui paraissaient pesants et son ventre le faisait souffrir comme si on l'avait poignardé.

Le couteau. L'agresseur.

Ramené à la réalité, Sawyer tenta de s'asseoir. La douleur le força à y réfléchir à deux fois et il se laissa retomber sur le drap.

Quelque chose de doux et de soyeux lui effleura alors le bras. Baissant les yeux, il sentit son cœur se gonfler dans sa poitrine.

Jenna, la femme qui avait risqué sa vie pour le sauver en sautant à l'arrière de sa motomarine, était endormie, la tête posée sur le matelas de son lit d'hôpital, sa main près de la sienne.

Cette femme avait fait plus pour lui qu'aucune étrangère n'aurait jamais fait. Insipide, elle ? « Aimante », « passionnée », « courageuse » et « superbe », tels étaient les qualificatifs qui la décrivaient. Bien qu'elle fût entrée depuis peu dans sa vie, Sawyer était persuadé de la connaître mieux que son ex-fiancé pendant toute leur relation. Quand il sortirait de l'hôpital, et si plus personne n'essayait de le tuer, il lui proposerait un vrai rendez-vous. Il l'emmènerait dîner puis danser et il lui ferait la cour comme elle le méritait.

Jenna remua et posa bientôt sur lui ses sublimes yeux verts.

— Oh ! tu es réveillé, fit-elle en se redressant.

Il émit un petit rire qui le fit grimacer aussitôt.

— Oui. Combien de temps suis-je resté inconscient ?

Elle regarda autour d'elle et secoua la tête.

— Je n'en ai aucune idée.

— Avant que la folie ne reprenne, je voulais te dire merci.

Elle plissa le front et lui sourit.

— De quoi ?

— Merci d'être la femme courageuse, superbe et formidable que tu es.

Il replaça une mèche de cheveux soyeux derrière son oreille.

— Et de m'avoir sauvé la vie.

Jenna se mordit nerveusement la lèvre.

— Tu as bien failli mourir la nuit dernière.

— Mais j'ai survécu. Et tu m'as sauvé la vie de bien des façons.

— Que veux-tu dire ? lui demanda-t-elle, lissant le drap d'une main, ses cils baissés masquant son expression.

Sawyer lui souleva le menton d'un doigt, la forçant à le regarder.

— Tu m'as rappelé qu'il y a autre chose dans la vie que le travail et fait prendre conscience que je ne voulais pas être un homme insensible comme mon père.

Elle pencha la tête de côté.

— Mon instinct me dit que tu es un sentimental, mais dois-je me fier à mon instinct ? J'aimerais vraiment apprendre à mieux te connaître. Passer du temps avec toi. Mais c'est à toi d'en décider. Peut-être ne m'apprécies-tu même pas ?

— C'est plutôt le contraire, protesta-t-il. Je pense même que je pourrais en venir à t'aimer.

Les yeux de Jenna s'agrandirent de surprise.

Sawyer était presque autant surpris par les mots qui étaient sortis de sa propre bouche.

— Waouh, ai-je vraiment dit ça ?

— Oui, tu l'as dit. Et tu ne peux pas retirer une telle déclaration.

Il posa la main sur sa joue.

— Je ne le souhaite pas. Il me reste presque une semaine de vacances et tu viens d'arriver. Mais je suppose que tu n'auras pas envie de sortir avec un homme qui a des points de suture sur le ventre et qui ne pourra probablement pas danser avant quelques semaines ?

Elle sourit.

— J'adorerais aller m'asseoir près de la piscine et prendre un bain de soleil à tes côtés.

Sawyer tenta à nouveau de se redresser, mais la douleur qui lui vrilla le ventre le força à se recoucher.

— Je meurs d'envie de t'embrasser, mais il semblerait que le fait de m'asseoir ne soit pas à l'ordre du jour…

Se penchant au-dessus du lit, Jenna lui effleura les lèvres des siennes.

— Hmm… C'est bon. Mais ça, c'est encore meilleur.

La main posée sur sa nuque, Sawyer lui donna un langoureux baiser extatique qui le remua profondément. Lorsqu'il relâcha son étreinte, Jenna avait le regard perdu dans le vague et les lèvres gonflées.

— J'espère qu'on te laissera bientôt quitter l'hôpital, murmura-t-elle d'une voix étranglée.

— Moi aussi.

Il tira sur sa main.

— En attendant, je parie qu'il y a de la place pour nous deux dans ce lit.

On frappa alors à la porte de la chambre, et Duff passa la tête par l'entrebâillement.

— Le moment est venu pour l'opération Phénix, annonça-t-il avant d'entrer et de refermer la porte derrière lui.

Sawyer fronça les sourcils.

— Jenna ne t'a rien dit ? reprit son coéquipier.

— À quel propos ?

— Ton père a atterri à Cancún depuis un moment. Il est en chemin pour venir te voir à l'hôpital.

Sawyer se redressa dans son lit, grimaçant de douleur.

— Vous devez l'en dissuader, s'écria-t-il. Il y a peut-être un tueur embusqué, là-dehors, qui attend pour le tuer.

— Nous misons là-dessus, justement.

Sawyer regarda fixement son ami. Duff avait-il perdu la tête ?

— Tu ne te rappelles donc pas notre conversation ? intervint Jenna.

Elle afficha un sourire en coin.

— Il est vrai que tu étais assez peu présent. Alors, voici le plan : ton père devra simuler la mort assez longtemps pour que l'équipe d'agents spéciaux de Natalie découvre qui a commandité celle du père de Becca et celle de Devita, ainsi que les tentatives de meurtre — incluant le câble sectionné de la tyrolienne — dont tu as fait l'objet.

Duff confirma d'un signe de tête.

— Ils vont lui faire intégrer une sorte de programme de protection de témoins jusqu'à ce qu'ils aient épinglé ce salaud.

— Sawyer, tu devrais vraiment t'allonger, lui conseilla Jenna.

À présent qu'il était assis, la perspective de se recoucher lui parut aussi peu engageante que celle de se redresser.

— Le sang transperce ton bandage, reprit Jenna.

Elle lança un regard inquiet à Duff.

— Aidez-moi à le recoucher.

Duff se précipita de l'autre côté du lit.

— Jenna a raison. Laisse-nous faire le travail à ta place. Toi, tu dois laisser guérir tes blessures.

— Je déteste être aussi impuissant, grommela Sawyer.

Duff se passa une main dans les cheveux.

— Je suppose que tu ne te souviens pas non plus de l'autre volet du plan… Alors je te le réexplique : si l'assassin n'essaie pas d'éliminer ton père sur le trajet jusqu'à l'hôpital, tu devras toi-même faire semblant d'être mort afin que le tueur s'en prenne à ton père lorsqu'il sortira d'ici. Qu'en dis-tu ?

— Et si le tueur réussit son coup ?

— Ton père portera un gilet pare-balles renforcé.

— Et sa tête ? objecta Sawyer. Si le tueur connaît son métier, il peut viser la tête. Avez-vous prévu un casque ?

Duff sourit.

— Non, mais nous lui avons fourni un chapeau en Kevlar. Le supérieur de Natalie a des contacts incroyables.

— Je n'aime toujours pas l'idée que mon père vienne ici. J'ignore d'ailleurs pourquoi il est à Cancún. Il ne s'est jamais déplacé pour quoi que ce soit. Il n'a même pas été présent le jour de mon intégration au sein des Navy Seals.

— Peut-être a-t-il finalement changé, suggéra Duff.

Sawyer sentit Jenna resserrer son étreinte sur sa main.

— Je vais faire un saut aux toilettes et me chercher un café, annonça-t-elle.

— Je reste avec lui jusqu'à votre retour.

— Je n'ai pas besoin d'une baby-sitter, ronchonna Sawyer.

— Non, mais tu n'es pas en état de repousser une attaque.

— Danner est mort.

— Tu es prêt à parier ta vie sur le postulat qu'il n'y a pas un autre homme attendant de prendre sa relève ?

Jenna se dirigea vers la porte.

— Je vous laisse en découdre avec celui-là. Je reviens dès que possible.

La porte se referma derrière elle.

— Elle a du tempérament, constata Duff.

Sawyer garda les yeux fixés sur la porte.

— C'est vrai.

Il esquissa un sourire.

— J'aime ça chez elle.

— Regarde-nous, tous les deux, soupira Duff.

— Que veux-tu dire ?

— « Un Seal n'a pas le droit de faire entrer une femme dans sa vie. »

Duff se mit à rire.

— Ça ne te rappelle rien ?

Sawyer parut songeur.

— Oui, je me souviens d'avoir dit ça. Et c'est toujours valable.

— Et si la femme en question est parfaitement au courant du métier que l'on exerce, n'as-tu jamais pensé qu'elle avait aussi son mot à dire sur cette relation et que nous n'avions pas à lui imposer notre choix ?

Sawyer réfléchit à la remarque de Duff.

— J'imagine que tu as raison. Toutefois, ça paraît égoïste de vouloir quelqu'un dans sa vie et de ne pas être présent pour lui. Tout comme mon père a fait le choix de se marier et d'avoir un enfant pour nous abandonner ensuite au profit de sa carrière.

— Combien de fois devrai-je te dire que tu n'es pas ton père ?

Duff s'avança jusqu'à la fenêtre.

— Tu mérites d'être heureux. Et si la femme qui te plaît t'aime assez pour vous accueillir dans sa vie, ta carrière et toi, où est le problème ?

Sawyer posa sur son ami un regard scrutateur.

— Qui essaies-tu de convaincre, moi ou toi-même ?

— Toi, vieux frère. Pour ma part, je suis déjà convaincu, déclara Duff à demi tourné vers lui.

— Il faut dire que tu as trouvé la femme qui te convient parfaitement.

— Pas toi ?

Sawyer fixa du regard la porte fermée.

— Peut-être.

— Dans ce cas, accordez-vous une chance, à elle et à toi. Tu l'as reconnu, elle a du tempérament.

Duff ajouta d'un air narquois :

— Il lui en faudra pour vivre avec toi.

Puis, soudain sérieux :

— Si je ne me trompe pas, ton père est sur le parking et il se dirige vers l'entrée.

Sawyer serra les poings, plus stressé à l'idée de se trouver bientôt confronté au sénateur Houston que par tout ce qu'il venait de traverser.

— Il porte le borsalino, poursuivit Duff. Et, à en juger par sa corpulence, également le gilet renforcé.

— Et ?

— Jusque-là, rien.

— Bon Dieu, aide-moi à me lever. Je veux voir ce qui se passe.

— Pas question, tu as déjà fait saigner ta blessure en t'agitant… Oh… Nom de Dieu ! Il est à terre !

Serrant les dents, Sawyer se mit sur son séant. Il sentit aussitôt le sang chaud imprégner les bandages et couler sur son ventre. Les points de suture avaient lâché. Lorsqu'il se glissa à bas du lit, il faillit s'évanouir.

— Hé, que fais-tu ?

En un instant, Duff fut à ses côtés pour le recoucher.

— J'appelle l'infirmière.

— Non, va aider mon père, je t'en prie. Les gilets pare-balles, même renforcés, ne couvrent pas tout le corps.

— Tu dois d'abord me promettre de ne rien faire de stupide pendant mon absence.

— Je ne bougerai pas d'ici, promis. Mais j'ai besoin de savoir que tu t'occupes de mon père.

Duff sortit et la porte claqua derrière lui.

Sawyer fut aussitôt sur ses pieds. Cette fois, il résista au vertige. Il avait dû perdre beaucoup de sang. Il se sentait aussi faible qu'un nouveau-né. Il parvint néanmoins à s'approcher de la fenêtre et vit la foule qui s'assemblait autour de son père. Il distingua Montana, Quentin, Natalie, Lance et Becca. Même Carly se trouvait là, aidant à faire croire au tueur que le sénateur Houston était mort.

Ça y est. Duff les avait rejoints et prêtait main-forte au

personnel de l'hôpital pour emmener son père à l'intérieur de l'hôpital sur un brancard à roulettes.

Sawyer était tellement absorbé par le drame qui se déroulait sous sa fenêtre qu'il n'entendit pas la porte s'ouvrir. Il se sentit soudain projeté contre la vitre avec une telle violence qu'une douleur fulgurante lui traversa le crâne. Et il s'effondra au sol, sombrant dans l'inconscience la plus totale.

16

Après être passée aux toilettes, Jenna avait trouvé une cafétéria où elle avait commandé deux cafés. Elle était de retour devant la porte de la chambre de Sawyer lorsqu'elle entendit un choc sourd de l'autre côté.

Pensant que Sawyer avait pu tomber du lit, elle entra précipitamment. Le lit était vide. Elle vit alors, accroupi près de la fenêtre, un homme en tenue stérile qui appuyait un oreiller sur le visage de Sawyer.

Son sang ne fit qu'une tour. Jetant les gobelets de café brûlant au visage de l'agresseur de Sawyer, elle le chargea comme un joueur de football taclant un adversaire. Son attaque eut un tel impact que l'individu fut propulsé contre la vitre de la fenêtre.

Il tituba mais se retourna très vite pour l'affronter.

Jenna battit en retraite et fit la seule autre chose qui lui vint à l'esprit… elle cria au meurtre en bondissant de l'autre côté du lit.

Mais le tueur eut tôt fait de le contourner et, se jetant sur elle, referma les mains sur son cou.

Se débattant de toutes ses forces, Jenna tenta, en vain, de lui faire lâcher prise. Sa gorge lui faisait atrocement mal, elle peinait à respirer et son champ de vision se rétrécit. Tout ce qu'elle parvint à se dire fut qu'elle ne pouvait pas laisser cet individu la tuer. S'il y arrivait, plus personne ne l'empêcherait d'éliminer Sawyer, si ce n'était déjà fait.

Avec un regain de détermination, elle projeta un genou

vers le haut, frappant l'homme à l'entrejambe. Il relâcha son étreinte et Jenna repoussa son bras. À bout de souffle, elle se laissa tomber au sol et se redressa de l'autre côté du lit. Avec le peu d'énergie qu'il lui restait, elle poussa le lit de toutes ses forces, clouant son agresseur contre le mur.

Soudain elle vit Sawyer se dresser près d'elle, et peser de tout son poids contre le lit, le visage pâle mais la mâchoire contractée.

Ne pouvant libérer ses jambes, leur agresseur saisit une arme à sa ceinture. Un bassin rutilant voltigea alors à travers la pièce et frappa le pistolet du tueur au moment où ce dernier appuyait sur la détente.

Jenna sentit son cœur cesser de battre. Elle n'avait pas été touchée. Mais qu'en était-il de Sawyer ? Lorsqu'elle se tourna vers lui, le soulagement l'envahit : Sawyer était toujours debout. Le seul sang visible était celui imprégnant les bandages, là où les sutures avaient lâché.

Une seconde plus tard, Duff faisait irruption dans la chambre et extirpait l'homme d'entre le mur et le lit, lui frappant au passage le visage contre le mur.

Montana, arrivé à la rescousse, lui attacha les mains dans le dos.

— Ravi de voir que vous avez le contrôle de la situation, commenta-t-il. Pendant que vous vous chargez du tueur, je vais voir comment ça se passe en bas.

Jenna glissa un bras autour de la taille de Sawyer, et il prit appui sur elle.

— Mon père ? s'enquit-il.

Natalie entra dans la chambre alors que Duff en sortait et elle alla droit vers Sawyer.

— Sawyer, je suis vraiment désolée, murmura-t-elle en lui donnant l'accolade.

— Mon Dieu, que s'est-il passé ? gémit ce dernier.

Jenna eut un pincement au cœur. Bien qu'elle sache que tout cela n'était qu'une comédie, elle était stupéfaite de constater à quel point Sawyer et Natalie la rendaient crédible.

— Ton père…

Natalie marqua une pause avant de poursuivre.

— … a été abattu devant l'entrée de l'hôpital.

Elle l'étreignit à nouveau et lui murmura quelque chose à l'oreille.

— Il a été emmené à la morgue, au sous-sol, reprit-elle en s'écartant. Son corps y sera préparé avant d'être rapatrié aux États-Unis.

— Je veux le voir, exigea Sawyer.

— Tu ne devrais même pas être debout, protesta Jenna.

— Je laisserai le médecin me recoudre, mais je veux voir mon père une dernière fois.

Une infirmière entra avec deux policiers mexicains. Ces derniers emmenèrent l'agresseur.

Revenu avec un fauteuil roulant, Duff y installa Sawyer avec l'aide de l'infirmière. Puis il poussa le fauteuil roulant jusqu'à l'ascenseur tandis que Jenna marchait à côté, tenant toujours la main de Sawyer.

Le trajet jusqu'au sous-sol fut bref. À leur arrivée, un aide-soignant les conduisit dans une salle d'embaumement où un corps recouvert d'un drap était étendu sur un lit à roulettes. Lance, Quentin, Montana, Carly et Becca se tenaient autour.

Natalie s'adressa à l'aide-soignant dans un espagnol hésitant, et il quitta la salle.

Aussitôt que la porte se fut refermée derrière lui, le sénateur Houston repoussa le drap et se redressa.

— Enfin ! soupira-t-il. J'ai bien cru que je ne pourrais plus jamais me relever…

Il se massa la poitrine.

— Je dois admettre que je ne m'attendais pas à ce que ça fasse aussi mal. Mais je suis ravi d'avoir eu ce gilet renforcé.

Et il se tourna vers Sawyer, son front se creusant d'un pli soucieux.

— Alors, fils, tu vas bien ?

Sawyer fronça les sourcils.

— Pourquoi es-tu venu ?

— J'ai reçu un message disant que tu serais tué si je ne venais pas immédiatement à Cancún.

Il posa sur Sawyer un regard intense.

— Alors je suis venu.

Sawyer crispa la mâchoire.

Jenna perçut la tension entre les deux hommes. Elle posa une main sur l'épaule de Sawyer, désireuse de soulager sa souffrance physique autant qu'émotionnelle.

Sawyer posa sa main au-dessus de la sienne tandis qu'il s'adressait à son père.

— Tu as conscience qu'à présent que tu es mort tu vas devoir le rester jusqu'à ce que nous découvrions qui essaie de te tuer ?

Son père hocha la tête.

— J'ai discuté avec Royce Fontaine, le directeur de cette section spéciale des services secrets. Je me rends compte de ce que tout cela implique.

— Et que tu vas demeurer éloigné de ton bureau le temps que cela prendra ?

— Pour de bon, s'il le faut.

Rand Houston se passa la main dans les cheveux.

— Durant le vol qui m'a amené de Washington, j'ai eu le temps de réfléchir à ma vie, à la tienne et à ce qui compte vraiment. Il m'aura fallu trente ans pour arriver à la conclusion que ta vie est plus importante pour moi que mon travail au Sénat.

Sawyer poussa un soupir désabusé.

— C'est un peu tard, tu ne crois pas ?

— Sans doute, lui concéda son père. Mais pas trop tard pour toi. À présent que je suis censé être mort, l'individu qui a voulu m'atteindre en s'en prenant à toi devrait te laisser en paix. C'est tout ce qui compte. Écoute, mon fils, je ne m'attends pas à ce que tu me pardonnes d'avoir été un père lamentable. Je veux seulement que tu sois heureux. Si être commando marine fait ton bonheur, je trouve cela parfait. Je ne te l'ai sans doute jamais dit, mais le jour où j'ai été le plus fier de ma vie est celui où tu as intégré les Navy Seals. Je n'ai pas pu être présent parce qu'il y avait au même moment une crise diplomatique en relation avec une prise d'otages en Lybie.

Le sénateur secoua la tête et reprit :

— Je sais, il y avait toujours quelque chose. Je suis soulagé que les choses s'arrangent pour toi et j'espère que, lorsque tout cela sera terminé, nous pourrons nous retrouver quelque part pour prendre un café et tout reprendre de zéro.

Il tendit la main à son fils.

Pendant un long moment, Sawyer le regarda avant de se décider à la lui serrer.

— Je retiens l'invitation, du moment que tu me laisses choisir l'endroit.

— À ta guise, lui répondit le sénateur en souriant.

Le portable de Natalie se mit à sonner. Elle écouta puis elle releva la tête.

— Sénateur Houston, l'ambulance vous attend.

— J'imagine que c'est le début d'une nouvelle vie, sous une nouvelle identité, dit-il, fataliste. Qui sait ? Je l'apprécierai peut-être assez pour ne plus avoir envie de retourner au Capitole.

Et Rand Houston se recoucha sur le brancard à roulettes. Natalie le recouvrit du drap et ils quittèrent la morgue.

Quentin et Montana montèrent à l'arrière de l'ambulance. Carly choisit d'accompagner Quentin.

Une fois son père en route pour l'aéroport, Sawyer laissa Duff le ramener dans sa chambre et l'aider à se mettre au lit.

— Si tu permets, je pense que je vais retourner à l'hôtel avec Natalie et Becca. J'aimerais prendre une douche et me raser. Je reviendrai plus tard.

— Vas-y. Je doute sérieusement que l'on m'agresse de nouveau. Et, dans le cas contraire, mon garde du corps me protégera, ajouta Sawyer en adressant un sourire à Jenna.

Deux gobelets de café et un lit d'hôpital lui suffisent pour neutraliser toute menace !

L'infirmière et le médecin firent leur entrée dans la chambre pour réparer les dégâts qu'il avait occasionnés à ses sutures. Ils lui donnèrent une poche de glace pour le choc qu'il avait reçu à la tête et lui présentèrent les excuses de l'hôpital pour la faille dans le système de sécurité qui avait permis à un fou furieux de l'agresser.

Durant tout le temps où ils s'affairèrent autour de Sawyer, Jenna se tint en retrait. À présent qu'il était hors de danger, il n'avait plus besoin d'elle, ne cessait-elle de penser, la mort dans l'âme.

Ne devrait-elle pas regagner sa chambre d'hôtel et poursuivre ses vacances ?

La porte se referma derrière l'infirmière et le médecin, la laissant seule avec Sawyer.

— Hé, lui lança-t-il. Pourquoi te tiens-tu si loin de moi ?

Jenna haussa les épaules.

— Je ne sais pas… je me demandais si je ne ferais pas mieux de partir…

— Quoi ? Que me chantes-tu là ?

— Eh bien, je ne te sers plus à rien, non ?

S'avançant vers lui, elle le laissa lui prendre la main.

— Je me suis dit que tu n'aurais que faire d'une comptable insipide à présent.

Il lui prit le menton et l'obligea à le regarder dans les yeux.

— Pour la dernière fois, tu n'es pas insipide. Et tu es la femme la plus incroyable par qui j'aie jamais eu l'honneur d'être sauvé.

Il porta sa main à ses lèvres.

— Un vieux Seal très sage m'a dit que je devais me donner une chance d'être heureux avec la femme que j'aime. Et je te rappelle que tu as accepté de m'accorder un rendez-vous dès ma sortie de l'hôpital.

Trop émue pour parler, Jenna acquiesça d'un signe de tête.

— En attendant, il devrait y avoir de la place pour deux dans ce lit.

Il tapota le matelas près de lui.

— Dans l'immédiat, je ne demande rien d'autre que la chaleur de ton corps près du mien et je te laisserai même dormir, parce que…

Il se mit à bâiller.

— … je pense qu'ils m'ont donné un très bon antidouleur.

Jenna se glissa précautionneusement près de lui. Puis elle se blottit dans le creux de son bras, se lovant tout contre son merveilleux Navy Seal.

— Hmm… C'est parfait ainsi, mon bel amour, murmura-t-il en l'embrassant sur la tempe. Et cesse de t'inquiéter, demain il fera jour.

Retrouvez prochainement,
dans votre collection
BLACK ROSE

Le combat d'un père, de Colleen Thompson - N°727

DES PROTECTEURS À L'ÉPREUVE – 1/2

À l'âge de trois ans, Cristo et Sylvia ont perdu leur mère dans un accident en Amérique latine. Malgré les efforts désespérés de Mac, leur père, pour les récupérer, c'est leur grand-mère maternelle, une riche Argentine, qui les a élevés. Aujourd'hui, enfin, les deux enfants reviennent chez leur père. Pourtant, malgré la vigilance de Sara, la séduisante assistante sociale qui les accompagne, Mac sent le danger planer sur eux…

Pour retrouver Anya, de Barb Han

« Notre Anya est peut-être en vie… » Le cœur soulevé par une bouffée d'espoir, Riggs fixe Cheyenne tandis qu'elle lui révèle la découverte d'un trafic d'enfants destinés à l'adoption. Ainsi, contre toute attente, Cheyenne et lui vont peut-être retrouver leur petite fille. Et voir renaître leur amour, brisé par la disparition de leur enfant…

Sous le signe de l'angoisse, de Jennifer D. Bokal - N°728

Tandis que Luis, son coéquipier, protecteur et vigilant, lui montre le demi-billet de deux dollars qu'il vient de trouver sur un homme, mort dans des circonstances suspectes, Julia sent l'angoisse la submerger. Car elle connaît cette signature. C'est celle de Darcy Owens. Darcy, la tueuse en série qui croupit en prison. Darcy qui signe ses crimes à distance et qui, de toute évidence, vient de tuer par procuration…

Un protecteur au regard clair, de Beth Cornelison

Glacée d'effroi, Carrie sent sur elle le regard narquois de son mari violent. Ainsi, en dépit de tous ses efforts, Joseph l'a retrouvée… Pire encore, il s'est inscrit au raid de découverte auquel Luke, le rancher au regard clair chez qui elle s'est réfugiée, l'a convaincue de participer. Un raid durant lequel Joseph aura, sans nul doute, mille occasions de la piéger pour la forcer à le suivre…

Retrouvez prochainement,
dans votre collection

BLACK ROSE

Les ombres d'autrefois, de Marie Ferrarella - N°729

En arrivant à Braxville, Gwen est bien décidée à comprendre ce qui est arrivé à sa mère, disparue depuis vingt-cinq ans. Pour l'aider dans son enquête, elle embauche Brooks, un « privé » très séduisant, au flair infaillible. Bientôt ils apprennent que deux corps viennent d'être retrouvés dans les murs d'un bâtiment en cours de démolition. Un « cold case » macabre qui donne un tour nouveau à leurs recherches...

Une femme en détresse, de Julie Anne Lindsey

À travers le miroir sans tain qui masque l'entrée de son agence de détective, Riggs observe, admiratif, la femme magnifique qui pénètre dans le hall. Mais bientôt l'inconnue entre dans son bureau, et un sentiment tout autre l'envahit : l'envie de la secourir, de la faire sourire, et d'effacer la détresse qui voile son regard tandis qu'elle garde la main sur son ventre, dans un geste protecteur qui ne laisse aucun doute sur son état...

Pour protéger son enfant, de Carla Cassidy - N°730

Fuir... Mettre le plus de distance possible entre elle et le père de son fils... Depuis des mois, Trisha et Cooper, son petit garçon de trois ans, vont de ville en ville pour échapper à Franck, l'ex-mari de Trisha, un homme possessif et violent. À Bitterroot, petite ville de l'Oklahoma où elle a posé ses bagages, Trisha fait la connaissance de Dusty, un séduisant rancher qui lui redonne le goût de vivre...

Cet inconnu dans la nuit, d'Angi Morgan

« Je ne vous kidnappe pas, Kenderly, je vous sauve la vie »... Au bord de la crise de panique, Kenderly Tyler se demande quelle mouche l'a piquée de monter ainsi sur la moto d'un inconnu. Certes, c'est grâce à lui qu'elle vient d'échapper à l'homme qui a tué sous ses yeux les deux clientes qu'elle était en train de coiffer, mais peut-elle réellement faire confiance à ce prétendu chevalier servant ?

Retrouvez prochainement,
dans votre collection

BLACK ROSE

Seule face aux menaces, de B.J. Daniels - N°731

Une propriété immense, une superbe demeure victorienne... Pourquoi Laura Beaumont a-t-elle légué son domaine à Dulcie alors qu'elles ne se connaissaient pas ? À Whitehorse où celle-ci est venue chercher des réponses à ses questions, elle n'est visiblement pas la bienvenue. En témoigne le silence dans lequel tous semblent s'être enfermés. Tous, sauf Russell Corbett, son plus proche voisin...

Étrange disparition, de Karen Whiddon

« Tu me manques, Zoe. J'ai vraiment besoin de toi. » Ces mots – les derniers qu'elle ait échangés au téléphone avec Shayna, sa meilleure amie –, tournent en boucle dans l'esprit de Zoe. Depuis, Shayna a disparu. Zoe décide de se lancer sur sa piste et revient dans leur ville natale. Cette ville qu'elle a quittée cinq ans plus tôt pour fuir Brock McCauley, son fiancé d'alors.